MORTE NO SEMINÁRIO

SÉRIE POLICIAL

Réquiem caribenho
  Brigitte Aubert

Bellini e a esfinge
Bellini e o demônio
  Tony Bellotto

Bilhete para o cemitério
O ladrão que achava que era Bogart
O ladrão que estudava Espinosa
O ladrão que pintava como Mondrian
Uma longa fila de homens mortos
Punhalada no escuro
  Lawrence Block

O destino bate à sua porta
  James Cain

Nó de ratos
Vendetta
  Michael Dibdin

Edições perigosas
Impressões e provas
  John Dunning

Máscaras
  Leonardo Padura Fuentes

Jogo de sombras
Tão pura, tão boa
  Frances Fyfield

Achados e perdidos
Uma janela em Copacabana
O silêncio da chuva
Vento sudoeste
  Luiz Alfredo Garcia-Roza

Neutralidade suspeita
A noite do professor
Transferência mortal
  Jean-Pierre Gattégno

Continental Op
  Dashiell Hammett

Uma certa justiça
Morte no seminário
Pecado original
  P. D. James

O dia em que o rabino foi embora
Domingo o rabino ficou em casa
Sábado o rabino passou fome
Sexta-feira o rabino acordou tarde
  Harry Kemelman

Um drink antes da guerra
  Dennis Lehane

Morte no Teatro La Fenice
  Donna Leon

Dinheiro sujo
Também se morre assim
  Ross Macdonald

É sempre noite
  Léo Malet

Assassinos sem rosto
A leoa branca
  Henning Mankell

O labirinto grego
Os mares do Sul
O quinteto de Buenos Aires
  Manuel Vázquez Montalbán

O diabo vestia azul
  Walter Mosley

Informações sobre a vítima
  Joaquim Nogueira

Aranhas de ouro
Clientes demais
A confraria do medo
Cozinheiros demais
Milionários demais
Mulheres demais
Ser canalha
Serpente
  Rex Stout

Casei-me com um morto
A noiva estava de preto
  Cornell Woolrich

P. D. JAMES

MORTE NO SEMINÁRIO

Tradução:
HELENA LONDRES
ANGELA MARIA RAMALHO VIANNA

3ª reimpressão

COMPANHIA DAS LETRAS

Copyright © 2001 by P. D. James
Proibida a venda em Portugal

Título original:
Death in the Holy Orders

Capa:
João Baptista da Costa Aguiar

Foto de capa:
Bel Pedrosa

Preparação:
Cássio de Arantes Leite

Revisão:
Cláudia Cantarin
Carmen S. da Costa

Dados Internacionais de Catalogação na Publicação (CIP)
(Câmara Brasileira do Livro, SP, Brasil)

James, P. D.
    Morte no seminário / P. D. James ; tradução de Helena
Londres, Angela Maria Ramalho Vianna. — São Paulo :
Companhia das Letras, 2002.

    Título original: Death in holy orders
    ISBN 85-359-0218-X

    1. Romance inglês I. Título.

02-0529   CDD-823.91

Índices para catálogo sistemático:
1. Romances : Século 20 : Literatura inglesa 823.91
2. Século 20 : Romances : Literatura inglesa 823.91

2002

Todos os direitos desta edição reservados à
EDITORA SCHWARCZ LTDA.
Rua Bandeira Paulista, 702, cj. 32
04532-002 — São Paulo — SP
Telefone: (11) 3167-0801
Fax: (11) 3167-0814
www.companhiadasletras.com.br

para Rosemary Goad
por quarenta anos, editora e amiga

SUMÁRIO

NOTA DA AUTORA, 9

LIVRO UM
A areia mortífera, 11

LIVRO DOIS
Morte de um arquidiácono, 207

LIVRO TRÊS
Vozes do passado, 367

LIVRO QUATRO
Um fim e um princípio, 497

NOTA DA AUTORA

Ao conceber esta história de assassinato e mistério num seminário da Igreja anglicana não pretendi desencorajar os candidatos à carreira sacerdotal anglicana, tampouco sugerir nem por um minuto que os visitantes de tais instituições em busca de repouso e renovação espiritual estejam correndo o perigo de encontrar uma paz mais duradoura do que aquela que tinham em mente. É mais importante, portanto, enfatizar que Santo Anselmo não foi baseado em nenhum seminário real, do passado ou do presente, e que seus padres excêntricos, seus noviços, funcionários e visitantes são puramente fictícios, existindo apenas na imaginação da autora e de seus leitores.

Sou grata a inúmeras pessoas que gentilmente me ajudaram fornecendo respostas às minhas questões; quaisquer erros, teológicos ou de outra natureza, são inteiramente meus. Sou particularmente grata ao falecido arcebispo lorde Runcie, ao reverendo dr. Jeremy Sheehy, ao reverendo dr. Peter Groves, à dra. Ann Priston, OBE do Escritório de Ciência Forense, e a minha secretária, srta. Joyce McLennan, cuja ajuda neste romance foi muito além de sua habilidade com computadores.

P. D. James

Livro um

A AREIA MORTÍFERA

1

A idéia de que eu deveria escrever um relato de como encontrei o corpo foi do padre Martin.

Perguntei: "O senhor quer dizer, como se eu estivesse escrevendo uma carta, contando para um amigo?".

Padre Martin disse: "Escrever como se fosse ficção, como se você estivesse fora de você, espiando o que se passa, lembrando o que fez, o que sentiu, como se tudo estivesse acontecendo com outra pessoa".

Eu sabia o que ele queria dizer, mas não tinha certeza de saber por onde começar. Eu disse: "Tudo o que aconteceu, padre, ou apenas aquela longa caminhada pela praia, até descobrir o corpo de Ronald?".

"Qualquer coisa, tudo o que você queira dizer. Escreva a respeito do seminário e a respeito da sua vida aqui, se quiser. Acho que julgará de alguma ajuda."

"Ajudou o senhor, padre?"

Não sei por que disse essas palavras, elas apenas me vieram à cabeça e as deixei escapar. Era bobagem, na verdade, e de algum modo impertinente, mas ele não pareceu se importar.

Ele disse, depois de fazer uma pausa: "Não, na verdade não me ajudou, mas isso foi há muito tempo. Acho que com você pode ser diferente".

Imagino que ele estivesse pensando na guerra e em ter sido feito prisioneiro pelos japoneses, nos horríveis eventos que aconteceram no campo. Ele nunca fala da guerra, por que falaria comigo? Mas não acho que ele fale com nenhuma outra pessoa, nem mesmo com os outros padres.

Essa conversa se deu há dois dias, quando caminhávamos juntos pelo claustro, depois das vésperas. Não vou mais à missa desde a morte de Charlie, mas assisto às vésperas. Na verdade, é uma questão de cortesia. Não parece direito trabalhar no seminário, receber dinheiro deles, aceitar todas as gentilezas e nunca ir a nenhuma cerimônia da igreja. Mas talvez eu esteja sendo muito sensível. O sr. Gregory mora em um dos chalés, como eu, e ensina grego em meio período, contudo nunca vai à igreja, a não ser quando há música que quer ouvir. Ninguém faz pressão para que eu vá, nunca perguntaram por que parei de ir à missa. Mas é claro que notaram; eles notam tudo.

Ao voltar para o chalé, pensei no que o padre Martin dissera, e que talvez fosse uma boa idéia. Nunca tive a menor dificuldade para escrever. Na escola, era boa em redação, e na opinião da srta. Allison, que nos ensinava inglês, eu tinha talento para ser escritora. Só que eu sabia que ela estava enganada. Não tenho imaginação, pelo menos do tipo de que os romancistas precisam. Não consigo inventar coisas. Só consigo escrever sobre o que vejo e sobre o que sei — e algumas vezes sobre o que sinto, o que não é nada fácil. De todo modo, sempre quis ser enfermeira, desde criança. Tenho sessenta e quatro anos e agora estou aposentada, mas ainda dou uma ajuda aqui, em Santo Anselmo. Sou um pouco a zeladora, cuido de enfermidades leves, e também da roupa. É um trabalho simples, porém meu coração é fraco, e tenho sorte de estar trabalhando. O seminário torna as coisas tão fáceis quanto possível para mim. Até providenciaram um carrinho ligeiro para que eu não ficasse tentada a carregar pesadas trouxas de toalhas e lençóis. Eu deveria ter dito tudo isso antes. E nem sequer escrevi o meu nome. É Munroe, Margaret Munroe.

Acho que sei por que o padre Martin sugeriu que ajudaria se eu recomeçasse a escrever. Ele sabe que eu costumava escrever uma longa carta para Charlie toda semana. Acho que é a única pessoa aqui, além de Ruby Pilbeam, que sabe disso. Toda semana eu me sentava e ficava recor-

dando o que acontecera desde a última carta, as pequenas coisas sem importância que não seriam sem importância para Charlie: as refeições que comi, as piadas que ouvi, as histórias sobre os alunos, descrições do tempo. Ninguém acharia que há muito o que dizer num lugar calmo como este, à beira dos penhascos, longe de tudo, mas era surpreendente tudo o que eu descobria para contar a ele. E sei que Charlie adorava as cartas. "Continue escrevendo, mãe", dizia quando estava em casa, de licença. E eu escrevia.

Depois que ele morreu, o Exército me devolveu todos os seus pertences e, entre eles, havia um maço de cartas. Não eram todas as que eu mandara, ele não poderia tê-las guardado todas, mas guardara algumas das mais longas. Eu as levei até o promontório e fiz uma fogueira. Era um dia ventoso, como é comum na costa leste, e as chamas rugiam, cuspiam e mudavam de direção com o vento. Os pedaços carbonizados de papel subiam e rodopiavam na minha cara como mariposas pretas, e a fumaça fez arder meu nariz. Foi estranho, porque era só um foguinho. Mas o que estou tentando dizer é que sei por que o padre Martin sugeriu que eu deveria escrever este relato. Ele achou que escrever alguma coisa — qualquer coisa — poderia ajudar a trazer-me de volta à vida. É um bom homem, talvez até um santo, só que muita coisa ele não entende.

Parece estranho escrever este relato sem saber se alguém, ou quem, irá lê-lo. Nem sei bem se estou escrevendo para mim mesma ou algum leitor imaginário, para quem tudo em Santo Anselmo será novo e estranho. Então, talvez devesse escrever alguma coisa a respeito do local, para dar uma idéia do cenário de como era. Foi fundado em 1861 por uma mulher piedosa chamada srta. Agnes Arbuthnot, que queria garantir que houvesse sempre "jovens cultos ordenados para o prelado católico na Igreja anglicana". Escrevi isso entre aspas porque essas foram as palavras dela. Há um folheto a seu respeito na igreja, e é por isso que sei. Ela doou os prédios, a terra e quase toda sua mobília, e dinheiro bastante — assim ela pensava — para *manter o seminário para sempre. Mas o dinheiro nunca foi suficiente, e agora Santo Anselmo tem de ser financiado sobretudo pela Igreja. Sei que padre Sebastian e padre Martin temem que a Igreja tenha planos de fechá-lo. Esse medo nunca é discutido abertamente e com certeza não com os funcionários, embora todos nós saibamos disso. Numa comunidade pequena e isolada como a de Santo Anselmo, as novidades e os boatos parecem ser levados pelo vento sem serem ditos.*

Além de dar a casa, a srta. Arbuthnot construiu os claustros norte e sul nos fundos, para abrigar os quartos dos alunos, e um conjunto de quartos para hóspedes, unindo o claustro sul à igreja. Também construiu quatro chalés para os funcionários, dispostos num semicírculo, no promontório, a uns cem metros do seminário. Ela os batizou com o nome dos quatro evangelistas. Eu moro no São Mateus, o mais ao sul. Ruby Pilbeam, que é cozinheira e governanta, e seu marido, o assistente-geral, moram no São Marcos. O sr. Gregory está no São Lucas, e no chalé do norte, São João, fica Eric Surtees, que ajuda o sr. Pilbeam. Eric mantém uma criação de porcos, mais por prazer do que para prover o seminário de carne suína. Somos só nós quatro, e mais as faxineiras de meio período de Reydon e Lowestoft que vêm nos ajudar, mas nunca há mais de vinte noviços e quatro padres residentes, e damos conta. Não seria fácil substituir um de nós. Esse promontório isolado varrido pelos ventos, sem nenhum povoado, bar ou loja, é remoto demais para a maioria das pessoas. Gosto daqui, mas até eu chego a achar tudo assustador e um tanto sinistro. O mar está erodindo os penhascos arenosos ano após ano, e às vezes fico de pé na beirada, olhando o oceano, e consigo imaginar uma onda gigantesca se formando, branca e cintilante, avançando sobre o litoral para quebrar em cima dos torreões e das torres, da igreja e dos chalés, e carregar todos nós. O velho povoado de Ballard's Mere já está sob as águas há séculos, e algumas vezes, em noites de ventania, as pessoas dizem que é possível ouvir o tênue bada-

lar dos sinos da igreja nas torres sepultadas. E o que o mar não levou foi destruído por um grande incêndio, em 1695. Nada restou do velho povoado, com exceção da igreja medieval, que a srta. Arbuthnot restaurou e que fazia parte do seminário, e dos dois pilares arruinados de tijolos vermelhos em frente da casa, que é tudo o que ficou do solar elisabetano que existia no local.

É melhor tentar explicar algo sobre Ronald Treeves, o garoto que morreu. Afinal de contas, a razão deste relato deveria ser a morte dele. Antes do inquérito, a polícia me interrogou, perguntando se eu o conhecia bem. Acho que o conhecia melhor do que a maior parte do pessoal aqui, mas não disse muito. Não havia muito o que dizer. Não achei que fosse minha função fofocar a respeito dos alunos. Sabia que não era popular, porém não lhes contei isso. O problema é que ele não se ajustava muito mesmo, e acho que sabia disso. Para começar, seu pai era Sir Alred Treeves, dono de uma importante companhia de armamentos, e Ronald gostava que soubéssemos que era filho de um homem muito rico. Os bens que possuía também demonstravam esse fato. Ele tinha um Porsche, enquanto os demais alunos se viravam com carros mais baratos — se é que tinham carro. E falava de suas férias em lugares caros e distantes, para onde os outros alunos eram incapazes de viajar, pelo menos não de férias.

Tudo isso talvez o ajudasse a ser popular em outras faculdades, mas não aqui. Todo mundo é meio esnobe com relação a alguma coisa, não pensem que não, mas aqui, o que conta não é dinheiro. Tampouco família, embora você se saia melhor se for filho de algum clérigo do que de um astro da música pop. Acho que o que julgam realmente importante é a inteligência — inteligência, boa aparência e sagacidade. Eles gostam de gente que os faça rir. Ronald não era tão inteligente quanto pensava e nunca fez ninguém rir. Eles o achavam maçante e, é claro, quando se deu conta disso, ficou ainda mais maçante. Eu não contei nada disso à polícia. De que iria adiantar? Ele estava mor-

to. Ah, e acho que era um pouco enxerido também, sempre querendo saber o que estava acontecendo, fazendo perguntas. Ele não conseguia grande coisa comigo. Mas às vezes aparecia no chalé, de noite, sentava-se e conversava enquanto eu tricotava e ouvia. Os alunos são desencorajados de visitar os chalés de funcionários, a menos que sejam convidados. Padre Sebastian gosta que tenhamos a nossa privacidade. Mas eu não me importava, na verdade. Olhando para trás, acho que era solitário. Bem, caso contrário, não se incomodaria comigo. E eu me lembrava de meu Charlie. Charlie não era maçante, impopular ou chato, mas gosto de pensar que, se alguma vez sentisse solidão e quisesse sentar-se tranqüilamente e conversar, haveria alguém como eu para acolhê-lo.

Quando a polícia chegou, perguntou-me por que eu fora procurá-lo na praia. Mas claro que não fui. Cerca de duas vezes por semana faço uma caminhada solitária após o almoço e, quando saí, nem reparei que Ronald havia sumido. Não teria começado procurando na praia. É difícil imaginar o que pode acontecer com uma pessoa num litoral deserto. Não há muito perigo se você não subir no quebra-mar de madeira, ou se não andar muito na beira dos penhascos, e há aviso quanto aos perigos de ambos. Todos os alunos são avisados, logo que chegam, dos riscos de nadarem sozinhos ou de caminharem perto demais dos penhascos instáveis.

Na época da srta. Arbuthnot, era possível descer até a praia vindo da casa, mas o avanço do mar tornou isso impossível. Agora temos de andar quase um quilômetro ao sul do seminário até o único lugar em que os penhascos são suficientemente baixos e firmes para sustentar uma meia dúzia de mirrados degraus de madeira com um corrimão. Além desse ponto está a escuridão de Ballard's Mere, rodeado de árvores e separado do mar apenas por um estreito banco de seixos. Algumas vezes eu vou até a laguna e depois volto, mas, naquele dia, desci os degraus até a praia e comecei a caminhar em direção ao norte.

Depois de uma noite de chuva, fazia um dia lindo e fresco, o céu estava azul e com nuvens que se moviam rapidamente, e a maré subia. Rodeei um pequeno promontório e vi a praia deserta estendendo-se à minha frente, com suas cristas estreitas de seixos e as linhas escuras dos velhos quebra-mares incrustados de algas desmoronando no mar. Então, uns trinta metros à frente, vi o que parecia uma trouxa preta aos pés do penhasco. Apertei o passo em sua direção e encontrei uma batina dobrada com cuidado e, ao lado dela, um manto marrom, também cuidadosamente dobrado. A poucos passos dali o penhasco deslizara e ruíra, e agora estava caído em grandes torrões de areia compacta, tufos de grama e pedras. Percebi logo o que devia ter acontecido. Acho que dei um pequeno grito e comecei a cavar a areia. Eu sabia que algum corpo estaria enterrado sob ela, mas era impossível saber onde. Lembro-me dos grãos de areia embaixo das minhas unhas e de como o progresso parecia vagaroso, de modo que comecei a chutar freneticamente a areia, como se estivesse zangada, espalhando-a tão alto que atingiu meu rosto e entrou nos meus olhos. Notei uma ripa de madeira de pontas aguçadas a cerca de trinta metros na direção do mar. Peguei-a e usei-a para sondar. Passados alguns minutos, atingi algo mole, ajoelhei-me e de novo trabalhei com as mãos. Então vi que o que eu atingira eram nádegas enterradas na areia e cobertas de veludo cotelê bege.

Depois disso, não pude continuar. Meu coração estava disparado e eu não tinha mais forças. Achei, obscuramente, que havia humilhado quem quer que estivesse ali, que havia algo de ridículo e quase indecente nos dois montinhos expostos. Sabia que ele só podia estar morto e que toda a minha pressa febril na verdade não tivera importância. Eu não poderia tê-lo salvado, e agora não conseguia suportar ter de continuar sozinha, desenterrando centímetro a centímetro, mesmo que tivesse forças. Tinha de conseguir ajuda, contar a alguém sobre o ocorrido. Acho que sabia, mesmo então, de quem era o corpo, mas de repente lembrei-me de que todos os mantos marrons dos noviços tinham uma etiqueta de identificação. Virei o colarinho do manto e li o nome.

Lembro-me de ter seguido tropeçando pela praia sobre a orla de areia firme, entre os bancos de pedregulhos, e de algum modo me arrastado pelos degraus até o topo do penhasco. Corri pela estrada do penhasco até o seminário. Era apenas um quilômetro ou menos, mas a estrada parecia interminável, e a casa como que se afastava a cada passo doloroso. Meu coração começou a bater com força e parecia que os ossos das pernas estavam se desmanchando. Então escutei um carro. Ao olhar para trás, eu o vi dobrar a estrada de acesso e vir em minha direção, ao longo do caminho acidentado na borda do penhasco. Fiquei no meio do caminho e agitei os braços, e o carro diminuiu a marcha. Vi que era o sr. Gregory.

Não consigo lembrar de como dei a notícia. Guardo uma imagem de mim mesma lá, de pé, coberta de areia, o cabelo voando ao vento, gesticulando em direção ao mar. Ele não disse nada, apenas abriu silenciosamente a porta do carro, e eu entrei. Acho que teria sido sensato ir para o seminário, mas, em vez disso, ele deu a volta com o carro e fomos até os degraus que conduziam à praia. Fiquei pensando desde então se ele não acreditou em mim e queria ver com os próprios olhos, antes de pedir socorro. Não consigo me lembrar do trajeto, e a última imagem clara é a de nós dois de pé, junto ao corpo de Ronald. Ainda sem dizer nada, o sr. Gregory ajoelhou-se na areia e começou a cavar com as mãos. Estava usando luvas de couro, o que facilitava. Nós dois trabalhamos em silêncio, afastando febrilmente a areia, continuando até a parte de cima do corpo.

Acima das calças de veludo cotelê, Ronald usava apenas uma camisa cinza. Descobrimos sua nuca. Era como desenterrar um animal, um cachorro ou um gato morto. A areia mais profunda ainda estava úmida, e o cabelo dele, cor de palha, formava uma massa só com ela. Tentei retirá-la, mas me dava uma sensação fria e granulosa na palma da mão.

O sr. Gregory disse bruscamente: "Não toque nele!", e tirei depressa a mão, como se queimasse. Depois ele disse muito baixo: "É melhor que o deixemos exatamente como o encontramos. Está claro quem é".

Eu sabia que estava morto, mas, de algum modo, pensei que deveríamos virá-lo. E tive a idéia ridícula de que poderíamos fazer uma respiração boca-a-boca. Eu sabia que não era razoável, no entanto mesmo assim achava que deveríamos fazer alguma coisa. O sr. Gregory, porém, tirou a luva esquerda e apoiou dois dedos no pescoço de Ronald. Depois disse: "Está morto, é claro que está morto. Não há nada que possamos fazer por ele".

Ficamos ambos em silêncio durante um momento, ajoelhados um de cada lado. Devia parecer que estávamos rezando, e poderíamos ter dito uma prece por ele, só que eu não conseguia pensar nas palavras adequadas. Então o sol saiu e de repente a cena parecia não ser real, como se nós dois estivéssemos sendo fotografados em cores. Tudo estava muito claro e nítido. Os grãos de areia no cabelo de Ronald brilhavam como pontinhos de luz.

O sr. Gregory disse: "Temos de pedir ajuda, chamar a polícia. A senhora se incomoda de esperar aqui, com ele? Não vou demorar. Ou a senhora pode vir comigo, se preferir, mas acho que seria melhor um de nós dois ficar".

Eu disse: "Vá o senhor. De carro o senhor vai mais rápido. Não me incomodo de esperar".

Olhei-o enquanto ele ia o mais rápido que os seixos permitiam na direção da laguna, depois ao redor do promontório e para além da minha vista. Um minuto mais tarde ouvi o barulho do carro indo para o seminário. Eu meio que escorreguei na areia a pouca distância do corpo e instalei-me nos pedregulhos, mexendo-me para ficar mais confortável e enterrando os calcanhares. Os pedregulhos abaixo da superfície ainda estavam úmidos pela chuva da noite, e a umidade fria passava pelo algodão das minhas calças. Sentei com os braços em torno dos joelhos, olhando o mar.

Sentada lá, pela primeira vez em anos, pensei em Mi-

ke. Ele morreu quando a motocicleta derrapou na A1 e bateu numa árvore. Tínhamos voltado da nossa lua-de-mel havia menos de duas semanas; nos conhecíamos havia menos de um ano. O que senti com sua morte foi choque e descrença, e não dor. Na época pensei que fosse dor, agora sei que não era. Eu estava apaixonada por Mike, mas não o amava. Isso vem de viver junto e cuidar um do outro, e não tivemos tempo para isso. Depois que ele morreu fiquei sabendo que eu era Margaret Munroe, viúva, contudo me sentia ainda Margaret Parker, solteira, com vinte e dois anos de idade, enfermeira recém-formada. Ao descobrir que estava grávida, isso também me pareceu irreal. O bebê, quando chegou, parecia não ter nada a ver com Mike ou com o nosso breve convívio, e nada a ver comigo. Isso tudo veio depois, e talvez tenha sido mais forte porque veio mais tarde. Quando Charlie morreu, fiquei de luto por ambos, porém ainda não consigo me lembrar das feições de Mike com clareza.

Eu tinha consciência do corpo de Ronald atrás de mim, mas era um consolo não estar sentada ao seu lado. Algumas pessoas, ao velarem um amigo morto, acham que a presença dele faz companhia, mas eu não senti isso, pelo menos com Ronald. Tudo o que senti foi uma grande tristeza. Não era por aquele pobre garoto, não era nem mesmo por Charlie, ou Mike, ou por mim mesma. Era uma tristeza universal que parecia permear tudo ao meu redor, a brisa fresca batendo no meu rosto, o céu, onde havia algumas nuvens aglomeradas que pareciam se mover quase deliberadamente através do azul, e o próprio mar. Peguei-me pensando em todas as pessoas que viveram e morreram nesta costa e em seus ossos jazendo a mais de um quilômetro de distância, embaixo das ondas, nos grandes cemitérios. Suas vidas devem ter tido importância, na época, para eles mesmos e para as pessoas que se interessavam por eles, mas agora estavam mortos, e daria no mesmo se jamais tivessem vivido. Daqui a cem anos ninguém vai se lembrar de Charlie, de Mike ou de mim. Todas nossas vidas são tão in-

significantes quanto um único grão de areia. Senti minha mente esvaziada até mesmo de tristeza. Em vez disso, contemplando o mar, aceitando que no fim nada realmente tem importância e que só temos o momento presente para suportar ou aproveitar, senti-me em paz.

Acho que estava sentada numa espécie de transe, porque não vi nem ouvi as três pessoas que se aproximavam, até que houve um ruído mais alto nos seixos, e elas já quase me alcançavam. O padre Sebastian e o sr. Gregory caminhavam laboriosamente lado a lado. O padre Sebastian estava envolvido em seu manto preto, bem apertado contra o vento. Ambos tinham a cabeça baixa e caminhavam com propósito, como se estivessem marchando. O padre Martin vinha um pouco atrás, cambaleando enquanto lutava com dificuldade por cima dos seixos. Lembro-me de ter pensado que não era gentil os outros dois não esperarem por ele.

Fiquei com vergonha por ter sido surpreendida sentada. Levantei-me e o padre Sebastian disse: "Você está bem, Margaret?".

Eu disse: "Estou, padre", e depois afastei-me, enquanto os três caminhavam até o corpo.

O padre Sebastian fez o sinal-da-cruz e depois disse: "Isso é um desastre".

Mesmo naquela hora achei que era uma palavra estranha para se usar e vi que naquele momento ele não estava pensando apenas em Ronald Treeves; estava pensando no seminário.

Ele se inclinou e pôs a mão na parte de trás do pescoço de Ronald, e o sr. Gregory disse, bruscamente: "É claro que está morto. É melhor não mexer mais no corpo".

O padre Martin estava um pouco afastado. Vi seus lábios se moverem e achei que estava rezando.

O padre Sebastian disse: "Se você, Gregory, voltar ao seminário e esperar a polícia, o padre Martin e eu ficaremos aqui. É melhor Margaret ir com você. Isso foi um choque para ela. Leve-a, por favor, para a senhora Pilbeam, e *explique o que aconteceu. A senhora Pilbeam fará um pouco de chá quente e cuidará dela. Nenhuma das duas deverá falar nada até que eu informe o seminário. Se a polícia quiser falar com Margaret, eles poderão fazer isso mais tarde".*

É gozado, mas lembro-me de ter sentido um ligeiro ressentimento por ele ter falado com o sr. Gregory quase como se eu não estivesse presente. Na verdade, eu não queria ser levada para o chalé de Ruby Pilbeam. Gosto de Ruby, que sempre conseguiu ser gentil sem interferir, mas tudo o que eu queria era ir para casa.

O padre Sebastian aproximou-se e pôs a mão em meu ombro. Ele disse: "Você foi muito corajosa, Margaret, obrigado. Agora vá com Gregory, e eu irei vê-la mais tarde. O padre Martin e eu ficaremos aqui com Ronald".

Foi a primeira vez que ele mencionou o nome do garoto.

No carro, o sr. Gregory dirigiu durante alguns minutos em silêncio e depois disse: "É uma morte estranha. Imagino o que o médico-legista — ou, por falar nisso, a polícia — irá dizer".

Eu disse: "Não há dúvidas de que foi um acidente".

"Um tipo de acidente curioso, não acha?" Eu não retruquei, então ele disse: "Esse não é o primeiro cadáver que a senhora já viu, claro. A senhora certamente está acostumada com a morte".

"Sou enfermeira, senhor Gregory."

Pensei no primeiro corpo que eu havia visto, em todos esses anos, como estagiária de dezoito anos de idade, o primeiro corpo que preparei. A enfermagem era diferente naquela época. Nós mesmas costumávamos preparar os mortos e isso era feito com grande respeito e em silêncio, atrás de biombos. A irmã da minha primeira enfermaria costumava juntar-se a nós para fazer uma prece antes de começarmos. Ela dizia que aquele era o último serviço que podíamos prestar aos nossos pacientes. Mas eu não ia falar a esse respeito com o sr. Gregory.

Ele disse: "A visão de um cadáver, de qualquer cadáver, é uma confirmação consoladora de que podemos viver como homens, mas morremos como animais. Eu, pessoalmente, acho isso um consolo. Não consigo imaginar horror maior do que uma vida eterna".

Eu não respondi. Não que não goste dele: quase nunca nos encontramos. Ruby Pilbeam limpa seu chalé uma vez por semana e lava sua roupa. É uma combinação particular que eles têm. Mas ele e eu nunca fomos de muita conversa, e eu não pretendia começar agora.

O carro virou para oeste, entre as torres gêmeas, e entrou no pátio. Ao soltar o cinto de segurança e ajudar-me com o meu, ele disse: "Vou com a senhora até a casa da senhora Pilbeam. Pode ser que ela não esteja. Se não estiver, é melhor a senhora vir comigo para o meu chalé. O que nós dois precisamos é de um drinque".

Mas ela estava em casa, o que afinal achei bom. O sr. Gregory relatou os fatos muito brevemente e disse: "O padre Sebastian e o padre Martin estão com o corpo, e a polícia deve chegar logo. Por favor, não mencione isso a ninguém até a volta do padre Sebastian. Ele falará com o resto do seminário".

Depois que ele foi embora, Ruby fez mesmo um chá quente, forte e muito reconfortante. Ela se ocupou de mim, mas não consigo me lembrar das palavras ou dos gestos. Não falei muito, porém ela não esperava que o fizesse. Tratou-me como se estivesse doente, instalando-me em uma das poltronas à frente da lareira, ligando duas resistências do aquecedor elétrico, caso eu estivesse com frio, por causa do choque, e até mesmo fechando as cortinas, para que tivesse o que ela descreveu como um "bom e longo repouso".

Acho que isso foi cerca de uma hora antes de a polícia chegar, um sargento bem jovem com sotaque galês. Ele foi gentil e paciente, e eu respondi muito calmamente às suas perguntas. Afinal, quase não havia o que contar. Ele perguntou se eu conhecia Ronald bem, sobre a última vez em que o vi e se andava deprimido ultimamente. Eu disse que o vira na noite anterior, caminhando na direção do chalé do sr. Gregory, acho que para a aula de grego. O quadrimestre mal começara, e não o vi mais que isso. Tive a impressão de que o sargento da polícia — acho que o nome dele era Jones ou Evans, um nome galês, isso eu sei — se arrependera de ter feito a pergunta sobre Ronald estar deprimido. De todo modo, disse que tudo parecia bastante claro, fez as mesmas perguntas a Ruby e depois foi embora.

O padre Sebastian deu a notícia da morte de Ronald para o seminário quando estavam todos reunidos antes das vésperas, às cinco horas. Àquela altura, a maior parte dos noviços já havia imaginado que alguma coisa trágica acontecera; carros de polícia e uma viatura mortuária não chegam em segredo. Eu não fui à biblioteca, por isso não fiquei sabendo o que o padre Sebastian disse. Nessa hora, tudo o que queria era ficar sozinha. Mais tarde, porém, Raphael Arbuthnot, do último ano, trouxe-me um vasinho de violetas-africanas azuis, com as condolências de todos os noviços. Um deles deve ter ido de carro até Pakefield ou Lowestoft para comprá-las. Ao entregá-las, Raphael inclinou-se e deu-me um beijo no rosto. Ele disse: "Sinto tanto, Margaret". É o que as pessoas costumam dizer numa hora dessas, mas não parecia um lugar-comum. Soava mais como um pedido de desculpas.

Duas noites depois, começaram os pesadelos. Eu nunca havia tido pesadelos antes, nem mesmo quando era estudante de enfermagem e vi a morte pela primeira vez. Os sonhos são horríveis, e agora fico na frente da televisão até tarde, todas as noites, antecipando aterrorizada o momento em que a exaustão me leva para a cama. O sonho é sempre o mesmo. Ronald Treeves está de pé ao lado da minha cama. Está nu e seu corpo, emplastrado de areia úmida. Ela está emaranhada no cabelo claro e no rosto. Apenas os olhos estão livres de areia, e eles me olham reprovadores, como se perguntassem por que não fiz mais para salvá-lo. Sei que não havia nada que pudesse fazer. Sei que estava morto muito antes de eu encontrar o corpo. Mas, mesmo as-

sim, ele aparece noite após noite, com aquele olhar acusador de censura, a areia molhada caindo em torrões de seu rosto feioso, um tanto gorducho.

Talvez agora, que pus tudo no papel, ele me deixe em paz. Não me considero uma mulher fantasiosa, entretanto há algo de estranho em sua morte, algo de que eu deveria me lembrar, que permanece lamuriando no fundo da mente. Alguma coisa me diz que a morte de Ronald Treeves não foi um final, e sim um começo.

2

O telefonema para Dalgliesh veio às dez e quarenta da manhã, pouco antes de voltar para o escritório, após uma reunião com o Setor de Relações com a Comunidade. Demorara mais do que o planejado — essas reuniões sempre demoram —, e só lhe sobraram cinqüenta minutos para reunir-se ao comissário, no escritório do ministro do Interior, na Câmara dos Comuns. Tempo, pensou ele, para um café e alguns telefonemas importantes. Mas ele mal chegara à sua mesa quando seu assessor de imprensa enfiou a cabeça pela porta do escritório.

"O senhor Harkness agradeceria se você pudesse vê-lo antes de sair. Ele está com Sir Alred Treeves."

E daí? É claro que Sir Alred queria alguma coisa; em geral as pessoas que vinham visitar funcionários antigos na Yard queriam. E tudo o que Sir Alred queria, em geral conseguia. Não se dirige uma das multinacionais mais prósperas sem saber instintivamente como controlar as complexidades do poder, tanto nas questões pequenas como nas grandes. Dalgliesh conhecia sua fama; era difícil viver no século XXI e ignorá-la. Um empregador justo, generoso até, de um pessoal bem-sucedido, um apoiador liberal de obras de caridade, colecionador respeitado de arte européia do século XX; tudo isso podia ser interpretado pelos preconceituosos como se ele fosse um impiedoso podador de fracassos, um bem promovido adepto de causas da moda e um investidor com um olho para o ganho de capital a longo prazo. Até mesmo sua fama de grosseiro era ambígua.

Como essa fama era indiscriminada, e os poderosos sofriam tanto quanto os fracos, isso só serviu para lhe dar uma admirável reputação de igualitarismo honesto.

Dalgliesh pegou o elevador até o sétimo andar, com expectativas pouco agradáveis mas considerável curiosidade. Pelo menos a reunião seria relativamente curta; ele teria de sair às onze e quinze para uma conveniente caminhada de um quilômetro até o Ministério do Interior. No que dizia respeito a prioridades, o ministro do Interior tinha precedência sobre Sir Alred Treeves.

O comissário-assistente e Sir Alred estavam de pé, ao lado da mesa de Harkness, e ambos se viraram para Dalgliesh quando ele entrou. Como acontece muitas vezes com gente que aparece muito na mídia, a primeira impressão de Treeves foi desconcertante. Era mais atarracado e menos marcante e bem-apessoado do que parecia na televisão, os contornos do rosto eram menos definidos. Mas a impressão de poder latente e uma certa consciência satisfeita do fato eram ainda mais fortes. Seu ponto fraco era vestir-se como um fazendeiro próspero: a não ser nas ocasiões mais formais, quando usava ternos bem cortados. Havia nele alguma coisa do homem do campo: os ombros largos, o brunido nas faces e, por cima do nariz proeminente, o cabelo rebelde que barbeiro algum conseguia dominar; era muito escuro, quase preto, com uma mecha prateada penteada para trás, saindo do meio da testa. Se se tratasse de um homem mais preocupado com a aparência, Dalgliesh suspeitaria que era pintada.

Quando Dalgliesh entrou, o olhar de Treeves, sob grossas sobrancelhas, era direto e francamente avaliador.

Harkness disse: "Acho que os senhores já se conhecem".

Apertaram-se as mãos. A mão de Sir Alred era fria e forte, mas ele a retirou imediatamente, como se quisesse enfatizar que o gesto fora uma formalidade. Ele disse: "Já fomos apresentados. Uma conferência do Ministério do Interior no final dos anos 80, não foi? Sobre políticas nas cidades do interior. Não sei por que me meti naquilo".

"Sua companhia fez uma generosa doação a um dos projetos organizados sob iniciativa das cidades do interior. Acho que o senhor queria se assegurar de que ela fosse gasta de modo útil."

"Eu não diria isso. A probabilidade é pequena. Os jovens querem empregos bem pagos, para os quais valha a pena levantar-se cedo, e não treinamento para trabalho que não existe."

Dalgliesh recordou a ocasião. Fora a costumeira cerimônia de relações públicas altamente organizada. Poucos dos funcionários de alto escalão ou dos ministros presentes esperavam grandes resultados, como de fato aconteceu. Treeves, lembrou ele, fizera algumas perguntas pertinentes, expressara ceticismo quanto às respostas e saíra antes das conclusões do ministro. Por quê, exatamente, teria ele resolvido ir, resolvido contribuir? Talvez isso, também, tivesse sido uma cerimônia de relações públicas.

Harkness fez um gesto vago na direção das cadeiras giratórias pretas, arrumadas na frente da janela, e murmurou alguma coisa a respeito de café.

Treeves disse, laconicamente: "Não, obrigado, eu não tomo café". Seu tom de voz indicava que lhe haviam oferecido uma esotérica bebida inapropriada para as dez e quarenta e cinco da manhã.

Sentaram-se com uma certa cautela portentosa de três chefes da máfia que se encontram para ajustar suas diversas esferas de interesse. Treeves olhou o relógio. Sem dúvida a duração do encontro era predeterminada. Ele viera segundo sua conveniência, sem aviso prévio e sem dizer antes o que tinha em mente. É claro que isso lhe dava uma vantagem. Chegara com a confiança plena de que um funcionário de alto escalão teria tempo para ele, e tinha razão.

Então ele disse: "Meu filho mais velho, Ronald — aliás, ele era adotado —, foi morto há dez dias na queda de um penhasco em Suffolk. Desmoronamento de areia seria uma descrição mais exata; aqueles penhascos ao sul de Lowestoft vêm sendo erodidos pelo mar desde o século XVII. Ele foi sufocado. Ronald era aluno no seminário de Santo Anselmo, em Ballard's Mere. É um estabelecimento da High Church, para a formação de padres anglicanos. Incensos e sinos". Voltou-se para Dalgliesh. "Você conhece esse tipo de coisa, não? Seu pai não era pároco?"

E como, perguntou-se Dalgliesh, Sir Alred sabia disso? É provável que tivesse obtido essa informação em algum momento, lembrara-se do fato e pedira a algum de seus lacaios para checar, antes de sair para essa reunião. Era do tipo que achava bom ter o máximo possível de informações a respeito das pessoas com quem iria lidar. Se fossem contra elas, melhor ainda, mas todo detalhe pessoal que a outra parte não soubesse que ele sabia era um complemento gratificante e potencialmente útil para o acesso ao poder.

Dalgliesh disse: "Sim, ele era pároco em Norfolk".

Harkness perguntou: "Seu filho estava sendo formado para o sacerdócio?".

"Que eu saiba, o que lhe ensinavam em Santo Anselmo não o qualificaria para nenhuma outra tarefa."

Dalgliesh disse: "Havia uma menção da morte no quadro de avisos, mas não me lembro de ter lido a respeito do inquérito judicial".

"Nem teria sido possível. Foi tudo envolto em alto sigilo. Morte acidental. O veredicto deveria ter sido inconclusivo. Se o diretor do seminário e a maior parte dos funcionários não tivessem ficado lá, sentados como uma fileira de vigilantes de túnicas pretas, o médico-legista provavelmente teria encontrado coragem para apresentar um veredicto apropriado."

"O senhor estava lá, Sir Alred?"

"Não. Fui representado, eu estava na China. Havia um contrato complicado a ser negociado em Beijing. Voltei para a cremação. Trouxemos o corpo para Londres, para isso. Eles fizeram um tipo de serviço fúnebre — acho que o chamam de réquiem — em Santo Anselmo, mas nem minha mulher nem eu fomos. É um lugar em que nunca me senti à vontade. Logo depois do inquérito combinei com o meu chofer e outro motorista para trazerem o Porsche de Ronald, e o seminário entregou as roupas, a carteira e o relógio dele. Norris — o meu chofer — trouxe o pacote. Não era muita coisa. Os alunos não são encorajados a ter mais do que um mínimo de roupas, um terno, dois jeans e as habituais camisas, casacos, sapatos e a batina preta que devem usar. É claro que ele tinha alguns livros, mas eu disse que o seminário poderia ficar com eles, para a biblioteca. É estranha a rapidez com que se consegue arranjar as coisas e se livrar de uma vida. E então, há dois dias, recebi isto."

Sem pressa, ele retirou a carteira, desdobrou uma folha de papel e passou-a para Dalgliesh. Dalgliesh deu uma olhada e passou-a para o comissário-assistente. Harkness a leu em voz alta.

"'Por que o senhor não faz perguntas a respeito da morte do seu filho? Ninguém acredita que tenha sido mesmo um acidente. Aqueles padres encobririam qualquer coisa para manter seu bom nome. Há várias coisas acontecendo no seminário e que deveriam ser trazidas à luz. Será que o senhor vai permitir que eles saiam livres disso?'"

Treeves disse: "Acho que é quase uma acusação de assassinato".

Harkness passou o papel para Dalgliesh. Ele disse: "Mas sem evidência, sem nenhum motivo alegado ou nome de suspeito, não é mais provável que isto seja um trote, obra de alguém querendo arrumar problemas para a instituição?".

Dalgliesh estendeu o papel a Treeves, que o repeliu impacientemente.

Treeves disse: "Obviamente é uma possibilidade, entre outras. Imagino que você não vá descartá-la. Meu palpite é um pouco mais sério. Isso foi produzido num computador, é claro, de modo que não temos aquele costumeiro 'e' fora de alinhamento que sempre surge nos romances policiais. Não é preciso incomodar-se com impressões digitais, porque isso eu já fiz. Confidencialmente, é claro. Sem resultados, mas não os esperava mesmo. E o autor é instruído, eu diria. Ele — ou ela — usou a pontuação correta. Nesta época de pouca instrução, eu sugeriria que isso indica alguém de meia-idade, e não um jovem".

Dalgliesh disse: "E foi escrito de modo a incitá-lo a agir".

"Por que você diz isso?"

"O senhor está aqui, não está?"

Harkness perguntou: "O senhor disse que o seu filho era adotado. Que referências tinha dele?".

"Nenhuma. Quando ele nasceu, a mãe tinha catorze anos, e o pai, um ano a mais. Ele foi concebido contra um pilar de concreto na passagem subterrânea de Westway. Era recém-nascido, branco, saudável — um artigo desejável no mercado de adoção. Falando de modo grosseiro, tivemos sorte em obtê-lo. Por que a pergunta?"

"O senhor disse que considerava isso uma acusação de assassinato. Imagino quem iria se beneficiar da morte dele, se é que alguém iria se beneficiar."

"Toda morte beneficia alguém. O único beneficiário aqui é meu segundo filho, Marcus, cujo fundo sob custódia se ampliará quando ele completar trinta anos de idade, e cuja herança vai acabar sendo ainda maior do que seria se isso não tivesse acontecido. Como na época em questão ele estava na escola, podemos excluí-lo."

"Ronald não escrevera para o senhor ou falara a respeito de estar deprimido ou infeliz?"

"Para mim, não, mas provavelmente eu seria a última pessoa em quem ele confiaria. Não acho porém que estejamos nos entendendo. Não estou aqui para ser interrogado ou para tomar parte na sua investigação. Já lhe disse o pouco que sei. Agora quero que vocês assumam."

Harkness lançou um olhar a Dalgliesh. Ele disse: "É claro que é um assunto para a polícia de Suffolk. Eles são uma força eficiente".

"Não tenho dúvida que sim. É de presumir que tenham sido examinados pelo inspetor da polícia de Sua Majestade e considerados eficientes. Mas fizeram parte do inquérito original. Quero que vocês assumam o caso. Especificamente, quero que o comandante Dalgliesh assuma o caso."

O comissário-assistente olhou para Dalgliesh e pareceu que ia protestar, mas mudou de idéia.

Dalgliesh disse: "Devo tirar uma licença na semana que vem e pretendo ficar em Suffolk por mais ou menos uma semana. Conheço Santo Anselmo. Eu poderia ter uma palavrinha com a polícia local e com o pessoal do seminário e ver se há *prima facie* para levar o caso adiante. Mas após o veredicto do inquérito judicial e de o corpo do seu filho ter sido cremado, é altamente improvável que venha à luz algo de novo".

Harkness recuperou a voz. "Isso não é ortodoxo."

Treeves levantou-se. "Pode não ser ortodoxo, mas parece-me inteiramente sensato. Quero discrição, e é por isso que não tenho a intenção de voltar ao pessoal local. Já houve barulho suficiente nos jornais locais, quando a notícia da morte foi divulgada. Não quero as manchetes dos tablóides sugerindo que houve algo de misterioso com a morte."

Harkness disse: "Mas o senhor acha que houve?".

"Claro que houve. A morte de Ronald ou foi acidental, ou suicídio, ou assassinato. A primeira é pouco provável, a segunda, inexplicável. Isso faz com que sobre a terceira. Quando chegar a alguma conclusão, entre em contato comigo, é claro."

Ele começava a se levantar da cadeira quando Harkness perguntou: "Sir Alred, o senhor estava contente com a escolha de carreira do seu filho?". Ele fez uma pausa e acrescentou: "Trabalho, vocação, seja lá o que for".

Alguma coisa no seu tom de voz, um meio-termo constrangido entre tato e interrogatório, demonstrou que ele não esperava que essa pergunta fosse bem recebida, como não foi. A voz de Sir Alred não se alterou, mas sustentou uma advertência inequívoca. "Exatamente o que você quer dizer com isso?"

Tendo começado, Harkness não tinha a intenção de se

deixar intimidar. "Eu estava pensando se seu filho teria alguma coisa em mente, um motivo especial para se preocupar."

Sir Alred deliberadamente olhou para o relógio de pulso. E disse: "Você está sugerindo suicídio. Acho que deixei minha posição clara. Isso está fora. Fora. Por que diabos ele ia querer se matar? Ele tinha tudo o que queria".

Dalgliesh perguntou em voz baixa: "Mas, e se não fosse o que o senhor queria?".

"É claro que não era o que eu queria! Um trabalho sem futuro. A Igreja anglicana estará moribunda dentro de vinte anos, se o declínio atual continuar. Ou será uma seita excêntrica preocupada em manter velhas superstições e igrejas antigas — quer dizer, isso se o Estado não tombá-las como monumentos nacionais. As pessoas podem querer a ilusão da espiritualidade. Sem dúvida, de um modo geral, elas acreditam em Deus, e a idéia de que a morte possa significar extinção não é agradável. Mas elas pararam de acreditar no céu, não têm medo do inferno e não vão começar a ir à igreja. Ronald tinha instrução, inteligência, oportunidades. Não era burro. Poderia ter feito alguma coisa na vida. Ele sabia como eu me sentia, e o assunto estava encerrado entre nós. Ele certamente não iria enfiar a cabeça debaixo de uma tonelada de areia para me contrariar."

Levantou-se e inclinou a cabeça rapidamente para Harkness e Dalgliesh. A entrevista estava terminada. Dalgliesh desceu com ele no elevador e depois o acompanhou até o ponto em que a Mercedes com seu chofer havia deslizado e parado. A sincronização, como se esperava, fora perfeita.

Dalgliesh já havia se virado quando foi peremptoriamente chamado de volta.

Pondo a cabeça para fora da janela, Sir Alred disse: "Imagino que já tenha lhe ocorrido que Ronald possa ter sido morto em outro lugar e seu corpo tenha sido levado à praia".

"Acho que o senhor pode supor, Sir Alred, que isso ocorreu à polícia de Suffolk."

"Não estou certo de compartilhar da sua confiança. De todo modo, é uma idéia. Vale a pena tê-la em mente."

Ele não fez a menor menção de dar ordens ao chofer, sentado, imóvel e sem expressão, como uma estátua ao volante, para partir. Em vez disso, falou, como num impulso: "Bem, há uma questão que me intriga. Ocorreu-me na igreja, na verdade. De vez em quando eu apareço na cerimônia religiosa anual do centro financeiro, você sabe. Imaginava que quando tivesse algum momento livre eu iria tentar respondê-la. É a respeito do Credo".

Dalgliesh era mestre em ocultar surpresas. Ele perguntou gravemente: "Qual, Sir Alred?".

"Há mais de um?"

"Na verdade, são três."

"Ah! Meu Deus! Bem, escolha um. Suponho que sejam mais ou menos iguais. Como é que começam? Quero dizer, quem os escreveu?"

Dalgliesh, intrigado, ficou tentado a perguntar se Sir Alred havia discutido essa questão com o filho, mas prevaleceu a prudência. Ele disse: "Acho que um teólogo lhe seria mais útil do que eu, Sir Alred".

"Você é filho de um pároco, não é? Achei que saberia. Não tenho tempo de sair perguntando por aí."

A memória de Dalgliesh voltou ao gabinete de seu pai, na paróquia de Norfolk, para fatos que ele aprendera ou pinçara ao folhear livros na biblioteca do pai, as palavras que agora raramente pronunciava, mas que pareciam ter se alojado em sua mente desde a infância. Ele disse: "O Credo de Nicéia foi formulado pelo Conselho de Nicéia, no século IV". A data inexplicavelmente voltou-lhe à memória. "Acho que foi em 325. O imperador Constantino reuniu o Conselho para estabelecer a crença da Igreja e lidar com a heresia ariana".

"Por que a Igreja não o atualiza? Não olhamos para o século IV para compreender a medicina, a ciência ou a natureza do universo. Não olho para o século IV quando administro as minhas companhias. Por que olhar para 325 para obter o nosso entendimento de Deus?"

Dalgliesh respondeu: "O senhor preferiria um Credo para o século XXI?". Ele ficou tentado a perguntar se Sir Alred tinha a intenção de escrever um. Em vez disso, falou: "Duvido que qualquer novo conselho, numa cristandade dividida, possa chegar a um consenso. Sem dúvida a Igreja acha que os bispos de Nicéia tiveram inspiração divina".

"Era um conselho de homens, não? Homens poderosos. Eles incorporaram suas agendas privadas, seus preconceitos, suas rivalidades. Dizia respeito, essencialmente, a poder, quem o tem, quem o dá. Você já participou de comissões em número suficiente e sabe como funcionam. Já viu alguma que tivesse inspiração divina?"

Dalgliesh disse: "Admito que não nas reuniões de trabalho do Ministério do Interior". E acrescentou: "O senhor está pensando em escrever ao arcebispo, ou talvez ao papa?".

Sir Alred lançou-lhe um olhar de aguda suspeita e aparentemente resolveu que, se fosse gozação, não lhe daria importância, ou seria conivente. Ele disse: "Ando ocupado demais. De todo modo, está um pouco fora da minha seara. Mas mesmo assim é interessante. A gente imagina que isso deve ter lhes ocorrido. Conte-me se descobrir alguma coisa em Santo Anselmo. Estarei fora do país pelos próximos dez dias, mas não há pressa. Se o garoto foi assassinado, saberei o que fazer. Se ele tiver se matado, bem, isso é assunto dele, mas eu gostaria de saber também".

Fez uma inclinação e abruptamente retirou a cabeça. Ordenou ao chofer: "Está bem, Norris, de volta ao escritório".

O carro se afastou rapidamente. Dalgliesh ficou olhando por um momento. Em se tratando de Alred, era preciso partir sempre de fatos sabidos: não dava para especular. Não teria sido aquilo uma avaliação confiante demais, ou até presunçosa? O homem era mais complexo do que isso, na sua mistura de ingenuidade e sutileza, de arrogância e daquela curiosidade de longo alcance que, ao pousar de modo incongruente em algum assunto, investia-o imediatamente com a dignidade de seu interesse pessoal.

Mas Dalgliesh ainda estava intrigado. O veredicto sobre Ronald Treeves, mesmo que surpreendente, tinha sido pelo menos misericordioso. Haveria alguma outra razão intrigante, além de interesse paterno, para a sua insistência num inquérito posterior?

Ele voltou ao sétimo andar. Harkness estava de olhos fixos na janela. Sem se voltar, disse: "Um homem extraordinário. Ele tinha algo mais a dizer?".

"Ele gostaria de reescrever o Credo de Nicéia."

"A idéia é absurda".

"Mas provavelmente menos perigosa para a raça humana do que a maior parte de suas outras atividades."

"Eu estava falando da sua proposta de desperdiçar o tempo de um funcionário de escalão superior com a reabertura do inquérito sobre a morte do filho. Mesmo assim, ele não vai deixar o assunto morrer. Você arranja as coisas com Suffolk, ou eu devo fazê-lo?"

"É melhor manter a maior reserva possível. Peter Jackson foi transferido para lá no ano passado, como comissário-assistente. Vou trocar uma palavra com ele. Eu conheço alguma coisa de Santo Anselmo. Passei três verões lá, quando era garoto. Não creio que ainda haja alguém do pessoal antigo, mas eles provavelmente verão a minha chegada como mais ou menos natural, nessas circunstâncias."

"Você acha? Eles podem viver afastados do mundo, mas duvido que sejam tão ingênuos. Um comandante da Polícia Metropolitana interessado na morte acidental de um estudante? Bem, não temos muita escolha. Treeves não vai deixar isso passar, e não dá para mandarmos um par de sargentos para que comecem a bisbilhotar na trilha de alguém. Mas se foi uma morte suspeita, Suffolk terá de assumir, queira Treeves ou não, e ele pode desistir de se achar capaz de montar uma investigação de assassinato em segredo. Uma coisa é verdade quanto a um assassinato: uma vez descoberto, ficamos todos no mesmo pé. Isso é algo que Treeves consegue manipular para adequar às conveniências dele. É estranho, no entanto, não é? Quero dizer, é estranho ele importunar, tornar isso um caso pessoal. Se ele quer manter o assunto longe da imprensa, por que ressuscitá-lo? E por que levar a carta a sério? Ele deve receber o seu quinhão de cartas de malucos. Era de se esperar que jogasse essa fora com o resto das bobagens."

Dalgliesh estava em silêncio. Fosse qual fosse o motivo do remetente, a mensagem não lhe pareceu obra de alguém perturbado. Harkness chegou mais perto da janela e ficou lá, os ombros caídos, espiando para fora, como se a paisagem familiar de torres e espirais tivesse subitamente se tornado interessante e estranha para ele.

Sem se voltar, disse: "Ele não demonstrou a menor pena do garoto, não foi? E pode não ter sido fácil para ele — o rapaz, quero dizer. Era adotado, presumivelmente porque Treeves e a mulher achavam que não poderiam ter filhos, depois ela engravida e chega um filho de verdade. O artigo genuíno, sua própria carne e sangue, não uma criança escolhida para você pelo Departamento de Assistência Social. E não é pouco comum. Conheço um caso. A criança adotada sempre sente que sua permanência na família é uma fraude".

As palavras foram proferidas com uma veemência a custo controlada. Houve um momento de silêncio, e então Dalgliesh disse: "Isso pode explicar, isso ou culpa. Ele não conseguiu amar o garoto enquanto estava vivo, nem sequer consegue entristecer-se por ele agora, que está morto, mas pode certificar-se de que vai obter justiça".

Harkness voltou-se e disse bruscamente: "De que vale a justiça para os mortos? É melhor concentrar-se na justiça para os vivos. Mas provavelmente você tem razão. De todo modo, faça o que puder. Vou pôr o comissário a par disso tudo".

Ele e Dalgliesh tratavam-se pelo primeiro nome havia oito anos, e, no entanto, ele falou como se estivesse dispensando um sargento.

3

Os documentos para a reunião com o ministro do Interior estavam prontos em sua mesa, os anexos, etiquetados; sua assessoria de imprensa, como sempre, havia sido eficiente. Enquanto punha os papéis na pasta e descia pelo elevador, Dalgliesh tirou as preocupações do dia da cabeça e deixou-se vaguear livre, no litoral varrido pelos ventos de Ballard's Mere.

Então, afinal, ele estava voltando. Por quê, pensou, não voltara antes? Sua tia morava na costa de East Anglia, primeiro num chalé e depois no moinho reformado, e durante suas visitas ele poderia facilmente ter feito o trajeto até Santo Anselmo. Teria sido uma relutância instintiva de flertar com o desapontamento, a consciência de que sempre regressamos a um lugar amado sob julgamento, sob o fardo triste dos anos acumulados? E ele voltaria como um estranho. O padre Martin fizera parte do pessoal, na sua última visita, mas já devia estar aposentado há muito tempo; já devia ter uns oitenta anos, a esta altura. Ele levaria a Santo Anselmo apenas memórias não compartilhadas. Iria sem ser convidado e como funcionário da Polícia, para reabrir, sem muita justificativa, um caso que devia ter causado ao pessoal do seminário aflição e embaraço, e que eles desejariam esquecer. Mas estava voltando e descobriu que a perspectiva, de repente, era agradável.

Caminhou distraidamente o indistinto quilômetro burocrático entre Broadway e Parliament Square, porém com uma cena mais calma, menos frenética, na cabeça: os penhascos arenosos e quebradiços derramando-se numa praia marcada pela chuva, os quebra-mares de carvalho semidemolidos por séculos de marés, mas ainda agüentando a violenta investida do mar; a estrada de pedregulhos que antes ficava quase dois quilômetros para dentro, mas que agora corria perigosamente perto da beirada do penhasco. E o próprio Santo Anselmo, as duas torres Tudor em ruínas, flanqueando o pátio da frente, a porta de carvalho emoldurada de ferro, e, aos fundos da grandiosa mansão vitoriana de tijolos e pedra, os delicados claustros que rodeavam o pátio a oeste, o do norte levando diretamente à igreja medieval que servia à comunidade como sua capela. Lembrou-se de que os alunos usavam batina quando estavam no seminário e mantos de lã marrom com capuzes como proteção contra o onipresente vento do litoral. Ele os viu, agora com sobrepelizes para as vésperas, indo em filas para os bancos, sentiu o cheiro do incenso no ar, viu o altar, com mais velas do que seu pai anglicano teria achado apropriado, e, acima dele, a pintura emoldurada da Sagrada Família por Rogier van der Weyden. Será que ela ainda estaria lá? Será que haveria outros tesouros, mais secretos, mais misteriosos, guardados com mais ciúme, ainda escondidos no seminário, o papiro de Anselmo?

Ele não passara mais do que três férias de verão no seminário. Seu pai trocara as funções sacerdotais com o padre de uma paróquia difícil do interior, para lhe dar pelo menos uma mudança de cenário e de ritmo. Os pais de Dalgliesh relutavam em deixá-lo fechado numa cidade industrial durante a maior parte das férias de verão, e ele fora convidado a ficar na paróquia com os recém-chegados. Mas a notícia de que o reverendo Cuthbert Simpson e sua mulher tinham quatro filhos com idades abaixo de oito anos, inclusive gêmeos com sete anos, fizera-o opor-se à idéia; mesmo aos catorze anos de idade, ansiava por privacidade durante as férias prolongadas. Desse modo, concordara em aceitar um convite do diretor do seminário de Santo Anselmo, ao mesmo tempo que adquirira a incômoda consciência de que sua mãe achava que ele deveria ter demonstrado maior espírito de generosidade, oferecendo-se para ficar e ajudar com os gêmeos.

O seminário estivera meio vazio, apenas alguns dos alunos estrangeiros preferiram permanecer. Eles e os padres assumiram a tarefa de fazer com que sua estada fosse feliz, instalando um campo de críquete na faixa de grama especialmente aparada por trás da igreja e incansavelmente lançando as bolas. Lembrava-se de que a comida tinha sido muito superior às refeições escolares e, na verdade, às da paróquia, e gostara de seu quarto de hóspedes, mesmo que não tivesse vista para o mar. Mas aquilo de que ele mais gostara haviam sido as caminhadas solitárias para o sul, na direção da laguna, ou para o norte, na direção de Lowestoft, a liberdade de usar a biblioteca, o silêncio predominante mas nunca opressivo, a segurança de que poderia tomar posse de cada novo dia em liberdade inquestionável.

Depois, durante sua segunda visita e no dia 3 de agosto, houvera Sadie.

O padre Martin dissera: "A neta da senhora Millson está vindo para ficar com ela no chalé. Acho que tem mais ou menos a sua idade, Adam. Poderá ser uma companhia para você". A sra. Millson era a cozinheira, mesmo com os seus sessenta anos, na época, e certamente há muito aposentada.

Sadie acabou sendo uma companhia de um jeito ou de outro. Ela tinha uns quinze anos, era magra, com um belo cabelo cor de milho que caía de cada lado do rosto fino e olhos pequenos de um notável cinza salpicado de verde que, no primeiro encontro, o encararam com uma intensidade ressentida. Mas pareceu bastante satisfeita em caminhar com ele, raramente falando, ocasionalmente apanhando uma pedra para atirar ao mar, ou repentinamente correndo à frente, com feroz determinação, e depois virando-se para esperá-lo, parecendo mais um cachorrinho correndo atrás de uma bola.

Ele se lembrou de um dia, depois de uma tempestade, quando o céu clareara, mas o vento ainda estava forte e grandes ondas quebravam com tanta veemência quanto durante as horas negras da noite. Sentaram-se lado a lado no abrigo de um quebra-mar, passando uma garrafa de limonada da boca de um para a boca do outro. Ele havia escrito um poema para ela — mais, lembrou-se ele, um exercício tentando imitar Eliot (seu entusiasmo mais recente) do que um tributo a um sentimento genuíno. Ela o leu com as sobrancelhas franzidas, os olhos pequenos quase invisíveis.

"Você escreveu isto?"

"Escrevi. É para você. Um poema."

"Não, não é. Não tem rima. Um garoto da nossa turma — Billy Price — escreve poemas. Sempre têm rima."

Ele disse, indignado: "É um tipo diferente de poema".

"Não, não é. Se for um poema, as palavras no final dos versos têm de rimar. É o que Billy Price diz."

Mais tarde ele passou a acreditar que Billy Price tinha alguma razão. Levantou-se, rasgou o papel em pedaços pequenos e jogou-os na areia molhada, observando e esperando a próxima onda carregá-los para o esquecimento. Chega, pensou ele, do afamado poder erótico da poesia. Mas a mente feminina de Sadie, para alcançar seus fins elementares, operava numa manobra menos sofisticada, mas atávica. Ela disse: "Aposto que você não tem coragem de pular da ponta daquele quebra-mar".

Billy Price, pensou ele, sem dúvida teria ousado mergulhar da ponta do quebra-mar, além de escrever versos que rimavam ao final de cada linha. Sem falar, levantou-se e arrancou a camisa. Vestido apenas com seu calção cáqui, equilibrou-se no quebra-mar, fez uma pausa, caminhou sobre uma escorregadia camada de algas até o final e mergulhou de cabeça no mar turbulento. Era menos fundo do que ele pensava, e sentiu as palmas das mãos rasparem nos pedregulhos antes de subir à superfície. Mesmo em agosto o mar do Norte é gelado, mas o choque do frio foi apenas temporário. O que se seguiu foi aterrador. Ele sentiu como se estivesse nas garras de uma força incontrolável, como se fortes mãos o estivessem segurando pelos ombros e forçando-o para trás e para o fundo. Num esforço supremo, tentou avançar, mas o litoral estava repentinamente apagado por uma grande parede de água que quebrou por cima dele; ele viu-se arrastado para trás, e depois jogado para cima, para a luz do dia. Avançou na direção do quebra-mar, que parecia estar se afastando a cada segundo.

Podia ver Sadie, agora de pé na beirada, agitando os braços, os cabelos voando ao vento. Ela estava gritando alguma coisa, mas ele não conseguia ouvir nada além das marteladas no ouvido. Reuniu forças, esperando uma onda para avançar, fazendo um progresso e depois desesperadamente tentando mantê-lo antes que o repuxo da maré o fizesse perder os poucos centímetros ganhos. Disse a si mesmo para não entrar em pânico, para administrar a força, para tentar aproveitar cada movimento para a frente. Por fim, de doloroso centímetro em doloroso centímetro, conseguiu. Ofegante, agarrou-se à ponta do quebra-mar. Passaram-se alguns minutos antes de conseguir se mover, mas Sadie alcançou sua mão e o ajudou a sair.

Sentaram-se lado a lado numa faixa elevada de seixos, e, sem nada falar, ela tirou o vestido e começou a esfregar-lhe as costas. Depois que estava seco, ainda sem falar, ela entregou-lhe a camisa. Ele se lembrou de que a visão do corpo dela, dos pequenos peitos pontudos e dos bicos rosados e tenros, não lhe despertaram desejo, mas uma emoção que agora reconhecia como um misto de afeição e pena.

Então ela disse: "Você quer ir até a laguna? Conheço um local secreto".

A laguna ainda estaria lá, uma extensão de águas paradas e escuras separada do mar vigoroso por um banco de seixos, a superfície untuosa insinuando profundidades insondáveis. A não ser nas piores tempestades, a laguna estagnada e o mar salgado nunca se encontravam por cima daquela barreira mutante. Na beira da maré, os troncos pretos de árvores fossilizadas estavam de pé, como totens de uma civilização havia muito desaparecida. A laguna era um ponto de encontro conhecido de aves marinhas, e havia esconderijos de madeira ocultos entre as árvores e arbustos, mas só o observador de pássaros mais entusiasmado entrava naquela sinistra e escura extensão de água.

O local secreto de Sadie era o casco de madeira de um navio naufragado, semi-enterrado na areia, na faixa de terra entre o mar e a laguna. Ainda havia alguns degraus podres descendo para a cabine, e lá eles passaram o resto da tarde e todos os dias que se seguiram. A única luz vinha de aberturas entre as tábuas, e riram ao ver que seus corpos estavam listrados, traçando as linhas em movimento com os dedos. Ele lia, escrevia ou ficava sentado silenciosamente contra a parede encurvada da cabine, enquanto Sadie impunha no pequeno mundo deles sua domesticidade excêntrica. Os piqueniques fornecidos pela avó dela eram cuidadosamente espalhados em pedras planas, os alimentos a serem cerimoniosamente servidos para ele e degustados quando ela decretava. Potes de geléia cheios com água da laguna continham juncos, gramas e plantas com folhas emborrachadas, não identificadas, retiradas das fissuras do penhasco. Juntos esquadrinharam a praia em busca de pedras com furos para acrescentar ao colar que ela pendurara numa corda ao longo da parede da cabine.

Durante anos, depois daquele verão, o cheiro de piche, de carvalho podre quente combinado com o travo do mar tinha, para ele, uma carga erótica. Onde, pensava ele, Sadie estaria agora? Provavelmente casada, com um monte de filhos de cabelos dourados — se os pais deles não tivessem se afogado, morrido eletrocutados ou perecido no processo preliminar de seleção de Sadie. Era pouco provável que ainda restasse algum sinal do naufrágio. Depois de décadas batendo, o mar já teria reclamado sua presa. E muito antes que a última prancha de madeira fosse arrastada pela enchente da maré, o fio do colar já se teria gasto e, por fim, rompido, deixando escorrer aquelas pedras tão cuidadosamente colhidas para que caíssem formando um montinho no piso coberto de areia da cabine.

4

Era quinta-feira, 12 de outubro, e Margaret Munroe estava escrevendo o apontamento final no diário.

Pensando neste diário, desde que comecei a escrevê-lo, a maior parte dele parece tão maçante que imagino por que ainda persevero. Os apontamentos após a morte de Ronald Treeves tornaram-se pouco mais que descrições da minha rotina diária intercaladas com descrições do tempo. Depois do inquérito e da missa de réquiem, a impressão que se tinha é de que a tragédia havia sido formalmente guardada e arrumada, e de que ele jamais existiu. Nenhum dos alunos fala dele, pelo menos não para mim, e nem os padres. Seu corpo não foi levado de volta a Santo Anselmo, nem para o réquiem. Sir Alred quis que o cremassem em Londres, de modo que foi removido depois do inquérito pelos agentes funerários londrinos. O padre John embrulhou suas roupas e Sir Alred mandou dois homens num carro para buscar o pacote e voltar no Porsche de Ronald. Os sonhos ruins desapareceram aos poucos, e eu já não acordo suando, imaginando aquele horror coberto de areia, de olhos cegos, tateando em minha direção. Mas o padre Martin tinha razão. Escrever todos os detalhes ajudou-me e vou continuar escrevendo. Acho que fico ansiando por aquele momento no final do dia, depois de ter arrumado e guardado minhas coisas do jantar, e quando posso sentar-me à mesa com este caderno. Não tenho nenhum outro talento, mas gosto de usar as palavras, pensando a respeito do passado, tentando me pôr do lado de fora das coisas que me aconteceram para entendê-las.

Porém o apontamento de hoje não será maçante ou rotineiro. Ontem foi diferente. Um fato importante aconteceu, e eu preciso escrevê-lo para fazer com que a narrativa fique completa. Só que não sei se seria certo até mesmo formular as palavras. Afinal de contas, o segredo não é meu e, embora nunca ninguém vá ler esta narrativa além de mim, não posso deixar de sentir que há coisas que não é sensato pôr no papel. Quando os segredos não são falados ou não são escritos, ficam guardados em segurança na cabeça, no entanto ao escrevê-los parece que os deixamos soltos e lhes damos o poder de se espalharem como pólen no ar e entrarem em outras mentes. Parece fantasioso, mas deve haver alguma verdade nisso, ou por que será que sinto tão fortemente que deveria parar de escrever agora? Mas não tem sentido continuar com o diário se eu deixar de fora os fatos mais importantes. E não há o menor risco real de que estas palavras venham a ser lidas, mesmo que eu deixe o caderno numa gaveta destrancada. São tão poucas as pessoas que vêm aqui, e as que vêm não ficam remexendo nas minhas coisas. Talvez eu devesse tomar mais cuidado com a privacidade. Amanhã vou pensar um pouco nisso; agora vou escrever do modo mais completo que tiver coragem.

O mais estranho é que eu não teria me lembrado de nada disso se Eric Surtees não tivesse me trazido de presente quatro de seus alhos-porós cultivados em casa. Ele sabe que gosto de tê-los, com molho de queijo, para cear e muitas vezes aparece com legumes da horta para me dar de presente. Não sou a única; ele também os distribui para os outros chalés e para o seminário. Antes de ele chegar, eu estava relendo minha narrativa sobre a descoberta do corpo de Ronald, e, enquanto desembrulhava os alhos-porós, a cena da praia ficou fresca na minha mente. Então as coisas se juntaram, e eu me lembrei, de repente. Tudo voltou claro como uma fotografia, e lembrei-me de cada ges-

to, *de cada palavra dita, de tudo, com exceção dos nomes —*
e não tenho certeza de que algum dia os tenha sabido. Foi
há doze anos, mas poderia ter sido ontem.

Fiz minha ceia e levei o segredo comigo para a cama.
Hoje de manhã eu sabia que deveria contar à pessoa mais
implicada. Depois disso, poderia guardar silêncio. Mas pri-
meiro eu teria de verificar se o que lembrava estava certo,
e dei o telefonema quando fui a Lowestoft à tarde, para fa-
zer compras. Então, há duas horas, contei o que sabia. Na
verdade não era da minha conta, e agora não há mais
nada que eu possa fazer. Afinal, foi fácil e simples, nada
para me preocupar. Estou satisfeita por ter falado. Seria
desconfortável, para mim, continuar morando aqui, sa-
bendo o que sei e, no entanto, sem falar do assunto, ima-
ginando a toda hora se estava agindo certo. Agora não
preciso me preocupar. Contudo, ainda assim parece tão
estranho que as coisas não tivessem se juntado antes e que
eu não tivesse me lembrado até que Eric houvesse me tra-
zido aqueles alhos-porós de presente.

Este foi um dia exaustivo, e estou muito cansada, tal-
vez cansada demais para conseguir dormir. Acho que vou
assistir ao início do jornal da noite e depois irei para a
cama.

Ela pegou o caderno da mesa e o enfiou na gaveta
da cômoda. Depois trocou os óculos, pondo um par mais
confortável para ver televisão, ligou o aparelho e instalou-
se na poltrona alta, com o controle remoto apoiado no braço. Estava ficando um pouco surda. O ruído aumentou de
modo alarmante antes que ajustasse o volume e a música
introdutória terminasse. Provavelmente cairia no sono sentada na cadeira, mas o esforço de levantar-se e ir para a
cama parecia além de suas possibilidades.

Estava quase cochilando quando sentiu uma corrente
de ar frio e notou, mais por instinto do que pelo som, que
alguém entrara na sala. A tranca da porta estalou. Espichan-
do a cabeça pelo lado da poltrona ela viu quem era e dis-

se: "Ah, olá! Imagino que tenha se surpreendido por ver minha luz ainda acesa. Estava neste momento pensando em ir para a cama".

A silhueta veio por trás da poltrona, e ela inclinou a cabeça para trás, olhando para cima, esperando uma resposta. Então as mãos desceram, mãos fortes, usando luvas amarelas de borracha. Elas se apertaram contra sua boca e tamparam seu nariz, forçando a cabeça para trás, contra a poltrona.

Ela sabia que aquilo era a morte, mas não sentiu medo, apenas uma imensa surpresa e uma aceitação cansada. Lutar teria sido inútil, mas não tinha vontade de lutar, apenas de partir suave, rapidamente e sem dor. Sua última sensação terrena foi a suavidade fria da luva contra o rosto e o cheiro de látex nas narinas, enquanto o coração deu a última batida compulsiva e parou.

5

Na terça-feira, 17 de outubro, exatamente às cinco para as dez, padre Martin fez o trajeto do pequeno torreão que ocupava, ao sul da casa, pelas escadas em caracol e pelo corredor do gabinete do padre Sebastian. Nos últimos quinze anos, as dez da manhã das terças-feiras eram reservadas para a reunião semanal de todos os padres residentes. O padre Sebastian faria seu relatório, problemas e dificuldades seriam discutidos, os detalhes da eucaristia cantada do domingo seguinte e de outras cerimônias religiosas da semana seriam finalizados, seriam decididos os convites a futuros pregadores e todos os assuntos domésticos de menor importância.

Depois da reunião, os alunos mais velhos eram chamados para uma reunião particular com o padre Sebastian. Sua tarefa era registrar todas as opiniões, queixas ou idéias que o pequeno corpo de alunos quisesse comunicar, bem como receber todas as instruções e informações que o pessoal de ensino quisesse que ele passasse para seus companheiros noviços, inclusive os detalhes dos cultos da semana seguinte. A participação dos alunos ia até aí. Santo Anselmo ainda adotava a interpretação antiquada do *in statu pupillari*, e a demarcação entre professores e estudantes era compreendida e observada. Apesar disso, o regime era surpreendentemente tranqüilo, sobretudo quanto à saída de sábado, desde que os alunos não saíssem senão após as vésperas, às cinco horas, na sexta-feira, e estivessem de volta a tempo para a eucaristia, às dez horas, no domingo.

O escritório de padre Sebastian estava voltado para o leste, acima da varanda, e tinha uma vista contínua do mar entre as duas torres Tudor. Era grande demais para um escritório, mas, tal como padre Martin antes, ele se recusara a estragar as proporções com divisórias. Sua secretária de meio período, a srta. Beatrice Ramsey, ocupava a sala ao lado. Ela trabalhava lá apenas de quarta a sexta-feira, conseguindo nesses três dias fazer tanto quanto a maior parte das secretárias faria em cinco. Era uma mulher de meia-idade, com retidão e piedade intimidantes, e padre Martin sempre temia inadvertidamente soltar um pum em sua presença. Ela era inteiramente dedicada ao padre Sebastian, mas sem nenhuma das manifestações sentimentais e embaraçosas que o afeto de uma solteirona por um padre às vezes exibe. Na verdade, parecia que seu respeito era pela posição, e não pelo homem, e que via como parte de seus deveres mantê-lo à altura dela.

Além do tamanho, o escritório de padre Sebastian continha alguns dos objetos mais valiosos legados ao seminário pela srta. Arbuthnot. Em cima da lareira de pedra gravada com as palavras que estavam no cerne da teologia de Santo Anselmo, *credo ut intelligam*, estava pendurada uma grande pintura de Burne-Jones, retratando jovens mulheres de cabelos crespos, de beleza improvável, divertindo-se num pomar. Em época mais recente, o quadro estava pendurado no refeitório, mas padre Sebastian, sem explicações, mudara-o para seu escritório. Padre Martin tentou reprimir a suspeita de que isso tinha sido menos um sinal da afeição do diretor pela pintura, ou admiração pelo artista, do que o seu desejo de que os objetos de valor especial do seminário estivessem, tanto quanto possível, decorando seu escritório e sob seu olhar.

Nesta terça-feira, a reunião deveria contar apenas com três participantes: padre Sebastian, padre Martin e padre Peregrine Glover. O padre John Betterton tinha uma consulta urgente no dentista, em Halesworth, e mandara suas desculpas. O padre Peregrine, o padre bibliotecário, juntou-se a eles em poucos minutos. Aos quarenta e três anos, era o mais jovem dos padres que lá viviam, mas, para padre Martin, muitas vezes parecia ser o mais velho. Seu rosto gorducho, de pele macia, parecia-se ainda mais com uma coruja por causa dos grandes óculos de aros de chifre, e seu cabelo preto, espesso, era cortado com uma franja, e só precisava de uma tonsura para completar a semelhança com um frade medieval. Essa suavidade do seu semblante dava uma falsa impressão sobre sua força física. Padre Martin sempre ficava surpreso quando eles se despiam para nadar ao ver como o corpo de padre Peregrine era firme e musculoso. Ele mesmo só nadava agora nos dias mais quentes, quando espadanava apreensivamente no raso, com pés inseguros, e observava com assombro padre Peregrine, liso como um golfinho, atirar o corpo curvado nas ondas. Nas reuniões de terça-feira padre Peregrine falava pouco e mais habitualmente para comunicar um fato do que para expressar uma opinião, mas era sempre ouvido. Eminente do ponto de vista acadêmico, obteve um primeiro lugar em Ciências Naturais, em Cambridge, antes de um segundo primeiro lugar em Teologia e de optar pelo sacerdócio anglicano. Em Santo Anselmo lecionava História da Igreja, às vezes atribuindo desconcertante relevância ao desenvolvimento do pensamento científico e às suas descobertas. Dava valor à sua privacidade e tinha um pequeno quarto no andar térreo, na parte de trás do prédio, ao lado da biblioteca, que se recusava obstinadamente a deixar, talvez porque esse espaço eremítico e espartano o lembrasse da célula monástica que ele secretamente desejava estar ocupando. Ficava ao lado da área de serviço, e a única preocupação dele era com o uso, pelos alunos, das barulhentas e um tanto antiquadas máquinas de lavar roupa depois das dez da noite.

Padre Martin dispôs três cadeiras num semicírculo à frente da janela, e eles se puseram de pé, inclinando a cabeça para a prece costumeira, que padre Sebastian disse sem concessões ao significado contemporâneo da primeira palavra.

"Previne-nos, Senhor, em todos os nossos atos, com Tua mais misericordiosa bondade, e concede-nos Tua contínua ajuda; e que em todas as nossas obras, começadas, continuadas e terminadas em Ti, possamos glorificar Teu santo Nome e finalmente, por Tua compaixão, ganhar a vida eterna; por Nosso Senhor Jesus Cristo, Amém."

Ajeitaram-se nas cadeiras, com as mãos no colo, e padre Sebastian começou.

"A primeira coisa que tenho a relatar hoje é um tanto perturbadora. Recebi um telefonema da Nova Scotland Yard. Parece que Sir Alred Treeves expressou não estar satisfeito com o veredicto dado para a morte de Ronald e pediu à Scotland Yard que investigasse. Um certo comandante Adam Dalgliesh chegará depois do almoço na sexta-feira à tarde. É claro que me comprometi a dar-lhe toda a cooperação de que ele precisar."

A notícia foi recebida em silêncio. Padre Martin sentiu um frio apertando-lhe a barriga. Depois disse: "Mas o corpo foi cremado. Houve um inquérito judicial e um veredicto. Mesmo que Sir Alred discorde dele, não vejo o que a polícia poderia descobrir agora. E por que a Scotland Yard? Por que um comandante? Parece um uso estranho de poder humano".

Padre Sebastian deu o seu sorriso sardônico, com os lábios apertados. "Acho que podemos acreditar que Sir Alred foi direto aos superiores. Homens como ele sempre fazem isso. E dificilmente ele pediria à polícia de Suffolk que reabrisse o caso, uma vez que foram eles que fizeram a investigação preliminar. Quanto à escolha do comandante Dalgliesh, entendi que ele estava vindo à região de qualquer maneira, numas férias curtas, e que conhecia Santo Anselmo. A Scotland Yard provavelmente está tentando favorecer Sir Alred, com um mínimo de inconveniência para nós ou de problemas para eles mesmos. O comandante mencionou o senhor, padre Martin."

Padre Martin estava dividido entre uma apreensão indistinta e o prazer. Ele disse: "Eu pertencia ao pessoal daqui quando ele, por três anos, veio para as férias de verão. Seu pai era vigário em Norfolk, temo ter esquecido em que paróquia. Adam era um garoto encantador, inteligente e sensível, eu achava. É claro que não sei como está agora. Mas ficarei contente em vê-lo outra vez".

Padre Peregrine disse: "Garotos encantadores e sensíveis têm o costume de, ao crescer, transformar-se em homens insensíveis e bem pouco agradáveis. Entretanto, como não temos escolha quanto à vinda dele, me alegra saber que um de nós imagina retirar algum prazer da visita. Não consigo perceber o que Sir Alred espera conseguir com essa investigação. Se o comandante chegar à conclusão de que houve possibilidade de ação criminosa, obviamente a força local terá de assumir".

Era extraordinário, pensou padre Martin, ouvir a possibilidade de ação criminosa enunciada em voz alta. Desde a tragédia, ninguém em Santo Anselmo se permitira pôr a idéia em palavras. Padre Sebastian lidou calmamente com a questão.

"Claro que a sugestão de crime é ridícula. Se tivesse havido alguma indicação de que a morte não foi acidental, as provas teriam aparecido no inquérito."

Mas havia uma terceira possibilidade, que estava na cabeça de todos. O veredicto de morte acidental fora um alívio para Santo Anselmo. Mesmo assim, aquela morte mantivera as sementes de desastre para a instituição. Não fora a única morte. Talvez, pensou padre Martin, aquele possível suicídio houvesse encoberto o ataque cardíaco fatal de Margaret Munroe. Não tinha sido inesperado; o dr. Metcalf avisara-os de que ela poderia ir a qualquer momento. E fora uma morte misericordiosa. Ela havia sido encontrada por Ruby Pilbeam, cedo, na manhã seguinte, sentada pacificamente em sua cadeira. Agora, apenas cinco dias mais tarde, era como se nunca tivesse feito parte de Santo Anselmo. A irmã dela, de cuja existência eles não sabiam até que padre Martin examinou os papéis de Margaret, cuidou do enterro, trouxe uma caminhonete para buscar a mobília e os pertences dela e dispensou o seminário das exéquias. Apenas padre Martin entendera o quanto a morte de Ronald afetara Margaret. Algumas vezes ele achava que fora a única a ficar enlutada.

Padre Sebastian disse: "Todas as acomodações para hóspedes estarão ocupadas neste fim de semana. Além do comandante Dalgliesh, Emma Lavenham chegará, como foi combinado com Cambridge, para suas aulas de três dias sobre os poetas metafísicos. Em seguida, o inspetor Roger Yarwood virá de Lowestoft. Ele tem passado por um estresse sério nos últimos tempos, depois que seu casamento se desfez. Pretende ficar uma semana. É claro que ele não tem nada a ver com a investigação sobre Ronald Treeves. Clive Stannard virá outra vez, no fim de semana, para continuar sua pesquisa sobre a vida doméstica dos antigos tractarianos. Como todas as acomodações de hóspedes estarão em uso, é melhor que ele vá para o quarto de Peter Buckhurst. O doutor Metcalf quer que Peter permaneça no quarto dos doentes, por enquanto. Ele estará mais aquecido e confortável lá".

Padre Peregrine disse: "Lamento que Stannard esteja de volta. Eu esperava tê-lo visto pela última vez. É um jovem desagradável, e seu fingimento de pesquisa não convence. Esquadrinhei suas opiniões sobre o efeito do caso Gorham na modificação da crença tractariana, de J. B. Mozley, e ficou patente que ele não tinha idéia do que eu estava falando. Acho que a presença dele na biblioteca perturba — e penso que os noviços também concordam com isso".

Padre Sebastian disse: "O avô dele era o advogado de Santo Anselmo e um benfeitor do seminário. Não quero pensar que algum membro da família possa não ser bem-vindo. Mesmo assim, isso dificilmente lhe confere o direito a um fim de semana grátis sempre que quiser. O trabalho do seminário tem de ter precedência. Se ele pedir de novo, o assunto será tratado com tato".

Padre Martin perguntou: "E o quinto visitante?".

A tentativa que padre Sebastian fez para controlar a voz não foi inteiramente bem-sucedida. "O arquidiácono Crampton telefonou para dizer que chegará no sábado e vai ficar até domingo depois do desjejum."

Padre Martin exclamou: "Mas ele esteve aqui faz duas semanas! Certamente não estaria propondo tornar-se um visitante regular?".

"Temo que sim. A morte de Ronald Treeves reabriu toda a questão do futuro de Santo Anselmo. Como você sabe, a minha norma tem sido evitar controvérsias, continuar o trabalho tranqüilamente e usar toda a influência que eu tiver nos círculos da Igreja para evitar o fechamento."

Padre Martin disse: "Não há provas de que eles defendam o fechamento, a não ser pela norma da Igreja de centralizar toda a formação teológica em três centros. Se essa decisão for cumprida com rigor, Santo Anselmo fecha, mas não por causa da qualidade da formação que damos aos noviços".

Padre Sebastian não deu atenção a essa reafirmação do óbvio. Ele disse: "Há também outro problema em relação à visita dele. Na última vez em que o arquidiácono esteve aqui, o padre John tirou umas férias curtas. Não acho que possa fazer isso novamente. Mas a presença do arquidiácono deve ser penosa para ele, e na verdade será embaraçoso para nós se o padre John estiver aqui".

Será mesmo, pensou padre Martin. O padre John Betterton viera para Santo Anselmo depois de alguns anos na prisão. Fora condenado por ataques sexuais a dois coroinhas da igreja na qual era o sacerdote. Ele assumira a culpa por essas acusações, mas os ataques tinham sido mais uma questão de afagos e carícias pouco apropriados do que abuso sexual sério, e teria sido altamente improvável a sentença de prisão, caso o arquidiácono Crampton não tivesse se dado ao trabalho de encontrar provas complementares. Garotos que haviam participado do coro foram entrevistados, provas adicionais foram obtidas, e a polícia, alertada. O incidente todo causou ressentimento e muita infelicidade, e a perspectiva de ter o arquidiácono e o padre John debaixo do mesmo teto enchia o padre Martin de horror. Ele ficava arrasado de pena sempre que via padre John quase rastejando para cumprir suas obrigações, tomando a comunhão, mas nunca celebrando, encontrando em Santo Anselmo mais um refúgio do que um trabalho. O arquidiácono obviamente fizera o que julgava ser seu dever, e talvez fosse injusto supor que esse dever tinha, naquele caso, sido pouco apropriado. No entanto, perseguir um companheiro padre com tão pouco remorso — e um companheiro com quem não tinha antagonismos pessoais, que mal conhecera — parecia inexplicável.

Padre Martin disse: "Fico pensando se Crampton tinha... bem... pleno domínio de suas faculdades mentais quando perseguiu o padre John. Há alguma coisa de irracional a respeito de todo o acontecimento".

Padre Sebastian disse bruscamente: "De que modo ele não estaria inteiramente dono de si mesmo? Ele não estava mentalmente doente, certamente, nunca houve nenhuma suspeita...".

Padre Martin disse: "Foi logo depois do suicídio da esposa, uma época difícil para ele".

"Consternação é sempre difícil. Não vejo como uma tragédia pessoal poderia ter afetado o julgamento dele no que dizia respeito à questão do padre John. Foi uma época difícil para mim, depois que Veronica morreu."

Padre Martin teve dificuldades em reprimir um leve sorriso. Lady Veronica Morell morrera numa queda durante uma caçada, em uma de suas voltas regulares à casa da família, da qual, na verdade, ela nunca saíra, e praticando o esporte que nunca conseguira nem tivera a intenção de abandonar. Padre Martin suspeitava que, se padre Sebastian tivesse de perder a mulher, aquela seria a forma que ele iria preferir. "Minha mulher quebrou o pescoço numa caçada" tinha uma certa distinção que faltava em "Minha mulher morreu de pneumonia". Padre Sebastian não demonstrou a menor disposição em casar-se outra vez. Talvez o fato de ser marido da filha de um conde — mesmo que tivesse cinco anos a mais do que ele e que apresentasse uma semelhança mais do que passageira com os animais que ela adorava — houvesse tornado pouco atraente e até ligeiramente humilhante a perspectiva de aliar-se a qualquer mulher menos elevada. Padre Martin, reconhecendo que seus pensamentos eram ignóbeis, fez mentalmente um rápido ato de contrição.

Mas ele gostava de Lady Veronica. Lembrava-se de sua imagem esbelta, caminhando ao longo dos claustros, depois do último culto a que assistira, zurrando para o marido: "Seus sermões são compridos demais, Seb. Não entendi metade e tenho certeza de que os rapazes também não". Lady Veronica sempre se referia aos alunos como rapazes. Padre Martin às vezes imaginava que ela achava que o marido estava administrando um conjunto de estrebarias de corridas.

Era evidente que o diretor ficava sempre mais relaxado e alegre quando a mulher estava no seminário. A imaginação de padre Martin obstinadamente recusava-se a admitir a idéia de padre Sebastian e Lady Veronica no leito conjugal, mas ele não tinha dúvidas, vendo-os juntos, de que realmente gostavam muito um do outro. Era, pensou ele, mais uma manifestação da variedade e das peculiaridades do estado marital do qual ele, como solteirão a vida toda, nunca tinha passado de um observador fascinado. Talvez, pensou, uma grande amizade fosse tão importante quanto o amor, e mais durável.

Padre Sebastian disse: "Quando Raphael chegar, vou conversar com ele a respeito da visita do arquidiácono. Ele tem sentimentos muito fortes a respeito do padre John — na verdade, às vezes parece pouco racional sobre o assunto. Não vai adiantar nada provocar uma briga aberta. Só iria prejudicar o seminário. Ele terá de saber que o arquidiácono é também um dos curadores do seminário, além de ser um hóspede, e que deve ser tratado com o respeito devido a um sacerdote".

Padre Peregrine disse: "O inspetor Yarwood não foi o policial encarregado do caso quando a primeira mulher do arquidiácono se suicidou?".

Os companheiros olharam-no com surpresa. Era o tipo de informação que padre Peregrine tinha tendência a obter. Às vezes parecia que seu subconsciente era um depósito de fatos sortidos e retalhos de notícias que ele conseguia trazer à lembrança quando quisesse.

Padre Sebastian perguntou: "Tem certeza? Os Crampton estavam morando no norte de Londres à época. Ele só se mudou para Suffolk após a morte da mulher. Teria sido uma questão para a Polícia Metropolitana".

Padre Peregrine disse, placidamente: "A gente lê essas coisas. Lembro-me do relatório do inquérito. Acho que você vai ver que foi um policial chamado Roger Yarwood quem apresentou as provas. Na época ele era sargento na Polícia Metropolitana".

Padre Sebastian franziu o cenho. "Isso é constrangedor. Temo que, quando se encontrarem — como inevitavelmente acontecerá —, lembranças dolorosas voltarão ao arquidiácono. Mas não há nada a fazer. Yarwood precisa de um período de repouso e recuperação, e o quarto já estava prometido. Ele foi muito útil ao seminário há três anos, antes de ter sido promovido, quando era responsável pelo trânsito e o padre Peregrine deu marcha a ré naquele caminhão estacionado. Como vocês sabem, ele tem vindo à missa de domingo com bastante regularidade, e penso que sente que isso ajuda. Se a presença dele despertar lembranças penosas, o arquidiácono terá de agüentá-las, como o padre John agüenta as dele. Vou dar um jeito para Emma ficar em Ambrósio, imediatamente ao lado da igreja, o comandante Dalgliesh em Jerônimo, o arquidiácono em Agostinho e Roger Yarwood em Gregório."

Ia ser um fim de semana desconfortável, pensou padre Martin. Seria profundamente penoso para o padre John ter de encontrar o arquidiácono, e era pouco provável que o próprio Crampton gostasse do encontro, embora dificilmente pudesse ser inesperado; Crampton devia saber que padre John estava em Santo Anselmo. E se padre Peregrine estivesse certo — ele invariavelmente estava —, um encontro entre o arquidiácono e o inspetor Yarwood provavelmente constrangeria a ambos. Seria difícil controlar Raphael ou mantê-lo afastado do arquidiácono; afinal de contas, ele era o noviço mais antigo. E ainda havia Stannard. À parte qualquer motivo tortuoso para a sua vinda a Santo Anselmo, ele nunca fora um hóspede fácil. O mais problemático de tudo seria a presença de Adam Dalgliesh, uma lembrança implacável dos tristes eventos que pensava terem ficado para trás, olhando-os com seus olhos experimentados e céticos.

Ele despertou do devaneio com a voz de padre Sebastian. "Agora acho que vamos tomar nosso café."

6

Raphael Arbuthnot entrou e ficou de pé, esperando, com a segurança graciosa que lhe era típica. A batina preta com a fileira de botões cobertos, diferente da dos demais noviços, parecia recém-talhada, ajustada com elegância; a austeridade escura de suas vestes, em contraste com o rosto pálido e o cabelo reluzente de Raphael, impunha uma imagem paradoxalmente hierárquica e teatral. Padre Sebastian não podia vê-lo sozinho sem sentir um traço de inquietude. Ele mesmo era um homem bonito e que sempre dera valor — talvez valor demais — à beleza em outros homens e nas mulheres. Isso só não pareceu ser importante com a mulher dele. Mas ele achava a beleza num homem desconcertante, até mesmo um tanto repelente. Os jovens, em especial os jovens ingleses, não deveriam se parecer com deuses gregos ligeiramente devassos. Não que houvesse algo de andrógino em Raphael, contudo padre Sebastian estava sempre consciente de que se tratava de uma beleza com maior probabilidades de atrair homens do que mulheres, ainda que não tivesse o poder de mexer com o seu próprio coração.

E lá vinha outra vez à lembrança a mais insistente de todas as preocupações, que tornava difícil gastar tempo com Raphael sem uma renovação de velhos receios. Em que medida a sua vocação era realmente válida? O seminário deveria tê-lo aceitado como noviço quando ele já era, de certo modo, parte da família? Santo Anselmo fora o único lar que conhecera desde que sua mãe, a última Arbuthnot, o despejara no seminário, um bebê de duas semanas, ilegítimo e não desejado, vinte e cinco anos antes. Não teria sido mais sensato, talvez até mais prudente, tê-lo encorajado a buscar outros lugares, candidatar-se a Cuddesdon ou à Casa de Santo Estevão, em Oxford? O próprio Raphael insistira em formar-se em Santo Anselmo. Não teria havido uma ameaça sutil de que seria lá ou em nenhum outro lugar? Talvez o seminário tivesse sido conciliador demais em sua ansiedade de não deixar escapar da Igreja o último dos Arbuthnot. Bem, agora era tarde demais, e era irritante quantas vezes essas preocupações infrutíferas a respeito de Raphael continuavam se imiscuindo em questões mais imediatas, embora mundanas. Pôs esses problemas de lado com firmeza e voltou-se para os interesses do seminário.

"Primeiro alguns detalhes sem muita importância, Raphael. Os alunos que insistem em estacionar à frente do seminário devem fazê-lo de modo mais ordenado. Como você sabe, prefiro que os carros e as motocicletas fiquem do lado de fora dos prédios do seminário, nos fundos. Se tiverem de estacionar no pátio da frente, pelo menos tomem um pouco de cuidado. Isso irrita particularmente o padre Peregrine. E os alunos devem fazer o favor de se lembrarem de não usar as máquinas de lavar depois das completas. Padre Peregrine acha que o barulho atrapalha. E agora que ficamos sem a senhora Munroe, concordei que as roupas de cama passarão a ser trocadas a cada duas semanas. Os lençóis estarão disponíveis na rouparia, e os próprios alunos deverão pegar aquilo de que precisarem e trocar a roupa de suas camas. Estamos pondo anúncios para arrumar uma substituta, mas pode demorar."

"Sim, padre. Mencionarei isso."

"Há dois itens mais importantes. Esta sexta-feira estaremos recebendo uma visita do comandante Dalgliesh, da Nova Scotland Yard. Aparentemente Sir Alred não ficou satisfeito com o veredicto do inquérito a respeito de Ronald e pediu à Scotland Yard que fizesse investigações.

Não sei quanto tempo ele ficará conosco, provavelmente só durante o fim de semana. É evidente que cooperaremos com o comandante. Isso significa responder completa e honestamente às perguntas dele, sem emitir opiniões."

"Mas Ronald foi cremado, padre. O que será que o comandante Dalgliesh espera provar agora? Ele certamente não pode alterar as conclusões do inquérito."

"Imagino que não. Acho que é mais uma questão de dar uma satisfação a Sir Alred de que houve uma investigação completa sobre a morte do filho dele."

"Mas isso é ridículo, padre. A polícia de Suffolk foi muito minuciosa. O que mais a Scotland Yard espera descobrir agora?"

"Muito pouco, imagino. De qualquer modo, o comandante Dalgliesh está chegando e vai ocupar o Jerônimo. Haverá outros visitantes. O inspetor Yarwood vem para férias de recuperação. Ele precisa de descanso e silêncio, e imagino que vá fazer algumas refeições no quarto. O senhor Stannard voltará para continuar sua pesquisa na biblioteca. E o arquidiácono Crampton está sendo esperado para uma breve visita. Ele chegará no sábado e está planejando ir embora imediatamente depois do desjejum, no domingo. Eu o convidei para pregar a homilia das completas, no sábado à noite. A congregação vai ser pequena, mas quanto a isso não se pode fazer nada."

Raphael disse: "Se eu soubesse disso, padre, daria um jeito de não estar aqui".

"Sei disso. Espero que você, como o noviço mais antigo, esteja aqui pelo menos até depois das completas, e que o trate com a cortesia devida a um visitante, a um homem mais velho e sacerdote."

"Não tenho problemas com os dois primeiros. É o terceiro que fica preso na minha garganta. Como é que ele consegue nos encarar, encarar o padre John, depois do que fez?"

"Imagino que, como todos os demais, ele retira consolo da satisfação de crer que, na época, fez o que achava correto."

Raphael corou. Exclamou: "Como é que ele pode achar que tinha razão — um padre levando outro padre à prisão? Seria uma vergonha se qualquer pessoa tivesse feito isso. Vindo dele, é abominável. E o padre John — o mais gentil e bondoso dos homens!".

"Você se esquece, Raphael, de que o padre John se declarou culpado no julgamento."

"Ele se declarou culpado de má conduta com dois garotos. Ele não os violentou, não os seduziu, não lhes causou danos físicos. Está bem, declarou-se culpado, mas não teria sido mandado para a prisão se Crampton não tivesse se dado ao trabalho de investigar laboriosamente o passado, desencavando aqueles três jovens, persuadindo-os a aparecer como provas. Que diabos ele tinha a ver com isso, de qualquer maneira?"

"Ele achou que era problema dele. Temos de lembrar que o padre John também se declarou culpado daquelas acusações mais graves."

"É claro que sim. Ele se declarou culpado porque se sentia culpado. Sente-se culpado até de estar vivo. Mas foi sobretudo para evitar que aqueles jovens cometessem perjúrio, como testemunhas. Isso é o que ele não podia agüentar, o dano que isso lhes faria, mentir no tribunal. Quis poupá-los, à custa de ir para a prisão."

Padre Sebastian perguntou bruscamente: "Ele lhe contou isso? Você chegou a discutir isso com ele?".

"Não, na verdade, não diretamente. Mas essa é a verdade, eu sei que é."

Padre Sebastian sentiu-se desconfortável. Poderia muito bem ser verdade. Ele mesmo havia imaginado isso. Mas essa delicada percepção psicológica seria apropriada a ele, como sacerdote; vinda de um aluno, achou-a desconcertante. Ele disse: "Você não tem o direito, Raphael, de falar com o padre John a esse respeito. Ele cumpriu a sentença e veio morar e trabalhar aqui conosco. O passado ficou para trás. É lamentável que tenha de encontrar-se com o arquidiácono, mas não vai ficar mais fácil para ele ou para ninguém se você tentar interferir. Todos nós temos nosso lado escuro. O do padre John é entre ele e Deus, ou entre ele e seu confessor. A sua interferência seria uma arrogância espiritual".

Raphael mal parecia ter escutado. Disse: "Nós sabemos por que Crampton está vindo, não? Para bisbilhotar e obter mais testemunhos contra o seminário. Ele quer nos ver fechados. Deixou isso claro assim que o bispo o nomeou curador".

"Se ele for tratado com descortesia, então aí é que terá os testemunhos a mais de que precisa. Mantive Santo Anselmo aberto com as influências de que disponho e por exercer discretamente as minhas funções, e não me contrapondo a inimigos poderosos. Esta é uma época difícil para o seminário, e a morte de Ronald Treeves não ajudou em nada." Parou por um momento e depois fez uma pergunta que até então deixara calada. Observou: "Vocês devem ter discutido essa morte. Qual é a opinião dos noviços?".

Ele percebeu que a pergunta não fora bem-vinda. Houve uma pausa antes que Raphael respondesse. "Acho, padre, que a opinião geral foi de que Ronald se matou."

"Mas por quê? Você tinha alguma opinião a respeito?"

Dessa vez o silêncio foi mais longo. Em seguida Raphael respondeu: "Não, padre, não acho que tivesse".

Padre Sebastian foi até a sua mesa e estudou uma folha de papel. Disse, mais bruscamente: "Vejo que o seminário estará bastante vazio neste fim de semana. Apenas quatro de vocês permanecerão. Dê-me uma idéia, por favor, do porquê de tantos alunos ausentes logo no início do período".

"Três alunos começaram com o treinamento em paróquias, padre. Rupert foi convidado a pregar na Santa Margaret e tenho a impressão de que dois alunos irão ouvi-lo. O qüinquagésimo aniversário da mãe do Richard coincide com suas bodas de prata, e ele teve licença especial para isso. Depois, lembre-se de que Toby Williams está sendo iniciado em sua primeira paróquia, e muita gente o está apoiando. Com isso sobram Henry, Stephen, Peter e eu. Eu tinha a esperança de poder sair depois das completas de sábado. Vou perder a iniciação do Toby, mas gostaria de estar presente à primeira missa dele."

Padre Sebastian continuava a estudar os papéis. "É, parece ser isso. Pode sair depois de ouvir a pregação do arquidiácono. Mas você não tem de assistir a uma aula de grego com o senhor Gregory após a missa de domingo? É melhor esclarecer isso com ele."

"Já esclareci, padre. Ele pode me arranjar uma hora na segunda-feira."

"Está bem, então acho que isso é tudo por esta semana, Raphael. Já que está aqui, pode levar o seu ensaio. Está em cima da escrivaninha. Evelyn Waugh escreveu, em um de seus livros de viagens, que ele via a teologia como a ciência da simplificação, por meio da qual idéias nebulosas e enganadoras se tornavam inteligíveis e exatas. Seu ensaio não é nada disso. Você faz mau uso da palavra emular. Não é sinônimo de imitar."

"É claro que não. Desculpe, padre. Consigo imitar o senhor, mas não tenho a esperança de emulá-lo."

Padre Sebastian virou-se para esconder um sorriso. Ele disse: "Eu o aconselharia enfaticamente a não tentar nenhuma dessas coisas".

Depois que a porta se fechou, o sorriso permaneceu; aí o diretor se lembrou de que não obtivera uma promessa de bom comportamento. Uma promessa, uma vez feita, seria cumprida, mas não houve nenhuma. Ia ser um fim de semana complicado.

7

Dalgliesh deixou o apartamento, com vista sobre o Tâmisa, em Queenshythe, antes da primeira luz. O prédio, agora convertido em escritórios modernos para uma financeira, fora antes um armazém, e o cheiro de especiarias, fugidio como a memória, ainda persistia nas salas amplas, pouco mobiliadas e forradas de madeira que ele ocupava no último andar. Quando o prédio foi vendido para uma incorporadora, ele resistiu obstinadamente aos esforços do futuro proprietário para cobrir seu longo contrato de aluguel, e por fim, depois de Dalgliesh ter recusado a oferta final absurdamente alta, os incorporadores admitiram a derrota, e o último andar permaneceu intacto. Dalgliesh agora tinha, à custa da empresa, sua própria entrada discreta pelo lado do prédio e um elevador privado e seguro até o seu apartamento, ao preço de um aluguel mais alto, mas com um contrato mais duradouro. Ele suspeitava que o prédio, afinal, tinha sido mais do que adequado às necessidades deles, e que a presença de um policial graduado no andar de cima dava ao vigia noturno um confortante embora espúrio sentimento de segurança. Dalgliesh ficou com tudo o que valorizava: sua privacidade, nada abaixo dele, à noite, e quase barulho algum durante o dia, e a ampla vista da vida sempre em mutação ao fluir do Tâmisa que se desenrolava logo abaixo.

Ele dirigiu rumo ao leste através do centro financeiro até a Whitechapel Road, a caminho da A12. Mesmo às sete horas da manhã as ruas já apresentavam algum tráfego e pequenos grupos de funcionários de escritórios emergiam das estações do metrô. Londres nunca dormia inteiramente, e ele gostava dessa calma do começo da manhã, dos primeiros movimentos de uma vida que dentro de algumas horas iria tornar-se caótica, a facilidade relativa de dirigir por ruas livres. Quando chegou à A12 e deixou para trás os tentáculos da Eastern Avenue, o primeiro fiapo cor-de-rosa do céu noturno havia se alargado para uma brancura clara, e campos e cercas tinham clareado para um cinza luminoso, no qual árvores e arbustos, com a delicadeza translúcida de uma aquarela japonesa, aos poucos ganhavam definição e adotavam as primeiras cores ricas do outono. Essa era, pensou ele, uma boa época do ano para observar as árvores. Só na primavera elas davam alegria maior. Ainda não estavam despidas de folhas, e os desenhos escuros dos ramos e galhos projetados tornavam-se visíveis através de uma névoa de verde desbotado, amarelo e vermelho.

Enquanto dirigia, ele pensou no propósito de sua viagem e analisou os motivos de seu envolvimento — decerto nada ortodoxo — na morte de um rapaz desconhecido, uma morte já investigada, definida pelo inquérito de um médico-legista e tão oficialmente encerrada quanto a cremação definitiva que reduzira o corpo a pó. Sua oferta para investigar fora impulsiva, muito pouco de sua vida policial dirigia-se para esse lado. E não tinha sido completamente por um desejo de fazer com que Sir Alred saísse logo do escritório, embora ele fosse um homem cuja ausência em geral era preferível a sua presença. Tornou a se perguntar a respeito do interesse do homem quanto à morte de um filho adotado por quem não mostrara sinais de afeição. Mas talvez ele, Dalgliesh, estivesse sendo presunçoso. Sir Alred, afinal de contas, era um homem que tomava cuidado para não trair seus sentimentos. Era possível que sentisse muito mais pelo filho do que desejara demonstrar. Ou teria sido porque estava obcecado pela necessidade de conhecer a verdade, não importa quão inconveniente, quão desagradável, quão difícil de determinar? Se fosse isso, era um motivo com o qual Dalgliesh podia simpatizar.

Ele foi bem rápido e em menos de três horas alcançou Lowestoft. Havia anos não dirigia por dentro da cidade e, na visita anterior, ficara chocado com o deprimente ar de deterioração e pobreza. Os hotéis à beira-mar, que em tempos mais prósperos eram usados para as férias de verão da classe média, então anunciavam sessões de bingo. Muitas das lojas estavam pregadas com tábuas, e as pessoas caminhavam com expressões sombrias e passos desanimados. Mas agora parecia ter havido alguma recuperação. Os telhados foram refeitos, as casas estavam sendo repintadas. Ele sentiu que entrava numa cidade que encarava o futuro com alguma confiança. A ponte que levava ao cais era conhecida e ele atravessou-a com o coração mais leve. Percorrera essa estrada de bicicleta, quando menino, para comprar os recém-desembarcados arenques no cais. Conseguia lembrar-se do cheiro dos peixes reluzentes quando deslizavam dos baldes para sua mochila, o peso dela batendo contra os ombros enquanto pedalava de volta para Santo Anselmo com seu presente para a ceia ou o desjejum dos padres. Sentiu o travo familiar da água e do alcatrão e contemplou com prazer relembrado os barcos no porto, imaginando se ainda seria possível comprar peixe no cais. Ainda que fosse, ele nunca mais levaria um presente para Santo Anselmo com a mesma animação e o sentimento de sucesso daqueles dias de meninice.

Esperara que o posto policial fosse semelhante àquele de que se lembrava da infância, uma casa separada ou com terraço, adaptada para o uso da polícia, a metamorfose marcada pela lâmpada azul suspensa do lado de fora. Em vez disso, viu um prédio baixo, moderno, a fachada interrompida por uma linha de janelas escuras, um mastro de rádio elevando-se com impressionante autoridade do telhado e a bandeira da União flutuando num mastro à entrada.

Ele estava sendo esperado. A jovem na recepção saudou-o com sua atraente fala de Suffolk, como se só faltasse sua chegada para o dia dela ficar completo.

"O sargento Jones está esperando o senhor. Vou chamá-lo e ele estará logo aqui."

O sargento Irfon Jones era moreno, esguio, de pele clara, apenas levemente tisnada pelo vento e pelo sol, contrastando com o cabelo quase preto. As primeiras palavras de saudação estabeleceram imediatamente sua nacionalidade.

"O senhor Dalgliesh, não? Estava à sua espera. O senhor William achou que poderíamos usar o escritório dele, se quiser me acompanhar. Ele lamentou não poder estar aqui, e o chefe está em Londres, numa reunião da ACPO, mas o senhor já sabe disso. Se puder assinar aqui, por favor."

Ao segui-lo pela porta lateral com o painel de vidro opaco e por um corredor estreito, Dalgliesh comentou: "Você está bem longe de casa, sargento".

"Estou, senhor Dalgliesh. Seiscentos e quarenta quilômetros, para ser exato. Casei-me com uma moça de Lowestoft, sabe, e ela é filha única. A mãe dela não está muito bem, de modo que é melhor Jenny estar perto de casa. Assim que tive uma oportunidade, transferi-me de Gower. Tudo bem comigo, desde que esteja perto do mar."

"Um mar bem diferente."

"Um litoral bem diferente, e ambos igualmente perigosos. Não que tenhamos tantas mortes. O pobre rapaz foi o primeiro em três anos e meio. Bem, há avisos, e as pessoas da região sabem que os penhascos são perigosos. A esta altura deveriam sabê-lo. E a costa é bastante isolada. Não é como se houvesse a presença de famílias com crianças. Por aqui, senhor. O senhor William limpou a mesa dele. Não que haja muita coisa para ver, no sentido de indícios importantes, por assim dizer. Quer um café? Tem aqui, está vendo? É só eu ligar."

Havia uma bandeja com duas xícaras com as asas bem alinhadas, uma cafeteira, uma lata com a etiqueta "café", uma leiteira e uma chaleira elétrica. O sargento Jones foi rápido e competente, embora um tanto minucioso quanto aos procedimentos, e o café estava excelente. Sentaram-se em duas cadeiras baixas, burocráticas, colocadas à frente da janela.

Dalgliesh disse: "Você foi chamado à praia, creio. O que aconteceu, exatamente?".

"Eu não fui o primeiro a chegar à cena. Foi o jovem Brian Miles. Ele é o chefe de polícia local. O padre Sebastian telefonou do seminário e ele veio aqui assim que pôde. Não demorou muito, não mais de meia hora. Quando chegou, havia apenas duas pessoas perto do corpo, padre Sebastian e padre Martin. O pobre rapaz estava mesmo morto, dava para qualquer um ver. Mas ele é um bom rapaz, o Brian, e não gostou do que viu. Não estou dizendo que achou que a morte fosse suspeita, mas não há como negar que foi uma morte estranha. Eu sou o supervisor, e ele me chamou. Estava aqui quando recebemos o telefonema, logo antes das três horas, e como o doutor Mallinson — nosso cirurgião da polícia — por acaso estava no posto, fomos juntos ao local."

Dalgliesh perguntou: "Com a ambulância?".

"Não, não naquele momento. Acho que em Londres o médico-legista tem sua própria ambulância, mas aqui temos de usar o serviço local quando queremos remover um corpo. Mas ela estava fora, em atendimento, de modo que talvez tenha levado uma hora e meia para removê-lo. Ao chegarmos com ele à funerária, troquei uma palavrinha com o funcionário encarregado de mortes suspeitas, e ele achou que era quase certo ser necessária uma autópsia do médico-legista. O senhor Mellish é um cavalheiro cuidadoso. Foi aí que ficou decidido tratar o caso como morte suspeita."

"O que, exatamente, você encontrou no local?"

"Bem, ele estava morto, senhor Dalgliesh. O doutor Mallinson verificou isso imediatamente. Mas não era preciso um médico para dizer que havia morrido. O doutor Mallinson achou que ele estava morto havia umas cinco ou seis horas. E ainda estava bastante enterrado quando chegamos lá. O senhor Gregory e a senhora Munroe haviam desenterrado a maior parte do corpo e o topo da cabeça, porém o rosto e os braços não estavam visíveis. Padre Sebastian e padre Martin ficaram na cena. Não havia nada que qualquer um deles pudesse fazer, mas o padre Sebastian insistiu em ficar até que desenterrássemos o corpo. Acho que estava querendo rezar. Portanto, desenterramos o pobre rapaz, o viramos, arranjamos uma maca e o doutor Mallinson examinou-o melhor. Não é que houvesse mesmo alguma coisa para ver. Ele estava coberto de areia e morto. Foi mais ou menos isso."

"Havia algum ferimento visível?"

"Não que pudéssemos ver, senhor Dalgliesh. É claro que quando você é chamado para um acidente como esse sempre fica pensando um pouco, não? É lógico. Mas o doutor Mallinson não encontrou nenhum sinal de violência, nenhuma rachadura na parte de trás da cabeça ou nada do tipo. Não havia como saber o que o doutor Scargill iria encontrar na autópsia. Ele é o nosso patologista forense da região. O doutor Mallinson disse que não poderia fazer nada além de estimar a hora da morte e que teríamos de esperar o resultado da autópsia. Não que achássemos que havia algo de suspeito a respeito da morte, lembre-se. Parecia bastante óbvio, à época. Ele enveredara pelo penhasco perto demais da saliência erodida e ela caiu por cima dele. Foi o que pareceu e foi o que eles descobriram no inquérito."

"Então, não lhe pareceu estranho ou suspeito?"

"Bem, mais estranho do que suspeito. A posição dele era estranha — de cabeça para baixo, como um coelho ou um cachorro cavando no penhasco."

"E não foi encontrado nada perto do corpo?"

"Havia as roupas dele, seu manto marrom e uma longa vestimenta preta com botões — uma batina, não é? Estavam muito bem arrumadas."

"Nada que pudesse servir de arma?"

"Bem, apenas uma ripa de madeira. Nós a desenterramos ao descobrir o corpo. Estava bem próxima à sua mão direita. Achei que era melhor trazê-la para o posto conosco, caso fosse importante, mas não lhe deram muita atenção. Tenho-a aqui, no entanto, se o senhor quiser dar uma olhada. Não sei por que não foi jogada fora depois do inquérito. Não tiramos nada dela, nenhuma impressão, nenhum sangue."

Ele foi até o armário no final da sala e retirou um objeto embrulhado em plástico. Era uma ripa de madeira clara com pouco mais de setenta centímetros de comprimento. Num exame mais cuidadoso Dalgliesh pôde ver traços do que parecia ser tinta azul.

O sargento Jones disse: "Ela não esteve na água, senhor, não a meu ver. Ele poderia tê-la encontrado na areia e a apanhado sem nenhuma intenção especial. É um tipo de instinto, pegar coisas na praia. Padre Sebastian achou que poderia ser de uma antiga casa de banhos que o seminário demolira logo acima dos degraus que levam à praia. Parece que o padre Sebastian achava que o velho azul e branco era um tanto desagradável à vista, e que algo mais simples, só de madeira, seria melhor. E foi o que fizeram. É também usada para abrigar os rígidos barcos infláveis que eles mantêm, caso algum nadador encontre dificuldades. A velha cabana estava começando a desmoronar, de qualquer modo. Mas não tinham retirado tudo dela, e ainda havia algumas tábuas apodrecendo por lá. Agora já se foram todas, posso dizer".

"E marcas de pés?"

"Bem, são a primeira coisa que a gente olha. As do garoto foram cobertas pela queda da areia, mas encontramos uma única linha quebrada mais além, na praia. Eram dele mesmo, nós estávamos com seu sapato, sabe? Porém ele caminhou ao longo dos seixos pela maior parte do trajeto, e o mesmo poderia ter sido feito por qualquer outra pessoa. A areia estava bem remexida no local. Seria de se esperar, com a senhora Munroe, o senhor Gregory e os dois cavalheiros da igreja não se importando com o lugar onde punham os pés."

"Você ficou surpreso com o veredicto?"

"Bem, posso dizer que fiquei. Um veredicto inconclusivo teria parecido mais lógico. O senhor Mellish sentou-se com o júri, ele gosta de fazer isso se o caso for um pouco complicado ou houver algum interesse público, e o júri foi unânime, todos os oito. Não há como negar que um veredicto em aberto nunca é satisfatório e que Santo Anselmo é altamente respeitado nas redondezas. Não nego que eles estejam isolados, mas os rapazes pregam nas igrejas locais e prestam uma certa ajuda à comunidade. Lembre-se de que não estou dizendo que o júri esteja errado. De qualquer modo, foi o que acharam."

Dalgliesh disse: "Sir Alred dificilmente poderá se queixar quanto ao cuidado com a investigação. Não vejo o que mais vocês poderiam ter feito".

"Nem eu, senhor Dalgliesh, e o investigador da polícia diz o mesmo."

Não parecia haver nada mais a ouvir e, depois de agradecer o sargento Jones pela ajuda e pelo café, Dalgliesh saiu. A ripa de madeira com seu traço de tinta azul fora embrulhada e etiquetada. Dalgliesh levou-a consigo, porque era isso que parecia se esperar dele, e não porque achasse que seria de alguma serventia.

No fundo do estacionamento um homem estava carregando caixas de papelão para o assento de trás de um Rover. Espiando em volta, ele viu Dalgliesh entrar no Jaguar; olhou-o fixamente por alguns instantes e depois, como se tivesse chegado a uma resolução repentina, caminhou até ele. Dalgliesh viu-se encarando um rosto prematuramente envelhecido que parecia abalado pela falta de sono ou pela dor. Era um olhar que ele vira vezes demais antes para não reconhecer.

"O senhor deve ser o comandante Adam Dalgliesh. Ted William disse que o senhor viria dar uma olhada. Sou o inspetor Roger Yarwood. Estou em licença para tratamento de saúde e vim aqui recolher alguns dos meus pertences. Só quero dizer que o senhor irá encontrar-me em Santo Anselmo. Os padres de vez em quando me dão abrigo. É mais barato do que um hotel, e a companhia é melhor do que a casa de saúde local, que é a alternativa costumeira. Ah, e a comida é melhor."

As palavras saíram num fluxo constante, como se tivessem sido ensaiadas, e havia um ar ao mesmo tempo desafiador e envergonhado nos olhos escuros. A notícia não era bem-vinda. Talvez, irracionalmente, Dalgliesh tivesse pensado que seria o único hóspede.

Como se estivesse testando sua reação, Yarwood disse: "Não se preocupe, não me reunirei ao senhor no seu quarto depois das completas para uma bebida. Quero fugir dos mexericos policiais, e ouso dizer que o senhor também".

Antes que Dalgliesh pudesse fazer outra coisa além de trocar um aperto de mão, Yarwood inclinou de leve a cabeça, virou-se e caminhou rapidamente para o carro.

8

Dalgliesh dissera que chegaria ao seminário depois do almoço. Antes de sair de Lowestoft, ele encontrou uma delicatessen e comprou pãezinhos quentes, uma colherada de manteiga, um pouco de patê de textura grosseira e meia garrafa de vinho. Como toda vez que viajava pelo interior, prevenira-se com um copo e uma garrafa térmica para café.

Saindo da cidade, pegou vias secundárias e depois uma estradinha irregular e coberta de mato, com largura suficiente apenas para o Jaguar. Havia um portão aberto que dava uma visão ampla sobre os campos outonais, e ele parou para comer seu piquenique. Mas primeiro desligou o celular. Saiu do carro, apoiou-se no poste do portão e fechou os olhos para escutar o silêncio. Era por momentos como esse que ansiava na sua vida superocupada, a consciência de que ninguém no mundo sabia exatamente onde estava ou poderia encontrá-lo. Os pequenos sons do campo, quase inaudíveis, chegaram-lhe através do ar perfumado, um canto de pássaro longínquo, não identificado, o sussurro da brisa no capim alto, um galho se quebrando acima de sua cabeça. Depois de terminar o almoço, caminhou vigorosamente pela estradinha por cerca de um quilômetro, então voltou para o carro e retomou a A12 na direção de Ballard's Mere.

Ali, um pouco antes do esperado, estava o desvio; o mesmo freixo imenso, mas agora coberto de hera e parecendo prestes a deteriorar-se, e, à sua esquerda, os dois chalés bem-arrumados e seus jardins dianteiros em boa ordem. A estrada estreita, pouco mais que uma senda, estava ligeiramente afundada, e as sebes emaranhadas que cobriam a ribanceira obstruíam a visão do promontório, de modo que nada se podia ver do distante Santo Anselmo, a não ser, quando as sebes ficavam mais ralas, o relance ocasional de altas chaminés de tijolos e o domo, ao sul. Entretanto, ao alcançar a beirada do penhasco e virar para o norte na trilha arenosa costeira, surgiu, distante, um edifício bizarro de tijolos e camadas de pedras, parecendo tão brilhante e irreal quanto um recorte de papelão contra o azul cada vez mais forte do céu. Parecia estar se movendo em sua direção, e não ele em direção ao prédio, trazendo consigo as inexoráveis imagens da adolescência e a lembrança difusa das alterações de humor, de alegria e tristeza, de incerteza e viva esperança. A casa, em si, não parecia ter mudado. Os tocos gêmeos de tijolo Tudor em ruínas com moitas de ervas e grama alojadas nas fendas ainda montavam sentinela na entrada do pátio da frente, e, dirigindo entre elas, ele viu de novo a casa em toda a sua complexa autoridade.

Na sua meninice fora moda desprezar a arquitetura vitoriana, e ele tivera uma visão da casa com um apropriado desdém um pouco culpado. O arquiteto, provavelmente influenciado demais pelo proprietário original, incorporara todas as características da moda: chaminés altas, janelas salientes, uma cúpula central, uma torre ao sul, uma fachada de castelo e uma imensa varanda de pedra. Mas agora lhe parecia que o resultado havia sido menos monstruoso do que parecera aos olhos do jovem, e que o arquiteto tinha pelo menos atingido um equilíbrio e uma proporção nada desagradável na sua dramática mistura de romantismo medieval, de reflorescimento gótico e pretensiosa domesticidade vitoriana.

Ele havia sido esperado, sua chegada, ansiada. Mesmo antes de fechar a porta do carro, a porta da frente abriu-se e uma figura frágil, mancando, numa batina preta, desceu cuidadosamente os três degraus de pedra.

Na hora reconheceu padre Martin Petrie. O reconhecimento foi acompanhado por um choque com a surpresa de que o ex-diretor pudesse ainda estar em ação — ele devia ter pelo menos oitenta anos. Mas ali estava, sem dúvida, o homem que na meninice ele reverenciara e, sim, amara. Paradoxalmente os anos se passaram, embora afirmando suas inexoráveis devastações. Os ossos da face estavam mais proeminentes acima do pescoço fino e enrugado; a longa mecha de cabelos que cruzava a testa, antes de um marrom rico, era agora branco-prateada e fina como a de um bebê; a boca móvel, com o lábio inferior cheio, estava menos firme. Apertaram-se as mãos. Para Dalgliesh foi como se estivesse segurando ossos desconjuntados envolvidos numa delicada luva de camurça. No entanto o aperto de mão de padre Martin ainda era forte. Seus olhos, mesmo menores, tinham o mesmo cinza luminoso, e a claudicação, relíquia de seu serviço na guerra, estava mais pronunciada, mas ele ainda conseguia andar sem bengala. E o rosto, sempre suave, mantinha a graça inequívoca da autoridade espiritual. Ao olhar nos olhos de padre Martin, Dalgliesh deu-se conta de que não era apenas como um velho amigo que estava sendo bem-vindo; o que ele viu no olhar do religioso foi um misto de apreensão e alívio. Espantou-se uma vez mais, e não sem culpa, pelo fato de ter se mantido afastado durante todos esses anos. Voltara por acaso e quase num impulso; agora, pela primeira vez, imaginou o que exatamente o esperava em Santo Anselmo.

Conduzindo-o até a casa, padre Martin disse: "Receio ter de lhe pedir para pôr o carro no gramado atrás da casa. Padre Peregrine detesta ver carros estacionados no pátio da frente. Mas não há pressa. Pusemos você nas suas antigas acomodações: Jerônimo".

Entraram no amplo vestíbulo com o chão de mármore xadrez, a grandiosa escada de carvalho que levava à galeria de quartos. Uma onda de memórias voltou, com o cheiro de incenso, de lustra-móveis, livros velhos e comida. A não ser pelo acréscimo de uma pequena sala à esquerda da entrada, nada parecia ter mudado. A porta estava aberta, e Dalgliesh pôde ver um altar, de relance. Talvez, pensou ele, a sala fosse um oratório. A imagem de madeira da Virgem com o Menino Jesus nos braços ainda estava ao pé da escada, e a lâmpada vermelha ainda reluzia embaixo dela, onde ainda havia um único vaso de flores na base do pedestal, a seus pés. Ele parou para olhar, enquanto padre Martin, pacientemente, esperava ao seu lado. A escultura era uma cópia, e boa, de uma Madona com Menino do Victoria and Albert Museum, ele não conseguia lembrar-se do autor. Não tinha nada da piedade lúgubre dessas imagens, nenhuma representação simbólica das agonias futuras. Ambos, mãe e filho, estavam rindo, o bebê estendia seus braços rechonchudos, a Virgem, pouco mais que uma criança, alegrava-se com o seu filho.

Enquanto subiam as escadas, padre Martin disse: "Você deve estar surpreso de me ver. Oficialmente estou aposentado, é claro, mas permaneci no seminário para ajudar no ensino de Teologia Pastoral. Faz quinze anos que o padre Sebastian Morell é diretor do educandário. Sem dúvida você quer visitar seus velhos recantos prediletos, mas padre Sebastian está nos esperando. Deve ter ouvido seu carro. Sempre ouve. A sala do diretor ainda é a mesma de sua última visita".

O homem que se ergueu de sua mesa e que se adiantou para saudá-los era muito diferente do suave padre Martin. Tinha mais de um metro e oitenta de altura e era mais novo do que Dalgliesh esperava. O cabelo castanho-claro, apenas ligeiramente encanecido, estava escovado para trás a partir de uma bela testa alta. Uma boca intransigente, um nariz levemente adunco e um queixo comprido davam força a um semblante que poderia ter tido uma beleza convencional demais, embora austera. Mais notáveis eram os olhos; de um límpido azul-escuro, uma cor que

Dalgliesh achou contrastar de modo desconcertante com a agudeza do olhar que estava fixado nele. Era o semblante de um homem de ação, talvez de um soldado, mais do que o de um acadêmico. A batina bem talhada de gabardina preta parecia um traje incoerente para um homem que segregava tal poder latente.

Até a mobília da sala destoava. A mesa, com um computador e uma impressora, era agressivamente moderna, mas na parede acima dela estava um crucifixo de madeira esculpida que poderia ser medieval. A parede oposta apresentava uma coleção de caricaturas da *Vanity Fair* representando prelados vitorianos, as faces bigodudas e raspadas, magras, rubicundas, empalidecidas ou levemente piedosas, confiantes, acima dos crucifixos peitorais e das mangas de tecido delicado. De cada lado da lareira de pedra com seu lema gravado, pendiam gravuras de pessoas e paisagens que presumivelmente teriam algum lugar especial na memória do dono. Acima da lareira porém ficava um quadro muito diferente. Era um óleo de Burne-Jones, um lindo sonho romântico transpirando a famosa luz do artista que nunca estava na terra ou no mar. Quatro jovens, com guirlandas e usando longos vestidos cor-de-rosa e marrom de musselina florida, agrupavam-se em torno de uma macieira. Uma delas estava sentada com um livro aberto à frente, um gatinho aninhado no braço direito; uma deixara uma lira um pouco de lado e olhava pensativa ao longe; as outras duas estavam de pé, uma com um braço erguido, colhendo uma maçã madura, a outra mantendo o avental aberto para receber a fruta com mãos de longos dedos delicados. Dalgliesh notou contra a parede da direita outro objeto de Burne-Jones: um aparador com duas gavetas sobre pernas retas, altas, com rodinhas, e dois painéis pintados, um de uma mulher alimentando pássaros, o outro de uma criança com cordeiros. Ele se lembrava de que os dois quadros ficavam no refeitório, em suas visitas anteriores. O romantismo reluzente deles parecia contrastar com a austeridade clerical do resto da sala.

81

Um sorriso de boas-vindas transformou o rosto do diretor, mas foi tão breve que poderia não ter passado de um espasmo dos músculos.

"Adam Dalgliesh? Seja muito bem-vindo. Padre Martin disse-me que faz muito tempo desde a última vez em que esteve aqui. Desejávamos que a sua volta se desse numa ocasião mais alegre."

Dalgliesh disse: "Eu também queria isso, padre. Espero que não tenha de incomodá-los por muito tempo".

Padre Sebastian fez um movimento na direção das poltronas que ladeavam a lareira, e padre Martin puxou uma das cadeiras da mesa para si.

Depois de sentados, padre Sebastian disse: "Tenho de admitir que fiquei surpreso quando seu comissário-assistente ligou. Um comandante da Polícia Metropolitana enviado para relatar como uma força provincial lidou com uma questão que, embora trágica para todos os mais envolvidos, dificilmente pode ser considerada um incidente de importância, e que foi submetida a um inquérito e está agora oficialmente encerrada! Isso não é poder humano um tanto quanto excessivo?". Fez uma pausa e acrescentou: "Ou irregular?".

"Não é irregular, padre. Pouco convencional, talvez. Mas eu estava vindo a Suffolk, e isso economizaria tempo e talvez fosse mais conveniente para o seminário."

"Pelo menos tem a vantagem de trazê-lo de volta para nós. Obviamente responderemos às suas perguntas. Sir Alred Treeves não teve a cortesia de dirigir-se diretamente a nós. Ele não compareceu ao inquérito — entendemos que estava no exterior —, mas enviou um advogado com um mandado de vigilância. Segundo me lembro, ele não expressou desagrado. Tivemos muito pouco contato com Sir Alred e não o consideramos um homem fácil. Ele nunca ocultou seu desagrado pela escolha da carreira do filho — é claro que não seria considerada por Sir Alred uma vocação. É difícil entender o motivos dele ao querer reabrir o caso. Há apenas três alternativas. Um ato criminoso está

82

fora de questão; Ronald não tinha inimigos aqui e ninguém se beneficiou com a morte dele. Suicídio? Certamente é uma possibilidade perturbadora, mas não há evidências, nem em seu comportamento recente nem em sua conduta aqui, que sugiram nenhum grau de infelicidade. Resta a morte acidental. Eu esperava que Sir Alred aceitasse o veredicto com algum alívio."

Dalgliesh disse: "Houve a carta anônima da qual acredito que o comissário-assistente tenha falado com o senhor. Se Sir Alred não a tivesse recebido, imagino que eu não estaria aqui".

Retirando-a da carteira, ele a entregou a padre Sebastian, que deu uma breve olhada nela e disse: "Obviamente produzida por um computador. Nós temos computadores aqui — um deles você vê na minha mesa".

"O senhor tem alguma idéia de quem poderia tê-la enviado?"

Padre Sebastian mal relanceou a carta antes de devolvê-la com um gesto de dispensa desdenhosa. "Nenhuma. Temos nossos inimigos. Talvez essa seja uma palavra forte demais; seria mais acertado dizer que há gente que preferiria que este seminário não existisse. Mas a oposição que fazem a nós é ideológica, teológica ou financeira, uma questão de recursos da Igreja. Não posso crer que nenhum deles fosse se rebaixar a essa calúnia grosseira. Estou surpreso por Sir Alred tê-la levado a sério. Sendo um homem poderoso, ele não pode estar desacostumado a correspondências anônimas. Daremos, é claro, toda a ajuda que pudermos. Sem dúvida você vai querer primeiro visitar o lugar em que Ronald morreu. Por favor, desculpe-me deixar que o padre Martin o acompanhe. Tenho uma visita esta tarde e outros assuntos um pouco urgentes a minha espera. As vésperas são às cinco horas, se você quiser juntar-se a nós. Depois, teremos drinques aqui, antes do jantar. Não servimos vinho às refeições, na sexta-feira, como espero que você se lembre, mas quando temos hóspedes achamos razoável oferecer-lhes xerez antes da refeição. Temos mais quatro hóspedes neste fim de semana. O arquidiácono Crampton, curador do seminário; a doutora Emma Lavenham, que vem uma vez a cada quadrimestre de Cambridge para apresentar os alunos à sua herança literária de anglicanismo; o doutor Clive Stannard, que está usando nossa biblioteca para pesquisa; e outro policial, o inspetor Roger Yarwood, da força local, que está atualmente em licença de saúde. Nenhum deles estava presente à época da morte de Ronald. Se você estiver interessado em saber quem estava em residência na época, o padre Martin poderá dar-lhe uma lista. Devemos esperá-lo para o jantar?"

"Esta noite, não, padre, se o senhor me desculpar. Espero estar de volta para as completas."

"Então o verei na igreja. Espero que ache seus aposentos confortáveis."

Padre Sebastian levantou-se; naturalmente a entrevista terminara.

84

9

Padre Martin disse: "Imagino que você queira visitar a igreja, quando for para seus aposentos".

Era óbvio que ele já contava com a concordância e até mesmo com o entusiasmo de Dalgliesh, e verdadeiramente Dalgliesh não estava relutante. Havia coisas na pequena igreja que ele ansiava em rever.

Ele perguntou: "A Madona de van der Weyden ainda está em cima do altar?".

"Sim, está. Ela e o *Juízo final* são nossas principais atrações. Mas talvez a palavra 'atração' não seja apropriada. Não quero dizer que encorajamos visitas. Não recebemos mais tantas visitas assim, e elas sempre vêm com hora marcada. Não alardeamos nossos tesouros."

"O van der Weyden está no seguro, padre?"

"Não, nunca esteve. Não temos como pagar o prêmio, e, como disse o padre Sebastian, as pinturas são insubstituíveis. O dinheiro não compra outras. Mas tomamos cuidado. O isolamento ajuda, e agora temos um moderno sistema de alarme em funcionamento. O painel fica atrás da porta que leva do claustro norte para o santuário, e o alarme cobre também a porta principal, ao sul. Acho que o sistema foi instalado bem depois de sua última visita aqui. O bispo insistiu para que chamássemos uma firma de consultoria de segurança, caso o quadro continuasse na igreja, e é claro que ele tinha razão."

Dalgliesh disse: "Se bem me lembro de minha estada aqui quando era garoto, a igreja costumava ficar aberta o dia inteiro".

"É verdade, mas isso foi antes de os peritos atestarem que a pintura é genuína. Aflige-me o fato de a igreja ter de ficar trancada, especialmente num seminário. Foi por isso que, quando eu era diretor, instalei o pequeno oratório. Imagino que você o tenha visto ao entrar. O oratório em si não pode ser consagrado, porque faz parte de outro prédio, mas o altar foi consagrado e fornece aos alunos espaço para que possam fazer uma prece privada, ou para meditação, quando a igreja está trancada depois dos cultos."

Eles atravessaram o vestiário, nos fundos da casa, que dava acesso à porta para o claustro norte. Ali, o aposento era dividido ao meio por uma fileira de cabides para pendurar os mantos, acima de um banco comprido, cada cabide com um caixote embaixo para pôr sapatos e botas usados do lado de fora. A maior parte dos cabides estava vazia, mas cerca de meia dúzia trazia pendurados os mantos marrons com capuz. Sem dúvida os mantos, como as batinas pretas que os alunos usavam dentro de casa, tinham sido impostos pela formidável fundadora, Agnes Arbuthnot. Se isso fosse verdade, ela provavelmente se lembrara da força feroz do vento leste naquele litoral desprotegido. À direita do vestiário, a porta semi-aberta para a área de serviço fornecia a visão de quatro grandes máquinas de lavar roupa e um secador.

Dalgliesh e padre Martin passaram da penumbra da casa para o claustro, e o tênue embora penetrante odor da atmosfera acadêmica anglicana da High Church deu lugar ao ar fresco e ao silêncio ensolarado do pátio. Dalgliesh experimentou, como podia se lembrar da meninice, o sentimento de estar voltando no tempo. Aqui, o estilo vitoriano enfeitado pelos tijolos vermelhos foi substituído pela simplicidade da pedra. Os claustros, com seus pilares estreitos e esbeltos, enfileiravam-se em torno de três lados do pátio de pedras. Eram pavimentados com pedras de York por trás das quais uma fileira de portas idênticas de carvalho levavam à acomodação dos estudantes, de dois andares. Os quatro apartamentos de hóspedes davam para a fachada oeste do prédio principal e eram separados do muro da igreja por um portão de ferro batido, por trás do qual se podiam vislumbrar a extensão vazia do cerrado pálido e o verde mais forte dos campos de beterraba, mais ao longe. No meio do pátio um antigo castanheiro-da-índia já estava mostrando sua decrepitude outonal. Da base do tronco nodoso, cujos pedaços da casca estavam se soltando como crostas de feridas, pequenos galhos brotaram, as jovens folhas verdes e tenras como os primeiros brotos da primavera. Acima deles, os imensos ramos penduravam-se amarelos e marrons, e as folhas mortas jaziam enroladas nas pedras secas e quebradiças como dedos mumificados entre o mogno polido das castanhas caídas.

Algumas coisas, pensou Dalgliesh, eram novas para ele nesta cena longamente lembrada, entre elas certamente a fileira de vasos de argila, sem adornos, mas de feitio elegante, ao pé dos pilares. Eles deviam ter constituído uma bela visão, no verão, mas agora as hastes distorcidas dos gerânios estavam lenhosas, e as poucas flores remanescentes eram apenas uma insignificante lembrança de glórias passadas. E decerto a fúcsia que subia com tanto vigor por cima da parede oeste da casa tinha sido plantada depois de sua época. Ainda estava pesada de flores, porém as folhas já estavam descorando, e as pétalas caídas jaziam em remoinhos como sangue derramado.

Padre Martin disse: "Vamos entrar pela porta da sacristia".

Ele retirou um grande chaveiro do bolso da batina. "Temo demorar muito a achar a chave certa. Sei que, a esta altura, eu já deveria conhecê-las, mas são tantas, e acho que jamais me acostumarei ao sistema de segurança. Foi ajustado para nos dar um minuto inteiro antes de termos de apertar os quatro algarismos, mas o bipe é tão baixo que mal consigo ouvi-lo. Padre Sebastian não gosta de barulhos altos, especialmente na igreja. Se o alarme disparar, faz um estrépito terrível no prédio principal."

"Quer que eu faça isso para o senhor, padre?"

"Ah, não, obrigado, Adam. Não, eu dou um jeito. Nunca tive dificuldade em decorar o número porque é o do ano em que a senhorita Arbuthnot fundou o seminário, 1861."

E que, pensou Dalgliesh, era um número que poderia ocorrer facilmente a um intruso em potencial.

A sacristia era maior do que Dalgliesh se lembrava e obviamente servia de vestiário e escritório. À esquerda da porta que levava à igreja havia uma fileira de cabides para casacos. Outra parede estava ocupada por armários embutidos até o teto para vestimentas. Havia duas cadeiras retas de madeira e uma pequena pia com um escorredor, ao lado de um armário cujo topo de fórmica continha uma chaleira elétrica e uma cafeteira. Duas grandes latas de tinta branca e uma pequena lata de tinta preta e, ao lado delas, um pote de geléia com pincéis estavam bem arrumados contra a parede. À esquerda da porta e embaixo de uma das duas janelas havia uma grande escrivaninha com gavetas que sustentava uma cruz de prata. Acima dela ficava um cofre de parede. Vendo os olhos de Dalgliesh sobre o cofre, padre Martin disse: "Padre Sebastian fez instalar aquele cofre para guardar nossos cálices e a pátena de prata do século XVII. Foram legados ao seminário pela senhorita Arbuthnot e são muito elaborados. Antes disso, por causa do valor, eram guardados no banco, mas o padre Sebastian julgou que deveriam ser usados, e eu acho que ele tem razão".

Ao lado da escrivaninha havia uma fileira de fotografias de cor sépia, emolduradas, quase todas antigas, algumas obviamente datadas dos primeiros dias do seminário. Dalgliesh, interessado em fotografias antigas, aproximou-se para olhá-las. Uma, pensou ele, devia ser da srta. Arbuthnot. Estava ladeada por dois padres, cada um com sua batina e seu barrete, ambos mais altos do que ela. Segundo o exame fugaz mas intenso de Dalgliesh, não havia dúvidas de quem era a personalidade dominante. Longe de parecer diminuída pela negra austeridade clerical de seus guardiões, a srta. Arbuthnot estava perfeitamente à vontade, os dedos frouxamente segurando as pregas da saia. Suas roupas eram simples mas caras; mesmo numa fotografia era possível ver o brilho da blusa de seda abotoada até o alto, com suas mangas bufantes, e a riqueza da saia. Ela não usava jóias, com exceção de um broche de camafeu ao pescoço e uma única cruz pendente. Embaixo da forte onda escovada de cabelo, que parecia muito claro, o rosto tinha o feitio de coração, os olhos, que possuíam um olhar firme, eram espaçados sob sobrancelhas retas e mais escuras. Dalgliesh imaginou qual teria sido a aparência dela com aquela seriedade ligeiramente intimidante se tivesse rompido numa risada. Era, pensou ele, a fotografia de uma linda mulher que não retirava alegria de sua beleza e que procurara em outros lugares as recompensas do poder.

A memória da igreja tornou a voltar com o cheiro do incenso e da fumaça de vela. Eles passaram à nave norte, e padre Martin disse: "Com certeza você vai querer ver de novo o *Juízo final*".

O *Juízo final* era iluminado apenas por uma lâmpada fixa a uma pilastra ali perto. Padre Martin ergueu o braço e a cena tenebrosa e indecifrável saltou à vida. Estavam diante de uma representação vívida do Último Julgamento, pintada sobre madeira, o todo formado por uma meia-lua com diâmetro de um pouco mais de três metros e meio. No alto estava a figura sentada do Cristo em glória, com as mãos feridas estendidas sobre o drama abaixo. A figura central era obviamente são Miguel. Ele segurava uma espada pesada com a mão direita e, com a esquerda, pratos de balança, nos quais pesava as almas dos justos e dos iníquos. À sua esquerda, o Demônio, com uma cauda escamosa e as mandíbulas distendidas num riso lascivo, a personificação do horror, preparava-se para reclamar seu prêmio. Os virtuosos erguiam mãos pálidas em preces, os condenados eram uma massa contorcida de hermafroditas pretos, barrigudos, de boca aberta. Ao lado deles, um grupo de diabos de menor importância, com forcados e correntes, dedicava-se à tarefa de jogar suas vítimas nas mandíbulas de um imenso peixe com dentes semelhantes a uma fileira de espadas. À esquerda, o Céu era representado como um hotel acastelado, com um anjo como porteiro, saudando as almas nuas. São Pedro, de manto e tiara tripla, estava recebendo os mais importantes dos abençoados. Estavam todos nus, mas ainda usando as insígnias de sua posição; um cardeal de barrete vermelho, um bispo em sua mitra, um rei e uma rainha coroados. Havia, pensou Dalgliesh, pouca democracia naquela visão medieval do Céu. Todos os abençoados, a seu ver, tinham uma expressão de piedoso enfado; os condenados eram consideravelmente mais animados, mais desafiadores do que arrependidos, enquanto mergulhavam dentro da garganta do peixe, os pés em primeiro lugar. Um, na verdade maior do que o resto, estava resistindo ao seu destino e fazendo o que parecia ser um gesto de desdém, com o polegar próximo ao nariz, na direção da imagem de são Miguel. O *Juízo final*, originalmente exposto com maior destaque, fora projetado para aterrorizar as congregações medievais, guiando-as na direção da virtude e da conformidade social, literalmente pelo medo do inferno. Agora era visto apenas com interesse acadêmico pelos visitantes modernos, para quem o medo do inferno não tinha mais poderes e que buscavam o céu neste mundo, e não no próximo.

Enquanto o contemplavam juntos, padre Martin disse: "É de fato um *Juízo final* notável, provavelmente um dos melhores no país, mas não consigo deixar de desejar que o puséssemos em algum outro lugar. Acredito que seja de cerca de 1480. Não sei se você já viu o *Juízo final* de Wenhaston. Este é tão parecido que deve ter sido pintado pelo mesmo monge de Blythburgh. Enquanto o deles foi deixado ao relento durante alguns anos e foi restaurado, o nosso se encontra mais na condição original. Tivemos sorte. Foi descoberto nos anos 30, num celeiro de dois andares perto de Wisset, onde era usado como biombo para dividir uma sala, de modo que deve ter ficado em lugar seco desde a década de 1800".

Padre Martin apagou a lâmpada e continuou a tagarelar alegremente. "Tínhamos uma torre circular muito antiga, de pé por si mesma — pode ser que você conheça a de Bramfield —, mas há muito que ela já se foi. Isso era uma pia batismal com os sete sacramentos, mas, como você pode ver, pouca coisa dos entalhes permaneceu. Reza a lenda que a pia batismal foi dragada do mar numa grande tempestade no final da década de 1700. Não sabemos se originalmente estava aqui ou se pertence a uma das igrejas submersas. Muitos séculos estão representados aqui. Como você vê, ainda temos quatro bancos fechados do século XVII."

Apesar da idade dos bancos, foram os vitorianos que vieram à mente de Dalgliesh quando ele os viu. Ali o fidalgo rural e sua família podiam sentar-se numa privacidade cercada por madeira, sem serem vistos pelo resto da congregação e dificilmente visíveis do púlpito. Ele imaginou-os fechados, juntos, e pensou se carregavam com eles almofadas e tapetes, ou se guardavam sanduíches, bebidas e talvez até um livro discretamente encapado para aliviar as horas de abstinência e o tédio dos sermões. Quando era menino, sua mente se exercitava bastante imaginando o que o fidalgo faria se tivesse a bexiga fraca. Como ele ou mesmo o resto da congregação conseguiriam ficar sentados durante os dois cultos do sacramento, no domingo, durante os longos sermões, ou quando se cantava ou rezava a ladainha? Seria talvez um costume manter um penico enfiado embaixo do assento de madeira?

Agora eles iam pela nave em direção ao altar. Padre Martin chegou até um pilar atrás do púlpito e pôs a mão num interruptor. Imediatamente a penumbra da igreja pareceu afundar na escuridão quando, de forma dramaticamente repentina, a pintura brilhou cheia de cor e de vida. As imagens da Virgem e de são José, fixadas em silente adoração por mais de quinhentos anos, pareceram, por um momento, flutuar fora da madeira em que estavam pintadas, contra o fundo de um intrincado brocado de ouro e marrom que, na sua riqueza, enfatizava a simplicidade e a vulnerabilidade deles. A Virgem estava sentada num tamborete baixo, no colo o Menino Jesus, nu sobre um pano branco. Seu rosto era um oval pálido e perfeito, a boca terna sob um nariz estreito, os olhos de pálpebras pesadas sob sobrancelhas finas, arqueadas, fixos na criança com uma expressão de assombro resignado. De uma testa alta e lisa fiapos de cabelo crespo acaju caíam sobre seu manto azul até as mãos delicadas, com os dedos mal se tocando, em prece. A criança olhava para cima, para ela, com os dois braços erguidos, como se previsse a crucificação. São José, de casaco vermelho, estava sentado à direita do quadro, um guardião prematuramente envelhecido, cochilando, pesadamente apoiado num bastão.

Durante um momento Dalgliesh e padre Martin ficaram em silêncio. Padre Martin não falou até ter apagado a luz. Dalgliesh pensou se ele havia ficado inibido em relação a conversas mundanas enquanto o quadro estava exercendo a sua mágica.

Em seguida ele disse: "Os conhecedores parecem concordar que é um genuíno Rogier van der Weyden, provavelmente pintado entre 1440 e 1445. Os outros dois painéis parecem mostrar santos com retratos do doador e de sua família".

Dalgliesh perguntou: "Qual a origem dele?".

"A senhorita Arbuthnot o doou para o seminário no ano seguinte à nossa fundação. A intenção dela era de que ele fosse o retábulo, e nunca pensamos em tê-lo em nenhum outro lugar. Foi o meu predecessor, padre Nicholas Warburg, que chamou os peritos. Ele era muito interessado em pinturas, especialmente na Renascença holandesa, e tinha uma curiosidade natural em saber se era genuíno. No documento que acompanhava o presente, a senhorita Arbuthnot apenas o descrevia como parte de um tríptico de altar que mostrava santa Maria e são José, possivelmente atribuível a Rogier van der Weyden. Não consigo deixar de achar que seria melhor se o tivéssemos mantido assim.

Poderíamos simplesmente nos deleitar com o quadro sem ficarmos obcecados com sua segurança."

"Como foi que a senhorita Arbuthnot o adquiriu?"

"Ah, ela o comprou. Uma família proprietária de terras estava se desfazendo de alguns de seus tesouros artísticos para ajudar a manter a propriedade. Esse tipo de coisa. Não creio que a senhorita Arbuthnot tenha pago muito por ele. Havia a dúvida quanto à autoria, e, mesmo que fosse genuíno, esse pintor, em especial, não era tão conhecido ou levado em alta conta na década de 1860 como hoje. É claro que é uma responsabilidade. Eu sei que o arquidiácono tem uma opinião muito firme de que ele deve ser retirado daqui."

"Retirado para onde?"

"Para uma catedral, talvez, onde fosse possível maior segurança. Talvez até mesmo para alguma galeria ou museu. Creio que chegou mesmo a sugerir ao padre Sebastian que fosse vendido."

Dalgliesh disse: "E o dinheiro, dado aos pobres?".

"Bem, para a Igreja. Seu argumento é de que mais gente deveria ter a oportunidade de deliciar-se com ele. Por que deveria um pequeno e longínquo seminário acrescentar esse privilégio aos outros que já tem?"

Havia um tom de amargura na voz de padre Martin. Dalgliesh não disse nada e, depois de uma pausa, seu companheiro, como se julgasse ter ido longe demais, continuou.

"São argumentos válidos. Talvez tivéssemos de levá-los em consideração, mas é difícil visualizar a igreja sem o retábulo. Foi dado pela senhorita Arbuthnot para ser posto acima do altar, nesta igreja, e acho que deveríamos resistir firmemente a qualquer sugestão de retirá-lo. Eu me separaria de boa vontade do *Juízo final*, mas não deste."

Quando se afastaram, porém, a mente de Dalgliesh estava ocupada em considerações mais seculares. Não tinham sido necessárias as palavras de Sir Alred a respeito da vulnerabilidade do seminário para lembrá-lo de como o futuro podia ser incerto. Que futuro, a longo prazo, haveria para o seminário, seu espírito, suas tradições, sem o apoio da visão predominante da Igreja, educando apenas vinte alunos, ocupando aquele local remoto e inacessível? Se o futuro do seminário estava no momento em equilíbrio, a morte de Ronald Treeves poderia ser o único fato a fazer pender um dos pratos. Se o seminário fechasse, o que aconteceria ao van der Weyden, aos outros objetos caros legados a ele pela srta. Arbuthnot, ao próprio prédio? Ao lembrar-se daquela fotografia, era difícil acreditar que, embora com relutância, ela não tivesse previsto tal possibilidade e tomado providências quanto a ela. Voltava-se, como sempre, à questão central: quem se beneficiaria? Ele gostaria de perguntar ao padre Martin, mas concluiu que seria falta de tato e, naquele lugar, pouco apropriado. Mas a pergunta teria de ser respondida.

10

Os nomes dos quatro conjuntos de acomodações para hóspedes haviam sido dados pela srta. Arbuthnot em homenagem aos quatro doutores da Igreja ocidental: Gregório, Agostinho, Jerônimo e Ambrósio. Encerrada essa fantasia teológica e após decidir que os quatro chalés dos funcionários receberiam os nomes de Mateus, Marcos, Lucas e João, pelo jeito a inspiração acabou, e as acomodações dos estudantes foram identificadas com menos imaginação mas com maior conveniência por números, tanto no claustro norte como no claustro sul.

Padre Martin disse: "Você costumava ficar no Jerônimo, quando garoto. Talvez ainda se lembre. Hoje em dia ele é o nosso apartamento duplo, de modo que a cama deve ser confortável. É o segundo a partir da igreja. Infelizmente não temos chave para lhe dar. Os quartos de hóspedes nunca tiveram chave. Aqui tudo é seguro. Se tiver algum documento que prefira deixar trancado, pode colocá-lo no cofre. Espero que fique bem instalado, Adam. Como vê, os apartamentos foram reformados desde sua última visita".

Tinham sido mesmo. Onde antes fora um aconchegante repositório de peças díspares de mobiliário que pareciam sobras do bazar de caridade da paróquia, agora havia uma sala de estar inteiramente funcional, como uma sala de leitura de estudante. Nada era supérfluo; a modernidade convencional e sem exageros substituíra a individualidade. Havia uma mesa com gavetas que poderia também servir de escrivaninha, posta à frente da janela com vista para o oeste por cima do cerrado, duas poltronas, uma de cada lado de uma lareira a gás, uma mesa baixa e uma estante. À direita da lareira havia um armário com tampo de fórmica, com uma bandeja contendo uma chaleira elétrica, um bule de chá, duas xícaras e dois pires.

Padre Martin disse: "Há uma pequena geladeira nesse armário, e a senhora Pilbeam irá trazer meio litro de leite todos os dias. Como você vai ver quando subir, instalamos um chuveiro no que era parte do quarto de dormir. Irá se lembrar de que, da última vez em que esteve aqui, tinha de seguir pelos claustros e usar um dos banheiros da casa principal".

Dalgliesh se lembrava. Tinha sido um dos prazeres de sua estada sair de roupão para o ar da manhã, uma toalha em torno dos ombros, para ir até o banheiro ou caminhar cerca de um quilômetro até a cabana de banhos a fim de nadar um pouco antes do desjejum. O pequeno chuveiro moderno era um substituto pobre.

Padre Martin disse: "Vou esperá-lo aqui enquanto desfaz a mala, se me der licença. Há duas coisas que quero lhe mostrar".

O quarto de dormir era mobiliado com simplicidade, como a sala de baixo. Havia uma cama de casal de madeira, uma mesa-de-cabeceira e uma lâmpada de leitura, um armário embutido, outra estante e uma poltrona. Dalgliesh abriu sua sacola de viagem e pendurou o único terno que achara necessário trazer. Depois de se lavar rapidamente, reuniu-se ao padre Martin, que estava de pé diante da janela, olhando para fora, para o cerrado. Quando Dalgliesh entrou, o padre retirou uma folha de papel dobrada do bolso do manto.

Ele disse: "Tenho algo que você deixou aqui aos catorze anos de idade. Não lhe mandei porque não sabia se você ia gostar de saber que eu o havia lido, mas guardei-o, e talvez agora você o queira de novo. São quatro linhas de versos. Suponho que chame a isso de poema".

Essa, pensou Dalgliesh, era uma suposição pouco provável. Ele conteve um gemido e pegou o papel que o padre lhe estendia. Que indiscrição juvenil, constrangimento ou pretensão estariam agora sendo ressuscitados do passado, para seu desconforto? A vista da letra, familiar e no entanto estranha a seus olhos, apesar da caligrafia cuidadosa, um tanto hesitante e não ainda bem formada, jogou-o de volta nos anos ainda mais fortemente do que uma velha fotografia, porque era mais pessoal. Era difícil acreditar que a mão de menino que se movera sobre aquele quarto de folha fosse a mesma que a que agora o segurava.

Leu os versos em silêncio.

O DESCONSOLADO

"Mais um dia lindo", disse você ao passar,
com a voz abafada, e continuou pela rua sem ver.
Você não disse: "Por favor, envolva-me com seu casaco,
Fora do sol, dentro da nevasca mortal".*

Outra lembrança foi trazida de volta, uma que lhe era comum na infância: seu pai oficiando um enterro, a riqueza dos torrões de terra amontoados ao lado do verde vivo da grama artificial, algumas coroas, o vento ondulando a sobrepeliz de seu pai, o cheiro das flores. Aqueles versos, ele se lembrou, foram escritos depois do enterro de um filho único. Ele se lembrou, também, de que havia ficado preocupado com o adjetivo *"killing"* na última linha, achando que os dois sons de vogais eram parecidos demais, sem no entanto ter conseguido encontrar um substituto adequado.

Padre Martin disse: "Achei que eram versos notáveis para um garoto de catorze anos. A menos que você os queira de volta, eu gostaria de guardá-los".

Dalgliesh fez que sim com a cabeça e entregou-lhe o

(*) Nevasca mortal: *killing sleet,* no original. (N. T.)

papel em silêncio. Padre Martin dobrou-o e colocou-o de volta no bolso com uma satisfação um tanto infantil.

Dalgliesh disse: "Havia outra coisa que o senhor queria me mostrar".

"Havia sim. Talvez possamos nos sentar."

Mais uma vez padre Martin enfiou a mão no grande bolso do manto. Retirou o que parecia ser um caderno de exercícios de criança, enrolado e preso com um elástico. Alisando-o no colo e dobrando as mãos sobre ele, como se o protegesse, disse: "Antes de irmos até a praia, gostaria que você lesse isto. Dispensa explicações. A mulher que o escreveu morreu de um ataque cardíaco na noite da anotação final. Pode ser que não tenha nenhum significado para a morte de Ronald. Eu o mostrei ao padre Sebastian, e é essa a opinião dele. Ele tem certeza de que não precisamos dar-lhe atenção. Pode não significar nada, mas me preocupa. Achei que seria uma boa idéia mostrá-lo a você aqui, enquanto temos a oportunidade de não sermos interrompidos. As duas anotações que eu gostaria que você lesse são a primeira e a última".

Ele entregou o caderno e sentou-se em silêncio até que Dalgliesh tivesse lido tudo. Dalgliesh perguntou: "Como é que isso veio parar em suas mãos, padre?".

"Eu o procurei e achei. Margaret Munroe foi encontrada morta em seu chalé pela senhora Pilbeam às seis e quinze da manhã de sexta-feira, 13 de outubro. Ela estava a caminho do seminário e ficou surpresa ao ver uma luz acesa tão cedo no chalé São Mateus. Depois que o doutor Metcalf — trata-se do clínico-geral que cuida de nós, em Santo Anselmo — examinou o corpo e o removeu, pensei em minha sugestão de que Margaret escrevesse uma narrativa sobre a descoberta de Ronald e fiquei imaginando se de fato ela o havia feito. Encontrei isso embaixo de uma pilha de papéis para escrever, na gaveta de uma pequena escrivaninha de madeira em seu chalé. Não houve nenhuma tentativa séria de escondê-lo."

"Pelo que o senhor sabe, ninguém mais tem idéia da existência deste diário?"

"Ninguém, além do padre Sebastian. Tenho certeza de que Margaret não confiaria nem na senhora Pilbeam, que era, dentre os contratados, a pessoa mais próxima a ela. E não havia sinais de que alguma busca tivesse sido feita no chalé. O corpo parecia perfeitamente em paz quando fui até lá. Ela estava apenas sentada na sua poltrona com o tricô no colo."

"O senhor não imagina a quem ela se referia?"

"Não faço idéia. Deve ter sido alguma coisa que ela viu ou ouviu no dia da morte de Ronald e que despertou sua memória, isso e o presente de alhos-porós de Eric Surtees, o assistente-geral daqui, que ajuda Reg Pilbeam. Mas, é claro, você já viu isso no diário. Não imagino o que possa ter sido."

"A morte dela foi inesperada?"

"Na verdade, não. Há alguns anos vinha apresentando problemas cardíacos sérios. O doutor Metcalf e o outro profissional que ela viu em Ipswich discutiram a possibilidade de um transplante cardíaco, mas ela foi inflexível, não queria nenhum tipo de operação. Disse que recursos escassos deviam ser usados nos jovens e em pais com filhos para criar. Não acho que Margaret se importasse muito em viver ou morrer, depois da morte do filho. Ela não era mórbida, apenas não era tão apegada à vida para lutar por ela."

Dalgliesh disse: "Eu gostaria de guardar o diário, se puder. Padre Sebastian pode ter razão, pode ser totalmente sem importância, mas é um documento interessante, consideradas as circunstâncias da morte de Ronald Treeves".

Guardou o caderno na pasta, fechou-a e travou o segredo da fechadura. Sentaram-se por mais um minuto em silêncio. Dalgliesh teve a sensação de que o ar entre eles estava pesado por causa de medos não expressos, suspeitas meio formuladas, um sentimento geral de desconforto. Ronald Treeves morrera de modo misterioso e uma semana mais tarde a mulher que encontrara seu corpo e que em seguida descobrira um segredo que considerara importante também estava morta. Talvez não fosse mais que coincidência. Até o momento não havia indício de ato criminoso, e ele compartilhava o que supunha ser relutância da parte de padre Martin em ouvir aquelas palavras ditas em voz alta.

Dalgliesh disse: "O senhor acha que o veredicto do inquérito foi surpreendente?".

"Um tanto surpreendente. Eu teria esperado um veredicto em aberto. Mas é difícil deixarmos vir à mente a idéia de que Ronald pudesse ter se matado, e de um modo tão espantoso."

"Que tipo de rapaz era ele? Estava feliz aqui?"

"Não tenho certeza, embora ache que nenhum outro seminário poderia ser mais adequado para ele. Era inteligente e aplicado, mas especialmente desprovido de charme, pobre garoto. Era estranhamente crítico para uma pessoa tão jovem. Eu diria que possuía uma combinação de uma certa insegurança com uma considerável auto-satisfação. Não tinha amigos em especial — não que encorajemos amizades especiais —, e acho que pode ter se sentido solitário. Contudo, nada em seu trabalho ou em sua vida aqui sugeria desespero ou que estivesse sendo tentado pelo doloroso pecado da autodestruição. É claro que, se ele se matou, então poderíamos, de algum modo, ser acusados. Deveríamos ter percebido que estava sofrendo. Mas ele não deu nenhuma indicação disso."

"O senhor estava convencido da vocação dele?"

Padre Martin demorou um pouco para responder. "Padre Sebastian estava, mas fico pensando se não pode ter sido influenciado pelas notas acadêmicas do rapaz. Não era tão inteligente quanto pensávamos, mas era inteligente. Eu tinha as minhas dúvidas. Para mim, parecia que Ronald estava desesperado por impressionar o pai. É óbvio que não se sobressairia no mundo do pai, no entanto poderia escolher uma carreira que não oferecesse nenhuma comparação possível. E com o sacerdócio, especialmente o sacerdócio católico, há sempre a tentação do poder. Uma vez ordenado, ele teria o poder de dar absolvição. Isso, pelo menos, era algo que seu pai não poderia fazer. Nunca falei nada a respeito disso para ninguém, e posso estar enganado. Quando o requerimento dele foi analisado, achei que estava diante de uma certa dificuldade. Nunca foi fácil para um diretor conviver com o predecessor no próprio seminário. Essa foi uma questão com relação à qual não acho correto me opor ao padre Sebastian."

Foi com um sentimento ainda maior de desconforto ilógico que Dalgliesh ouviu padre Martin dizer: "Agora acho que você vai querer ver onde ele morreu".

11

Eric Surtees saiu do chalé São João pela porta dos fundos e caminhou entre seus alinhados canteiros de legumes de outono, para tratar dos porcos. Lily, Marigold, Daisy e Myrtle correram desajeitadamente em sua direção, numa massa de grunhidos, e levantaram os focinhos cor-de-rosa para farejar sua chegada. Não importava com que humor estivesse: uma visita ao chiqueiro, construído por ele mesmo, e ao cercado com parapeito o enchia de satisfação. Hoje, porém, enquanto se inclinava por cima do parapeito e coçava as costas de Myrtle, nada conseguia diminuir a ansiedade que pesava, como um fardo físico, sobre seus ombros.

Sua meia-irmã Karen deveria chegar a tempo para o chá. Em geral ela vinha de carro de Londres a cada três fins de semana, e, a despeito do clima, esses dois dias sempre ficavam ensolarados em sua memória e aqueciam e iluminavam as semanas de intervalo. Nos últimos quatro anos ela mudara sua vida. Ele não conseguia mais imaginar como seria sem ela. Normalmente, sua chegada naquele fim de semana teria sido um prêmio; estiveram juntos ainda no domingo anterior. Mas ele sabia que a vinda de Karen se devia a algo que ela tinha a lhe pedir, uma solicitação a fazer que ele recusara na semana anterior, e sabia que deveria, de algum modo, encontrar forças para recusar outra vez.

Apoiado à cerca do chiqueiro, repensou os últimos quatro anos, sobre ele e Karen. A relação, no início, não fora auspiciosa. Ele tinha vinte e seis anos quando se conheceram; ela era três anos mais jovem e, durante os dez primeiros anos da vida de Karen, Eric e sua mãe não sabiam de sua existência. Seu pai, representante de um grande conglomerado editorial, administrara com sucesso dois estabelecimentos, até que, após uma década, a tensão financeira e física e as complicações em geral se tornaram demais para ele, que juntou os trapos com a amante e deu o fora. Nem Eric nem a mãe ficaram especialmente tristes em vê-lo partir; nada a agradava mais que um ressentimento, e agora o marido havia lhe fornecido um que a manteria num estado de feliz indignação e luta feroz pelos dez anos finais de sua vida. Ela batalhou, embora sem sucesso, para ficar com a casa em Londres, insistiu em obter a guarda do único filho (aí não havia o que batalhar) e manteve uma disputa longa e acerba sobre a pensão. Eric nunca mais viu seu pai.

A casa de quatro andares fazia parte de um terraço vitoriano perto da estação oval do metrô. Depois da arrastada morte de sua mãe, vítima do mal de Alzheimer, ele continuara morando sozinho, tendo sido informado pelo procurador do pai de que até que este morresse poderia morar lá sem pagar aluguel. Quatro anos antes um ataque cardíaco fulminante matara seu pai instantaneamente durante uma viagem, e Eric descobriu que a casa fora deixada em conjunto para ele e a meia-irmã.

Ele a viu pela primeira vez no enterro do pai deles. O evento — dificilmente poderia ser dignificado por um nome mais cerimonioso — dera-se num crematório, no norte de Londres, sem a bênção de um sacerdote, na verdade sem a bênção de enlutados, a não ser ele mesmo, Karen e dois representantes da firma. A cerimônia não demorou mais que alguns minutos.

Ao sair do crematório, sua meia-irmã disse, sem preâmbulos: "Era assim que papai queria. Ele nunca foi religioso. Não queria flores e não queria gente acompanhando o enterro. Teremos de falar a respeito da casa, mas não agora. Tenho um compromisso importante no escritório. Não foi fácil conseguir sair".

Ela não o convidou para voltarem juntos no carro e ele foi embora sozinho para a casa vazia. Mas no dia seguinte ela apareceu. Ele se lembrava claramente de ter aberto a porta. Ela estava usando, como na cremação, calças compridas justas, de couro preto, um suéter largo, vermelho, e botas de salto alto. O cabelo parecia todo espetado, como se tivesse sido untado com brilhantina, e havia um reluzente piercing do lado esquerdo do nariz. A aparência era convencionalmente bizarra, e ele descobriu, para sua surpresa, que até gostava do jeito dela. Foram sem se falar para a sala da frente, raramente usada, e ela olhou ao redor, com um olhar apreciador e depois desdenhoso, para os remanescentes da vida da mãe dele, a mobília pesada que ele nunca se dera ao trabalho de substituir, as cortinas empoeiradas, penduradas com o motivo virado para a rua, a borda da lareira entulhada de ornamentos vistosos trazidos das férias da mãe na Espanha.

Karen disse: "Temos de tomar uma decisão quanto à casa. Podemos vendê-la agora e cada um ficar com metade do dinheiro, ou podemos alugá-la. Ou, imagino, podemos gastar um pouco fazendo algumas adaptações e transformá-la em três apartamentos pequenos. Isso não ficaria barato, mas papai deixou uma apólice de seguro, e eu não me incomodo em gastá-la, desde que receba uma proporção mais alta dos aluguéis. Aliás, o que você está pensando em fazer? Quero dizer, você esperava continuar morando aqui?".

Eric disse: "Na verdade, não quero morar em Londres. Estava pensando, se vendermos a casa, que poderia ter dinheiro suficiente para comprar um pequeno chalé em algum lugar. Poderia tentar cultivar legumes para comercializar, qualquer coisa desse tipo".

"Então você seria um bobo. Precisaria ter mais capital do que provavelmente pudesse obter, e não há como ganhar dinheiro com isso, não na escala em que você está pensando. Mesmo assim, se quer sair, suponho que vá querer vender a casa."

Ele pensou que ela sabia o que queria fazer e era o que ia acabar acontecendo, não importava o que ele dissesse. Mas não estava mesmo dando grande importância. Ele a seguiu de aposento em aposento, num tipo de admiração.

Ele disse: "Eu não me importo em mantê-la, se é o que você quer".

"Não é que eu queira, é o que é mais razoável para nós dois. No momento, o mercado imobiliário está bom e com probabilidade de ficar melhor. É claro que se fizermos a reforma, o valor como residência de família vai diminuir. Por outro lado, ficaríamos com uma renda regular."

Inevitavelmente, foi isso o que foi feito. Ele sabia que ela começara desprezando-o, mas, à medida que trabalhavam juntos, a atitude de Karen mudou perceptivelmente. Ficou surpresa e gratificada ao descobrir como era hábil com as mãos, como economizaram dinheiro, porque ele era capaz de pintar e aplicar papel nas paredes, erguer prateleiras, instalar armários. Ele nunca se dera ao trabalho de melhorar a casa, que fora seu lar apenas no nome. Agora descobria habilidades inesperadas e satisfatórias. Contrataram um encanador, um eletricista e um construtor para o principal, mas grande parcela do trabalho foi feita por Eric. Tornaram-se parceiros involuntariamente. Aos sábados, iam comprar mobília de segunda mão, procurar liquidações de roupas de cama e talheres, mostrando um ao outro os troféus, com o triunfo alegre de crianças. Ele a ensinou a usar um maçarico com segurança, insistiu na preparação adequada da madeira antes de pintar, apesar dos protestos dela de que isso não era necessário, assombrou-a com a dedicação cuidadosa com que media e encaixava as unidades da cozinha. Durante o trabalho, ela fofocava a respeito da própria vida, do jornalismo freelance em que estava começando a fazer nome, o prazer em conseguir uma coluna assinada, a maledicência, a fofoca e os pequenos escândalos do mundo literário à margem do qual ela trabalhava. Para ele, era um mundo assustadoramente estranho. Estava contente por não ser requisitado a ingressar nele. Sonhava com um chalé, uma horta e talvez sua paixão secreta, criar porcos.

Ele se lembrava — é claro que lembrava — do dia em que se tornaram amantes. Ele fixara venezianas de madeira em uma das janelas que davam para o sul, e estavam pintando juntos as paredes. Ela era uma trabalhadora desorganizada e, na metade da pintura, anunciou que estava com calor, pegajosa, respingada de tinta, e que tomaria um banho. Poderia ser uma oportunidade para testar os chuveiros recém-instalados. Ele também parara de pintar e sentara-se de pernas cruzadas, descansando contra uma parede não pintada, observando os feixes de luz que entravam pelas frestas das venezianas semi-abertas, formando uma treliça no chão respingado de tinta e deixando um contentamento feliz borbulhar como uma fonte.

Então ela entrou. Tinha uma toalha enrolada à cintura, mas, de resto, estava nua e carregava um grande tapete de banheiro no braço. Estendeu-o no chão e se sentou, rindo para ele e estendendo-lhe os braços. Numa espécie de transe, ele se ajoelhou à sua frente e sussurrou: "Não podemos, não podemos. Somos irmão e irmã".

"Apenas meio-irmão e meia-irmã. Tanto melhor. Fica tudo em família."

Ele murmurou: "A veneziana, está muito claro".

Ela pulou e fechou a veneziana. O aposento ficou quase escuro. Ela voltou para ele e segurou sua cabeça entre os seios.

Foi sua primeira vez, e mudou sua vida. Ele sabia que ela não o amava, e ele não a amava. Durante aquela e as próximas sessões de amor, ele fecharia os olhos e se entregaria a todas as suas fantasias secretas, românticas, ternas, violentas e indecentes. As imagens rolavam em sua cabeça e eram feitas de carne. Então, um dia, pela primeira vez, quando estavam fazendo amor mais confortavelmente, numa cama, ele abriu os olhos, encarou-a fixamente e descobriu que estava apaixonado.

Foi Karen quem encontrou para ele o emprego em Santo Anselmo. Ela fizera um trabalho em Ipswich e apanhara uma cópia do *East Anglia Daily News*. Ao voltar naquela noite, chegara em casa quando ele fazia um piquenique no porão, seguindo com o trabalho, e trouxera o jornal com ela.

"Isso pode servir para você. É um emprego de assistente-geral num seminário logo ao sul de Lowestoft. Deve ser solitário o suficiente para você. Estão oferecendo um chalé e parece que há uma horta, e acho até que conseguiria persuadi-los a deixarem-no criar umas galinhas, se quiser."

"Não quero galinhas, prefiro porcos."

"Bem, então porcos, se não cheirarem muito mal. Não vão pagar muito, mas você deverá receber duzentas e cinqüenta libras por semana do aluguel daqui. Provavelmente conseguirá economizar um pouco. O que acha?"

Ele pensou que era quase bom demais para ser verdade.

Ela disse: "É claro que podem estar querendo um casal, mas aqui não diz. É melhor a gente começar a se mexer. Amanhã de manhã eu o levo de carro, se você quiser. Ligue agora e peça uma entrevista, eles dão o número".

No dia seguinte ela o levou de carro até Suffolk e o deixou no portão do seminário, dizendo que voltaria e esperaria por ele dentro de uma hora. Foi entrevistado pelo padre Sebastian Morell e pelo padre Martin Petrie. Ficou preocupado caso quisessem alguma referência clerical ou fossem lhe perguntar se ia regularmente à igreja, mas não houve menção a religião.

Karen disse: "Você conseguiria uma referência da prefeitura, mas é melhor provar que é um bom faz-tudo. Não é um burocrata de escritório o que estão querendo. Trouxe uma câmera comigo. Vou fotografar aqueles armários, estantes e prateleiras que montou e você poderá mostrar as polaróides a eles. Lembre-se de que tem de se promover".

Mas ele não precisou se promover. Respondera a todas as perguntas com simplicidade e exibira as polaróides

107

com uma ansiedade quase tocante, o que lhes mostrara o quanto queria o emprego. Levaram-no para ver o chalé. Era maior do que esperara ou desejara, mas ficava a cerca de cem metros dos fundos do seminário, com vista livre para o cerrado e para uma pequena horta maltratada. Ele só mencionou os porcos depois de ter trabalhado mais de um mês, e quando o fez ninguém levantou objeções. Padre Martin dissera, um tanto nervoso: "Eles não vão fugir, não é, Eric?". Como se estivesse sugerindo que enjaulassem os pastores alemães.

"Não, padre. Achei que poderia construir um chiqueiro e um cercado para eles. É claro que vou mostrar-lhes o projeto antes de comprar a madeira."

"E o cheiro?", perguntou padre Sebastian. "Disseram-me que porcos não cheiram, mas em geral sinto o cheiro deles. É possível que eu tenha um nariz mais sensível do que a maioria das pessoas."

"Não, eles não têm cheiro, padre. Os porcos são criaturas muito limpas."

Desse modo, conseguiu seu chalé, sua horta e seus porcos, e uma vez a cada três fins de semana tinha Karen. Ele não podia imaginar uma vida mais satisfatória.

Em Santo Anselmo encontrou a paz que havia procurado durante toda a vida. Não conseguia compreender por que isso era tão necessário para ele, essa ausência de barulho, de controvérsias, das pressões de personalidades discordantes. Não era porque seu pai tivesse sido violento com ele. Na maior parte do tempo ele nem estava presente, e, quando estava, o discordante casamento dos pais tinha sido mais uma questão de resmungos e ressentimentos sussurrados do que de vozes elevadas ou raiva explícita. O que encarava como timidez parecia ter feito parte de sua personalidade desde a infância. Até mesmo trabalhando na prefeitura — dificilmente o mais estimulante ou divertido dos trabalhos —, ele se mantivera à parte dos arroubos de má vontade, os pequenos feudos que alguns trabalhadores pareciam achar necessário, na verdade, provocar. Até conhecer e amar Karen nenhuma companhia no mundo lhe fora mais desejável que a dele próprio.

Agora, com essa paz, esse santuário, essa horta e seus porcos, um trabalho que gostava de fazer e cujo valor era reconhecido, e com as visitas regulares de Karen, ele encontrara uma vida adequada a cada canto de sua mente e a cada fibra do seu ser. No entanto, com a designação do arquidiácono Crampton como curador, tudo mudara. O medo do que Karen iria exigir dele era apenas mais uma preocupação acrescentada à avassaladora ansiedade que viera com a chegada do arquidiácono.

Por ocasião da primeira visita do arquidiácono, padre Sebastian lhe dissera: "O arquidiácono Crampton poderá ir visitá-lo, Eric, alguma hora no domingo ou na segunda-feira. O bispo designou-o curador e imagino que haverá perguntas que ele achará necessário fazer".

Havia alguma coisa na voz de padre Sebastian quando ele pronunciou as últimas palavras que pôs Eric em guarda.

Ele disse: "Perguntas a respeito do meu trabalho, padre?".

"A respeito dos termos do contrato de trabalho, a respeito de qualquer coisa que lhe passar à cabeça, não tenho dúvidas. Ele poderá querer dar uma olhada pelo chalé."

Ele quis dar uma olhada pelo chalé. Chegara pouco antes das nove horas, na manhã de segunda-feira. Karen, o que não era comum, ficara de domingo para segunda, e saíra apressada às sete e meia. Tinha um compromisso em Londres às dez horas e já saíra perigosamente atrasada; o trânsito segunda-feira de manhã na A12 era ruim, em especial quando se aproximava de Londres. Na pressa — e Karen estava sempre com pressa —, esquecera o sutiã e um par de calcinhas que ainda estavam penduradas para secar na corda, ao lado do chalé. Foram a primeira coisa que o arquidiácono viu ao chegar pela trilha.

Sem apresentar-se, ele disse: "Não sabia que tinha visita".

Eric arrancou os artigos ofensivos da corda e os enfiou no bolso, dando-se conta, na mesma hora, de que o ato, com sua mistura de embaraço e disfarce, fora um erro.

Disse: "Minha irmã veio passar o fim de semana, padre".

"Não sou seu padre. Não uso esse termo. Pode me chamar de arquidiácono."

"Sim, arquidiácono."

Era muito alto, certamente com mais de um metro e oitenta, de rosto quadrado, olhos dardejantes sob sobrancelhas grossas mas bem formadas, e usava barba.

Eles seguiram pela trilha até o chiqueiro em silêncio. Pelo menos, pensou Eric, não havia nada de que pudesse se queixar quanto ao estado da horta.

Os porcos saudaram-nos com grunhidos bem mais altos do que o normal. O arquidiácono disse: "Eu não sabia que você criava porcos. Você fornece carne para o seminário?".

"Algumas vezes, arquidiácono. Mas eles não comem muito porco. A carne que consomem vem do açougueiro em Lowestoft. Eu só crio porcos. Perguntei se podia ao padre Sebastian, e ele me deu permissão."

"Quanto do seu tempo eles tomam?"

"Não muito, pa... Não muito, arquidiácono."

"Eles parecem muito barulhentos, mas pelo menos não cheiram."

Não houve resposta para isso. O arquidiácono voltou à casa e Eric o seguiu. Na sala de visitas, ele silenciosamente ofereceu uma das quatro cadeiras de espaldar reto e assento de palha que ficavam em torno da mesa quadrada. O arquidiácono não pareceu ter notado o convite. Permaneceu de pé, as costas voltadas para a lareira, e examinou o aposento: as duas poltronas — uma de balanço e uma cadeira Windsor com uma almofada acolchoada de retalhos —, as estantes baixas percorrendo uma parede inteira, os pôsteres que Karen trouxera e pregara à parede com Blu-Tack.

O arquidiácono disse: "Imagino que essas coisas que você usou para pendurar esses pôsteres não vão danificar a parede".

"Não deveriam. São feitos especialmente para isso. É como goma de mascar."

Então o arquidiácono puxou bruscamente uma das cadeiras e sentou-se, indicando a outra para Eric. As perguntas que se seguiram não foram feitas de modo agressivo, mas Eric sentiu-se como um suspeito sob interrogatório, acusado de algum crime ainda não especificado.

"Há quanto tempo você trabalha aqui? Quatro anos, não é mesmo?"

"Sim, arquidiácono."

"E quais são, exatamente, as suas obrigações?"

Suas obrigações nunca tinham sido apontadas. Eric disse: "Sou um assistente-geral. Conserto qualquer coisa que quebrar, se não for elétrico, e limpo a parte de fora. Isso quer dizer que lavo o chão do claustro, varro o pátio e limpo as janelas. O senhor Pilbeam é responsável pela limpeza interna, e vem uma mulher de Reydon para ajudar".

"Um trabalho muito pouco incômodo. A horta parece bem cuidada. Você gosta de plantar?"

"Sim, gosto muito."

"Mas não parece assim tão grande a ponto de fornecer os legumes para o seminário."

"Nem todos os legumes, mas eu cultivo demais para meu próprio uso, de modo que levo o excedente para a cozinha, para a senhora Pilbeam, e algumas vezes dou legumes para as pessoas dos outros chalés."

"Eles pagam pelos legumes?"

"Ah, não, arquidiácono. Ninguém paga."

"Quanto você recebe por essas não muito árduas obrigações?"

"Eu recebo o salário mínimo por cinco horas de trabalho diário."

Ele não disse que nem ele nem o seminário estavam muito preocupados com as horas. Algumas vezes o trabalho era feito em menos de cinco horas, outras vezes demorava mais.

111

"Além disso você tem o chalé sem aluguel. Você paga, sem dúvida, pelo seu próprio aquecimento, a luz e seu imposto predial."

"Eu pago o meu imposto predial."

"E os domingos?"

"Domingo é o meu dia de folga."

"Eu estava pensando em igreja. Você vai à igreja aqui?"

Às vezes ele ia à igreja, mas apenas para as vésperas, ocasião em que se sentava ao fundo e ouvia a música e as vozes comedidas de padre Sebastian e de padre Martin proferindo palavras que não lhe eram familiares, mas lindas de ouvir. Todavia, certamente não era isso o que o arquidiácono queria dizer.

Ele disse: "Em geral não vou à igreja aos domingos".

"Mas padre Sebastian não lhe perguntou isso quando o contratou?"

"Não, arquidiácono. Ele me perguntou se eu sabia fazer o trabalho."

"Ele não perguntou se você era cristão?"

Pelo menos para isso, ele obteve uma resposta. Eric disse: "Sou cristão, arquidiácono. Fui batizado quando era bebê. Tenho uma certidão em algum lugar". Passou um olhar vago pelo aposento, como se a lembrada certidão com o registro do batismo, com a sentimental imagem do Cristo abençoando as criancinhas, pudesse repentinamente materializar-se.

Houve um silêncio. Ele se deu conta de que a resposta não fora satisfatória. Pensou se deveria oferecer um café, mas certamente nove e meia era muito cedo para isso. O silêncio prolongou-se, e então o arquidiácono se levantou.

Ele disse: "Vejo que vive confortavelmente aqui e que padre Sebastian parece satisfeito com você, mas nada dura para sempre, não importa quão confortável seja. Santo Anselmo já existe há cento e quarenta anos, mas a Igreja — na verdade, o mundo — mudou um bocado durante esse tempo. Eu sugeriria que, se você ouvir falar de algum outro emprego que lhe seja adequado, pense seriamente em candidatar-se".

Eric disse: "O senhor quer dizer que Santo Anselmo poderá ser fechado?".

Ele percebeu que o arquidiácono fora mais longe do que pretendia.

"Não estou dizendo isso. Esses assuntos não são da sua conta. Estou apenas sugerindo, para o seu próprio bem, que você não deve achar que tem aqui um emprego para toda a vida, só isso."

E foi-se embora. De pé, à porta, Eric observou-o caminhar pelo promontório, na direção do seminário. Viu-se presa de enorme emoção. Seu estômago virava e havia um gosto amargo, como de bile, na boca. Numa vida em que cuidadosamente evitara emoções fortes, estava sentindo uma esmagadora reação física pela segunda vez na vida. A primeira tinha sido quando percebera o amor por Karen. Mas esta era diferente. Era tão potente quanto a outra, porém mais perturbadora. Ele sabia que o que estava sentindo pela primeira vez na vida era ódio por outro ser humano.

113

12

Dalgliesh esperou no saguão enquanto padre Martin ia até o seu quarto pegar o manto preto. Quando ele reapareceu, Dalgliesh disse: "Vamos de carro até onde pudermos?". Ele preferiria caminhar, mas sabia que, para sua companhia, o trajeto até a praia seria cansativo, e não apenas fisicamente.

Padre Martin aceitou a sugestão com evidente alívio. Nenhum dos dois falou até chegarem ao ponto em que a trilha costeira se curvava no rumo oeste, para unir-se à estrada de Lowestoft. Dalgliesh suavemente parou o Jaguar no acostamento e inclinou-se para ajudar padre Martin com o cinto de segurança. Abriu a porta para ele, e os dois dirigiram-se para a praia.

A trilha acabara, e eles estavam caminhando numa senda estreita de areia e grama bem pisada, entre bancos de samambaias e um emaranhado de arbustos que lhes chegavam até a cintura. Em alguns lugares os arbustos arqueavam-se por cima da senda, e eles caminhavam na obscuridade de um túnel em que as ondas do mar se tornavam não mais do que um distante gemido rítmico. As samambaias já mostravam seus primeiros dourados frágeis e parecia que cada passo na turfa esponjosa liberava os pungentes odores nostálgicos de outono. Saíram da semi-obscuridade e viram a laguna estendendo-se à frente deles, sua escura suavidade sinistra separada por apenas uns cinqüenta metros de seixos do brilhante vaivém do mar. Pareceu a Dalgliesh que havia menos tocos pretos de árvores de pé, como monumentos pré-históricos que guardassem a laguna. Ele procurou por traços do navio naufragado, mas só conseguiu ver uma única ripa preta com o feitio de uma barbatana de tubarão quebrando a extensão uniforme da areia.

Ali o acesso à praia era tão fácil que os seis degraus de madeira meio cobertos com areia e o corrimão mal eram necessários. No topo dos degraus, e construída numa pequena depressão, havia uma cabana de carvalho sem pintura, retangular e maior do que uma cabana de praia normal. Ao lado dela, uma pilha de madeira coberta com lona. Dalgliesh suspendeu uma ponta e viu um monte bem arrumado de tábuas e madeiras quebradas, meio pintadas de azul.

Padre Martin disse: "São os restos da nossa velha cabana de banhos. Era como as da praia de Southwold, pintadas, mas o padre Sebastian achou que aqui, sozinha, ela parecia incongruente. Acabou muito dilapidada e muito feia, de modo que aproveitamos a oportunidade para derrubá-la. O padre Sebastian achou que uma simples cabana de madeira, sem pintura, ficaria melhor. Este litoral é tão isolado que dificilmente ela é necessária quando vimos nos banhar, mas acho que deve haver um lugar para nos despir. Não queremos encorajar a nossa fama de excentricidade. Ela também abriga o nosso pequeno barco de socorro. A natação pode ser perigosa nesta costa".

Dalgliesh não trouxera consigo a ripa de madeira, nem teria sido necessário. Ele não tinha dúvidas de que saíra da cabana. Será que Ronald Treeves a pegara displicentemente, como algumas vezes se faz com uma ripa de madeira encontrada na praia, talvez sem nenhum outro propósito do que atirá-la ao mar? Será que ele a encontrara aqui ou mais adiante, junto dos seixos? Será que a pegara com a intenção de cutucar a saliência de areia que balançava acima de sua cabeça? Ou teria havido uma segunda pessoa carregando aquela ripa de madeira quebrada? Mas Ronald Treeves era jovem e supostamente tinha boa forma e era forte. Como poderia ter sido forçado para dentro daquela areia sufocante sem que houvesse nenhum tipo de marca no corpo?

A maré estava recuando, e eles caminharam até a faixa de areia lisa, úmida, na beira das ondas que quebravam, subindo em dois quebra-mares. Eram evidentemente novos, e aqueles de que se lembrava das suas visitas de menino estavam entre os dois, não mais do que alguns postes de topo quadrado profundamente fincados na areia, unidos por pranchas apodrecidas.

Suspendendo o manto para subir pela ponta verde e escorregadia de um quebra-mar, padre Martin disse: "A Comunidade Européia forneceu estes quebra-mares novos. Eles fazem parte da defesa contra o mar. Alteraram a aparência da costa em alguns lugares. Espero que haja mais areia agora do que na sua época".

Tinham andado cerca de duzentos metros quando padre Martin disse, baixo: "É aqui o lugar", e começou a andar na direção do penhasco. Dalgliesh viu que havia uma cruz espetada na areia, feita com dois pedaços de madeira vindos do mar, estreitamente amarrados.

Padre Martin disse: "Pusemos esta cruz aqui um dia depois de encontrarmos Ronald. Até agora ela se manteve no lugar. Talvez os passantes não queiram perturbá-la. Não creio que vá durar muito. Assim que vierem as tempestades de inverno, o mar vai chegar até aqui".

Acima da cruz o penhasco arenoso era uma argila rica, e parecia que em alguns lugares fora cortada em fatias com uma pá. Na beirada do penhasco, uma franja de capim tremia na brisa leve. À esquerda e à direita havia diversos lugares em que a face do penhasco se deslocara, deixando profundas fissuras e fendas abaixo das saliências projetadas. Teria sido perfeitamente possível, pensou ele, deitar-se com a cabeça sob uma dessas saliências e cutucar acima com um pau, fazendo despencar meia tonelada de areia pesada. Ele conseguia imaginar poucas maneiras mais horríveis de morrer. Se Ronald Treeves tivesse desejado se matar, certamente não teria sido uma opção mais misericordiosa nadar para fora, no mar gelado, até que o frio e a exaustão o vencessem? Até então a palavra suicídio não tinha sido mencionada entre ele e padre Martin, mas agora Dalgliesh achou que ela deveria ser dita.

"Essa morte, padre, parece mais suicídio do que acidente. Mas se Ronald Treeves quisesse se matar, por que não nadar mar afora?"

"Ronald jamais faria isso. Ele tinha medo do mar. Nem mesmo sabia nadar. Nunca se banhava quando os outros vinham nadar, e acho que jamais o vi andando na praia. Essa é uma das razões por que eu acho surpreendente que tenha escolhido Santo Anselmo, em vez de candidatar-se a um outro seminário." Ele fez uma pausa e disse: "Eu tinha medo de que você pudesse achar o suicídio mais provável do que um acidente. A possibilidade é muito perturbadora para todos nós. Se Ronald se matou sem nem ao menos sabermos que estava infeliz, então falhamos imperdoavelmente com ele. Não consigo acreditar que veio aqui com a intenção de cometer o que para ele teria sido um pecado grave".

Dalgliesh disse: "Ele retirou o manto e a batina e dobrou-os caprichosamente. Será que teria feito isso se tivesse apenas a intenção de escalar o penhasco?".

"Ele poderia tê-lo feito. Seria difícil escalar qualquer coisa usando um dos dois. Havia algo de especialmente comovente a respeito dessas roupas. Ele as arrumou com tanta precisão, as mangas dobradas para dentro. Era como se as houvesse embalado para uma viagem. E também era um garoto cuidadoso."

Dalgliesh pensou, mas por que subir no penhasco? Se ele estivesse procurando alguma coisa, o que poderia ser exatamente? Esses bancos friáveis, sempre em modificação, de areia compacta com uma camada fina de pedregulhos e pedras, dificilmente seriam um esconderijo razoável. Às vezes havia, ele sabia, algumas descobertas interessantes a serem feitas, inclusive pedaços de âmbar ou de ossos humanos trazidos de cemitérios há muito sob o mar. Mas se

Treeves houvesse vislumbrado um objeto desses, onde ele estaria agora? Nada de interessante havia sido encontrado perto do corpo, a não ser aquela única ripa de madeira.

Voltaram em silêncio pela praia, Dalgliesh ajustando suas longas passadas aos passos incertos de padre Martin. O padre idoso inclinara a cabeça para o vento e puxara seu manto preto mais junto ao corpo. Para Dalgliesh, era como caminhar com a personificação da morte.

Depois de voltarem ao carro, Dalgliesh disse: "Eu gostaria de dar uma palavra com a funcionária que encontrou o corpo da senhora Munroe — uma tal de senhora Pilbeam, não? E seria útil se eu pudesse falar com o médico, mas é difícil pensar numa justificativa para isso. Não quero levantar suspeitas onde não há nenhuma. Essa morte já tem causado bastante perturbação sem isso".

Padre Martin disse: "O doutor Metcalf deve aparecer no seminário esta tarde. Um dos alunos, Peter Buckhurst, está convalescendo de uma mononucleose infecciosa. Começou no fim do último período. Seus pais estão no estrangeiro a trabalho, de modo que o mantivemos aqui durante as férias, para garantir-lhe algum cuidado de enfermagem. Quando vem, George Metcalf em geral aproveita a oportunidade para exercitar seus dois cachorros, se ele tiver uma meia hora para gastar antes do próximo compromisso. Talvez possamos encontrá-lo".

Tiveram sorte. Ao passar entre as torres e entrar no pátio, viram o Range Rover estacionado na frente da casa. Dalgliesh e padre Martin saíram do carro no momento em que o dr. Metcalf descia as escadas, carregando sua maleta e virando-se para acenar uma despedida para alguém dentro da casa. O médico se revelou um homem alto e curtido e que deveria, pensou Dalgliesh, estar perto da aposentadoria. Encaminhou-se para o Range Rover e abriu a porta para ser saudado por ruidosos latidos; dois dálmatas pularam para fora e atiraram-se contra ele. Gritando imprecações, o médico retirou duas grandes tigelas e uma garrafa de plástico, que desatarraxou, entornando água nas tigelas. Houve um som imediato de lambidas ruidosas e várias sacudidelas de vigorosos rabos brancos.

Quando Dalgliesh e padre Martin se aproximaram, ele exclamou: "Boa tarde, padre. Peter está se recuperando bem, não precisa se preocupar. Ele deveria sair um pouco. Menos teologia e mais ar fresco. Eu só vou levar Ajax e Jasper até a laguna. Tudo bem com o senhor, espero".

"Muito bem, obrigado, George. Este é Adam Dalgliesh, de Londres. Ele ficará conosco por um ou dois dias."

O médico virou-se para olhar Dalgliesh e, enquanto apertavam as mãos, fez uma inclinação de cabeça aprovadora, como se o estivesse fisicamente passando em revista.

Dalgliesh disse: "Eu estava com a esperança de ver a senhora Munroe aqui, mas cheguei tarde demais. Não tinha idéia de que ela estava tão mal, mas entendo, pelo que o padre Martin disse, que a morte não foi inesperada".

O médico tirou o casaco, puxou um volumoso suéter do carro e substituiu o sapato por botas de caminhar. Disse: "A morte ainda tem o poder de me surpreender. Você acha que um paciente não vai durar uma semana e lá está ele sentado e amolando um ano depois. Então você espera que venham a durar pelo menos mais seis meses para descobrir que se foram durante a noite. A senhora Munroe sabia que o coração dela estava em mau estado — afinal de contas, era enfermeira —, e sua morte certamente não me surpreendeu. Ela poderia ter ido a qualquer hora. Ambos sabíamos disso".

Dalgliesh disse: "O que significa que o seminário foi poupado do aborrecimento de uma segunda autópsia tão próxima da primeira".

"Meu Deus, sim! Não havia necessidade alguma. Eu a estava examinando com regularidade; na verdade, eu a vira um dia antes de morrer. Lamento que você a tenha perdido. Era uma velha amiga? Sabia que você viria em visita?"

"Não", disse Dalgliesh, "ela não sabia."

"Que pena. Se ela tivesse algo por que esperar, talvez pudesse ter agüentado um pouco mais. Nunca se sabe, com pacientes cardíacos. Nunca se sabe com nenhum paciente, na verdade."

Ele fez uma inclinação de cabeça de despedida e saiu, com os cachorros pulando e trotando ao seu lado.

Padre Martin disse: "Poderíamos ver se a senhora Pilbeam está no chalé dela agora, se você quiser. Eu só vou levá-lo até a porta, apresentá-lo e depois os deixarei a sós".

13

A porta da varanda do chalé São Marcos estava inteiramente aberta, e a luz se espalhava pelo chão de ladrilhos vermelhos e tocava, brilhante, as folhas das plantas nos vasos de argila que estavam arrumados em prateleiras baixas, de ambos os lados. Padre Martin mal levantara a mão para bater quando a porta se abriu, e a sra. Pilbeam, sorridente, afastou-se para que ele entrasse. Padre Martin fez uma breve apresentação e saiu, depois de hesitar por um instante à porta, como se não tivesse certeza se era esperado que desse uma bênção.

Dalgliesh entrou na pequena sala excessivamente mobiliada com um sentimento tranqüilizador e nostálgico de volta à infância. Naquela mesma sala ele se sentara em menino, quando sua mãe vinha fazer as visitas paroquiais, com as pernas penduradas, à mesa, comendo bolo de frutas, ou, no Natal, as tortas da estação, ouvindo a voz baixa, um tanto hesitante, da mãe. Na sala, tudo lhe era familiar: a pequena lareira de ferro com a coifa decorada; a mesa central, quadrada, coberta com um pano vermelho de chenile e com uma grande aspidistra num recipiente verde no centro; as duas poltronas, uma delas de balanço, postas uma de cada lado da lareira; os ornamentos no consolo, dois cachorros Staffordhire com olhos saltados, um vaso superdecorado com as palavras "Presente do Southend" e uma variedade de fotografias em molduras de prata. As paredes eram cobertas com gravuras vitorianas em molduras de nogueira originais: *A volta do marinheiro,*

121

Queridinho do vovô, um pouco convincente grupo de crianças limpas e seus pais atravessando um prado a caminho da igreja. A janela sul estava inteiramente aberta, com vista para o promontório, e o parapeito estreito estava coberto com diversos vasos contendo cactos e violetas-africanas. A única nota discordante era um grande aparelho de televisão e outro de vídeo, dominando o canto da sala.

A sra. Pilbeam era uma mulher baixa, rechonchuda e compacta, com uma fisionomia aberta, curtida pelo vento, sob cabelos claros que haviam sido cuidadosamente penteados em ondas. Ela estava usando um avental florido por cima da saia, mas depois o tirou e o pendurou num gancho atrás da porta. Indicou a cadeira de balanço para Dalgliesh, e sentaram-se frente a frente, Dalgliesh resistindo à tentação de encostar-se e balançar-se confortavelmente.

Vendo-o olhar os quadros, ela disse: "Minha avó deixou-os para mim. Eu cresci com esses quadros. Reg acha que são um tanto sentimentais, mas gosto deles. Já não se pintam quadros assim, hoje em dia".

"Não", disse Dalgliesh, "não pintam."

Os olhos que o fitavam eram suaves, mas também inteligentes. Sir Alred Treeves fora inflexível quando declarara que a investigação devia ser discreta, mas isso não significava secreta. A sra. Pilbeam tinha o direito à verdade tanto quanto padre Sebastian, ou pelo menos tanto quanto fosse necessário.

Ele disse: "É a respeito da morte de Ronald Treeves. O pai dele, Sir Alred, não pôde estar na Inglaterra durante o inquérito e pediu-me que fizesse algumas investigações a respeito do que aconteceu exatamente, para que ele pudesse ficar tranqüilo quanto à correção do veredicto".

A sra. Pilbeam disse: "Padre Sebastian contou-nos que o senhor viria fazer perguntas. Um tanto estranha essa idéia de Sir Alred, não é? Achávamos que ele ficaria feliz em deixar as coisas como estão".

Dalgliesh olhou para ela. "A senhora ficou satisfeita com o veredicto, senhora Pilbeam?"

"Bom, eu não encontrei o corpo e não fui ao inquérito. Na verdade, não era da minha conta. Mas pareceu-me um tanto esquisito. Todo mundo sabe que aqueles penhascos são perigosos. No entanto, o pobre rapaz está morto agora. Eu não vejo o que o pai dele espera de bom ao remexer em tudo de novo."

Dalgliesh disse: "É claro que não posso conversar com a senhora Munroe, mas pensei se ela não teria conversado com a senhora a respeito de como encontrou o corpo. O padre Martin disse que vocês eram amigas".

"Pobre mulher. Sim, acho que éramos amigas, embora Margaret não fosse do tipo de pedir ajuda sem avisar. Até mesmo quando seu Charlie morreu, nunca senti que fôssemos realmente muito próximas. Era capitão do Exército, e ela estava tão orgulhosa. Disse que era o que ele sempre quisera ser, soldado. Ele foi capturado pelo IRA. Acho que estava em alguma missão secreta, e torturaram-no para descobrir quem era. Quando a notícia chegou, fui passar apenas uma semana com ela. Padre Sebastian me solicitou, mas eu o teria feito de qualquer maneira. Ela não me impediu. Acho que nem notou. Quando eu punha a comida à sua frente, comia uma ou outra colherada. Fiquei contente quando de repente me pediu para ir embora. Ela disse: 'Desculpe, Ruby, eu tenho sido uma companhia tão ruim. Você tem sido muito gentil, mas, por favor, agora vá embora'. Então eu fui.

"Vê-la durante todos esses meses, depois, era como ver uma pessoa que estivesse sendo torturada no inferno sem poder emitir um som. Os olhos dela ficaram enormes, mas o resto pareceu encolher. Achei que não estava conseguindo superar... a gente não consegue, não é... não quando é o filho da gente que... mas ela estava começando a se interessar pela vida novamente. Eu achei, todos nós achamos. Então eles soltaram aqueles assassinos da prisão com o acordo da Sexta-Feira Santa, e isso ela não conseguiu aceitar. E acho que estava se sentindo solitária. Eram os garotos de quem ela gostava — eram sempre garotos, para ela —, cuidando deles, quando adoeciam. Mas acho que ficaram um tanto tímidos, depois que Charlie morreu. Os jovens não gostam de presenciar a infelicidade, e quem pode culpá-los?"

Dalgliesh disse: "Eles terão de presenciá-la e lidar com ela, quando forem padres".

"Ah, eles aprenderão, imagino. São bons rapazes."

Dalgliesh perguntou: "Senhora Pilbeam, a senhora gostava de Ronald Treeves?".

A mulher esperou antes de responder. "Eu não estava em posição de achar se gostava dele ou não. Bem, acho que ninguém estava, na verdade. Numa comunidade pequena, não se devem ter preferidos. O padre Sebastian sempre foi contra isso. Mas ele não era um garoto popular, e não acho que se sentisse bem aqui. Era um pouco satisfeito demais consigo mesmo e crítico demais em relação aos outros. Em geral isso vem da insegurança, não é? E nunca nos deixava esquecer que seu pai era rico."

"A senhora sabe se era particularmente chegado à senhora Munroe?"

"A Margaret? Bem, acho que se pode dizer que sim. Ele costumava vir bastante aqui, disso eu sei. Os estudantes só devem ir aos chalés quando convidados, mas tenho a impressão de que ele costumava aparecer no de Margaret. Não que ela se queixasse. Não consigo imaginar o que teriam para conversar. Talvez ambos gostassem da companhia um do outro."

"A senhora Munroe nunca conversou com a senhora a respeito de ter encontrado o corpo?"

"Não muito, e eu não quis perguntar. É claro que tudo foi revelado no inquérito, e eu li nos jornais, mas não fui perguntar. Todo mundo aqui estava falando nisso, mas não ao alcance dos ouvidos do padre Sebastian. Ele odeia fofocas. Acho que consegui saber de todos os detalhes, de um modo ou de outro — não que houvesse muitos a se obter."

"Ela lhe contou que estava escrevendo um diário sobre o acontecido?"

"Não, não contou, mas isso não me surpreende. Ela era ótima para escrever, a Margaret. Antes de Charlie morrer, costumava escrever para ele todas as semanas. Quando ia visitá-la, ela estava sentada à mesa, escrevendo, páginas e páginas. Mas nunca me contou que estava escrevendo sobre o jovem Ronald. E por que quereria escrever?"

"A senhora encontrou o corpo dela, não foi, quando teve o ataque cardíaco? O que aconteceu então, senhora Pilbeam?"

"Bem, eu vi a luz acesa quando ia ao seminário, logo depois das seis. Há alguns dias não a via — não para conversar —, e sentia a consciência um pouco pesada. Pensei que estava um tanto omissa e que poderia gostar de vir jantar comigo e Reg, e que talvez pudéssemos ver televisão juntos. Então fui até o chalé dela. E lá estava ela, morta na poltrona."

"A porta não estava trancada, ou a senhora tinha a chave?"

"Ah, não estava trancada. Quase nunca trancamos nossas portas, aqui. Eu bati e, como ela não respondeu, entrei. Sempre fizemos isso. Foi então que a encontrei. Ela estava bem fria, sentada em sua poltrona, dura como uma tábua, com o tricô no colo. Uma das agulhas ainda estava na mão direita, enfiada no ponto seguinte. Chamei o padre Sebastian, e ele ligou para o doutor Metcalf. O doutor Metcalf viera vê-la na véspera. Ela tinha um coração muito ruim, de modo que não houve problema algum quanto ao atestado de óbito. Na verdade, foi uma boa maneira de ela partir. Seria bom se todos tivéssemos essa sorte."

"E a senhora não encontrou nenhum papel, nenhuma carta?"

"Não em lugares visíveis, e, é claro, eu não iria remexer em nada. Por que eu faria uma coisa dessas?"

"Certamente que não, senhora Pilbeam. Só fiquei pensando se havia algum manuscrito, uma carta ou algum documento sobre a mesa."

"Não, nada sobre a mesa. Mas havia algo estranho, no entanto. Ela não poderia estar tricotando, não mesmo."

"Por que a senhora diz isso?"

"Bom, ela estava tricotando um pulôver de inverno para o padre Martin. Ele vira um numa loja em Ipswich e descrevera-o para ela, e Margaret achou que poderia tricotá-lo para o Natal. Mas era um desenho realmente complicado, um tipo de trançado com um padrão entre as tranças, ela me contou como era difícil. Não o estaria tricotando sem o modelo aberto a sua frente. Eu a vi muitas vezes, e sempre tinha de consultar o modelo. E estava usando os óculos errados, os que punha para ver televisão. Ela sempre usava os de aro dourado para enxergar perto."

"E o modelo não estava lá?"

"Não, só as agulhas e a lã, no colo dela. E estava segurando a agulha de uma maneira esquisita. Ela não tricotava como eu — me disse que era como se fazia no continente. Pareceu muito estranho. Costumava segurar a agulha da esquerda um tanto rígida e trabalhava a outra em torno. Na hora, achei estranho o tricô estar no colo dela quando não poderia estar tricotando."

"Mas a senhora não falou disso com ninguém?"

"Para quê? Não importava. Era só uma dessas coisas estranhas. Imaginei que estivesse se sentindo mal e que simplesmente pegara as agulhas e o tricô e se sentara na cadeira, esquecendo o modelo. Mas sinto falta dela. É estranho ter o chalé ainda vazio. É como se ela tivesse desaparecido de um dia para o outro. Nunca falava a respeito da família, mas descobriram que tinha uma irmã vivendo em Surbiton. Ela fez os arranjos para o corpo ser levado para cremação em Londres, e ela e o marido vieram retirar seus pertences do chalé. Nada como uma morte para a família aparecer em cena. Margaret não teria querido uma missa de réquiem, mas o padre Sebastian preparou um ofício muito bonito na igreja. Todos nós tivemos um papel. O padre Sebastian achou que eu poderia ler uma passagem de são Paulo, porém eu disse que preferia apenas dizer uma prece. Por algum motivo não gosto de são Paulo. Ele me parece ter sido um agitador. Havia todos aqueles pequenos grupos de cristãos, todos cuidando da própria vida e dando-se muito bem, de modo geral. Ninguém é perfeito. E aí chega são Paulo inesperadamente e começa a mandar e a criticar. Ou a lhes enviar uma daquelas epístolas ferozes. Não o tipo de carta que eu gostaria de receber, e eu disse isso ao padre Sebastian."

"O que ele disse?"

"Que são Paulo foi um dos grandes gênios religiosos do mundo e que não seríamos cristãos, hoje, se não fosse por ele. Eu disse: 'Bom, padre, teríamos de ser alguma coisa', e perguntei o que achava que seríamos. Mas não acho que ele soubesse. Disse que iria pensar a respeito, só que, se pensou, nunca me contou. Ele disse que eu levantava questões que não estavam cobertas pelo sílabo da Faculdade de Teologia de Cambridge."

Essas, pensou Dalgliesh depois de ter recusado a oferta de chá com bolo e de ter ido embora, não foram as únicas questões que a sra. Pilbeam levantara.

14

A dra. Emma Lavenham saiu da sua faculdade, em Cambridge, mais tarde do que esperava. Giles almoçara na sala de reuniões e, enquanto ela acabava de arrumar seus pertences, falara de coisas que ele disse ser preciso deixar estabelecidas antes que viajasse. Ela sentiu que ele ficara contente em atrasá-la. Suas ausências a cada quadrimestre, quando ia dar seus três dias de aula em Santo Anselmo, sempre haviam desagradado Giles. Ele nunca fizera objeções abertas, provavelmente por sentir que ela consideraria isso uma interferência indesculpável em sua vida particular, mas ele tinha maneiras mais sutis de expressar seu desagrado por qualquer atividade da qual não fizesse parte e que tivesse lugar numa instituição pela qual, como ateu declarado, não tinha muito respeito. Mas dificilmente poderia reclamar de que o trabalho dela em Cambridge ficasse prejudicado.

A partida tardia significava que não conseguiria fugir do pior do tráfego de sexta-feira à noite, e os periódicos estorvos deixaram-na ressentida com Giles, por suas táticas em atrasá-la, e irritada consigo mesma, por não resistir a elas com maior eficácia. Ao final do último quadrimestre começara a se dar conta de que Giles estava se tornando cada vez mais possessivo e mais exigente quanto a tempo e afeição. Agora, com a perspectiva de uma cadeira numa universidade do Norte, a cabeça dele estava se voltando para o casamento, talvez porque o visse como uma forma mais promissora de garantir que fosse com ele. Giles tinha, ela sabia, idéias definidas do que constituía, para ele, uma esposa adequada. Infelizmente, parece que as preenchia. Decidiu que nos próximos três dias, pelo menos, deixaria isso firmemente fora da cabeça, assim como todos os problemas de sua vida universitária.

Os acordos com o seminário haviam começado três anos antes. Ela se deu conta de que padre Sebastian a recrutara ao seu modo costumeiro. Foram feitas sondagens entre seus contatos em Cambridge. O que o seminário precisava era de um acadêmico, de preferência jovem, que desse três palestras no início de cada quadrimestre sobre "A herança poética do anglicanismo", alguém de renome — ou em processo de obtê-lo — que conseguisse se relacionar com os jovens noviços e que se enquadrasse nas tradições de Santo Anselmo. Em que consistiam essas tradições, padre Sebastian não achou necessário explicar. O posto, como padre Sebastian contara a ela mais tarde, viera diretamente dos desejos da fundadora do seminário, a srta. Arbuthnot. Sob forte influência quanto a isso, como em outros assuntos, de seus amigos da High Church, em Oxford, ela acreditava que era importante que os sacerdotes anglicanos recém-ordenados soubessem alguma coisa sobre sua própria herança literária. Emma, com vinte e oito anos de idade e recentemente nomeada professora na universidade, fora convidada para o que padre Sebastian descrevera como uma conversa informal a respeito da possibilidade de juntar-se à comunidade durante aqueles nove dias por ano. O posto fora oferecido e aceito com a única condição, por parte de Emma, de que a poesia não fosse limitada aos autores da Igreja anglicana, nem restrita quanto à época. Ela enfatizou ao padre Sebastian que queria incluir poemas de Gerard Manley Hopkins e estender o período de estudo a fim de abordar também poetas modernos, como T. S. Eliot. Padre Sebastian, obviamente satisfeito de ter a pessoa certa para o posto, pareceu contentar-se em deixar os detalhes por conta dela. Exceto quando apareceu na terceira palestra, em que sua presença silenciosa teve um efeito um pouco intimidante, ele não demonstrou maior interesse pelo curso.

Aqueles três dias em Santo Anselmo, precedidos por um fim de semana, tornaram-se importantes para ela, aguardados com impaciência e sem nenhum desapontamento. Cambridge não era desprovida de tensões e ansiedades. Ela obtivera cedo sua docência na universidade — talvez, pensava, cedo demais. Havia o problema de conciliar o ensino, que adorava, com a necessidade de produzir pesquisa, as responsabilidades administrativas e a orientação dos alunos, para os quais, cada vez mais, era a primeira pessoa com quem falavam sobre seus problemas. Muitos eram os primeiros em suas famílias a freqüentar uma universidade. Vinham carregados de expectativas e ansiedades. Alguns, que foram bem no exame final do curso secundário, achavam a lista de leituras desanimadoramente longa, outros sofriam de saudades de casa, tinham vergonha de admiti-lo e sentiam-se inadequadamente equipados para enfrentar aquela intimidante vida nova.

Nenhuma dessas pressões era aliviada pelas exigências de Giles e as complicações de sua própria vida emocional. Era um alívio fazer parte da paz maravilhosamente ordenada e isolada de Santo Anselmo, falar da poesia que amava a jovens inteligentes que não tinham de encarar um teste escrito toda semana, que não nutriam o desejo semideclarado de agradá-la com opiniões aceitáveis e que não se dobravam à ambição de honrarias acadêmicas. Ela gostava deles e, ao mesmo tempo que geralmente desencorajava a abordagem romântica ou amorosa ocasional, sabia que gostavam dela, estavam contentes de ver uma mulher no seminário, aguardavam sua chegada com impaciência e viam nela uma aliada. E não eram só os alunos que lhe davam as boas-vindas. Era sempre saudada como uma amiga. As boas-vindas serenas e um tanto formais de padre Sebastian não eram capazes de esconder sua satisfação em ter, mais uma vez, escolhido a pessoa certa. Os outros padres mostravam uma alegria mais efusiva com a sua volta.

Enquanto suas visitas a Santo Anselmo eram um prazer antecipado, suas voltas regulares e zelosas ao lar para ver o pai nunca eram empreendidas sem um peso no espírito. Desde que abrira mão de seu posto em Oxford, ele se mudara para um grande apartamento perto da estação de Marylebone. As paredes de tijolos vermelhos lembravam-lhe a cor da carne crua, e a mobília pesada, as paredes com papel escuro e as janelas amortalhadas com cortinas rendadas criavam uma atmosfera permanente de tristeza no interior que seu pai nunca pareceu ter notado. Henry Lavenham casara-se tarde e perdera a mulher com um câncer de mama logo depois do nascimento de sua segunda filha. Emma só tinha três anos na época, e mais tarde pareceu-lhe que seu pai transferira para o novo bebê todo o amor que tivera pela mulher, reforçado pela pena pelo desamparo de uma criança sem mãe. Emma sempre soube que era a menos amada. Não sentiu ressentimento ou ciúme da irmã, mas compensara a falta de amor com o trabalho e o sucesso. Duas palavras reverberavam desde sua adolescência: brilhante e linda. Ambas impuseram uma carga, a primeira, a expectativa do sucesso que viera cedo demais para que ela merecesse crédito; a segunda, um enigma, algumas vezes quase um tormento. Ela só veio a ficar bonita na adolescência e olhava o espelho tentando definir e avaliar esse dom extraordinariamente superestimado, já meio consciente de que, ao mesmo tempo que ter boa aparência e ser bonita eram bênçãos, a beleza era um dom perigoso e menos controlável.

Até sua irmã Marianne completar onze anos as duas meninas ficaram sob os cuidados de uma irmã do pai, uma mulher sensata, pouco expansiva e conscienciosa, inteiramente desprovida de instinto maternal mas conhecedora de seus deveres — desde que os percebesse. Ela lhes dispensara cuidados estabilizadores, isentos de sentimentalismo, mas partira para seu mundo particular de cães, bridge

131

e viagens ao exterior assim que considerara Marianne suficientemente crescida para tomar conta de si. As meninas assistiram sem tristeza à sua partida.

Mas agora Marianne tinha morrido, atropelada por um motorista bêbado no dia de seu décimo terceiro aniversário, e Emma e o pai haviam ficado sozinhos. Toda vez que o visitava, ele demonstrava uma cortesia escrupulosa, quase sofrida. Ela ficava pensando se sua falta de comunicação e essa fuga a qualquer demonstração de afeto — que dificilmente ela poderia chamar de estranhamento, pois o que haviam sido além de estranhos? — não seriam o resultado dos sentimentos dele, de que agora, com mais de setenta anos e carente, seria humilhante e constrangedor exigir dela o amor do qual nunca dera nenhum indício de necessidade.

Agora, finalmente, ela estava chegando ao término de sua jornada. A estrada estreita até o mar era raramente usada, a não ser nos fins de semana de verão, e, naquele entardecer, ela era a única viajante. A estrada desenrolava-se à sua frente, sombreada e um tanto sinistra na luz evanescente. Como todas as vezes que vinha a Santo Anselmo, teve a sensação de se deslocar na direção de um litoral que desmoronava, indômito, misterioso e isolado no tempo e no espaço.

Ao virar para o norte pela trilha que levava a Santo Anselmo, as altas chaminés e as torres da casa avultando-se ameaçadoramente negras contra o céu que escurecia, viu uma figura baixa andando com dificuldade, uns cinqüenta metros adiante, e reconheceu o padre John Betterton.

Encostou ao lado dele, baixou a janela e disse: "Posso lhe oferecer uma carona, padre?".

Ele piscou, como se por um momento não a tivesse reconhecido. Depois deu o seu conhecido sorriso doce e infantil. "Emma. Obrigado, obrigado. Uma carona seria bem-vinda. Eu fui mais longe do que pretendia em volta da laguna."

Ele estava usando um casaco pesado, de *tweed*, e trazia os binóculos pendurados no pescoço. Entrou, trazendo junto, impregnado no *tweed*, o cheiro úmido de água salobra.

"Teve sorte na observação de pássaros, padre?"

"Só os residentes de inverno, costumeiros."

Continuaram em silêncio amistoso. Houve uma época em que, por um curto período, Emma achara difícil sentir-se à vontade com padre John. Tinha sido na primeira visita dela, fazia três anos, quando Raphael lhe contara a respeito da prisão do padre.

Ele disse: "Alguém vai acabar contando em Cambridge, ou então aqui, e prefiro que você saiba por mim. Padre John confessou ter abusado de alguns garotos do coro dele. É a palavra que usaram, mas duvido que tenha havido abuso real. Ele foi mandado para a prisão por três anos".

Emma disse: "Não entendo muito de leis, mas a sentença me parece muito severa".

"Não foram apenas os dois garotos. Outro clérigo de uma paróquia vizinha, Matthew Crampton, fez questão de desencavar mais provas e apresentou três rapazes. Eles acusaram o padre John de atrocidades piores. De acordo com eles, foi seu abuso que os tornou inaptos para o trabalho, infelizes, delinqüentes e anti-sociais. Estavam mentindo, mas padre John declarou-se culpado. Ele tinha lá suas razões."

Sem necessariamente partilhar da crença de Raphael sobre a inocência de padre John, Emma sentiu muita pena dele. Parecia um homem que se retirara, em parte, para um mundo só dele, preservando de um modo precário o núcleo de uma personalidade vulnerável, como se estivesse carregando consigo algo frágil, que até um movimento súbito poderia estilhaçar. Era invariavelmente polido e gentil, e ela só conseguia detectar sua angústia privada naquelas poucas ocasiões em que olhava dentro dos olhos dele e tinha de desviar o olhar daquela dor. Talvez ele estivesse também carregando o fardo da culpa. Parte dela ainda preferia que Raphael não tivesse falado sobre aquilo. Ela não conseguia imaginar o que devia ter sido a vida dele na prisão. Será que alguém, pensava ela, voluntariamente carregaria aquele inferno dentro de si? E a vida dele em Santo Anselmo podia não ser fácil. Ele ocupava um apartamento particular no terceiro andar, com a irmã solteira, que poderia ser descrita, com uma dose de caridade, como excêntrica. Embora fosse óbvio para Emma que, nas poucas ocasiões em que os vira juntos, ele era dedicado a ela, talvez até mesmo o amor fosse mais um fardo do que um consolo.

Pensou se deveria falar sobre a morte de Ronald Treeves. Lera um breve relato nos principais jornais, e Raphael, que por algum motivo atribuía-se a tarefa de mantê-la em contato com Santo Anselmo, telefonara dando a notícia. Depois de pensar um pouco, escreveu uma breve e bem elaborada carta de condolências a padre Sebastian e recebeu uma resposta ainda mais breve, em sua caligrafia elegante. Seria certamente natural falar de Ronald com padre John, mas alguma coisa a deteve. Ela sentiu que o assunto não seria bem-vindo e até doloroso.

Santo Anselmo estava claramente visível, os telhados, as altas chaminés, os torreões, a torre e a cúpula parecendo escurecer visivelmente junto com a morte da luz. Na frente, os dois pilares em ruínas do portão elisabetano havia muito demolido apresentavam suas ambíguas mensagens silenciosas; símbolos fálicos grosseiros, sentinelas indômitas contra o inimigo em avanço constante, duradouros lembretes obstinados do inevitável fim da casa. Teria sido, pensou ela, a presença de padre John ao seu lado ou a idéia de Ronald Treeves sufocando seu último suspiro sob o peso daquela areia o que causou o aparecimento dessa tristeza e de uma vaga apreensão? Ela nunca viera antes a Santo Anselmo a não ser com alegria; agora, aproximava-se com um sentimento muito próximo do medo.

No momento em que chegaram à porta da frente, ela se abriu, e Emma viu a silhueta de Raphael contra a luz do saguão. Era óbvio que estava esperando por ela. Ficou lá, de pé, em sua batina escura, imóvel, como que esculpido em pedra, fitando-os. Ela se lembrou da primeira vez em que o vira; arregalara os olhos num momento de descrença e depois rira alto por sua incapacidade de esconder a surpresa. Outro aluno, Stephen Morby, estava com eles e rira junto.

"Ele é impressionante, não é? Estávamos em um pub em Reydon e uma mulher chegou e disse: 'De onde você saiu, do Olimpo?'. Tive vontade de pular na mesa, desnudar o peito e gritar: 'Olhem para mim! Olhem para mim!'. Que esperança!"

Ele falara sem nenhum traço de inveja. Talvez percebesse que a beleza num homem não era o dom que parecia ser, e na verdade era impossível para Emma olhar para Raphael sem uma lembrança supersticiosa da fada má no batizado. Ela também achou interessante que conseguisse olhar para ele com prazer mas sem a menor atração sexual. Talvez atraísse mais os homens do que as mulheres. Porém, se tinha poder sobre qualquer dos sexos, parecia inconsciente disso. Ela percebeu, pela confiança tranqüila com que se portava, que sabia que era lindo e que sua beleza o tornava diferente. Raphael dava valor à sua excepcional aparência e achava vantajoso possuí-la, mas mal parecia se importar com o seu efeito sobre os outros.

Seu rosto abriu-se num sorriso, e ele desceu os degraus na direção deles com as mãos estendidas. Em seu presente estado de apreensão algo supersticiosa, o gesto pareceu menos uma acolhida do que uma advertência. Padre John, com uma inclinação de cabeça e um sorriso final, retirou-se.

Raphael tomou o laptop e a mala das mãos de Emma. Disse-lhe: "Bem-vinda de volta. Não posso lhe prometer um fim de semana agradável, mas poderá ser interessante. Temos dois policiais na casa — um deles é nada menos do que da Nova Scotland Yard. O comandante Dalgliesh está aqui para fazer perguntas a respeito da morte de Ronald Treeves. E há alguém ainda menos bem-vindo, pelo que eu saiba. Pretendo manter-me longe dele e aconselho-a a fazer o mesmo. O arquidiácono Matthew Crampton".

15

Havia mais uma visita a ser feita. Dalgliesh voltou ao quarto por um breve intervalo de tempo, atravessando em seguida os portais de ferro no portão entre o Ambrósio e a parede de pedra da igreja, encaminhando-se pelos oitenta metros da trilha que levava ao chalé São João. Já era fim de tarde, e o dia morria num vistoso céu riscado de cor-de-rosa a oeste. Ao lado da trilha, uma franja de gramíneas altas e delicadas tremeu com a brisa que aumentava, depois achatou-se com uma rajada repentina. Atrás dele, a fachada que dava a oeste de Santo Anselmo estava estampada com padrões de luz e os três chalés inabitados brilharam como postos avançados de uma fortaleza sitiada, enfatizando a silhueta escura do São Mateus, vazio.

Conforme a luz esvaecia, o som do mar ficava mais intenso, seu gemido rítmico, suave, aumentando para um rugido abafado. Ele lembrou-se de suas visitas, na meninice, de como a última luz da tarde sempre trazia consigo essa percepção do mar se encapelando com mais força, como se a noite e a escuridão fossem seus aliados naturais. Costumava sentar-se à janela do Jerônimo, olhando para o cerrado que escurecia, imaginando um litoral de sonho em que os castelos de areia em desmoronamento finalmente fossem demolidos, os gritos e risos das crianças, silenciados, as cadeiras de convés, dobradas e levadas embora, e em que o mar viria sozinho, rolando os ossos dos marinheiros afogados em torno dos porões de navios havia muito naufragados.

A porta do chalé São João estava aberta e a luz se

derramava sobre o caminho que levava ao singelo postigo. Ele ainda conseguia ver claramente as paredes de madeira do chiqueiro, à direita, e ouvir os grunhidos e o tumulto. Sentia o odor dos animais, mas o cheiro não era nem forte nem desagradável. Além do chiqueiro, mal conseguia ter uma visão da horta, dos canteiros arrumados com fileiras de legumes irreconhecíveis, os bambus mais altos apoiando o que restara de uma lavoura de vagens e, no fundo da horta, a luz de uma pequena estufa.

Ao som dos seus passos, a figura de Eric Surtees apareceu no vão da porta. Ele parecia hesitar, e então, sem dizer nada, afastou-se e fez um gesto rígido, convidando-o a entrar. Dalgliesh sabia que padre Sebastian falara aos funcionários sobre sua visita iminente, embora não tivesse certeza do teor das explicações dadas. Sentiu que era esperado, mas não bem-vindo.

Ele disse: "Senhor Surtees? Sou o comandante Dalgliesh, da Polícia Metropolitana. Acho que o padre Sebastian explicou que estou aqui para lhe fazer algumas perguntas a respeito da morte de Ronald Treeves. O pai dele não estava na Inglaterra na época do inquérito e, naturalmente, quer saber o máximo possível a respeito das circunstâncias da morte do filho. Eu gostaria de conversar durante alguns minutos, se não for inconveniente".

Surtees assentiu com a cabeça. "Tudo bem. O senhor se incomoda de entrar?"

Dalgliesh seguiu-o até o aposento à direita da passagem. O chalé não poderia ser mais diferente da confortável domesticidade que reinava no da senhora Pilbeam. Embora houvesse uma mesa no centro, de madeira simples, com quatro cadeiras retas, a sala estava mobiliada como um local de trabalho. Na parede oposta à porta tinham sido montadas prateleiras, nas quais se via uma fileira de instrumentos de jardinagem imaculadamente limpos, pás, forcados, enxadas, junto com tesouras e serras, ao mesmo tempo que uma bancada de compartimentos de madeira, abaixo, continha caixas de ferramentas e instrumentos menores. Havia uma bancada de trabalho à frente da janela, com uma lâmpada fluorescente por cima. A porta para a cozinha estava aberta e de lá vinha um cheiro forte e desagradável. Surtees estava cozinhando lavagem para sua pequena vara.

Então ele puxou uma cadeira da mesa. Ela raspou o chão de pedra. Ele disse: "Espere um pouco, eu vou me lavar. Estava cuidando dos porcos".

Pela porta aberta Dalgliesh podia vê-lo à pia, lavando-se vigorosamente, jogando água na cabeça e no rosto. Parecia alguém que se limpava de algo mais que sujeira superficial. Depois ele voltou, com uma toalha ainda ao redor do pescoço, e sentou-se em frente a Dalgliesh, rigidamente ereto e com o olhar tenso de um prisioneiro dissimulando-se para a interrogação. De repente disse com voz excessivamente alta: "O senhor quer chá?".

Achando que o chá poderia ajudá-lo a ficar à vontade, Dalgliesh disse: "Se não for muito trabalho".

"Trabalho nenhum. Eu uso chá de saquinho. Leite e açúcar?"

"Só leite."

Ele voltou em poucos minutos e colocou duas canecas pesadas sobre a mesa. O chá estava forte e muito quente. Nenhum dos dois começou a bebê-lo. Dalgliesh raramente interrogara alguém que desse uma impressão tão forte de saber algo. Mas saber o quê? Era ridículo imaginar aquele garoto de ar tímido — certamente era pouco mais que um garoto — matando uma criatura viva. Até os porcos dele teriam a garganta cortada no recinto esterilizado e rigidamente regulamentado de um abatedouro autorizado. Não que fosse o caso, notou Dalgliesh, de faltar a Surtees a força para um embate físico. Sob as mangas curtas de sua camisa xadrez, os músculos do braço destacavam-se como cordas, e suas mãos eram ásperas e de um tamanho tão incoerente com relação ao do resto do corpo que pareciam ter sido enxertadas. O rosto delicado era curtido pelo sol e pelo vento, e os botões abertos da camisa de algodão rústico deixavam entrever uma pele tão branca e macia como a de uma criança.

Levantando sua caneca, Dalgliesh disse: "Você sempre criou porcos, ou foi só depois de vir trabalhar aqui? Isso foi há quatro anos, não foi?".

"Só depois de vir para cá. Sempre gostei de porcos. Quando consegui este emprego, o padre Sebastian disse que tudo bem se eu tivesse uma meia dúzia deles, se não fossem barulhentos demais nem fedessem. São animais muito limpos. As pessoas estão bem enganadas quando pensam que fedem."

"Você mesmo construiu o chiqueiro? Estou surpreso por ter usado madeira. Pensei que os porcos conseguissem destruir quase tudo."

"Ah, eles conseguem. A madeira é só do lado de fora. O padre Sebastian insistiu nisso. Ele odeia concreto. Eu a forrei com blocos de cimento."

Surtees esperara Dalgliesh começar a beber, antes de levantar sua própria caneca. Dalgliesh ficou surpreso de como gostou do chá. Ele disse: "Sei muito pouco a respeito de porcos, mas me disseram que são inteligentes e uma boa companhia".

Surtees relaxou visivelmente. "São mesmo. Estão entre os animais mais inteligentes. Sempre gostei deles."

"Sorte de Santo Anselmo. Isso quer dizer que eles obtêm bacon que não tem cheiro de produto químico nem segrega aquele líquido fedorento, pouco apetitoso. E porcos adequadamente abatidos."

"Na verdade, eu não os crio para o seminário. Eu os crio... bem, na verdade, como companhia. É claro que acabam tendo de ser mortos, e isso é um problema agora. Há tantas regulamentações da União Européia a respeito de abatedouros e da presença obrigatória de um veterinário de plantão que as pessoas não querem aceitar apenas uns poucos animais. Existe ainda o problema do transporte. Mas há um fazendeiro, o senhor Harrison, logo chegando a Blythburgh, que me ajuda com isso. Eu mando os meus porcos para o abatedouro com os dele. E ele sempre abate alguns dos porcos para consumo próprio, de modo que posso fornecer uma peça decente aos padres, de vez em quando. Eles não comem muita carne de porco, mas gostam do bacon. O padre Sebastian insiste em pagar, mas acho que para ele deveria ser de graça."

Dalgliesh admirou-se, como já se admirara antes, com a capacidade dos homens de gostar genuinamente de seus animais, de ter uma consideração vívida pelo bem-estar deles, de atender às suas necessidades com devoção e, ao mesmo tempo, conformarem-se tão facilmente com sua matança. Passou então ao assunto da sua visita.

Disse: "Você conhecia Ronald Treeves, quero dizer, conhecia-o pessoalmente?".

"Não muito. Eu sabia que era um dos noviços e via-o por aí, mas nós não conversávamos. Acho que era um pouco solitário. Quero dizer, quando eu o via por aí, em geral ele estava sozinho."

"O que aconteceu no dia em que ele morreu? Você estava aqui?"

"Sim, eu estava aqui com minha irmã. Foi durante o fim de semana, e ela estava aqui em visita. Não vimos Ronald naquele sábado e só soubemos que estava desaparecido quando o senhor Pilbeam passou e perguntou se estivera aqui. Dissemos que não. Não soubemos de mais nada até que eu saí, por volta das cinco horas, para varrer umas folhas caídas nos claustros e no pátio e lavar as pedras. Havia chovido no dia anterior, e os claustros estavam um tanto enlameados. Em geral varro e lavo os claustros depois dos cultos, mas o padre Sebastian me pedira, após a missa, para lavá-los antes das vésperas. Eu estava fazendo isso quando o senhor Pilbeam me contou que haviam encontrado o corpo de Ronald Treeves. Mais tarde, antes das vésperas, o padre Sebastian reuniu-nos todos na biblioteca e contou o que acontecera."

"Deve ter sido um choque enorme para vocês todos."

Surtees olhava para baixo, para as mãos, ainda apertadas e pousadas na mesa. De repente, num movimento brusco, ele as escondeu, como uma criança culpada, e curvou-se para a frente. Disse, em voz baixa: "Sim. Um choque. Bom, foi mesmo, não foi?".

"Pelo jeito, você é o único a mexer com terra em Santo Anselmo. Você cultiva para uso próprio ou para o seminário?"

"A maior parte dos legumes é para mim e para quem precisar deles, na verdade. Eu não cultivo o suficiente para o seminário, pelo menos não quando estão todos os noviços na casa. Acho que poderia aumentar a horta, mas demoraria demais. O solo é bastante bom, considerando que fica perto do mar. Em geral minha irmã leva legumes para Londres, quando vem, e a senhorita Betterton os aprecia. Ela os cozinha para si mesma e para o padre John. A senhora Pilbeam também, para ela e para o senhor Pilbeam."

Dalgliesh disse: "A senhora Munroe deixou um diário. Ela mencionou que você foi gentil em trazer-lhe uns alhos-porós no dia 11 de outubro, um dia antes de morrer. Você se lembra disso?".

Houve uma pausa, e então Surtees disse: "É, acho que sim. Talvez eu tenha levado. Não consigo me lembrar".

Dalgliesh disse, delicadamente: "Não foi há tanto tempo, foi? Só um pouco mais de uma semana. Tem certeza de que não consegue se lembrar?".

"Agora lembro. Levei os alhos-porós à tarde. A senhora Munroe costumava dizer que gostava de fazer uma refeição de alho-poró com molho de queijo antes de dormir, então levei alguns para o chalé São Mateus."

"E o que aconteceu?"

Ele olhou para cima, genuinamente intrigado. "Nada. Não aconteceu nada. Quero dizer, ela só disse obrigada e pegou-os."

"Você não entrou no chalé?"

"Não. Ela não me convidou, nem eu ia querer. Quero dizer, Karen estava aqui, e eu queria voltar. Naquela semana, ela ficou até a segunda-feira. Eu fui por acaso, na verdade. Achei que a senhora Munroe pudesse estar com a senhora Pilbeam. Se ela não estivesse em casa, eu teria deixado os alhos-porós à porta."

"Mas ela estava em casa. Tem certeza de que não foi dito nada, que nada aconteceu? Você só entregou os alhos-porós a ela?"

Ele acenou com a cabeça. "Eu só os entreguei e fui embora."

Foi aí que Dalgliesh ouviu o som de um carro se aproximando. Os ouvidos de Surtees devem tê-lo percebido simultaneamente. Ele empurrou a cadeira com evidente alívio e disse: "Deve ser Karen. Minha irmã. Está vindo para o fim de semana".

O carro parara. Surtees apressou-se para fora. Dalgliesh, percebendo sua ansiedade em falar a sós com a irmã, talvez para avisá-la de sua presença, seguiu-o silenciosamente e ficou de pé à soleira da porta.

Uma mulher saiu do carro, e agora ela e o irmão estavam próximos, olhando Dalgliesh. Sem falar, ela se voltou e apanhou uma grande mochila e uma variedade de sacolas de plástico, puxando-as para fora do carro, depois bateu a porta. Carregados com os diversos pacotes, eles avançaram pelo caminho.

Surtees disse: "Karen, este é o comandante Dalgliesh, da Nova Scotland Yard. Ele está fazendo perguntas a respeito de Ronald".

Ela estava sem chapéu, o cabelo escuro cortado em espetos curtos. Uma grande argola de ouro em cada orelha enfatizava a palidez da fisionomia de estrutura delicada. Seus olhos eram apertados, sob a fina sobrancelha arqueada, a íris escura e de um brilho resplandecente. O rosto, com a boca franzida fortemente delineada em um batom vermelho brilhante, era um desenho cuidadoso em preto, branco e vermelho. O olhar que ela lançou a Dalgliesh foi inicialmente hostil, uma reação a um visitante inesperado e indesejável. Enquanto seus olhares se fixavam, o dela tornou-se avaliador e depois cauteloso.

143

Eles passaram juntos à sala de trabalho. Karen Surtees depositou sua mochila na mesa. Acenando com a cabeça para Dalgliesh, ela disse ao irmão: "É melhor pôr logo essas refeições congeladas do M&S no freezer. Há uma caixa de vinho no carro".

Surtees olhou para um e para o outro e saiu. Sem dizer nada, a garota começou a puxar uma variedade de roupas e latas da mochila.

Dalgliesh disse: "Obviamente você não quer visitas agora, mas, já que estou aqui, vamos economizar tempo se você responder a algumas perguntas".

"Pergunte. Sou Karen Surtees, aliás. Meia-irmã de Eric. O senhor está um pouco atrasado para essa tarefa, não está? Não faz muito sentido fazer perguntas agora sobre Ronald Treeves. Já houve um inquérito. Morte acidental. E não há mais sequer um corpo para ser exumado. O pai dele quis que fosse cremado em Londres. Será que não se deram ao trabalho de lhe contar isso? De qualquer modo, não vejo o que isso tem a ver com a Metropolitana. Quero dizer, não seria caso para a polícia de Suffolk?"

"Em essência, sim, mas Sir Alred tem uma curiosidade natural a respeito da morte de seu filho. Eu estava vindo para o condado, então ele me pediu para descobrir o que pudesse."

"Se quisesse realmente saber a respeito da morte do filho, teria comparecido ao inquérito. Acho que tem a consciência pesada e quer mostrar que é um pai preocupado. De qualquer jeito, está preocupado com o quê? Por acaso ele está querendo dizer que Ronald foi assassinado?"

Era estranho ouvir essa palavra tão carregada de condenação pronunciada tão à vontade. "Não, eu não acho que ele esteja dizendo isso."

"Bem, não tenho como ajudá-lo. Encontrei o filho dele apenas uma ou duas vezes quando estava caminhando aí fora, e nos dissemos 'Bom dia', ou 'Bonito dia, hoje', as costumeiras amenidades sem sentido."

"Vocês não eram amigos?"

"Não sou amiga de nenhum dos alunos. E se por amigo o senhor estiver querendo dizer o que acho que está, eu venho para cá para mudar do ambiente de Londres e para visitar o meu irmão, não para transar com os noviços! Não que eu fosse lhes causar muito mal, pelo jeito."

"Você estava aqui no fim de semana em que Ronald Treeves morreu?"

"Estava. Cheguei na sexta-feira à noite, mais ou menos à mesma hora que hoje."

"Você o viu, durante aquele fim de semana?"

"Não, nenhum de nós o viu. Só soubemos que estavam dando por falta dele quando Pilbeam apareceu para nos perguntar se passara por aqui. Dissemos que não. Fim da história. Olhe, se ainda houver alguma coisa que o senhor queira saber, não dá para esperar até amanhã? Eu gostaria de me instalar, desfazer a mala, tomar um chá, sabe? A saída de Londres foi um inferno. Se estiver tudo bem para o senhor, eu deixaria as coisas como estão, por enquanto, não que haja mais algo a ser dito. No que me diz respeito, ele era apenas um dos alunos."

"Mas você deve ter formado alguma opinião a respeito da morte, vocês dois. Conversaram a esse respeito?"

Surtees terminara de guardar a comida e agora vinha da cozinha. Karen olhou para ele. Ela disse: "É claro que conversamos a respeito, o seminário inteiro deve ter falado a respeito. Se o senhor quer saber, eu acho que ele provavelmente se matou. Não sei por quê, nem é da minha conta. Como eu disse: mal o conhecia, mas me pareceu um acidente muito estranho. Ele devia saber que os penhascos são perigosos. Bem, todos nós sabemos, há muitos avisos. E, de qualquer modo, o que ele estava fazendo na praia?".

"Essa", respondeu Dalgliesh, "é uma das questões."

Ele agradeceu e estava se virando para ir embora quando lhe ocorreu uma idéia. Perguntou a Surtees: "Os alhosporós que você levou para a senhora Munroe, como é que estavam embrulhados? Você se lembra? Estavam num saco ou você os levou desembrulhados?".

Surtees pareceu intrigado. "Não me lembro. Acho que os embrulhei em um jornal. É o que geralmente faço com os legumes, pelo menos os grandes."

"Você se lembra de que jornal usou? Eu sei que não é fácil." Então, como Surtees não respondesse, ele acrescentou: "Era um jornal de formato grande ou um tablóide? Que jornal você lê?".

Foi Karen quem acabou respondendo. "Era um exemplar do *Sole Bay Weekly Gazette*. Eu sou jornalista. Presto atenção em jornais."

"Você estava aqui na cozinha?"

"Devo ter estado, não? De qualquer modo, eu vi Eric embrulhando os alhos-porós. Ele disse que os levaria para a senhora Munroe."

"Por acaso você não se lembra da data do jornal?"

"Não, não me lembro. Eu me lembro do jornal porque, como disse, tenho tendência a olhar jornais. Eric o abriu na página do meio e havia uma foto do funeral de um fazendeiro local. Ele queria que sua novilha preferida comparecesse, então levaram o bicho até o túmulo, com fitas pretas amarradas nos chifres e em volta do pescoço. Não acho que tenham chegado a levá-la até a igreja. Exatamente o tipo de coisa que os editores adoram."

Dalgliesh virou-se para Eric: "Quando é que sai o *Sole Bay Gazette*?".

"Toda quinta. Em geral eu só leio nos fins de semana."

"Então o jornal que você usou provavelmente era da semana anterior." Ele se voltou para Karen e disse: "Obrigado, você foi muito útil", e viu de novo nos olhos dela aquele lampejo rápido de avaliação.

Os dois o seguiram até a porta. Quando se virou, no portão, ele os viu lado a lado, observando, aparentemente até que pudessem ter certeza de que havia realmente ido embora. Então ambos se viraram ao mesmo tempo e a porta se fechou atrás deles.

16

Depois do jantar solitário no Crown, em Southwold, Dalgliesh planejara voltar a Santo Anselmo a tempo de assistir às completas. Mas a refeição, deliciosa demais para ser consumida apressadamente, demorou mais do que ele esperava, e, ao chegar e estacionar o Jaguar, o culto já começara. Esperou em seus aposentos até que uma réstia de luz caiu sobre o pátio e ele viu que a porta sul da igreja havia sido aberta e que a pequena congregação estava saindo. Dirigiu-se para a porta da sacristia, de onde finalmente emergiu padre Sebastian, que se virou para trancá-la.

Dalgliesh disse: "Podemos conversar, padre? Ou o senhor prefere esperar até amanhã?".

Ele sabia que era prática em Santo Anselmo guardar silêncio depois das completas, mas o diretor perguntou: "Vai ser demorado, comandante?".

"Espero que não, padre."

"Então agora, se você quiser. Vamos para o meu escritório?"

Uma vez lá, o diretor tomou assento atrás da escrivaninha e mostrou com um gesto uma cadeira à sua frente para Dalgliesh. Não seria uma conversa confortável nas cadeiras baixas, em frente à lareira. O diretor não tinha a menor intenção de começar a conversa ou de perguntar a Dalgliesh a que conclusões ele chegara, se é que chegara a alguma, quanto à morte de Ronald Treeves. Ao contrário, esperou num silêncio que, se não era inamistoso, dava a impressão de estar fazendo um exercício de paciência.

Dalgliesh disse: "Padre Martin mostrou-me o diário da senhora Munroe. Ronald Treeves parece ter passado mais tempo com ela do que se poderia imaginar, e foi ela que encontrou o corpo. Isso faz com que qualquer referência ao rapaz no diário seja importante. Estou pensando, em particular, na última anotação, a que foi escrita no dia em que morreu. O senhor não levou a sério a evidência de que ela descobrira um segredo e que estava preocupada com ele?".

Padre Sebastian disse: "Evidência? Que palavra mais jurídica, comandante. Levei a sério porque obviamente era sério para ela. Eu tinha escrúpulos de ler um diário particular, mas, como o padre Martin a encorajara a fazê-lo, ele estava interessado em ver o que escrevera. Talvez fosse uma curiosidade natural, embora eu não consiga deixar de sentir que deveríamos ter destruído o diário sem lê-lo. Os fatos, no entanto, parecem ser claros. Margaret Munroe era uma mulher inteligente, sensível. Ela descobriu alguma coisa que a preocupou, confiou-a à pessoa interessada e se satisfez com isso. Sejam lá que explicações tenha dado, sua consciência ficou tranqüila. Nada se obteria de bom e muito dano poderia ser causado se eu começasse a investigar. O senhor está sugerindo que eu deveria ter reunido o seminário e perguntado se alguém partilhara algum segredo com a senhora Munroe? Preferi acreditar nas palavras escritas por ela, que as explicações que havia recebido tornavam qualquer ação mais do que desnecessária".

Dalgliesh disse: "Ronald Treeves parece ter sido um tipo solitário, padre. O senhor gostava dele?".

Era uma pergunta perigosamente provocativa, mas padre Sebastian aceitou-a sem piscar. Observando-o, Dalgliesh achou que detectara um ligeiro endurecimento em seu belo semblante, porém não tinha certeza.

A resposta do diretor, quando veio, talvez contivesse uma repreensão implícita, mas a voz não traiu nenhum ressentimento. "Nas minhas relações com os noviços eu não me preocupo com questões como gostar ou não gostar, nem

148

seria adequado fazê-lo. O favoritismo, ou a aparência de favoritismo, é mais perigosa numa comunidade pequena. Ronald era um rapaz particularmente sem encantos, mas desde quando o encanto é uma virtude cristã?"

"Mas o senhor se preocupava com a questão de ele ser ou não feliz aqui?"

"Não é da conta de Santo Anselmo promover a felicidade particular. Se achasse que ele estava infeliz, teria me preocupado. Levamos muito a sério as nossas responsabilidades pastorais. Ronald não procurou ajuda nem deu nenhuma indicação de que precisasse dela. Isso não exclui a minha própria culpabilidade. A religião de Ronald era importante para ele, e estava profundamente comprometido com sua vocação. Ele não teria dúvidas de que o suicídio é um pecado grave. O ato não teria sido um impulso; é uma caminhada de quase um quilômetro até a laguna, a passo custoso ao longo da praia. Se ele se matou, só pode ter sido por desespero. Eu deveria ter percebido isso em relação a qualquer aluno, e não percebi."

Dalgliesh disse: "O suicídio de um jovem saudável é sempre misterioso. Eles morrem e ninguém sabe por quê. Talvez nem mesmo eles conseguissem explicar".

O diretor disse: "Eu não estava pedindo a sua absolvição, comandante. Estava apenas estabelecendo os fatos".

Houve um silêncio. A pergunta seguinte de Dalgliesh foi igualmente inflexível, mas tinha de ser feita. Ele pensou se não estaria sendo direto demais, até mesmo sem tato, com aquele interrogatório, mas julgou que padre Sebastian preferiria que fosse direto ao assunto e que desprezasse o tato. Havia mais coisas sendo entendidas entre eles do que aquilo que estava sendo dito.

Ele disse: "Fiquei pensando quem se beneficiaria se o seminário fosse fechado".

"Eu, entre outros. Mas acho que perguntas dessa ordem poderiam ser respondidas com maior propriedade pelos nossos advogados. Stannard, Fox e Perronet estão encarregados do seminário desde a sua fundação, e Perronet é atualmente um dos curadores. O escritório deles fica em Norwich. Ele poderia lhe contar algo a respeito de nossa história, se o senhor estiver interessado. Sei que às vezes trabalha aos sábados de manhã. O senhor gostaria que eu marcasse uma hora? Vou ver se consigo encontrá-lo em casa."

"Ajudaria muito, padre."

O diretor estendeu a mão para o telefone sobre a escrivaninha. Não precisou verificar o número. Depois que apertou as teclas houve uma pausa breve, e ele disse: "Paul, é Sebastian Morell. Estou ligando do meu escritório. Tenho aqui comigo o comandante Dalgliesh. Você se lembra de que falamos ontem à noite sobre a visita dele? Ele tem algumas perguntas a fazer a respeito do seminário que eu gostaria que você respondesse... Sim, o que ele perguntar. Não há nada que você deva esconder... Bondade sua, Paul. Vou passar para ele".

Sem dizer nada, passou o fone a Dalgliesh. Uma voz profunda disse: "Aqui é Paul Perronet. Estarei no meu escritório amanhã de manhã. Tenho um compromisso às dez, mas se o senhor vier mais cedo, digamos, às nove, teremos tempo suficiente. Estarei lá a partir das oito e meia. O padre Sebastian dará o endereço. Ficamos bem perto da catedral. Então, vejo-o às nove horas. Em ponto".

Depois que Dalgliesh voltou à sua cadeira, o diretor perguntou: "Há algo mais esta noite?".

"Poderia ser útil, padre, se eu desse uma olhada na pasta do registro de empregados de Margaret Munroe, se o senhor a tiver."

"É claro que se ela ainda estivesse aqui isso seria confidencial. Como está morta, não faço objeções. A senhorita Ramsey guarda os registros num armário trancado na sala ao lado. Vou buscá-los para você."

Ele saiu e Dalgliesh ouviu o raspar das gavetas do fichário de aço. Em segundos o diretor estava de volta e entregou-lhe uma pasta de arquivo de papel manilha. Não perguntou que possível relevância poderiam ter os dados da sra. Munroe para a tragédia da morte de Ronald Treeves, e Dalgliesh achou que sabia por quê. Ele reconheceu em padre Sebastian um experimentado conhecedor de táticas, que não faria uma pergunta se achasse que a resposta poderia estar indisponível ou ser indesejada. Ele prometera cooperação e a daria, mas manteria guardada cada uma das solicitações intrometidas e indesejadas de Dalgliesh até o momento oportuno para chamar a atenção de quanto ele exigira e quão ineficaz fora o resultado. Não havia ninguém mais habilidoso para atrair seus adversários para um terreno que eles não conseguissem defender com legitimidade.

Padre Sebastian perguntou: "Você quer levar essa pasta, comandante?".

"Só por esta noite. Devolvo amanhã."

"Então, se no presente momento não houver nada mais, eu lhe desejo boa noite."

Ele se levantou e abriu a porta para Dalgliesh. Poderia ter sido um gesto de polidez. Para Dalgliesh, soava mais como um diretor de escola certificando-se de que um pai recalcitrante estava finalmente indo embora.

A porta para o claustro sul estava aberta. Pilbeam ainda não a havia fechado. O pátio, iluminado somente pelas fracas lâmpadas das paredes ao longo dos claustros, estava muito escuro, e apenas dois dos quartos dos alunos, ambos no claustro sul, mostravam uma fresta de luz. Ao virar-se na direção do Jerônimo, ele viu que duas figuras estavam de pé do lado de fora da porta do Ambrósio. A uma delas fora apresentado durante o chá, e a cabeça pálida brilhando sob as lâmpadas da parede era inconfundível. A outra era uma mulher. Ao ouvir seus passos, ela se voltou em sua direção, e, enquanto alcançava a porta, seus olhos se cruzaram e fixaram-se durante um segundo, como se em admiração mútua. A luz caiu sobre um rosto de beleza grave e impressionante, e ele experimentou uma emoção que raramente sentia, um choque físico de assombro e realidade.

Raphael disse: "Não creio que vocês se conheçam. Em-

151

ma, este é o comandante Dalgliesh, que veio lá da Scotland Yard para nos dizer como Ronald morreu. Comandante, apresento-lhe a doutora Emma Lavenham, que vem de Cambridge três vezes por ano para nos civilizar. Depois de ter virtuosamente assistido às completas, decidimos, separadamente, dar uma volta e olhar as estrelas. Encontramonos na beira do penhasco. Agora, como bom anfitrião, estou acompanhando-a de volta aos seus aposentos. Boa noite, Emma".

A voz e a atitude dele eram possessivas, e Dalgliesh sentiu a ligeira retração dela. Ela disse: "Eu seria perfeitamente capaz de encontrar o caminho de volta. Mas obrigada, Raphael".

Por um momento pareceu que ele ia pegar sua mão, mas ela disse um "boa-noite" firme, aparentemente dirigido a ambos, e entrou rapidamente para a sua sala de estar.

Raphael disse: "As estrelas estavam decepcionantes. Boa noite, comandante. Espero que tenha tudo de que precisa". Virou-se e caminhou energicamente pelas pedras do pátio até o seu quarto, no claustro norte.

Por algum motivo que teve dificuldade de explicar, Dalgliesh sentiu-se irritado. Raphael Arbuthnot era um rapaz frívolo e sem dúvida bonito demais para seu próprio bem. Constava que descendia do Arbuthnot que fundara Santo Anselmo. Se fosse verdade, quanto haveria de herdar se o seminário tivesse de fechar suas portas?

Resolutamente sentou-se à mesa e abriu a pasta da sra. Munroe, percorrendo cada um dos papéis. Ela viera para Santo Anselmo no dia 1º de maio de 1994, de Aschcombe House, uma casa de saúde nos arredores de Norwich. Santo Anselmo pusera anúncios tanto no *Church Times* como no jornal local à procura de uma mulher residente que ficasse encarregada da roupa e de uma ajuda geral no cuidado da casa. O problema de coração da sra. Munroe fora recentemente diagnosticado, e sua carta de candidatura declarava que a enfermagem tornara-se pesada demais para ela, e que estava procurando um emprego onde

152

pudesse morar, com obrigações mais leves. Suas referências, dadas pela administradora da casa de saúde, foram boas, embora sem grande entusiasmo. A sra. Munroe assumira sua função em 1º de junho de 1988 e fora uma enfermeira conscienciosa e dedicada, mas talvez um pouco reservada demais nas relações com os outros. O cuidado dos moribundos tornara-se exaustivo, tanto física como mentalmente, mas a casa de saúde achava que estava apta a assumir algumas responsabilidades de enfermagem leves num seminário de jovens saudáveis e que ficaria contente em fazer isso, além de encarregar-se da roupa. Uma vez lá, parece que raramente se ausentava. Houve alguns poucos pedidos ao padre Sebastian para uma licença, e parecia que ela preferia passar as férias no chalé, onde recebia o único filho, um oficial do Exército. A impressão geral obtida da leitura da pasta foi a de uma mulher conscienciosa, trabalhadora, essencialmente introvertida, com poucos interesses além do filho. Havia uma nota na pasta informando que ele morrera dezoito meses após sua chegada a Santo Anselmo.

Dalgliesh pôs a pasta na gaveta da escrivaninha, tomou banho e foi para a cama. Ao apagar a luz, tentou relaxar para dormir, mas as preocupações do dia pareciam recusar-se a ser banidas. Ele estava de novo de pé na praia com padre Martin. Viu, na imaginação, aquele manto marrom e a batina preta dobrados com a mesma precisão com a qual o garoto arrumaria a mala para uma viagem, e talvez fosse assim que ele a via. Será que realmente se despira para escalar alguns metros de areia instável com camadas de pedras e mantidas de modo precário por torrões de terra com grama? E por que fazer a tentativa? O quê, se é que havia alguma coisa, ele estava esperando alcançar, descobrir? Essa era uma região da costa em que, de tempos em tempos, apareciam partes de esqueletos muito antes sepultados sob a areia ou na face do penhasco, arrancados pelas águas havia gerações dos cemitérios submersos que ficavam agora quase dois quilômetros sob o mar. Mesmo que Treeves tivesse vislumbrado a curva suave de um crânio ou a extremidade de um osso longo saindo da areia, por que teria achado necessário tirar a batina e o manto antes de tentar alcançá-lo? Na cabeça de Dalgliesh havia alguma coisa mais significativa naquela pilha de roupas bem dobradas. Não teria sido deliberado, quase cerimonial, o abandono de uma vida, de uma vocação, talvez até mesmo da fé?

Dos pensamentos sobre aquela morte horrível, sua mente, dividida entre piedade, curiosidade e conjetura, voltou-se para o diário de Margaret Munroe. Ele havia lido os parágrafos da anotação final tantas vezes que poderia recitá-los de cor. Ela descobrira um segredo tão importante que não conseguia relatá-lo, a não ser de maneira indireta. Falara com a pessoa mais interessada e horas depois da revelação estava morta. Dado o estado de seu coração, aquela morte poderia ter acontecido a qualquer momento. Talvez tivesse sido apressada pela ansiedade, pela necessidade de confrontar as implicações de sua descoberta. Mas poderia ter sido uma morte conveniente para alguém. E como teria sido fácil esse assassinato. Uma mulher idosa, com um coração fraco, sozinha em seu chalé, um médico local que a examinava periodicamente e que não teria dificuldades em passar um atestado de óbito. E por quê, se ela estava com os óculos que usava para ver televisão, tinha o tricô no colo? E se estava assistindo a algum programa quando morreu, quem desligou o aparelho? É claro que todas essas coisas estranhas teriam explicação. Era o final do dia e ela estava cansada. Mesmo que aparecessem mais evidências — e que evidências seriam essas? —, a esperança de resolver o mistério agora era muito pequena. Do mesmo modo que Ronald Treeves, ela fora cremada. Chamoulhe a atenção que Santo Anselmo estava estranhamente pronto a descartar seus mortos, mas isso seria injusto. Tanto Sir Alred como a irmã da sra. Munroe dispensaram o seminário das exéquias.

Ele gostaria de ter visto de fato o corpo de Treeves.

Era sempre pouco satisfatório ter evidências de segunda mão, e nenhuma fotografia fora tirada da cena. Contudo, os relatos foram claros o suficiente, e o que eles indicavam era o suicídio. Mas por quê? Treeves teria encarado o ato como um pecado, um pecado mortal. O que poderia ter tido tanta força para levá-lo a um final tão horrendo?

17

Qualquer visitante de um lugarejo ou cidade históricos rapidamente percebe, em suas andanças, que as casas mais atraentes do centro são invariavelmente os escritórios de advogados. Os srs. Stannard, Fox & Perronet não eram exceção. A firma estava localizada a uma curta distância a pé da catedral, numa elegante casa em estilo georgiano, separada da calçada por uma estreita faixa de pedras. A reluzente porta da frente, com sua aldraba de cabeça de leão, a pintura brilhante, as janelas, livres da fuligem da cidade, que refletiam a frágil luz da manhã, e as cortinas imaculadas, tudo proclamava a respeitabilidade, a prosperidade e a exclusividade da firma. Na recepção, que obviamente fizera parte de uma sala da frente maior e mais bem-proporcionada, uma moça de ar viçoso ergueu os olhos da revista e saudou Dalgliesh com um agradável sotaque de Norfolk.

"Comandante Dalgliesh, não é? O senhor Perronet está esperando. Ele disse para pedir ao senhor que suba direto. É no primeiro andar, à frente. Seu assistente não vem aos sábados, só estamos nós dois, mas eu poderia muito bem fazer um café, se o senhor quiser."

Sorrindo, Dalgliesh agradeceu, recusou o café e subiu a escada, em meio a fotografias emolduradas de membros anteriores da firma.

O homem que o esperava à porta do escritório e que se adiantou era mais velho do que a voz no telefone sugerira, certamente perto dos sessenta. Ele tinha mais de um metro e oitenta, era ossudo, com um queixo comprido, olhos cinzentos suaves por trás de óculos de aro de chifre e cabelos cor de palha que caíam numa onda frouxa sobre uma testa alta. Parecia mais um comediante do que um advogado. Estava vestido formalmente, com um terno escuro risca-de-giz, sem dúvida velho, mas muito bem cortado, a ortodoxia desmentida por uma camisa de listras largas azuis e uma gravata-borboleta cor-de-rosa com bolinhas azuis. Era como se tivesse consciência de uma discordância de personalidade ou de uma excentricidade que fazia questão de cultivar.

A sala para a qual Dalgliesh foi levado era bem como ele esperava. A mesa era georgiana e estava limpa de papéis ou fichários. Havia um retrato a óleo, sem dúvida de um dos fundadores, por cima da elegante lareira de mármore, e as paisagens em aquarela, cuidadosamente alinhadas, pareciam boas o bastante para serem de Cotman, e provavelmente eram.

"Não quer um café? Muito sensato. Ainda é muito cedo. Eu saio para tomar um lá pelas onze horas. Uma caminhada até St. Peter Mancroft. Me dá oportunidade de sair um pouco do escritório. Espero que essa cadeira não esteja baixa demais. Não? Sente-se na outra, se preferir. O padre Sebastian pediu-me que respondesse a qualquer pergunta que queira fazer sobre Santo Anselmo. Muito justo. É claro, se isso fosse um inquérito oficial da polícia eu teria o dever, além do desejo de cooperar."

A suavidade dos olhos cinzentos era enganadora. Eles podiam ser perscrutadores. Dalgliesh disse: "Dificilmente um inquérito oficial. Minha posição é ambígua. Imagino que o padre Sebastian tenha lhe dito que Sir Alred Treeves não está satisfeito com o veredicto do inquérito sobre o filho dele. Pediu à Polícia Metropolitana que fizesse uma investigação preliminar a fim de ver se é o caso de aprofundar o assunto. Eu deveria vir ao condado e conheço alguma coisa do Santo Anselmo, de modo que pareceu mais rápido e econômico que eu fizesse essa visita. Cer-

157

tamente, se houver qualquer indício de crime, a questão irá se tornar oficial e passará às mãos da chefatura de polícia de Suffolk".

Paul Perronet disse: "Ele não ficou satisfeito com o veredicto? Eu achei que para ele seria uma espécie de alívio".

"Ele achou que a evidência de morte acidental foi inconclusiva."

"Pode ter sido, mas não havia provas ou nada mais. Um veredicto em aberto poderia ter sido mais apropriado."

Dalgliesh disse: "Numa hora tão difícil para o seminário, a publicidade não teria sido bem-vinda".

"Isso é verdade, mas a tragédia foi tratada com grande discrição. O padre Sebastian tem habilidade nesses assuntos. E Santo Anselmo certamente já teve publicidade pior. Houve o escândalo do homossexualismo, em 1923, quando o padre titular de História da Igreja — um certo padre Cuthbert — apaixonou-se loucamente por um dos noviços, e os dois foram descobertos pelo diretor *in flagrante delicto*. Safaram-se juntos na bicicleta de dois lugares do padre Cuthbert para as docas de Felixstowe e para a liberdade, tendo, suponho eu, trocado as batinas por calções vitorianos. Uma imagem envolvente, eu sempre penso. Depois houve um escândalo mais sério, em 1932, quando o então diretor converteu-se a Roma e levou metade dos professores e um terço dos noviços com ele. Isso deve ter feito Agnes Arbuthnot dar voltas no túmulo! Mas é verdade que essa publicidade mais recente vem em má hora. É mesmo."

"O senhor esteve presente no inquérito?"

"Sim, eu fui representando o seminário. Esta firma representa Santo Anselmo desde sua fundação. A senhorita Arbuthnot — na verdade, a família Arbuthnot em geral — não gostava de Londres, e quando o pai dela mudou-se, mais tarde, para Suffolk e construiu a casa em 1842, ele nos pediu que assumíssemos seus negócios jurídicos. É claro que estávamos fora do condado, mas acho que ele queria uma firma de East Anglia, e não uma especificamente de Suffolk. A senhorita Arbuthnot manteve a associação

158

depois da morte do pai. Um dos sócios mais graduados daqui sempre foi curador do seminário. A senhorita Arbuthnot deixou uma disposição para isso no testamento dela e determinou que ele deveria ser um membro comungante da Igreja anglicana. O curador atual sou eu. Não sei o que faremos no futuro, uma vez que todos os sócios aqui são católicos romanos, não-conformistas ou simplesmente ateus. Suponho que teremos de convencer alguém a se converter. Até agora, no entanto, sempre houve um sócio adequadamente qualificado."

Dalgliesh disse: "É uma firma bem antiga, não é?".

"Foi fundada em 1792. Não há Stannard na firma, atualmente. O último é um acadêmico, numa das novas universidades, creio. Mas temos um jovem Fox para chegar — uma raposa fêmea, na verdade. Priscilla Fox formou-se no ano passado e é muito promissora. Eu gosto de ver continuidade."

Dalgliesh continuou: "Soube pelo padre Martin que a morte do jovem Treeves pode apressar o fechamento de Santo Anselmo. Como curador, qual é a sua opinião?".

"Temo que sim. Note bem, apressar, não causar. A Igreja, como imagino que o senhor saiba, tem uma política de concentrar o ensino da teologia em poucos centros, mas Santo Anselmo sempre foi um tipo de anomalia. Poderá fechar mais rápido agora, entretanto o fechamento, ai de nós, é inevitável. Não é só uma questão de política da Igreja ou de recursos. A tradição está fora de moda. Santo Anselmo sempre teve lá seus críticos — 'elitistas', 'esnobes', 'isolados demais' e até 'alunos bem alimentados demais'. O vinho realmente é notável. Eu tomo o cuidado de não fazer minhas visitas trimestrais na Quaresma ou numa sexta-feira. Mas a maior parte do vinho é doada. Não custa um centavo ao seminário. O velho cônego Cosgrove deixou-lhes sua adega, há cinco anos. O velho tinha um paladar fino. Deveriam deixá-los continuar até fechar."

Dalgliesh disse: "E se fecharem, ou quando isso ocorrer, o que acontecerá aos prédios, ao seu conteúdo?".

159

"O padre Sebastian não lhe contou?"

"Ele me disse que estaria entre os beneficiários, mas remeteu-me ao senhor para os detalhes."

"Isso mesmo. Isso mesmo."

O sr. Perronet levantou-se e abriu um armário à esquerda da lareira. Retirou com algum esforço uma grande caixa em que se lia ARBUTHNOT em tinta branca.

Ele disse: "Se o senhor estiver interessado na história do seminário, e imagino que esteja, talvez devamos começar pelo começo. Está tudo aqui. Sim, é verdade, pode-se ler a história de uma família numa grande caixa preta de folha-de-flandres. Começa com o pai de Agnes Arbuthnot, Claude Arbuthnot, que morreu em 1859. Ele fabricava botões e fivelas — botões para aquelas botas altas que as senhoras costumavam usar, botões e fivelas de cerimônias, esse tipo de coisa — numa fábrica fora de Ipswich. Deu-se extremamente bem e ficou muito rico. Agnes, nascida em 1820, era a filha mais velha. Depois dela, houve Edwin, nascido em 1823, e Clara, nascida dois anos mais tarde. Não precisamos nos preocupar com Clara. Nunca se casou e morreu de tuberculose em 1849, na Itália. Enterrada em Roma no cemitério protestante — em muito boa companhia, é claro. Pobre Keats! Bem, é isso que eles faziam naquela época, viajavam para o sol na esperança da cura. A viagem bastava para matá-los. É pena que ela não tenha ido para Torquay e descansado lá. De qualquer modo, Clara deixa a cena.

"É claro que foi o velho Claude quem construiu a casa. Ele fizera o seu pé-de-meia e queria alguma coisa que o demonstrasse. Isso mesmo. Ele deixou a casa para Agnes. O dinheiro foi dividido entre ela e Edwin, e acho que houve alguma desavença em torno da concessão da propriedade. Mas Agnes gostava da casa e morava nela, e Edwin não, de modo que ela ficou com a casa. Certamente, se o pai, um protestante rígido, soubesse o que iria fazer com ela, tudo poderia ter sido diferente. Mesmo assim, você não pode seguir suas propriedades além do túmulo.

Ele legou a casa para a filha e está acabado. Um ano após sua morte ela foi morar com uma amiga de escola em Oxford, submeteu-se à influência do Movimento de Oxford e decidiu fundar Santo Anselmo. A casa estava lá, mas ela construiu os dois claustros, restaurou e incorporou a igreja e construiu os quatro chalés para os funcionários."

Dalgliesh disse: "O que aconteceu com Edwin?".

"Ele era explorador. A não ser Claude, todos os homens da família pareciam ter uma atração por viagens. Na verdade, ele fazia parte de um grupo de escavadores famosos no Oriente Médio. Raramente vinha à Inglaterra e morreu no Cairo, em 1890."

Dalgliesh perguntou: "Foi ele quem deu o papiro de Santo Anselmo para o seminário?".

Os olhos por trás dos óculos com aro de chifre ficaram cautelosos. Houve um silêncio antes de Perronet responder. "Então o senhor tem conhecimento disso. Padre Sebastian não me contou."

"Sei muito pouco. Meu pai estava a par do segredo, e, embora sempre tivesse sido discreto, eu captei alusões quando ele e eu estivemos em Santo Anselmo. Um garoto de catorze anos tem ouvidos mais sensíveis e uma mente mais inquisitiva de que os adultos às vezes se dão conta. Meu pai contou-me um pouco e me fez prometer manter tudo em segredo. Não acho que eu estivesse muito interessado em fazer qualquer coisa de diferente."

Perronet disse: "Bem, o padre Sebastian pediu-me que respondesse a todas as suas perguntas, mas não há muito que eu possa dizer a respeito do papiro. Imagino que o senhor saiba tanto quanto eu. Foi certamente dado à senhorita Arbuthnot em 1887, pelo irmão, e não há dúvidas de que ele era capaz de forjá-lo ou de mandá-lo forjar. Era uma pessoa que gostava de piadas de mau gosto e teria se divertido com isso. Um ateu fervoroso. Será que um ateu pode ser fervoroso? De qualquer modo, ele era anti-religião".

"O que, exatamente, vem a ser o papiro?"

"É uma suposta comunicação de Pôncio Pilatos para um oficial da guarda e diz respeito à remoção de um determinado corpo. A senhorita Arbuthnot era da opinião de que era uma falsificação, e a maior parte dos guardiães que viram a carta até agora concorda com isso. Ele nunca foi mostrado a mim, mas meu pai o viu, acredito, e também o velho Stannard. Meu pai não tinha dúvidas de que não era genuíno, contudo disse que, supondo que tenha sido forjado, usou-se de considerável habilidade."

Dalgliesh disse: "É estranho que Agnes Arbuthnot não o tenha mandado destruir".

"Ah, não é estranho, não acho. Não, eu não chamaria isso de estranho. Há uma nota a respeito aqui entre os papéis. Se o senhor não se importar, vou direto ao ponto. A opinião dela era que, se o destruísse, o irmão levaria o fato a público, e a destruição serviria para provar sua autenticidade. Uma vez destruído, ninguém poderia provar que não era uma falsificação. Ela deixou instruções cuidadosas de que era para ser preservado na posse de cada diretor, sucessivamente, e ser passado para o sucessor só depois de sua morte."

Dalgliesh disse: "O que significa que atualmente está com o padre Martin".

"Isso mesmo. O padre Martin o tem em algum lugar, em sua posse. Eu duvido que mesmo o padre Sebastian saiba onde. Se o senhor precisar de mais informações a respeito da carta, deverá falar com ele. Não vejo como possa ser relevante para a morte do jovem Treeves."

Dalgliesh continuou: "Nem eu, neste momento. O que aconteceu à família depois da morte de Edwin Arbuthnot?".

"Ele teve um filho, Hugh, nascido em 1880, morto em ação no Somme, em 1916. Meu avô morreu naquela batalha. Os mortos daquela guerra ainda marcham por todos os nossos sonhos, não é? Ele deixou dois filhos, o mais velho, Edwin, nascido em 1903, nunca se casou e morreu em Alexandria, em 1979. Depois vinha Claude, nascido em 1905. Ele era o avô de Raphael Arbuthnot, que estuda no seminário atualmente. Mas isso, é claro, o senhor já sabe. Raphael Arbuthnot é o último da família."

Dalgliesh disse: "Mas ele não tem direito à herança?".

"Não. Infelizmente ele não é herdeiro legítimo. O testamento da senhorita Arbuthnot é detalhado e específico. Não acho que a cara senhora tenha realmente levado em conta a possibilidade de fechamento do seminário, mas meu predecessor aqui, que lidava com os negócios da família na época, chamou a atenção para o fato de que deveria haver providências para essa eventualidade. Isso mesmo. O testamento determina que a propriedade e todos os objetos do seminário e da igreja doados pela senhorita Arbuthnot e ainda presentes à época do fechamento sejam divididos em partes iguais entre todos os descendentes diretos de seu pai, desde que sejam legítimos de acordo com a lei britânica e membros comungantes da Igreja."

Dalgliesh disse: "Um fraseado pouco comum, certamente: 'legítimos de acordo com a lei britânica'".

"Na realidade, não. A senhorita Arbuthnot era típica de sua classe e época. No que diz respeito à propriedade, os vitorianos estavam sempre atentos à possibilidade de reivindicações vindas de algum estrangeiro de legitimidade duvidosa, nascido de um casamento estrangeiro, num contrato fora das regras. Há alguns casos notórios. À falta de herdeiro legítimo, a propriedade e seu conteúdo deverão ser divididos, de novo em partes iguais, entre os padres em residência no seminário à época do fechamento."

Dalgliesh disse: "O que significa que os beneficiários são o padre Sebastian Morell, o padre Martin Petrie, o padre Peregrine Glover e o padre John Betterton. Um pouco duro para Raphael, não é? Suponho que não haja dúvidas quanto à ilegitimidade dele?".

"Quanto ao primeiro ponto, tenho de concordar. A injustiça, é claro, não escapou ao padre Sebastian. A questão de fechar o seminário começou a surgir seriamente há dois anos, e ele falou comigo a respeito. É óbvio que ele

163

não está feliz, por assim dizer, com os termos do testamento, e sugeriu que, na eventualidade de um fechamento, deveria haver um acordo entre os beneficiários para garantir os direitos de Raphael. Normalmente os legados podem ser mudados por acordos entre os beneficiários, mas a questão aqui é complicada. Disse-lhe que não poderia dar respostas rápidas ou fáceis a qualquer questão relacionada à disposição da propriedade. Há, por exemplo, o quadro valiosíssimo na igreja. A senhorita Arbuthnot doou-o especificamente para ser posto acima do altar. Se a igreja permanecer consagrada, será que o quadro deverá ser retirado ou será que é o caso de fazer-se algum acordo pelo qual quem ficar responsável pela igreja possa adquiri-lo? O curador recém-designado, o arquidiácono Crampton, tem feito um movimento para que seja removido para algum lugar mais seguro, ou para que seja vendido em benefício da diocese em geral. Ele gostaria que todos os itens valiosos fossem retirados. Eu já disse que lamentaria uma ação tão prematura, porém ele pode muito bem conseguir o que quer. Tem uma influência considerável, e uma ação dessas garantiria que a Igreja, e não os indivíduos, seria a beneficiária quando o seminário fechar.

"E ainda há o problema dos prédios. Confesso que não consigo ver nenhum uso para eles, e é bem possível que não estejam de pé daqui a vinte anos. O mar está avançando rapidamente ao longo da costa. E a erosão afeta consideravelmente o valor dos prédios. Os conteúdos, mesmo sem o quadro, têm provavelmente mais valor, a prata, os livros e o mobiliário, em especial."

Dalgliesh disse: "E há o papiro de Santo Anselmo".

Mais uma vez, a referência não foi bem-vinda.

Perronet disse: "Supostamente ele também passaria aos beneficiários. Isso poderia criar uma dificuldade especial. Entretanto, se o seminário fechar e não houver diretor subseqüente, o papiro passará a fazer parte da herança".

"Mas ele é, supostamente, um objeto valioso, autêntico ou não."

Paul Perronet disse: "Teria um valor considerável para qualquer pessoa interessada em dinheiro ou em poder".

Como Sir Alred Treeves, pensou Dalgliesh. Porém era difícil imaginar Sir Alred deliberadamente introduzindo seu filho adotivo no seminário com o propósito de apossar-se do papiro de Santo Anselmo, mesmo que ele tivesse provas de sua existência.

Dalgliesh perguntou: "Suponho que não haja dúvidas a respeito da ilegitimidade de Raphael?".

"Ah, não, comandante, não mesmo. A mãe dele, quando estava grávida, não fez nenhum segredo do fato de não ser casada e de não querer se casar. Ela nunca revelou o nome do pai da criança, embora expressasse desprezo e ódio por ele. Depois que o menino nasceu, ela literalmente depositou-o no seminário, numa cesta, com uma nota que dizia: 'Vocês têm, supostamente, de se ocupar da caridade cristã, então pratiquem-na com este bastardo. Se quiserem dinheiro, peçam ao meu pai'. A nota está aqui, entre os documentos dos Arbuthnot. Vindo de uma mãe, foi um ato extraordinário."

Foi mesmo, pensou Dalgliesh. Há mulheres que realmente abandonam seus filhos, algumas vezes até matam-nos. Mas houve uma brutalidade calculada em torno daquela rejeição por parte de uma mulher que sem dúvida não era desprovida de dinheiro e amigos.

"Ela foi em seguida para o exterior e acredito que tenha viajado extensivamente pelo Extremo Oriente e a Índia durante os dez anos seguintes, mais ou menos. Acredito que durante a maior parte do tempo esteve em companhia de uma amiga, uma médica, que se suicidou pouco antes de Clara Arbuthnot voltar à Inglaterra. Clara morreu de câncer na Ashcombe House, uma casa de saúde nos arredores de Norwich, em 30 de abril de 1988."

"Sem jamais ver o filho?"

"Ela não o viu nem tinha nenhum interesse por ele. Morreu tragicamente jovem. As coisas poderiam ter mudado. O pai dela, que tinha mais de cinqüenta anos quando se casou, já era um velho quando o neto nasceu, não conseguiu nem quis enfrentar o problema. Mas ele estabeleceu um pequeno fundo sob custódia. Na época, o diretor aqui foi apontado como tutor legal após a morte do avô. O seminário efetivamente tem sido o lar de Raphael. Os padres, no todo, fizeram muito pelo garoto. Acharam que seria certo ele ir para uma escola primária particular e ter a companhia de outros meninos, e acho que isso foi sábio. Depois, é claro, havia a escola pública. O fundo sob custódia só dava para as taxas. Mas ele vinha para o seminário durante a maior parte das férias."

O telefone na mesa tocou. Paul Perronet disse: "Sally está me informando que o próximo visitante chegou. Há algo mais que o senhor precise saber, comandante?".

"Nada, obrigado. Não tenho certeza da relevância disso tudo, mas fiquei contente em ter tido uma visão geral da situação. Obrigado por gastar tanto tempo com o assunto."

Perronet disse: "Parece que viajamos para bem longe da morte do pobre garoto. É claro que o senhor vai me informar sobre o resultado de suas investigações. Como curador, sou parte interessada. Isso mesmo".

Dalgliesh prometeu que o manteria informado. Dirigiu-se pela rua ensolarada na direção do grandioso esplendor de St. Peter Mancroft. Afinal de contas, supostamente estava de férias. Tinha o direito de gastar pelo menos uma hora como quisesse.

Ele ponderou a respeito do que ficara sabendo. Era uma coincidência estranha que Clara Arbuthnot tivesse morrido na mesma casa de saúde em que Margaret Munroe era enfermeira. Talvez não fosse tão estranho. A srta. Arbuthnot poderia muito bem ter desejado morrer em sua terra natal; o emprego em Santo Anselmo tinha sido anunciado no jornal local, e a sra. Munroe estava procurando emprego. Mas as duas mulheres poderiam não ter se encontrado. Ele teria de examinar as datas, porém estava claro na cabeça dele. A srta. Arbuthnot morrera um mês antes de Margaret Munroe assumir suas funções na casa de saúde.

O outro fato que ele ficara sabendo era uma complicação desconfortável. Qualquer que fosse a verdade a respeito da morte de Ronald Treeves, ela trouxera para mais perto o fechamento do seminário de Santo Anselmo. E quando se desse o fechamento, quatro membros da instituição se tornariam homens muito ricos.

Concluiu que sua ausência seria bem-vinda em Santo Anselmo durante a maior parte do dia, mas havia dito ao padre Martin que estaria de volta para o jantar. Depois de duas horas de uma exploração satisfatória pela cidade, encontrou um restaurante em que nem a comida nem a decoração eram pretensiosas e saboreou um almoço simples. Havia mais uma coisa que precisava fazer antes de voltar ao seminário. Consultando a lista telefônica do restaurante, ele descobrira o endereço dos editores do *Sole Bay Weekly Gazette*. O escritório deles, onde publicavam diversos jornais e revistas locais, era um prédio baixo de tijolos, parecido com uma garagem, perto de um dos entroncamentos de estradas fora da cidade. Não houve problema em obter cópias do jornal. A memória de Karen Surtees fora perfeita: o número da semana antes da morte da sra. Munroe tinha realmente apresentado uma foto de uma novilha enfeitada com fitas pretas junto ao túmulo do dono.

Dalgliesh estacionara no pátio em frente ao prédio, depois voltou ao carro e estudou o jornal. Era um típico semanário provinciano, cuja preocupação com a vida local e os interesses rurais e de cidades pequenas era um alívio refrescante para os interesses previsíveis dos grandes jornais do país. Havia reportagens da região sobre torneios de cartas, ofertas de trabalho, competições de dardos, funerais e reuniões de grupos e associações locais. Uma página de fotografias de noivas e noivos, com as cabeças juntas, sorrindo para a câmara, e diversas páginas com anúncios de casas, chalés e bangalôs, com foto das propriedades. Quatro páginas eram dedicadas a notícias pessoais e outros anúncios. Apenas dois artigos indicavam

167

os interesses menos inocentes do mundo mais amplo. Sete imigrantes ilegais foram descobertos num celeiro e suspeitava-se que haviam sido trazidos num barco local. A polícia fizera duas prisões em conexão com a descoberta de cocaína, levantando a suspeita de que poderia haver um traficante local.

Ao dobrar o jornal, Dalgliesh pensou que seu pressentimento dera em nada. Se alguma coisa na *Gazette* acendeu a memória de Margaret Munroe, o segredo morrera com ela.

18

O reverendo Matthew Crampton, arquidiácono de Reydon, escolheu o caminho mais curto de seu presbitério em Cressingfield, logo ao sul de Ipswich, para chegar a Santo Anselmo. Ele foi na direção da A12, na confortável certeza de que deixara a paróquia, a mulher e o gabinete em boa ordem. Mesmo na juventude nunca saíra de casa sem a suposição, jamais dita em voz alta, de que pudesse não voltar. Essa nunca fora uma preocupação séria, mas ele achava que estava sempre presente, assim como outros medos não reconhecidos que se enroscavam como uma cobra adormecida no fundo de sua mente. De vez em quando lhe ocorria que vivera a vida toda na expectativa diária de seu fim. Os pequenos rituais diurnos que isso envolvia não tinham nada a ver com uma preocupação mórbida com a mortalidade, nem com a fé; eram mais, reconhecia ele, um legado da insistência de sua mãe, todas as manhãs, quanto a roupas de baixo limpas, uma vez que poderia chegar o dia em que ele fosse atropelado e exposto ao olhar de enfermeiras, médicos e do agente funerário como uma vítima lamentável do descuido materno. Quando era menino, às vezes imaginava a cena final: ele próprio estendido numa pedra de necrotério e sua mãe consolada e gratificada pela idéia de que pelo menos morrera com as calças limpas.

Arrumara seu primeiro casamento tão metodicamente quanto arrumava sua escrivaninha. Aquela visita silenciosa no canto da escada, ou a vista de relance pela janela de seu gabinete, o choque repentino de ouvir um riso apenas lembrado, tudo era misericordiosamente indiferente, amortecido pelos trabalhos da paróquia, a rotina semanal, o segundo casamento. Removera seu primeiro casamento para um escuro calabouço de sua mente e passou o ferrolho, mas não antes de tê-lo feito passar por uma condenação quase formal. Ouvira uma de suas paroquianas, mãe de uma garota disléxica e ligeiramente surda, descrever como sua filha recebera o "atestado" da autoridade local, e entendera que isso significava que as necessidades da filha tinham sido avaliadas e que as medidas apropriadas haviam sido combinadas. Então, num contexto muito diferente, mas com igual autoridade, ele "atestara" seu casamento. As palavras, não ditas, nunca foram confiadas ao papel, porém mentalmente ele podia recitá-las, como se estivesse falando sobre um conhecimento fortuito e sempre se referindo a si mesmo na terceira pessoa. Essa breve e final disposição de um casamento estava escrita em sua mente, representada invariavelmente em itálico.

O arquidiácono Crampton casou-se com sua primeira mulher logo depois de tornar-se vigário em uma paróquia do interior. Barbara Hampton era quase vinte anos mais nova, linda, voluntariosa e perturbada — fato que a família dela nunca revelara. O casamento, a princípio, tinha sido feliz. Ele sabia ser o afortunado marido de uma mulher que fizera pouco para merecer. A sentimentalidade dela era confundida com bondade; sua familiaridade com estranhos, sua beleza e generosidade tornavam-na muito popular na paróquia. Durante meses os problemas não eram nem reconhecidos nem mencionados. Então, os encarregados da igreja e os paroquianos começaram a ir ao presbitério quando ela não estava e a contar suas constrangedoras histórias. As explosões de temperamento violento, os gritos, os insultos, incidentes que achava que só aconteciam com ele haviam se espalhado pela paróquia. Ela recusava tratamento, argumentando que era ele quem estava doente. Começou a beber mais constante e pesadamente.

Uma tarde, quatro anos depois do casamento, ele deveria sair para visitar um paroquiano doente e, sabendo que ela fora para a cama naquela tarde, alegando cansaço, foi ver como estava. Ao abrir a porta, achou que estava dormindo pacificamente e saiu, não querendo perturbá-la. Ao voltar, descobriu que estava morta. Tomara uma dose excessiva de aspirina. O inquérito resultou num veredicto de suicídio. Ele culpou-se por ter se casado com uma mulher jovem demais para ele e inadequada para ser a esposa de um vigário. Encontrou a felicidade num segundo casamento, mais apropriado, mas nunca cessou de lamentar a primeira mulher.

Era essa a história que recitava mentalmente, mas voltava a ela cada vez com menos freqüência. Casara-se de novo em dezoito meses. Um vigário descasado, especialmente depois de ter enviuvado de modo trágico, é inevitavelmente visto como o alvo legítimo das casamenteiras da paróquia. Parecia-lhe que sua segunda mulher fora escolhida para ele, um arranjo com o qual de bom grado assentiu.

Hoje, tinha uma tarefa a cumprir, e era uma tarefa com a qual se deliciava, ao mesmo tempo que a julgava parte de seu dever: persuadir Sebastian Morell de que Santo Anselmo teria de ser fechado e encontrar provas adicionais que ajudassem a tornar o fechamento tão rápido quanto inevitável. Ele disse a si mesmo, e acreditou, que Santo Anselmo — de manutenção cara, distante, com apenas vinte estudantes cuidadosamente escolhidos, ultraprivilegiado e elitista — era um exemplo de tudo o que havia de errado com a Igreja anglicana. Ele admitia, e se congratulava mentalmente por sua honestidade, que seu desagrado a respeito da instituição se estendia ao diretor, e era fortemente pessoal, indo bem além de qualquer diferença sobre sacerdócio ou teologia. Em parte, admitia, era um ressentimento de classe. Ele julgava que havia lutado para chegar à ordenação e à promoção. Na verdade, não tinha sido necessária muita luta; em seus dias de universidade, a trilha fora aplainada por bolsas bastante generosas, e sua mãe sempre mimara seu único filho. Mas Morell era filho e neto de bispos, e um antepassado do século XVIII fora um dos grandes bispos príncipes da Igreja. Os Morell sempre estiveram à vontade em palácios, e o arquidiácono sabia que seu adversário exibiria seus tentáculos de família e sua influência pessoal para atingir as fontes do poder em Whitehall, nas universidades e na Igreja, e não cederia um palmo de terreno na luta para manter o seu feudo.

E havia aquela horrenda mulher dele, com cara de cavalo, só Deus sabia por que se casara com ela. Lady Veronica estivera em residência no seminário durante a primeira visita do arquidiácono, muito antes de ele ser designado curador, e sentara-se à sua esquerda no jantar. A ocasião não fora propícia para nenhum dos dois. Bem, agora estava morta. Pelo menos ele seria poupado daqueles ofensivos zurros de classe alta que levaram séculos de arrogância e insensibilidade para se desenvolver. O que ela ou o marido sabiam de pobreza e de suas privações humilhantes, quando é que tiveram de conviver com a violência e os problemas insolúveis de uma decadente paróquia interiorana? Morell nunca servira como padre de paróquia, a não ser durante dois anos, numa sofisticada cidade de província. E por que um homem com suas aptidões intelectuais e sua fama estaria satisfeito em ser o diretor de um pequeno seminário isolado, esse era um mistério para o arquidiácono, e ele suspeitava que não apenas para ele.

Certamente devia haver uma explicação, e estava nos termos do deplorável testamento da srta. Arbuthnot. Como os consultores jurídicos permitiram que ela o fizesse? É claro, ela não poderia saber que o quadro e a prata que dera a Santo Anselmo ficariam tão valorizados em preço, depois de quase um século e meio. Nos últimos anos Santo Anselmo fora sustentado pela Igreja. Era moralmente justo que, quando o seminário se tornasse supérfluo, os ativos fossem para as obras de caridade da Igreja anglicana. Era inconcebível que a srta. Arbuthnot tivesse a intenção de tornar multimilionários os quatro padres acidentalmen-

172

te em residência à época do fechamento, um deles já com oitenta anos de idade, e outro, um molestador de crianças condenado. Ele tomaria para si a tarefa de garantir que tudo o que tivesse valor fosse retirado do seminário antes que ele fechasse as portas. Sebastian Morell dificilmente poderia se opor a esse movimento sem ficar exposto à acusação de egoísmo e ganância. Sua tortuosa campanha para manter Santo Anselmo aberto era, decerto, um estratagema para esconder seu interesse nos espólios.

As linhas da batalha tinham sido formalmente traçadas, e ele estava confiante a caminho do que esperava ser um conflito decisivo.

19

Padre Sebastian sabia que teria de ter um confronto com o arquidiácono antes do término do fim de semana, mas não tinha a intenção de que fosse na igreja. Estava preparado — e até mesmo ansioso — para não ceder terreno, mas não diante do altar. Porém, quando o arquidiácono disse que gostaria de ver o Rogier van der Weyden, padre Sebastian, sem desculpas para não acompanhá-lo e achando que meramente entregar as chaves não seria educado, consolou-se com o pensamento de que a visita provavelmente seria curta. Que objeções, afinal de contas, poderia o arquidiácono ter sobre a igreja, a não ser talvez o remanescente cheiro do incenso? Ele tomou a resolução de manter seu gênio sob controle e, se possível, restringir a conversa a superficialidades. Na igreja, dois padres certamente poderiam conversar um com o outro sem acrimônia.

Dirigiram-se pelo claustro norte até a porta da sacristia, sem falar. Nada foi dito até que padre Sebastian acendeu a lâmpada que iluminava o quadro, e eles ficaram de pé, lado a lado, contemplando-o em silêncio.

Padre Sebastian nunca encontrara palavras que descrevessem adequadamente o efeito que aquela repentina revelação da imagem tinha sobre ele, e não tentou encontrá-la agora. Passou bem meio minuto antes de o arquidiácono falar. Sua voz ressoou com uma altura pouco natural no ar silente.

"Não deveria estar aqui, é claro. O senhor nunca pensou seriamente em mudá-lo?"

"Mudar para onde, arquidiácono? Ele foi dado ao seminário pela senhorita Arbuthnot especificamente para ser posto na igreja e em cima do altar."

"Dificilmente um lugar seguro para algo tão valioso. Quanto o senhor acha que vale? Cinco milhões? Oito milhões? Dez milhões?"

"Não tenho idéia. No que diz respeito à segurança, o retábulo está aí há mais de cem anos. Para onde, exatamente, o senhor sugere que seja mudado?"

"Para algum lugar mais seguro, algum lugar onde mais pessoas possam usufruí-lo. O mais sensato — e já discuti isso com o bispo — seria vendê-lo a um museu, onde estaria à vista do público. A Igreja, ou, na verdade, qualquer obra de caridade merecedora teria bom uso para o dinheiro. O mesmo se aplica a dois dos seus cálices mais valiosos. Não é apropriado que objetos de tal valor sejam mantidos para a satisfação particular de vinte noviços."

Padre Sebastian ficou tentado a citar um versículo das escrituras — "Esses ungüentos deveriam ter sido vendidos por tanto e dados aos pobres" —, mas absteve-se prudentemente. Não conseguiu no entanto evitar um tom ofendido na voz.

"O retábulo é propriedade deste seminário. Enquanto eu for diretor, certamente não será vendido nem retirado. A prata continuará a ser mantida no cofre do santuário e usada para os propósitos para os quais foi confeccionada."

"Mesmo que essa presença signifique que a igreja tenha de ficar trancada e indisponível para os noviços?"

"Ela está disponível. É só pedir a chave."

"A necessidade de rezar às vezes é mais espontânea do que se lembrar de pedir uma chave."

"É para isso que temos o oratório."

O arquidiácono voltou as costas, e padre Sebastian foi apagar a luz. Seu companheiro disse: "De qualquer modo, quando o seminário fechar, o quadro terá de ser retirado. Não sei qual a intenção da diocese para este local — quero dizer, a igreja propriamente dita. É longínqua demais para servir de novo como igreja paroquial, mesmo como parte de uma equipe de sacerdotes. Onde se iria arranjar uma congregação? É pouco provável que quem compre a casa vá querer uma capela particular, mas nunca se sabe. É difícil imaginar quem estaria interessado em comprar. Fica longe, é inconveniente para administrar, difícil de chegar e sem acesso direto à praia. É pouco provável que seja um local adequado para um hotel ou uma casa de convalescença. E, com a erosão da costa, não é certo que estará de pé daqui a vinte anos".

Padre Sebastian esperou até ter a certeza de que conseguiria falar com calma. "O senhor fala, arquidiácono, como se a decisão de fechar Santo Anselmo já tivesse sido tomada. Suponho que, como diretor, eu serei consultado. Até agora ninguém falou comigo ou escreveu-me."

"É claro que o senhor será consultado. Todos os tediosos processos necessários serão seguidos. Mas o final é inevitável, o senhor sabe disso perfeitamente. A Igreja anglicana está centralizando e racionalizando a sua formação teológica. A reforma está muito atrasada. Santo Anselmo é pequeno demais, distante demais, caro demais e elitista demais."

"Elitista, arquidiácono?"

"Meu uso da palavra é deliberado. Qual foi a última vez que vocês aceitaram um noviço vindo do sistema de educação do Estado?"

"Stephen Morby veio da escola pública. Ele é provavelmente o nosso noviço mais inteligente."

"O primeiro, eu suspeito. Sem dúvida, veio de Oxford e com o primeiro lugar que se exige. E quando é que vocês vão aceitar uma mulher noviça? Ou uma sacerdotisa contratada, por falar no assunto?"

"Nunca nenhuma mulher se candidatou."

"Exatamente. Porque as mulheres sabem que não são bem-vindas."

"Acho que a história recente desmentiria isso, arquidiácono. Não temos preconceitos. A Igreja, ou melhor, o

Sínodo tomou a decisão. Mas este lugar é pequeno demais para dar conta de mulheres noviças. Até mesmo seminários maiores estão achando isso difícil. São os noviços que sofrem. Não vou presidir uma instituição cristã em que alguns membros se recusam a tomar a comunhão da mão de outros."

"O elitismo não é o único problema de vocês. A não ser que a Igreja se adapte para atender às necessidades do século XXI, ela perecerá. A vida que seus rapazes vivem aqui é ridiculamente privilegiada, totalmente afastada da vida de homens e mulheres a quem se espera que venham a servir. O estudo do grego e do hebraico tem seu lugar, não nego, mas precisamos também examinar que novas disciplinas poderemos oferecer. Que formação eles estão recebendo em sociologia, relações inter-raciais e cooperação entre credos?"

Padre Sebastian conseguiu manter a voz sem alteração. E disse: "A formação fornecida aqui está entre as melhores do país. Nossos relatórios de inspeção tornam isso muito claro. É absurdo afirmar que qualquer um aqui esteja fora do contato com o mundo real ou não esteja sendo formado para servir como sacerdote neste mundo. De Santo Anselmo saíram sacerdotes para servir nas áreas mais carentes e difíceis, aqui e no exterior. E padre Donovan, que morreu de tifo no East End porque não quis largar seu rebanho, ou padre Bruce, que foi martirizado na África? E há outros. Santo Anselmo educou dois dos mais eminentes bispos do século".

"Eram bispos da época deles, não da nossa. O senhor está falando do passado. Eu estou preocupado com as necessidades do presente, especialmente dos jovens. Não atraímos gente para a fé com convenções ultrapassadas, uma liturgia arcaica e uma Igreja vista como pretensiosa, enfadonha, de classe média — e até mesmo racista. Santo Anselmo tornou-se irrelevante para a nova era."

Padre Sebastian disse: "O que é que o senhor quer? Uma Igreja sem mistérios, destituída dos ensinamentos, da tolerância e da dignidade que eram as virtudes do anglicanismo? Uma Igreja sem humildade em face do inefável mistério e amor do Todo-Poderoso? Cultos com hinos banais, uma liturgia degradada e a eucaristia conduzida como se fosse o jantar anual de confraternização da paróquia? Uma Igreja para a Impassível Senhora Inglaterra? Não é assim que dirijo os cultos em Santo Anselmo. Desculpe-me, reconheço que há diferenças legítimas no modo pelo qual percebemos o sacerdócio. Eu não estava sendo pessoal".

O arquidiácono disse: "Ah, mas eu acho que estava. Deixe-me ser franco, Morell".

"O senhor foi franco. E é este o lugar para isso?"

"Santo Anselmo será fechado. Serviu bem, no passado, sem dúvida, mas é irrelevante no presente. O ensino é bom, mas será que é melhor do que o de Chichester, Salisbury, Lincoln? E eles tiveram de aceitar o fechamento."

"Não será fechado. Não será fechado enquanto eu estiver vivo. Não sou desprovido de influência."

"Ah, sabemos disso. É exatamente disso que estou me queixando — do poder da influência, de conhecer as pessoas certas, de movimentar-se nos círculos certos, uma palavra no ouvido certo. Essa visão da Inglaterra está tão fora de época quanto o seminário. O mundo de lady Veronica está morto."

A raiva a custo controlada por padre Sebastian encontrou um alívio perturbado. Ele mal conseguia falar, mas as palavras, distorcidas pelo ódio, finalmente saíram numa voz que ele mal reconheceu como sua. "Como ousa! Como ousa mencionar até o nome de minha mulher?"

Eles fuzilaram-se com o olhar, como dois pugilistas. Foi o arquidiácono quem primeiro recuperou a voz. "Sinto muito, fui imoderado e pouco caridoso. As palavras erradas no lugar errado. Vamos?"

Fez um gesto como se fosse estender a mão e desistiu. Caminharam em silêncio ao longo da parede norte até a sacristia. Padre Sebastian parou de repente. Ele disse: "Há alguém aqui conosco. Não estamos sozinhos".

178

Pararam alguns segundos e escutaram. O arquidiáco-no disse: "Não ouço nada. É evidente que a igreja está vazia, a não ser por nós. A porta estava trancada e o alarme ligado quando chegamos. Não há ninguém aqui".

"É claro que não. Como poderia haver? Foi só uma impressão que tive."

Padre Sebastian ligou o alarme, trancou a porta de fora que dava na sacristia, e eles passaram juntos para o claustro norte. As desculpas haviam sido formalizadas, mas padre Sebastian sabia que as palavras ditas por ambos nunca poderiam ser esquecidas. Ele estava desgostoso consigo mesmo e com sua perda do controle. Ambos, ele e o arquidiácono, estavam errados, entretanto ele era o anfitrião e tinha maior responsabilidade. E o arquidiácono apenas articulara o que outros pensavam, o que outros estavam dizendo. Sentiu baixar uma depressão profunda e, com ela, uma emoção menos familiar e mais aguda do que a apreensão. Era medo.

20

O chá da tarde aos sábados em Santo Anselmo era um acontecimento informal, preparado pela sra. Pilbeam e servido na sala de estar dos alunos nos fundos da casa por aqueles que houvessem garantido sua presença. Em geral o número era pequeno, especialmente se houvesse algum jogo de futebol a que valesse a pena ir, a distância razoável.

Eram três horas e Emma, Raphael Arbuthnot, Henry Bloxham e Stephen Morby entregavam-se à preguiça na sala de estar da sra. Pilbeam, que ficava entre a cozinha principal e a passagem que levava ao claustro sul. Era dessa mesma passagem que saía um lance de escadas levando à adega. A cozinha, com os quatro fornos Aga, as bancadas de aço brilhante e o equipamento moderno, era interditada aos alunos. Era ali, na sua pequena sala de estar ao lado, com seu único fogão a gás e a mesa quadrada de madeira, que a sra. Pilbeam muitas vezes preferia assar os pãezinhos e o bolo e preparar o chá. A saleta era doméstica e aconchegante, até mesmo um tanto descuidada, em contraste com a limpeza cirúrgica da arrumadíssima cozinha. A lareira original, com sua coifa de ferro decorado, ainda estava instalada e, embora os carvões incandescentes agora fossem sintéticos e o combustível fosse gás, dava um tom de conforto ao aposento.

A sala de estar era o domínio da sra. Pilbeam. O consolo da lareira continha alguns de seus tesouros pessoais, a maior parte deles trazidos das férias por antigos alunos: um bule de chá decorado, uma coleção de canecas e jarros, os cachorros de louça de que ela gostava e até uma pequena boneca com roupas berrantes, cujas pernas finas pendiam da beirada do consolo.

A sra. Pilbeam tinha três filhos, agora vivendo em pontos dispersos, e Emma achava que ela gostava das sessões semanais com os jovens tanto quanto os noviços aproveitavam o alívio da austeridade masculina de sua rotina diária. Como eles, Emma achava conforto na afeição materna mas sem sentimentalismos da sra. Pilbeam. Ela se indagava se padre Sebastian aprovava inteiramente que se juntasse àquelas reuniões informais. Não tinha dúvidas de que ele sabia; pouco do que acontecia no seminário escapava à observação de padre Sebastian.

Aquela tarde só havia três alunos presentes. Peter Buckhurst, ainda convalescente da mononucleose infecciosa, repousava no seu quarto.

Emma estava enroscada entre as almofadas de uma cadeira de vime, à direita da lareira, com as longas pernas de Raphael espichadas na cadeira em frente. Henry abrira uma seção da edição de sábado do *The Times* sobre uma ponta da mesa, enquanto na outra Stephen recebia uma lição de culinária da sra. Pilbeam. A mãe dele, do Norte, na imaculada casa com terraço na qual ele fora criado, achava que não se devia esperar que os filhos ajudassem com as tarefas domésticas, do mesmo modo que a mãe dela, antes disso. Mas Stephen, enquanto estava em Oxford, ficara noivo de uma brilhante jovem geneticista, de opiniões mais igualitárias, menos obsequiosas. Aquela tarde, com o encorajamento da sra. Pilbeam e as críticas ocasionais de seus colegas noviços, ele estava se atracando com o preparo de massas, e agora esfregava uma mistura de banha e manteiga na farinha.

A sra. Pilbeam queixou-se: "Não é assim, senhor Stephen. Use os dedos com delicadeza, levante as mãos e deixe a mistura escorrer para a tigela. Desse modo ela pega bastante ar".

"Mas eu me sinto um perfeito Carlitos."

Henry disse: "Você está parecendo um perfeito Carlitos! Se a sua Alison o visse agora, teria sérias dúvidas a respeito da sua capacidade de ser pai das duas brilhantes crianças que com certeza vocês estão planejando ter".

"Não, não teria", disse Stephen, e deu um sorriso feliz de recordação.

"Isso ainda está com uma cor engraçada. Por que você não vai até o supermercado? Eles vendem massas congeladas perfeitamente boas."

"Não há nada como a massa feita em casa, senhor Henry. Não o desencoraje. Agora já está parecendo certo. Comece a acrescentar a água gelada. Não, não pegue a jarra. Tem de ser uma colherada de cada vez."

Stephen disse: "Eu tenho uma receita muito boa de caçarola de frango da época em que vivi em Oxford. Você simplesmente compra pedaços de frango no supermercado, depois junta sopa de cogumelos. Ou pode usar sopa de tomate ou qualquer outra, na verdade. Sempre dá certo. Isso está pronto, senhora Pilbeam?".

A sra. Pilbeam espiou a tigela onde a massa estava finalmente ligada numa bola reluzente. "Faremos caçarola na semana que vem. Parece bom. Agora, embrulhamos em filme plástico e colocamos na geladeira para descansar."

"Por que tem de descansar? Eu é que estou exausto! Fica sempre dessa cor? Parece um pouco encardido."

Raphael levantou-se e disse: "Onde anda o detetive?".

Foi Henry quem respondeu, ainda com os olhos no jornal. "Não vai aparecer até a hora do jantar, aparentemente. Eu o vi saindo de carro logo depois do café da manhã. Devo dizer que senti algum alívio. Ele não é exatamente uma presença confortável por aqui."

Stephen perguntou: "O que será que ele espera descobrir? Ele não pode reabrir o inquérito. Ou será que pode? Será que pode haver um segundo inquérito sobre um corpo cremado?".

Henry levantou os olhos e disse: "Imagino que não

sem dificuldades. Pergunte a Dalgliesh, ele é o perito", e voltou ao *The Times*.

Stephen foi até a pia para lavar a farinha das mãos. Disse: "Tenho a consciência um tanto pesada a respeito de Ronald. Nós não nos preocupamos muito com ele, não foi?".

"Não nos preocupamos? Esperavam que nos preocupássemos? Santo Anselmo não é uma escola primária." A voz de Raphael assumiu um pedante tom agudo de lamúria. "'Este é o jovem Treeves, Arbuthnot; ele ficará no seu dormitório. Fique de olho nele, por favor. Mostre-lhe as coisas.' Talvez Ronald tivesse pensado que estava de volta à escola, com aquele horrível hábito que tinha de rotular tudo. Etiquetas com o nome em todas as roupas dele, etiquetas gomadas em todo o resto. O que ele achava que a gente ia fazer, roubá-lo?"

Henry disse: "Toda morte repentina desperta emoções previsíveis: choque, dor, cólera, culpa. Já ultrapassamos o choque, não sentimos muita dor e não temos razões para nos encolerizar. Fica a culpa. Nossas confissões terão uma uniformidade maçante. Padre Beeding ficará cansado de ouvir o nome de Ronald Treeves".

Intrigada, Emma perguntou: "Os padres de Santo Anselmo não ouvem as confissões de vocês?".

Henry riu: "Deus do céu, não. Podemos ser incestuosos mas não tanto. Vem um padre de Framlingham de dois em dois meses". Ele terminara seu jornal e o dobrava cuidadosamente.

"Falando em Ronald, eu contei que o vi na noite de sexta-feira, antes de ele morrer?"

Raphael disse: "Não, não contou. Você o viu onde?".

"Saindo do chiqueiro."

"O que ele estava fazendo lá?"

"Como é que eu vou saber? Coçando as costas dos porcos, suponho. Na verdade, achei-o perturbado, por um momento achei mesmo que estivesse chorando. Não creio que tenha me visto. Ele passou por mim às cegas, na direção do promontório."

"Você falou sobre isso para a polícia?"

"Não, não disse nada a ninguém. Tudo o que a polícia me perguntou — e acho que com uma tremenda falta de tato — foi se eu achava que Ronald tinha alguma razão para se matar. Sair do chiqueiro na noite anterior, mesmo em estado de aflição, dificilmente é garantia de que se vá enfiar a cabeça debaixo de uma tonelada de areia. E eu não tinha certeza do que vira. Ele quase esbarrou em mim, mas estava escuro. Eu poderia ter imaginado. Eric presumivelmente não disse nada, ou teria vindo à luz no inquérito. De qualquer modo, Ronald foi visto mais tarde naquela noite, pelo senhor Gregory, que disse que ele estava bem durante a aula de grego."

Stephen disse: "Mas foi estranho, não foi?".

"Mais estranho agora do que pareceu na hora. Não consigo tirar isso da minha cabeça. E Ronald realmente ainda está meio presente, não está? Algumas vezes ele parece até mais presente fisicamente, mais real, do que era quando vivo."

Houve um silêncio. Emma não tinha falado. Ela olhou para Henry e desejou, como muitas vezes antes, alguma indicação sobre o caráter dele. Lembrou-se de uma conversa com Raphael logo depois de Henry ter entrado para o seminário.

"Henry me intriga, não intriga a você?"

Ela dissera: "Vocês todos me intrigam".

"Ótimo. Não queremos ser transparentes. Além do mais, você nos intriga. Mas Henry... o que ele está fazendo aqui?"

"O mesmo que você, imagino."

"Se eu ganhasse meio milhão líquido por ano, com a perspectiva de outro milhão de bônus a cada Natal por bom comportamento, duvido que fosse querer trocá-los por dezessete mil anuais, e isso com sorte, e ainda por cima perdendo aquele belo presbitério. Foram todos vendidos para famílias yuppies que apreciam a arquitetura vitoriana. Só vamos conseguir algum trailer horrível com espaço para estacionar o Fiesta usado. Lembra-se daquela desconfortável passagem de são Lucas, em que o jovem rico vai embora pesaroso porque tinha grandes posses? Bem que posso me ver nele. Por sorte sou pobre e bastardo. Você acha que Deus planejou que nunca tivéssemos de enfrentar tentações para as quais Ele sabe perfeitamente bem que não nos deu a força para resistir?"

Emma lhe respondera: "A história do século xx dificilmente sustenta essa tese".

"Talvez eu apresente essa idéia ao padre Sebastian, sugerindo que a desenvolva num sermão. Ou, pensando melhor, talvez não."

A voz de Raphael chamou-a de volta ao presente. Ele disse: "Ronald era meio devagar no curso, não era? A preparação cuidadosa de modo a que pudesse pensar em perguntas inteligentes a fazer, toda aquela escrevinhação assídua. Ele estava provavelmente anotando passagens úteis para futuros sermões. Nada como a introdução de versos para elevar o medíocre ao memorável, especialmente se a congregação não perceber que você está citando".

Emma disse: "Às vezes fico imaginando por que ele veio. Os seminários são voluntários, não são?".

Raphael soltou um riso rouco, meio irônico, meio divertido, que soou mal a Emma. "Sim, minha cara, absolutamente. Só que, aqui, voluntário não significa exatamente o mesmo que em outros lugares. Digamos que alguns comportamentos são mais aceitáveis do que outros."

"Puxa vida. E eu achava que todos vocês tinham vindo porque gostavam de poesia."

Stephen disse: "Nós gostamos de poesia. O problema é que somos apenas vinte. Isso quer dizer que estamos sempre sob observação. Os padres não podem fazer nada, é uma questão de números. É por isso que a Igreja acha que sessenta é o tamanho ideal para um seminário — e a Igreja tem razão. O arquidiácono está certo quando diz que somos pequenos demais".

Raphael disse, irritado: "Ah, o arquidiácono. Temos de falar dele?".

185

"Está bem, não falamos. Mas ele é muito estranho, não é? Tudo bem que a Igreja anglicana seja constituída de quatro igrejas diferentes e não uma, mas onde exatamente ele se encaixa? Ele não é um bobo-alegre. É um evangélico de Bíblia, e no entanto aceita mulheres sacerdotisas. Está sempre dizendo que temos de mudar para servir ao novo século, mas não se pode dizer que seja um representante da teologia liberal, e é intransigente quanto ao divórcio e ao aborto."

Henry disse: "Ele é um vitoriano atávico. Quando está aqui, sinto-me como num romance de Trollope, só que os papéis estão invertidos. O padre Sebastian deveria ser o arquidiácono Grantly, com Crampton no papel de Slope".

Stephen disse: "Não, Slope não. Slope era um hipócrita. O arquidiácono pelo menos é sincero".

Raphael disse: "Ah, claro que ele é sincero. Hitler era sincero. Gêngis Khan era sincero. Todo tirano é sincero".

Stephen disse, suavemente: "Ele não é um tirano em sua paróquia. Na verdade, acho que é um bom padre de paróquia. Não se esqueçam de que fui transferido para lá por uma semana na Páscoa passada. Eles gostam dele. Às vezes gostam até de seus sermões. Um dos encarregados da igreja disse: 'Ele sabe no que crê e nos transmite isso diretamente. Não há uma pessoa grata nesta paróquia que passe por aflição ou necessidade que não lhe seja grata'. Nós o vemos sob o pior aspecto; quando está aqui é um homem diferente".

Raphael disse: "Ele perseguiu um colega padre e fez com que fosse preso. Isso é caridade cristã? Ele odeia o padre Sebastian; isso é amor fraterno? E ele odeia este lugar e tudo o que representa. Está tentando fazer com que Santo Anselmo seja fechado".

Henry disse: "E padre Sebastian está trabalhando para mantê-lo aberto. Eu sei onde estou investindo".

"Não tenho tanta certeza. A morte de Ronald não foi de grande ajuda."

"A Igreja não pode fechar um seminário porque um

dos alunos se matou. De qualquer modo, ele deve ir embora no domingo depois do desjejum. Aparentemente precisam dele na paróquia. Só mais duas refeições para agüentar. É melhor você se comportar, Raphael."

"Já levei um puxão de orelha do padre Sebastian. Vou tentar exercitar um controle admirável."

"E se você falhar, vai pedir desculpas ao arquidiácono antes de ele sair, pela manhã?"

"Ah, não", disse Raphael. "Tenho a impressão de que ninguém vai pedir desculpas ao arquidiácono de manhã."

Dez minutos mais tarde os noviços saíram para o chá na sala de estar dos alunos. A sra. Pilbeam disse: "A senhorita parece cansada. Fique e tome um pouco de chá comigo, se quiser. Agora que a senhorita está aconchegada, tudo vai ficar mais calmo".

"Eu gostaria muito, senhora Pilbeam, obrigada."

A sra. Pilbeam puxou uma mesa baixa para o lado dela, onde pôs uma grande xícara de chá e um pão de minuto com manteiga e geléia. Como era bom, pensou Emma, ficar sentada em paz com outra mulher, ouvindo o estalar da cadeira de vime quando a sra. Pilbeam se sentou, no ar o aroma de pãezinhos de minuto amanteigados, observando as chamas azuis do fogo.

Ela preferia que não tivessem falado de Ronald Treeves. Não se dera conta do quanto aquela morte ainda muito misteriosa podia lançar sua sombra sobre o seminário. E não apenas aquela morte. A sra. Munroe morrera naturalmente, pacificamente, talvez até houvesse desejado ir, mas acrescentava o peso de uma perda a uma comunidade pequena, onde as depredações da morte nunca passariam despercebidas. E Henry tinha razão; a gente sempre se sente culpado. Ela desejou que tivessem se preocupado mais com Ronald, que houvessem sido mais gentis e mais pacientes. A imagem mental dele, quase tropeçando no chalé de Surtees, era como um zumbido no cérebro difícil de se livrar.

Agora havia o arquidiácono. A aversão de Raphael por

ele estava se tornando obsessiva. E era mais do que aversão. Havia ódio na voz dele; não era uma emoção que esperara encontrar em Santo Anselmo. Percebeu como passara a contar com aquelas visitas ao seminário. Palavras familiares do Livro de Orações flutuavam na sua cabeça. Aquela paz que o mundo não pode dar. Mas a paz tinha sido quebrada com a imagem de um garoto arfando de boca aberta em busca de ar, e encontrando apenas a areia mortífera. E Santo Anselmo fazia parte do mundo. Os alunos podiam ser noviços e seus professores podiam ser padres, mas continuavam sendo homens. O seminário poderia estar em desafiador isolamento simbólico entre o mar e quilômetros de promontório inabitado, mas a vida dentro de suas paredes era intensa, estritamente controlada, claustrofóbica. Que emoções não poderiam florescer naquela atmosfera de estufa?

E quanto a Raphael, criado sem mãe neste mundo isolado, fugindo apenas para a vida igualmente masculina e controlada da escola primária e pública? Será que ele realmente tinha vocação ou estava pagando uma velha dívida da única maneira que sabia? Pela primeira vez, viu-se criticando os padres. Certamente teria ocorrido a eles que Raphael devia ser formado em algum outro colégio. Ela achava que padre Sebastian e padre Martin possuíam uma sabedoria e uma bondade dificilmente compreensíveis para aqueles que, como ela própria, encontravam na religião organizada uma estrutura para o desenvolvimento moral, e não o repositório final da verdade revelada. Entretanto, sempre voltava ao mesmo pensamento desconfortável: os padres, ainda assim, eram apenas homens.

Estava começando a ventar. Conseguia escutar o vento como um leve fragor irregular, mal podendo ser distinguido do fragor mais alto do mar.

A sra. Pilbeam disse: "Devemos ter um vento forte, mas duvido que o pior chegue antes da madrugada. Mesmo assim, a noite será bastante agitada, eu acho".

Beberam o chá em silêncio, e então a sra. Pilbeam disse: "Eles são bons rapazes, sabe, todos eles".

"É", disse Emma, "sei que são." E pareceu-lhe que era ela quem procurava confortar.

21

Padre Sebastian não participou do chá da tarde. Jamais comia bolo e achava que os pãezinhos de minuto e os sanduíches só serviam para estragar o jantar. Achou que devia aparecer às quatro horas, quando havia convidados, mas em geral só ficava o tempo suficiente para beber suas duas xícaras de Earl Grey com limão e saudar os recémchegados. Neste sábado, deixara as saudações a cargo de padre Martin, mas às quatro e dez achou que seria polido aparecer. Porém, não passara do meio da escada quando deu de cara com o arquidiácono, que subia apressado em direção.

"Morell, preciso falar com o senhor. No seu escritório, por favor."

E agora o quê?, pensou padre Sebastian, cauteloso, enquanto subia as escadas atrás do arquidiácono. Crampton subiu as escadas de dois em dois degraus e, uma vez na frente do escritório, parecia estar a ponto de entrar pela porta sem cerimônia. Padre Sebastian, entrando mais calmamente, convidou-o a sentar-se em uma das cadeiras em frente à lareira, mas não foi ouvido, e os dois homens ficaram de pé, um em frente ao outro, tão próximos que padre Sebastian conseguia sentir o cheiro acre no hálito dele. Viu-se obrigado a encontrar o olhar feroz de dois olhos abrasadores, e ficou instantânea e desconfortavelmente consciente de todos os detalhes do rosto de Crampton: os dois pêlos pretos na narina esquerda, as manchas vermelhas de raiva no alto de cada maçã do rosto e uma migalha do que parecia pão de minuto amanteigado grudada à beirada da boca. Ficou de pé e observou enquanto o arquidiácono retomava o autocontrole.

Quando Crampton falou, estava mais calmo, mas a ameaça na voz era inequívoca. "O que aquele oficial da polícia está fazendo aqui? Quem o convidou?"

"O comandante Dalgliesh? Achei que eu tinha explicado..."

"Não Dalgliesh. Yarwood. Roger Yarwood."

Padre Sebastian disse com calma: "Como o senhor, o senhor Yarwood é uma visita. Ele é um inspetor detetive da chefatura de Suffolk e está tirando uma semana de licença".

"Foi sua a idéia de chamá-lo aqui?"

"Ele é um visitante ocasional e bem-vindo. No momento está em licença para tratamento de saúde. Escreveu-nos perguntando se poderia ficar durante uma semana. Nós gostamos dele e ficamos satisfeitos em tê-lo conosco."

"Yarwood foi o oficial de polícia que investigou a morte da minha mulher. O senhor está me dizendo a sério que não sabia?"

"Como poderia saber, arquidiácono? Como poderíamos, qualquer um de nós, saber? É algo de que ele não iria falar. Ele vem aqui para fugir do trabalho. Posso compreender que é penoso para o senhor encontrá-lo aqui, e lastimo que isso tenha acontecido. É óbvio que a presença dele traz de volta lembranças muito infelizes. Mas não passa de uma extraordinária coincidência. Acontecem todos os dias. O inspetor Yarwood transferiu-se da Polícia Metropolitana para Suffolk há cinco anos, creio. Deve ter sido logo depois da morte da sua mulher."

Padre Sebastian evitou usar a palavra *suicídio*, mas sabia que ela pairava, tácita, entre eles. A tragédia da primeira mulher do arquidiácono era bem conhecida nos círculos clericais, como era inevitável.

O arquidiácono disse: "Ele vai ter de ir embora. Não estou preparado para sentar-me e jantar com ele".

Padre Sebastian estava dividido entre uma comiseração genuína, embora não forte o bastante para deixá-lo desconfortável, e uma emoção mais pessoal. Ele disse: "Não estou preparado para dizer-lhe que vá embora. Como eu disse: ele é um hóspede aqui. Não importa que lembranças traga para o senhor, certamente é possível para dois homens adultos sentarem-se à mesma mesa de jantar sem provocar um ultraje".

"Ultraje?"

"Acho que a palavra é apropriada. Por que o senhor ficaria tão zangado, arquidiácono? Yarwood estava fazendo o trabalho dele. Não havia nada de pessoal entre vocês dois."

"Ele fez com que fosse pessoal desde o primeiro instante em que apareceu no presbitério. Aquele homem praticamente acusou-me de assassinato. Ele veio dia após dia, mesmo quando eu estava no auge da dor e vulnerável, importunando-me com perguntas, pondo em dúvida cada pequeno detalhe do meu casamento, assuntos pessoais que não tinham nada a ver com ele, nada! Depois do inquérito e do resultado, queixei-me à Metropolitana. Eu deveria ter ido ao chefe do departamento de reclamações da polícia, mas dificilmente esperava que me levassem a sério e, àquela altura, estava tentando esquecer tudo. Mas a Metropolitana instaurou um inquérito e admitiu que Yarwood talvez tivesse procedido com zelo exagerado."

"Zelo exagerado?" Padre Sebastian voltou ao lugar-comum familiar. "Suponho que ele achou que estava cumprindo o seu dever."

"Dever? Aquilo não tinha nada a ver com dever! Ele achou que ali havia um caso para a polícia e fama para ele. Teria sido um belo golpe, não teria? O vigário local acusado de assassinar a mulher. O senhor sabe o dano que esse tipo de alegação poderia causar na diocese, na paróquia? Ele torturou-me e deliciou-se em me torturar."

Padre Sebastian achou difícil conciliar aquela acusação com o Yarwood que ele conhecia. Percebia as emoções conflitantes; comiseração pelo arquidiácono, indecisão a respeito de se falar ou não com Yarwood, interesse em não preocupar desnecessariamente um homem que suspeitava ainda estar frágil física e mentalmente e a necessidade de atravessar o fim de semana sem entrar em maiores antagonismos com Crampton. Todas essas preocupações juntaram-se de modo incongruente e absurdo na questão primordial da posição à mesa. Não poderia sentar os dois oficiais de polícia juntos; eles desejariam evitar qualquer obrigação de falar de trabalho, e ele com certeza não queria isso à sua mesa de jantar. (Padre Sebastian nunca pensara no refeitório de Santo Anselmo como outra coisa que não fosse a "sua" sala de jantar, a "sua" mesa de jantar.) Era óbvio que nem Raphael nem padre John poderiam se sentar apropriadamente ao lado ou em frente ao arquidiácono. Clive Stannard era um hóspede maçante, nas melhores ocasiões; seria difícil impingi-lo a Crampton ou a Dalgliesh. Ele desejou que sua mulher ainda estivesse viva e em residência. Nada disso estaria acontecendo se Veronica estivesse viva. Sentiu uma pontada de ressentimento de que ela o tivesse deixado de modo tão inconveniente.

Foi então que ouviram alguém bater à porta. Satisfeito com a interrupção, ele disse: "Entre", e Raphael entrou. O arquidiácono lançou-lhe um olhar e disse a padre Sebastian: "O senhor vai então providenciar, não é, Morell?", e saiu.

Padre Sebastian, embora satisfeito com a interrupção, não estava com disposição de acolher ninguém, e seu "O que é, Raphael?" foi lacônico.

"É a respeito do inspetor Yarwood, padre. Ele preferiria não ter de jantar conosco. Está pensando se não poderia comer alguma coisa no quarto dele."

"Ele está passando mal?"

"Não acho que esteja especialmente bem, mas não disse nada a respeito de passar mal. Ele viu o arquidiácono na hora do chá e imagino que não queira encontrá-lo outra vez, se possível. Ele não parou para comer, de modo que o segui até o quarto, para ver se estava bem."

"E ele contou por que estava perturbado?"

"Sim, padre, contou."

"Ele não tinha o direito de confiar isso a você ou a nenhuma outra pessoa aqui. Isso foi pouco profissional e imprudente, e você deveria tê-lo impedido."

"Ele não disse muita coisa, padre, mas o que disse foi interessante."

"Seja o que for, deve permanecer em segredo. É melhor você ir procurar a sra. Pilbeam e pedir-lhe que providencie o jantar dele. Sopa e uma salada, algo desse tipo."

"Acho que é tudo o que ele quer, padre. Ele disse que gostaria de ser deixado em paz."

Padre Sebastian pensou se deveria ir conversar com Yarwood, mas resolveu que não. Talvez o que o homem queria, ser deixado em paz, fosse o melhor. O arquidiácono deveria ir embora na manhã seguinte cedo, depois do café da manhã, uma vez que desejava chegar à paróquia para pregar na comunhão das dez e meia de domingo. Ele insinuara que alguém de importância deveria estar na congregação. Com um pouco de sorte, os dois homens não teriam necessidade de se encontrar de novo.

Cautelosamente o diretor desceu as escadas, dirigindo-se para a sala de estar dos alunos e para as suas duas xícaras de chá Earl Grey.

22

O refeitório dava para o sul e era quase uma réplica da biblioteca, em tamanho e estilo, com o mesmo teto abaulado e um número igual de janelas altas e estreitas, embora aqui elas fossem desprovidas de vidros coloridos formando figuras e, em vez disso, tivessem painéis de delicado verde-claro com um desenho de cachos e folhas de uva. As paredes entre elas eram alegradas por três grandes quadros pré-rafaelitas, todos presentes da fundadora. Um, pintado por Dante Gabriel Rossetti, mostrava uma menina com flamejante cabelo ruivo sentada a uma janela, lendo um volume que, com alguma imaginação, podia-se deduzir ser um livro de orações. O segundo, de Edward Burne-Jones, com três meninas de cabelos escuros dançando num rodopio de seda marrom-dourada embaixo de uma laranjeira, era francamente secular. E o terceiro e maior, de William Holman Hunt, mostrava um padre do lado de fora de uma capela de taipa, batizando um grupo de antigos bretões. Não eram quadros que Emma cobiçasse, mas ela não tinha dúvida de que eram uma parte valiosa da herança de Santo Anselmo. O próprio cômodo tinha obviamente sido projetado como uma sala de jantar de família, mas, pensou ela, mais voltada para a ostentação do que dirigida por um espírito prático ou para ser um lugar íntimo. Até mesmo a tradicional grande família vitoriana certamente se sentiria isolada e desconfortável com aquele monumento de grandiosidade paternal. Santo Anselmo evidentemente tinha feito poucas modificações na adaptação da sala de jantar para uso institucional. A mesa oval de carvalho entalhado ainda ocupava posição no centro do aposento, mas havia sido encompridada no meio por quase dois metros de madeira simples. As cadeiras, inclusive a entalhada, de braços, eram obviamente originais e, em lugar da costumeira abertura na parede para a cozinha, a comida era servida em um longo aparador coberto com uma toalha branca.

A sra. Pilbeam servia à mesa com a ajuda de dois noviços, sendo que os alunos assumiam essa tarefa em turnos. Os Pilbeam comiam a mesma refeição, mas à mesa da sala de estar da sra. Pilbeam. Emma, na sua primeira visita, tinha ficado intrigada como aquele arranjo excêntrico funcionava bem. A sra. Pilbeam parecia saber por instinto o momento exato em que cada prato tinha terminado na sala de jantar e aparecia na hora certa. Não havia campainhas, e o primeiro prato e o prato principal eram saboreados em silêncio, enquanto um dos noviços lia, sentado a uma escrivaninha alta, à esquerda da porta. Essa tarefa também era assumida em turnos.

Deixava-se também a cargo do noviço a escolha do assunto, e as leituras não eram necessariamente — embora se esperasse que fossem — da Bíblia ou de textos religiosos. Durante suas visitas, Emma ouvira Henry Bloxham ler trechos de *The Waste Land*, Stephen Morby fazer uma leitura animada de um conto de *Mulliner*, de P. G. Wodehouse, enquanto Peter Buckhurst escolhera *The Diary of a Nobody*. A vantagem do sistema, para Emma, além do interesse pelas leituras e a revelação das escolhas pessoais, era que ela podia usufruir da excelente cozinha da sra. Pilbeam sem a necessidade de engrenar uma conversa corriqueira, a virada ritual de um lado para o outro.

Com a presidência de padre Sebastian, o jantar em Santo Anselmo tinha algo da formalidade de uma casa particular. No entanto, depois de terminadas as leituras e os dois pratos iniciais, o silêncio anterior parecia facilitar a conversa, que em geral continuava alegremente, enquanto o leitor recuperava o tempo degustando sua refeição do *ré-chaud*, e todos finalmente deslocavam-se para o café, na sala de estar dos alunos, ou saíam pela porta sul para o pátio. Muitas vezes a conversa continuava até a hora das completas. Depois das completas era costume os noviços irem para seus quartos e observarem o silêncio.

Embora pela tradição cada aluno ocupasse a cadeira vazia mais próxima, o próprio padre Sebastian organizou o lugar dos hóspedes e do pessoal. Ele colocara o arquidiácono Crampton à sua esquerda, Emma ao lado dele, com padre Martin do outro lado dela. À direita estava o comandante Dalgliesh, e, ao lado dele, o padre Peregrine e depois Clive Stannard. George Gregory só ocasionalmente jantava no seminário, mas naquela noite estava presente, sentado entre Stannard e Stephen Morby; Emma imaginara que veria o inspetor Yarwood, porém ele não chegou e ninguém comentou sua ausência. O padre John não apareceu. Três dos quatro alunos residentes tomaram seus lugares e, como os demais comensais, ficaram de pé atrás da cadeira, prontos para a ação de graças. Só então Raphael entrou, abotoando a batina. Murmurou umas desculpas e, abrindo o livro que carregava, tomou seu lugar na escrivaninha de leitura. Padre Sebastian recitou uma ação de graças em latim e houve um arrastar de cadeiras quando todos se sentaram para o primeiro prato.

Ao tomar seu assento ao lado do arquidiácono, Emma estava consciente da sua proximidade física, como ela adivinhava que ele estava da dela. Sabia instintivamente que era um homem que reagia a mulheres com uma forte embora reprimida sexualidade. Era tão alto quanto padre Sebastian, ainda que mais solidamente constituído, de ombros largos, pescoço grosso e feições belas e marcantes. Seu cabelo era quase preto, a barba apenas começando a salpicar-se de cinza, os olhos fundos sob sobrancelhas tão bem formadas que poderiam ter sido pinçadas. Elas davam um toque discordante de feminilidade à sua masculinidade morena, séria. Padre Sebastian apresentara-o a Emma quando chegavam à sala de jantar; ele agarrara sua mão com uma força que não transmitia cordialidade e encontrara o olhar dela com um ar de surpresa intrigada, como se fosse um enigma que cabia a ele resolver antes do final do jantar.

O primeiro prato já fora servido, berinjelas assadas com pimentão em azeite de oliva. Houve um discreto retinir de talheres quando começaram a comer, e, como se estivesse esperando por esse sinal, Raphael começou a ler. Ele disse, como anunciando um trecho das escrituras na igreja: "Este é o primeiro capítulo de *Barchester Towers*, de Anthony Trollope".

Era uma obra com a qual Emma, que gostava de romances vitorianos, estava familiarizada, mas ela pensou sobre o motivo pelo qual Raphael a escolhera. Os noviços às vezes liam trechos de algum romance, contudo era mais comum escolherem uma passagem completa. Raphael lia bem, e Emma viu-se comendo com uma lentidão quase meticulosa demais, ao mesmo tempo que sua mente se ocupava com o cenário e com a história. Santo Anselmo era uma casa apropriada para ler Trollope. Sob seu cavernoso teto arqueado ela conseguia imaginar o quarto de dormir do bispo no palácio, em Barchester, e o arquidiácono Grantly observando o leito de morte de seu pai, sabendo que se o velho vivesse até a queda do governo — o que era esperado para qualquer hora —, ele não teria esperanças em suceder o pai como bispo. Era uma passagem vigorosa, aquele orgulhoso filho cheio de ambição caindo de joelhos e rezando para que pudesse ser perdoado do pecado de desejar a morte do pai.

O vento aumentara com constância desde o início da noite. Estava batendo na casa em grandes rajadas como estouros de artilharia. Durante o pior momento de cada ataque Raphael fazia uma pausa na leitura, como um professor esperando que uma classe indisciplinada ficasse em silêncio. Quando o vento amainava, sua voz soava anormalmente clara e pressaga.

Emma deu-se conta de que cessara todo movimento na figura escura ao seu lado. Olhou para as mãos do arquidiácono e viu que estavam apertadas em torno da faca e do garfo. Peter Buckhurst circulava silenciosamente o vinho, mas o arquidiácono crispou a mão em volta do copo, com as juntas brancas, de tal modo que Emma chegou a achar que o copo ia quebrar-se sob sua palma. Observando a mão, ela parecia avultar-se e tornou-se quase monstruosa na imaginação, com os pêlos pretos eretos ao longo das beiradas dos dedos. Ela percebeu também que o comandante Dalgliesh, sentado do outro lado, momentaneamente erguera os olhos para o arquidiácono, numa mirada especulativa. Emma não podia acreditar que a tensão, tão fortemente comunicada a ela por seu vizinho, pudesse não ser sentida pela mesa toda; só o comandante Dalgliesh pareceu tomar consciência dela. Gregory estava comendo em silêncio, mas com evidente satisfação. Raramente levantara o olhar até Raphael começar a ler. Aí ele começou a lançar de vez em quando uma olhadela divertida, ligeiramente zombeteira.

A voz de Raphael prosseguiu, enquanto a sra. Pilbeam e Peter Buckhurst retiravam silenciosamente os pratos, e ela trouxe o prato principal, cassoulet com batatas, cenouras e vagens cozidas. O arquidiácono fez uma tentativa de se recompor, mas não comeu quase nada. Ao final dos dois pratos, que deveriam ser seguidos de frutas, queijos e biscoitos, Raphael fechou o romance, foi até o *réchaud* para apanhar seu prato e sentou-se em seu lugar, no final da mesa. Foi então que Emma olhou para padre Sebastian. Sua fisionomia estava rígida e ele olhava para Raphael do outro lado da mesa, que a ela parecia resolutamente estar evitando encontrar o olhar do padre.

Ninguém pareceu ansioso por quebrar o silêncio até que o arquidiácono, fazendo um esforço, virou-se para Emma e começou uma conversa um tanto afetada a respeito das relações dela com o seminário. Quando havia sido designada? O que é mesmo que ensinava? Ela achava que os alunos, no todo, eram receptivos? Como ela, pessoalmente, via o ensino de inglês e de poesia religiosa em relação ao sílabo teológico? Emma sabia que ele estava tentando pô-la à vontade, ou pelo menos tentando entabular uma conversa, mas parecia um interrogatório, e estava desconfortavelmente consciente de que, no silêncio, as perguntas dele e as respostas dela soavam anormalmente altas. Os olhos dela desviaram-se para Dalgliesh, à direita do diretor, a cabeça escura inclinada em direção à mais clara. Eles pareciam ter muito do que falar. Certamente não estariam discutindo a morte de Ronald, não no jantar. De tempos em tempos sentia o olhar de Dalgliesh fixar-se nela. Seus olhos encontraram-se por um breve momento, e ela se virou rapidamente, depois ficou zangada consigo mesma pela desconcertante falta de tato do momento e voltou-se resolvida a enfrentar a curiosidade do arquidiácono.

Por fim mudaram-se para a sala de estar, para tomar o café, mas a mudança de ambiente não fez nada para reanimar a conversa. Esta se tornou uma desconexa troca de amenidades, e muito antes da hora de aprontar-se para as completas, o grupo se desfez. Emma foi uma das primeiras a sair. Apesar da tempestade, sentiu a necessidade de ar fresco e exercício antes de ir para a cama. Hoje ela faltaria às completas. Era a primeira vez em todas as visitas que sentira uma necessidade tão forte de sair da casa. No entanto, quando passou pela porta que dava para o claustro sul, a força do vento atingiu-a como um golpe físico. Logo seria difícil manter-se de pé. Aquela não era uma noite para uma caminhada solitária num promontório que se tornara subitamente hostil. Pensou no que Dalgliesh estaria fazendo. Provavelmente ele acharia ser amável comparecer às completas. Para ela, seria uma noite de trabalho — sempre havia trabalho — e de ir cedo para a cama. Caminhou ao longo do pouco iluminado claustro sul para o Ambrósio e para a solidão.

200

23

Eram nove e vinte e nove e Raphael, entrando por último na sacristia, encontrou apenas padre Sebastian, que tirava o manto antes de se paramentar para o culto. Raphael estava com a mão na porta que levava à igreja quando padre Sebastian disse: "Você escolheu aquele capítulo de Trollope deliberadamente, para perturbar o arquidiácono?".

"É um capítulo de que gosto, padre. Aquele homem orgulhoso e ambicioso chegando a ajoelhar-se ao lado da cama do pai, encarando sua esperança secreta de que o bispo morresse a tempo. É um dos capítulos mais impressionantes que Trollope já escreveu. Achei que todos poderíamos apreciá-lo."

"Não estou pedindo uma apreciação literária de Trollope. Você não respondeu a minha pergunta. Você o escolheu para deixar o arquidiácono embaraçado?"

Raphael respondeu baixo: "Sim, padre, escolhi".

"Supostamente por causa do que você soube pelo inspetor Yarwood antes do jantar."

"Ele estava angustiado. O arquidiácono praticamente forçou a entrada no quarto de Roger e o confrontou. Roger deixou escapar alguma coisa e depois me disse que era confidencial e que eu deveria tentar esquecer aquilo."

"E o seu método para esquecer foi deliberadamente escolher um capítulo de prosa que seria não apenas profundamente perturbador para um hóspede nesta casa, mas que trairia o fato que o inspetor Yarwood confiara a você."

"A passagem, padre, não teria sido ofensiva para o arquidiácono se aquilo que Roger me contou não fosse verdade."

"Estou vendo. Você estava aplicando *Hamlet*. Você fez mal e desobedeceu às minhas instruções sobre como deveria se portar com o arquidiácono enquanto ele fosse nosso hóspede. Temos de refletir a respeito de algumas coisas, você e eu. Devo considerar se posso, com consciência, recomendá-lo para a ordenação. Você deve avaliar se é realmente feito para ser padre."

Foi a primeira vez que padre Sebastian expressou em palavras a dúvida que dificilmente ousara admitir, mesmo em pensamento. Obrigou-se a olhar Raphael nos olhos enquanto esperava uma resposta.

Raphael disse baixo: "Mas será que temos mesmo alguma escolha, padre, qualquer um de nós dois?".

O que surpreendeu padre Sebastian não foi a resposta, mas o tom de voz em que ela foi pronunciada. Ele percebeu na voz de Raphael o que também viu nos seus olhos, não uma provocação, não um desafio à sua autoridade, nem mesmo a nota costumeira de desprendimento irônico, mas algo muito mais perturbador e doloroso: um traço de triste resignação que era, ao mesmo tempo, um grito de socorro. Sem falar, padre Sebastian acabou de se paramentar, depois esperou que Raphael abrisse a porta da sacristia e o seguisse na penumbra iluminada por velas da igreja.

24

Dalgliesh era o único membro da congregação nas completas. Ele se sentou no meio da nave direita e observou Henry Bloxham, usando uma sobrepeliz branca, acender duas velas no altar e a fileira de velas em suas mangas de vidro ao longo dos bancos do coro. Henry abrira os ferrolhos da grande porta sul antes da chegada de Dalgliesh, e este sentou-se em silêncio, esperando ouvir o ranger da porta abrindo-se às suas costas. Mas nem Emma nem outro funcionário ou visitante apareceu. A igreja estava na penumbra, e ele sentou-se sozinho, numa calma concentrada que fazia o tumulto da tempestade parecer distante parte de outra realidade. Por fim Henry acendeu a luz acima do altar, e o van der Weyden tingiu o ar parado com luz. Henry fez uma genuflexão diante do altar e voltou para a sacristia. Dois minutos mais tarde, os quatro padres residentes entraram, seguidos pelos noviços e pelo arquidiácono. As figuras vestidas com sobrepelizes brancas, movimentando-se quase sem ruído, tomaram seus lugares com uma dignidade sem pressa, e a voz de padre Sebastian quebrou o silêncio com a primeira prece.

"Que o Senhor Todo-Poderoso nos conceda uma noite calma e um final perfeito. Amém."

O culto foi entoado em canto gregoriano e com uma perfeição nascida da prática e do conhecimento. Dalgliesh ficou de pé ou ajoelhou quando era apropriado e participou respondendo às orações; ele não queria fazer apenas o papel de platéia. Afastou da mente qualquer pensamento a respeito de Ronald Treeves ou de morte. Não estava ali como oficial da polícia; não era exigido dele que trouxesse nada além de seu coração aberto.

Depois da invocação final, mas antes da bênção, o arquidiácono deslocou-se de seu assento para fazer a homilia. Preferiu ficar de pé em frente à balaustrada do altar, em vez de subir ao púlpito ou à estante de leitura. Dalgliesh refletiu que assim era melhor, porque senão ele estaria pregando para uma congregação de um membro só e quase certamente para a pessoa a quem tinha menos interesse de se dirigir. A homilia foi curta, menos de seis minutos, mas foi pronunciada de modo forte e calmo, como se o arquidiácono percebesse que palavras importunas ganhavam em intensidade quando faladas em voz baixa. Ele ficou lá, com sua tez escura e sua barba, como um profeta do Antigo Testamento, enquanto sua platéia vestida de sobrepelizes sentava-se, sem voltar os olhos para ele, como se fossem imagens de pedra.

O tema da homilia foi o apostolado cristão no mundo moderno e era um ataque contra quase tudo defendido por Santo Anselmo durante mais de cem anos e contra tudo o que padre Sebastian valorizava. A mensagem era inequívoca. A Igreja não poderia sobreviver para servir às necessidades de um século violento, perturbado e cada vez mais cético, a não ser que voltasse à fé fundamental. O apostolado moderno não era uma questão de indulgência em linguagem arcaica, por mais bela que fosse, na qual as palavras, na maior parte das vezes, antes obscureciam do que afirmavam a realidade da fé. Havia uma tentação de superestimar a inteligência e os sucessos intelectuais, de modo que a teologia se tornara um exercício filosófico que justificava o ceticismo. Igualmente sedutora era uma ênfase exagerada na cerimônia, na vestimenta e em pontos polêmicos de procedimento, uma obsessão com excelência musical competitiva que muitas vezes transformava um ato religioso num espetáculo público. A Igreja não era uma organização social na qual a classe média confortável pudesse satisfazer seus anelos por beleza, ordem, nostalgia e ilusão da espiritualidade. Só pela volta à verdade do Evangelho a Igreja poderia esperar atender às necessidades do mundo moderno.

No final da homilia o arquidiácono voltou para seu banco, e os noviços e os padres ajoelharam-se, enquanto padre Sebastian dava a bênção final. Depois que a pequena procissão saiu da igreja, Henry voltou para apagar as velas e desligar a lâmpada do altar. Em seguida dirigiu-se à porta sul para dizer um boa-noite cortês a Dalgliesh e trancar a porta às suas costas. A não ser por essa palavra, nenhum dos dois falou.

Ao ouvir o ranger do ferro, Dalgliesh sentiu que estava sendo permanentemente excluído de alguma coisa que nunca entendera por inteiro e que agora afinal estava sendo aferrolhada para ele. Abrigado pelo claustro da força plena da borrasca, caminhou os poucos metros que separavam a porta da igreja do Jerônimo e de sua cama.

Livro dois
MORTE DE UM ARQUIDIÁCONO

1

O arquidiácono não perdeu tempo após as completas. Ele e padre Sebastian retiraram os paramentos em silêncio na sacristia, e ele disse um breve boa-noite antes de passar ao claustro varrido pelo vento.

O pátio era um vórtice de som e fúria. Uma chuva inicial tinha parado, mas o forte vento sudeste, aumentando em força, batia e rodopiava ao redor do castanheiro-da-índia, uivava entre as folhas mais altas e dobrava ramos enormes, de modo que eles subiam e caíam com a lentidão majestosa de uma dança fúnebre. Galhos e gravetos mais frágeis quebravam-se e caíam sobre as pedras como varetas descartadas por fogos de artifício. O claustro sul ainda estava limpo, mas as folhas caídas, rolando e girando pelo pátio, já se empilhavam numa massa úmida contra a porta da sacristia e a parede do claustro norte.

À entrada do seminário, o arquidiácono raspou as poucas folhas grudadas contra a sola e a ponta de seus sapatos pretos e atravessou o vestiário até o vestíbulo. Apesar da violência da tempestade, a casa estava estranhamente silenciosa. Ele pensou se os quatro padres ainda estariam na igreja ou na sacristia, talvez numa indignada reunião a respeito da homilia que fizera. Os noviços, ele supunha, tinham ido para seus quartos. Havia algo de pouco comum, de quase agourento, naquele ar calmo e ligeiramente pungente.

Ainda não eram dez e meia. Ele se sentiu inquieto e pouco tentado a dormir tão cedo, mas o exercício pelo qual repentinamente ansiara lá fora parecia impraticável e até perigoso no escuro e com a força do vento. Sabia que era costume em Santo Anselmo observar silêncio depois das completas e, embora não tivesse grandes simpatias pelas convenções, não estava ansioso por ser flagrado fazendo pouco delas. Havia, ele sabia, um aparelho de televisão na sala de estar dos noviços, porém os programas de sábado nunca eram muito bons, e ele relutava em perturbar a calma. Contudo, poderia provavelmente encontrar um livro lá, e não haveria objeções quanto a assistir às últimas notícias da ITV.

Quando abriu a porta, viu que a sala estava ocupada. O homem mais jovem que lhe fora apresentado no almoço como Clive Stannard estava assistindo a um filme, e, virando-se à sua entrada, pareceu ressentir-se com a intromissão. O arquidiácono hesitou por um momento, depois disse um breve boa-noite e retirou-se pelo pátio, em direção ao Agostinho.

Por volta das dez e quarenta ele estava de pijama e roupão e pronto para ir para a cama. Lera um capítulo do Evangelho de são Marcos e dissera suas preces costumeiras, mas, aquela noite, os dois gestos não passaram de um exercício rotineiro de piedade convencional. Ele sabia as palavras da escritura de cor e articulara-as silenciosamente, como se pela lentidão e atenção cuidadosa a cada palavra pudesse extrair delas algum significado previamente retido. Ao despir o roupão, certificou-se de que a janela estava bem fechada contra o vento e subiu na cama.

Afasta-se melhor a memória com a ação. Agora, deitado rigidamente entre lençóis esticados, escutando os uivos do vento, ele sabia que o sono não viria fácil. O dia estafante e traumático deixara sua mente superestimulada. Talvez devesse ter batalhado contra o vento e feito sua caminhada. Pensou na homilia, mais com satisfação do que com pesar. Ele a preparara com cuidado e dissera-a calmamente, mas com paixão e autoridade. Essas coisas tinham de ser ditas, e ele as dissera, e se a homilia tivesse se contraposto ainda mais a padre Sebastian Morell, se a angústia e a antipatia tivessem se endurecido em inimizade, paciência, não se podia fazer nada. Não que ele cortejasse a impopularidade, disse a si próprio; era importante para ele manter uma boa posição entre as pessoas que respeitava. Era ambicioso e sabia que não se obtinha uma mitra de bispo contrapondo-se a uma parcela significativa da Igreja, mesmo que sua influência fosse menos poderosa do que um dia aparentemente fora. Sebastian Morell, entretanto, já não tinha tanta influência quanto imaginava. Naquela batalha, podia ter certeza de que estava do lado vencedor. Mas havia, ele lembrou, batalhas de princípios que tinham de ser travadas caso a Igreja anglicana quisesse viver para servir ao novo milênio. Fechar Santo Anselmo poderia ser apenas uma escaramuça de menor importância naquela guerra, porém era uma escaramuça cuja vitória lhe daria satisfação.

Então, o que ele achava de tão desconcertante a respeito de Santo Anselmo? Por que sentia que ali, naquela costa desolada e varrida pelos ventos, a vida espiritual tinha de ser vivida com maior intensidade do que nos outros lugares, que ele e todo o seu passado estavam sob julgamento? Não era como se Santo Anselmo tivesse uma longa história de devoção e adoração. Certamente a igreja era medieval; podia-se, ele supunha, ouvir naquele ar silente o eco de séculos de cantochão, embora isso nunca estivesse aparente para ele. Para ele, uma igreja era funcional, um prédio para o culto, e não um lugar de adoração. Santo Anselmo era apenas a criação de uma solteirona vitoriana com dinheiro demais, senso de menos e gosto por alvas com bordas de rendas, barretes e padres solteiros. É provável que a mulher fosse meio louca. Era ridículo que sua influência perniciosa ainda dominasse um seminário do século xx.

Mexeu vigorosamente as pernas numa tentativa de diminuir a pressão do lençol. Desejou de repente que Muriel estivesse com ele, que pudesse voltar para seu imperturbável corpo confortável e seus braços acolhedores, para o esquecimento temporário do sexo. Mas mesmo que a procurasse em pensamento, interpôs-se entre eles, como tantas vezes no leito conjugal, a memória daquele outro corpo, os braços delicados como os de uma criança, os seios pontudos, a boca aberta explorando seu corpo. "Você não gosta disso? E disso? E disso?"

O amor deles tinha sido um erro desde o início, imprudente e tão previsivelmente desastroso que ele se perguntou agora como se iludira tanto. O caso tivera a natureza de uma ficção romântica barata. Tinha até mesmo começado no cenário de muitas ficções românticas baratas, um cruzeiro marítimo pelo Mediterrâneo. Um clérigo seu conhecido, que fora contratado como palestrante convidado numa viagem a sítios arqueológicos e históricos da Itália e da Ásia, ficara doente na última hora e sugerira-o como substituto. Ele suspeitava que os organizadores não o aceitariam se tivessem outro candidato mais bem qualificado, mas foi surpreendentemente bem-sucedido. Por sorte, naquele cruzeiro, não havia acadêmicos cultos entre os passageiros. Com uma preparação preliminar e levando consigo os guias mais bem escritos, conseguira manter-se à frente dos demais passageiros.

Barbara estava a bordo, num cruzeiro educacional, com a mãe e o padrasto. Era a passageira mais jovem, e ele não fora o único homem a ficar encantado. Para ele, parecia mais uma criança do que uma jovem de dezenove anos, e uma criança nascida fora de sua época. O cabelo preto como carvão cortado curto, com uma franja baixa sobre os imensos olhos azuis, o rosto em formato de coração e pequenos lábios carnudos, a silhueta infantil enfatizada pelos vestidos de algodão muito curtos que escolhera para usar, tudo dava a ela um ar dos anos 20. Os passageiros mais velhos, que haviam vivido os anos 30 e tinham uma memória folclórica daquela frenética década já passada, suspiravam nostalgicamente e murmuravam que ela os lembrava a jovem Claudette Colbert. Para ele a imagem era falsa. Ela não tinha a sofisticação de uma estrela de cinema, apenas uma inocência e uma alegria infantis e uma vulnerabilidade que lhe permitiram interpretar o desejo sexual como uma necessidade de cuidar e proteger. Ele não podia acreditar na sua sorte quando ela o elegeu merecedor de suas atenções, e daí por diante ligou-se a ele com dedicação possessiva. Em três meses estavam casados. Ele tinha trinta e nove anos e ela, apenas vinte.

Educada numa sucessão de escolas dedicadas à religião do multiculturalismo e à ortodoxia liberal, ela não sabia nada sobre a Igreja, mas era ávida por informação e instrução. Só mais tarde é que ele se deu conta de que o relacionamento entre professor e aluna tinha sido para ela profundamente erótico. Gostava de ser dominada, e não apenas fisicamente. Porém nenhum dos seus entusiasmos durava, inclusive seu entusiasmo pelo casamento. A igreja onde então ele era vigário vendera o grande presbitério vitoriano e construíra em seu terreno uma casa moderna de dois andares, sem nenhum mérito arquitetônico mas econômica de administrar. Não era a casa que ela esperava.

Extravagante, voluntariosa, caprichosa, ele logo percebeu que era a antítese de uma esposa adequada a um ambicioso clérigo da Igreja anglicana. Até o sexo tornou-se coberto de ansiedade. Ela ficava mais exigente quando ele estava cansado demais ou nas raras ocasiões em que tinham um hóspede, e ele ficava desconfortavelmente consciente da finura das paredes do quarto na hora em que ela murmurava termos carinhosos que podiam com tanta facilidade elevar-se em instigações e exigências gritadas. Na manhã seguinte, no desjejum, ela aparecia de penhoar, visivelmente insinuante, suspendendo os braços para que a fina seda caísse, com os olhos sonolentos e triunfante.

Por que teria se casado com ele? Por segurança? Para afastar-se da mãe e do padrasto, que detestava? Para ser mimada, cuidada, satisfeita? Para sentir-se segura? Para ser amada? Ele começou a detestar seus humores imprevisíveis, seus rompantes de fúria aos gritos. Tentou ocultar isso tudo do conhecimento da paróquia, mas logo os sussurros voltavam a ele. Lembrava-se com embaraço e ressentimento abrasadores da visita de um dos encarregados da igreja, que por acaso era médico. "Sua mulher não é minha paciente, é claro, vigário, e eu não quero interferir, mas ela não está bem. Acho que o senhor deveria tentar obter ajuda profissional." Contudo, quando ele sugeriu que ela deveria consultar um psiquiatra e até mesmo um clínico-geral, foi recebido com acusações soluçantes de que estava querendo livrar-se dela, afastá-la.

Lá fora, o vento, que durante alguns minutos diminuíra em intensidade, elevou-se novamente num uivo crescente. Em geral ele gostava de ouvir sua fúria da segurança da cama; agora, aquele quarto pequeno e funcional parecia menos um santuário do que uma prisão. Desde a morte de Barbara ele rezava por perdão por ter-se casado com ela, por fracassar com ela em amor e compreensão; ele nunca pedira perdão por ter desejado que morresse. Agora, deitado naquela cama estreita, começou penosamente a encarar o passado. Não foi por um ato de vontade que puxou os ferrolhos das escuras masmorras em que havia confinado o seu casamento. As visões que lhe vieram à mente não foram de sua escolha. Alguma coisa — aquele encontro traumático com Yarwood, o lugar, Santo Anselmo — funcionou no sentido de garantir que não lhe restasse alternativa.

Preso entre um sonho e um pesadelo, imaginou-se numa sala de interrogatórios, moderna, funcional, sem estilo. Então percebeu que era a sala de estar do seu velho presbitério, e que ele estava sentado no sofá, entre Dalgliesh e Yarwood. Eles não o haviam algemado, ainda não, mas sabia que já estava sendo julgado e considerado culpado, tinham todas as provas de que necessitavam. O indiciamento passava ante seus olhos numa película granulosa, de câmera oculta. De vez em quando Dalgliesh diria "Aqui, pare", e Yarwood estenderia uma mão. A imagem ficaria fixa enquanto eles a examinavam em silêncio acusador. Todas as pequenas transgressões e faltas de generosidade, bem como os grandes fracassos no amor, passaram ante seus olhos. Agora, por fim, eles estavam vendo o último rolo, o coração das trevas.

Ele não estava mais espremido no sofá, prisioneiro entre seu dois acusadores. Transportara-se para a tela, para representar de novo cada movimento, cada palavra, para experimentar cada emoção como se fosse pela primeira vez. Tinha sido no final da tarde de um dia sem sol, em meados de outubro, uma chuva fina, fina como um nevoeiro, caíra continuamente durante os últimos dois dias de um céu de chumbo. Ele voltara de duas horas de visitas a paroquianos havia muito tempo doentes e recolhidos em casa. Como sempre, tentara conscienciosamente atender às necessidades individuais e previsíveis deles; a cega sra. Oliver, que gostava que lesse uma passagem da escritura e orasse com ela; o velho Sam Possinger, que a cada visita lutava de novo a batalha de Alamein; a sra. Poley, engaiolada em sua cadeira de rodas, ávida pelas últimas fofocas da paróquia; Carl Lomas, que nunca pusera um pé em Saint Botolph, mas gostava de discutir teologia e os defeitos da Igreja anglicana. A sra. Poley, com sua ajuda, arrastara-se penosamente até a cozinha e fizera chá, retirando da lata o bolo de gengibre que assara para ele. Ele o elogiara com imprudência, há quatro anos, na primeira visita, e agora estava condenado a comê-lo todas as semanas, achando impossível admitir que não gostava de bolo de gengibre. Mas o chá quente e forte tinha sido bem-vindo e economizaria a ele o trabalho de fazê-lo em casa.

Estacionara seu Vauxhall Cavalier na estrada e caminhara até a porta da frente pelo caminho de concreto que cortava ao meio a esponjosa grama saturada, em que pétalas de rosas em decomposição estavam se dissolvendo em grama não aparada. A casa estava totalmente em silêncio, e ele entrou, como sempre, apreensivo. Barbara estivera taciturna e inquieta no café da manhã. A falta de repouso e o fato de que não se dera ao trabalho de vestir-se eram sempre um mau sinal. No almoço de sopa instantânea seguida por uma salada, ainda de penhoar, ela empurrara o prato dizendo que estava cansada demais para comer; iria para a cama durante a tarde e tentaria dormir.

Ela disse de modo petulante: "É melhor você ir ver seus velhos paroquianos chatos. De qualquer modo, só se importa com eles. Não me perturbe ao voltar. Não quero ouvir falar deles. Não quero ouvir a respeito de nada".

Ele não replicou, mas ficou olhando com uma onda de raiva e desamparo enquanto ela subia as escadas, o cinto de seda do penhoar sendo arrastado, a cabeça caída como numa agonia de desespero.

Agora, ao voltar para casa carregado de apreensão, fechou a porta da frente depois de entrar. Ela ainda estaria na cama, ou esperara ele sair, vestira-se e fora para uma de suas destrutivas e humilhantes rebeldias na paróquia? Ele tinha de saber. Subiu as escadas em silêncio; se estivesse dormindo, não tinha a menor vontade de acordá-la.

A porta do quarto estava fechada, e ele girou a maçaneta delicadamente. O quarto estava na penumbra, as cortinas parcialmente puxadas na única janela comprida que dava vista para o retângulo de grama, rude como um campo, os canteiros triangulares do que havia sido o jardim, e mais além, para a fileira de casas idênticas. Caminhou em direção à cama, e depois que seus olhos se ajustaram à meia-luz, viu-a claramente. Estava deitada sobre o lado direito, com a mão encurvada contra a face. O braço esquerdo estava jogado por cima das cobertas. Inclinando-se, ele conseguia ouvir sua respiração, baixa e penosa, conseguia sentir o cheiro de vinho no hálito dela e um fedor mais forte, fresco, desagradável, que identificou como sendo vômito. Sobre a mesa ao lado da cama havia uma garrafa de Cabernet Sauvignon. Ao lado dela, caído de lado e com a tampa de rosca um tanto afastada, estava um grande frasco vazio, que ele reconheceu. Contivera tabletes de aspirina solúvel.

Disse a si mesmo que ela estava dormindo, que estava bêbada, que não devia ser perturbada. Quase instintivamente pegou a garrafa de vinho e estava a ponto de calcular a quantidade que bebera quando alguma coisa tão forte quanto uma voz de aviso fez com que a largasse outra vez. Viu que havia um lenço saindo de debaixo do travesseiro. Tomando-o, limpou a garrafa e jogou o lenço de volta na cama. Pareceu-lhe que suas ações eram tão sem determinação como sem sentido. Então saiu, fechando a porta atrás de si, e foi para baixo. Disse novamente a si mesmo: ela está dormindo, está bêbada, não vai querer ser perturbada. Depois de meia hora, foi para seu gabinete, calmamente juntou os papéis para a reunião das seis horas no Conselho Paroquial da Igreja e saiu de casa.

Ele não tinha nenhuma imagem mental, nenhuma lembrança da reunião do conselho, mas conseguia lembrar-se de ter guiado até sua casa com Melvyn Hopkins, um dos encarregados da igreja. Prometera a Melvyn deixá-lo dar uma olhada no último relatório do comitê da Igreja sobre a responsabilidade social e sugerira que o acompanhasse ao presbitério. Agora, a seqüência de imagens ficava de novo clara. Ele próprio pedindo desculpas pelo fato de Barbara não estar lá e dizendo a Melvyn que ela não passara bem, subindo de novo até o quarto e de novo abrindo delicadamente a porta, vendo na meia-luz a figura imóvel, a garrafa de vinho, o frasco de pílulas ao lado. Chegou até a cama. Dessa vez não havia respiração baixa, rouca. Ao pousar a mão na face dela, descobriu que estava fria e soube que aquilo que tocava estava morto. E então veio uma lembrança, palavras ouvidas ou lidas de alguma fonte esquecida, mas agora aterradoras em suas implicações. Era sempre prudente ter alguém junto quando se encontra o corpo.

Não conseguia reviver os eventos do ofício fúnebre da igreja ou da cremação; não tinha lembrança de nenhum dos dois. Em lugar disso, havia uma confusão de rostos — solidários, preocupados, francamente ansiosos —, passando por ele rápidos, saindo da escuridão, distorcidos e grotescos. E havia aquele rosto pavoroso. Ele estava de novo

217

sentado no sofá, mas dessa vez rodeado pelo sargento Yarwood e um jovem uniformizado que não parecia mais velho do que um dos seus garotos do coro e que se sentara em silêncio durante o interrogatório.

"E quando o senhor voltou à casa, da visita aos seus paroquianos, pouco depois das cinco, o senhor diz, o que exatamente o senhor fez?"

"Já lhe disse, sargento. Subi até o quarto para ver se minha mulher ainda estava dormindo."

"Quando o senhor abriu a porta, a lâmpada de cabeceira estava acesa?"

"Não, não estava. As cortinas estavam quase completamente fechadas, e o quarto estava na penumbra."

"O senhor se aproximou do corpo?"

"Eu lhe disse, sargento. Eu só olhei, vi que minha mulher ainda estava na cama e supus que estivesse dormindo."

"E ela foi para a cama... quando foi mesmo?"

"Na hora do almoço. Acho que às duas e meia. Disse que não estava com fome, que ia dormir um pouco."

"O senhor não achou estranho ela ainda estar dormindo depois das cinco horas?"

"Não, não achei. Ela disse que estava cansada. Minha mulher dormia muitas vezes à tarde."

"Não lhe ocorreu que pudesse estar passando mal? Não lhe ocorreu ir até a cama e certificar-se de que estava bem? O senhor não se deu conta de que poderia ter a necessidade urgente de um médico?"

"Já lhe disse — já estou cansado de lhe dizer — que achei que estava dormindo."

"O senhor viu os dois frascos na mesa-de-cabeceira, a garrafa de vinho e o frasco de aspirina solúvel?"

"Eu vi a garrafa de vinho. Imaginei que houvesse bebido."

"Ela levou a garrafa de vinho com ela para a cama?"

"Não, não levou. Deve ter descido para buscá-la depois de eu ter saído de casa."

"E levou-a com ela para a cama?"

"Acho que sim. Não havia mais ninguém na casa. É claro que a levou para a cama com ela. De que outro modo estaria na mesa-de-cabeceira?"

"Bem, é essa a questão, não é, senhor? O senhor vê, não há impressões digitais na garrafa. Como pode explicar isso?"

"É claro que não posso. Suponho que ela as tenha limpado. Havia um lenço meio oculto sob o travesseiro."

"Que o senhor conseguiu ver, embora não conseguisse ver o frasco virado?"

"Na hora, não. Vi-o mais tarde, quando encontrei o corpo."

E desse modo as perguntas continuaram. Yarwood voltara em inúmeras ocasiões, às vezes com o jovem policial uniformizado, às vezes sozinho. Crampton passara a detestar cada toque de campainha e mal conseguia olhar pela janela, caso visse aquela figura de casaco cinzento caminhando com resolução em direção à porta. As perguntas eram sempre as mesmas, e suas respostas tornaram-se pouco convincentes até para os seus ouvidos. Mesmo depois do inquérito e do esperado veredicto de suicídio, a perseguição continuara. Barbara fora cremada semanas antes. Nada restara dela a não ser um punhado de pó enterrado num canto do cemitério da igreja, e, ainda assim, Yarwood continuara suas investigações.

Nunca um inimigo chegara sob uma forma mais detestável. Yarwood parecia um vendedor de porta em porta, com obstinada persistência, acostumado à rejeição, levando consigo, como um mau hálito, o gosto do fracasso. Ele tinha uma compleição leve, certamente era alto apenas o suficiente para qualificar-se como policial, a pele pálida e uma testa alta e ossuda, olhos escuros e reservados. Quase nunca olhava diretamente para Crampton durante as perguntas, mas focalizava uma distância média, como se estivesse em sintonia com algum controlador interno. Seu tom de voz nunca variava, e o silêncio entre as perguntas era prenhe de uma ameaça que parecia abarcar mais do que sua vítima. Ele raramente anunciava sua visita, mas parecia saber quando Crampton estava em casa e esperava com uma paciência aparentemente dócil na porta da frente, até ser silenciosamente convidado a entrar. Nunca havia preliminares, apenas as perguntas insistentes.

"O senhor considerava o seu casamento feliz?"

A impertinência da pergunta chocara Crampton até o silêncio, e ele se viu respondendo numa voz de tal aspereza que mal reconhecera: "Suponho que para a polícia todas as relações, mesmo as mais sagradas, podem ser classificadas. Você deveria distribuir um questionário de casamento, iria economizar o tempo de todo mundo. 'Assinale a resposta apropriada: Muito feliz. Feliz. Razoavelmente feliz. Um pouco infeliz. Infeliz. Muito infeliz. Homicida.'".

Houve um silêncio e Yarwood disse: "E que resposta o senhor assinalaria?".

No final, Crampton fizera uma queixa formal ao chefe de polícia, e as visitas cessaram. Disseram-lhe que depois do inquérito ficou acertado que o sargento Yarwood havia abusado de sua autoridade, especialmente ao chegar sozinho e dar prosseguimento a uma investigação não autorizada. Ele permaneceu na lembrança de Crampton como uma escura personagem acusadora. O tempo, a nova paróquia, sua designação como arquidiácono, o segundo casamento — nada disso conseguia abrandar a raiva incandescente que o consumia cada vez que pensava em Yarwood.

Agora, hoje, o homem aparecera novamente. Não conseguia se lembrar exatamente do que tinham dito um ao outro. Sabia apenas que seu próprio ressentimento e sua amargura haviam sido externados numa torrente de vituperação enraivecida.

Ele rezara, primeiro com regularidade, depois intermitentemente, desde a morte de Barbara, pedindo perdão por seus pecados contra ela: impaciência, intolerância, falta de amor, fracasso em compreender e perdoar. Mas nunca permitira que fincasse raízes em sua mente o pecado de ter desejado que morresse. Recebera sua absolvição pelo pecado menos grave de negligência. Ela viera nas palavras do clínico-geral de Barbara, quando eles se encontraram pouco antes do inquérito.

"Pensei numa coisa. Se, quando estive em casa, tivesse percebido que Barbara não estava dormindo — que ela estava em coma — e tivesse chamado uma ambulância, isso teria feito alguma diferença?"

Ele recebera a resposta absolutória: "Com a quantidade que ela tomou e bebeu, nenhuma".

O que será que havia nesse lugar que o forçava a defrontar-se com as mentiras maiores, além das menores? Ele sabia que ela estava em perigo de morte. Esperara que morresse. Aos olhos do seu Deus, certamente era culpado de homicídio, como se houvesse dissolvido aqueles tabletes e os forçado pela garganta dela abaixo, como se houvesse levado o cálice de vinho aos lábios dela. Como podia continuar a ministrar aos outros, a pregar o perdão dos pecados, quando seu próprio grande pecado não era reconhecido? Como fora capaz de ficar diante daquela congregação, esta noite, com tamanho negrume na alma?

Estendeu a mão e acendeu a lâmpada de cabeceira. A luz inundou o quarto, certamente mais forte do que quando, sob aquele brilho delicado, ele lera a passagem da escritura, mais cedo. Saiu da cama e ajoelhou-se, enterrando a cabeça nas mãos. Não era necessário procurar as palavras; vieram-lhe naturalmente, e, com elas, a promessa de perdão e de paz. "Senhor, tende compaixão de mim, um pecador."

Foi enquanto estava de joelhos que o telefone celular, à beira da cama, quebrou o silêncio com seu som alegre e incongruente. O som era tão inesperado, tão discordante que, durante cinco segundos, não o reconheceu. Depois, pôs-se rigidamente de pé e estendeu a mão para atender ao chamado.

2

Pouco antes das cinco e meia padre Martin acordou com um grito de terror. Pulou da cama e sentou-se, rígido como um boneco, olhando para a escuridão com olhos arregalados. Gotas de suor corriam por sua testa e ardiam-lhe nos olhos. Ao limpá-las, sentiu a pele esticada e gelada, como se já estivesse no rigor da morte. Aos poucos, à medida que o horror do pesadelo terminava, o quarto tomou forma ao seu redor. Sombras cinzentas, mais imaginadas do que vistas, surgiam da escuridão e tornaram-se reconfortantemente familiares; uma cadeira, a cômoda com gavetas, os pés da cama, o esboço da moldura de um quadro. As cortinas sobre quatro janelas circulares estavam cerradas, mas, do leste, ele conseguia ver uma lasca da pálida luz que, mesmo nas noites mais escuras, pairava acima do mar. Percebeu a tempestade. O vento aumentara durante a noite toda, e, à hora que se compusera para dormir, rugia em volta da torre como um demônio. Mas agora havia uma calmaria mais ameaçadora do que bem-vinda, e, sentando-se rigidamente, ele escutou o silêncio. Não ouviu passos na escada, nenhuma voz chamando.

Quando os pesadelos começaram, fazia dois anos, ele pedira que lhe dessem aquele pequeno quarto circular na torre sul, explicando que gostava da vista ampla para o mar e para o litoral, e que o silêncio e a solidão o atraíam. As escadas estavam se tornando uma escalada tediosa, mas pelo menos podia esperar que seus gritos ao acordar não fossem ouvidos. Entretanto, de algum modo, padre Sebastian adivinhou a verdade, ou parte dela. Padre Martin lembrou-se da breve conversa deles, num domingo, depois da missa.

Padre Sebastian dissera: "O senhor está dormindo bem, padre?".

"Razoavelmente, obrigado."

"Se o senhor estiver sendo perturbado por maus sonhos, cuido que há ajuda disponível. Não estou pensando em aconselhamento, pelo menos no sentido comum, mas, algumas vezes, diz-se que falar do passado com outros que sofreram as mesmas experiências pode ajudar."

A conversa surpreendera padre Martin. Padre Sebastian não fazia segredo da sua descrença nos psiquiatras, dizendo que estaria mais inclinado a respeitá-los se eles conseguissem explicar as bases médicas ou filosóficas de sua disciplina, ou se conseguissem definir a diferença entre a mente e o cérebro. Mas fora uma surpresa para ele o quanto padre Sebastian sabia do que estava acontecendo sob o teto de Santo Anselmo. A conversa era importuna para padre Martin, e o assunto não foi adiante. Ele sabia que não era o único sobrevivente de um campo de concentração japonês que estava, na velhice, sendo atormentado pelos horrores que um cérebro mais jovem conseguira suprimir. Não tinha a menor vontade de sentar-se num círculo para discutir suas experiências com outras vítimas, embora tivesse lido que alguns achavam que isso ajudava. Era algo com que tinha de lidar sozinho.

Agora o vento estava aumentando, um gemido rítmico que se elevava num uivo e depois numa intensidade de gritos penetrantes, mais uma manifestação malévola do que uma força da natureza. Ele jogou as pernas para fora da cama, enfiou os pés nos chinelos e cambaleou laboriosamente a fim de abrir a janela que dava para o leste. A rajada fria foi como um trago curativo, limpando sua boca e as narinas do cheiro fétido da selva, afogando os gemidos e gritos exageradamente humanos com sua selvagem cacofonia, limpando sua mente da pior das imagens.

O pesadelo era sempre o mesmo. Rupert fora arrastado de volta ao campo na noite anterior, e os prisioneiros estavam enfileirados para presenciar sua decapitação. Depois do que fora feito com ele, o garoto mal conseguia andar até o lugar designado e caiu de joelhos, como que aliviado. Mas fez um último esforço e conseguiu erguer a cabeça antes que a lâmina caísse. Durante dois segundos a cabeça permaneceu no lugar, e então, lentamente, rolou, e a grande fonte vermelha jorrou como uma última celebração de vida. Era essa a imagem que, noite após noite, padre Martin suportava.

Ao acordar, era sempre torturado pela mesma pergunta. Por que Rupert tentara fugir quando devia saber que era suicídio? Por que não confessara seu objetivo? Pior de tudo, por que ele mesmo não dera um passo à frente em protesto, antes de a lâmina cair, por que não tentara com sua frágil força tirá-la do guarda e morrer com seu amigo? O amor que sentira por Rupert, retribuído mas não consumado, havia sido o único amor da sua vida. Tudo o mais fora o exercício de uma benevolência geral ou da prática de bondade amorosa. Apesar dos momentos de alegria, alguns até mesmo de rara felicidade espiritual, ele carregava sempre as trevas da traição. Não tinha o direito de estar vivo. Mas havia um lugar onde sempre poderia encontrar paz, e buscou-a então.

Pegou o molho de chaves na mesa-de-cabeceira, arrastou-se até o cabide na porta e vestiu o velho cardigã com os remendos de couro nos cotovelos, que usava no inverno por baixo do manto. Pôs o manto por cima, silenciosamente abriu a porta e desceu as escadas.

Não precisava de lanterna; uma luz fraca vinda de uma única lâmpada permanecia acesa em cada patamar e a escada em caracol até o chão, sempre um perigo, era mantida bem iluminada pelo uso de lâmpadas instaladas nas paredes. A tempestade amainara. O silêncio da casa era absoluto, o gemido abafado do vento enfatizava uma calma interna mais ominosa do que a mera ausência de sons humanos. Era difícil acreditar que houvesse pessoas dormindo atrás das portas fechadas, e que aquele ar silencioso já tivesse ecoado com o som de pés ligeiros e fortes vozes de homens, ou que a pesada porta da frente, de carvalho, não tivesse sido fechada e aferrolhada durante gerações.

No vestíbulo, uma única lâmpada vermelha aos pés da Virgem com o Menino lançava um brilho sobre o rosto sorridente da mãe e tocava com cor-de-rosa os braços rechonchudos esticados do Menino Jesus. A madeira tornava-se carne. Ele passou com seus silenciosos pés calçados em chinelos pelo vestíbulo e pelo vestiário. A fileira de mantos marrons era a primeira evidência da ocupação da casa; pareciam pendurar-se como relíquias insensatas de gerações há muito mortas. Conseguia ouvir o vento com grande clareza agora, e, ao destrancar a porta para o claustro norte, ele aumentou subitamente em fúria renovada.

Para sua surpresa, a luz sobre a porta dos fundos estava apagada, bem como a fileira de fracas lâmpadas ao longo do claustro. Mas quando estendeu a mão e apertou o interruptor, elas se acenderam, e ele pôde ver que o chão de pedra estava espesso de folhas. Mesmo enquanto fechava a porta atrás de si, outra rajada sacudiu a grande árvore e lançou o redemoinho de folhas em torno do tronco, rolando e dançando aos seus pés. As folhas rodopiaram ao seu redor como uma revoada de pássaros marrons, bicaram delicadamente sua face e pousaram sem peso, como penas, nos ombros de seu manto.

Esmagou as folhas em seu trajeto até a porta da sacristia. Demorou um tempo sob a última lâmpada para identificar as duas chaves e entrar. Acendeu a luz ao lado da porta, depois apertou o código para silenciar o insistente toque baixo do sistema de alarme, e passou ao corpo da igreja. O interruptor para as duas fileiras de lâmpadas do teto acima da nave ficava à sua direita, e ele estava estendendo a mão para apertá-lo quando viu, com um pequeno choque de surpresa mas não de ansiedade, que o spot que iluminava o *Juízo final* estava aceso, de modo que a extremidade oeste da igreja estava banhada com seu reflexo brilhante. Sem acender as lâmpadas da nave, caminhou ao longo da parede norte, sua sombra deslocando-se com ele na pedra.

Quando chegou ao *Juízo Final* ficou paralisado com o horror que jazia espalhado aos seus pés. O sangue não sumira. Estava ali exatamente no lugar em que ele buscava um santuário, tão vermelho quanto no seu pesadelo, mas não se elevando como uma fonte vigorosa, e sim espalhado em nódoas e pequenos riachos sobre a pedra do chão. A torrente já não se movia, no entanto parecia tremer e tornar-se viscosa enquanto ele olhava. O pesadelo não terminara. Ele ainda estava preso num lugar de horror, mas do qual não poderia fugir caminhando. Ou era isso, ou estava louco. Fechou os olhos e rezou: "Meu Deus, ajude-me". Então sua mente consciente recuperou o domínio e ele abriu os olhos e forçou-se a olhar outra vez.

Seus sentidos, incapazes de apreender a cena toda na enormidade de seu horror, estavam registrando-a em graus lentos, detalhe por detalhe. O crânio esmagado; os óculos do arquidiácono caídos, um tanto afastados mas não quebrados; os dois castiçais de bronze colocados um de cada lado do corpo, como num ato de zombaria sacrílega; as mãos do arquidiácono estendidas pareciam agarrar-se às pedras, mas tinham uma cor mais branca, mais delicada do que em vida; o roupão acolchoado roxo estava duro com o sangue. Finalmente padre Martin levantou os olhos para o *Juízo final*. O demônio dançante na frente do quadro agora usava óculos, bigode e uma barba curta, e seu braço direito fora alongado num gesto de desafio vulgar. Aos pés do *Juízo final*, uma pequena lata de tinta preta com um pincel cuidadosamente pousado sobre a tampa.

Padre Martin cambaleou para a frente e caiu de joelhos ao lado da cabeça do arquidiácono. Tentou rezar, mas as palavras não vinham. De repente ele precisava de outros seres humanos, de ouvir pés humanos e ruídos humanos, de conhecer o conforto da companhia humana. Sem pensar com clareza, cambaleou para o lado oeste da igreja e deu uma puxada vigorosa na corda do sino. O sino tocou, doce como sempre, mas, aos seus ouvidos, pareceu-lhe clamoroso no seu pavor.

Depois foi até a porta sul e, com as mãos tremendo, conseguiu, por fim, retirar os pesados ferrolhos. O vento entrou numa rajada, trazendo consigo algumas folhas rasgadas. Ele deixou a porta semi-aberta e caminhou, agora de maneira mais forte e firme, de volta até o corpo. Havia palavras que ele tinha de dizer, e encontrou a força para pronunciá-las.

Ainda estava de joelhos, a beirada do manto arrastando no sangue, quando escutou passos e depois uma voz de mulher. Emma ajoelhou-se ao seu lado, pôs os braços em torno de seus ombros. Ele sentiu contra o rosto o roçar do cabelo macio dela, conseguiu sentir o cheiro de sua pele delicadamente perfumada, afastando de sua mente o cheiro metálico do sangue. Podia perceber que ela tremia, mas sua voz estava calma. Ela disse: "Venha, padre, vamos embora agora. Está tudo bem".

Mas não estava tudo bem. Nunca mais estaria tudo bem outra vez.

Ele tentou levantar o olhar para ela, mas não conseguia erguer a cabeça; apenas seus lábios conseguiam mover-se. Ele murmurou: "Oh, Deus, o que fizemos, o que fizemos?". Então sentiu os braços dela apertarem-se com terror. Por trás deles a porta sul rangia enquanto se abria mais.

3

Em geral Dalgliesh não tinha dificuldades de conciliar o sono, mesmo numa cama estranha. Anos de trabalho como detetive haviam disciplinado o seu corpo aos desconfortos de uma variedade de sofás, e, desde que tivesse uma lâmpada de cabeceira ou uma lanterna para a breve leitura, que para ele era necessária antes de o sono chegar, sua mente em geral conseguia livrar-se do dia com tanta facilidade quanto seus membros cansados. Esta noite estava sendo diferente. Seu quarto era propício ao sono; a cama era confortável, sem ser macia, a lâmpada de cabeceira tinha a altura certa para a leitura, as roupas de cama eram adequadas. Mas ele pegou seu exemplar da tradução do *Beowulf,* de Seamus Heaney, e leu as cinco primeiras páginas com uma persistência obstinada, como se isso fosse um ritual noturno prescrito, e não um prazer há muito esperado. Contudo, logo o livro de poesias tomou o comando, e ele leu sem parar até as onze horas, depois apagou a luz e preparou-se para dormir.

Mas nesta noite o sono não veio. Aquele momento bem-vindo, quando a mente escapa do fardo da consciência e mergulha sem medo em sua pequena morte diária, evadiu-se. Talvez fosse a fúria do vento que o mantivesse acordado. Em geral gostava de ficar na cama e cair no sono ao som de uma tempestade, mas aquela tempestade era diferente. Havia intervalos de calmaria no vento, um breve período de uma paz antecipatória total, seguida por um gemido baixo, que aumentava para um uivo, como um coro de demônios enlouquecidos. Nesses crescendos, ele conseguia ouvir o grande castanheiro-da-índia gemendo, e teve uma visão repentina de ramos quebrados, do tronco cheio de cicatrizes tombando, primeiro como se estivesse relutante, depois num mergulho aterrador, para forçar seus galhos superiores através da janela do quarto. E — sempre um acompanhamento vibrante para o tumulto do vento — ele conseguia ouvir o fragor do mar. Parecia impossível que qualquer coisa viva pudesse permanecer a salvo daquele ataque do vento e da água.

Num período de calmaria, ele acendeu a lâmpada de cabeceira e olhou o relógio. Ficou surpreso ao ver que eram cinco e trinta e cinco. Então devia ter dormido — ou pelo menos cochilado — por mais de seis horas. Estava começando a pensar se a tempestade tinha realmente perdido a força quando o gemido reiniciou e aumentou até outro crescendo de uivos. Na calmaria que se seguiu, seus ouvidos perceberam um som diferente, tão familiar na infância que o reconheceu instantaneamente: o repique de um sino de igreja. Foi apenas um toque claro e doce. Durante um segundo imaginou se o som era a reminiscência de algum sonho meio esquecido. Porém a realidade se impôs. Ele estava inteiramente desperto. Sabia o que ouvira. Escutou intensamente, mas não houve mais repiques.

Agiu com presteza. Por hábitos adquiridos havia muito, nunca ia para a cama sem deixar cuidadosamente à mão os itens de que poderia precisar numa emergência. Enfiou o roupão, rejeitou os chinelos em favor dos sapatos e pegou uma lanterna, pesada como uma arma, em sua mesa-de-cabeceira.

Saiu do apartamento na escuridão, guiando-se apenas pela lanterna; fechou a porta da frente silenciosamente atrás de si e mergulhou numa rajada repentina de vento e numa revoada de folhas que rodopiaram em torno da sua cabeça como uma revoada de pássaros frenéticos. A fileira de lâmpadas fracas nas paredes ao longo dos claustros norte e sul era suficiente apenas para delinear os pilares esguios e lançar um brilho sinistro sobre as pedras do pavimento. A casa grande estava escura, e ele não viu luzes em janela alguma, a não ser no vizinho Ambrósio, onde sabia que Emma estava dormindo. Correndo sem se deter para chamá-la, ele sentiu um aperto de medo. Uma leve fenda de luz mostrava que a grande porta sul da igreja estava entreaberta. O carvalho gemeu em seus gonzos quando a abriu e depois a fechou atrás de si.

Durante alguns segundos, não mais, ficou paralisado pelo quadro à sua frente. Não havia obstáculos entre ele e o *Juízo final*, e viu-o emoldurado por duas pilastras de pedras, tão brilhantemente iluminado que as cores desbotadas pareciam reluzir com uma riqueza recém-pintada, inimaginável. O choque da desfiguração negra empalideceu diante da grande atrocidade a seus pés. A forma estatelada do arquidiácono jazia de costas, à frente do quadro, como num extremo de adoração. Dois pesados castiçais de bronze estavam cerimoniosamente dispostos de cada lado da cabeça. A poça de sangue certamente era de um vermelho mais exuberante do que qualquer sangue humano. Mesmo as duas formas humanas pareciam irreais; o padre, de cabeça branca em seu manto preto esparramado, ajoelhado, quase abraçando o corpo, e a moça, agachada ao lado dele, com um braço em torno de seus ombros. Durante um momento, desorientado, ele quase pôde imaginar que os demônios negros tinham pulado do *Juízo final* e estavam dançando em volta da cabeça dela.

Ao som da porta, ela virou a cabeça e instantaneamente pôs-se de pé e correu em sua direção.

"Graças a Deus, você veio."

Ela agarrou-se a ele, e ele soube, quando pôs os braços em torno dela e sentiu o tremor do seu corpo, que o gesto tinha sido um impulso instintivo de alívio.

Ela soltou-se e disse imediatamente: "É o padre Martin. Não consigo fazer com que saia dali".

O braço esquerdo de padre Martin, estendido sobre o corpo de Crampton, tinha a palma plantada na poça de sangue. Largando a lanterna, Dalgliesh pôs a mão no ombro do padre e disse suavemente: "É Adam, padre. Agora vamos. Eu estou aqui. Está tudo bem".

Mas é claro que não estava tudo bem. Mesmo enquanto ele dizia essas palavras paliativas, a falsidade delas era gritante.

Padre Martin não se mexeu, e seu ombro, sob o toque de Dalgliesh, estava duro, como que imobilizado em *rigor mortis*. Dalgliesh disse de novo, mais alto: "Vamos, padre. O senhor tem de vir agora. Não há nada que possa fazer aqui".

Dessa vez, como se as palavras por fim o tivessem alcançado, padre Martin permitiu que o ajudassem a levantar-se. Ele olhou para as suas mãos ensangüentadas com uma espécie de assombro infantil e depois limpou-as no manto. Isso, pensou Dalgliesh, vai complicar o exame de sangue. A compaixão por seus companheiros estava dominada por preocupações mais urgentes; a imprescindibilidade de preservar a cena contra contaminações tanto quanto possível e a necessidade de garantir que o método do assassino permanecesse em segredo. Se a porta sul estava, como de costume, aferrolhada, o assassino devia ter vindo da sacristia e pelo claustro norte. Delicadamente, com Emma apoiando o padre do lado direito, levou padre Martin para a fileira de cadeiras mais perto da porta.

Instalou os dois e disse a Emma: "Esperem aqui por alguns minutos. Não vou demorar. Vou aferrolhar a porta sul e sair pela sacristia. Vou trancá-la atrás de mim. Não deixe ninguém entrar".

Ele se voltou para o padre Martin: "O senhor está me ouvindo, padre?".

Padre Martin levantou os olhos pela primeira vez, e seus olhares se encontraram. A dor e o horror eram quase maiores do que Dalgliesh suportava ver.

"Sim, sim. Estou bem. Lamento tanto, Adam. Comportei-me mal. Agora estou bem."

Ele estava muito longe de estar bem, mas pelo menos parecia conseguir entender o que estava sendo dito.

Dalgliesh disse: "Há uma coisa que tenho de dizer agora. Lamento se parecer insensível, se é a hora errada de pedir, mas é importante. Não falem a ninguém sobre o que viram esta manhã. A ninguém. Vocês dois estão entendendo isso?".

Eles murmuraram uma afirmativa baixa, e então padre Martin disse mais claramente: "Compreendemos".

Dalgliesh estava se virando para sair quando Emma perguntou: "Ele não está mais aqui, está? Não estará escondido em algum lugar na igreja?".

"Ele não está aqui, mas vou procurar agora."

Dalgliesh não estava querendo acender mais lâmpadas. Pelo jeito, só ele e Emma tinham sido acordados pelo sino da igreja. A última coisa que queria era outras pessoas aglomerando-se na cena. Voltou à porta sul e correu o grande ferrolho. Com a lanterna na mão, fez um exame rápido mas metódico da igreja, mais para a satisfação de Emma do que pela sua. A longa experiência mostrava quase imediatamente que aquela morte não era muito recente. Abriu as portinholas de dois bancos fechados, passou a lanterna pelos assentos, depois ajoelhou-se e olhou debaixo deles. E ali estava uma descoberta. Alguém ocupara o segundo banco. Uma porção do assento estava sem poeira, e quando do ele ajoelhou e passou a luz no vão profundo, embaixo do banco, parecia que alguém se acocorara ali.

Terminou essa busca rápida mas completa e voltou às duas silhuetas sentadas. Ele disse: "Está tudo bem, só estamos nós aqui. A porta da sacristia está trancada, padre?".

"Sim. Está. Eu a tranquei depois de entrar."

"O senhor pode me dar as chaves, por favor?"

Padre Martin remexeu o bolso do manto e entregou um molho. Demorou um pouco até que seus dedos trêmulos encontrassem as chaves certas.

Dalgliesh disse outra vez: "Não vou demorar. Vou trancar a porta ao sair. Vocês estarão bem até eu voltar?".

Emma disse: "Não acho que padre Martin deva ficar aqui por muito tempo".

"Ele não terá de ficar."

Não levaria, pensou Dalgliesh, mais do que alguns minutos para buscar Roger Yarwood. Não importava qual fosse o departamento encarregado daquela investigação, ele precisava de ajuda agora. Além disso, havia uma questão de protocolo. Yarwood era um integrante da polícia de Suffolk. Até que o chefe de polícia resolvesse qual de seus funcionários deveria assumir o caso, Yarwood estaria temporariamente encarregado dele. Dalgliesh ficou aliviado em encontrar um lenço no bolso do roupão e usou-o para garantir que não deixaria impressões na porta da sacristia. Religou o alarme, trancou a porta depois de sair e mergulhou num verdadeiro colchão de folhas caídas, agora com vários centímetros de espessura, no claustro norte, e apressou-se na volta aos apartamentos de hóspedes. Roger Yarwood, lembrava-se, estava no Gregório.

Os apartamentos estavam na escuridão; ele atravessou a sala de estar guiado pela luz da lanterna. Ao chegar à escada, chamou-o. Não obteve resposta. Subiu até o quarto de dormir e constatou que a porta estava aberta. Yarwood fora deitar-se, mas agora as cobertas estavam reviradas. Dalgliesh abriu a porta do chuveiro e viu que estava vazio. Acendeu a luz e rapidamente examinou o guarda-roupa. Não havia sobretudo, e não viu outro calçado a não ser os chinelos ao lado da cama. Yarwood devia ter saído, em alguma hora, na tempestade.

Não teria sentido para ele começar a procurar sozinho. Yarwood poderia estar em qualquer lugar no promontório. Em vez disso, voltou imediatamente para a igreja. Emma e padre Martin estavam lá sentados, exatamente como os havia deixado.

Disse suavemente: "Padre, por que o senhor e a doutora Lavenham não vão para a sala de estar dela? Ela poderá fazer um pouco de chá para ambos. Imagino que o padre Sebastian vai querer falar com o seminário todo, mas vocês poderiam esperar lá calmamente e descansar por enquanto".

Padre Martin olhou para cima. Seus olhos tinham alguma coisa da confusão patética de uma criança. Ele disse: "Mas o padre Sebastian vai querer falar comigo".

Foi Emma quem respondeu. "É claro que vai, mas não será melhor esperarmos até que o comandante Dalgliesh tenha falado com ele? O melhor plano será nos sentarmos na minha sala. Há tudo lá para fazer um chá. Eu sei que gostaria de tomar um."

Padre Martin assentiu com a cabeça e levantou-se. Dalgliesh disse: "Antes de sair, padre, devemos verificar se mexeram no cofre".

Foram à sacristia, e Dalgliesh pediu a combinação. Depois, com o lenço cobrindo os dedos para preservar quaisquer impressões que pudessem estar no disco de combinação, ele girou-o cuidadosamente e abriu a porta. Dentro, em cima de diversos documentos, havia uma grande sacola de couro macio. Ele a levou até a mesa e abriu-a, para revelar, embrulhados em seda branca, dois magníficos cálices pré-Reforma cravejados de pedras e uma pátena, presentes da fundadora de Santo Anselmo.

Padre Martin disse, baixo: "Nada está faltando", e Dalgliesh pôs a sacola de volta no cofre e girou o disco. Então o motivo não tinha sido roubo; mas nem por um momento havia achado que fosse.

Esperou até que Emma e padre Martin tivessem saído pela porta sul, depois passou o ferrolho e saiu da sacristia rumo ao claustro norte, coberto de folhas. A tempestade estava começando a perder a força, e, embora a devastação estivesse por toda parte, em ramos quebrados e folhas caídas, o vento tinha começado a amainar, eram poucas as rajadas fortes. Ele abriu a porta do claustro norte e entrou; em seguida subiu dois lances de escada até o apartamento do diretor.

Padre Sebastian respondeu rapidamente à sua batida. Estava usando um roupão de lã xadrez, mas seus cabelos desgrenhados davam-lhe uma aparência curiosamente jovem. Os dois homens olharam-se fixamente. Mesmo antes de falar, Dalgliesh sentiu que o diretor sabia as palavras que ele viera dizer. Elas eram duras, mas não havia como dar as notícias de modo fácil ou delicado.

Ele disse: "O arquidiácono Crampton foi assassinado. Padre Martin encontrou o corpo na igreja logo depois das cinco e meia, esta manhã".

O diretor pôs a mão no bolso e retirou o relógio de pulso. Disse: "Já passa das seis, agora. Por que não me contaram mais cedo?".

"O padre Martin tocou o sino da igreja para dar o alarme, e eu o escutei. A doutora Lavenham também, e foi a primeira a chegar à cena. Houve coisas que eu tive de fazer. Agora preciso ligar para a polícia de Suffolk."

"Mas isso não é um caso, a princípio, para o inspetor Yarwood?"

"Seria. Não encontrei Yarwood. Posso usar seu telefone, padre?"

"Claro. Vou pôr uma roupa e acompanhá-lo. Alguém mais sabe disso?"

"Ainda não, padre."

"Então sou eu que terei de dizer-lhes."

Ele fechou a porta, e Dalgliesh encaminhou-se para o escritório, no andar de baixo.

4

O número de Suffolk de que ele precisava estava em sua carteira, no quarto, mas após alguns segundos conseguiu se lembrar. Assim que disse quem era, forneceram-lhe o telefone do chefe de polícia. Depois disso, foi rápido e fácil. Ele estava lidando com homens acostumados a serem acordados com a necessidade de tomar decisões e entrar em ação. Fez um relato completo mas breve; nada precisava ser dito duas vezes.

Houve um silêncio de uns cinco segundos antes de o chefe de polícia dizer: "O desaparecimento de Yarwood é uma grande complicação. Alred Treeves é outra, mas menos importante. No entanto, não vejo como podemos assumir isso. Não podemos perder tempo. Os três primeiros dias são sempre os mais vitais. Vou falar com o comissário. Você vai querer uma equipe de busca?".

"Ainda não. Yarwood pode simplesmente ter dado uma saída. Ele pode até já ter voltado, a esta hora. Se não voltou, vou pedir a alguns dos alunos aqui que o procurem assim que clarear. Volto a falar com você quando houver notícias. Se ele não for encontrado, é melhor você assumir."

"Certo. Seu pessoal confirmará, mas acho que é melhor você partir do princípio de que o caso é seu. Discutirei os detalhes com a Metropolitana, porém imagino que você prefira a sua própria equipe."

"Simplificaria as coisas."

Foi só então que, depois de nova pausa, o chefe de polícia falou: "Tenho alguma informação sobre Santo Anselmo. São gente boa. Dê minhas condolências ao padre Sebastian. Isso vai prejudicá-los sob diversos aspectos".

Cinco minutos mais tarde a Yard já havia ligado, informando os detalhes do que ficara combinado. Dalgliesh assumiria o caso. Os detetives Kate Miskin e Piers Tarrant, com o sargento Robbins, já estavam a caminho, de carro, e a equipe de apoio, um fotógrafo e três peritos, iria a seguir. Como Dalgliesh já estava lá, não se considerou necessário arcar com as despesas de um helicóptero. A equipe chegaria de trem em Ipswich, e a polícia de Suffolk providenciaria o transporte até o seminário. O dr. Kynaston, o médico-legista com quem Dalgliesh costumava trabalhar, estava numa outra cena de crime e provavelmente estaria ocupado durante o resto do dia. O patologista do Ministério do Interior estava de licença em Nova York, mas seu substituto, o dr. Mark Ayling, estava de serviço e disponível. Pareceria sensato usá-lo. Qualquer material urgente para exame patológico legal poderia ir para o laboratório Huntingdon ou para o Lambeth, dependendo da carga de trabalho deles.

Padre Sebastian tinha esperado discretamente no escritório de fora, enquanto Dalgliesh estava telefonando. Percebendo que a conversa parecia finalmente ter acabado, ele entrou e disse: "Eu gostaria agora de ir até a igreja. O senhor tem suas responsabilidades, comandante, mas eu tenho as minhas".

Dalgliesh disse: "É urgente fazermos uma busca por Roger Yarwood. Quem seria o noviço mais indicado para a tarefa?".

"Stephen Morby. Sugiro que ele e Pilbeam peguem o Land Rover."

Ele foi até o telefone na escrivaninha. A resposta foi rápida.

"Bom dia, Pilbeam. Você está vestido? Bom. Por favor, será que poderia acordar o senhor Morby e virem ambos ao meu escritório imediatamente?"

A espera não foi longa antes de Dalgliesh escutar passos apressados na escada. Uma pausa à porta, e os dois homens entraram.

Ele não havia visto Pilbeam antes. O homem era alto, certamente acima de um metro e oitenta, de compleição forte e pescoço grosso, com uma vigorosa fisionomia camponesa bronzeada sob cabelos cor de palha que escasseavam. Dalgliesh achou que havia algo de familiar nele, e depois percebeu que era incrivelmente parecido com um ator de cujo nome não conseguia se lembrar, mas que muitas vezes aparecera em filmes de guerra, no papel de apoio do pouco articulado mas confiável sargento que invariavelmente morria sem se queixar, nas cenas finais, para maior glória do herói.

Pilbeam ficou esperando, completamente à vontade. Ao lado dele, Stephen Morby — nenhum fracote — parecia um garoto. Foi a Pilbeam que padre Sebastian se dirigiu.

"Demos por falta do senhor Yarwood. Tenho medo de que ele tenha ido vagar por aí outra vez."

"Foi uma noite ruim para se passear, padre."

"Exatamente. Ele pode voltar a qualquer minuto, mas não acho que devemos esperar. Quero que você e o senhor Morby peguem o Land Rover e saiam para procurá-lo. Seu celular está funcionando?"

"Está, padre."

"Ligue assim que tiver notícias. Se ele não estiver no promontório ou perto da laguna, não perca tempo indo mais além. Aí poderá ser uma questão para a polícia. E Pilbeam..."

"Sim, padre."

"Quando você e o senhor Morby voltarem, com ou sem o senhor Yarwood, venha apresentar-se diretamente a mim, sem falar com ninguém mais. Você também, Stephen. Entenderam?"

"Sim, padre."

Stephen Morby disse: "Alguma coisa aconteceu, não foi? Alguma coisa além de o senhor Yarwood sair por aí".

"Explicarei quando voltarem. Pode ser que não consigam fazer muita coisa antes de clarear inteiramente, mas quero que comecem logo. Levem lanternas, cobertores e café quente. E, Pilbeam, vou falar com a comunidade toda às sete e meia, na biblioteca. Por favor, peça à sua mulher para fazer o favor de vir também."

"Sim, padre."

Eles saíram. Padre Sebastian disse: "Os dois são bem ajuizados. Se Yarwood estiver no promontório, eles o encontrarão. Achei acertado adiar a explicação até a volta deles".

"Achei que foi prudente."

Tornava-se evidente que o autoritarismo natural de padre Sebastian estava rapidamente se ajustando a circunstâncias pouco familiares. Dalgliesh refletiu que ter um suspeito como parte ativa da investigação era uma novidade que ele bem podia dispensar. A situação precisaria ser abordada com cuidado.

O diretor disse: "Você estava certo, é claro. Encontrar Yarwood é a prioridade. Mas agora talvez eu possa ir aonde eu deveria estar, ao lado do arquidiácono".

"Primeiro algumas perguntas, padre. Quantas chaves da igreja existem e quem fica com elas?"

"Isso é realmente necessário agora?"

"É sim, padre. Como o senhor disse: o senhor tem as suas responsabilidades, e eu tenho as minhas."

"E as suas têm de ter a precedência?"

"No momento, sim."

Padre Sebastian procurou não manifestar na voz sua impaciência. Disse: "Há sete conjuntos, compreendendo as duas chaves para a porta da sacristia, uma Chubb de segurança e uma Yale. A porta sul só tem ferrolhos. Cada um dos quatro padres residentes tem um conjunto, as outras três estão no armário de chaves, na sala ao lado, no escritório da senhorita Ramsey. É preciso manter a igreja trancada por causa do valor do retábulo e da prata, mas todos os noviços podem pedir as chaves, se precisarem ir à igreja. Os alunos, e não os funcionários, são os responsáveis pela limpeza".

239

"E os funcionários e os visitantes?"

"Só têm acesso à igreja quando estiverem acompanhados por alguém que tenha as chaves, a não ser durante os cultos. Como temos quatro cultos por dia, matinas, eucaristia, vésperas e completas, dificilmente eles precisam disso. Não gosto da restrição, mas é o preço que pagamos por manter o van der Weyden em cima do altar. O problema é que os jovens nem sempre são cuidadosos o bastante para ligar o alarme de novo. Todos os funcionários e os visitantes têm as chaves do portão de ferro que leva do pátio oeste para o promontório."

"E quem, no seminário, saberia o código do sistema de alarme?"

"Imagino que todos. Estamos guardando o tesouro contra intrusos, não contra nós mesmos."

"Que chaves os noviços têm?"

"Cada um deles tem duas chaves, uma do portão de ferro, que é o modo normal de entrada deles, e uma da porta do claustro norte ou sul, dependendo da localização de seus quartos. Nenhum deles tem as chaves da igreja."

"E as chaves de Ronald Treeves, foram devolvidas depois da sua morte?"

"Foram. Estão numa gaveta, no escritório da senhorita Ramsey, mas é claro que ele não tinha as chaves da igreja. Agora eu quero ir até o arquidiácono."

"Naturalmente. No caminho, padre, podemos examinar se os três conjuntos sobressalentes de chaves da igreja estão no armário das chaves."

Padre Sebastian não respondeu. Ao passarem pelo escritório de fora, ele foi até um armário estreito, à esquerda da lareira. Não estava trancado. Dentro havia duas fileiras de ganchos sustentando chaves etiquetadas. Havia três ganchos na primeira fileira, etiquetados IGREJA. Um deles estava vazio.

Dalgliesh perguntou: "O senhor se lembra da última vez em que viu as chaves da igreja, padre?".

Padre Sebastian pensou por uns instantes e disse:

"Acho que foi ontem de manhã, antes do almoço. Foram entregues umas tintas para Surtees pintar a sacristia. Pilbeam veio buscar um conjunto de chaves, e eu estava aqui no escritório quando ele assinou o recibo por elas e ainda estava aqui quando ele as devolveu, menos de cinco minutos mais tarde".

Ele foi até a gaveta direita na mesa da srta. Ramsey e pegou um livro. "O senhor vai ver aqui que foi o último registro para as chaves. Como vê, ele não ficou com elas mais que cinco minutos. Mas a última pessoa a vê-las deve ter sido Henry Bloxham. Ele era o responsável por arrumar a igreja para as completas, ontem. Eu estava aqui quando ele pegou um conjunto de chaves e estava no meu escritório quando as devolveu. Se estivesse faltando um conjunto, ele teria dito."

"O senhor chegou realmente a vê-lo devolver as chaves, padre?"

"Não. Eu estava no meu escritório, mas a porta entre as salas estava aberta, e ele disse boa-noite. Não haverá anotações no livro das chaves. Os noviços que as pegam antes de um culto não são obrigados a assiná-lo. E agora, comandante, devo insistir para irmos à igreja."

A casa ainda estava em silêncio. Eles passaram sem falar pelo chão de mosaicos do vestíbulo. Padre Sebastian estava indo para a porta do vestiário, mas Dalgliesh disse: "Vamos evitar o claustro norte tanto quanto possível".

Nada mais foi dito até chegarem à porta da sacristia. Padre Sebastian remexeu o bolso à procura das chaves. Dalgliesh disse: "Deixe que eu abro, padre".

Ele destrancou a porta, trancando-a depois de entrarem, e os dois passaram à igreja. Dalgliesh deixara acesa a lâmpada por cima do *Juízo final*, e o horror aos seus pés estava claramente visível. Os passos de padre Sebastian não vacilaram quando se moveram naquela direção. Ele não falou; primeiro olhou para a profanação do quadro e depois para baixo, para o seu adversário morto. Então fez o sinal-da-cruz e ajoelhou-se em prece silenciosa. Observando-o, Dalgliesh pensou que palavras padre Sebastian estaria encontrando para comunicar-se com o seu Deus. Ele dificilmente poderia estar rezando pela alma do arqui-diácono; isso seria um anátema para o protestantismo radical de Crampton.

Pensou também sobre que palavras ele acharia apropriadas se estivesse rezando neste momento. "Ajude-me a resolver este caso com o mínimo de dor para o inocente e proteja a minha equipe." Lembrou-se de que a última vez em que rezara com paixão e com a crença de que a oração era válida fora na morte de sua mulher, e não havia sido escutado — ou, se foi, não houve resposta. Ele pensou a respeito da morte, da sua irreversibilidade, da sua inevitabilidade. Parte dos atrativos de seu trabalho era a ilusão de que a morte era um mistério que poderia ser resolvido, e, com a resolução, todas as paixões ingovernáveis da vida, todas as dúvidas e todos os medos poderiam ser bem dobrados e guardados, como uma roupa.

Então ouviu padre Sebastian falando como se tivesse percebido a presença silenciosa de Dalgliesh e tivesse a necessidade de envolvê-lo, nem que fosse como ouvinte em seu secreto ato de penitência. As palavras familiares ditas com sua bela voz eram uma afirmação, e não uma prece, e ecoaram de modo tão estranho os pensamentos de Dalgliesh que ele as ouviu como se fosse pela primeira vez, e com um frisson de reverência.

"E Tu, Senhor, no início puseste a fundação da terra; e os céus são obra de Tuas mãos: eles perecerão, mas Tu permanecerás; e eles ficarão velhos como fica uma roupa; e como uma veste, Tu a dobrarás e eles mudarão; mas Tu és o mesmo, e Teus anos não faltarão."

5

Dalgliesh fez a barba, tomou um banho e vestiu-se com a rapidez da prática, e por volta de vinte e cinco minutos depois das sete estava de novo reunido ao diretor, no escritório deste. Padre Sebastian olhou o relógio. "Está na hora de ir para a biblioteca. Eu direi algumas palavras primeiro, e depois o senhor assume. Está bem assim?"

"Perfeitamente."

Era a primeira vez naquela visita que Dalgliesh entrava na biblioteca. Padre Sebastian acendeu uma série de lâmpadas que se inclinavam sobre as prateleiras e imediatamente a lembrança veio à tona, de longas noites de verão lendo ali, sob aqueles olhos sem visão dos bustos dispostos no topo das estantes, do sol poente brunindo as lombadas de couro e lançando feixes de luz colorida sobre a madeira lustrada, de longas noites quando o estrondo do mar parecia ficar mais forte, com a luz prestes a acabar. Mas agora o alto teto abaulado estava sombrio e o vitral na janela pontuda era um vazio negro desenhado com chumbo.

Ao longo da parede norte uma fileira de estantes de livro projetando-se em ângulos retos entre as janelas formava cubículos, cada um com uma estante de leitura dupla e uma cadeira. Padre Sebastian foi até o cubículo mais próximo, pegou duas cadeiras e colocou-as juntas, no meio do aposento. Disse: "Vamos precisar de quatro cadeiras, três para as mulheres e uma para Peter Buckhurst. Ele ainda não está forte o bastante para ficar de pé por muito tempo — não que isso vá demorar muito, imagino. Não tem sentido pôr uma cadeira para a irmã do padre John. Ela é idosa e raramente aparece fora do apartamento deles".

Sem responder, Dalgliesh ajudou a carregar as últimas duas cadeiras, e padre Sebastian arrumou-as uma ao lado da outra, depois deu um passo atrás, como se estivesse avaliando a exatidão da colocação delas.

Houve o som de passos leves pelo saguão, e os três noviços, todos usando suas batinas pretas, entraram juntos, como se tivessem combinado de antemão, e ficaram de pé atrás das cadeiras. Eretos e muito quietos, suas fisionomias imóveis e pálidas, os olhos fixaram-se em padre Sebastian. A tensão que entrou com eles na sala era palpável.

Foram seguidos em menos de um minuto pela sra. Pilbeam e Emma. Padre Sebastian indicou as cadeiras com um gesto e, sem dizer nada, as duas mulheres sentaram-se, inclinando-se ligeiramente uma na direção da outra, como se pudesse haver algum conforto até mesmo no leve toque de um ombro. A sra. Pilbeam, em reconhecimento à importância da ocasião, tirara o guarda-pó branco de trabalho e parecia incoerentemente festiva numa saia de lã verde e uma blusa azul-clara, enfeitada com um grande broche no pescoço. Emma estava muito pálida, mas cuidara do vestuário, como se tentasse impor ordem e normalidade ao abalo do crime. Seus sapatos marrons de salto baixo estavam bem engraxados, e ela usava calças de veludo cotelê bege, uma blusa creme que parecia recém-passada e uma jaqueta de couro.

Padre Sebastian disse a Buckhurst: "Você não vai sentar-se, Peter?".

"Prefiro ficar de pé, padre."

"Eu prefiro que você se sente."

Sem maiores objeções, Peter Buckhurst sentou-se ao lado de Emma.

Em seguida vieram os três padres. Padre John e padre Peregrine ficaram de pé, um de cada lado dos noviços. Padre Martin, como se tivesse reconhecido um convite silencioso, aproximou-se e ficou de pé ao lado de padre Sebastian.

Padre John disse: "Minha irmã ainda está dormindo, eu não quis acordá-la. Se for necessário, talvez possamos chamá-la mais tarde".

Dalgliesh murmurou: "É claro". Viu Emma olhar para padre Martin com interesse carinhoso e quase levantar-se da cadeira. Pensou: é tão bondosa como inteligente e bonita. Seu coração pulou, uma sensação desconhecida e inoportuna. E pensou: Oh, Deus, essa complicação, não. Agora, não. Nem nunca.

Continuaram esperando. Os segundos passaram a minutos antes de ouvirem passos novamente. A porta se abriu e George Gregory entrou, seguido de perto por Clive Stannard. Stannard dormira demais ou não vira razão para incomodar-se. Pusera a calça e um paletó de *tweed* por cima do pijama, e o algodão azul listrado aparecia claramente no pescoço e fazia uma barra plissada por cima dos sapatos. Gregory, em contraste, vestira-se com cuidado, camisa e gravata imaculadas.

Gregory disse: "Desculpe se os fiz esperar. Não gosto de vestir-me antes de tomar um banho".

Ele ficou de pé atrás de Emma e descansou a mão nas costas da cadeira dela. Então, silenciosamente, retirou-a, aparentemente achando que o gesto havia sido pouco apropriado. Seus olhos, fixos no padre Sebastian, estavam cautelosos, mas Dalgliesh pensou ter identificado um lampejo de divertida curiosidade. Stannard estava, achou ele, francamente assustado e tentando esconder isso com uma indiferença que era artificial e embaraçosa.

Ele disse: "Não está um tanto cedo para esta dramaticidade? Imagino que alguma coisa tenha acontecido. Não é melhor sabermos?".

Ninguém respondeu. A porta abriu-se outra vez e os últimos a chegar entraram. Eric Surtees estava em suas roupas de trabalho. Ele hesitou, à porta, e lançou um olhar inquisitivo e intrigado a Dalgliesh, como se estivesse surpreso em encontrá-lo presente. Karen Surtees, colorida como uma arara num longo suéter vermelho por cima de calças verdes, havia achado tempo para aplicar uma camada de batom vermelho vivo. Os olhos dela, sem maquiagem, pareciam cansados e cheios de sono. Depois de um momento de hesitação, sentou-se na cadeira vaga, e seu irmão ficou atrás dela. Todos os que haviam sido chamados estavam agora presentes. Dalgliesh achou que pareciam um disparatado grupo num casamento, posando relutantes para um fotógrafo superentusiástico.

Padre Sebastian disse: "Oremos".

A exortação foi inesperada. Só os padres e os noviços responderam instintivamente, inclinando a cabeça e cruzando as mãos. As mulheres pareceram incertas do que se esperava delas, mas depois de um olhar em direção a padre Martin, levantaram-se. Emma e a sra. Pilbeam inclinaram a cabeça, e Karen Surtees olhou fixamente para Dalgliesh, com incredulidade beligerante, como se o responsabilizasse pessoalmente pela constrangedora debacle. Gregory, sorridente, olhou firme para a frente, e Stannard franziu a testa e mudou o peso nos pés. Padre Sebastian disse as palavras da coleta da manhã. Fez uma pausa e depois recitou a oração que dissera nas completas, cerca de dez horas antes.

"Visita, Senhor, este lugar, Te imploramos, e livra-nos das ciladas do inimigo; deixa que Teus santos anjos habitem ao nosso lado, para nos manterem em paz; e possa Tua bênção estar eternamente sobre nós; por Jesus Cristo Nosso Senhor. Amém."

Houve um coro de "Amém", fraco por parte das mulheres, mais confiante entre os noviços, e o grupo se mexeu. Foi menos um movimento do que um soltar de fôlego. Dalgliesh pensou: agora eles sabem, é claro que sabem. Mas um deles sabia desde o início. As mulheres sentaramse outra vez. Dalgliesh sentiu a intensidade do olhar fixado no diretor. Quando ele começou a falar, sua voz estava calma e quase sem expressão.

"Essa noite um grande mal abateu-se sobre a nossa comunidade. O arquidiácono Crampton foi brutalmente assassinado na igreja. O corpo dele foi descoberto pelo padre Martin, às cinco e meia desta manhã. O comandante Dalgliesh, que está aqui como nosso hóspede por outro motivo, ainda é nosso hóspede, mas agora está entre nós como agente da polícia investigando um assassinato. Será nosso dever, bem como nosso desejo, dar-lhe toda a ajuda possível, respondendo às suas perguntas de modo completo e honesto e sem fazer nada, por palavras ou ações, que possa atrapalhar a polícia ou fazê-la pensar que sua presença aqui é indesejável. Já telefonei para os noviços que estão fora neste fim de semana e adiei por uma semana o regresso dos que deveriam voltar esta manhã. Aqueles entre nós que estão aqui agora devem tentar continuar a vida e o trabalho do seminário, e ao mesmo tempo cooperar inteiramente com a polícia. Pus o chalé São Mateus inteiramente à disposição do senhor Dalgliesh, e a polícia irá operar de lá. Por pedido do senhor Dalgliesh, a igreja e o acesso ao claustro norte estão fechados, bem como o claustro propriamente dito. O culto será celebrado no oratório, no horário habitual, e todos os ofícios serão igualmente celebrados lá, até que a igreja seja reaberta e aprontada para o ofício divino. A morte do arquidiácono é agora um assunto para a polícia. Não especulem, não bisbilhotem entre vocês. Um crime, é claro, não pode ser mantido escondido. É inevitável que essas notícias corram, na Igreja e no mundo exterior. Eu peço que não telefonem nem comuniquem a notícia de modo algum além destas paredes. Podemos esperar pelo menos um dia de paz. Se houver outros assuntos que os estejam preocupando, padre Martin e eu estamos aqui." Ele fez uma pausa e acrescentou: "Como sempre. Agora eu peço ao senhor Dalgliesh que assuma".

Sua platéia escutara-o em silêncio quase total. Só à

sonora palavra *assassinado* Dalgliesh ouvira uma rápida tomada de ar e um fraco grito rapidamente suprimido, que ele achou ter vindo da sra. Pilbeam. Raphael, com a fisionomia branca, estava tão rígido que Dalgliesh teve medo de ele desabar. Eric Surtees lançou um olhar aterrado para a irmã, depois olhou rapidamente para outro lado e fixou os olhos em padre Sebastian. Gregory franziu a testa em intensa concentração. O frio ar parado estava carregado de medo. Fora o olhar de Surtees para a irmã, nenhum deles encontrou o olhar dos demais. Talvez, pensou Dalgliesh, estivessem com mais medo do que se pudesse perceber.

Dalgliesh achou interessante que padre Sebastian não tivesse feito menção à ausência de Yarwood, Pilbeam e Stephen Morby, e ficou grato pela discrição. Resolveu ser breve. Não era seu hábito, ao investigar um homicídio, pedir desculpas pela inconveniência causada; a inconveniência para os envolvidos era o menor dos males contagiosos do assassino.

Ele disse: "Ficou combinado que a Polícia Metropolitana vai assumir este caso. Uma pequena equipe de policiais e serviços de apoio estará chegando agora de manhã. Como o padre Sebastian disse, a igreja está fechada, bem como o claustro norte e a porta que leva da casa até aquele claustro. Eu mesmo ou um de meus policiais falará com vocês todos, em alguma hora, hoje. No entanto, economizaria tempo se pudéssemos estabelecer um fato, desde já. Alguém aqui saiu de seu quarto na noite passada, após as completas? Alguém chegou perto da igreja? Algum de vocês viu ou ouviu alguma coisa na noite passada que pudesse de alguma maneira se relacionar com este crime?".

Houve um silêncio, e Henry disse: "Eu saí bem depois das dez e meia para tomar um pouco de ar e fazer exercício. Dei umas cinco voltas em passo apressado ao redor dos claustros, em seguida voltei para meu quarto. Estou no quarto número dois, no claustro sul. Não vi nem ouvi nada fora do comum. O vento estava ficando mais forte, a essa altura, e torrentes de folhas eram sopradas no claustro norte. É disso principalmente que me lembro".

Dalgliesh disse: "Você foi o noviço que acendeu as velas na igreja antes das completas e abriu a porta sul. Você pegou as chaves da igreja no escritório da frente?".

"Sim. Peguei-as logo antes do culto e devolvi-as depois. Havia três chaves quando as peguei e três quando as levei de volta."

Dalgliesh disse: "Vou perguntar de novo. Algum de vocês saiu do quarto após as completas?".

Esperou um momento, mas não houve resposta. E continuou: "Vou querer ver os sapatos e as roupas que vocês estavam usando ontem à noite, e mais tarde será necessário retirar as impressões digitais de todo mundo em Santo Anselmo, para podermos eliminar suspeitos. Acho que por hora é tudo".

Mais uma vez houve silêncio, e então Gregory falou. "Uma pergunta para o senhor Dalgliesh. Três pessoas parecem não estar aqui, entre elas um oficial da polícia de Suffolk. Há alguma importância nesse fato, quero dizer, para o progresso da investigação?"

Dalgliesh disse: "No momento, nenhuma".

Essa quebra no silêncio provocou Stannard para um discurso queixoso. Ele disse: "Posso perguntar por que o comandante está supondo que isso deve ser o que eu acho que a polícia descreve como um 'negócio de família'? Enquanto examinam nossas roupas e tomam nossas impressões digitais, a pessoa responsável provavelmente já está a quilômetros de distância. Afinal de contas, este lugar é muito pouco seguro. Eu, por exemplo, não tenho a intenção de dormir aqui hoje sem uma fechadura em minha porta".

Padre Sebastian disse: "Sua preocupação é natural. Estou providenciando a instalação de fechaduras em seu quarto e nos quatro apartamentos de hóspedes. As chaves lhe serão fornecidas".

"E minha pergunta? Por que a suposição de que deve ter sido um de nós?"

Pela primeira vez essa possibilidade era enunciada em voz alta, e Dalgliesh teve a impressão de que todos os presentes estavam decididos a olhar fixamente para a frente, como se um relance pudesse trair uma acusação. Comentou: "Ninguém está fazendo suposições".

Padre Sebastian disse: "Com o fechamento do claustro norte, os noviços instalados nos quartos daquela ala terão de sair de lá temporariamente. Como muitos alunos estão ausentes, no momento isso só se aplica a você, Raphael. Por favor, me dê suas chaves que lhe dou a do quarto três, no claustro sul, e a da porta do corredor sul".

"E minhas coisas, padre, livros e roupas? Posso ir buscá-las?"

"No momento você terá de passar sem elas. Seus colegas poderão emprestar-lhe tudo de que precisar. Não posso enfatizar demais a importância de manter-se afastado de qualquer área que a polícia houver interditado."

Sem outra palavra, Raphael tirou um molho de chaves do bolso, destacou duas e, dando um passo à frente, entregou-as a padre Sebastian.

Dalgliesh disse: "Entendo que todos os padres residentes têm as chaves da igreja. Poderiam, por favor, verificar agora se elas estão em sua posse?".

O padre Betterton tomou a palavra. "Infelizmente, elas não estão comigo. Sempre as deixo em cima de uma mesa ao lado da minha cama."

Dalgliesh ainda segurava o molho de chaves de padre Martin, que ele levara à igreja, e passou pelos outros padres, verificando se as chaves da igreja estavam em seus chaveiros.

Voltou-se para o padre Sebastian, que disse: "Acho que é tudo que precisa ser dito no momento. Os horários estabelecidos para hoje serão mantidos tanto quanto possível. Não haverá matinas, mas proponho dizer a missa no oratório ao meio-dia. Obrigado".

Ele se virou e saiu resolutamente do aposento. Houve um ruído de passos. Os poucos presentes olharam uns para os outros e, então, um a um, dirigiram-se para a porta.

Dalgliesh desligara seu celular durante a reunião, mas agora ele tocou. Era Stephen Morby.

"Comandante Dalgliesh? Encontramos o inspetor Yarwood. Ele caiu numa vala mais ou menos a meio caminho da estrada de acesso. Tentei ligar antes, mas não consegui. Acho que quebrou uma perna. Não quisemos mexer nele, com medo de piorar o machucado, no entanto achamos que não poderíamos deixá-lo onde está. Conseguimos retirá-lo o mais cuidadosamente possível e chamamos uma ambulância. Ele está sendo carregado para dentro, agora. Eles o estão levando para o hospital de Ipswich."

Dalgliesh perguntou: "Você fez a coisa certa. Ele está muito mal?".

"Os paramédicos dizem que deveria estar bem, mas ainda não recobrou a consciência. Vou com ele na ambulância. Poderei falar mais sobre isso quando voltar. O senhor Pilbeam vem dirigindo atrás da gente, de modo que voltarei com ele."

Dalgliesh disse: "Certo. Venha o mais rapidamente possível. Vocês dois são necessários aqui".

Ele deu a notícia a padre Sebastian. O diretor disse: "Era isso que eu temia ter acontecido. Tem sido esse o padrão da doença dele. Compreendo que é um tipo de claustrofobia que, quando o acomete, faz com que saia e caminhe ao ar livre. Depois que sua mulher o deixou, levando as crianças, ele costumava desaparecer durante dias. Algumas vezes caminhava até cair, e a polícia o encontrava e trazia de volta. Graças a Deus foi encontrado e, ao que parece, a tempo. Agora, se vier até meu gabinete, poderemos discutir o que o senhor e seus colegas vão precisar no chalé São Mateus".

"Mais tarde, padre. Primeiro tenho de ir ver os Betterton."

"Acho que o padre John voltou para o apartamento deles. É no terceiro andar, no lado norte. Sem dúvida estará esperando."

Padre Sebastian fora astuto demais para especular em

voz alta sobre a possível implicação de Yarwood no homicídio. Mas certamente a caridade cristã só iria até esse ponto. Com uma parte da sua mente, ele devia esperar que aí estivesse o melhor resultado possível: uma morte causada por um homem temporariamente não responsável pelos seus atos. E se Yarwood não sobrevivesse, permaneceria sempre como suspeito. Sua morte poderia ser muito conveniente para alguém.

Antes de se dirigir ao apartamento dos Betterton, Dalgliesh voltou ao seu próprio apartamento e ligou para o chefe de polícia.

6

Havia uma campainha ao lado da estreita porta de carvalho que dava para o apartamento dos Betterton, mas Dalgliesh mal a tocara antes que padre John aparecesse e o convidasse a entrar.

Ele disse: "Se o senhor não se incomodar em esperar um momento, vou chamar minha irmã. Acho que está na cozinha. Temos uma cozinha muito pequena, aqui no apartamento, e ela prefere comer separadamente em vez de unir-se à comunidade para as refeições. Não levará mais do que um minuto".

O aposento no qual Dalgliesh se encontrava possuía pé-direito baixo mas amplo, com quatro janelas em ogiva, dando para o mar. A mobília da sala era excessiva, com o que pareciam ser relíquias de lares anteriores; cadeiras estofadas baixas com encostos em capitonê; um sofá em frente à lareira com o assento afundando e as costas cobertas com uma manta de algodão indiano; uma mesa de centro redonda em mogno sólido, com seis cadeiras discordantes em época e estilo; uma pesada escrivaninha instalada entre duas janelas; uma variedade de pequenas mesas, cada uma carregada das miscelâneas de duas longas vidas — fotografias em molduras de prata, algumas figuras de porcelana, caixas de madeira e prata e uma tigela de pot-pourri cujo perfume velho e empoeirado havia muito se desgastara no ar abafado.

A parede à esquerda da porta estava completamente coberta por uma estante. Aquela era a biblioteca da juventude de padre John, de seus dias de estudante e de sacerdócio, mas havia também uma fileira de volumes encapados em preto, intitulados *Plays of the Year*, datados dos anos 30 e 40. Ao lado deles havia uma fileira de brochuras de histórias de detetive. Dalgliesh notou que padre John era viciado nas escritoras da Época de Ouro: Dorothy L. Sayers, Margery Allingham e Ngaio Marsh. À direita da porta estava apoiada uma sacola de golfe com meia dúzia de tacos. Era um objeto dissonante para encontrar num aposento que não continha nenhuma evidência de interesse em esportes.

Os quadros eram tão variados quanto os demais objetos: óleos vitorianos, altamente sentimentais quanto ao tema mas competentes na execução, gravuras florais, um par de amostras de pontos bordados e de aquarelas que provavelmente eram obra de ancestrais vitorianos — pareciam bons demais para serem obra de amadores, e não bons o suficiente para serem de profissionais. Contudo, apesar de sombria, a sala era obviamente muito utilizada, excessivamente idiossincrásica e bastante confortável para ser deprimente. Junto a cada uma das duas poltronas de encosto alto que ladeavam a lareira, havia uma mesa e uma luminária articulada. Ali, irmão e irmã, um diante do outro, podiam sentar-se e ler confortavelmente.

Assim que a srta. Betterton entrou, Dalgliesh ficou chocado com a estranha disparidade produzida pela modelagem excêntrica dos genes familiares. À primeira vista era difícil acreditar que os dois Betterton fossem parentes próximos. Padre John era baixo, com um corpo compacto e uma fisionomia suave que apresentava um perpétuo ar de perplexidade. A irmã dele tinha bem uns quinze centímetros a mais de altura, com um corpo anguloso e olhos argutos desconfiados. Apenas a semelhança nas orelhas, de lóbulos longos, a queda das pálpebras e as pequenas bocas franzidas denunciavam alguma semelhança de família. Ela parecia consideravelmente mais velha do que o irmão. Seu cabelo grisalho como aço estava puxado para cima, preso no topo da cabeça com um pente em cujas extremidades as pontas do cabelo seco espetavam-se para fora, como um friso ornamental. Ela vestia uma saia de *tweed* fino, quase até o chão, uma camisa listrada que parecia pertencer ao irmão e um longo cardigã bege, no qual os buracos de traça nas mangas eram claramente visíveis.

Padre John disse: "Agatha, este é o comandante Dalgliesh, investigador da Nova Scotland Yard".

"Um policial?"

Dalgliesh estendeu a mão. Ele disse: "Sim, senhorita Betterton, sou um policial".

A mão, que após um atraso de alguns segundos ele apertou, era fria e tão magra que conseguia sentir cada osso.

Ela disse, naquela voz aflautada de classe alta que aqueles que não possuem acham difícil acreditar que possa ser natural: "Temo que tenha vindo ao lugar errado, meu bom homem. Não temos cães, aqui".

"O senhor Dalgliesh não tem nada a ver com cachorros, Agatha."

"Entendi você dizer que ele era adestrador."

"Não, eu disse investigador, e não adestrador. Ele é comandante da Scotland Yard."

"Bem, tampouco temos navios." Ela voltou-se para Dalgliesh. "O primo Raymond foi comandante na última guerra. Da Reserva Voluntária da Marinha Real, não a Marinha propriamente dita. A Marinha Ondulante, creio que era assim chamada, por causa das ondas douradas nas mangas deles. De qualquer modo ele morreu, então não faz nenhuma diferença. O senhor deve ter notado os tacos de golfe dele ao lado da porta. Não se pode ser muito sentimental em relação a um taco de ferro número oito, mas fica-se relutante em separar-se deles. Por que o senhor não está usando uma farda, senhor Dalgliesh? Gosto de ver um homem de uniforme. Uma batina não é a mesma coisa."

"Sou oficial da polícia, senhorita Betterton. É um posto exclusivo da Polícia Metropolitana, não tem nada a ver com a Marinha."

Padre John, obviamente achando que o diálogo já fora longe o bastante, interpôs-se. Sua voz era delicada mas firme. "Agatha, querida, aconteceu uma coisa muito terrível. Quero que você ouça com cuidado e fique muito calma. O arquidiácono Crampton foi encontrado assassinado. É por isso que o comandante Dalgliesh precisa conversar com você, com todos nós. Precisamos ajudá-lo como pudermos a encontrar o responsável por esse ato terrível."

Sua exortação para que ela ficasse calma não era necessária. A srta. Betterton recebeu a notícia sem o menor sinal de surpresa ou de aflição.

Ela voltou-se para Dalgliesh. "Então o senhor precisa de um cão farejador, afinal de contas. Uma pena não ter pensado em trazer um. Onde ele foi assassinado? Estou falando do arquidiácono."

"Na igreja, senhorita Betterton."

"O padre Sebastian não vai gostar. Não é melhor o senhor contar para ele?"

O irmão falou: "Ele já sabe, Agatha. Todo mundo já sabe".

"Bem, não vamos sentir falta dele, pelo menos nesta casa. Ele era um homem extremamente desagradável, comandante. Estou me referindo ao arquidiácono, é claro. Eu poderia explicar-lhe por que tenho essa opinião, mas esses são assuntos familiares confidenciais. O senhor compreende, tenho certeza. Parece ser um policial inteligente e discreto. Acho que isso vem de ter sido da Marinha. Algumas pessoas, é melhor que estejam mortas. Não vou explicar por que o arquidiácono está entre elas, mas o senhor pode ter certeza de que o mundo será um lugar mais agradável sem ele. Mas o senhor terá de fazer alguma coisa a respeito do corpo. Não poderá ficar na igreja. O padre Sebastian não vai querer, de jeito nenhum. E os ofícios religiosos? Não vai atrapalhar? É claro que não vou assistir, não sou uma mulher religiosa, mas meu irmão vai, e não acho que ele vá gostar de passar por cima do corpo do arquidiácono. Não importam quais sejam as nossas opiniões particulares sobre o homem, isso não seria agradável."

Dalgliesh disse: "O corpo será retirado, senhorita Betterton, mas a igreja terá de permanecer fechada pelo menos por alguns dias. Tenho algumas perguntas a fazer-lhe. A senhorita ou seu irmão saíram do apartamento em qualquer momento depois das completas de ontem?".

"E por que o faríamos, comandante?"

"É isso que eu estou lhe perguntando, senhorita Betterton. Algum dos dois saiu do apartamento depois das dez horas ontem à noite?"

Seu olhar passou de um para o outro. Padre John disse: "A nossa hora de ir para a cama é onze horas. Eu não saí do apartamento depois das completas, nem mais tarde, e estou certo de que Agatha também não. Por que ela sairia?".

"Qualquer um de vocês ouviria se o outro tivesse saído?"

Foi a srta. Betterton quem respondeu: "É claro que não. Não ficamos acordados imaginando o que o outro está fazendo. O meu irmão tem toda a liberdade de perambular pela casa à noite, se quiser, mas não imagino por que o faria. Acho que o senhor está imaginando, comandante, se algum de nós dois matou o arquidiácono. Não sou boba. Sei aonde isso tudo está levando. Bem, eu não matei e não acho que meu irmão o tenha feito. Ele não é um homem de ação".

Padre John, visivelmente perturbado, foi veemente. "É claro que não matei, Agatha. Como você poderia pensar isso?"

"Eu não estava pensando. O comandante é que estava." Ela virou-se para Dalgliesh. "O arquidiácono ia nos expulsar. Ele me disse isso. Para fora deste apartamento."

Padre John disse: "Ele não poderia fazer isso, Agatha. Você deve tê-lo entendido mal".

Dalgliesh perguntou: "Quando foi que isso aconteceu, senhorita Betterton?".

"Da última vez em que o arquidiácono esteve aqui. Era uma segunda-feira de manhã. Eu tinha ido ao chiqueiro ver se Surtees tinha algum legume que pudesse me dar. Ele realmente ajuda muito, quando a gente fica sem legumes. Eu mal havia saído quando encontrei o arquidiácono. Acho que ele também buscava conseguir alguns legumes de graça, ou talvez quisesse ver os porcos. Reconheci-o imediatamente. É claro que não esperava vê-lo, e posso ter sido um pouco áspera na minha saudação. Não sou hipócrita, não acredito em fingir que gosto das pessoas. Como não sou religiosa, não tenho de exercitar a caridade cristã. E ninguém havia me contado que ele estava visitando o seminário. Por que não me contam essas coisas? Eu não saberia que ele estava aqui agora, se Raphael Arbuthnot não tivesse me contado."

Ela se virou para Dalgliesh. "Imagino que tenha sido apresentado a Raphael Arbuthnot. É um garoto adorável e muito inteligente. De vez em quando, vem jantar conosco e lemos uma peça juntos. Ele poderia ter sido ator, se os padres não o tivessem agarrado. Consegue fazer qualquer papel e imitar qualquer voz. É um talento notável."

Padre John disse: "Minha irmã gosta de teatro. Ela e Raphael vão a Londres uma vez a cada quatro meses, para fazer compras de manhã, um almoço e uma matinê".

A srta. Betterton disse: "Acho que é bastante importante para ele sair deste lugar. Mas temo já não estar escutando tão bem quanto antes. Os atores de hoje não são treinados para projetar a voz. Murmuram, murmuram, murmuram. O senhor acha que eles têm aulas de murmúrio na escola de arte dramática e sentam-se num círculo murmurando uns para os outros? Mesmo quando a gente se senta na primeira fila, às vezes é bastante difícil. É claro que não me queixo para Raphael. Não gostaria de ofendê-lo".

Dalgliesh disse delicadamente: "Mas o quê, exatamente, o arquidiácono disse quando a senhorita achou que ele estava ameaçando expulsá-la do seu apartamento?".

"Foi alguma coisa a respeito de pessoas que estão prontas a viver dos fundos da igreja e dar muito pouco ou nada em troca."

Padre John interrompeu: "Ele não diria isso, Agatha. Você tem certeza de que está se lembrando corretamente?".

"Ele pode não ter usado exatamente essas palavras, John, mas foi o que quis dizer. E então disse que eu não deveria dar como garantida minha permanência aqui pelo resto da vida. Compreendi-o perfeitamente bem. Ele estava nos ameaçando de expulsão."

Padre John, aflito, disse: "Mas ele não poderia, Agatha. Ele não tinha o poder".

"Isso foi o que o Raphael disse quando lhe contei. Estávamos conversando a esse respeito na última vez em que veio jantar. Eu disse a Raphael, se ele conseguiu pôr meu irmão na prisão, consegue qualquer coisa. Raphael disse: 'Ah, não, não consegue. Não vou deixar'."

Padre John, desesperado com o rumo que a entrevista estava tomando, foi até a janela. Disse: "Há uma motocicleta vindo pela estrada do litoral. Que estranho. Não acho que estejam esperando alguém esta manhã. Talvez seja alguma visita para o senhor, comandante".

Dalgliesh foi até ele. E disse: "Vou ter de deixá-los agora, senhorita Betterton. Obrigado pela sua cooperação. Pode ser que eu tenha mais perguntas, e, se for o caso, vou perguntar quando será mais conveniente para a senhorita receber-me. Agora, padre, posso ver seu molho de chaves?".

Padre John desapareceu e voltou quase imediatamente segurando o chaveiro. Dalgliesh comparou as duas chaves da igreja com as do chaveiro de padre Martin. Disse: "Onde o senhor deixou estas chaves ontem à noite, padre?".

"No lugar de sempre, na cadeira, ao lado da minha cama. Sempre deixo as chaves lá, de noite."

Ao sair, deixando o padre John com a irmã, Dalgliesh deu uma olhada nos tacos de golfe. As cabeças não estavam cobertas, o metal dos ferros brilhava, limpo. A imagem mental era desconfortavelmente clara e convincente. Seria necessário alguém com boa visão, e haveria dificuldades em esconder o taco até o momento de atacar, o momento em que a atenção do arquidiácono estivesse fixada no vandalismo do *Juízo final*. Mas isso seria um problema? O taco poderia ter ficado apoiado atrás de uma pilastra. E com uma arma daquele comprimento haveria muito menos risco de manchas de sangue. Ele teve uma repentina imagem vívida de um jovem de cabelos claros esperando imóvel nas sombras, o taco na mão. O arquidiácono não teria saído da cama e ido à igreja caso tivesse sido chamado por Raphael, mas ali estava um rapaz que, segundo a evidência dada pela senhorita Betterton, conseguia imitar a voz de qualquer pessoa.

7

A chegada do dr. Mark Ayling foi bastante surpreendente, mesmo porque não era esperado tão cedo. Dalgliesh estava descendo as escadas do apartamento dos Betterton quando ouviu a motocicleta roncando no pátio. Pilbeam destrancara a porta principal, como todas as manhãs, e Dalgliesh saiu para a meia-luz de um dia cheirando a frescor, que, após o tumulto da noite, continha uma calma esgotada. Até o estrondo do mar estava abafado. A potente máquina circulou o pátio e veio parar bem diante da entrada principal. O motociclista retirou o capacete, desamarrou uma pasta do bagageiro e, carregando o capacete embaixo do braço esquerdo, subiu os degraus aos pulos, com a despreocupação de um motoboy entregando uma encomenda de rotina.

Ele disse: "Mark Ayling. Corpo na igreja, não é?".

"Adam Dalgliesh. É, é por aqui. Passamos pela casa e saímos pela porta sul. Tranquei a porta da casa para o claustro norte."

O vestíbulo estava vazio, e pareceu a Dalgliesh que os passos do dr. Ayling soavam anormalmente pesados no chão de mosaico. Não que alguém esperasse que o patologista fosse entrar de modo sorrateiro, mas aquela dificilmente poderia ser considerada uma entrada sutil. Ele pensou se não deveria ter encontrado padre Sebastian e feito uma apresentação, mas resolveu que não. Afinal de contas, não se tratava de uma visita social, e quanto menos demora, melhor. Mas não tinha dúvidas de que a chegada do patologista fora notada, e, ao transpor a passagem depois dos degraus da adega, teve um sentimento desconfortável, ainda que irracional, de estar sendo culpado por uma quebra das boas maneiras. Levar adiante uma investigação de homicídio num ambiente de não-cooperação e antagonismo mal reprimidos era, refletiu, menos complicado do que lidar com as nuances sociais e teológicas da presente cena de crime.

Atravessaram o pátio por baixo dos semidesnudados ramos do grande castanheiro-da-índia e chegaram à porta da sacristia sem dizer nada.

Depois que Dalgliesh destrancou a porta, Ayling perguntou: "Onde posso trocar meu equipamento?".

"Aqui. É parte vestiário, parte escritório."

A mudança de "equipamento" aparentemente significava despir-se dos couros, vestir um guarda-pó marrom cobrindo três quartos do corpo e trocar as botas por chinelos macios, sobre os quais ele puxou meias de algodão brancas.

Ao trancar a porta da sacristia depois de entrarem, Dalgliesh disse: "É provável que o assassino tenha entrado por esta porta. Estou mantendo a igreja isolada até os peritos chegarem de Londres".

Ayling arrumou caprichosamente seus couros na cadeira giratória, em frente à escrivaninha, e pôs as botas cuidadosamente uma ao lado da outra. Ele perguntou: "Por que a Metropolitana? É um caso de Suffolk".

"Há um detetive de Suffolk hospedado no seminário, atualmente. Fica complicado. Eu estava aqui por outros motivos, de modo que pareceu mais aconselhável que eu assumisse o caso, por ora."

A explicação pareceu satisfazer a Ayling.

Eles passaram ao corpo da igreja. As luzes na nave não eram muito claras, mas supostamente suficientes para uma congregação que sabia a liturgia de cor. Foram até o *Juízo final*. Dalgliesh estendeu a mão para o spot. Na escuridão em torno, carregada de incenso, que para a imaginação parecia estender-se além das paredes da igreja e mergulhar numa infinidade de trevas, o feixe incendiou-se num brilho chocante, ainda mais claro do que Dalgliesh se lembrava. Talvez, pensou ele, fosse a presença de outra pessoa que transformara a cena num ato de grand-guignol; o corpo do ator cuidadosamente arrumado, jazendo imóvel, com arte ensaiada, o toque inspirado dos dois castiçais colocados perto da cabeça, ele próprio um espectador silencioso, na sombra da pilastra, esperando sua deixa.

Ayling, momentaneamente imobilizado pelo clarão inesperado, poderia estar avaliando a eficácia do quadro teatral. Ao começar sua aproximação cuidadosa em torno do corpo, ele parecia um diretor estudando ângulos de câmera, certificando-se de que a pose da morte estivesse ao mesmo tempo real e artisticamente agradável. Dalgliesh notou detalhes com maior nitidez: a ponta gasta do chinelo preto de couro que caíra do pé direito de Crampton, como o pé nu parecia grande e esquisito, como o dedão era feio e comprido. Tendo o rosto parcialmente invisível, aquele único pé, agora para sempre imóvel, assumiu uma proporção maior do que se o corpo estivesse nu, provocando uma reação tanto de pena como de afronta.

Dalgliesh só vira Crampton por breves momentos e sentira em sua presença não mais do que um ligeiro ressentimento por um hóspede inesperado e não particularmente agradável. Mas agora sentia uma raiva tão forte como nunca sentira numa cena de crime. Viu-se ecoando palavras que lhe eram familiares, embora sua origem exata lhe escapasse: "Que fizeste?". Ele descobriria a resposta, e, ao fazê-lo, desta vez também encontraria a prova, desta vez não iria engavetar o caso sabendo a identidade do culpado, o motivo e os meios, mas sem forças para efetuar uma prisão. A carga daquele fracasso anterior ainda pesava sobre ele, porém neste caso seria por fim suspensa.

Ayling ainda rodeava cuidadosamente o corpo, sem erguer os olhos dele, como se houvesse encontrado algum fenômeno interessante, mas fora do comum, e não estivesse certo de como aquilo reagiria ao exame minucioso. Então agachou-se perto da cabeça, cheirou delicadamente a ferida e disse: "Quem é ele?".

"Desculpe. Eu não sabia que não haviam lhe contado. É o arquidiácono Crampton. É o curador recém-designado deste seminário e chegou no sábado de manhã."

"Alguém não gostava dele, a menos que tenha surpreendido algum intruso e isso não seja pessoal. Há alguma coisa que valha a pena ser roubada?"

"O retábulo é precioso, mas seria difícil de retirar. Não há evidências de que alguém tenha tentado. Há prata valiosa no cofre da sacristia. Não mexeram no cofre."

Ayling disse: "E os castiçais ainda estão aqui. Só que de bronze — dificilmente valeria a pena roubá-los. Não há muita dúvida a respeito da arma ou da causa da morte. Uma pancada à direita do crânio, acima da orelha, feita por um instrumento pesado com uma ponta aguçada. Não sei se a primeira pancada o matou, mas certamente o teria derrubado. Depois o atacante golpeou outra vez. Alguma coisa como frenesi do ataque, eu diria".

Ele endireitou-se, depois suspendeu o castiçal sem sangue com a mão enluvada. "Pesado. Precisaria um pouco de força. Uma mulher poderia fazê-lo, ou um homem idoso, se usasse as duas mãos. Mas seria necessário um pouco de pontaria, e ele não iria ficar aqui obsequiosamente de costas para um estranho — ou para alguém em quem não confiasse, pensando bem. Como é que ele entrou, Crampton, quero dizer?"

Dalgliesh percebeu que ali estava um patologista não excessivamente preocupado com a extensão exata de suas responsabilidades.

"Até onde eu saiba, ele não tinha a chave. Ou alguém que já estava aqui o deixou entrar, ou ele encontrou a porta aberta. Houve vandalismo no *Juízo final*. Ele poderia ter sido atraído até aqui."

"Isso parece coisa de dentro. Diminui convenientemente o número dos seus suspeitos. Quando foi encontrado?"

"Às cinco e meia. Eu cheguei uns quatro minutos mais tarde. A julgar pela aparência do sangue e o início do *rigor* no lado do rosto, achei que já estava morto havia umas cinco horas."

"Vou tomar-lhe a temperatura, mas duvido que consiga ser mais exato. Ele morreu por volta da meia-noite, uma hora a mais ou a menos."

Dalgliesh perguntou: "E o sangue? Teria jorrado muito?".

"Não na primeira pancada. Sabe como é, em feridas neste local. Você começa sangrando para dentro da cavidade craniana. Mas ele não parou no primeiro golpe, não? No segundo e nos subseqüentes haveria maior sangramento. Poderia haver mais um borrifo do que um fluxo forte. Depende de quão perto estava da vítima quando desferiu os golpes subseqüentes. Se o atacante fosse destro, imagino que o braço direito dele tenha ficado ensangüentado, talvez até mesmo o peito." Acrescentou: "É claro que ele esperaria por isso. Poderia ter vindo de camisa e enrolado as mangas. Poderia ter usado uma camiseta, ainda melhor, poderia estar nu. Já houve casos".

Dalgliesh não ouviu nada que ele mesmo não tivesse pensado antes. Disse: "A vítima não teria achado isso um tanto surpreendente?".

Ayling ignorou a interrupção. "Ele teria de ser rápido, no entanto. Não poderia ter certeza de que a vítima fosse ficar de costas para ele mais de um ou dois segundos. Não é muito tempo para enrolar uma manga e pegar um castiçal de onde o tivesse deixado a postos."

"Onde você acha que foi?"

"Dentro do banco fechado? Um pouco longe demais, talvez. Por que não deixá-lo atrás da pilastra? Ele só precisaria esconder um castiçal. Poderia ir buscar o outro no altar depois, para montar este pequeno quadro. Fico pensando por que se deu ao trabalho de fazê-lo. De algum modo, não consigo vê-lo como um ato de reverência."

Percebendo que Dalgliesh estava desinteressado, disse: "Vou tomar a temperatura dele para ver se ajuda a determinar a hora da morte, mas duvido que vá conseguir algo melhor do que o seu cálculo original. Terei condições de dizer mais depois de vê-lo na mesa".

Dalgliesh não esperou para observar aquela primeira violação da privacidade do corpo, mas caminhou lentamente para cima e para baixo pela nave central, até que, ao olhar para trás, viu que Ayling tinha acabado e se levantara.

Juntos voltaram para a sacristia. Enquanto o patologista tirava sua roupa de trabalho e fechava o zíper de seus couros, Dalgliesh perguntou: "Quer um café? Eu diria que é possível conseguir um".

"Não, obrigado. Pressões do tempo, e eles não vão querer me ver. Acho que poderei fazer a autópsia amanhã de manhã, e ligarei para o senhor, embora não esteja esperando surpresas. O médico-legista vai querer fazer os exames legais. Ele é bem cuidadoso. O senhor também, é claro. Suponho que poderei usar o laboratório da Metropolitana se Huntingdon estiver muito ocupado. O senhor não vai querer que mexam nele até que o fotógrafo e os peritos tenham acabado, mas ligue-me quando estiverem prontos. Imagino que o pessoal aqui vai ficar contente de não vê-lo mais."

Quando Mark Ayling estava pronto para ir embora, Dalgliesh trancou a porta da sacristia e armou de novo o alarme. Por algum motivo que achou difícil definir, estava relutante em atravessar a casa de novo com o companheiro.

Ele disse: "Podemos sair pelo portão do promontório. Evitará que você seja abordado".

Contornaram o pátio pelo caminho de grama pisada. Do outro lado do cerrado Dalgliesh podia ver luzes nos três chalés ocupados. Eles pareciam postos avançados de alguma guarnição sitiada. Havia luz, também, no chalé São Mateus, e ele imaginou que a sra. Pilbeam, provavelmente com um espanador e um aspirador de pó, estava certificando-se de que estivesse limpo e pronto para ser ocupado pela polícia. Voltou a pensar em Margaret Munroe e naquela morte solitária que poderia ter sido tão oportuna, e veio-lhe uma convicção ao mesmo tempo forte e aparentemente irracional: que as três mortes estavam relacionadas. O aparente suicídio, a morte natural certificada, o assassinato brutal — havia um cordão ligando-as. A força dele poderia ser tênue e seu trajeto, tortuoso, mas depois que o traçasse, ele o levaria ao cerne do mistério.

No pátio da frente esperou até que Ayling tivesse montado e saído roncando. Estava se virando para voltar para dentro da casa quando avistou os faróis de um carro. Tinha acabado de dobrar a estrada de acesso e vinha rápido pelo caminho. Em segundos identificara o Alfa Romeo de Piers Tarrant. Os dois primeiros membros da sua equipe tinham chegado.

8

O telefonema fora dado ao detetive Piers Tarrant às seis e quinze. Dez minutos depois ele estava pronto para sair. Fora instruído a pegar Kate Miskin e achou que era pouco provável que isso fosse causar algum atraso; o apartamento de Kate no Tâmisa, logo depois de Wapping, estava no caminho que pretendia tomar para sair de Londres. O detetive sargento Robbins morava no limite de Essex e iria para a cena com seu próprio carro. Com sorte, Piers esperava ultrapassá-lo. Saiu do apartamento para a calma de ruas vazias de um domingo cedo. Pegou seu Alfa Romeo na vaga da garagem que era cortesia da polícia da cidade de Londres, jogou sua sacola de investigação de homicídios no banco de trás e dirigiu-se para o leste, pela mesma estrada que Dalgliesh tomara dois dias antes.

Kate esperava por ele na entrada do bloco em que tinha um apartamento com vista para o rio. Ele nunca fora convidado a entrar, nem ela jamais vira o interior do apartamento dele na City. O rio, com suas luzes e sombras sempre em mutação, as escuras marés montantes e a agitada vida comercial eram a paixão dela, como a City era a dele. O apartamento dele compreendia apenas três aposentos em cima de uma delicatessen, numa rua de trás, perto da catedral de São Paulo. A camaradagem na Metropolitana e a vida sexual dele não faziam parte de seu mundo privado. Nada no apartamento era supérfluo, tudo era cuidadosamente escolhido e o mais caro que ele podia pagar. A City, com suas igrejas e vielas, as passagens de pedras arredondadas e os pátios raramente visitados, era um passatempo e um alívio do seu mundo profissional. Como Kate, ele era fascinado pelo rio, mas como parte da vida e da história da City. Ia todos os dias de bicicleta para o trabalho e só usava o carro quando saía de Londres, mas, para dirigir, tinha de ser um carro que ficava feliz em possuir.

Kate afivelou-se no assento ao seu lado, depois de uma breve saudação, e durante os primeiros quilômetros os dois não disseram nada, mas ele podia sentir a excitação dela, como sabia que ela sentia a dele. Ele gostava dela e a respeitava, contudo sua relação profissional não era desprovida das ocasionais pontas de ressentimento, irritação ou competição. Mas isto era algo que partilhavam, aquele aumento de adrenalina no início de uma investigação de homicídio. Às vezes ele pensava se aquela emoção quase visceral não era desconfortavelmente próxima a uma ânsia de sangue; com certeza tinha algo de um esporte sanguinário.

Depois de terem deixado Docklands para trás, Kate disse: "Tudo bem, conte-me o que houve. Você aprendeu teologia em Oxford. Deve saber alguma coisa a respeito desse lugar".

O fato de que estudara teologia em Oxford antes era uma das poucas coisas que ela sabia a seu respeito, e isso nunca deixara de intrigá-la. Algumas vezes ele chegava a imaginar que ela acreditava que obtivera alguma sensibilidade especial ou algum conhecimento esotérico que lhe dava vantagens quando era o caso de considerar as motivações e as infinitas vicissitudes do coração humano. Ela ocasionalmente dizia: "Para que serve a teologia? Digame. Você optou por gastar três anos com ela. Quer dizer, deve ter achado que obteria algo com isso, algo útil e importante". Ele tinha dúvidas se ela acreditara quando lhe contou que a escolha da teologia lhe dera uma oportunidade melhor para um posto em Oxford do que se optasse por história, que preferia. Não disse a ela, tampouco, o que mais ganhara: um fascínio pela complexidade dos bastiões intelectuais que os homens conseguiam construir para aguentar a maré do ceticismo. Sua própria descrença permanecera inabalável, mas ele nunca lamentara aqueles três anos.

Ele disse: "Sei alguma coisa a respeito de Santo Anselmo, mas não muito. Tenho um amigo que foi para lá depois de formado, porém perdemos o contato. Já vi fotografias do lugar. É uma imensa mansão vitoriana numa das partes mais remotas da costa leste. Uma série de lendas paira sobre o local. Como a maior parte das lendas, provavelmente têm uma parte de verdade. É High Church, católicos do Livro de Orações, talvez, não tenho muita certeza, com alguns acréscimos romanos sofisticados, forte em teologia, opondo-se contra praticamente tudo o que tenha acontecido no anglicanismo durante os últimos cinquenta anos, e você não teria a menor chance de entrar sem um diploma de primeira classe. Mas contaram-me que a comida é muito boa".

Kate disse: "Duvido que tenhamos alguma chance de prová-la. Então o seminário é elitista?".

"Pode-se dizer isso, mas o Manchester United também é."

"Você pensou em ir para lá?"

"Não, porque não estudei teologia pensando em entrar para a Igreja. De todo modo, eles não teriam me aceitado. A qualidade do meu diploma não era suficientemente boa. O diretor tende a ser especial. É uma autoridade em Richard Hooker. Está bem, não pergunte, foi um religioso do século XVI. Posso garantir que todo aquele que escrever uma obra definitiva sobre Hooker não há de ser um intelectual displicente. É possível que tenhamos problemas com o reverendo doutor Sebastian Morell."

"E a vítima? Adam disse alguma coisa sobre ela?"

"Apenas que é um tal arquidiácono Crampton e que foi encontrado morto na igreja."

"E o que é um arquidiácono?"

"Uma espécie de rottweiler eclesiástico. Ele — ou poderia ser ela — cuida das propriedades da Igreja, indica os padres de paróquia. Os arquidiáconos são encarregados de um determinado número de paróquias e visitam-nas uma vez por ano. O equivalente espiritual do inspetor de polícia de Sua Majestade."

Kate disse: "Então vai ser um daqueles casos reservados, com todos os suspeitos sob um mesmo teto, e nós tendo de andar pra lá e pra cá nas pontas dos pés a fim de evitar ligações para o comissário ou queixas ao arcebispo de Canterbury. E por que nós, a propósito?".

"Adam não falou muito. Você sabe como ele é. De qualquer modo, queria que começássemos logo. Parece que um detetive de Suffolk era um dos hóspedes do seminário, na noite passada. O chefe de polícia aparentemente concorda que não seria aconselhável assumirem o caso."

Kate não fez mais perguntas, mas Piers teve a forte impressão de que se ressentia do fato de ele ter sido chamado primeiro. Ela era, na verdade, mais antiga em termos de serviço, embora nunca houvesse trazido essa questão à tona. Ele pensou se deveria chamar a atenção para o fato de que Adam economizara tempo ligando para ele antes, uma vez que tinha um carro mais rápido e estaria dirigindo, porém resolveu não dizer nada.

Como esperava, ultrapassou Robbins no desvio de Colchester. Piers sabia que se Kate estivesse dirigindo teriam diminuído a velocidade para a equipe chegar toda junta. A reação dele foi acenar para Robbins e enfiar o pé no acelerador.

Kate reclinara a cabeça para trás e parecia estar cochilando. Olhando a fisionomia forte e bonita, ele pensou a respeito do relacionamento que mantinham. Ele mudara nos últimos dois anos, desde a publicação do relatório Macpherson. Embora soubesse pouco a respeito de sua vida, sabia que era filha ilegítima e fora criada por uma avó, numa das áreas mais tristes do centro velho da cidade, no alto de um edifício de apartamentos. Seus vizinhos e colegas no colégio tinham sido negros. Dizer que ela era membro de uma força em que o racismo era institucionali-

271

zado enchia-a de um ressentimento apaixonado que ele agora percebia ter mudado toda sua postura no trabalho. Muito mais sofisticado politicamente do que ela, e mais cínico, ele tentara injetar um pouco de calma em suas acaloradas discussões.

Ela perguntara: "Dado esse relatório, você entraria para a Metropolitana, se fosse negro?".

"Não, mas se fosse branco também não. Mas entrei e não vejo por que Macpherson me tiraria do meu emprego."

Ele sabia aonde queria chegar com o emprego, a um posto graduado no setor de antiterrorismo. Era lá que estavam agora as oportunidades. Enquanto isso, sentia-se satisfeito onde estava, num esquadrão de prestígio, com um chefe exigente que respeitava e com animação e variedade suficientes para manter o tédio afastado.

Kate disse: "Então era isso o que eles queriam? Desencorajar os negros de entrar e mandar embora policiais não racistas decentes?".

"Pelo amor de Deus, Kate, deixe pra lá. Você está ficando uma chata."

"O relatório diz que um ato é racista se a vítima o percebe como tal. Eu percebo esse relatório como racista — racista contra mim, como policial branca. Então, aonde vou para reclamar?"

"Você pode tentar o pessoal de relações raciais, mas duvido que vá ficar contente. Converse com Adam a respeito."

Ele não sabia se ela tinha ou não conversado, mas pelo menos continuava no emprego. Sabia no entanto que estava trabalhando com uma Kate diferente. Ela ainda era consciensiosa, trabalhava duro, era dedicada à tarefa de momento. Nunca deixaria a equipe na mão. Mas alguma coisa acabara: a crença de que ser policial era uma vocação, além de um serviço público, e que era preciso mais do que trabalho duro e dedicação. Ele antes achava que esse comprometimento pessoal dela era romântico demais e ingênuo; agora percebia o quanto sentia falta dele. Pelo menos, disse a si próprio, o relatório Macpherson destruíra para sempre o respeito cheio de deferência exagerada que ela observava com relação ao poder judiciário.

Lá pelas oito e meia estavam atravessando a cidadezinha de Wrentham, ainda envolta na calma da manhã, mais pacífica do que de hábito porque as sebes e árvores mostravam a destruição provocada por uma tempestade noturna que mal chegara a Londres. Kate despertou e ficou alerta para consultar seu mapa e procurar o desvio de Ballard's Mere. Piers diminuiu a velocidade.

Ele falou: "Adam disse que é fácil perder a entrada. Procure um grande freixo decrépito à direita e um par de chalés de pedra do outro lado".

O freixo, com sua pesada camada de hera, era impossível não notar, mas, ao virarem para a estrada, que era pouco mais do que uma senda, na primeira olhada perceberam claramente o que acontecera. Um grande ramo da árvore fora arrancado do tronco e jazia no gramado à beira do caminho, parecendo, à luz incipiente da manhã, tão embranquecido e liso como um osso. Dele saíam galhos mortos como dedos encurvados. O tronco principal mostrava a grande ferida de onde o galho havia sido arrancado, e a estrada, agora transitável, ainda estava salpicada dos detritos da queda: emaranhados de hera, gravetos e um monte de folhas verdes e amarelas.

Havia luz nas janelas dos dois chalés. Piers encostou e buzinou. Em segundos a figura de uma mulher corpulenta, de meia-idade, desceu através do jardim. Tinha uma agradável fisionomia curtida pelo vento, um tufo de cabelo rebelde e usava um avental alegremente florido por cima do que pareciam ser camadas de lã. Kate abriu a janela.

Piers inclinou-se e disse: "Bom dia. Parece que houve algum problema por aqui".

"Caiu às dez horas em ponto. Foi a tempestade. Tivemos um vendaval realmente forte na noite passada. Por sorte escutamos a queda — não que fosse possível não ouvir, com o barulho que fez. Meu marido ficou com me-

273

do de haver algum acidente, então pôs luzes vermelhas de advertência dos dois lados. Depois, quando amanheceu, meu Brian e o senhor Daniels, vizinho aí do lado, pegaram o trator e puxaram-no para fora da estrada. Não que venha muita gente por estes lados, a não ser visitas para os padres e os alunos no seminário. Mesmo assim, pensamos que seria melhor não esperar a prefeitura para retirá-lo."

Kate perguntou: "Quando foi que liberaram a estrada, senhora...?".

"Finch. Senhora Finch. Às seis e meia. Ainda estava escuro, mas Brian queria acabar com isso ante de sair para trabalhar."

Kate disse: "Sorte nossa. Foi muito gentil de sua parte, obrigada. Então ninguém poderia ter passado de carro em nenhuma das direções entre as dez horas de ontem à noite e as seis e meia desta manhã?".

"Isso mesmo, senhorita. Só houve um cavalheiro de motocicleta — indo para o seminário, sem dúvida. Não há mais aonde ir, nesta estrada. Ele ainda não voltou."

"E ninguém mais passou por aqui?"

"Não que eu visse, e em geral eu vejo, minha cozinha fica aqui na frente."

Eles agradeceram outra vez, disseram até logo e continuaram. Olhando para trás, Kate pôde ver a sra. Finch observando-os durante alguns segundos antes de passar de novo o trinco no portão e subir de volta, gingando pelo caminho do jardim.

Piers disse: "Uma motocicleta, e ainda não voltou. Pode ter sido o patologista, embora se esperasse que viesse de carro. Bem, temos notícias para Adam. Se esta estrada é o único acesso...".

Kate olhava o mapa. "É, pelo menos para veículos. Então, qualquer assassino de fora do seminário deve ter chegado antes das dez e ainda não poderia ter saído, pelo menos pela estrada. Gente de dentro?"

Piers disse: "Foi a impressão que Adam me deu".

A questão do acesso ao promontório era tão importante que Kate estava a ponto de dizer que era de admirar que Adam não tivesse ainda mandado alguém para interrogar a sra. Finch. Mas depois ela lembrou. Quem poderia ser mandado de Santo Anselmo, até que ela e Piers chegassem?

A estrada estreita estava deserta. Era mais baixa do que os campos ao redor e margeada por arbustos, de modo que foi com um choque de surpresa e prazer que Kate viu de repente a grande ondulação cinzenta do mar do Norte. Ao norte, uma mansão vitoriana fazia um grande volume contra o céu.

Quando se aproximaram, Kate disse: "Deus do Céu, que monstruosidade! De quem teria sido a idéia de construir uma casa como esta literalmente a poucos metros do mar?".

"Ninguém. Quando ela foi construída, não estava a poucos metros do mar."

Ela disse: "Como alguém pode gostar disso?".

"Ah, não sei. Ela transmite uma certa autoconfiança."

Um motociclista aproximava-se e roncou quando passou por eles. Kate disse: "Provavelmente esse era o patologista forense".

Piers diminuiu a velocidade enquanto guiava entre dois pilares de tijolos vermelhos em ruínas, onde Dalgliesh os estaria esperando.

9

O chalé São Mateus dificilmente poderia fornecer acomodações suficientes ou adequadas para uma investigação costumeira, mas Dalgliesh achou que seria suficiente para aquela tarefa em particular. Não havia nenhuma acomodação policial adequada num raio de vários quilômetros, e o envio de trailers ao promontório seria um expediente ilógico, além de caro. Mas ficar no seminário tinha lá seus problemas, inclusive quanto a um lugar para comer; em qualquer emergência ou aflição humana, do homicídio à consternação, as pessoas tinham de ser alimentadas e de ter camas. Ele lembrava que, após a morte de seu pai, a preocupação da mãe em como a paróquia de Norfolk poderia acomodar todos os convidados esperados para o pernoite, suas restrições quanto ao que podiam ou não comer e que comida providenciar para o resto da paróquia tinham atenuado temporariamente o momento crítico da dor. O sargento Robbins já estava lidando com os problemas presentes, telefonando para uma lista de hotéis sugeridos por padre Sebastian, para reservar acomodações para ele próprio, para Kate, Piers e os três peritos encarregados da análise da cena do crime. Dalgliesh permaneceria hospedado em seu dúplex.

O chalé era a sala de investigação mais incomum de sua carreira. A irmã da sra. Munroe, ao remover qualquer sinal físico de ocupação, deixara-o tão despido de características que até mesmo o ar não tinha gosto. Os dois pequenos aposentos do andar térreo estavam mobiliados com evidentes sobras de suítes de hóspedes, dispostas convencionalmente, mas produzindo apenas um ambiente de conveniência monótona. Na sala de estar, à esquerda da porta de entrada, uma cadeira de braços de madeira curva com uma almofada de retalhos sem brilho e uma cadeira baixa de lâminas de madeira com um descanso para os pés haviam sido postas de cada lado da pequena lareira vitoriana. No meio do aposento havia uma mesa quadrada de carvalho, com quatro cadeiras; duas outras estavam encostadas à parede. Uma pequena estante, à esquerda da lareira, abrigava apenas uma Bíblia encadernada em couro e um exemplar de *Alice através do espelho*. O aposento da direita parecia um pouco mais convidativo, com uma mesa menor encostada contra a parede, duas cadeiras de mogno com pernas bulbosas, um sofá desconjuntado e uma poltrona combinando. Os dois quartos do andar de cima estavam vazios. Dalgliesh achou que a sala de estar poderia servir melhor de escritório e para os interrogatórios, ficando o aposento em frente como sala de espera, enquanto um dos quartos, instalado com tomada de telefone e um número adequado de pontos de luz, poderia abrigar o computador que a polícia de Suffolk já providenciara.

A questão da comida estava acertada. Dalgliesh torceu o nariz à idéia de reunir-se com a comunidade para o jantar. Achou que a presença dele iria inibir até a capacidade de conversação de padre Sebastian. O diretor fizera o convite, mas dificilmente esperava que fosse aceito. Dalgliesh faria a refeição desta noite em algum outro lugar. Mas ficara combinado que o seminário forneceria sopa e sanduíches ou algum pão e queijo, à uma hora, para a equipe. A questão do pagamento fora diplomaticamente desconsiderada no momento por ambos os lados, mas a situação não deixava de ter um toque bizarro. Dalgliesh imaginou se este não seria o primeiro caso de homicídio em que o assassino forneceria acomodações e comida de graça para o policial investigador.

Estavam ansiosos para descer e começar a trabalhar, mas primeiro deveriam ver o corpo. Dalgliesh, Kate, Piers e Robbins foram até a igreja, cobriram os sapatos e fizeram o trajeto ao longo da parede norte, até o *Juízo final*. Ele podia ter a certeza de que nenhum dos seus funcionários tentaria anestesiar o horror com gracejos ou humor negro grosseiro; quem o fizesse não trabalharia durante muito tempo com ele. Acendeu o spot, e ficaram por um momento contemplando o corpo em silêncio. O objeto de sua perseguição não era ainda nem sequer um borrão no horizonte e seu rastro ainda não fora detectado, mas esse era o trabalho deles, em toda sua barbaridade crua, e o certo é que tinham de vê-lo.

Só Kate falou. Ela perguntou: "Os castiçais, senhor, onde estariam, normalmente?".

"No altar."

"E quando foi a última vez em que o *Juízo final* foi visto intacto?"

"Nas completas das nove e meia da noite de ontem."

Trancaram a igreja ao sair, ligaram o alarme e voltaram à sala de investigação. Então se instalaram para a discussão preliminar e as instruções, antes de começar o trabalho. Dalgliesh sabia que isso não poderia ser apressado. Informações que não fossem dadas agora por ele, ou que não tivessem sido bem compreendidas, poderiam resultar em maiores atrasos, mal-entendidos ou erros. Ele embarcou num relato detalhado mas conciso de tudo o que vira ou fizera desde sua chegada a Santo Anselmo, inclusive a investigação da morte de Ronald Treeves e o conteúdo do diário de Margaret Munroe. Sentaram-se juntos, à mesa, praticamente em silêncio, tomando notas de vez em quando.

Kate sentou-se ereta, com os olhos fixos no caderno, a não ser quando, com desconcertante intensidade, os levantava para o rosto de Dalgliesh. Ela estava vestida como de hábito para um caso: sapatos confortáveis para caminhar, calças justas e um paletó bem cortado. Embaixo dele, no inverno, como agora, usava um suéter de cashmere de gola rolê e, no verão, uma camisa de seda. O cabelo castanho-claro estava puxado para trás e preso numa trança curta, grossa. Ela não usava nenhuma maquiagem discernível, e seu rosto, mais agradável do que bonito, expressava essencialmente o que era: honesta, confiável, consciensiosa, mas talvez não completamente em paz consigo mesma.

Piers, irrequieto como sempre, não conseguia ficar sentado por muito tempo. Depois de diversas tentativas aparentes de conforto, sentou-se com as pernas trançadas nas pernas da cadeira e o braço jogado por cima do encosto. Mas seu rosto móvel, ligeiramente rechonchudo, estava aceso de interesse, e os sonolentos olhos cor de chocolate por baixo das pálpebras pesadas mantinham seu costumeiro ar de divertimento zombeteiro. Embora menos obviamente atento do que Kate, não perdia nada. Estava vestido de modo informal, com uma camisa de linho verde e calças de linho bege, uma informalidade amarrotada cara, tão cuidadosamente ponderada quanto a aparência mais convencional de Kate.

Robbins, arrumado e formal como um chofer, sentou-se perfeitamente à vontade na extremidade da mesa e levantava-se de vez em quando para fazer mais café e reabastecer as canecas.

Depois que Dalgliesh acabou sua narrativa, Kate perguntou: "Como vamos chamar esse assassino, senhor?".

Rejeitando os apelidos comuns, a turma invariavelmente escolhia um nome no início da investigação.

Piers disse: "Caim seria apropriadamente bíblico e curto, embora não muito original".

Dalgliesh disse: "Fica sendo Caim. Agora, vamos passar ao trabalho. Quero impressões digitais de todo mundo que estava no seminário ontem à noite, inclusive os visitantes e os funcionários dos chalés. As impressões do arquidiácono podem esperar a chegada dos peritos. É melhor dar prioridade às outras antes de começarmos os interrogatórios. Depois examinem as roupas que todos os resi-

279

dentes estavam usando ontem, e isso inclui os padres. Já examinei os mantos marrons dos noviços. O número certo está no lugar, e parecem limpos, mas dêem outra olhada".

Piers disse: "Dificilmente ele teria usado um manto ou uma batina, por que usaria? Se Crampton foi atraído à igreja, ele esperaria encontrar quem o chamou em roupas noturnas — pijamas ou roupão. E aí o golpe deve ter sido dado muito rapidamente, aproveitando o momento em que Crampton se virou para o *Juízo final.* Tempo suficiente talvez para enrolar a manga do pijama. Dificilmente ele se estorvaria com um pesado manto de sarja. É claro que poderia estar nu, ou parcialmente nu, embaixo de um roupão, e tê-lo tirado. Mesmo assim, teria de ser muito rápido".

Dalgliesh disse: "O patologista fez a não muito original sugestão de que estivesse nu".

Piers continuou: "Não é assim tão imaginoso, senhor. Afinal de contas, por que chegar a mostrar-se a Crampton? Tudo o que tinha a fazer era desaferrolhar a porta sul e deixá-la semi-aberta. Depois acender a luz para iluminar o *Juízo final* e esconder-se atrás de uma pilastra. Crampton pode ter se surpreendido por não encontrar ninguém esperando por ele, mas iria até o *Juízo final* de qualquer modo, atraído pela luz acesa, e porque quem o chamou teria dito que o quadro havia sofrido um ato de vandalismo e exatamente qual era esse ato".

Kate disse: "Será que ele não telefonaria para o padre Sebastian antes de ir à igreja?".

"Não antes de vê-lo, ele mesmo. Ele não iria querer fazer papel de bobo, dando um alarme desnecessário. Mas fico imaginando que desculpa teria dado a pessoa que o chamou para explicar o fato de estar na igreja àquela hora. Uma réstia de luz, talvez? Ele foi acordado pelo vento, olhou para fora, viu um vulto e ficou com suspeitas? Mas provavelmente a questão nem foi abordada. O primeiro pensamento de Crampton teria sido ir para a igreja."

Kate disse: "Se Caim tivesse usado um manto, por que levá-lo de volta à casa e ainda ficar com as chaves?

As chaves que faltam são uma peça de prova vital. O assassino não poderia se arriscar a tê-las consigo. Seria bem fácil livrar-se delas — jogá-las em qualquer lugar no promontório —, mas por que não guardá-las de volta? Se ele teve a coragem de ir até lá e pegá-las, parece que também teria a coragem de voltar e devolvê-las".

Piers disse: "Não se estivesse sujo de sangue, nas mãos ou nas roupas".

"Mas por que estaria? Já passamos isso tudo. E não há pressa, ele teria tido tempo de voltar ao quarto e lavar-se. Ele não esperava que o corpo fosse descoberto até que a igreja abrisse para as matinas, às sete e meia. Mas há uma coisa."

"Sim?", perguntou Dalgliesh.

"O fato de a chave não ter sido devolvida não indica que o assassino é alguém que mora fora da casa? Qualquer dos padres teria uma razão legítima para estar lá a qualquer hora do dia ou da noite. Não haveria risco para eles em devolver as chaves."

Dalgliesh disse: "Você está se esquecendo, Kate: eles não precisariam buscá-las. Os quatro padres já têm as chaves, e eu as examinei. Elas ainda estão nos seus chaveiros".

Piers disse: "Mas um deles poderia pegar um conjunto exatamente para jogar a suspeita em algum dos contratados, dos noviços ou dos hóspedes".

Dalgliesh disse: "É uma possibilidade, do mesmo modo como há uma possibilidade de que a desfiguração do *Juízo final* não tenha nada a ver com o assassinato. Há uma malícia infantil nisso que não casa com a brutalidade do assassinato. Porém, o mais extraordinário a respeito desse homicídio é por que foi feito dessa maneira. Se alguém quisesse Crampton morto, poderia fazê-lo sem a necessidade de atraí-lo à igreja. Nenhum dos hóspedes tem fechadura ou chave na porta. Qualquer pessoa no seminário poderia ter entrado no quarto de Crampton e o matado na cama. Mesmo uma pessoa de fora não teria muita dificuldade, desde que conhecesse a disposição do seminário. Um portão de ferro ornamental é dos mais fáceis de se pular".

Kate disse: "Sabemos que não poderia ter sido alguém de fora, a não ser pelas chaves que estão faltando. Nenhum carro poderia ter passado por aquele galho caído depois das dez horas. Suponho que Caim poderia ter vindo a pé, escalado por cima da árvore ou talvez caminhado pela praia. Não teria sido fácil, no vento de ontem à noite".

Dalgliesh disse: "O assassino sabia onde encontrar as chaves e conhecia o código do alarme. Parece coisa de dentro, mas vamos manter a mente aberta. Só estou chamando a atenção para o fato de que se o homicídio tivesse sido cometido de modo menos espetacular e estranho, teria sido difícil atribuí-lo a alguém em Santo Anselmo. Sempre haveria a possibilidade de alguém ter entrado, talvez um ladrão eventual que por acaso soubesse que as portas não estavam trancadas e houvesse matado Crampton em pânico, porque acordou no momento errado. Não é provável, mas não pode ser descartado. Esse homicida não queria apenas que Crampton morresse, ele queria que o crime fosse firmemente fixado em Santo Anselmo. Quando nós descobrirmos por quê, estaremos a caminho de resolvê-lo".

O sargento Robbins permanecera sentado em silêncio, um pouco afastado, tomando notas. Dois de seus muitos talentos eram a habilidade de trabalhar discretamente e de escrever em taquigrafia, mas a memória dele também era tão confiável e precisa que suas notas dificilmente eram necessárias. Embora fosse o mais novo, era um membro da equipe, e Kate percebeu-se esperando que Dalgliesh o incluísse. Então ele perguntou: "Alguma teoria, sargento?".

"Na verdade, não, senhor. É quase certamente um 'crime em família', e quem o praticou está perfeitamente de acordo com o fato de que saibamos disso. Fico pensando se o castiçal do altar tem alguma coisa a ver com o caso. Podemos ter a certeza de que tenha sido a arma? Está bem, estava ensangüentado, mas poderia ter sido retirado do altar e usado depois de Crampton já estar morto. A autópsia não poderia mostrar — de modo inconclusivo, de qualquer maneira — se o primeiro golpe foi dado com o castiçal ou se há traços nele de sangue e cérebro de Crampton."

Piers disse: "Qual é a sua idéia? O enigma central não é a diferença entre um homicídio obviamente premeditado e a fúria do ataque?".

"Vamos supor que não tenha sido premeditado. Temos uma certeza razoável de que Crampton deve ter sido atraído até lá, supostamente para que lhe mostrassem a profanação do *Juízo final*. Alguém está esperando por ele. Então há uma discussão violenta. Caim perde o controle e o golpeia. Crampton cai. Caim, de pé junto ao homem morto, vê uma maneira de inculpar o seminário. Ele pega os dois castiçais, usa um para golpear de novo Crampton e põe ambos ao lado da cabeça dele."

Kate disse: "É possível, mas isso significaria que Caim teria alguma coisa já pronta na mão, alguma coisa pesada o bastante para quebrar um crânio".

Robbins continuou: "Poderia ter sido um martelo ou qualquer tipo de ferramenta pesada, uma ferramenta de jardim. Suponhamos que ele tenha visto o brilho de uma luz na igreja, na noite passada, e que foi investigar, armando-se com qualquer coisa que estivesse à mão. Aí ele encontra Crampton lá, eles têm uma briga violenta e dá o golpe".

Kate objetou. "Mas por que alguém iria à igreja à noite sozinho, armado com qualquer tipo de instrumento? Por que não ligar para alguém na casa?"

"Ele pode ter preferido investigar e talvez não tivesse ido sozinho. Talvez alguém estivesse com ele."

Uma irmã, talvez, pensou Kate. Era uma teoria interessante.

Dalgliesh ficou em silêncio por um momento, depois disse: "Temos muito o que fazer, nós quatro. Sugiro que comecemos".

Ele fez uma pausa, pensando se contava o que tinha

na cabeça. Eles tinham um homicídio claro diante deles; não queria complicar a investigação com questões que pudessem não ser relevantes. Por outro lado, era importante que tivessem em mente as suspeitas dele.

Disse: "Acho que devemos ver esse homicídio no contexto das duas mortes anteriores, Treeves e a senhora Munroe. Tenho um palpite — por ora não mais do que isso — de que estão interligadas. O elo pode ser frágil, mas acho que existe".

A sugestão foi acolhida com alguns segundos de silêncio. Ele sentiu a surpresa deles. Então, Piers disse: "Achei que estava mais ou menos satisfeito, senhor, com a conclusão de que Treeves tinha se matado. Se Treeves foi assassinado, seria coincidência demais ter dois assassinos em Santo Anselmo. Mas a morte de Treeves não foi com certeza suicídio ou acidente? Vejamos os fatos do jeito que o senhor os apresentou. O corpo foi encontrado a duzentos metros do único acesso à praia. Seria difícil carregá-lo por aquela praia, e ele dificilmente andaria de boa vontade com o seu assassino. Era forte e saudável. Não se conseguiria derrubar meia tonelada de areia na cabeça dele, a não ser que o tivessem antes drogado, embebedado ou estivesse inconsciente. Nada disso aconteceu. O senhor disse que a autópsia foi cuidadosa".

Kate falou diretamente para Piers: "Está bem, vamos aceitar que tenha sido suicídio. Mas suicídio deve ter um motivo. O que o levou a isso? Poderia haver um motivo, aí".

"Mas não para o assassinato de Crampton, com certeza. Ele nem estava em Santo Anselmo na época. Nem temos motivos para supor que houvesse conhecido Treeves."

Kate continuou obstinadamente. "A senhora Munroe lembrava-se de alguma coisa de seu passado que a preocupava. Ela fala com a pessoa interessada e logo depois está morta. Parece-me que a morte dela é conveniente de uma forma suspeita."

"Para quem, pelo amor de Deus? O coração dela era ruim. Ela poderia ter morrido a qualquer momento."

Kate repetiu: "Ela escreveu aquela anotação no diário. Havia algo de que se lembrava, alguma coisa que sabia. E teria sido a pessoa mais fácil de matar, uma mulher idosa de coração fraco, especialmente se não tivesse motivos para temer seu assassino".

Piers protestou: "Está bem, ela sabia de algo. Isso não significa que fosse importante. Pode ter sido algum pecadilho sem importância, algo que o padre Sebastian e aqueles padres não aprovam, mas que ninguém mais levaria a sério. Agora ela foi cremada, este chalé, limpo, e as provas, se havia alguma, definitivamente se foram. Seja lá o que ela lembrou, de qualquer modo aconteceu há doze anos. Quem mataria por isso?".

Kate disse: "Ela encontrou o corpo de Treeves, lembra?".

"E o que tem isso a ver? A anotação no diário está explícita. Ela não se lembrou daquele incidente do passado quando viu o corpo, lembrou-se quando Surtees lhe trouxe uns alhos-porós de sua horta. Foi aí que as coisas se juntaram, o presente e o passado."

Kate disse: "Alho-poró — por ali. Seria um jogo de palavras?".

"Pelo amor de Deus, Kate, isso é pura Agatha Christie!" Piers virou-se para Dalgliesh. "O senhor por acaso está dizendo que agora estamos investigando dois homicídios, o de Crampton e o da senhora Munroe?"

"Não. Não estou propondo pôr em perigo um inquérito de homicídio por causa de um palpite. O que estou dizendo é que poderia haver uma ligação e que deveríamos manter isso na cabeça. Há muito a fazer, de modo que é melhor começarmos. A prioridade são as impressões digitais e o interrogatório dos padres e dos noviços. Isso é com você, Kate, junto com Piers. Eles já estão cansados de me ver. Surtees também, de modo que é melhor vocês irem vê-lo e à irmã dele. Há uma vantagem em confrontá-los com uma pessoa nova. Não vamos chegar muito longe até o inspetor Yarwood estar bem o bastante para ser interrogado. De acordo com o hospital, isso deverá acontecer na terça-feira, se tivermos sorte."

Piers disse: "Se houver alguma possibilidade de ele ter alguma pista vital ou se for um dos suspeitos, não deveria ficar discretamente sob vigilância?".

Dalgliesh disse: "Ele está sendo discretamente mantido sob vigilância. Suffolk está ajudando nisso. Ele saiu do quarto na noite passada. Poderia até mesmo ser assassinado. Por isso é que não o estou deixando sem proteção".

Ouviu-se o som de um carro chegando pelo promontório. O sargento Robbins foi até a janela. "O senhor Clark e os peritos chegaram, senhor."

Piers olhou o relógio. "Nada mal, mas teria sido melhor se tivessem vindo de carro desde o início. Sair de Ipswich é que demora. Por sorte o trem funcionou."

Dalgliesh disse para Robbins: "Peça-lhes que tragam o equipamento deles para cá. Poderão usar o outro quarto. E provavelmente vão querer café antes de começar".

"Sim, senhor."

Dalgliesh achou que os peritos podiam mudar suas roupas de trabalho na igreja, mas bem longe da cena do crime propriamente dita. Brian Clark, o chefe da equipe e inevitavelmente chamado de Bacana, nunca havia trabalhado com Dalgliesh. Calmo, frio e sem humor, não era dos colegas mais inspiradores, mas possuía fama de meticulosidade e confiabilidade, e quando condescendia em comunicar-se, era sensato. Se houvesse algo a ser achado, ele acharia. Era uma pessoa que não confiava no entusiasmo, e até mesmo o indício mais potencialmente valioso era saudado com "Tudo bem, rapazes, fiquem calmos. É só uma impressão palmar, não o Santo Graal". Também acreditava na divisão de funções. Sua tarefa era descobrir, coletar e preservar evidências, e não usurpar o trabalho dos detetives. Para Dalgliesh, que encorajava o trabalho em equipe e era receptivo a idéias, essa reserva que beirava a taciturnidade era uma desvantagem.

Agora, e não pela primeira vez, sentia falta de Charlie Ferris, o perito em cena do crime que estava em serviço quando ele investigara os homicídios Berowne/Harry

Mack. Aqueles também ocorreram numa igreja. Ele se lembrava claramente de Ferris — pequeno, de cabelo cor de areia, fisionomia marcante e ágil como um greyhound — dando pulinhos como um corredor ansioso, esperando pelo tiro de largada; lembrava-se também da extraordinária vestimenta que o Furão Ferris tinha bolado para o trabalho: o minúsculo short branco e a camiseta de mangas curtas, o boné justo de plástico que fazia com que se parecesse com um nadador que tivesse esquecido de tirar a roupa de baixo. Mas o Furão se aposentara para administrar um pub em Somerset, onde seu baixo sonoro, tão incoerente com sua leve estrutura física, estava acrescentando força ao coro da igreja da cidadezinha.

Um patologista diferente, uma equipe de peritos diferente, para logo ter os nomes deles mudados outra vez. Achou que tinha sorte de ainda ter Kate Miskin. Só que agora não era a hora de preocupar-se com o moral dela, ou com seu possível futuro. Talvez, pensou, fosse a idade que o estivesse tornando mais intolerante com as mudanças.

Pelo menos o fotógrafo era conhecido. Barney Parker já passara da idade da aposentadoria e agora trabalhava em meio período. Era um homenzinho falante, vigoroso, de olhos vivos, elegante, que tinha exatamente a mesma aparência por todos aqueles anos desde que Dalgliesh o conhecera. Seu outro trabalho em meio período era fotografar casamentos, e talvez esse embelezamento de noivas com lentes especiais lhe desse um alívio da inflexibilidade rígida do trabalho na polícia. Ele tinha, realmente, alguma coisa da impertinência irritante do fotógrafo de casamento, analisando toda a cena, para garantir que não houvesse outros corpos ansiosos pela atenção dele. Dalgliesh quase esperava que os atormentasse a todos para a foto de família. Mas era um excelente fotógrafo, cujo trabalho não se podia criticar.

Dalgliesh foi até a igreja com eles, passando pela sacristia e contornando a cena do homicídio. Trocaram de roupa num dos bancos perto da porta sul, num silêncio que Dalgliesh achou que não tinha nada a ver com a sacralidade da cena, e reuniram-se como um pequeno grupo de astronautas, com seus guarda-pós de algodão branco com capuzes, espiando Bacana Clark seguir Dalgliesh de volta à sacristia. Dalgliesh achou que, coberto com o capuz franzido em torno do rosto e com os dentes superiores ligeiramente protuberantes, Clark só precisava de um par de orelhas para ficar igual a um grande coelho desolado.

Dalgliesh disse: "Quase com toda certeza o assassino entrou pela porta da sacristia do claustro norte. Isso significa que vai ser preciso examinar o chão do claustro, para ver se achamos pegadas, embora eu duvide que consigam algo de útil embaixo dessas folhas todas. Não há maçaneta na porta, mas as impressões de quase todos aqui poderiam estar, e justificadamente, em qualquer parte da porta".

Passando à igreja, ele disse: "Há uma possibilidade de impressões no *Juízo final* e nas paredes ao lado dele, embora só um louco não usaria luvas. Esse castiçal à direita tem traços de sangue e de cabelo, mas, de novo, teremos sorte se houver impressões. O interessante está aqui". Ele foi na frente pela nave central até o segundo banco fechado. "Alguém se escondeu embaixo do assento. Uma considerável quantidade de poeira foi remexida. Não sei se vão conseguir impressões da madeira, mas pode ser uma possibilidade."

Clark disse: "Certo, senhor. E o almoço da equipe? Não parece haver nenhum pub por perto, e eu não gostaria de perder tempo. Gostaria do máximo de luz natural possível".

"O seminário vai fornecer sanduíches. Robbins arrumará camas para a noite. Podemos esperar progressos para amanhã."

"Acho que vamos precisar de mais de dois dias, senhor. É por causa daquelas folhas no claustro norte. Será preciso mexer e examiná-las todas."

Dalgliesh duvidava que alguém pudesse encontrar algum prazer nesse exercício tedioso, mas não queria desencorajar a óbvia atenção de Clark para os detalhes. Ele disse uma última palavra aos dois outros membros da equipe e deixou-os trabalhar.

10

Antes do início dos interrogatórios individuais, as impressões digitais de todos em Santo Anselmo tiveram prioridade. A tarefa ficou com Piers e Kate. Ambos sabiam que Dalgliesh preferia que todas as mulheres tivessem suas impressões coletadas por um membro do próprio sexo. Antes de começarem, Piers disse: "Há muito tempo não faço isso. Como sempre, é melhor você cuidar das mulheres. Para mim, isso parece um cuidado desnecessário. Dá até para pensar que é uma forma de estupro".

Kate estava fazendo os preparativos. Ela disse: "Você pode encarar como uma forma de estupro. Inocente ou não inocente, eu detestaria ter algum policial apertando meus dedos".

"Não chega a ser um apertão. Parece que temos uma sala de espera cheia, a não ser pelos padres. Começamos com quem?"

"Melhor com Arbuthnot."

Kate estava interessada nas diferentes reações dos suspeitos, que se apresentaram durante a hora seguinte com graus variados de docilidade. Padre Sebastian, chegando com os outros padres, foi sombriamente cooperativo, mas não conseguiu resistir a um amuo de desgosto quando Piers pegou seus dedos para limpá-los com água e sabão e depois rolou-os com firmeza na almofada de tinta. Ele disse: "Com certeza eu poderia fazer isso sozinho".

Piers nem se abalou. "Desculpe, senhor. É uma questão de ter a certeza de que obtemos boas impressões das beiradas. Na verdade, é uma questão de prática."

Padre John não falou do princípio ao fim, mas seu rosto tinha uma palidez de morte, e Kate viu que estava tremendo. Durante o breve processo, manteve os olhos fechados. Padre Martin estava francamente interessado e olhava com admiração quase infantil para os complicados desenhos de espirais e alças que proclamavam sua identidade exclusiva. Padre Peregrine, com os olhos voltados na direção do seminário, para o qual estava impaciente em voltar, mal parecia se dar conta do que estava acontecendo. Apenas quando viu seus dedos sujos de tinta foi levado a resmungar que esperava que a tinta saísse com facilidade e que os noviços se certificassem de que os dedos estivessem completamente limpos antes de irem à biblioteca. Ele poria um aviso no quadro.

Ninguém entre os noviços ou os funcionários causou nenhuma dificuldade, mas Stannard veio preparado para encarar o procedimento como uma infração grosseira das liberdades civis. Ele disse: "Suponho que vocês tenham autorização para fazer isso".

Piers disse calmamente: "Sim, senhor, com o seu consentimento, segundo o estabelecido pela Lei de Provas Policiais e Criminais. Acho que o senhor conhece a legislação".

"E se eu não consentir, não tenho dúvidas de que você arranjaria algum tipo de mandado. Depois que fizerem alguma prisão — se chegarem a tanto — e ficar provado que sou inocente, creio que minhas impressões serão destruídas. Como posso ter a certeza de que serão?"

"O senhor tem o direito de testemunhar a destruição, se fizer um requerimento."

"E farei", disse ele, enquanto seus dedos eram postos na almofada de tinta. "Vocês podem ter a certeza de que farei."

Haviam terminado, e a última a ter suas impressões tiradas, Emma Lavenham, saíra. Kate disse com uma displicência tão cuidadosa que até ela mesma achou o tom artificial: "O que você acha que Adam pensa dela?".

"Ele é um poeta e é heterossexual. Acha o que qualquer poeta e heterossexual pensa quando conhece uma linda mulher. O que eu acho, por falar nisso. Ele gostaria de levá-la para a cama mais próxima."

"Puxa, você tem de ser tão grosseiro? Nenhum de vocês consegue pensar numa mulher a não ser em termos de cama?"

"Como você é puritana, Kate. Você me perguntou o que ele acharia, não o que ele faria. O problema dele é que mantém todos os instintos sob controle. Aqui ela é uma anomalia, não é? Por que você acha que padre Sebastian a importou? Para fazer um exercício temporário de resistir à tentação? Eu apostaria mais num menino bonito. Os quatro que vi até agora me parecem, no entanto, um bando heterossexual deprimente."

"E é claro que você saberia."

"Você também. Por falar em beleza, o que acha do Adônis Raphael?"

"O nome é apropriado demais, não é? Imagino se ele teria a mesma aparência se tivesse sido batizado como Albert. Bonito demais, e ele sabe disso."

"Deixa você com tesão?"

"Não, e você também não. Está na hora de fazer algumas visitas. Com quem iremos começar? Com padre Sebastian?"

"Começar de cima?"

"Por que não? Depois disso Adam quer que eu esteja junto quando ele interrogar Arbuthnot."

"Quem vai conduzir o interrogatório com o diretor?"

"Eu. Pelo menos no início."

"Você acha que ele vai se abrir mais com uma mulher? Talvez tenha razão, mas eu não apostaria nisso. Esses padres estão acostumados com confissões. Isso faz com que sejam bons em guardar segredos, inclusive os próprios."

11

Padre Sebastian disse: "É claro que vocês vão querer ver a senhora Crampton antes que vá embora. Vou mandar-lhes um recado quando estiver pronta. Se ela quiser visitar a igreja, suponho que isso será permitido".

Dalgliesh respondeu rapidamente que seria permitido. Ele imaginou se padre Sebastian tinha certeza de que, se a sra. Crampton quisesse ver o local onde o marido morrera, seria ele quem a acompanharia. Dalgliesh tinha outras idéias, mas achou que não era a hora de discutir o assunto; a sra. Crampton poderia não querer visitar a igreja. Quisesse ou não, era importante que se encontrassem.

O recado de que estava pronta para vê-lo foi levado à sala de investigação por Stephen Morby, que estava sendo usado por padre Sebastian como mensageiro geral. Dalgliesh notara como Morell detestava o telefone.

Ao entrarem na sala do diretor, a sra. Crampton levantou-se da cadeira e veio na sua direção, estendo a mão e olhando-o resolutamente. Era mais jovem do que Dalgliesh esperava, de seios fartos por cima de uma cintura marcada e uma fisionomia agradável, aberta e sem adornos. Estava sem chapéu, e seu cabelo castanho-claro, curto, escovado até ficar brilhante, parecia ter recebido um corte caro; ele quase podia acreditar que estava vindo diretamente do cabeleireiro, se a idéia não fosse absurda. Vestia um tailleur de *tweed* azul e bege, com um grande broche de camafeu na lapela. Era obviamente moderno e parecia não combinar com o *tweed* campestre. Dalgliesh pensou se o camafeu teria sido um presente do marido e ela o pusera no casaco como uma insígnia de lealdade ou de provocação. Um curto casaco de viagem estava nas costas de uma cadeira. Estava perfeitamente calma, e a mão que apertou a de Dalgliesh estava fria mas firme.

A apresentação de padre Sebastian foi breve e formal. Dalgliesh disse as palavras costumeiras de solidariedade e pesar. Ele as dissera a famílias de vítimas de homicídio mais vezes do que conseguia se lembrar: para ele, sempre soavam insinceras.

Padre Sebastian disse: "A senhora Crampton gostaria de visitar a igreja e perguntou se você iria com ela. Se precisarem de mim, estarei aqui".

Caminharam juntos pelo claustro sul e pelas pedras do pátio, até a igreja. O corpo do arquidiácono havia sido retirado, mas os peritos ainda estavam ocupados no prédio, enquanto um deles, neste momento, retirava as folhas do claustro norte e cuidadosamente examinava cada uma delas. Já havia uma passagem limpa até a sacristia.

Fazia frio na igreja, e Dalgliesh notou que sua companheira estremeceu. Ele perguntou: "A senhora quer que eu vá buscar seu casaco?".

"Não, obrigada, comandante. Vou ficar bem."

Ele andou na frente até o *Juízo final*. Não era preciso dizer a ela que aquele era o local; as pedras ainda estavam manchadas com o sangue do marido. Sem se dar conta de nada e um tanto rígida, ela ajoelhou-se. Dalgliesh afastou-se e caminhou até a nave central.

Dentro de alguns minutos ela se reuniu a ele. Disse: "Vamos sentar um pouco? Imagino que o senhor tenha perguntas a me fazer".

"Eu poderia fazê-las no escritório do padre Sebastian ou na sala de interrogatório, no chalé São Mateus, se for mais confortável para a senhora."

"Para mim, aqui é mais confortável."

Os dois peritos tinham ido discretamente para a sacristia. Sentaram-se durante alguns momentos em silêncio, depois ela disse: "Como foi que meu marido morreu, comandante? O padre Sebastian pareceu relutante em me dizer".

"Ninguém contou ao padre Sebastian, senhora Crampton."

O que não queria dizer que ele não soubesse, é claro. Dalgliesh pensou se essa possibilidade ocorrera a ela. E disse: "É importante para o sucesso da investigação que os detalhes sejam mantidos em segredo, por enquanto".

"Compreendo. Não direi nada."

Dalgliesh disse, suavemente: "O arquidiácono foi morto por um golpe na cabeça. Deve ter sido muito repentino. Não creio que tenha sofrido. Pode nem ter tido tempo de sentir o choque, ou de sentir medo".

"Obrigada, comandante."

Outra vez, houve um silêncio. Era curiosamente amistoso, e Dalgliesh não tinha pressa em quebrá-lo. Mesmo na sua dor, que ela estava agüentando com estoicismo, era uma companhia reconfortante. Será que foi essa qualidade, pensou, que atraiu o arquidiácono? O silêncio prolongou-se. Olhando para o rosto dela, viu deslizar uma lágrima em sua face. Ela ergueu a mão para limpá-la, mas quando falou, sua voz estava firme.

"Meu marido não era bem-vindo neste lugar, comandante, mas sei que ninguém em Santo Anselmo seria capaz de matá-lo. Recuso-me a acreditar que um membro de uma comunidade cristã pudesse ser capaz de tamanho mal."

Dalgliesh disse: "Esta é uma pergunta que tenho de fazer. Seu marido tinha inimigos, alguém que pudesse desejar-lhe mal?"

"Não. Era muito respeitado na paróquia. Pode-se dizer que era amado, embora essa não seja uma palavra que ele teria usado. Era um pároco bom, compassivo e consciencioso e nunca se poupou. Não sei se alguém já lhe contou que era viúvo quando nos casamos. Sua primeira mulher suicidou-se. Era uma mulher muito bonita, mas perturbada, e ele estava muito apaixonado por ela. A tragédia afetou-o profundamente, no entanto ele superou. Estava aprendendo a ser feliz. Nós éramos felizes juntos. É cruel que todas suas esperanças tenham acabado nisso."

Dalgliesh disse: "A senhora disse que ele não era bem-vindo em Santo Anselmo. Era por causa das diferenças teológicas ou havia outras razões? Ele discutiu a visita dele aqui com a senhora?".

"Ele discutia tudo comigo, comandante, tudo o que não fosse contado a ele confidencialmente como clérigo. Ele achava que a utilidade de Santo Anselmo já havia terminado. E não era o único a pensar isso. Acho que até o padre Sebastian percebe que o seminário é uma anomalia e terá de ser fechado. Há muitas diferenças eclesiásticas, é claro, o que não tornava as coisas mais fáceis. E ainda por cima, imagino que o senhor saiba a respeito do problema do padre John Betterton."

Dalgliesh disse com cuidado: "Tive a impressão de que havia algum problema, mas não conheço os detalhes".

"É uma velha história, um tanto trágica. Há alguns anos padre Betterton foi considerado culpado de crimes sexuais contra alguns dos seus coroinhas e foi condenado à prisão. Meu marido revelou parte das provas e foi testemunha no julgamento. Na época, não éramos casados — foi logo depois da morte de sua primeira mulher —, mas sei que ficou muito angustiado. Fez o que julgou ser o seu dever, e isso lhe causou muita dor."

Dalgliesh em particular achou que a maior dor fora sofrida por padre John.

Ele disse: "Seu marido lhe contou alguma coisa antes de vir para cá, qualquer coisa que sugerisse que podia ter combinado encontrar-se com alguém aqui, ou que ele teria alguma razão para supor que sua visita seria especialmente difícil?".

"Não, nada. Tenho certeza de que não combinou nenhum encontro, a não ser com o pessoal daqui. Ele não estava ansiando pelo fim de semana, mas tampouco o estava execrando."

"E manteve contato com a senhora desde que chegou, ontem?"

"Não, ele não telefonou e eu não esperaria que o fizesse. O único telefonema que recebi foi sobre os negócios da paróquia, do gabinete diocesano. Parece que haviam perdido o número do celular do meu marido e o queriam para os arquivos."

"A que horas foi esse telefonema?"

"Bem tarde. Eu fiquei surpresa, porque deve ter sido bem depois de o escritório ter fechado. Pouco antes das nove e meia, no sábado."

"A senhora falou com a pessoa que ligou? Era homem ou mulher?"

"Parecia homem. Na hora achei que era homem, embora não possa jurar. Não, eu não cheguei a falar, a não ser para dar o número. Ele só agradeceu e desligou imediatamente."

É claro que desligou, pensou Dalgliesh. Ele não gostaria de ficar dizendo palavras desnecessárias. Tudo o que queria era o número, que não obteria de outra maneira, o número que chamaria naquela noite, da igreja, para atrair o arquidiácono à morte. Não era essa a resposta a um dos problemas centrais do caso? Se Crampton tivesse sido atraído à igreja com um telefonema pelo celular, como o interlocutor teria descoberto o número? Não seria difícil rastrear aquela chamada das nove e meia, e o resultado poderia ser a danação de alguém em Santo Anselmo. Mas ainda havia um mistério. O assassino — melhor ainda pensar nele como Caim — não era burro. Aquele crime fora cuidadosamente planejado. Será que Caim não esperava que Dalgliesh falasse com a sra. Crampton? Não era possível — não, mais do que possível — que a ligação telefônica viesse à luz? Outra possibilidade ocorreu a Dalgliesh. Será que não seria exatamente essa a intenção de Caim?

12

Depois da coleta das impressões digitais, Emma pegou alguns papéis de que precisava em suas acomodações e estava indo para a biblioteca quando escutou passos rápidos no claustro sul, e Raphael alcançou-a.

Ele disse: "Quero lhe fazer uma pergunta. A hora é oportuna?".

Emma quase ia dizer "Se não for demorar muito", mas após uma olhada para a fisionomia dele, conteve-se. Ela não sabia se estava buscando consolo, mas certamente parecia precisar de algum. Disse, portanto: "Sim, é. Mas você não tem uma aula particular com o padre Peregrine?".

"Foi adiada. A polícia me chamou. Estou a caminho de ser queimado na fogueira. Por isso é que eu queria falar com você. Suponho que não se importaria de dizer a Dalgliesh que estávamos juntos na noite passada. A hora crucial seria depois das onze horas. Até lá tenho uma espécie de álibi."

"Juntos onde?"

"Na sua suíte ou na minha. Acho que estou pedindo para dizer que dormimos juntos na noite passada."

Emma parou de andar e voltou o rosto para ele. Ela disse: "Não, eu não diria! Raphael, que coisa extraordinária para você pedir. Em geral você não é tão grosso".

"Mas não é uma coisa extraordinária de se fazer — ou é?"

Ela começou a andar rapidamente para a frente, mas ele manteve o mesmo ritmo de seus passos. Emma disse: "Olhe, eu não o amo e não estou apaixonada por você".

Ele a interrompeu: "É uma bela diferença. Mas você

poderia pensar que é possível. A idéia poderia não ser inteiramente repelente para você".

Emma virou-se para encará-lo. "Raphael, se eu tivesse dormido com você a noite passada, não teria vergonha de admitir. Mas não dormi, não dormiria e não mentirei. A despeito da moralidade da mentira, seria uma burrice, e perigoso. Você acha que isso iria iludir Dalgliesh mesmo por um momento? Mesmo se soubesse mentir — o que não sei —, ele saberia. É função dele saber. Você quer que pense que matou o arquidiácono?"

"Ele provavelmente já acha isso. O álibi que tenho não vale grande coisa. Fui fazer companhia a Peter, para ficar a seu lado durante a tempestade, mas ele dormiu antes da meia-noite, e eu poderia facilmente ter escapulido. Imagino que isso é o que Dalgliesh pensa que fiz."

Emma disse: "Supondo que suspeita de você — o que duvido —, certamente terá suspeitas ainda mais fortes se começar a forjar álibis. É tão pouco característico de você, Raphael. É burrice, é patético e insultuoso para nós dois. Por quê?".

"Talvez quisesse descobrir o que você acha da idéia, em princípio."

Ela disse: "Não se dorme com um homem em princípio, dorme-se com ele em carne e osso".

"E, é claro, o padre Sebastian não iria gostar."

Ele falara com uma ironia displicente, mas Emma não perdeu a nota de amargura na voz dele.

Ela disse: "É óbvio que não ia gostar. Você é um dos noviços e eu sou uma hóspede aqui. Mesmo que quisesse dormir com você — e não quero —, seria falta de educação".

Isso fez com que ele risse, mas o som do riso era áspero. Ele disse: "Falta de educação! Sim, acho que é um ponto de vista. É a primeira vez que sou rejeitado com essa desculpa. A etiqueta da moralidade sexual. Talvez devamos introduzir um seminário no sílabo da ética".

Ela perguntou de novo: "Mas por quê, Raphael? Você deveria saber a resposta".

"É que achei que se pudesse fazer você gostar de mim — ou talvez até me amar um pouco —, não estaria nesta trapalhada. Estaria tudo bem."

Ela disse, mais gentilmente: "Não, não estaria. Se a vida é uma trapalhada, não podemos procurar o amor para consertá-la".

"Mas as pessoas procuram."

Estavam de pé, juntos, em silêncio, do lado de fora da porta sul. Emma virou-se para entrar. De repente Raphael parou, pegou sua mão e, inclinando-se, beijou-a no rosto. E disse: "Desculpe-me, Emma. Sabia que não iria adiantar. Foi só um sonho. Por favor, desculpe-me".

Ele se virou e ela o observou caminhar de volta pelo claustro, esperando até que passasse pelo portão de ferro. Entrou no seminário confusa e infeliz. Será que poderia ter sido mais solidária, mais compreensiva? Será que ele queria fazer confidências e devia tê-lo encorajado? Entretanto, se as coisas estivessem indo mal para ele — e achava que estavam —, de que adiantava procurar alguém para endireitá-las? Mas, de certo modo, não fora isso que fizera com si mesma e Giles? Cansada das impertinências, das exigências do amor, dos ciúmes e rivalidades, não resolvera que Giles, com sua posição, sua força, sua inteligência, poderia lhe dar pelo menos uma aparência de comprometimento, de modo que pudesse ser deixada em paz para continuar com a parte da vida dela a que dava mais valor, o trabalho? Sabia agora que fora um erro. Tinha sido pior do que um erro, tinha sido errado. De volta a Cambridge, seria honesta com ele. Não seria uma separação agradável — Giles não estava acostumado à rejeição —, mas não ia mais pensar nisso no momento. Aquele trauma futuro não era nada comparado à tragédia em Santo Anselmo, da qual ela inevitavelmente fazia parte.

13

Logo antes do meio-dia, padre Sebastian ligou para padre Martin, que estava sentado na biblioteca, corrigindo trabalhos, e perguntou se poderia trocar uma palavra com ele. Era um hábito comum seu telefonar pessoalmente. Desde os primeiros dias em que assumiu a diretoria, teve o cuidado de nunca chamar seu predecessor por intermédio de um dos noviços ou de algum funcionário; o reinado novo e muito diferente não seria marcado por um exercício de autoridade inábil. Para a maior parte das pessoas, a perspectiva da permanência de um diretor anterior em residência, numa função de professor em meio período, era um convite ao desastre. Não só ir embora com dignidade bem organizada, mas tratar de ir o mais longe possível do seminário, sempre fora considerado um ato decoroso para o diretor que saía. Mas a combinação com padre Martin, que originalmente tinha a intenção de ser temporária, a fim de cobrir a partida inesperada do professor de Teologia Pastoral, continuara por consentimento mútuo, para a satisfação de ambas as partes. Padre Sebastian não demonstrara nenhuma inibição ou embaraço em ocupar o banco do seu predecessor na igreja, assumir e reorganizar seu escritório e sentar-se em seu lugar à cabeceira da mesa, nem em introduzir as mudanças que planejara cuidadosamente. Padre Martin, sem ressentimentos e um pouco divertido, entendeu perfeitamente. Jamais ocorreria a padre Sebastian que qualquer predecessor pudesse ameaçar sua autoridade ou suas inovações. Ele não fazia confidências nem consultava padre Martin. Se quisesse qualquer informação a respeito de detalhes administrativos, obtinha-os nos arquivos de sua secretária. Como era o mais confiante dos homens, provavelmente poderia ter adaptado o arcebispo de Canterbury em sua equipe como um subordinado sem a menor dificuldade.

As relações entre ele e padre Martin eram de confiança e respeito, e da parte de padre Martin, de afeto. Como sempre achara difícil, durante sua própria administração, acreditar que era de fato o diretor, aceitou o sucessor com boa vontade e algum alívio. E se às vezes ansiava, um tanto melancólico, por um relacionamento mais caloroso, não seria aquele que fantasiava. Mas agora, convidado a sentar-se em sua cadeira habitual junto à lareira, observando a agitação inusitada de padre Sebastian, percebeu com inquietude que precisavam de alguma coisa dele — tranqüilização, conselhos ou apenas a solidariedade mútua da ansiedade compartilhada. Sentou-se muito quieto e, fechando os olhos, murmurou uma breve prece.

Padre Sebastian parou de andar de um lado para o outro e disse: "A senhora Crampton saiu há dez minutos. Foi uma entrevista muito penosa". Ele acrescentou: "Dolorosa para nós dois".

Padre Martin disse: "Não poderia ter sido de outro modo".

Ele julgou detectar na voz do diretor uma pequena nota irritada de ressentimento de que o arquidiácono, além de seus delitos anteriores, tivesse se deixado assassinar com tanta falta de consideração sob o seu teto. Tal idéia disparou outra ainda mais vergonhosamente irreverente. O que lady Macbeth teria dito à viúva de Duncan, se essa senhora tivesse vindo ao castelo de Inverness para ver o corpo? "Um incidente deplorável, madame, que meu marido e eu lamentamos profundamente. Fora até agora uma visita de tanto sucesso. Fizemos tudo o que podíamos para deixar Sua Majestade à vontade". Padre Martin estava perplexo e trêmulo que uma idéia tão perversamente pouco apropriada pudesse ter vindo à sua cabeça. Pensou que devia estar ficando de miolo mole.

Padre Sebastian disse: "Ela insistiu em ser levada até a igreja para ver onde o marido morreu. Imprudente, pensei, mas o comandante Dalgliesh aquiesceu. Foi inflexível, queria que ele, e não eu, a acompanhasse. Não era apropriado, mas achei prudente não protestar. É claro que isso significa que deve ter visto o *Juízo final*. Se Dalgliesh pode confiar que ela não vai falar do vandalismo, por que não posso confiar no meu pessoal também?".

Padre Martin não quis dizer que a sra. Crampton não era suspeita, e eles eram.

Padre Sebastian, como se repentinamente consciente de sua agitação, veio sentar-se em frente ao colega. "Eu não estava feliz com a idéia de vê-la dirigir sozinha de volta e sugeri que Stephen Morby a acompanhasse. É claro que teria sido inconveniente. Ele teria de tomar o trem de volta e depois um táxi, de Lowestoft. No entanto, ela preferiu ficar só. Eu perguntei se gostaria de ficar para o almoço. Poderia ser servida em sossego aqui, no meu apartamento. Dificilmente a sala de jantar seria apropriada."

Padre Martin concordou silenciosamente. Teria sido uma refeição desconfortável, com a sra. Crampton sentada entre os suspeitos e recebendo educadamente as batatas, talvez até do assassino de seu marido.

O diretor disse: "Temo havê-la desapontado. Nessas ocasiões, usam-se expressões bem gastas, mas elas deixam de fazer sentido, são apenas o som de um lugar-comum murmurado, sem nenhuma relação com a fé ou significado".

Padre Martin disse: "Não importa o que tenha dito, padre, ninguém teria feito melhor. Há ocasiões que estão além das palavras".

A sra. Crampton, pensou ele, dificilmente teria acolhido bem, ou na verdade necessitado, que padre Sebastian a exortasse à fortitude cristã ou lhe recordasse a esperança cristã.

Padre Sebastian mexeu-se na cadeira, inquieto, depois forçou-se à imobilidade. "Eu não disse à senhora Crampton nada a respeito de minha altercação com seu marido na igreja, ontem à tarde. Isso teria aumentado a angústia dela e não lhe teria feito nenhum bem. Lamento-o profundamente. É penoso saber que o arquidiácono morreu com tanta raiva no coração. Isso tem muito pouco de estado de graça — para qualquer um de nós dois."

Padre Martin disse com suavidade: "Não podemos saber, padre, qual era o estado espiritual do arquidiácono quando ele morreu".

Seu companheiro continuou: "Achei um pouco de falta de sensibilidade Dalgliesh mandar seus subordinados interrogarem os padres. Teria sido mais apropriado se ele mesmo tivesse vindo falar conosco. É claro que cooperei, como tenho certeza de que todo mundo cooperou. Gostaria que a polícia parecesse mais aberta à possibilidade de que alguém de fora do seminário seja o responsável, embora esteja relutante em acreditar que o inspetor Yarwood tenha alguma coisa a ver com isso. Mesmo assim, quanto mais cedo puder falar, melhor. E naturalmente estou muito ansioso para que a igreja seja reaberta. O coração do seminário mal bate sem ela".

Padre Martin disse: "Não acho que possamos reabrir a igreja até o *Juízo final* estar limpo, e talvez isso não seja possível. Quero dizer, pode ser que seja necessário no estado atual, como prova".

"É claro que isso é ridículo. Sem dúvida tiraram fotografias, e elas deverão ser suficientes. Mas realmente a limpeza apresenta uma dificuldade. Será uma tarefa para especialistas. O *Juízo final* é um tesouro nacional. Dificilmente poderíamos deixar Pilbeam solto com uma lata de terebintina em cima dele. E deverá haver uma cerimônia de reconsagração, antes que a igreja possa ser usada. Estive na biblioteca examinando os cânones, mas é incrível como oferecem pouca orientação. O cânone F15 trata da profanação de igrejas, porém não dá instruções para a ressantificação. Há o rito romano, e talvez possamos adaptá-lo, mas é mais complicado do que parece. Eles consideram uma procissão liderada por um carregador da cruz, seguido pelo bispo, com mitra e báculo pastoral, co-celebrantes, diáconos e outros ministros com os paramentos litúrgicos apropriados, em procissão, à frente das pessoas igreja adentro."

Padre Martin disse: "Não consigo imaginar o bispo querendo tomar parte disso. O senhor entrou em contato com ele, padre?".

"Naturalmente. Ele virá para cá na quarta-feira à tarde. Com muita consideração, sugeriu que qualquer data antes dessa poderia ser inconveniente para nós e para a polícia. Certamente falou com os curadores, e tenho poucas dúvidas de que vá me contar isso formalmente, quando chegar. Santo Anselmo será fechado no final deste semestre. Ele está esperando que possam ser feitos arranjos para acomodar os noviços em outros seminários. Espera-se que Cuddesdon e a Casa de Santo Estevão estejam em condições de ajudar, embora não sem dificuldades. Eu já falei com os diretores."

Padre Martin, ultrajado, gritou em protesto, mas sua velha voz só conseguiu tremer de modo humilhante. "Mas isso é estarrecedor. Temos menos de dois meses. E os Pilbeam, Surtees, nossos funcionários em meio período? As pessoas serão expulsas de seus chalés?"

"É claro que não, padre." Havia um traço de impaciência na voz de padre Sebastian. "Santo Anselmo será fechado como seminário no final deste semestre, mas os funcionários residentes serão mantidos até que seja definido o futuro dos prédios. Isso também se aplica ao pessoal em meio período. Paul Perronet andou falando comigo por telefone e virá com os demais curadores na quinta-feira. Ele está inflexível quanto a que nada de valor seja retirado no momento, tanto do seminário como da igreja. A senhorita Arbuthnot foi muito clara quanto às suas intenções, mas sem dúvida a situação legal vai ficar complicada."

Padre Martin soubera das determinações do testamento quando se tornara diretor. Ele pensou, mas não disse: quatro padres iriam ficar muito ricos. Quão ricos?, perguntou-se. O pensamento o horrorizou. Achou que suas mãos estavam tremendo. Olhando para as veias feito cordas roxas e as manchas marrons que pareciam mais marcas de alguma doença do que sinais da idade, sentiu seu pequeno estoque de força exaurir-se.

Olhando para o padre Sebastian, ele viu, com uma percepção subitamente esclarecedora, uma fisionomia pálida e estóica, mas um cérebro já avaliando o futuro, maravilhosamente impermeável às piores devastações da dor e ansiedade. Desta vez não haveria indulgência possível. Tudo aquilo pelo que padre Sebastian trabalhara e tudo o que planejara estava ruindo em horror e escândalo. Ele sobreviveria, mas agora, talvez pela primeira vez, estivesse necessitando de uma convicção quanto a isso.

Sentaram-se um em frente ao outro, em silêncio. Padre Martin queria encontrar as palavras apropriadas, mas elas não vinham. Durante quinze anos ninguém lhe pedira nem sequer uma vez conselho, tranqüilização, solidariedade ou ajuda. Agora que isso era necessário, ele se achava impotente. Seu fracasso foi além desse momento. Parecia abranger todo o seu sacerdócio. O que ele dera aos seus paroquianos, aos noviços de Santo Anselmo? Houve bondade, afeição, tolerância e compreensão, mas isso era o normal para qualquer pessoa bem-intencionada. Tinha ele, durante o seu sacerdócio, mudado uma única vida? Lembrava-se das palavras de uma mulher, ouvidas por acaso quando estava saindo de sua última paróquia. "Padre Martin é um padre de quem nunca ninguém fala mal." Agora, isso parecia a ele a pior de todas as acusações.

Depois de um momento, levantou-se, e padre Sebastian também. Ele disse: "O senhor quer, padre, que eu dê uma olhada no rito romano, para ver se pode ser adaptado ao nosso uso?".

Padre Sebastian disse: "Obrigado, padre, isso seria de grande ajuda", e deslocou-se para trás de sua cadeira, para a escrivaninha, enquanto padre Martin saía do gabinete e silenciosamente fechava a porta atrás de si.

14

O primeiro dos noviços a ser formalmente interrogado foi Raphael Arbuthnot. Dalgliesh resolveu vê-lo junto com Kate. Arbuthnot demorou algum tempo para responder ao chamado, e passaram-se dez minutos antes que aparecesse na sala de interrogatório, acompanhado por Robbins.

Dalgliesh viu, com alguma surpresa, que Raphael ainda não havia se recuperado; ele parecia tão chocado e aflito quanto durante a reunião na biblioteca. Talvez até mesmo aquele curto intervalo de tempo o tivesse feito perceber o perigo que corria. Movimentava-se de um modo duro, como um velho, e recusou o convite de Dalgliesh para sentar-se. Em vez disso, ficou de pé atrás da cadeira, agarrando o encosto com as duas mãos, os nós dos dedos brancos como o rosto. Kate teve a idéia ridícula de que, se estendesse a mão para tocar a pele ou os cachos dos cabelos de Raphael, sentiria apenas uma pedra inamovível. O contraste entre a loura cabeça helênica e o negro severo da batina clerical parecia uma trama hierárquica e teatral.

Dalgliesh disse: "Ninguém teria podido sentar-se à mesa do jantar na noite passada, como eu, por exemplo, sem perceber que você não gostava do arquidiácono. Por quê?".

Não era o começo que Arbuthnot esperava. Talvez, pensou Kate, houvesse se preparado mentalmente para uma manobra acadêmica mais familiar, questões preliminares inócuas a respeito da história pessoal do candidato levando a uma inquirição mais desafiadora. Ele olhou fixamente para Dalgliesh e permaneceu em silêncio.

Parecia impossível que pudesse sair alguma resposta daqueles lábios rígidos, mas quando falou, a voz estava controlada. "Prefiro não dizer. Não basta que eu não gostasse dele?" Ele fez uma pausa, e então disse: "Era algo mais forte do que isso. Eu o odiava. Odiá-lo tornou-se uma obsessão. Agora percebo isso. Talvez estivesse transferindo para ele um ódio que não poderia admitir sentir por alguma outra coisa, uma pessoa, um lugar, uma instituição".

Conseguiu dar um sorriso meio arrependido e disse: "Se o padre Sebastian estivesse aqui, diria que estou me comprazendo em minha deplorável obsessão com psicologia de amador".

Kate, com a voz surpreendentemente suave, disse: "Nós estamos sabendo da condenação do padre John".

Foi sua imaginação, pensou Dalgliesh, ou a tensão nas mãos de Raphael relaxou um pouco? "É claro. Estou sendo obtuso. Suponho que tenham colhido informações a respeito de nós todos. Pobre padre John. O anjo que cuida dos registros não tem nada nos computadores da polícia. Então vocês sabem que Crampton era uma das principais testemunhas de acusação. Foi ele, e não o júri, quem mandou padre John para a cadeia."

Kate disse: "Júris não mandam ninguém para a cadeia. O juiz é que manda". Ela acrescentou, como se tivesse medo de que Raphael fosse desmaiar: "Por que o senhor não se senta, senhor Arbuthnot?".

Depois de um momento de hesitação, ele sentou-se numa cadeira e fez um esforço evidente para relaxar. Disse: "As pessoas que a gente odeia não deviam ser assassinadas. Isso lhes dá uma vantagem injusta. Eu não o matei, mas sinto-me tão culpado como se o tivesse feito".

Dalgliesh disse: "O trecho de Trollope que você leu no jantar, ontem, foi de sua escolha?".

"Sim. Nós sempre escolhemos o que vamos ler."

Dalgliesh disse: "Um arquidiácono muito diferente, uma outra época. Um homem ambicioso ajoelha-se ao lado do pai moribundo e pede perdão por desejá-lo morto. Parece-me que o arquidiácono tomou isso como pessoal".

"A idéia era essa." Houve outro silêncio, e então Raphael disse: "Sempre imaginei por que ele perseguia o padre John com tanta veemência. Não é como se ele mesmo fosse um gay enrustido, morrendo de medo da exposição. Agora sei que estava, vicariamente, expurgando a própria culpa".

Dalgliesh disse: "Culpa de quê?".

"Acho melhor o senhor perguntar ao inspetor Yarwood."

Dalgliesh resolveu não seguir essa linha de questionamento por enquanto. Essa não era a única pergunta que precisava fazer a Yarwood. Até que o inspetor estivesse em condições de ser interrogado, ele estava às apalpadelas na meia-luz. Perguntou a Raphael o quê, exatamente, ele fizera após o fim das completas.

"Em primeiro lugar, fui ao meu quarto. Devemos manter silêncio depois das completas, mas a regra invariavelmente não é seguida. O silêncio não significa não falar uns com os outros. Não nos comportamos como monges trapistas, mas em geral vamos para os nossos quartos. Li e trabalhei num ensaio até as dez e meia. O vento uivava — bem, o senhor sabe, estava lá — e resolvi ir até a casa para ver se Peter — Peter Buckhurst — estava bem. Ele está se recuperando de uma mononucleose infecciosa e não anda nada bem. Sei que odeia tempestades — não os relâmpagos, ou os trovões, ou a chuva pesada, apenas os uivos do vento. Sua mãe morreu em um quarto ao lado do seu numa noite de ventania, quando tinha sete anos, e desde então odeia o vento."

"Como você entrou na casa?"

"Da maneira costumeira. O meu quarto é o três, no claustro norte. Atravessei o vestiário, fui pelo saguão e subi as escadas até o segundo andar. Há um quarto de doentes lá, nos fundos da casa, e Peter tem dormido nele durante as últimas semanas. Para mim era óbvio que não queria ficar sozinho, então eu disse que ficaria durante a noite. Há uma segunda cama no quarto de doentes, e dormi lá. Eu já havia pedido permissão a padre Sebastian para sair depois das completas — eu prometera assistir à primeira missa de um amigo numa igreja nos arredores de Colchester —, mas não quis deixar Peter, de modo que resolvi, em vez disso, partir no domingo pela manhã. A missa seria apenas às dez e meia, então eu sabia que daria tempo."

Dalgliesh perguntou: "Senhor Arbuthnot, por que não me contou isso quando estávamos na biblioteca, esta manhã? Eu perguntei se alguém saíra do quarto após as completas".

"O senhor teria falado? Teria sido muito humilhante para Peter, não acha, deixar o seminário inteiro saber que ele tem medo do vento?"

"Como passaram a noite juntos?"

"Conversamos e depois li para ele. Um conto de Saki, se é que quer saber."

"Alguém, além de Peter Buckhurst, o viu, depois de ter entrado no prédio principal por volta das dez e meia?"

"Só padre Martin. Ele foi lá dar uma olhada por volta das onze horas, mas não ficou. Também estava preocupado com Peter."

Kate perguntou: "Isso foi porque ele sabia que o senhor Buckhurst tinha medo de ventos fortes?".

"É o tipo de coisa que o padre Martin acaba sabendo. Não acho que alguém mais no seminário soubesse, além de nós dois."

"Você voltou ao seu quarto em alguma hora, durante a noite?"

"Não. Há um chuveiro anexo ao quarto de doentes, caso eu quisesse tomar um banho. Eu não precisava de pijama."

Dalgliesh disse: "Senhor Arbuthnot, tem certeza absoluta de que trancou a porta que dá do claustro norte para a casa, quando foi ver seu amigo?".

"Tenho certeza absoluta. O senhor Pilbeam em geral verifica as portas por volta das onze horas, quando tranca a porta da frente. Ele poderá confirmar que estava trancada."

"E o senhor não saiu do quarto de doentes até hoje de manhã?"

"Não. Fiquei no quarto de doentes a noite toda. Peter e eu apagamos nossas lâmpadas de cabeceira por volta da meia-noite e nos acomodamos para dormir. Não sei quanto a ele, mas eu dormi profundamente. Acordei pouco antes das seis e meia, e percebi que Peter ainda dormia. Já estava voltando para o meu quarto quando encontrei padre Sebastian vindo de seu gabinete. Ele não pareceu surpreso ao me ver e não perguntou por que eu não saíra. Agora percebo que tinha outras coisas na cabeça. Só me disse para procurar todo mundo, noviços, funcionários e hóspedes, e pedir que estivessem na biblioteca às sete e meia. Lembro-me de ter perguntado: 'E as matinas, padre?', e ele replicou: 'As matinas foram canceladas'."

Dalgliesh perguntou: "Ele deu alguma explicação quanto à convocação?".

"Não, nenhuma. Só depois que me juntei a todos na biblioteca, às sete e meia, foi que fiquei sabendo o que ocorrera."

"E não há mais nada que o senhor possa nos contar, nada, absolutamente, que possa ter alguma relação com o assassinato do arquidiácono?"

Houve um longo silêncio durante o qual Arbuthnot ficou olhando fixamente para as mãos apertadas no seu colo. Então, como se tivesse chegado a uma decisão, ergueu os olhos e olhou intensamente para Dalgliesh. Ele disse: "O senhor está fazendo uma porção de perguntas. Sei que esse é seu trabalho. Agora, posso fazer uma?".

Dalgliesh disse: "Certamente, embora eu não possa prometer que vá responder".

"É isso. É óbvio que o senhor — a polícia, quero dizer — acredita que alguém que dormiu no seminário na noite passada matou o arquidiácono. O senhor deve ter algum motivo para acreditar nisso. Quero dizer, não seria muito mais provável que alguém de fora tivesse invadido a igreja, talvez para roubar, e fosse surpreendido por Crampton? Afinal de contas, este lugar não é seguro. Ele não teria dificuldades para entrar no pátio. Provavelmente não teria grandes dificuldades para entrar na casa e conseguir a chave da igreja. Qualquer pessoa que já tivesse estado aqui poderia saber onde são guardadas as chaves. Então, estou só imaginando por que o senhor está se concentrando em nós — quero dizer, nos padres e nos noviços."

Dalgliesh disse: "Estamos mantendo a mente aberta quanto ao autor desse assassinato. Mais do que isso não posso lhe dizer".

Arbuthnot continuou: "Sabe, andei pensando... bem, é claro, todos andamos pensando. Se alguém no seminário matou Crampton, esse alguém só pode ser eu. Ninguém mais teria os motivos ou os meios. Ninguém o odiava tanto e, mesmo que o odiasse, não seria capaz de um homicídio. Fico imaginando se não poderia ter feito isso sem saber. Talvez eu tenha levantado durante a noite e voltado para o meu quarto, depois o vi entrando na igreja. Não seria possível que eu pudesse ter ido atrás dele, brigado violentamente e o matado?".

A voz de Dalgliesh estava tranqüilamente pouco curiosa: "Por que o senhor acharia isso?".

"Porque pelo menos é possível. Se isso é o que vocês chamam de coisa de dentro, quem mais poderia ter sido? E há um indício que aponta para isso. Quando voltei para o meu quarto, esta manhã, depois de ter telefonado para todo mundo vir à biblioteca, sabia que alguém entrara lá durante a noite. Havia um graveto quebrado do lado de dentro da porta. A menos que alguém o tenha retirado, ainda estará lá. Agora que vocês fecharam o claustro norte, não posso voltar para checar. Suponho que é um tipo de prova, mas prova de quê?"

Dalgliesh perguntou: "Tem certeza de que o graveto não estava no seu quarto quando você saiu, depois das completas, para ir ver Peter Buckhurst?".

"Tenho certeza que não. Eu teria notado. Não poderia deixar de vê-lo. Alguém entrou no meu quarto depois que saí para ver Peter. Devo ter voltado alguma hora durante a noite. Quem mais poderia ser, a uma hora daquelas e durante uma tempestade?"

313

Dalgliesh disse: "Alguma vez na sua vida o senhor já sofreu de amnésia temporária?".

"Não, nunca."

"E está me dizendo a verdade, de que não se lembra de ter matado o arquidiácono?"

"Sim, eu juro."

"Tudo o que posso dizer é que seja lá quem foi que cometeu esse crime não pode ter dúvida do que ele ou ela fez na noite passada."

"O senhor quer dizer que eu teria acordado hoje de manhã com sangue nas mãos — literalmente, nas mãos?"

"Não quero dizer nada além do que já disse. Acho que por ora é tudo. Se mais tarde o senhor se lembrar de mais alguma coisa, por favor, informe-nos imediatamente."

A despedida foi breve e, Kate pôde ver, inesperada. Ainda com os olhos em Dalgliesh, Arbuthnot murmurou "Obrigado", e saiu.

Esperaram até que a porta da frente tivesse se fechado atrás dele. Dalgliesh disse: "Bem, e aí, Kate, é um ator consumado ou um rapaz preocupado e inocente?".

"Eu diria que é um ator bastante bom. Com essa aparência você provavelmente tem de ser. Sei que isso não o torna culpado. É uma história inteligente, no entanto, não é? Ele mais ou menos confessou o homicídio na esperança de ficar sabendo exatamente o quanto nós sabemos. E a noite com Buckhurst não lhe confere um álibi; ele poderia ter saído sorrateiramente com facilidade depois que o garoto adormeceu, ter apanhado as chaves da igreja e ligado para o arquidiácono. Sabemos pela senhorita Betterton que é bom na imitação de vozes; poderia ter fingido ser um dos padres, e se fosse visto na casa, bem, ninguém questionaria seu direito de estar lá. Até mesmo se Peter Buckhurst acordasse e visse que não estava, há uma boa chance de que não trairia um amigo. Seria muito mais fácil convencer-se de que a cama extra não estava vazia."

Dalgliesh disse: "É melhor o interrogarmos em seguida. Você e Piers podem fazer isso. Mas se Arbuthnot pegou a chave, por que não a pôs no lugar depois de voltar à casa? Uma probabilidade forte é a de que, seja lá quem tenha matado Crampton, não voltou ao seminário, a não ser, é claro, que seja nisso que ele quer que se acredite. Se Raphael matou o arquidiácono — e até termos falado com Yarwood ele continua sendo o principal suspeito —, seu estratagema mais inteligente teria sido jogar fora a chave. Você notou que ele não mencionou sequer uma vez Yarwood como um possível suspeito? Ele não é burro, deve perceber o possível significado da desaparição de Yarwood. Não pode ser tão ingênuo a ponto de supor que um policial não seja capaz de homicídio".

Kate disse: "E o graveto dentro do quarto dele?".

"Ele diz que ainda está lá, e sem dúvida está. A questão é, como é que foi parar lá e quando? Isso quer dizer que os peritos vão ter de estender a área de busca até os aposentos de Arbuthnot. Se estiver dizendo a verdade — e é uma história estranha —, então o graveto pode ser importante. Porém, esse homicídio foi cuidadosamente planejado. Se Arbuthnot tivesse pensando em assassinato, por que complicar as coisas indo para o quarto de Peter Buckhurst? Se seu amigo estivesse seriamente perturbado pela tempestade, Arbuthnot mal poderia tê-lo deixado. E ele não poderia ter certeza de que o garoto iria adormecer, mesmo à meia-noite."

"Mas se ele estivesse esperando fabricar um álibi, Peter Buckhurst era provavelmente sua única chance. Afinal de contas, um rapaz doente e assustado seria fácil de ser enganado quanto à hora. Se Arbuthnot planejou o assassinato para a meia-noite, por exemplo, poderia facilmente murmurar para Buckhurst, quando se acomodaram para dormir, que já passava da meia-noite."

"O que apenas seria útil para ele, Kate, se o patologista pudesse nos dizer com maior ou menor precisão quando Crampton foi morto. Arbuthnot não tem um álibi, mas o mesmo acontece com todo mundo no seminário."

"Inclusive Yarwood."

"E pode ser que ele tenha a chave para o negócio todo. Temos de continuar pressionando, mas até que esteja em condições de ser interrogado, poderíamos estar perdendo provas vitais."

Kate perguntou: "O senhor não o vê como suspeito?".

"No momento, ele tem de ser, mas é um suspeito pouco provável. Não consigo imaginar um homem num estado mental tão precário planejando e executando um crime tão complicado. Se o encontro inesperado com Crampton em Santo Anselmo tivesse provocado nele um ódio homicida, ele poderia tê-lo matado na cama."

"Mas isso serve para todos os suspeitos, senhor."

"Exatamente. Voltamos à questão central. Por que o homicídio foi planejado dessa maneira?"

Bacana Clark e o fotógrafo estavam à porta. O rosto de Clark assumiu um ar de reverência solene, como se estivesse entrando numa igreja. Era um sinal certo de que tinha boas notícias. Chegando até a mesa, dispôs as polaróides e as impressões digitais: do indicador até o mindinho da mão direita e, ao lado delas, a impressão de uma palma, de novo da mão direita, dessa vez mostrando o lado do polegar e quatro impressões claras dos dedos. Ele dispôs um formulário de impressão padrão ao lado deles.

Ele disse: "O doutor Stannard, senhor. Seria impossível esperar algo mais nítido. A impressão da palma na parede de pedra, à direita do *Juízo final*, as outras impressões no assento do segundo banco fechado. Poderíamos obter uma impressão da palma, senhor, mas nem é preciso, com o que já temos. Não tem sentido enviá-las ao quartel-general para verificação. É raro ver impressões tão nítidas. São mesmo do doutor Stannard".

15

Piers disse: "Se Stannard for Caim, será a nossa investigação mais curta até agora. De volta à fumaça. Que pena. Eu estava ansiando por um jantar no Crown e uma caminhada na praia antes do café da manhã".

Dalgliesh estava de pé perto da janela leste, olhando o mar por cima do promontório. Voltando-se, disse: "Eu não desistiria da idéia".

Eles haviam puxado a mesa que estava sob a janela e posto no meio da sala, com as duas cadeiras de espaldar reto atrás dela. Stannard poderia sentar-se na poltrona baixa de braços, agora trazida para a frente da mesa. Estaria mais confortável, fisicamente, mas em desvantagem psicológica.

Esperaram em silêncio. Dalgliesh demonstrou pouca vontade de falar, e Piers já trabalhara com ele tempo bastante para saber quando ficar calado. Robbins devia estar tendo dificuldade em encontrar Stannard. Passaram-se quase cinco minutos antes de ouvirem a porta da frente se abrindo.

Robbins disse: "O doutor Stannard, senhor", e instalou-se discretamente no canto, com o caderno na mão.

Stannard entrou energicamente, respondendo lacônico ao "Bom dia" de Dalgliesh, e olhou em volta, como se estivesse avaliando onde esperavam que se sentasse.

Piers disse: "Esta cadeira, doutor Stannard".

Stannard deu uma olhada em torno do aposento, com deliberada intensidade, como se deplorando a inadequação, depois sentou-se, recostou-se, pareceu resolver que aquela suposta comodidade era pouco apropriada e voltou a ajeitar-se na ponta da cadeira, as pernas juntas, as mãos nos bolsos do paletó. Seu olhar, fixo em Dalgliesh, era inquiridor, mais do que beligerante, mas Piers percebeu ressentimento e algo mais forte, que diagnosticou como medo.

Ninguém fica à vontade ao ser envolvido numa investigação de homicídio; mesmo testemunhas razoáveis e dotadas de espírito público, fortalecidas pela inocência, podem se ressentir das sondagens policiais, e ninguém as enfrenta com a consciência completamente limpa. Atos de delinqüência antigos e desimportantes, sem nada a ver, reaparecem à superfície da mente como escuma. Mesmo assim, Piers teve de Stannard uma impressão muito desfavorável. Não era, concluiu ele, apenas seu preconceito contra bigodes caídos; simplesmente não gostava do sujeito. A fisionomia de Stannard, o nariz fino, muito comprido, e os olhos muito juntos, estava marcada por profundas rugas de preocupação. Era o rosto de um homem que nunca alcançara totalmente o que achava que lhe era devido. O quê, imaginou Piers, teria dado errado? Teria ficado em segundo lugar, e não em primeiro, na formatura? Fora convidado para lecionar numa universidade menos destacada? Menos poder, menos dinheiro, menos sexo do que julgava merecer? Provavelmente não era falta de sexo; as mulheres, inexplicavelmente, pareciam atraídas por esse tipo de Che Guevara revolucionário amador. Não havia ele, em Oxford, perdido sua Rosie exatamente para um diletante de cara azeda como esse? Talvez, admitiu, fosse essa a causa do seu preconceito. Era experiente demais para não mantê-lo sob controle, mas até mesmo admiti-lo dava-lhe uma satisfação perversa.

Trabalhara com Dalgliesh tempo bastante para saber como aquela cena seria representada. Ele faria a maior parte das perguntas; Adam entraria quando bem entendesse. Nunca era o que a testemunha esperava. Piers pensou se Dalgliesh sabia como era intimidante a sua escura presença silenciosa e atenta.

318

Apresentou-se e depois começou a fazer as habituais perguntas preliminares, numa voz monótona. Nome, endereço, data de nascimento, ocupação, estado civil. As respostas de Stannard eram curtas. No final, ele disse: "Não vejo a relevância do meu estado civil nisso tudo. Na realidade, namoro uma pessoa. Mulher".

Sem responder, Piers perguntou: "E quando o senhor chegou?".

"Na noite de sexta-feira de um fim de semana prolongado. Devo ir embora hoje, antes do jantar. Suponho que não haja motivos para não ir."

"O senhor é um visitante regular?"

"Bastante. Durante os últimos dezoito meses, mais ou menos, uns fins de semana de vez em quando."

"O senhor poderia ser mais específico?"

"Cerca de meia dúzia de visitas, suponho."

"Quando foi a última vez em que esteve aqui?"

"Há um mês. Esqueci a data exata. Cheguei numa sexta-feira à noite e fiquei até o domingo. Comparado com este fim de semana, foi sem novidades."

Dalgliesh interrompeu pela primeira vez. "Qual a razão das suas visitas, doutor Stannard?"

Stannard abriu a boca e depois hesitou. Piers imaginou se não estaria a ponto de replicar: "Por que deveria haver uma?", e pensou melhor. A resposta, quando veio, pareceu ter sido cuidadosamente preparada.

"Estou fazendo pesquisas para um livro sobre a vida familiar dos antigos tractarianos, cobrindo tanto a infância como a juventude deles, seus casamentos subseqüentes, caso tenha havido algum, e a vida em família. A intenção é explorar as experiências iniciais com o desenvolvimento religioso e a sexualidade. Como esta é uma instituição anglo-católica, a biblioteca é especialmente útil, e tenho acesso a ela. Meu avô foi Samuel Stannard, sócio da firma de Stannard, Fox e Perronet, em Norwich. Eles têm representado Santo Anselmo desde a sua fundação, e a família Arbuthnot, antes disso. A minha vinda aqui combina a pesquisa com um agradável descanso de fim de semana."

319

Piers perguntou: "Sua pesquisa já chegou a que ponto?".

"Está num estágio inicial. Não tenho muito tempo livre. Ao contrário do que se pensa, os acadêmicos são sobrecarregados."

"Mas o senhor tem documentos com o senhor, evidências do trabalho feito até agora?"

"Não. Meus documentos estão na universidade."

Piers disse: "Essas visitas... eu diria que o senhor já teria esgotado as possibilidades da biblioteca daqui. E outras bibliotecas? A Bodleian?".

Stannard disse, acidamente: "Há outras bibliotecas, além da Bodleian".

"É verdade. Há a Pusey House, em Oxford. Creio que eles têm uma notável coleção sobre os tractarianos. O bibliotecário de lá poderia ajudar." Virou-se para Dalgliesh. "E há Londres, é claro. A Dr. Williams Library, em Bloomsbury, ainda existe, senhor?"

Antes que Dalgliesh pudesse responder, se é que tinha essa intenção, Stannard explodiu. "E que diabos vocês têm a ver com o lugar onde faço minha pesquisa? E se estão tentando mostrar que de vez em quando a Metropolitana recruta policiais instruídos, esqueçam. Não estou impressionado."

Piers disse: "Só estou tentando ser útil. Então o senhor veio aqui de visita meia dúzia de vezes nos últimos dezoito meses, para trabalhar na biblioteca e usufruir de um fim de semana recuperador. O arquidiácono esteve aqui em alguma dessas ocasiões anteriores?".

"Não. Não o conhecia até este fim de semana. Ele só chegou ontem. Não sei exatamente a que horas, mas a primeira vez em que o vi foi no chá. O chá foi servido na sala de estar dos alunos, e o aposento estava bastante cheio à hora que cheguei, às quatro. Alguém — acho que foi Raphael Arbuthnot — apresentou-me às pessoas que eu não conhecia, mas não estava a fim de papo, de modo que tomei uma xícara de chá, comi alguns sanduíches e fui para a biblioteca. Aquele velho tonto, o padre Peregrine, levantou a cabeça do livro o tempo suficiente para me dizer que comida e bebida eram proibidas na biblioteca. Fui para o meu quarto. Vi o arquidiácono outra vez no jantar. Depois do jantar, trabalhei na biblioteca, até que foram todos para as completas. Sou ateu, de modo que não fui com eles."

"E quando é que o senhor ficou sabendo do homicídio?"

"Pouco antes das sete, quando Raphael Arbuthnot ligou para dizer que havia sido convocada uma reunião geral na biblioteca, às sete e meia. Não gostei muito que falassem comigo como se estivesse de volta à escola, mas achei que poderia ir dar uma olhada no que estava acontecendo. Quanto ao homicídio, sei menos que vocês."

Piers perguntou: "O senhor já assistiu a algum culto aqui?".

"Não, nunca. Venho aqui por causa da biblioteca e para um fim de semana calmo, não para assistir aos cultos. Isso não parecia preocupar os padres, de modo que não vejo por que seria da conta de vocês."

Piers disse: "Ah, mas é, senhor Stannard, é. O senhor está nos dizendo que nunca, na verdade, esteve na igreja?".

"Não, não estou dizendo isso. Não ponha palavras na minha boca. Posso ter ido lá olhar, por curiosidade, numa das visitas. Certamente já vi o interior, inclusive o *Juízo final*, que é de algum interesse para mim. Estou dizendo que nunca assisti a um culto."

Sem levantar os olhos do papel à sua frente, Dalgliesh perguntou: "Quando foi a última vez em que esteve na igreja, doutor Stannard?".

"Não me lembro. Por que lembraria? Não foi neste fim de semana, de qualquer modo."

"E qual foi a última vez em que viu o arquidiácono Crampton neste fim de semana?"

"Depois da igreja. Ouvi alguns deles voltando, por volta das dez e quinze. Estava na sala de estar dos alunos, assistindo a um vídeo. Não havia nada interessante na televisão, e eles têm uma pequena coleção de vídeos. Pus *Quatro casamentos e um funeral*. Já vira o filme antes, mas achei que valia a pena ver de novo. Crampton ficou lá um pouco, mas não fui exatamente acolhedor, e então ele foi embora."

Piers disse: "Então o senhor deve ter sido a última pessoa, ou uma das últimas, a vê-lo com vida".

"O que suponho que vocês considerem suspeito. Não fui a última pessoa a vê-lo com vida; o assassino foi. Eu não o matei. Olhe, quantas vezes vou ter de dizer isso? Não conhecia o cara. Não briguei com ele e não cheguei perto da igreja ontem à noite. Estava na cama às onze e meia. Depois do vídeo, saí pela porta para o claustro sul e fui para o meu quarto. O vendaval estava forte, àquela altura, e não era hora de ir tomar um último ar marinho. Fui diretamente para a minha suíte. É a número um, no claustro sul."

"Havia luz na igreja?"

"Não que eu notasse. Pensando bem, não vi luz alguma nos quartos dos noviços ou nas suítes dos hóspedes. Havia as costumeiras luzes fracas em ambos os claustros."

Piers disse: "O senhor compreende que precisamos obter a imagem o mais completa possível do que aconteceu nas horas anteriores à morte do arquidiácono. O senhor ouviu ou notou alguma coisa que possa ser significativa?".

Stannard deu um riso artificial. "Imagino que estava acontecendo o diabo, mas não consigo ver o que se passa na mente das pessoas. Tive a impressão de que o arquidiácono não era exatamente bem-vindo, mas ninguém lhe fez ameaças de morte, que eu tenha ouvido."

"O senhor falou com ele depois daquela apresentação, à hora do chá?"

"Só para lhe pedir que passasse a manteiga, no jantar. Ele me passou. Não sou bom em conversas sociais, de modo que me concentrei na comida e no vinho, que estavam melhores do que a companhia. Não foi uma refeição exatamente alegre. Não foi a usual e feliz todos-os-rapazes-de-Deus — ou de Sebastian Morell, o que dá no mesmo. Mas o seu chefe estava lá. Ele pode contar a respeito do jantar."

Piers disse: "O comandante sabe o que viu e ouviu. Estamos perguntando ao senhor".

"Já disse: não foi um jantar alegre. Os noviços pareciam reprimidos, o padre Sebastian presidia com cortesia gélida e algumas pessoas tinham dificuldade de tirar os olhos de Emma Lavenham, e não posso dizer que os censure. Raphael Arbuthnot leu um trecho de Trollope — não é um romancista que eu conheça, mas me pareceu bastante inócuo. Não porém para o arquidiácono. E se Arbuthnot queria desconcertá-lo, escolheu a hora certa. É difícil fingir gostar do jantar quando suas mãos estão tremendo e parece que você vai vomitar no prato. Depois do jantar todos bateram asas para a igreja, e foi a última vez em que vi qualquer um deles, até Crampton vir à sala, quando eu estava assistindo ao vídeo."

"O senhor não viu ou ouviu nada de suspeito durante a noite?"

"O senhor já perguntou isso quando estávamos reunidos na biblioteca. Se eu tivesse visto ou ouvido qualquer coisa suspeita, já teria dito antes."

Dessa vez foi Piers quem fez a pergunta: "O senhor não pôs os pés na igreja durante esta visita, nem para um culto nem em nenhum outro momento?".

"Quantas vezes tenho de dizer a mesma coisa? A resposta é não. Não. Não. Não."

Dalgliesh ergueu os olhos e encontrou os de Stannard. "Então como explica o fato de suas impressões digitais recentes estarem na parede ao lado do *Juízo final* e no assento do segundo banco fechado? A poeira embaixo do assento foi remexida. Há uma grande probabilidade de os legistas encontrarem traços dela no seu paletó. Era lá que o senhor estava escondido quando o arquidiácono entrou na igreja?"

Então Piers viu terror real. Como sempre, isso o aba-

323

teu. Não se sentiu triunfante, apenas envergonhado. Uma coisa era pôr o suspeito em desvantagem, outra era testemunhar sua transformação de um homem num animal aterrorizado. Stannard pareceu encolher fisicamente, uma criança magra e desnutrida numa cadeira grande demais. As mãos ainda estavam nos bolsos. Agora ele tentava enrolálas em volta do corpo. O *tweed* fino esticou-se e Piers achou que ouvira a costura do forro rasgar-se.

Dalgliesh disse baixo: "A evidência é irrefutável. O senhor está mentindo desde que entrou nesta sala. Se não matou o arquidiácono, seria bom dizer a verdade agora, toda a verdade".

Stannard não respondeu. Tirou as mãos do bolso e as apertava no colo. Inclinando a cabeça por cima delas, tinha a aparência incongruente de um homem rezando. Parecia estar pensando, e esperaram em silêncio. Por fim, quando ergueu a cabeça e falou, percebia-se que dominara o medo extremo e estava pronto para reagir. Piers percebeu na voz dele um misto de obstinação e arrogância.

"Não matei Crampton e vocês não podem provar que eu tenha feito isso. Está bem, menti a respeito de não ter ido à igreja. Era natural. Eu sabia que se dissesse a verdade vocês iriam imediatamente me tomar como principal suspeito. É tudo muito conveniente para vocês, não é? A última coisa que querem é imputar isso a alguém de Santo Anselmo. Sou talhado sob medida para esse papel, e aqueles padres são sacrossantos. Bem, não fui eu."

Piers disse: "Então por que o senhor estava na igreja? Dificilmente pode esperar que acreditemos que estivesse lá para rezar".

Stannard não respondeu. Ele parecia tomar coragem para a inevitável explicação, ou talvez escolhesse as palavras mais convincentes e apropriadas. Ao falar, olhou fixamente para a parede mais afastada, evitando com cuidado os olhos de Dalgliesh. Tinha a voz controlada, mas com um tom mal dissimulado de autojustificativa petulante.

"Está bem, concordo que vocês tenham direito a uma

explicação e que eu tenho o dever de dá-la. É perfeitamente inocente e não tem nada a ver com a morte de Crampton. Sendo assim, eu ficaria grato se tivesse a garantia de que esta entrevista é confidencial."

Dalgliesh disse: "O senhor sabe que não podemos dar essa garantia".

"Olhe, eu já disse que não tem nada a ver com a morte de Crampton. Só fui apresentado a ele ontem. Nunca o tinha visto antes. Não briguei com ele e não tinha motivo nenhum para desejar que morresse. Não gosto de violência. Sou pacifista, e não apenas por convicção política."

Dalgliesh disse: "Doutor Stannard, quer fazer o favor de responder às minhas perguntas? O senhor estava escondido na igreja. Por quê?".

"Estou tentando lhes contar. Eu estava procurando algo. É um documento geralmente mencionado, pelos poucos que sabem da existência dele, como o papiro de santo Anselmo. Tem a fama de ser uma ordem ostensiva assinada por Pôncio Pilatos para o capitão da guarda, ordenando a remoção do corpo crucificado de um agitador político. É claro que podem compreender sua importância. Foi dado à fundadora de Santo Anselmo, a senhorita Arbuthnot, pelo irmão dela, e desde então tem estado sob a custódia do diretor. Corre um boato segundo o qual o documento seria falso, mas como ninguém pode vê-lo ou submetê-lo a um exame científico, a questão fica em aberto. É óbvio que o documento é de interesse de qualquer estudioso genuíno."

Piers disse: "Como o senhor, por exemplo? Não sabia que o senhor é perito em documentos pré-bizantinos. O senhor não é sociólogo?".

"Isso não impede que eu tenha interesse em história da Igreja."

Piers continuou: "Então, sabendo que seria pouco provável que lhe deixassem dar uma olhada no documento, o senhor resolveu roubá-lo".

Stannard endereçou a Piers um olhar de malevolência concentrada. Ele disse, com pesada ironia: "Acredito que a definição legal de roubo é tirar com a intenção de privar permanentemente o dono de sua posse. O senhor é um policial, imaginava que soubesse disso".

Dalgliesh retrucou: "Doutor Stannard, talvez para o senhor sua grosseria seja natural. Também pode ser que em sua opinião ela seja uma maneira agradável, embora infantil, de aliviar a tensão. Só que a grosseria não é aconselhável durante a investigação policial de um homicídio. Muito bem: o senhor foi à igreja. Por que pensou que o papiro estava escondido na igreja?".

"Pareceu-me o lugar lógico. Estive examinando os livros na biblioteca — pelo menos tanto quanto possível com a presença permanente do padre Peregrine tomando conhecimento de tudo enquanto finge não perceber nada. Achei que estava na hora de dirigir minha atenção para outro lugar. Ocorreu-me que talvez o documento estivesse escondido atrás do *Juízo final*. Fui à igreja ontem à tarde. O seminário está sempre tranqüilo nos sábados depois do almoço."

"Como o senhor entrou na igreja?"

"Eu tinha as chaves. Estive aqui logo depois da Páscoa, quando a maior parte dos noviços estava fora, e a senhorita Ramsey, de licença. Peguei emprestadas as chaves da igreja, uma Chubb e uma Yale, do escritório externo, e mandei fazer cópias em Lowestoft. Ninguém deu por falta delas durante as duas horas que levei para isso. Se tivessem dado, eu planejava dizer que as achara no chão do claustro sul. Qualquer pessoa poderia tê-las deixado cair."

"O senhor pensou em tudo. Onde estão essas chaves, agora?"

"Depois da bomba de Sebastian Morell na biblioteca, esta manhã, resolvi que não era exatamente o tipo de coisa que queria que fosse encontrado comigo. Se querem saber, joguei-as fora. Para ser mais exato, limpei minhas impressões delas e as enterrei sob uma moita de capim, na beirada do penhasco."

Piers disse: "Conseguiria encontrá-las outra vez?".

"Provavelmente. Poderia demorar um pouco, mas sei onde as enterrei, num raio de, digamos, dez metros."

Dalgliesh disse: "Então é melhor encontrá-las. O sargento Robbins irá com o senhor".

Piers perguntou: "O que o senhor pretendia fazer com o papiro de santo Anselmo, caso o encontrasse?".

"Copiá-lo. Escrever um artigo a respeito para os jornais e para a imprensa acadêmica. Eu pretendia levá-lo para onde qualquer documento dessa importância deveria estar: o domínio público."

Piers disse: "Por dinheiro, glória acadêmica ou ambos?".

O olhar que Stannard lhe dirigiu era positivamente venenoso. "Se houvesse escrito um livro, e eu tinha essa idéia, é óbvio que ganharia dinheiro."

"Dinheiro, fama, prestígio acadêmico, seu retrato nos jornais. Pessoas já mataram por menos."

Antes que Stannard pudesse protestar, Dalgliesh disse: "Pelo visto o senhor não encontrou o papiro".

"Não. Levei comigo um longo corta-papel de madeira, com a esperança de desalojar qualquer coisa que estivesse escondida entre o *Juízo final* e a parede da igreja. Eu estava de pé, sobre uma das cadeiras, quando escutei alguém entrando. Rapidamente repus a cadeira no lugar e me escondi. Parece que vocês já sabem onde."

Piers disse: "O segundo banco fechado. Brincadeira de meninos de escola. Um tanto humilhante, não é? O senhor não poderia ter apenas caído de joelhos? Não, fingir que estava rezando talvez não fosse convincente".

"E confessar que tinha as chaves da igreja? Por estranho que seja, isso não me pareceu uma boa opção." Voltou-se para Dalgliesh. "Mas posso provar que estou dizendo a verdade. Eu não olhei para ver quem estava entrando, mas quando caminharam pela nave central, ouvi-os claramente. Eram Morell e o arquidiácono. Estavam discutindo o futuro de Santo Anselmo. Eu provavelmente conseguiria repetir a maior parte da conversa. Tenho uma boa memória para falas, e eles não estavam se dando ao trabalho de manter as vozes baixas. Se estão procurando alguém com ressentimento em relação ao arquidiácono, não precisam procurar longe. Uma de suas ameaças era retirar o valioso retábulo da igreja."

Piers perguntou, num tom que podia passar por interesse genuíno: "Que explicações o senhor pensava dar se eles por acaso tivessem olhado embaixo do assento do banco e o encontrado? Quero dizer, obviamente o senhor pensou em tudo com muito cuidado. É de supor que já tivesse alguma explicação pronta".

Stannard tratou a indagação como se tivesse sido uma intervenção pouco inteligente de um aluno não muito promissor. "A sugestão é ridícula. Por que haveriam de espiar o banco? Mesmo que tivessem olhado, por que se dariam ao trabalho de ajoelhar-se e procurar embaixo do assento? Se tivessem, é claro que eu estaria numa posição constrangedora."

Dalgliesh disse: "Agora o senhor ficou numa posição difícil, doutor Stannard. Admite ter feito uma tentativa malsucedida de busca na igreja. Como podemos ter certeza de que não voltou lá tarde da noite, ontem?".

"Dou-lhes minha palavra de que não voltei. O que mais posso dizer?" Depois acrescentou, truculento: "E o senhor não pode provar que voltei".

Piers disse: "O senhor disse que usou um corta-papel de madeira para vasculhar atrás do *Juízo final*. Tem certeza de que foi tudo o que usou? Não foi à cozinha de Santo Anselmo naquela noite, enquanto a comunidade estava nas completas, e pegou uma faca de trinchar?".

A cuidadosa displicência de Stannard, as mal encobertas truculência e arrogância, deram lugar a um franco terror. A pele em torno da boca úmida, supervermelha, ficou de um branco-pálido, e as maçãs do rosto sobressaíram, estriadas de vermelho. Sua pele adquiriu um cinza-esverdeado doentio.

Ele virou o corpo inteiro para Dalgliesh com tal veemência que quase derrubou a cadeira. "Meu Deus, Dalgliesh, tem de acreditar em mim! Eu não fui até a cozinha. Não conseguiria espetar uma faca em ninguém, nem mesmo num animal. Não conseguiria cortar a garganta de um gato. É absurdo! A sugestão é estarrecedora. Só estive na igreja uma vez, juro, e só tinha comigo um corta-papel de madeira. Posso mostrá-lo a vocês. Vou buscá-lo agora."

Ergueu-se da cadeira e olhou com súplica desesperada um rosto severo e o outro. Ninguém falou. Depois ele disse, com um pequeno aumento de esperança e triunfo: "Há outra coisa. Acho que posso provar que não voltei lá. Liguei para a minha namorada em Nova York às onze e meia, horário daqui. Nosso namoro não anda muito bem e nos falamos por telefone quase todos os dias. Usei meu celular e posso dar-lhes o número dela. Eu não ficaria conversando com ela durante meia hora se estivesse planejando matar o arquidiácono".

"Não", disse Piers. "Não se o homicídio fosse planejado."

Mas espiando os olhos aterrados de Stannard, Dalgliesh soube que ali estava um suspeito que quase certamente poderia ser eliminado. Stannard não tinha idéia de como o arquidiácono morrera.

Stannard disse: "Tenho de estar de volta à universidade na segunda-feira de manhã. Eu planejava ir embora hoje à noite. Pilbeam iria me levar de carro até Ipswich. Vocês não podem me manter aqui, não fiz nada de errado".

Sem obter resposta, ele acrescentou, numa voz meio conciliatória, meio zangada: "Olhem, tenho o meu passaporte comigo. Sempre o carrego. Eu não dirijo, uso como identificação. Suponho que se o entregasse temporariamente não haveria objeções à minha saída?".

Dalgliesh disse: "O inspetor Tarrant ficará encarregado dele e lhe dará um recibo. Não é assunto encerrado, mas o senhor está livre para ir embora".

"Suponho que vão contar a Sebastian Morell o que aconteceu."

"Não", disse Dalgliesh. "Quem vai contar é o senhor."

16

Dalgliesh, padre Sebastian e padre Martin encontraram-se no escritório de padre Sebastian. Ele se lembrava quase palavra por palavra da conversa que tivera com o arquidiácono na igreja. Repetiu o diálogo como se estivesse recitando alguma coisa decorada, mas Dalgliesh não deixou de perceber um tom de nojo de si mesmo em sua voz. Ao final, o diretor ficou em silêncio, sem dar explicações ou oferecer atenuantes. Durante o relato detalhado, padre Martin sentou-se em silêncio numa cadeira ao lado da lareira, com a cabeça inclinada, quieto e atento, como se estivesse ouvindo uma confissão.

Houve uma pausa. Dalgliesh disse: "Obrigado, padre. Isso combina com o que o doutor Stannard nos contou".

Padre Sebastian disse: "Perdoe-me se estou me metendo em seu campo de responsabilidade, mas o fato de que Stannard estava escondido na igreja ontem à tarde não significa que não tenha voltado lá tarde da noite. Estou enganado ao pensar que vocês já o dispensaram do inquérito?".

Dalgliesh não tinha a menor intenção de revelar que Stannard não sabia como o arquidiácono morrera. Estava pensando se padre Sebastian esquecera o significado da chave que estava faltando, quando o diretor disse: "É óbvio que, se ele fez uma cópia da chave, não precisaria pegar a que está no escritório. Mas com certeza poderia ter feito isso apenas para jogar as suspeitas em outra pessoa".

Dalgliesh disse: "Isso significaria presumir que o homicídio foi planejado com antecedência, e não um impulso de momento. Stannard não foi dispensado — até o momento, ninguém foi —, mas disse-lhe que poderia ir embora, e imagino que o senhor ficará satisfeito em não vê-lo mais".

"Muito satisfeito. Estávamos começando a suspeitar que a explicação dele para ficar conosco, sua pesquisa sobre a vida doméstica dos antigos tractarianos, era um pretexto para outros interesses. Padre Peregrine, em especial, estava desconfiado. Mas o avô de Stannard era um sócio antigo da firma de procuradores que tem lidado com o seminário desde o século XIX. Ele fez muito por nós, e detestaríamos ser descorteses com seu neto. Talvez o arquidiácono tivesse razão; temos muita tendência a ficar ligados ao nosso passado. Meus encontros com Stannard não eram confortáveis. A atitude dele era uma mistura de fanfarrice e sofismas. As desculpas que dava para a cupidez e a desonestidade não eram pouco comuns: a santidade da pesquisa histórica."

Padre Martin não dissera nada durante todo o interrogatório. Ele e Dalgliesh saíram em silêncio para o escritório externo. Uma vez lá fora, ele parou subitamente e perguntou: "Você gostaria de ver o papiro de santo Anselmo?".

"Sim, gostaria muito."

"Eu o guardo em minha sala de estar."

Subiram a escada circular até a torre. A vista era espetacular, contudo o aposento não era confortável. Dava a impressão de ter sido mobiliado com sobras de peças, velhas demais para estarem expostas à visão do público mas boas demais para serem jogadas fora. Esse recurso de mistura pode produzir um ambiente de intimidade alegre, porém ali era deprimente. Dalgliesh duvidava que padre Martin notasse isso.

Na parede que dava para o norte havia uma pequena gravura religiosa, numa moldura de couro marrom. Era difícil vê-la nitidamente, mas à primeira vista tinha pouco mérito artístico, e as cores estavam tão desbotadas que ficava difícil até mesmo perceber a imagem central da Virgem com o Menino Jesus. Padre Martin retirou-a da parede e desencaixou a parte de cima da moldura. Puxou a gravura para fora. Embaixo havia dois painéis de vidro e, entre eles, o que parecia uma folha de papelão grosso, rachado e quebrado nas pontas e coberto com fileiras de letras pretas arranhadas e cheias de pontas. Padre Martin não a levou até a janela, e Dalgliesh teve dificuldade em decifrar todas as palavras em latim, com exceção do título. Parecia haver uma marca circular no canto direito, onde o papiro estava quebrado. Ele conseguia ver nitidamente os cruzamentos da composição das fibras de junco das quais era feito.

Padre Martin disse: "Só foi examinado uma vez, e isso foi logo depois que a senhorita Arbuthnot o recebeu. Não parece haver dúvidas de que o papiro propriamente dito é antigo, com quase toda certeza datando do século I d. C. O irmão da senhorita Arbuthnot, Edwin, não teria dificuldades em obtê-lo. Acho que você sabe que ele era egiptologista".

Dalgliesh perguntou: "Mas por que ele o deu à irmã? Parece algo estranho de fazer, fosse qual fosse sua proveniência. Se foi falsificado para desacreditar a religião dela, por que mantê-lo secreto? Se ele achava que era genuíno, não era uma razão ainda melhor para torná-lo público?".

Padre Martin disse: "Essa é uma das principais razões por que sempre o consideramos falso. Por que se desfazer dele se, sendo genuíno, teria obtido fama e prestígio com a descoberta? Ele poderia, é claro, querer que a irmã o destruísse. Provavelmente guardara fotografias, e, uma vez destruído por ela, poderia acusar o seminário de deliberadamente destruir um papiro de importância incomparável. Acho que ela foi sensata em fazer o que fez. Os motivos dele são menos explicáveis".

Dalgliesh disse: "Há também a questão de por que Pilatos se daria ao trabalho de dar a ordem por escrito. Com certeza uma palavra no ouvido certo teria sido o procedimento normal".

"Não necessariamente. Eu não faço a mesma objeção quanto a esse aspecto."

Dalgliesh disse: "A questão poderia ser resolvida agora, de um jeito ou de outro, se é o que deseja. Mesmo que o papiro seja da época de Cristo, a tinta poderá ser datada por carbono 14. Hoje é possível saber a verdade".

Padre Martin estava, com grande cuidado, montando a gravura e a moldura. Por fim, pendurou o quadro na parede e deu um passo para trás, de modo a certificar-se de que o havia pendurado reto. Ele disse: "Então você acredita, Adam, que a verdade nunca possa doer".

"Eu não diria isso. Mas creio que temos de procurá-la, não importa quão indesejável possa ser quando a encontramos."

"Essa é tarefa sua, procurar a verdade. É claro que você nunca consegue ter a verdade completa. Como poderia? Você é um homem muito inteligente, mas o que faz não acaba em justiça. Há a justiça dos homens e a justiça de Deus."

Dalgliesh disse: "Não sou tão arrogante assim, padre. Limito minhas ambições à justiça dos homens, ou ao mais próximo que possa chegar dela. E até mesmo isso não está em minhas mãos. É minha tarefa fazer uma prisão. O júri decide a respeito da culpa ou da inocência; o juiz dá a sentença".

"E o resultado é justiça?"

"Nem sempre. Talvez nem com muita freqüência. Mas num mundo imperfeito, é o mais perto dela que conseguimos chegar."

Padre Martin disse: "Não estou negando a importância da verdade. Como poderia? Estou apenas dizendo que sua busca pode ser perigosa, do mesmo modo que a verdade, ao ser descoberta. Você sugere que deveríamos mandar examinar o papiro de santo Anselmo, estabelecer a verdade pela datação por carbono. Todavia, isso não impediria a controvérsia. As pessoas argumentariam que o papiro é tão convincente que deve ser a cópia de um outro, anterior e genuíno. Outros preferirão não acreditar nos especialistas. Teríamos de enfrentar anos de controvérsias danosas. Haveria sempre algo de misterioso a respeito do papiro. Não queremos criar outro sudário de Turim".

Havia uma pergunta que Dalgliesh queria fazer, mas hesitou, consciente de sua presunção, consciente também de que, uma vez feita, seria respondida honestamente, e talvez com sofrimento. "Padre, se o papiro fosse examinado e houvesse uma oportunidade de saber quase com certeza completa se é genuíno, isso faria alguma diferença em sua fé?"

Padre Martin sorriu. Ele disse: "Meu filho, para quem tem a certeza, a cada hora de sua vida, da presença viva do Cristo, por que eu me incomodaria com o que aconteceu a ossos terrenos?".

No escritório de baixo, padre Sebastian pedira a Emma para vir vê-lo. Fazendo-a sentar-se, ele disse: "Imagino que você queira voltar para Cambridge o mais rápido possível. Já falei com o senhor Dalgliesh, e ele disse que não faz objeções. Entendo que no momento não tem o poder de manter aqui ninguém que queira ir embora, desde que a polícia saiba como entrar em contato com a pessoa. Obviamente não há condições de padres ou noviços se retirarem".

A irritação beirando o ultraje fez com que a voz de Emma ficasse mais áspera do que se dava conta. "Quer dizer que o senhor e o senhor Dalgliesh andaram discutindo o que eu devo ou não fazer! Padre, isso não é para o senhor e eu decidirmos?"

Padre Sebastian inclinou a cabeça por um momento, depois olhou-a nos olhos. "Desculpe, Emma, expressei-me mal. Não foi assim. Eu supus que quisesse ir embora."

"Mas por quê? Por que o senhor deveria supor isso?"

"Minha filha, há um assassino entre nós. Temos de encarar os fatos. Na minha opinião, seria mais fácil se você não estivesse aqui. Sei que não tenho motivos para supor que qualquer um de nós esteja correndo perigo em Santo Anselmo, mas pode não ser um lugar muito alegre ou calmo para você, nem ninguém mais."

A voz de Emma ficou mais suave. "Isso não quer dizer que eu queira ir embora. O senhor disse que o seminário deveria continuar a levar uma vida normal tanto quanto possível. Achei que isso significava que eu ficaria e daria minhas três palestras costumeiras. Não vejo o que isso tenha a ver com a polícia."

"Nada, Emma. Falei com Dalgliesh porque sabia que você e eu teríamos de ter esta conversa. Antes disso, achei que deveria descobrir se qualquer um de nós está, de fato, livre para ir embora. Não teria sentido discutir seus desejos até me certificar disso. Você deve desculpar minha falta de tato. Até certo ponto, somos todos prisioneiros de nossa educação. Temo que meu instinto seja o de mandar as mulheres e as crianças em primeiro lugar nos botes salva-vidas." Ele sorriu e depois disse: "É um hábito de que minha mulher costumava queixar-se".

Emma perguntou: "E a senhora Pilbeam e Karen Surtees? Estão indo embora?".

Ele hesitou e deu um sorriso sem jeito. Emma conseguiu até rir. "Ah, padre, o senhor não vai me dizer que ambas estão bem porque têm um homem para protegê-las!"

"Não, eu não tinha a intenção de agravar a minha ofensa. A senhorita Surtees disse à polícia que pretende permanecer com o irmão até que uma prisão seja feita. Poderá ficar aqui durante algum tempo. Suponho que é dela que virá a proteção. Sugeri aos Pilbeam que a senhora Pilbeam visitasse um de seus filhos casados, mas ela perguntou, com certa aspereza, quem iria cozinhar."

Emma deparou com um pensamento desconfortável. Disse: "Lamento ter sido tão áspera e talvez esteja sendo egoísta. Se for mais fácil para vocês — para todo mundo — se eu for embora, então irei, é claro. Não quero ser um estorvo ou aumentar sua ansiedade. Só estava pensando no que eu queria".

"Então fique, por favor. Sua presença, em especial durante os próximos três dias, poderá aumentar minha ansiedade, mas aumentará imensamente nosso conforto e paz. Você sempre foi boa para este lugar, Emma. Você é boa aqui, agora."

Outra vez seus olhos se encontraram, e ela não teve dúvidas sobre o que viu nos dele: prazer e alívio. Desviou o olhar, ciente de que ele poderia discernir nos seus uma emoção menos aceitável: piedade. Ela pensou, ele não é jovem e isso é terrível para ele, talvez o final de tudo pelo que labutou e que amou.

17

O almoço em Santo Anselmo era uma refeição mais simples que o jantar, em geral consistindo de uma sopa seguida por uma variedade de saladas com carnes frias e um prato quente vegetariano. Como o jantar, era parcialmente consumido em silêncio. Hoje o silêncio foi especialmente bem acolhido por Emma, e, ela desconfiava, por todos os demais presentes. Quando a comunidade estava reunida, o silêncio parecia a única reação possível a uma tragédia que, no seu horror bizarro, estava muito além da fala, do mesmo modo como estava além da compreensão. E silêncio em Santo Anselmo sempre fora uma bênção, mais positivo do que a mera ausência de conversa; agora ele revestia a refeição de uma breve ilusão de normalidade. Pouco se comeu, no entanto, e até as tigelas de sopa foram empurradas de lado ainda pela metade, enquanto a sra. Pilbeam, pálida, deslocava-se entre eles como um autômato.

Emma planejara voltar ao Ambrósio para trabalhar, mas sabia que seria impossível concentrar-se. Num impulso que a princípio achou difícil de explicar, decidiu ir ver se George Gregory estava no chalé São Lucas. Não era sempre que ele estava como residente no seminário durante as visitas dela, mas quando estava sentiam-se à vontade na companhia um do outro, sem chegar nunca a serem íntimos. Naquele momento ela precisava conversar com alguém que estivesse em Santo Anselmo mas não fosse de lá, alguém com quem não precisasse pesar cada palavra.

Seria um alívio conseguir conversar a respeito do homicídio com alguém que, imaginava, o achava mais intrigante do que pessoalmente angustiante.

Gregory estava em casa. A porta do chalé São Lucas estava aberta e mesmo enquanto se aproximava podia ouvi-lo escutando Haendel. Reconheceu a gravação como uma que ela mesma tinha, o contratenor James Bowman cantando *Ombra Mai Fu*. A voz de maravilhosa beleza e nitidez enchia o promontório. Esperou até que a música acabasse, e nem levantara a mão para a aldraba quando ele a chamou para entrar. Atravessou o arrumado gabinete forrado de livros até a varanda envidraçada, com vista para o promontório. Estava tomando café, cujo maravilhoso aroma enchia o aposento. Ela não havia esperado pelo café no seminário, mas quando ele se ofereceu para buscar outra xícara, aceitou. Ele pôs uma mesinha ao lado da poltrona baixa de vime, e Emma recostou-se, surpreendentemente satisfeita de estar ali.

Viera sem idéias claras, porém havia algo que queria dizer. Observou-o enquanto servia o café. A barbicha dava um ar ligeiramente sinistro de Mefistófeles a um rosto que sempre considerara mais bonito do que atraente. Ele tinha uma testa alta, inclinada, da qual o cabelo claro caía para trás em ondas tão regulares que pareciam ter sido produzidas por bóbis e secador. Sob as pálpebras finas, os olhos contemplavam o mundo com um desdém divertido ou irônico. Cuidava de si mesmo sozinho. Ela sabia que corria todos os dias e nadava, com exceção dos meses mais frios do ano. Ao entregar-lhe a xícara, viu de novo a deformidade que ele nunca fizera nenhuma tentativa de esconder. A metade superior do terceiro dedo da mão esquerda fora decepada na adolescência, num acidente com um machado. Ele lhe explicara as circunstâncias na primeira vez em que se encontraram, e ela percebera sua necessidade de enfatizar que fora um acidente provocado por sua própria culpa, e não um defeito de nascença. Surpreendeu-a o fato de que se ressentisse de modo tão óbvio e achasse necessário explicar uma deformidade que dificilmente o atrapalhava. Essa era, pensou ela, uma medida da auto-estima dele.

Então ela disse: "Há uma coisa sobre a qual quero consultá-lo — não, essa palavra não é adequada —, uma coisa a respeito da qual eu gostaria de conversar".

"Sinto-me lisonjeado, mas por que eu? Um dos padres não seria mais apropriado?"

"Não posso preocupar padre Martin com isso e sei o que padre Sebastian diria — pelo menos acho que sei, embora ele possa ser surpreendente."

Gregory disse: "Mas se for uma questão de moral, eles deveriam ser os especialistas".

"Acho que é uma questão moral — pelo menos, é uma questão ética —, mas não tenho tanta certeza de que queira um especialista. Até onde você acha que devemos colaborar com a polícia? Quanto deveríamos lhes contar?"

"Eis a questão, não é?"

"Eis a questão."

Ele disse: "Devemos também ser específicos. Suponho que você queira que o assassino de Crampton seja preso. Você não tem problemas com isso? Acha que, sob determinadas circunstâncias, um homicídio deva ser tolerado?".

"Não, nunca achei isso. Quero que todos os assassinos sejam apanhados. Não tenho certeza de saber o que deva acontecer com eles depois, mas, mesmo que sintamos empatia por eles — talvez até mesmo simpatia —, ainda assim quero que sejam apanhados."

"Mas você não quer ter uma parte muito ativa em apanhá-los?"

"Não quero prejudicar o inocente."

"Ah", disse ele, "isso não tem jeito. Dalgliesh não pode fazer nada. É isso que uma investigação de homicídio faz sempre, prejudica o inocente. Em que inocente em particular você está pensando?"

"Prefiro não dizer."

Houve um silêncio, depois ela disse: "Não sei por que

o estou incomodando com isso. Acho que precisava conversar com alguém que não fizesse realmente parte do seminário".

Ele disse: "Está falando comigo porque não sou importante para você. Não se sente atraída por mim sexualmente. Você está satisfeita de estar aqui porque nada do que dissermos irá mudar o relacionamento entre nós; não há nada a ser mudado. Acha que sou inteligente, honesto, que é impossível eu me chocar e que pode confiar em mim. Tudo isso é verdade. E, a propósito, não acredita que eu tenha assassinado Crampton. Você está perfeitamente certa, não assassinei. Ele não teve praticamente impacto nenhum sobre mim quando estava vivo e tem ainda menos agora, depois de morto. Admito ter uma curiosidade natural em saber quem o matou, mas só vou até aí. Gostaria de saber como morreu, contudo você não vai me contar, e eu não vou provocar uma recusa, perguntando. Mas é claro que estou envolvido. Nós todos estamos. Dalgliesh ainda não mandou me chamar, porém não tenho a menor ilusão de que isso é porque estou no fim da lista dos suspeitos".

"Então o que você vai dizer, quando ele chamar?"

"Vou responder com honestidade às perguntas dele. Não mentirei. Se me pedirem alguma opinião, darei com o maior cuidado. Não tecerei teorias e não darei voluntariamente informações não pedidas. Com certeza não tentarei fazer o trabalho da polícia para eles; já ganham bastante, sabe Deus. E vou me lembrar de que sempre posso acrescentar ao que disser, mas as palavras, uma vez ditas, não podem ser retiradas. Isso é o que planejo fazer. Quando Dalgliesh ou seus subordinados condescenderem em chamar-me, é provável que serei arrogante demais ou curioso demais para seguir o meu próprio conselho. Isso ajuda?"

Emma disse: "Você está dizendo que não mentirá, mas que não dirá mais do que precisa. Esperará até que perguntem, e daí falará a verdade".

"Mais ou menos."

Ela fez uma pergunta que estava querendo fazer desde a primeira vez em que se encontraram. Era estranho que hoje parecesse ser o dia certo. "Você não tem grandes simpatias por Santo Anselmo, não é? É porque você mesmo não é religioso ou porque acha que eles também não o sejam?"

"Ah, eles acreditam, sim. Só que aquilo em que crêem se tornou irrelevante. Não falo dos ensinamentos morais; a herança judaico-cristã criou a civilização ocidental, e nós deveríamos ser gratos a ela. Mas a Igreja a que servem está morrendo. Quando olho o *Juízo final,* tento entender um pouco do que significava para os homens e mulheres do século XV. Se a vida é dura, curta e cheia de dor, você precisa da esperança do Céu; se não há leis eficazes, você precisa da inibição dada pelo Inferno. A Igreja deu-lhes conforto, luz, quadros, histórias e a esperança da vida eterna. O século XXI tem outras compensações. Futebol, por exemplo. Lá você tem ritual, cor, drama, sentimento de pertencimento; o futebol tem seu alto clero, até seus mártires. Depois, há as compras, a arte e a música, a viagem, o álcool, as drogas. Nós todos temos nossos próprios recursos para manter afastados estes dois horrores da vida humana, o tédio e o conhecimento de que vamos morrer. E agora — Deus nos ajude — há a internet. Pornografia com o toque de poucas teclas. Se você quiser encontrar um círculo de pedófilos ou descobrir como fazer uma bomba para explodir pessoas de quem discorda, está tudo lá para você. E mais, uma mina sem fundo de outras informações, algumas até acuradas."

Emma disse: "E quando isso tudo falha, até a música, a poesia, a arte?".

"Então, minha cara, volto-me para a ciência. Se o meu fim promete ser desagradável, vou fiar-me na morfina e na compaixão do meu médico. Ou talvez eu nade para fora, no mar, e dê minha última olhada no céu."

Emma perguntou: "Por que permanece aqui? Por que aceitou esse emprego, para começar?".

"Porque gosto de ensinar grego antigo para rapazes inteligentes. Por que você é acadêmica?"

"Porque gosto de ensinar literatura inglesa para rapazes e moças inteligentes. Essa é uma resposta parcial. Algumas vezes fico pensando aonde, exatamente, estou indo. Seria bom fazer um trabalho criativo original, em vez de analisar a criatividade dos outros."

"Apanhada na moita da selva acadêmica? Tomei muito cuidado em evitar isso tudo. Este lugar é admiravelmente adequado para mim. Tenho dinheiro meu o bastante para garantir que não seja obrigado a trabalhar em tempo integral. Tenho uma vida em Londres — não do tipo que os padres daqui aprovam —, mas gosto do estímulo do contraste. Preciso também de paz, paz para escrever e paz para pensar. Aqui consigo paz. Nunca fico incomodado com os visitantes. Mantenho as pessoas afastadas com a desculpa de que só tenho um quarto de dormir. Posso comer no seminário, quando tenho vontade, e ter certeza da excelente comida, vinhos que são sempre bebíveis e de vez em quando memoráveis e conversas que são muitas vezes estimulantes e raramente chatas. Gosto de caminhadas solitárias, e a desolação desta costa cai bem para mim. Tenho casa e comida de graça, e o seminário paga uma remuneração irrisória para um ensino de um padrão que, de outro modo, teriam dificuldade para atrair ou poder pagar. Esse assassino veio pôr um ponto final nisso tudo. Estou começando a ficar seriamente com raiva dele."

"O que é tão horrível é saber que poderia ser alguém daqui, alguém que conhecemos."

"Coisa de dentro, como diria a nossa querida polícia. E tem de ser, não é? Vamos, Emma, você não é covarde. Encare a verdade. Que ladrão viria dirigindo no escuro e numa noite de tempestade para uma igreja afastada, que dificilmente esperaria encontrar aberta, na esperança de arrombar a caixa das oferendas e coletar algumas moedas inúteis? E o círculo de suspeitos não é exatamente amplo.

Você está de fora, minha cara. Não há dúvida de que chegar em primeiro lugar à cena é sempre suspeito na ficção detetivesca — na qual, posso dizer, os padres aqui são viciados —, mas acho que pode se considerar de fora. Com isso sobram os quatro noviços que estavam no seminário ontem à noite e mais outros sete: os Pilbeam, Surtees e sua irmã, Yarwood, Stannard e eu. Acho que até Dalgliesh não suspeita seriamente de nenhum dos nossos padres, embora provavelmente não os esteja esquecendo, sobretudo se lembrar-se de Pascal. 'Os homens nunca fazem o mal tão completa e alegremente como quando o fazem por convicção religiosa.'"

Emma não quis discutir a respeito dos padres. Ela perguntou, baixo: "Certamente poderíamos eliminar os Pilbeam?".

"Pouco prováveis como assassinos, concordo, mas nós todos também. Entretanto, eu ficaria muito aflito com uma cozinheira tão boa cumprindo uma sentença. Está bem, elimine os Pilbeam."

Emma estava a ponto de dizer que os quatro noviços com certeza também poderiam ser eliminados, mas alguma coisa a impediu. Ela ficou com medo do que poderia escutar. Em vez disso, comentou: "Do mesmo modo, você não é um suspeito. Você não tinha motivos para odiar o arquidiácono. Na verdade, esse homicídio pode liquidar a questão do fechamento de Santo Anselmo. Não é isso a última coisa que você quer?".

"Ia acontecer, de qualquer modo. O espantoso é que este lugar tenha durado tanto tempo. Mas você tem razão, eu não tinha motivos para querer Crampton morto. Se fosse capaz de matar alguém — o que não sou, a não ser em legítima defesa —, seria mais provavelmente Sebastian Morell."

"O padre Sebastian? Por quê?"

"Um velho ressentimento. Ele impediu que eu me tornasse um docente em All Souls. Agora não é importante, mas na época foi. Meu Deus, como foi. Ele acabara de es-

343

crever uma resenha maldosa sobre meu último livro, com uma maldisfarçada sugestão de que eu era culpado de plágio. Não era verdade. Tinha sido uma dessas coincidências improváveis de frases e idéias que podem ocorrer. Mas o escândalo não ajudou."

"Que coisa horrível."

"Não, na verdade. Acontece, você deve saber. É o pesadelo de todo escritor."

"Mas por que ele lhe deu esse emprego? Não pode ter esquecido."

"Ele nunca falou a respeito. É possível que tenha esquecido. Na época foi muito importante para mim, mas evidentemente não foi para ele. Mesmo que se lembrasse, quando me candidatei ao emprego, duvido que isso fosse preocupá-lo, não quando se tratava de conseguir um excelente professor para Santo Anselmo, e um que fosse barato."

Emma não respondeu. Olhando para a cabeça dela, inclinada, Gregory disse: "Tome um pouco mais de café e depois conte-me as últimas fofocas de Cambridge".

18

Na hora em que Dalgliesh ligou, pedindo a George Gregory que fosse ao chalé São Mateus, Gregory disse: "Eu tinha a esperança de poder ser interrogado aqui. Estou esperando uma ligação telefônica da minha agente, e ela tem este número. Detesto celulares".

Uma ligação de negócios num domingo parecia pouco provável para Dalgliesh. Como que sentindo seu ceticismo, Gregory acrescentou: "Eu deveria encontrá-la para almoçar amanhã, em Londres, no Ivy. Mas imaginei que agora isso não vai ser possível, ou, se possível, inconveniente. Tentei encontrá-la, sem sucesso. Deixei um recado na secretária eletrônica dela, para ligar para mim. É claro que se eu não conseguir mandar-lhe um recado hoje ou amanhã cedo, terei de ir a Londres. Imagino que não haja objeções".

Dalgliesh disse: "No momento não vejo nenhuma. Eu preferiria que todo mundo de Santo Anselmo permanecesse aqui pelo menos até acabar a primeira parte da investigação".

"Não tenho nenhum desejo de fugir, garanto ao senhor. Muito pelo contrário. Não é todo dia que a gente tem uma experiência vicária da excitação de um homicídio."

Dalgliesh disse: "Não acho que a senhorita Lavenham partilhe do seu prazer na experiência".

"É claro que não, pobre moça. Mas, também, ela viu o corpo. Sem esse impacto visual do horror, o homicídio é certamente um frisson atávico, mais Agatha Christie do que real. Eu sei que se supõe que o terror imaginado é mais potente do que a realidade, mas não consigo acreditar que isso seja verdade com um homicídio. Não tenho dúvidas de que quem tenha visto um corpo assassinado possa jamais apagá-lo da memória. O senhor vem aqui, então? Obrigado."

O comentário de Gregory fora de uma brutalidade insensível, mas não era de todo errado. Fora como um detetive novato, recém-designado para o Departamento de Investigações Criminais, e ajoelhando-se ao lado do corpo daquela primeira vítima inesquecível, que Dalgliesh experimentara, pela primeira vez, numa onda de choque, afronta e pena, o poder destrutivo do homicídio. Ficou pensando em como Emma estava lidando com isso, se haveria algo que pudesse ou devesse fazer para ajudá-la. Provavelmente não. Ela poderia muito bem interpretar qualquer tentativa como intrusão ou condescendência. Não havia, em Santo Anselmo, alguém com quem ela pudesse conversar livremente a respeito do que vira na igreja, com exceção de padre Martin, e ele, coitado, provavelmente mais precisava de consolo e apoio do que estava apto a dá-los. Ela poderia ir embora, guardar seu segredo consigo mesma, mas não era mulher de fugir. Por quê, sem conhecê-la, tinha tanta certeza disso? Por ora afastou decididamente da cabeça o problema de Emma e aplicou-se à tarefa diante de si.

Estava bastante satisfeito em visitar Gregory no chalé São Lucas. Não tinha a intenção de interrogar os noviços em seus próprios quartos ou segundo a conveniência deles; era apropriado, conveniente e economizava tempo se viessem até ele. Mas Gregory estaria mais à vontade em seu próprio território, e suspeitos mais à vontade têm maior probabilidade de baixar a guarda. Ele poderia obter muito mais informações de sua testemunha com um exame discreto de seus aposentos do que com uma dúzia de perguntas diretas. Os livros, os quadros e a arrumação de objetos às vezes forneciam testemunhos mais reveladores do que palavras.

Quando seguia Gregory, junto com Kate, pela sala de estar da esquerda, Dalgliesh foi outra vez atingido pela individualidade dos três chalés ocupados, desde o alegre conforto doméstico dos Pilbeam, a sala de trabalho cuidadosamente arrumada de Surtees, com seu cheiro de madeira, terebintina e ração animal, até essa sala, obviamente o espaço de moradia de um acadêmico quase obsessivamente metódico. O chalé fora adaptado para servir aos dois interesses dominantes de Gregory, literatura e música clássicas. A totalidade do aposento da frente fora montada com estantes, do chão ao teto, com exceção da parte de cima da ornada lareira vitoriana, onde ele pendurara uma gravura do *Arco de Constantino*, de Piranesi. Ficou evidente que, para Gregory, era importante que a altura das prateleiras fosse projetada para acomodar exatamente o tamanho dos livros — uma mania que Dalgliesh compartilhava —, e a impressão que dava era a de um aposento recoberto com a riqueza arrumada de couro dourado e marrom suavemente reluzente. Uma escrivaninha simples, de carvalho, com um computador, e uma funcional cadeira de escritório ficavam embaixo da janela, que não tinha cortina, mas persianas de madeira.

Atravessaram uma entrada livre até a varanda envidraçada. Era quase inteiramente de vidro e tinha todo o comprimento do chalé. Essa era a sala de estar de Gregory, mobiliada com poltronas e um sofá de vime, leve mas confortável, uma mesa de bebidas e uma mesa redonda maior, na extremidade, com altas pilhas de livros e revistas. Até mesmo eles estavam arrumados em ordem, pelo que parecia, de acordo com o tamanho. O teto e as paredes de vidro tinham venezianas que, no verão, pensou Dalgliesh, seriam essenciais. Mesmo agora, o aposento, dando para o sul, estava confortavelmente aquecido. Lá fora estendia-se o árido cerrado e uma vista distante das copas das árvores em torno da lagoa, e a leste, a grande extensão cinzenta do mar do Norte.

As cadeiras baixas não eram adequadas à realização de interrogatórios policiais, no entanto não havia outros assentos disponíveis. A cadeira de Gregory estava de frente para o sul, e ele recostou-se contra o apoio de cabeça e espichou as longas pernas, como um membro de um clube que estivesse perfeitamente à vontade.

Dalgliesh começou com perguntas cujas respostas já conhecia, pelo exame que fizera das fichas dos funcionários. A de Gregory fora muito menos informativa do que as dos noviços. O primeiro documento, uma carta do Keble College, em Oxford, tornara claro por que meios ele viera parar em Santo Anselmo. Dalgliesh, que tinha memória quase fotográfica da palavra escrita, não teve dificuldades de lembrar-se.

Agora que Bradley finalmente se aposentou (e como conseguiu convencê-lo?), há rumores de que você está procurando um substituto. Imagino se já pensou em George Gregory. Pelo que sei, no momento está ocupado com uma nova tradução de Eurípides e procura um trabalho em meio período, de preferência no interior, onde consiga prosseguir com seu trabalho principal em paz. É claro que do ponto de vista acadêmico você não conseguiria nada melhor, e ele é um bom professor. É a velha história do estudioso que jamais consegue exatamente preencher seu potencial. Não é das pessoas mais fáceis, mas acho que poderá ser-lhe conveniente. Ele conversou comigo quando jantou aqui, na sexta-feira passada. Não fiz promessas, porém disse que procuraria saber sua posição. Imagino que dinheiro seja um problema, mas não o principal. O que ele está mesmo querendo é privacidade e paz.

Dalgliesh lhe disse: "O senhor veio para cá em 1995, e convidado".

"Pode-se dizer que fui selecionado. O seminário precisava de um professor experiente em grego clássico e um pouco de hebraico. Eu queria uma posição de ensino em meio período, de preferência no interior e com acomodações. Tenho uma casa em Oxford, mas está alugada no momento. O locatário é responsável, e o aluguel é alto. Não é um arranjo em que eu queira mexer. Padre Martin chamaria o nosso encontro de providencial; padre Sebastian encarou-o como mais um exemplo de seu poder de arranjar soluções vantajosas para ele e o seminário. Não posso falar por Santo Anselmo, mas não acho que nenhuma das partes tenha se arrependido do acordo."

"Quando foi a primeira vez que encontrou o arquidiácono Crampton?"

"Na primeira visita dele, há cerca de três meses, quando o designaram curador. Não me lembro da data exata. Ele veio outra vez faz duas semanas, e depois, ontem. Na segunda ocasião deu-se ao trabalho de me procurar e perguntar em que termos, exatamente, eu achava que estava empregado aqui. Tive a impressão de que, se não fosse desencorajado, ele começaria a me inquirir sobre minhas convicções religiosas, caso houvesse alguma. Referi-me a Sebastian Morell quanto à primeira questão e fui suficientemente desatencioso com relação à segunda para mandá-lo procurar outras vítimas mais fáceis — Surtees, desconfio."

"E essa última visita?"

"Não o vi até o jantar de ontem. Não era uma ocasião especialmente festiva, mas o senhor estava lá também, de modo que viu e ouviu tanto quanto eu, provavelmente até mais. Depois do jantar saí sem esperar o café e voltei para cá."

"E o resto da noite, senhor Gregory?"

"Passei neste chalé. Um pouco de leitura, um pouco de revisão, correção dos ensaios de uma dúzia de alunos. Depois música, Wagner, ontem à noite, e cama. E para livrá-lo do trabalho de perguntar, não saí do chalé momento algum durante a noite. Não vi ninguém nem ouvi nada, além da tormenta."

"Quando soube do assassinato do arquidiácono?"

"Quando Raphael Arbuthnot ligou, por volta de quinze para as sete, para dizer que o padre Sebastian convocara uma reunião de emergência com todos os residentes na biblioteca, às sete e meia. Ele não deu nenhuma explicação, e foi só quando estávamos todos congregados, conforme a instrução, que fiquei sabendo do assassinato."

"Qual foi a sua reação à notícia?"

"Complicada. Em grande parte, suponho, choque inicial e descrença. Eu não conhecia o homem, de modo que não tinha razões pessoais para sentir dor ou pesar. Aquela charada na biblioteca foi extraordinária, não foi? Pode contar com Morell para encenar coisas do tipo. Creio que foi idéia dele. Estávamos todos lá, de pé, como membros de uma família desajustada, esperando a leitura do testamento. Eu disse que minha primeira reação foi de choque, e é claro que foi. Mas eu senti choque, não surpresa. Quando entrei na biblioteca e vi a cara de Emma Lavenham, percebi que a coisa era séria. Eu acho que soube, mesmo antes de Morell abrir a boca, o que ele iria nos contar."

"O senhor sabia que o arquidiácono Crampton não era exatamente um hóspede bem-vindo em Santo Anselmo?"

"Eu tento ficar longe da política do seminário; instituições pequenas e longínquas como esta podem tornar-se viveiros de mexericos e insinuações. Mas não sou exatamente cego e surdo. Acho que a maior parte de nós sabe que o futuro de Santo Anselmo é incerto e que o arquidiácono Crampton estava determinado a que o seminário fosse fechado mais cedo — de preferência — ou mais tarde."

"O fechamento seria um inconveniente para o senhor?"

"Não seria bem-vindo, mas reconheci que havia essa possibilidade assim que cheguei aqui. Entretanto, considerando a velocidade com que a Igreja anglicana se movimenta, achei que estava a salvo ao menos pelos próxi-

350

mos dez anos. Vou lamentar a perda do chalé, especialmente porque paguei pela reforma. Acho este lugar adequado para o meu trabalho e lamentarei ter de deixá-lo. É claro que há uma chance de eu não ter de fazê-lo. Não sei o que a Igreja fará com os prédios, mas não será uma propriedade fácil de vender. É possível que possa comprar o chalé. Ainda é cedo para pensar muito a respeito, e eu nem sei se pertencem aos membros da Igreja ou à diocese. Esse mundo é estranho para mim."

Gregory, portanto, não estava a par dos termos do testamento da srta. Arbuthnot, ou estava tomando cuidado para esconder o que sabia. Parecia não haver mais nada a saber no momento, e Gregory começou a levantar-se de sua poltrona.

Mas Dalgliesh ainda não terminara. Ele perguntou: "Ronald Treeves era um de seus alunos?".

"Claro. Ensino grego clássico e hebraico a todos os noviços, exceto os que lêem os Grandes do Great Books Program. A formação de Treeves era em geografia; isso significava que ele estava fazendo o curso de três anos aqui e começando o grego do zero. É claro, já ia esquecendo. Vocês vieram aqui anteriormente para saber daquela morte. Agora fica parecendo comparativamente sem importância, não é? De qualquer modo, sempre foi sem importância, como suposto homicídio, quero dizer. O veredicto mais lógico seria suicídio."

"Qual foi a sua opinião ao ver o corpo?"

"Formei minha opinião assim que tive tempo de pensar com calma. Foram as roupas dobradas que me convenceram. Um rapaz que se propõe a escalar um penhasco não arruma seu manto e sua batina com tal cuidado ritual. Ele veio aqui para ter uma aula particular na noite de sexta-feira, antes das completas, e parecia bastante normal; isso quer dizer que não estava especialmente alegre, mas nunca estava. Não me lembro de que tenhamos tido nenhuma outra conversa, com exceção do que se relacionasse com a tradução que ele havia feito. Fui para Londres imediatamente depois e passei a noite no meu clube. Quando estava voltando de carro, na tarde de sábado, fui parado pela senhora Munroe."

Kate perguntou: "Como era ele?".

"Ronald Treeves? Imperturbável, trabalhador, inteligente — mas talvez não tão brilhante quanto pensava—; inseguro, notavelmente intolerante para um jovem. Acho que o pai tinha um papel preponderante em sua vida. Suponho que isso explique sua escolha de profissão; se você não é capaz de obter sucesso no campo paterno, pode ser o mais desagradável possível em suas escolhas. Mas nunca conversamos sobre a vida particular dele. Tenho como regra não me envolver com os noviços. É aí que reside o desastre, especialmente num seminário pequeno como este aqui. Estou aqui para ensinar grego e hebraico, não para perscrutar suas mentes. Quando digo que necessito de privacidade, isso inclui a privacidade advinda da pressão da personalidade humana. Aliás, quando vocês acham que irá ser dada a notícia desse homicídio, para o público, quero dizer? Suponho que podemos esperar a costumeira afluência da mídia."

Dalgliesh disse: "É óbvio que não podemos guardar segredo indefinidamente. Estou discutindo com padre Sebastian como o setor de relações públicas pode ajudar. Quando houver alguma coisa a dizer, faremos uma coletiva com a imprensa".

"E não há objeções à minha ida a Londres?"

"Não tenho poderes para impedi-lo."

Gregory levantou-se lentamente. "De qualquer modo, acho que vou cancelar o almoço de amanhã. Tenho a impressão de que haverá mais interesses para mim aqui do que em uma tediosa discussão dos delitos do meu editor e as minúcias do meu novo contrato. Suponho que o senhor prefira que eu não explique por que estou cancelando o almoço."

"Seria útil, no momento."

Gregory dirigiu-se para a porta. "Uma pena. Eu até que

gostaria de explicar que não posso ir a Londres porque sou suspeito num inquérito de homicídio. Até logo, comandante. Se o senhor precisar de novo de mim, sabe onde me encontrar."

19

A equipe terminou o dia do jeito que começara, em conferência no chalé São Mateus. Agora estavam no mais desconfortável dos aposentos, sentados no sofá e em poltronas e tomando o último café do dia. Era hora de avaliar os progressos. A hora e o lugar do telefonema para a sra. Crampton foram checados. Fora feito do aparelho público instalado na parede do corredor do lado de fora da sala de estar da sra. Pilbeam. A chamada fora feita às nove e vinte e oito. Tratava-se de mais uma prova, e importante. Provava o que suspeitavam desde o início: o assassino estava em Santo Anselmo.

Piers acompanhara a descoberta. Ele disse: "Se estivermos certos e essa pessoa mais tarde ligou para o celular do arquidiácono, então todo mundo que foi às completas está limpo. Isso nos deixa Surtees e a irmã dele, Gregory, o inspetor Yarwood, os Pilbeam, Emma Lavenham. Não acho que nenhum de nós considere a doutora Lavenham uma suspeita séria, e estamos descontando Stannard".

Dalgliesh disse: "Não inteiramente. Não temos poder para mantê-lo aqui e estou bastante seguro de que ele não tem idéia de como Crampton morreu. Isso não necessariamente quer dizer que não esteja envolvido. Está fora de Santo Anselmo, mas não de nosso pensamento".

Piers continuou: "Há uma coisa, no entanto. Arbuthnot só chegou à sacristia na hora do culto. Consegui essa informação por intermédio do padre Sebastian, que não tinha idéia de sua importância. Robbins e eu checamos, senhor. Nós dois conseguimos correr da porta até o claustro sul e atravessar o pátio em dez segundos. Ele teria o tempo exato de dar o telefonema e chegar à igreja às nove e meia".

Kate disse: "Seria arriscado, não? Qualquer pessoa poderia tê-lo visto".

"No escuro? E com as luzes fracas do claustro? E quem estaria lá para vê-lo? Estavam todos na igreja. Não era um risco tão grande."

Robbins disse: "Fico pensando, senhor, se não seria prematuro excluir todos os que estavam na igreja. Suponhamos que Caim tivesse um cúmplice. Não há nada que mostre que esse é um crime de um homem só. Quem estivesse mesmo na igreja antes das nove e vinte e oito não poderia ter dado o telefonema, mas isso não quer dizer que um deles não estivesse implicado no assassinato".

Piers disse: "Um conluio? Bem, pode ser. Ele era odiado por um número suficiente de pessoas aqui. Um crime de um homem e uma mulher, talvez. Quando Kate entrevistou os Surtees ficou bastante óbvio que escondiam alguma coisa. Eric estava francamente aterrorizado".

O único suspeito a apresentar algo de interesse fora Karen Surtees. Ela declarara que nem ela nem o irmão saíram do chalé São João em momento algum durante a noite. Assistiram à televisão até as onze e depois foram para a cama. Indagada por Kate se algum deles poderia ter saído do chalé sem o outro saber, havia dito: "Essa é uma maneira bastante grosseira de perguntar se algum de nós saiu na tempestade para assassinar o arquidiácono. Bem, não saímos. E se vocês acham que Eric pode ter saído do chalé sem eu saber, a resposta é não. Nós dormimos na mesma cama, se querem saber. Na verdade, sou meia-irmã dele, e, mesmo que não fosse, vocês estão investigando homicídio, e não incesto, e não é da conta de vocês, de qualquer maneira".

Dalgliesh disse: "E vocês dois ficaram convencidos de que ela estava dizendo a verdade?".

Kate disse: "Uma olhada no rosto de seu irmão mostrou-nos que sim. Não sei se ela havia contado a ele o que estava pensando em dizer, mas ele não gostou. E é estranho, não é, que tenha se dado ao trabalho de nos contar aquilo? Ela poderia perfeitamente ter dito que a tempestade havia mantido os dois acordados durante a maior parte da noite e assim fornecido um álibi. OK, acho que é uma mulher que gosta de chocar, mas isso não me parece motivo suficiente para contar-nos a respeito do incesto — se é que é isso".

Piers disse: "Mas isso mostra que estava superansiosa para nos fornecer um álibi, não é? É quase como se ambos estivessem pensando no futuro, contando a verdade agora, porque, no fim, poderiam ter de contá-la no tribunal".

Fora encontrado um graveto na suíte de Raphael Arbuthnot, no claustro norte, porém os peritos não descobriram mais nada de interesse. Durante o dia, Dalgliesh se convencera de sua opinião inicial sobre a importância daquilo. Se sua teoria estivesse correta, o graveto era mesmo um indício vital, mas ele julgou que dar voz à sua suspeita agora seria prematuro.

Eles discutiram os resultados dos interrogatórios individuais. A não ser por Raphael, todos no seminário ou nos chalés declararam que estavam virtuosamente na cama às onze e meia e que, embora ocasionalmente perturbados pela força do vento, não tinham visto ou ouvido nada de extraordinário durante a noite. Padre Sebastian fora cooperativo mas frio. Só a custo ocultara seu desagrado por ser interrogado por subordinados e começara dizendo que dispunha de pouco tempo, porque estava esperando a chegada da sra. Crampton. Pouco tempo foi tudo de que precisaram. A história do diretor era que estivera trabalhando num artigo para um periódico teológico até as onze horas e fora para a cama às onze e meia, após seu costumeiro drinque de uísque antes de dormir. Padre John Betterton e sua irmã leram até as dez e meia, e depois a srta.

Betterton preparara leite com cacau para ambos. Os Pilbeam assistiram à televisão e preveniram-se contra uma noite tempestuosa com copiosas xícaras de chá.

Às oito era hora de terminar os trabalhos do dia. Os peritos muito antes tinham ido para seu hotel, e Kate, Piers e Robbins deram-se boa-noite. No dia seguinte Kate e Robbins iriam até Ashcombe House, para ver o que, se é que havia alguma coisa, se poderia saber a respeito da época de Margaret Munroe lá. Dalgliesh trancou os papéis que ele precisava manter guardados na privacidade de sua pasta e caminhou pelo promontório até o pátio oeste, para o Jerônimo.

O telefone tocou. Era a sra. Pilbeam. Padre Sebastian achara que o comandante Dalgliesh poderia querer jantar na sua suíte. Assim, ele não teria de fazer a viagem até Southwold. Não seria mais que uma sopa seguida de uma salada com frios e algumas frutas, mas se isso fosse suficiente, Pilbeam teria o maior prazer em levar o jantar. Satisfeito em ser poupado da viagem de carro, Dalgliesh agradeceu e disse que a refeição seria muito bem-vinda. Chegou em poucos minutos, levada por Pilbeam. Dalgliesh desconfiou que ele não estava querendo que sua mulher caminhasse, mesmo que por um trajeto curto, pelo pátio depois de escurecer. Agora, com uma destreza surpreendente, ele puxou a escrivaninha, afastando-a um pouco da parede, pôs a mesa e serviu a refeição.

Pilbeam disse: "Basta deixar a bandeja do lado de fora, senhor, eu virei buscá-la dentro de mais ou menos uma hora".

O recipiente térmico continha uma sopa minestrone grossa com vegetais e massa e era evidentemente caseira. A sra. Pilbeam providenciara uma tigela de queijo parmesão ralado e havia pãezinhos quentes embrulhados num guardanapo e manteiga. Sob a tampa havia uma travessa de salada e presunto excelentes. Alguém, talvez padre Sebastian, fornecera uma garrafa de clarete, embora não houvesse copo de vinho, mas Dalgliesh não estava disposto a beber sozinho, e enfiou a garrafa no armário. Após o jantar, fez um pouco de café. Pôs a bandeja do lado de fora e minutos mais tarde ouviu os passos pesados de Pilbeam nas pedras do claustro. Abriu a porta para agradecer e desejar boa-noite.

Percebeu-se naquele desalentador estado de cansaço físico e excitação mental que é fatal ao sono. O silêncio era sinistro, e, quando foi até a janela, viu o seminário como uma silhueta negra, as chaminés, a torre e a cúpula, uma massa contínua contra um céu mais claro. A fita azul e branca da polícia permanecia enrolada em torno das colunas do claustro norte, que agora estava quase todo limpo de folhas. Sob o brilho da lâmpada acima da porta do claustro norte, as pedras do pátio reluziam e as fúcsias pareciam tão artificialmente brilhantes e incompatíveis quanto um borrifo de tinta vermelha contra a parede de pedra.

Sentou-se para ler, mas a paz ao seu redor não encontrou eco dentro dele. O que, pensou, havia neste lugar que o fazia sentir como se sua vida estivesse sob julgamento? Pensou a respeito dos longos anos de solidão auto-impostos desde a morte de sua mulher. Não teria ele usado o trabalho para evitar o comprometimento do amor, para se manter inviolado, mais do que aquele apartamento superarrumado acima do Tâmisa, e que, quando voltava à noite, tinha exatamente a mesma aparência de quando saíra de manhã? Ser um observador distanciado da vida não deixava de ter sua dignidade; ter um trabalho que preservasse sua própria privacidade, ao mesmo tempo que dava a desculpa — na verdade o dever — de invadir a privacidade dos outros tinha suas vantagens para um escritor. Mas não haveria algo de ignóbil nisso? Se você ficasse afastado tempo suficiente, não estaria sob o perigo de abafar e até mesmo de perder aquela vivacidade de espírito que os padres daqui chamariam de alma? Seis linhas de versos vieram-lhe à mente, e ele pegou uma folha de papel, rasgou-a ao meio e escreveu:

EPITÁFIO PARA UM POETA MORTO

Por fim enterrado quem era tão prudente,
Dois metros por um no barro ele jaz.
Onde nenhuma mão o alcança, onde lábios não se
*   mexem,*
Onde voz alguma importuna seu amor.
Estranho que ele não consiga saber ou ver
Essa auto-suficiência final.

Depois de um segundo, ele rabiscou embaixo "Com pedidos de desculpas a Marvell". Voltou a pensar nos dias em que suas poesias tinham vindo tão facilmente quanto seu leve verso irônico. Agora ela era mais cerebral, uma escolha e um arranjo de palavras mais calculados. Haveria em sua vida alguma coisa que fosse espontânea?

Disse a si próprio que essa introspecção estava se tornando mórbida. Para livrar-se dela, teria de sair de Santo Anselmo. O que precisava antes de ir para a cama era de uma caminhada rápida. Fechou a porta do Jerônimo, passou pelo Ambrósio, onde não havia luzes visíveis através das cortinas bem fechadas, e, destrancando o portão de ferro, virou resolutamente para o sul, tomando o caminho em direção ao mar.

20

Fora a srta. Arbuthnot quem decretara que não deveria haver fechaduras nas portas dos quartos dos noviços. Emma pensou se ela receava o que poderiam fazer caso não estivessem sempre correndo o risco de serem interrompidos. Haveria, talvez, um temor não admitido de sexualidade? Talvez em conseqüência disso não tivessem sido instaladas fechaduras nas suítes dos hóspedes. O portão de ferro trancado ao lado da igreja dava toda a segurança noturna considerada necessária; por detrás daquela barreira elegantemente projetada, o que se poderia temer? Como não havia tradição de fechos e ferrolhos, não havia nenhum disponível no seminário, e Pilbeam estivera o dia todo ocupado demais para ir a Lowestoft comprá-los, mesmo que pudesse encontrar alguma loja aberta num domingo. Padre Sebastian perguntara a Emma se ela se sentiria mais confortável no prédio principal. Ela, sem querer trair o nervosismo, assegurara ao diretor que estaria perfeitamente bem. Padre Sebastian não perguntara outra vez, e, quando ela voltou à suíte, após as completas, e descobriu que nenhuma fechadura fora instalada, sentira-se altiva demais para procurá-lo, confessar seu medo e dizer que mudara de idéia.

Despiu-se e vestiu o roupão, depois instalou-se diante do laptop e tentou resolutamente trabalhar. Mas estava cansada demais. Pensamentos e palavras vinham numa torrente recoberta pelos eventos do dia. Fora só no final da manhã que Robbins a procurara e pedira que fosse à sala de interrogatório. Lá, Dalgliesh e a inspetora Miskin, à sua esquerda, repassaram brevemente com ela os eventos da noite anterior. Emma explicara como fora acordada pelo vento e ouvira a nota clara do sino. Não conseguia explicar por que pusera o roupão e descera para investigar. Agora isso lhe parecia temerário e idiota. Ela achava que devia estar meio adormecida, ou que talvez o toque isolado do sino, junto com o vento, houvesse despertado uma memória semiconsciente dos insistentes sinos da sua infância e adolescência, uma chamada para ser imediatamente obedecida, e não questionada.

Mas estava inteiramente desperta quando empurrou a porta da igreja e viu, entre as pilastras, o *Juízo final* brilhantemente iluminado e dois vultos, um deitado e o outro caído sobre ele, numa atitude de piedade ou desespero. Dalgliesh não lhe pedira para descrever a cena em detalhes. Por que deveria?, pensou ela; estivera lá. Ele não expressara solidariedade nem interesse pelo que passara, mas não era ela quem estava prostrada. As perguntas foram claras e simples. Não que estivessem tentando poupá-la, pensou ela, se houvesse qualquer coisa que quisesse saber, teria perguntado, apesar de sua aflição. Assim que o sargento Robbins fez com que entrasse na sala de entrevistas e o comandante Dalgliesh se levantou e a convidou a sentar-se, ela disse para si mesma: não estou diante do homem que escreveu *Um caso a responder e outros poemas*, estou diante de um policial. Nisso nunca seriam aliados. Havia pessoas que ela amava e queria proteger; ele só era fiel à verdade. Ao final, viera a pergunta que temia.

"O padre Martin disse alguma coisa, quando a senhora se aproximou dele?"

Ela fez uma pausa antes de responder. "Sim, apenas umas poucas palavras."

"E quais foram elas, doutora Lavenham?"

Ela não respondeu. Não mentiria, mas agora até lembrar-se das palavras parecia um ato de traição.

O silêncio prolongou-se, e ele disse: "Doutora Lavenham, a senhora viu o corpo. A senhora viu o que fizeram ao arquidiácono. Era um homem alto e forte. O padre Martin tem quase oitenta anos e está ficando frágil. O castiçal de bronze, se ficar provado que foi a arma, exigiria alguma força para ser brandido. Acredita mesmo que o padre Martin poderia ter feito aquilo?".

Ela gritou com veemência: "É claro que não! Ele é incapaz de qualquer crueldade. É suave, amoroso e bom, o melhor homem que conheço. Nunca pensei isso. Ninguém seria capaz de pensar".

O comandante Dalgliesh disse em voz baixa: "Então por que a senhora acha que eu penso?".

Ele fez de novo a pergunta. Emma olhou em seus olhos. "Ele disse: 'Oh, Deus, o que fizemos, o que fizemos?'."

"E o que a senhora acha — pensando a respeito mais tarde — que ele quis dizer com isso?"

Ela pensara a respeito mais tarde. Não eram palavras fáceis de esquecer. Nada a respeito da cena seria jamais esquecido. Manteve os olhos no interlocutor.

"Acho que quis dizer que o arquidiácono ainda estaria vivo se não tivesse vindo a Santo Anselmo. Talvez não houvesse sido assassinado se seu assassino não soubesse como era detestado aqui. Essa aversão pode ter contribuído para sua morte. O seminário não pode se sentir sem culpa."

"Sim", dissera ele mais suavemente, "isso foi o que o padre Martin me contou que quis dizer."

Ela olhou para o relógio. Eram onze e vinte. Sabendo que seria impossível trabalhar, foi para a cama. Como a suíte ficava no final do corredor, o quarto de dormir tinha duas janelas, uma dando para a parede sul da igreja. Fechou as cortinas antes de entrar na cama e determinou-se a esquecer a porta sem tranca. Fechou os olhos apenas para encontrar imagens de morte, borbulhando como sangue na retina, a realidade tornada mais terrível pela imaginação. Viu de novo a poça viscosa de sangue derramado, mas agora havia, por cima dela, como um vômito cinzento, um borrifo do cérebro dele. As imagens grotescas dos condenados e dos demônios sorridentes tomaram vida e animaram seus gestos obscenos. Ao abrir os olhos com a esperança de banir o horror, a escuridão do quarto a pressionava. Até o ar tinha cheiro de morte.

Saiu da cama e, desaferrolhando a janela que dava para o cerrado, abriu-a. Uma bem-vinda lufada de ar entrou, e Emma olhou para fora, para o vasto silêncio e para um céu salpicado de estrelas.

Voltou para a cama, mas o sono não vinha. As pernas estremeciam de cansaço, porém o medo era maior do que a exaustão. Por fim, levantou-se e desceu as escadas. Contemplar na escuridão aquela porta destrancada era menos traumático do que imaginá-la se abrindo lentamente, estar na sala de estar era melhor do que ficar deitada, indefesa, esperando escutar aqueles passos decididos na escada. Pensou se escorava ou não uma cadeira embaixo da maçaneta, mas não conseguiu tomar uma atitude que parecia humilhante e pouco eficaz. Sentiu desprezo por si mesma, pela covardia, dizendo-se que ninguém queria lhe fazer mal. No entanto, as imagens de ossos quebrados voltavam-lhe à cabeça. Alguém no promontório, talvez alguém do seminário, pegara um castiçal de bronze e esmagara o crânio do arquidiácono, golpeando uma vez e mais outra, num frenesi de sede de sangue e ódio. Essa poderia ter sido a ação de alguém dotado de sanidade? Será que alguém em Santo Anselmo estaria em segurança?

Foi então que ouviu o ranger do portão de ferro ao se abrir, seu clique ao ser fechado. Sons de passos. Confiantes mas silenciosos, nada de furtivo a respeito desse caminhar. Cuidadosamente abriu a porta e olhou para fora, o coração disparado. O comandante Dalgliesh estava abrindo a porta do Jerônimo. Ela devia ter feito algum barulho, porque ele se virou e veio até ela, que lhe abriu a porta. O alívio em vê-lo, em ver qualquer ser humano, foi avassalador. Sabia que isso devia estar estampado em seu rosto.

363

Ele perguntou: "Você está bem?".

Ela conseguiu dar um sorriso. "No momento, não muito, mas estarei. Estava com dificuldade para dormir."

Ele disse: "Achava que você tinha ido para a casa principal. O padre Sebastian não sugeriu isso a você?".

"Ele ofereceu, mas achei que estaria bem aqui."

Dalgliesh olhou para a igreja, do outro lado, e disse: "Essa não é uma suíte boa para você. Gostaria de trocar comigo? Acho que julgará a minha mais confortável".

Ela teve dificuldade em ocultar o alívio. "Mas não seria muito incômodo?"

"Nem um pouco. Poderíamos mudar a maior parte das nossas coisas amanhã. Agora você só precisa da roupa de cama. Temo que seu lençol de baixo não vá caber na minha cama. A minha é de casal."

Ela disse: "Vamos trocar apenas os travesseiros e os edredons?".

"Boa idéia."

Ao carregá-los para o Jerônimo, ela viu que ele já trouxera os próprios travesseiros e o edredom para baixo e pusera-os numa das poltronas. Ao lado havia uma lona com alça de couro. Talvez houvesse juntado as coisas de que precisaria para passar a noite e o dia seguinte.

Dalgliesh foi até o armário e disse: "O seminário forneceu as costumeiras bebidas inofensivas para nós, e há meio litro de leite na geladeira. Você quer um chocolate ou um Ovomaltine? Ou, se preferir, tenho uma garrafa de clarete".

"Eu gostaria de um pouco de vinho, por favor."

Ele mudou o edredom de lugar para ela, e ela sentou-se. Pegou a garrafa, um saca-rolhas e dois copos de vidro grosso do armário pequeno.

"É óbvio que o seminário não imagina que seus hóspedes bebam vinho. Temos a escolha entre estes copos e as canecas."

"O copo está bem. Mas você vai ter de abrir uma garrafa nova."

"O melhor momento para abri-la é quando precisamos dela."

Ela ficou surpresa ao perceber como se sentia à vontade com ele. É tudo de que preciso, disse a si mesma, alguém mais para ficar aqui. Não disseram nada durante muito tempo, só depois de terminado o copo de vinho. Beberam devagar. Ele falou de ter vindo ao seminário quando era menino, dos padres, com as batinas arregaçadas, jogando bola com ele num campo atrás do portão oeste; de ir a Lowestoft de bicicleta comprar peixe; do prazer da leitura solitária na biblioteca, à noite. Perguntou-lhe a respeito da pauta para suas aulas em Santo Anselmo, como escolhia os poetas a estudar, que tipo de reação recebia dos noviços. O homicídio não foi mencionado. A conversa deles não era à toa, mas tampouco era forçada. Emma gostava do som da voz dele. Tinha a sensação de que parte de sua mente se destacava dela, flutuando acima deles e sendo apaziguada por aquele contraponto grave de sons masculinos e femininos.

Quando se ergueu e deu-lhe boa-noite, ele se levantou imediatamente e disse, com uma formalidade que até então não demonstrara: "Passarei a noite nesta poltrona, a não ser que você tenha objeções. Se a inspetora Miskin estivesse aqui, eu pediria que ela ficasse. Como não está, tomarei o lugar dela — a não ser que você prefira que eu não fique".

Emma percebeu que ele estava tentando tornar as coisas mais fáceis para ela, que não estava tentando se impor, mas sabia o quanto detestaria ficar sozinha. Ela disse: "Mas isso não seria um tremendo incômodo? Você passaria uma noite muito desconfortável".

"Estarei muito confortável. Estou acostumado a dormir em poltronas."

O quarto de dormir do Jerônimo era quase idêntico ao vizinho. A lâmpada de cabeceira estava acesa, e ela viu que ele não levara seus livros. Estivera lendo — ou certamente deveria estar relendo — *Beowulf.* Havia uma velha e desbotada brochura Penguin, *Early Victorian Novelists*, de David Cecil, com uma fotografia do autor parecendo ridiculamente jovem, e, na contracapa, o preço em moeda antiga. Então, como ela, pensou, gostava de procurar livros em sebos. O terceiro livro era *Mansfield Park*. Ficou pensando se deveria levá-los para baixo, para ele, mas estava relutante em intrometer-se agora, depois de já terem dito boa-noite.

Era estranho estar deitada entre seus lençóis. Esperava que ele não a desprezasse por sua covardia. O alívio de saber que estava lá embaixo era imenso. Fechou os olhos na escuridão, não para as imagens dançantes da morte, e dentro de minutos adormeceu.

Acordou após uma noite sem sonhos e viu no relógio que eram sete horas. O apartamento estava muito silencioso, e, quando desceu, viu que ele já saíra, levando consigo o edredom e o travesseiro. Abrira a janela, como que ansioso para que nem sequer o menor traço de sua respiração permanecesse. Ela sabia que ele não contaria a ninguém onde passara a noite.

Livro três

VOZES DO PASSADO

1

Ruby Pilbeam não precisava de despertador. Durante dezoito anos acordara, inverno e verão, às seis horas. Foi o que fez na segunda-feira, estendendo a mão para acender a lâmpada de cabeceira. Imediatamente Reg se mexeu, empurrou as cobertas e começou a se levantar. Chegou até Ruby o cheiro quente do corpo dele, trazendo, como sempre, o conhecido conforto. Ela pensou se estaria dormindo ou apenas deitado, imóvel, esperando que se mexesse. Nenhum dos dois dormira, a não ser por períodos curtos de semi-sonolência sem descanso, e às três horas levantaram-se e desceram à cozinha para tomar chá e esperar pela manhã. Depois, a exaustão superara misericordiosamente o choque e o horror, e às quatro voltaram para a cama. Fora um sono intermitente, mas tinham dormido.

Os dois haviam passado o domingo inteiro ocupados, e apenas a atividade determinada e incessante dera àquele dia terrível algum aspecto de normalidade. Na noite anterior, sentados bem juntos à mesa da cozinha, falaram a respeito do homicídio, cochichando como se aqueles pequenos aposentos confortáveis do chalé São Marcos estivessem repletos de ouvintes secretos. A conversa tinha sido precavida, com suspeitas não enunciadas, frases interrompidas e períodos de silêncio infeliz. Até mesmo afirmar ser absurda a sugestão de que qualquer pessoa em Santo Anselmo pudesse ser o assassino era associar o local ao feito, numa proximidade traiçoeira; falar um nome, mesmo que fosse para isentá-lo, era admitir a idéia de que alguém residente no seminário poderia ter perpetrado aquela maldade.

Mas chegaram a duas teorias possíveis, tanto mais reconfortantes na medida em que satisfaziam a uma crença. Juntos, antes de voltarem para a cama, ensaiaram mentalmente as histórias, como um mantra. Alguém roubara as chaves da igreja, alguém que visitara Santo Anselmo talvez meses antes, que sabia onde estavam guardadas e que o escritório da srta. Ramsey jamais ficava trancado. A mesma pessoa teria marcado um encontro com o arquidiácono Crampton antes de sua chegada, no sábado. Por que se encontrarem na igreja? Haveria lugar melhor? Não poderiam encontrar-se na suíte de hóspedes sem correr riscos, e não havia outro local privado no promontório. Talvez o próprio arquidiácono houvesse apanhado as chaves e destrancado a igreja, à espera de seu encontro. Depois a chegada, a briga, o ódio homicida. Talvez o visitante tivesse planejado o assassinato, talvez tivesse vindo com uma arma, um revólver, um porrete, uma faca. Não haviam dito a eles como o arquidiácono morrera, mas ambos particularmente visualizavam o brilho e a estocada de uma lâmina de faca. E depois, a fuga, pulando o portão de ferro, saindo como entrara. A segunda teoria era ainda mais plausível, acrescentando peso ao seu reconforto. O arquidiácono pegara emprestadas as chaves e fora à igreja com fins particulares. O intruso era um ladrão que queria roubar o quadro do altar ou a prata. O arquidiácono surpreendera-o e o ladrão, aterrorizado, atacara. Uma vez tacitamente aceita essa explicação como racional, nem Ruby nem o marido disseram nada naquela noite sobre o homicídio.

Em geral Ruby ia sozinha para o seminário. O café da manhã nunca era antes das oito horas, depois da missa das sete e meia, mas Ruby gostava de começar cedo a planejar seu dia. Padre Sebastian tomava café em sua própria sala de estar, e havia a mesa dele para ser posta, para a invariável primeira refeição de suco de laranja fresco, café e duas fatias de pão integral com geléia feita em casa por

370

Ruby. Às oito e meia, a sra. Bardwell e a sra. Stacey, suas ajudantes diaristas, chegavam de Reydon, no velho Ford dirigido pela sra. Bardwell. Mas hoje não. Padre Sebastian telefonara para ambas e pedira que adiassem sua vinda por alguns dias. Ruby pensou sobre que explicação ele teria dado, mas não quis perguntar. Isso significava mais trabalho para ela e Reg, mas Ruby estava feliz de ser poupada da curiosidade ávida, das especulações e das inevitáveis exclamações de horror das duas. Passou-lhe pela cabeça que um homicídio podia até ser um divertimento para pessoas que não conhecessem a vítima e não estivessem sob suspeita. Elsie Bardwell certamente aproveitaria ao máximo.

Em geral Reg vinha à casa depois das seis e meia, mas nesse dia eles saíram juntos do chalé São Marcos. Ele não deu explicações, no entanto ela sabia o que era. Santo Anselmo já não era mais um lugar seguro e sagrado. Ele apontou o facho de sua potente lanterna pelo caminho de grama pisada até o portão de ferro, que levava ao pátio oeste. A leve neblina da primeira luz estava avançando sobre o cerrado, mas, para ela, parecia que estavam caminhando numa escuridão impenetrável. Reg apontou o facho da lanterna para o portão, para encontrar o buraco da fechadura. Além do portão, a fileira de lâmpadas fracas dos claustros iluminava as pilastras delgadas e jogava sombras sobre os caminhos de pedra. O claustro norte ainda estava interditado, e metade de seu comprimento agora já estava livre de folhas. O tronco do castanheiro-da-índia erguia-se preto e imóvel do tumulto de folhas caídas. Quando os feixes de luz da lanterna passaram rapidamente sobre as fúcsias na parede leste, suas flores vermelhas reluziram como gotas de sangue. No corredor que separava sua sala de estar da cozinha, Ruby estendeu a mão para acender a luz. A escuridão porém não era total. Em frente, o corredor estava iluminado por um feixe de luz vindo da porta aberta da adega.

Ela disse: "É engraçado, Reg. A porta da adega está aberta. Alguém se levantou cedo. Ou você não notou que estivesse fechada ontem à noite?".

Ele disse: "Estava fechada ontem à noite. Você acha que eu a deixaria aberta?".

Deslocaram-se para o topo dos degraus de pedra. Estavam bem iluminados pelas potentes lâmpadas do teto e havia um forte corrimão de madeira de cada lado. Ao pé dos degraus, visualizado claramente ao brilho da luz, estava o corpo estatelado de uma mulher.

Ruby deu um grito agudo de protesto. "Oh, meu Deus, Reg! É a senhorita Betterton."

Reg empurrou Ruby de lado. Ele disse: "Fique aqui, querida", e ela ouviu o ruído dos sapatos dele na pedra. Não hesitou mais que alguns segundos e seguiu-o, segurando o corrimão da esquerda com as duas mãos, e, juntos, ajoelharam-se ao lado do corpo.

Ela estava deitada de costas, com a cabeça na direção do último degrau. Havia um único talho na testa, mas apenas um pequeno vazamento de sangue e soro secos. Estava usando um desbotado roupão de lã com desenhos miúdos e, embaixo dele, uma camisola de algodão branca. O cabelo fino, grisalho, estava espetado para fora, do lado da cabeça, numa trança, a extremidade esfiapada unida por um elástico. Os olhos dela, fixos no topo da escada, estavam abertos e sem vida.

Ruby murmurou: "Oh, Deus amado, não! Pobrezinha, pobrezinha".

Ela colocou o braço ao redor do corpo, num gesto instintivo que imediatamente percebeu ser inútil. Conseguia sentir no cabelo, e vindo do roupão, o cheiro azedo de velhice malcuidada, e pensou que talvez fosse isso que devesse permanecer da srta. Betterton depois que tudo o mais tivesse desaparecido. Engasgada com uma piedade desesperançada, retirou o braço. A srta. Betterton não teria desejado aquele toque em vida; por que impô-lo na morte?

Reg endireitou-se e disse: "Ela está morta. Morta e fria.

Parece que quebrou o pescoço. Não há nada que possamos fazer. É melhor você procurar padre Sebastian".

A tarefa de acordar padre Sebastian, de encontrar as palavras a dizer e as forças para dizê-las horrorizou Ruby. Ela preferia que Reg desse a notícia, mas isso significava que teria de ficar sozinha com o corpo, e essa perspectiva era ainda mais assustadora. Pela primeira vez o medo dominou a piedade. Os recessos do porão eram muitos, eram grandes áreas de escuridão nas quais espreitavam horrores imaginados. Ela não era uma mulher excepcionalmente imaginativa, mas agora parecia que o mundo familiar, da rotina, do trabalho conscencioso, do companheirismo e do amor estava se dissolvendo ao seu redor. Sabia que bastava Reg estender uma mão para a adega, com suas paredes caiadas e as prateleiras de garrafas de vinhos rotuladas, ficar tão familiar e inofensiva como era quando ela e padre Sebastian desciam para buscar as garrafas para o jantar. Contudo Reg não estendeu a mão. Tudo deveria permanecer como estava.

Cada degrau parecia uma montanha, quando subiu as escadas com pernas subitamente quase fracas demais para sustentá-la. Acendeu todas as luzes do saguão e ficou parada um momento, reunindo forças antes de subir os dois lances de escada até o apartamento de padre Sebastian. A princípio, sua batida foi hesitante demais, e teve de bater realmente forte antes que a porta se abrisse com uma presteza desconcertante e padre Sebastian aparecesse diante dela. Ela nunca o vira antes de roupão e, por um momento, desorientada pelo choque, achou que estava diante de um estranho. A visão dela também deve tê-lo chocado, porque estendeu uma mão para ampará-la e puxou-a para dentro do aposento.

Ela disse: "É a senhorita Betterton, padre. Reg e eu a encontramos ao pé da escada da adega. Temo que esteja morta".

Ela surpreendeu-se ao ouvir sua voz soar tão firme. Sem dizer nada, padre Sebastian fechou a porta e apressadamente desceu com ela as escadas, sustentando seu braço com a mão. No degrau mais alto da adega, Ruby esperou e olhou, enquanto ele descia, dizia algumas palavras a Reg e depois ajoelhava-se ao lado do corpo.

Após um momento, levantou-se. Disse a Reg, com sua voz como sempre calma e autoritária: "Isso foi um choque para vocês dois. Acho que seria melhor se prosseguissem silenciosamente com sua rotina. O comandante Dalgliesh e eu faremos o que for necessário. Só o trabalho e as preces nos ajudarão a atravessar este momento terrível".

Reg subiu as escadas para reunir-se a Ruby e, juntos, sem dizer nada, foram para a cozinha.

Ruby disse: "Imagino que estarão querendo o café da manhã, como sempre".

"É claro que estarão, meu amor. Não vão conseguir encarar o dia de estômago vazio. Você ouviu o que o padre Sebastian disse: devemos prosseguir discretamente com a nossa rotina habitual."

Ruby voltou seus olhos patéticos para ele. "Foi um acidente, não foi?"

"É claro que foi. Poderia ter acontecido a qualquer momento. Pobre padre John. Isso vai ser terrível para ele."

Mas Ruby ficou pensando. Seria um choque, certamente, a morte súbita sempre era. Entretanto, não havia como negar que a srta. Betterton podia não ser uma pessoa fácil com que conviver. Ela pegou seu guarda-pó branco e começou a preparar o café da manhã de coração pesado.

Padre Sebastian foi até o seu escritório e ligou para Dalgliesh, no Jerônimo. A chamada foi atendida com tal rapidez que era óbvio que o comandante já estava acordado. Ele deu a notícia e, cinco minutos mais tarde, ambos estavam juntos, de pé, ao lado do corpo. Padre Sebastian observou Dalgliesh inclinar-se, tocar o rosto da srta. Betterton com mãos experimentadas e depois levantar-se e olhar para baixo, em contemplação silenciosa.

Padre Sebastian disse: "O padre John tem de ser informado. Isso é responsabilidade minha. Imagino que ainda esteja dormindo, mas preciso vê-lo antes que desça ao oratório para as matinas. Vai ser um duro golpe para ele. Ela não era uma mulher fácil, mas era o único parente que tinha, e eles eram unidos". Não fez porém menção de sair. Em vez disso, perguntou: "Você tem idéia de quando isso ocorreu?".

Dalgliesh disse: "Pelo *rigor mortis*, suponho que esteja morta há umas sete horas. O patologista poderá nos dizer melhor. Nunca é possível ter precisão com um exame superficial. É claro que devem fazer uma autópsia".

Padre Sebastian disse: "Ela morreu depois das completas, então pode ser até perto da meia-noite. Mesmo assim, deve ter atravessado o saguão muito silenciosamente. Mas era sempre silenciosa. Deslocava-se como uma sombra cinzenta". Fez uma pausa e acrescentou: "Não quero que seu irmão a veja aqui, não deste modo. Por certo poderíamos carregá-la até seu quarto. Ela não era uma mulher religiosa, eu sei. Devemos respeitar seus sentimentos. Acho que não ia querer ficar na igreja, mesmo que estivesse aberta, ou no oratório".

"Ela deve ficar onde está, padre, até que o patologista tenha examinado tudo. Temos de tratar isso como uma morte suspeita."

"Pelo menos podemos cobri-la. Vou buscar um lençol."

"Sim", disse Dalgliesh, "certamente podemos cobri-la." No momento em que padre Sebastian se virou para a escada, ele perguntou: "O senhor tem alguma idéia do que ela estava fazendo aqui, padre?".

Padre Sebastian virou-se e hesitou, depois disse: "Temo que sim. A srta. Betterton servia-se de uma garrafa de vinho com bastante regularidade. Todos os padres sabem disso, e imagino que os noviços e talvez até os funcionários tivessem conhecimento. Ela nunca levou mais de uma garrafa cerca de duas vezes por semana e nunca era o melhor vinho. Naturalmente conversei sobre o problema com padre John, com o maior tato de que fui capaz. Resolvi não tomar nenhuma medida, a menos que a coisa se descontrolasse. Padre John pagava regularmente o preço do vinho, pelo menos das garrafas que descobria. É claro que percebemos o perigo destes degraus para uma mulher idosa. É por isso que a escada é tão bem iluminada, e a corda foi substituída pelo corrimão de madeira".

Dalgliesh disse: "Então, ao descobrirem que tinha alguém na comunidade surrupiando regularmente, vocês providenciaram uma balaustrada segura com corrimão, para facilitar o furto e evitar que quebrasse o pescoço".

"Você vê algum problema nisso, comandante?"

"Não, dadas as suas prioridades, acho que não."

Ele observou enquanto padre Sebastian saía, subindo os degraus com firmeza, e desaparecia, fechando a porta atrás de si. Um exame superficial evidenciava claramente que ela quebrara o pescoço. Estava usando um par de chinelos apertados de couro, e ele notou que a sola direita do pé enrolara-se, solta da gáspea. A escada era muito iluminada, e o interruptor estava a pelo menos meio metro do primeiro degrau. Como é provável que a luz estivesse acesa quando caiu, dificilmente poderia ter rolado no escuro. Mas se tivesse tropeçado no primeiro degrau, teria com certeza rolado e, portanto, seria encontrada com o rosto para baixo, ou de costas. No terceiro degrau a partir de baixo, detectou o que parecia uma pequena mancha de sangue. Pela posição do corpo, parecia que ela havia se projetado, batido com a cabeça no degrau de pedra e dado uma volta no ar. Sem dúvida seria difícil projetar-se com tal força, a não ser que ela tivesse corrido em direção à escada. Isso, é claro, era ridículo. Mas e se ela tivesse sido empurrada? Ele teve um sentimento deprimente e quase arrasador de impotência. Se aquilo fosse um assassinato, com aquela sola solta, como ele poderia ter alguma esperança de provar? A morte de Margaret Munroe fora oficialmente considerada resultado de causas naturais. O corpo dela fora cremado, suas cinzas enterradas ou espalhadas na terra. Qual seria a vantagem desta morte, agora, para o assassino do arquidiácono Crampton?

No momento, entretanto, os peritos assumiriam o caso. Mark Ayling seria chamado para o que poderia ser uma segunda análise, avaliando a hora da morte, rondando o corpo como um predador. Bacana Clark e sua equipe iriam arrastar-se pela adega em busca de indícios que pouco provavelmente encontrariam. Se houvesse algo que Agatha Betterton tivesse visto ou ouvido, algum conhecimento que houvesse imprudentemente comunicado à pessoa errada, era pouco provável que ele fosse descobrir isso agora.

Esperou até a volta de padre Sebastian, com um lençol que estendeu de modo reverente por cima do corpo, e depois os dois subiram a escada do porão. Padre Sebastian apagou a luz e, esticando-se, passou o ferrolho no topo da porta da adega.

Mark Ayling chegou com sua habitual presteza e mais do que seu barulho habitual. Atravessando ruidosamente o saguão com Dalgliesh, disse: "Eu esperava trazer o relatório da autópsia do arquidiácono Crampton comigo, mas ele ainda está sendo datilografado. Nada que possa surpreender. Morte por golpes múltiplos na cabeça, infligidos por uma arma pesada com uma beirada afiada, isto é, o castiçal de bronze. Quase com toda certeza morto no segundo golpe. Quanto ao mais, era um homem de meia-idade saudável, que poderia estar esperando para receber a aposentadoria".

Mark pôs as finas luvas de látex antes de descer a escada da adega com cuidado, mas desta vez não esperou para envergar o guarda-pó de trabalho, e o exame que fez do corpo, embora não perfunctório, foi rápido.

No final, levantou-se e disse: "Morta há cerca de seis horas. Causa da morte: pescoço quebrado. Bem, você não precisava me chamar para saber disso. A imagem parece bem clara. Ela caiu com força pela escada, bateu com a testa no terceiro degrau, de baixo para cima, e foi lançada de costas. Imagino que você esteja fazendo a pergunta habitual: será que ela caiu ou foi empurrada?".

"Pensei em perguntar a você."

"Pelo jeito, eu diria que foi empurrada, mas é preciso algo mais definido do que uma primeira impressão. Não estaria preparado para jurar sobre isso no tribunal. O problema é a inclinação da escada. Poderia ter sido projetada para matar velhinhas. Como há essa inclinação, é perfeitamente possível que ela não tenha chegado a tocar na escada até bater com a cabeça, perto do final. Eu teria de dizer que a morte acidental é pelo menos tão provável quanto um homicídio. Aliás, por que a suspeita? Você acha que ela pode ter visto alguma coisa no sábado à noite? E por que ela estava indo à adega, de qualquer modo?"

Dalgliesh disse, cautelosamente: "Ela tinha o hábito de perambular à noite".

"Estava atrás de vinho, não é?"

Dalgliesh não respondeu. O patologista fechou a pasta. E disse: "Vou mandar uma ambulância buscá-la e a porei na mesa assim que possível, mas duvido que venha a dizer-lhe algo que você já não saiba. A morte parece ir aonde a gente vai, não é? Assumo o posto de patologista local enquanto Colby Brooksbank está em Nova York casando o filho e sou chamado para examinar mais mortes violentas do que em geral autopsio em seis meses. Já teve alguma notícia do escritório do médico-legista a respeito da data para o inquérito Crampton?".

"Ainda não."

"Vai ter. Ele já andou me procurando."

Deu uma última olhada no corpo e disse com surpreendente suavidade: "Pobre senhora. Pelo menos foi rápido. Dois segundos de terror e depois nada. Ela teria preferido morrer na cama — mas quem não quer?".

2

Dalgliesh não vira motivos para cancelar suas instruções para Kate visitar Ashcombe House, e lá pelas nove horas, ela e Robbins estavam a caminho. Era uma manhã de frio penetrante. A primeira luz espalhava-se, rosada como sangue diluído, por cima da extensão cinzenta do mar. Caía uma garoa fina, e havia um travo acre no ar. Quando os limpadores de pára-brisas primeiro borraram e depois limparam o vidro, Kate viu uma paisagem desprovida de cor, na qual até os longínquos campos de beterraba perderam seu brilho verde. Ela tinha de lutar contra seu leve ressentimento em ter sido escolhida para o que intimamente considerava uma perda de tempo. Adam raramente acedia a um palpite, mas ela sabia, por experiência própria, que um palpite forte de um detetive em geral tinha raízes na realidade; uma palavra, um olhar, uma coincidência, alguma coisa aparentemente insignificante ou sem relação com a investigação principal que se enraíza no subconsciente e dá origem a um pequeno broto de inquietação. Muitas vezes, no fim, murcha sem conseqüências, porém algumas vezes fornece a dica vital, e só um tolo não lhe daria atenção. Ela não gostava de sair da cena do crime deixando Piers no controle, mas havia compensações. Estava dirigindo o Jaguar de Adam, e isso era uma satisfação extra além do prazer que tinha com o carro.

Não estava tão desapontada assim por dar um tempo de Santo Anselmo. Raramente fizera parte de alguma investigação de homicídio em que tivesse se sentido menos à vontade, física e psicologicamente. O seminário era masculino demais, reservado demais e até mesmo claustrofóbico demais para ser confortável. Sem dúvida os padres e os noviços estavam sendo educados, mas era uma cortesia irritante. Viam-na antes de mais nada como mulher, e não como policial; ela achava que essa batalha estava ganha. Sentiu, também, que tinham a posse de algum conhecimento secreto, alguma fonte esotérica de autoridade que sutilmente diminuía a dela. Ela pensou se Adam e Piers também sentiam isso. Achava que não, mas eles eram homens, e Santo Anselmo, apesar de sua aparente suavidade, era um mundo quase desafiadoramente masculino. Além do mais, era um mundo acadêmico, e aí, de novo, Adam e Piers sentiam-se à vontade. Algumas de suas velhas inseguranças sociais e educacionais voltaram. Achava que já havia chegado a um acordo com elas, se é que não as vencera por inteiro. Era humilhante que menos de uma dúzia de homens de batina preta pudessem fazer reviver suas velhas incertezas. Foi com um positivo sentimento de alívio que virou para o oeste, no caminho por cima do penhasco, e o batimento do mar extinguiu-se aos poucos. Já pulsara tempo demais nos seus ouvidos.

Ela teria preferido ter Piers com ela. Pelo menos poderia discutir o caso em termos de igualdade, altercar, argumentar e ser mais aberta do que com um policial mais jovem. E começava a achar o sargento Robbins irritante; sempre o considerara bom demais para ser verdade. Lançou um olhar para o perfil nítido, infantil, os olhos cinzentos fixos à frente e pensou de novo o que o havia levado a escolher a polícia. Se para ele o trabalho tinha sido uma vocação, para ela não fora diferente. Precisara de um trabalho no qual se sentisse útil, onde a falta de um diploma universitário não fosse encarada como uma desvantagem, um trabalho que propiciasse estímulo, excitação e variedade. Para ela o serviço na polícia fora um meio de deixar para trás, para sempre, a esqualidez e a pobreza de sua infância, o fedor daquelas escadas empapadas de urina nos Ellison Fairweather Buildings. O serviço tinha lhe dado o bastante, inclusive o apartamento com vista para o Tâmisa, que ainda mal acreditava ter conseguido. Em troca, devotara-lhe uma lealdade e uma devoção que algumas vezes surpreendia até ela mesma. Para Robbins, nas horas vagas um pregador leigo, era provavelmente uma vocação para servir ao seu Deus não conformista. Ficou pensando se aquilo em que ele acreditava era diferente daquilo em que padre Sebastian acreditava, e, se fosse, qual a diferença e por quê, mas achava que a hora não era propícia para uma discussão teológica. Para quê? Em sua classe, na escola, houvera mais de treze diferentes nacionalidades e quase tantas religiões. Para ela, nenhuma delas possuía uma filosofia coerente. Disse a si mesma que poderia viver sua vida sem Deus; não tinha tanta certeza de que conseguisse vivê-la sem o trabalho.

A casa de saúde ficava num vilarejo, a sudeste de Norwich. Kate disse: "Não queremos ficar presos na cidade. Preste atenção na virada para Bramerton, à direita".

Cinco minutos mais tarde deixaram a A146 e estavam dirigindo mais devagar entre sebes desnudas, atrás das quais aglomerados de bangalôs de tetos vermelhos e casas idênticas proclamavam a extensão dos subúrbios pelos campos verdes.

Robbins disse, baixo: "Minha mãe morreu numa casa de saúde há dois anos. O de sempre. Câncer".

"Sinto muito. Esta visita não vai ser fácil para você."

"Estou bem. Eles foram ótimos com minha mãe, na casa de saúde. E conosco também."

Mantendo os olhos na estrada, Kate disse: "Mesmo assim, há uma tendência a trazer de volta lembranças dolorosas".

"Doloroso foi o que mamãe sofreu antes de ir para a casa de saúde." Houve uma pausa mais longa, e ele disse: "Henry James chamou a morte de 'aquela coisa distinta'".

Oh, céus, pensou Kate, primeiro Adam e sua poesia, depois Piers, que conhece Richard Hooker, e agora Robbins, que lê Henry James! Por que não podem me mandar um sargento cuja idéia de desafio literário seja ler Jeffrey Archer?

Ela disse: "Tive um namorado bibliotecário que tentou me fazer gostar de Henry James. Quando eu chegava ao fim de uma frase, já havia esquecido como ela começava. Lembra uma crítica, de que alguns autores dão passos maiores do que as pernas. Henry James tem pernas maiores que os passos".

Robbins disse: "Só li *A volta do parafuso*. E depois de ter visto o filme. Encontrei aquela citação a respeito da morte em algum lugar, e ela ficou".

"Parece boa, mas não é verdade. A morte é como o nascimento, dolorosa, complicada e sem dignidade. A maior parte das vezes, pelo menos." Ela pensou, talvez seja melhor assim. Lembra-nos de que somos animais. Talvez ficássemos melhor se tentássemos nos comportar mais como bons animais e menos como deuses.

Houve uma longa pausa, e então Robbins disse, baixo: "A morte de minha mãe não foi sem dignidade".

Bem, pensou Kate, ela foi das que teve sorte.

Encontraram a casa de saúde sem dificuldades. Ficava no terreno de uma sólida casa de tijolos vermelhos, nos arredores do vilarejo. Um grande cartaz orientou-os para um caminho à direita da casa e para um estacionamento. Por trás dela estendia-se a casa de saúde, um prédio moderno, de um só andar, diante de um gramado com dois canteiros circulares, plantados com uma variedade de arbustos baixos sempre verdes, e urzes que compunham um belo espetáculo de verde, roxo e dourado.

Dentro da área da recepção, a impressão imediata era de luz, flores e diligência. Já havia duas pessoas no balcão de recepção, uma mulher combinando para levar o marido para um passeio de carro no dia seguinte e um clérigo, esperando pacientemente. Um bebê passou no carrinho, a cabecinha redonda, careca, absurdamente rodeada por uma fita vermelha enfeitada com um enorme laço no meio.

Ele voltou para Kate seu olhar afável, sem curiosidade. Uma garotinha, obviamente com a mãe, chegou carregando um cachorrinho. A criança gritou: "Estamos trazendo Trixie para visitar a vovó", e riu quando o cachorrinho lambeu sua orelha. Uma jovem enfermeira, vestindo um guarda-pó cor-de-rosa com um crachá, atravessou o saguão sem fazer ruído, apoiando um homem emaciado. Visitantes entravam com flores e sacolas, proferindo saudações alegres. Kate esperara um ambiente de calma reverente, mas não aquele sentido de atividade proposital, de um prédio completamente funcional, avivado pela chegada e a partida de pessoas que se sentiam à vontade nele.

Quando a mulher de cabelos grisalhos e sem uniforme do balcão de recepção virou-se para eles, deu uma olhada na identificação de Kate, como se a chegada de dois policiais da Força Policial Metropolitana fosse uma ocorrência normal. Ela disse: "Vocês ligaram antes, não foi? A supervisora — senhorita Whetstone — está esperando. O escritório dela é direto em frente".

A srta. Whetstone esperava à porta. Ou estava acostumada com a chegada das visitas, ou tinha ouvidos excepcionalmente aguçados, para perceber a chegada deles. Acompanhou-os até uma sala cujas paredes eram três quartos de vidro. Ficava situada no centro do hospital e dava vista para dois corredores que se estendiam para o norte e para o sul. A janela a leste tinha vista para um jardim que pareceu a Kate mais institucional do que a própria casa de saúde. Ela viu um gramado cuidadosamente tratado, com bancos de madeira, a intervalos regulares em torno dos caminhos de pedra, e canteiros cuidadosamente espaçados, nos quais botões fenecidos de rosas não desabrochadas davam manchas de cores aos arbustos desnudos.

A srta.Whetstone indicou-lhes duas cadeiras, sentou-se à escrivaninha e deu-lhes aquele sorriso encorajador de uma professora acolhendo novos alunos não especialmente promissores. Era uma mulher baixa, de seios fartos e grossos cabelos grisalhos cortados numa franja que caía acima de olhos que Kate desconfiava perderem muito pouco, mas que julgavam com determinada benevolência. Usava um uniforme azul-claro com um cinto com fivela prateada e o distintivo do hospital pregado ao peito. Apesar do ambiente de informalidade institucional, a casa de saúde Ashcombe House evidentemente acreditava nas virtudes de uma supervisora à moda antiga.

Kate disse: "Estamos investigando a morte de um aluno do seminário de Santo Anselmo. O corpo foi encontrado pela senhora Margaret Munroe, que trabalhou aqui antes de assumir o emprego em Santo Anselmo. Não há nenhum indício de que estivesse envolvida na morte do rapaz, mas deixou um diário com um relato detalhado de como encontrou o corpo. As anotações finais mencionam que a tragédia fez com que se lembrasse de algo que acontecera em sua vida doze anos antes. Parece que foi alguma coisa que, quando ela se lembrou, deixou-a preocupada. Nós gostaríamos de descobrir o quê. Como foi enfermeira aqui há doze anos, existe a possibilidade de que seja algo que aconteceu aqui, alguém que conheceu, algum paciente de quem cuidou. Estávamos imaginando se seus arquivos poderiam ajudar. Ou talvez haja alguém no seu pessoal que a tenha conhecido e com quem possamos conversar".

Durante a viagem Kate ensaiara mentalmente o que iria dizer, escolhendo, rejeitando e avaliando cada palavra e cada frase. Fora tanto para seu próprio esclarecimento como para o da srta.Whetstone. Antes de sair, estivera a ponto de perguntar a Adam o que, exatamente, ela estava buscando, mas não quis trair confusão, ignorância ou relutância para a tarefa.

Como se percebesse o que ela sentia, Adam Dalgliesh lhe disse: "Alguma coisa importante aconteceu há doze anos. Há doze anos Margaret Munroe era enfermeira na casa de saúde Ashcombe House. Há doze anos, no dia 30 de abril de 1988, Clara Arbuthnot morreu na casa de saúde. Os fatos podem ou não estar relacionados. É mais uma pescaria do que uma investigação específica".

Kate disse: "Posso ver que talvez haja uma ligação entre a morte de Ronald Treeves, seja lá o que tenha acontecido, e a da senhora Munroe. Ainda não entendi como tudo isso estaria ligado ao assassinato do arquidiácono".

"Nem eu, Kate, mas tenho a impressão de que essas três mortes — a de Ronald Treeves, a de Margaret Munroe e a de Crampton — estão relacionadas. Talvez não diretamente, mas de algum modo. É também possível que Margaret Munroe tenha sido assassinada. Nesse caso, então a morte dela e a de Crampton quase certamente estão relacionadas. Não posso acreditar que tenhamos dois assassinos soltos em Santo Anselmo."

O argumento, na ocasião, revelara uma certa credibilidade. Agora, findo seu pequeno discurso preparado, suas dúvidas voltaram. Será que ensaiara demais sua fala? Não teria sido melhor fiar-se na inspiração do momento? Não encontrava nenhum auxílio no olhar direto e cético da srta. Whetstone.

Ela disse: "Deixe-me ter certeza de que entendi, inspetora. Margaret Munroe morreu recentemente de um ataque cardíaco, deixando um diário que faz referência a um evento importante na vida dela, ocorrido há doze anos. Ligado a alguma investigação não especificada, vocês estão ansiosos para saber o que foi. Como ela trabalhou aqui há doze anos, estão sugerindo que possa ter algo a ver com a casa de saúde. Vocês têm esperança de que nossos arquivos possam ajudá-los, ou que haja alguém ainda trabalhando aqui que a tenha conhecido e se lembre de incidentes ocorridos há doze anos".

Kate disse: "É um tiro no escuro, eu sei. Mas foi feita a anotação no diário, e temos de segui-la".

"Ligado a um rapaz que foi encontrado morto. E essa morte foi suspeita?"

"Não há indícios disso, senhorita Whetstone."

"Mas houve um homicídio recente em Santo Anselmo, certamente. As notícias correm, no interior. O arquidiácono Crampton foi assassinado. Essa visita tem relação com a investigação disso?"

"Não temos nenhum motivo para supor que tenha. Nosso interesse é o diário iniciado antes de o arquidiácono ter sido assassinado."

"Entendo. Bem, temos o dever de ajudar a polícia e não tenho objeções em examinar a pasta da senhora Munroe e passar qualquer informação que possa ajudá-los, desde que julgue que ela não iria objetar, se ainda estivesse conosco. Não creio que a pasta vá render algo de útil. Eventos significativos acontecem com grande freqüência em Ashcombe House, inclusive consternação e morte."

Kate disse: "De acordo com nossas informações, morreu uma paciente, uma senhorita Clara Arbuthnot, um mês antes de a senhora Munroe assumir seu posto aqui. Estamos ansiosos por examinar as datas. Gostaríamos de saber se há alguma possibilidade de as duas mulheres terem se conhecido".

"Isso parece altamente improvável, a não ser que tenham se conhecido fora de Ashcombe House. No entanto, posso verificar as datas. Agora todos os nossos dados estão no computador, mas ainda não fomos até doze anos atrás. Conservamos apenas os registros dos funcionários, caso empregadores futuros nos peçam referências. Os dois arquivos estão na casa principal. Poderá haver informação a respeito do relatório médico da senhorita Arbuthnot que eu considere confidencial. Vocês vão compreender que não posso divulgá-la."

Kate disse: "Seria de ajuda se pudéssemos ver os dois arquivos, a ficha de emprego da senhora Munroe e o relatório médico da senhorita Arbuthnot".

"Não acho que eu possa permitir isso. É claro que esta situação não é normal. Nunca tive de enfrentar esse tipo de requisição antes. Vocês não foram exatamente diretos a respeito do interesse na senhora Munroe ou na senhorita Arbuthnot. Acho que devemos trocar uma palavra com a senhora Barton — é ela quem dirige a casa de saúde — antes de prosseguir."

Antes que Kate pudesse resolver como iria responder,

Robbins disse: "Se isso tudo parece vago, é porque nós próprios não sabemos o que estamos procurando. Sabemos apenas que alguma coisa importante aconteceu na vida da senhora Munroe doze anos atrás. Ela parece ter sido alguém com poucos interesses fora o trabalho, e é possível que tenha alguma coisa a ver com a Ashcombe House. Não poderíamos dar uma olhada nos dois arquivos e checar se temos as datas corretas? Se não houver nada na pasta da senhora Munroe que lhe pareça significativo, então temo que estejamos desperdiçando o seu tempo. Se houver algo, então a senhora poderá consultar a senhora Barton antes de resolver se será correto divulgá-la".

A srta. Whetstone olhou firme para ele por alguns instantes. "Isso parece razoável. Vou ver se consigo achar os relatórios. Poderá demorar um pouco."

Nesse momento, a porta abriu-se e uma enfermeira pôs a cabeça pela abertura. "A ambulância acabou de chegar, senhorita Whetstone, com a senhora Wilson. As filhas estão com ela."

A fisionomia da srta. Whetstone imediatamente abriu-se numa expectativa feliz. Ela poderia estar acolhendo um colega hóspede num hotel de prestígio.

"Bom. Bom. Já vou. Estou indo. Vamos pô-la no quarto com Helen, não é? Acho que ficará mais confortável com alguém da idade dela." Virou-se para Kate. "Estarei ocupada durante algum tempo. O que prefere: voltar ou esperar?"

Kate achou que a presença física deles no escritório oferecia melhores esperanças de obter rapidamente as informações. Ela disse: "Esperaremos, se pudermos, por favor", mas depois de ouvir as duas primeiras palavras, a srta. Whetstone já havia saído porta afora.

Kate disse: "Obrigada, sargento. Aquilo ajudou".

Caminhou até a janela e ficou silenciosamente observando as idas e vindas no corredor. Com um olhar para Robbins, percebeu que seu rosto estava branco e sério, numa máscara de resignação. Imaginou detectar uma gota de umidade no canto dos olhos dele, e rapidamente desviou o olhar. Ela pensou, não sou mais tão bondosa e generosa como era dois anos atrás. O que estará acontecendo comigo? Adam tinha razão quando conversei com ele. Se não consigo dar ao trabalho tudo o que ele necessita, e isso inclui humanidade, é melhor sair. Pensando em Dalgliesh, desejou com uma súbita intensidade que estivesse lá. Sorriu, lembrando como, numa situação como esta, nunca conseguia resistir à atração das palavras. Algumas vezes lhe parecera que, para ele, a leitura era uma obsessão. Ele teria escrúpulos em estudar papéis deixados sobre a escrivaninha, a não ser que fossem relevantes para a investigação, mas certamente teria perambulado para estudar os diversos bilhetes no grande quadro de cortiça que tapava parte da janela.

Nem ela nem Robbins disseram nada e permaneceram de pé, como estavam quando a srta. Whetstone se levantara da cadeira. Não esperaram muito tempo. Um pouco menos de um quarto de hora depois, ela voltou com duas pastas, sentou-se outra vez à escrivaninha e mostrou-as a eles.

"Sentem-se, por favor", disse.

Kate sentiu-se como uma candidata numa entrevista, esperando a revelação humilhante de um relatório inexpressivo.

A srta. Whetstone obviamente estudara as pastas antes de voltar. Ela disse: "Temo que não haja nada aqui capaz de ajudá-los. Margaret Munroe veio para cá no dia 1º de junho de 1988 e foi embora no dia 30 de abril de 1994. O estado de saúde de seu coração piorava cada vez mais, e seu médico fez uma recomendação categórica de que procurasse um trabalho menos exigente. Ela foi, como vocês sabem, para Santo Anselmo, principalmente para cuidar da roupa e assumir funções leves de enfermagem, como se pode esperar num pequeno seminário que abriga sobretudo rapazes saudáveis. Há pouca coisa no relatório dela, a não ser os habituais pedidos de licença anual, atestados médicos e um relatório confidencial anual. Vim para cá seis meses depois de ela ter saído, de modo que não a conheci pessoalmente, mas parece ter sido uma enfermeira conscienciosa e solidária, embora meio sem imaginação. A falta de imaginação pode ter sido uma virtude; a falta de sentimentalismo com certeza o era. O excesso de sentimentalismo nunca ajudou ninguém aqui".

Kate disse: "E a senhorita Arbuthnot?".

"Clara Arbuthnot morreu um mês antes de Margaret Munroe vir para cá. Portanto, não poderia ter recebido cuidados da senhora Munroe e, se elas se conheceram, não foi aqui, como paciente e enfermeira."

Kate perguntou: "A senhorita Arbuthnot morreu sozinha?".

"Nenhum paciente morre sozinho aqui, inspetora. É certo que ela não tinha parentes, mas um padre, reverendo Hubert Johnson, visitou-a, a pedido dela, antes de morrer."

Kate disse: "Seria possível falar com ele, senhorita Whetstone?".

A srta. Whetstone disse secamente: "Isso, infelizmente, está além da capacidade até mesmo da Polícia Metropolitana. Ele era um paciente na época; recebeu um período temporário de cuidados e morreu aqui, dois anos mais tarde".

"Então não há mais ninguém que tenha uma lembrança pessoal da senhora Munroe há doze anos?"

"Shirley Legge é o membro da nossa equipe com mais tempo de casa. Não temos muita rotatividade de pessoal, mas o trabalho realmente tem exigências muito especiais, e adotamos a opinião de que talvez seja conveniente que as enfermeiras, de tempos em tempos, se afastem do atendimento a pacientes terminais. Acho que ela é a única enfermeira que estava aqui há doze anos, mas tenho de verificar. Francamente, inspetora, não tenho tempo para isso. Por que não conversa com a senhora Legge? Acho que ela está de serviço."

Kate disse: "Receio estarmos sendo um incômodo, mas ajudaria se pudéssemos vê-la. Obrigada".

De novo a srta. Whetstone desapareceu, deixando as duas pastas em cima da mesa. O primeiro impulso de Kate foi dar uma olhada nelas, mas alguma coisa a impediu. Em parte, foi a crença de que a srta. Whetstone fora honesta com eles e que não havia mais nada a saber, e em parte, por perceber que qualquer movimento deles era visível através da divisória de vidro. Para que desafiar a srta. Whetstone agora? Não ajudaria na investigação.

A supervisora voltou cinco minutos mais tarde com uma mulher de meia-idade, de feições bem definidas, a quem apresentou como sra. Shirley Legge. A sra. Legge não perdeu tempo.

"A supervisora disse que vocês estão fazendo perguntas a respeito de Margaret Munroe. Não sei se posso ajudar. Não a conhecia muito bem. Ela não era muito de amizades. Lembro-me de que era viúva e tinha aquele filho que ganhara uma bolsa numa faculdade pública ou outra qualquer, não me lembro qual. Estava entusiasmado em entrar para o Exército e acho que o estavam financiando na universidade antes de receber uma missão. Alguma coisa do gênero, de qualquer maneira. Lamento saber que ela morreu. Acho que eram só os dois, e deve ser duro para o filho."

Kate disse: "O filho morreu antes dela. Foi morto na Irlanda do Norte".

"Isso deve ter sido duro para ela. Não acho que tivesse ligado muito para a vida, depois disso. O garoto era sua vida. Lamento não poder ser mais útil. Se alguma coisa importante aconteceu enquanto estava aqui, não me contou. Vocês poderiam tentar Mildred Fawcett." Ela se virou para a srta. Whetstone. "A senhora se lembra de Mildred, senhorita Whetstone? Aposentou-se logo depois de a senhora ter vindo para cá. Ela conheceu Margaret Munroe. Acho que se formaram juntas no velho Westminster Hospital. Talvez valha a pena dar uma palavra com ela."

Kate perguntou: "Senhorita Whetstone, será que a senhora teria o endereço dela nos registros?".

Foi Shirley Legge quem respondeu. "Não precisa. Eu posso lhes dar. Ainda trocamos cartões de Natal. E ela tem o tipo de endereço que gruda na memória. É um chalé bem perto de Medgrave, saindo da A146, Clippety-Clop Cottage. Acho que antes havia lá uma fazenda de cavalos."

Então, pelo menos aqui, haviam tido sorte. Mildred Fawcett poderia muito bem ter se mudado para um chalé na Cornualha ou no nordeste. Em vez disso, Clippety-Clop Cottage estava exatamente no caminho deles para Santo Anselmo. Kate agradeceu à srta. Whetstone e a Shirley Legge pela ajuda e perguntou se podia dar uma olhada na lista telefônica local. De novo tiveram sorte. O número da srta. Fawcett constava do catálogo.

Uma caixa de madeira no balcão da recepção estava com a etiqueta "FUNDOS PARA FLORES", e Kate dobrou e introduziu uma nota de cinco libras. Ela duvidava que esse fosse um gasto legítimo dos fundos da polícia e não tinha certeza se o gesto tinha sido um impulso de generosidade ou uma pequena oferenda supersticiosa ao destino.

3

De volta ao carro, após prenderem os cintos de segurança, Kate ligou para o Clippety-Clop Cottage, mas não obteve resposta. Ela disse: "É melhor fazermos o relatório do progresso — ou da falta dele".

A conversa foi breve. Largando o telefone, disse: "Vamos ver Mildred Fawcett, como o planejado, se conseguirmos encontrá-la. Depois ele quer que voltemos o mais rapidamente possível. O patologista acabou de sair".

"Adam disse como foi? Foi um acidente?"

"Muito cedo para dizer, mas é o que parece. Se não tiver sido, como diabos poderemos provar?"

Robbins disse: "A quarta morte".

"Tudo bem, sargento, eu sei contar."

Ela dirigiu cuidadosamente pelo acesso, mas quando chegou à estrada, aumentou a velocidade. A morte da srta. Betterton tinha mais aspectos inquietantes do que o impacto do choque inicial. Não era apenas Kate que precisava sentir que a polícia, uma vez tendo assumido a tarefa, estivesse no comando. Uma investigação pode andar bem ou mal, mas eram eles que questionavam, sondavam, dissecavam, avaliavam, decidiam a respeito das estratégias e mantinham as rédeas do controle. No entanto, havia alguma coisa estranha a respeito do assassinato de Crampton, uma ansiedade sutil e não mencionada, que ficara no fundo de sua cabeça quase desde o início, mas que até agora ainda não enfrentara. Era a percepção de que o poder poderia estar em algum outro lugar, que apesar da inteligência e da experiência de Dalgliesh havia outra mente trabalhando, igualmente inteligente e com uma experiência diferente. Ela temia que o controle, que uma vez perdido nunca podia ser recuperado, pudesse já ter escapado das mãos deles. Estava impaciente em voltar a Santo Anselmo assim que possível. Enquanto isso, as especulações eram sem sentido; até agora a viagem deles não produzira nada de novo.

Ela disse: "Desculpe ter sido tão breve. Não adianta discutir até que tenhamos mais fatos. No momento, vamos nos concentrar em terminar a tarefa diante de nós".

Robbins disse: "Se estamos procurando chifre em cabeça de cavalo, pelo menos eles estão todos na mesma estrebaria".

Assim que se aproximaram de Medgrave, Kate diminuiu a velocidade até quase arrastar-se; perderiam mais tempo se passassem o chalé do que se dirigissem devagar. Ela disse: "Você olha para a esquerda e eu, para a direita. Claro que poderíamos perguntar, mas prefiro evitar. Não quero fazer publicidade da nossa visita".

Não foi necessário perguntar. Ao aproximarem-se do lugarejo ela viu um caprichado chalé de tijolos e telhas a uns dez metros além da margem verde da estrada, numa ligeira elevação. Um cartaz branco no portão trazia o nome em grandes letras pretas cuidadosamente pintadas, CLIPPETY-CLOP COTTAGE. Tinha um pórtico central com a data, 1893, gravada em pedra por cima e duas janelas idênticas sobressaindo-se no térreo, com uma fileira de três janelas acima. A pintura era de um branco brilhante, os vidros das janelas cintilavam e as pedras que levavam à porta da frente estavam livres de ervas daninhas. A impressão imediata era de ordem e conforto. Havia lugar para estacionar na margem da estrada e caminharam pela trilha até a aldrava em forma de ferradura. Não houve resposta.

Kate disse: "Provavelmente saiu, mas é melhor dar uma olhada nos fundos".

A garoa anterior cessara e embora o ar ainda estivesse frio o dia tinha clareado e havia fiapos de azul mal perceptíveis no céu, a leste. Um caminho de pedra à esquerda da casa levava a um portão sem tranca e ao jardim. Kate, nascida e criada na cidade grande, sabia pouco de jardinagem, mas pôde perceber imediatamente que um entusiasta pusera mãos à obra. O espaçamento entre as árvores e os arbustos, o desenho cuidadoso dos canteiros e o caprichoso canteiro de legumes no final mostravam que a srta. Fawcett era do ramo. A ligeira elevação do solo significava, também, que ela tinha uma vista. A paisagem de outono estendia-se desimpedida em todos os seus variados verdes, dourados e marrons sob o amplo céu de East Anglia.

Uma mulher, com uma enxada na mão, inclinada sobre um de seus canteiros, levantou-se à aproximação deles e veio em sua direção. Era alta e parecia uma cigana, com um rosto moreno, profundamente vincado, e um cabelo preto, mal tocado pelo branco, rigidamente penteado para trás e preso na nuca. Ela usava uma longa saia de lã e um avental por cima, com um largo bolso central, sapatos pesados e luvas de jardinagem. Não parecia surpresa nem desconcertada em vê-los.

Kate apresentou-se ao sargento Robbins, mostrou a identificação e repetiu o essencial do que havia dito antes à srta. Whetstone. Acrescentou: "Não puderam nos ajudar na casa de saúde, mas a senhora Shirley Legge disse que a senhorita estava lá há doze anos e que conheceu a senhora Margaret Munroe. Encontramos o seu número e tentamos telefonar, mas não obtivemos resposta".

"Imagino que estivesse no fundo do jardim. Meus amigos dizem que eu deveria ter um celular, mas é a última coisa que quero. São abomináveis. Já desisti de andar de trem enquanto não houver cabines em que forem proibidos celulares."

Ao contrário da srta. Whetstone, ela não fez perguntas. Dava até para imaginar, pensou Kate, que a visita de dois policiais da Metropolitana era um acontecimento comum. Ela olhou firme para Kate e depois disse: "É melhor entrarem e vamos ver no que posso ajudar".

Foram levados a uma despensa de chão de tijolo com uma pia funda de pedra embaixo da janela e estantes de livros e armários fixos na parede oposta. Havia um cheiro de terra úmida e maçãs, com um traço de parafina. O aposento era evidentemente usado como um depósito de ferramentas e objetos. Os olhos de Kate perceberam uma caixa de maçãs na prateleira, cebolas trançadas numa réstia, emaranhados de barbante, baldes, uma mangueira de jardim enrolada num gancho e uma prateleira de ferramentas de jardinagem, todas limpas. A srta. Fawcett retirou o avental e os sapatos e precedeu-os, descalça, até a sala de estar.

A sala sugeria a Kate uma vida reservada e solitária. Havia uma poltrona de encosto alto em frente à lareira, com uma lâmpada ajustável sobre uma mesa, à esquerda, e outra mesa à direita, com uma pilha de livros. Uma mesa redonda em frente à janela estava posta para uma pessoa, e as outras três cadeiras, empurradas contra a parede. Um grande gato ruivo estava enrolado, fofo como uma almofada, numa cadeira baixa em capitonê. À entrada deles, o gato levantou uma cabeça feroz, olhou fixamente e depois, ofendido, desceu da cadeira e foi dormir na despensa. Eles ouviram o ruído de uma portinhola de gatos. Kate pensou que nunca vira um gato mais feio.

A srta. Fawcett puxou duas cadeiras retas e depois foi até um armário montado em um vão da sala, à esquerda da lareira. Ela disse: "Não sei se posso ajudá-los, mas se alguma coisa importante aconteceu a Margaret Munroe quando nós estávamos, as duas, trabalhando como enfermeiras na casa de saúde, provavelmente fiz menção a isso em meu diário. Meu pai insistia para que mantivéssemos diários, quando crianças, e o costume pegou. É como insistir em preces antes de dormir; uma vez que comece na infância, torna-se uma obrigação da consciência continuar, não importa quão desagradável seja. Você disse doze anos atrás. Isso nos levaria a 1988".

Ela instalou-se na cadeira à frente do fogo e apanhou o que se parecia com um caderno de exercícios de criança.

Kate disse: "A senhora lembra se cuidou de uma senhorita Clara Arbuthnot quando trabalhava em Ashcombe House?".

Se a srta. Fawcett achou estranha a súbita menção de Clara Arbuthnot, não demonstrou. Ela disse: "Lembro-me da senhorita Arbuthnot. Fui a enfermeira responsável por cuidar dela do dia em que entrou até o dia de sua morte, cinco semanas mais tarde".

Pegou a caixa de óculos no bolso da saia e virou as páginas do diário. Levou algum tempo até achar a semana certa; como Kate temia, o interesse da srta. Fawcett foi atraído por outras anotações. Kate ficou imaginando se estava sendo deliberadamente lenta. Depois de um minuto, leu em silêncio, então apertou as duas mãos sobre a anotação. Mais uma vez Kate sentiu o seu olhar penetrante e inteligente.

Ela disse: "Há aqui uma menção tanto a Clara Arbuthnot como a Margaret Munroe. Estou agora numa certa dificuldade. Na época prometi segredo e não vejo nenhuma razão, agora, para quebrar a minha promessa".

Kate pensou antes de falar, depois disse: "A informação que a senhorita tem aí pode ser crucial para nós por outras razões além do aparente suicídio de um noviço. É realmente muito importante que saibamos o que a senhorita escreveu, e o mais rápido possível. Clara Arbuthnot e Margaret Munroe estão, ambas, mortas. Acha que elas quereriam que a senhorita permanecesse em silêncio se fosse uma questão de ajudar a justiça?".

A srta. Fawcett levantou-se. Disse: "Vocês fariam o favor de dar uma voltinha no jardim por alguns minutos? Eu bato na janela quando puderem voltar. Preciso pensar a esse respeito sozinha".

Eles deixaram-na, ainda de pé. Do lado de fora, caminharam lado a lado até o fundo do jardim e ficaram olhando para os campos escarpados. Kate estava atormentada de impaciência. Ela disse: "Aquele diário estava a alguns passos de distância. Tudo que eu precisava era dar uma olhada rápida. O que faremos se ela não disser mais nada? ok, sempre pode haver uma requisição judicial, se o caso for aos tribunais, mas como vamos saber se o diário é relevante? É provavelmente uma anotação descrevendo como ela e Munroe foram até Frinton e fizeram sexo embaixo do cais".

Robbins disse: "Não há cais em Frinton".

"E a senhorita Arbuthnot estava morrendo. Ah, bem, é melhor voltarmos. Não quero perder a batida na janela."

Quando a batida veio, voltaram para a sala de estar em silêncio, ansiosos por não trair a impaciência.

A srta. Fawcett disse: "Tenho a palavra de honra de vocês de que a informação que estão buscando é necessária para a sua atual investigação e de que, se ela se provar irrelevante, não serão tomadas notas do que eu disser?".

Kate disse: "Não podemos dizer-lhe, senhorita Fawcett, se é ou não relevante. Se for, com certeza terá de vir às claras, possivelmente até como evidência. Não posso dar garantias, só posso pedir que ajude".

A srta. Fawcett disse: "Obrigada pela sua honestidade. Por acaso vocês estão com sorte. Meu avô era chefe de polícia e pertenço àquela geração — infelizmente em declínio — que confia na polícia. Estou preparada para contar a vocês tudo o que sei, e também para entregar o diário, se a informação for útil".

Kate achou que qualquer outro argumento era desnecessário e poderia ser contraproducente. Simplesmente disse "Obrigada" e esperou.

A srta. Fawcett disse: "Andei pensando, enquanto vocês estavam no jardim. A senhorita me disse que essa visita se deve à morte de um aluno do seminário de Santo Anselmo. Disse também que não há indícios de que Margaret Munroe estivesse envolvida na morte, a não ser por ter encontrado o corpo. Mas há alguma coisa a mais, não há? Vocês não estariam aqui, uma detetive e um sargento, se não houvesse suspeitas quanto à morte. Isso é uma investigação de homicídio, não é?".

"É", disse Kate, "é, sim. Fazemos parte da equipe que está investigando o assassinato do arquidiácono Crampton no seminário de Santo Anselmo. Pode não haver nenhum vínculo com a anotação no diário da senhora Munroe, mas isso é algo que temos de verificar. Imagino que saiba da morte do arquidiácono."

"Não", disse a srta. Fawcett, "não sabia. É muito raro eu comprar um jornal diário e não tenho televisão. Um homicídio faz diferença. Há uma anotação no meu diário, para o dia 27 de abril de 1988, e tem relação com a senhora Munroe. O meu problema é que, na época, ambas prometemos segredo."

Kate disse: "Senhorita Fawcett, por favor, poderíamos ver a anotação?".

"Não acho que vá ser muito esclarecedora para a senhorita. Escrevi poucos detalhes. Mas lembro-me de mais coisas do que anotei aqui. Acho que meu dever é lhes contar, embora duvide que tenha algo a ver com a investigação de vocês, e quero sua garantia de que, se não tiver, não se aprofundarão na questão."

Kate disse: "Podemos prometer-lhe isso".

A srta. Fawcett sentou-se rigidamente ereta, com as palmas das mãos apertadas contra as páginas abertas do diário, como se para defendê-las de olhares indiscretos. Ela disse: "Em abril de 1988 eu cuidava, como enfermeira, de pacientes terminais em Ashcombe House. É claro que já sabem disso. Uma de minhas pacientes disse-me que queria se casar antes de morrer, mas a intenção dela e a cerimônia deveriam permanecer secretas. Ela me pediu para ser testemunha. Eu concordei. Não estava em posição de fazer perguntas e não as fiz. Era um desejo expresso por uma paciente de quem eu gostava e que sabia ter pouco tempo de vida. A surpresa foi que ela encontrou forças para a cerimônia. Foi providenciada por uma licença do arcebispo e teve lugar ao meio-dia do dia 27, na pequena igreja de Saint Osyth, em Clampstoke-Lacey, nos arredores de Norwich. O padre foi o reverendo Hubert Johnson, que a paciente conhecera na casa de saúde. Não vi o noivo até que ele chegou de carro para nos buscar, eu e a paciente, ostensivamente para um passeio no campo. O padre Hubert deveria providenciar uma segunda testemunha, mas não conseguiu. Agora não lembro o que deu errado. Quando estávamos saindo da casa de saúde, vi Margaret Munroe. Ela acabava de sair de sua entrevista com a supervisora, para se candidatar a um posto de enfermeira. Foi, na verdade, por minha sugestão que se candidatou. Eu sabia que poderia confiar na absoluta discrição dela. Nós nos formamos juntas no velho Westminster Hospital, em Londres, embora ela fosse muito mais nova do que eu. Demorei a entrar para a enfermagem depois de uma breve carreira acadêmica. Meu pai opunha-se fortemente à minha escolha, e tive de esperar até que morresse para poder me devotar à profissão. Deu-se a cerimônia do casamento, e minha paciente e eu voltamos para a casa de saúde. Parecia muito mais feliz e mais em paz durante aqueles últimos dias, mas nem ela nem eu voltamos a falar do casamento. Aconteceu tanta coisa durante os anos em que trabalhei na casa de saúde que duvido que tivesse me lembrado disso sem esta anotação se tivesse havido uma investigação anterior. Vendo as palavras escritas, mesmo sem um nome, veio tudo de volta com uma clareza impressionante. Era um dia lindo; lembro-me de que o cemitério em Saint Osyth estava amarelo de narcisos, e saímos do pórtico para a luz do sol".

Kate disse: "A paciente era Clara Arbuthnot?".

A srta. Fawcett olhou para ela. "Sim, era."

"E o noivo?"

"Não tenho idéia. Não consigo me lembrar da cara ou do nome dele e duvido que Margaret teria podido ajudar, se estivesse viva."

Kate disse: "Mas ela teria assinado a certidão de casamento, como testemunha, e certamente os nomes teriam sido mencionados".

"Imagino que sim. Mas não havia nenhuma razão especial para que se lembrasse. Afinal de contas, num casamento da igreja, são usados apenas os nomes de batismo durante a cerimônia." Ela fez uma pausa e depois disse: "Tenho de confessar que não me abri inteiramente com vocês. Queria tempo para pensar, para levar em consideração o quanto deveria ser revelado, se é que deveria revelar alguma coisa. Não tinha necessidade de consultar o diário antes de responder às suas perguntas. Eu já havia buscado essa data antes. Na quinta-feira, 12 de outubro, Margaret Munroe ligou-me de um telefone público em Lowestoft. Ela me pediu o nome da noiva e eu lhe disse. Não soube dizer o nome do noivo. Não está anotado no meu diário, e, mesmo que tivesse sabido, já foi esquecido há muito".

Kate disse: "Há alguma coisa, qualquer coisa, de que a senhora se lembre a respeito do noivo? Sua idade, qual sua aparência, como falava? Ele voltou à casa de saúde?".

"Não, nem quando Clara estava morrendo, e, pelo que sei, não participou das cerimônias de cremação. Foi tudo arranjado por uma firma de procuradores de Norwich. Nunca mais o vi ou soube dele. Mas há uma coisa. Notei quando ficou de pé na frente do altar e estava pondo a aliança no dedo de Clara. A parte de cima do anular de sua mão esquerda estava faltando."

A onda de triunfo e excitação de Kate era tão esfuziante que ela teve medo de que pudesse demonstrar na fisionomia. Não olhou para Robbins. Mantendo a voz firme, perguntou: "Por acaso a senhorita Arbuthnot fez confidências a respeito do motivo desse casamento? Seria possível, por exemplo, que houvesse algum filho envolvido?".

"Um filho? Ela nunca falou de ter um filho, e, pelo que eu possa lembrar, não há menção de gravidez nos seus relatórios médicos. Nunca nenhum filho a visitou; mas o homem com quem ela se casou também não."

"Então ela não lhe contou nada?"

"Só que estava planejando se casar, que o casamento deveria permanecer absolutamente secreto e que precisava da minha ajuda. Eu dei."

"Haveria alguém mais em quem pudesse ter confiado?"

"O padre que a casou, padre Hubert Johnson, passava muito tempo com ela antes de ela morrer. Lembro-me de que a comungava e tomava sua confissão. Eu tinha de garantir que não fossem interrompidos quando estava com minha paciente. Ela devia contar tudo a ele, como amigo ou como padre. No entanto, ele estava seriamente doente na época, e morreu dois anos mais tarde."

Não havia mais nada a saber, e, depois de agradecer à srta. Fawcett a ajuda, Kate e Robbins voltaram para o carro. A srta. Fawcett os observava da porta do chalé, e Kate dirigiu para fora de sua vista, antes de encontrar um local adequado na margem de grama para estacionar o Jaguar. Pegou o telefone e disse com satisfação: "Alguma coisa de positivo para relatar. Por fim estamos chegando a algum lugar".

4

Depois do almoço, como padre John não apareceu, Emma subiu e bateu à porta de seu apartamento particular. Estava apreensiva em vê-lo, mas quando ele abriu a porta, não parecia muito diferente do de sempre. Seu rosto iluminou-se e convidou-a a entrar.

Ela disse: "Padre, lamento tanto, estou tão terrivelmente pesarosa", e conteve as lágrimas. Disse a si mesma que viera para trazer palavras de consolo, não para aumentar a angústia dele. Mas era como consolar uma criança. Ela queria tomá-lo em seus braços. Padre John a levou até a cadeira diante da lareira, a cadeira que ela adivinhou ser de sua irmã, e sentou-se em frente.

Ele disse: "Estou pensando se você faria uma coisa para mim, Emma".

"Claro. Qualquer coisa, padre."

"São as roupas dela. Eu sei que têm de ser separadas e dadas. Parece muito cedo para pensar nessas coisas agora, mas imagino que você esteja indo embora lá pelo final da semana, e pensei se poderia fazer isso. A senhora Pilbeam ajudaria, eu sei. Ela é muito boa, mas eu preferia que fosse você. Talvez amanhã, se for conveniente."

"É claro que faço, padre. Amanhã, depois de minha palestra."

Ele disse: "Tudo o que possuía está no quarto dela. Deve haver algumas jóias. Se houver, poderia vendê-las para mim? Eu gostaria que o dinheiro fosse doado para alguma instituição de caridade ligada à ajuda a presidiários. Imagino que haja alguma".

Emma disse: "Tenho certeza de que há, padre. Vou descobrir para o senhor. Mas o senhor não gostaria de olhar as jóias antes e resolver se não há algo que queira guardar?".

"Não, obrigado, Emma. Você está sendo atenciosa, mas prefiro que vá tudo embora."

Houve um silêncio, e então ele disse: "A polícia esteve aqui, esta manhã, examinando o apartamento e o quarto dela. O inspetor Tarrant veio com um daqueles policiais de busca, com jalecos brancos. Ele o apresentou como senhor Clark".

A voz de Emma foi brusca. "Examinaram o apartamento para quê?"

"Não disseram. Não ficaram aqui por muito tempo e deixaram tudo em ordem. Você não diria que estiveram aqui." Houve outra pausa, depois ele continuou: "O inspetor Tarrant perguntou-me onde eu estive e o que fiz ontem à noite entre as completas e as seis horas".

Emma gritou: "Mas isso é intolerável!".

Ele sorriu tristemente: "Não, na verdade não. Eles têm de fazer essas perguntas. O inspetor Tarrant teve muito tato. Estava apenas cumprindo seu dever".

Emma refletiu raivosamente que muitas das dores do mundo eram causadas por pessoas que declaravam estar apenas cumprindo seu dever.

A voz baixa de padre John quebrou o silêncio. "O patologista esteve aqui, mas imagino que o escutou chegar."

"A comunidade inteira deve tê-lo ouvido. Não foi uma chegada discreta."

Padre John sorriu. "Não, não foi, não é? Tampouco ele ficou muito tempo. O comandante Dalgliesh perguntou-me se eu preferia estar presente quando retiraram o corpo, mas eu disse que preferia ficar aqui, calmamente, sozinho. Afinal de contas, não era Agatha que estavam levando. Ela já se fora havia muito tempo."

Já se fora havia muito tempo. O quê, exatamente, pensou Emma, ele queria dizer com isso? Aquelas palavras ressoaram em sua cabeça com tanta sonoridade quanto sinos fúnebres.

Levantando-se para sair, tomou de novo a mão dele e disse: "Então eu o verei amanhã, padre, quando vier empacotar as roupas. O senhor tem certeza de que não há mais nada que eu possa fazer?".

Ele agradeceu e disse: "Só mais uma coisa. Espero não estar abusando de sua boa vontade, mas, por favor, procure Raphael. Eu não o vi desde que isso aconteceu, porém tenho medo de que fique muito perturbado. Ele sempre foi muito bom para ela, e sei que ela gostava muito dele".

Ela encontrou Raphael de pé na beirada do penhasco, a cerca de cem metros do seminário. Quando o alcançou, ele sentou-se na grama e ela reuniu-se a ele e estendeu a mão.

Com o olhar fixo no mar e sem se virar, ele disse: "Ela era a única pessoa aqui que gostava de mim".

Emma exclamou: "Isso não é verdade, Raphael, você sabe que não é!".

"Quero dizer, gostava de mim. Eu. Raphael. Não como o objeto da benevolência geral. Não como um candidato adequado ao sacerdócio. Não como o último Arbuthnot sobrevivente — mesmo sendo um bastardo. Devem ter contado a você. Despejado aqui quando era bebê, numa daquelas cestas de palha de carregar bebês — daquelas molengas, com uma alça de cada lado. Se tivessem me deixado nos juncos ao lado da laguna teria sido mais apropriado, mas talvez minha mãe achasse que lá eu não seria descoberto. Pelo menos ela gostou de mim o bastante para me despejar no seminário, onde eu seria encontrado. Eles não tiveram muita escolha em acolher-me. Mesmo assim, foram dados a eles vinte e cinco anos para se sentirem benevolentes, para exercerem a virtude da caridade."

"Você sabe que não é isso o que sentem."

"É como eu sinto. Sei que pareço egoísta e cheio de autopiedade. Eu sou egoísta e cheio de autopiedade. Você não tem de me dizer isso. Eu achava que tudo ficaria bem se conseguisse fazê-la se casar comigo."

"Raphael, isso é ridículo. Quando estiver pensando com clareza vai ver isso. Casamento não é terapia."

"Mas teria sido alguma coisa definitiva. Teria me dado apoio."

"E a igreja não o apóia?"

"Pode ser, depois que eu for ordenado. Aí já não terá como voltar atrás."

Emma pensou cuidadosamente por um momento, depois disse: "Você não precisa ser ordenado. Essa tem de ser uma decisão só sua, de mais ninguém. Se você não tem certeza, não deveria ir adiante".

"Você parece Gregory. Se eu menciono a palavra vocação, ele me diz para não falar como um personagem de um romance de Graham Greene. É melhor voltarmos." Fez uma pausa, depois riu. "Ela era terrivelmente incômoda em alguns aspectos naquelas viagens a Londres, mas nunca desejei estar com nenhuma outra pessoa."

Ele se levantou e saiu a passos largos na direção do seminário. Emma não fez nenhuma tentativa de alcançá-lo. Caminhando mais devagar na beirada do penhasco, ela sentiu uma grande tristeza por Raphael, por padre John e por todas as pessoas que amava em Santo Anselmo.

Alcançou o portão de ferro no pátio oeste quando ouviu uma voz chamando, e, virando-se, viu Karen Surtees caminhando rapidamente em sua direção pelo cerrado. Elas já haviam se visto em fins de semana anteriores, quando ambas estavam no seminário, mas nunca haviam se falado, a não ser pela troca de um bom-dia ocasional. Apesar disso, Emma nunca sentira nenhuma hostilidade entre elas. Esperou com alguma curiosidade para saber o que seria dito agora. Karen lançou um olhar na direção do chalé São João antes de falar.

"Desculpe-me por gritar para você desse jeito. Eu só queria dar uma palavra. Que negócio é esse de a senhorita Betterton ter sido encontrada morta na adega? O padre Martin veio nos dizer, esta manhã, mas ele não estava particularmente expansivo."

Não parecia haver nenhuma razão para esconder o que sabia. Emma disse: "Acho que ela tropeçou no alto da escada".

"Ou foi empurrada? De qualquer jeito, essa é uma morte que não podem tentar atribuir a Eric ou a mim — quer dizer, se ela tiver morrido antes da meia-noite. Nós fomos de carro até Ipswich ontem à noite para ver um filme e jantar. Queríamos ficar longe deste lugar por uma ou duas horas. Suponho que você não tenha idéia de como a investigação está indo? Quero dizer, o assassinato do arquidiácono."

Emma disse: "Nenhuma. A polícia não nos conta nada".

"Nem aquele comandante bonitão? Não, não acho que conte. Meu Deus, o homem é sinistro! Eu adoraria que fizesse progressos, quero voltar para Londres. De qualquer modo, vou continuar aqui com Eric até o final da semana. Há apenas mais uma coisa que eu queria perguntar. Talvez você não possa ou não queira ajudar, mas não consigo pensar em ninguém mais a quem perguntar. Você vai à igreja? Comunga?"

A pergunta era tão inesperada que Emma ficou alguns momentos desorientada. Karen disse, quase impaciente: "Quero dizer, na igreja, a santa comunhão. Você a toma?".

"Sim, algumas vezes."

"Estou pensando a respeito das hóstias que eles dão. O que acontece? Quero dizer, você abre a boca e jogam aquilo lá dentro, ou você pega com as próprias mãos?"

A conversa era estranha, mas Emma respondeu: "Algumas pessoas abrem a boca, mas nas igrejas anglicanas é mais comum você manter as palmas para cima, uma sobre a outra".

"E suponho que o padre fique lá, olhando enquanto você come a hóstia."

"Pode ser que sim, se estiver proferindo todas as palavras do ofício do Livro de Orações na sua direção, mas em geral passa para o comungante seguinte, e então pode haver uma pequena espera, enquanto ele ou outro padre vem com o cálice." Ela perguntou: "Por que você precisa saber?".

"Nenhuma razão em particular. Era uma curiosidade minha. Pensei que poderia ir a um culto e não quero fazer tudo errado e dar vexame. Mas não é preciso fazer parte da congregação? Provavelmente não me deixariam entrar."

Emma disse: "Não acho que isso fosse acontecer. Haverá uma missa no oratório amanhã de manhã". Ela acrescentou, não sem um traço de malícia: "Você poderia dizer ao padre Sebastian que gostaria de assistir à missa. Ele provavelmente lhe fará algumas perguntas. Pode querer que você se confesse primeiro".

"Confessar-me ao padre Sebastian! Está maluca? Acho que vou esperar a regeneração espiritual para quando eu voltar para Londres. Aliás, quanto tempo você está pensando em ficar?"

Emma disse: "Eu deveria ir embora na quinta-feira, mas posso tirar mais um dia. Provavelmente vou ficar até o final da semana".

"Bem, boa sorte e obrigada pela informação."

Ela se virou, e, com os ombros encurvados, caminhou rapidamente de volta para o chalé São João.

Ao observá-la se afastar, Emma disse a si mesma que havia sido bom que Karen não tivesse ficado mais tempo. Teria sido tentador conversar a respeito do homicídio com outra mulher, e da sua idade, tentador mas talvez pouco prudente. Karen poderia tê-la questionado a respeito de ela ter encontrado o corpo do arquidiácono, feito perguntas embaraçosas de se esquivar. Todo mundo em Santo Anselmo tivera escrúpulos sendo reticente, mas, de algum modo, a reticência não era uma qualidade que ela associava a Karen Surtees. Ela continuou caminhando, intrigada. De todas as perguntas que Karen poderia fazer, a única que fez foi a última que Emma poderia ter esperado.

5

Era uma e quinze, e Kate e Robbins estavam de volta. Dalgliesh viu que Kate, relatando minuciosamente sua missão, estava tentando manter o tom de triunfo e animação fora da voz. Ela sempre fora muito distanciada e profissional em seus momentos de grandes sucessos, mas o entusiasmo estava evidente na voz e nos olhos dela, e Dalgliesh gostou disso. Talvez estivesse recuperando a velha Kate, a Kate para quem a polícia tinha sido mais do que um emprego, mais do que um salário adequado e mais do que uma perspectiva de promoção, mais do que uma escada para livrar-se das privações e da miséria de sua infância. Ele tinha esperanças de ver aquela Kate de novo.

Ela havia telefonado com a notícia do casamento assim que ela e Robbins disseram obrigado e até logo à srta. Fawcett. Dalgliesh instruíra Kate para conseguir uma cópia da certidão de casamento e voltar a Santo Anselmo o mais rápido possível. Um estudo do mapa mostrara que Clampstoke-Lacey ficava apenas a vinte e dois quilômetros de distância, e parecera razoável tentar a igreja em primeiro lugar.

Mas não tiveram sorte. Saint Osyth agora fazia parte de um priorado e no momento passavam por um interregno com um novo padre temporariamente assumindo os cultos. Ele estava visitando uma das outras igrejas, e sua jovem mulher não sabia nada sobre a localização dos registros da paróquia, na verdade mal parecia saber do que se tratava, e não pôde sugerir nada além de que aguardassem a volta do marido. Ela o esperava para antes do jantar, a não ser que fosse convidado para uma refeição com um dos paroquianos. Se fosse o caso, ele provavelmente telefonaria, embora às vezes estivesse tão preocupado com os interesses da paróquia que se esquecia. A ligeira nota de ressentimento irritado que Kate detectou na voz dela sugeria que essa não era uma ocorrência rara. O melhor plano parecia ser tentar o cartório de registros, em Norwich, e lá tiveram mais sorte. Uma cópia do atestado de casamento foi imediatamente produzida.

Enquanto isso, Dalgliesh telefonara a Paul Perronet, em Norwich. Havia duas questões importantes para as quais ele precisava de respostas, antes de interrogar George Gregory. A primeira eram os termos exatos do testamento da srta. Arbuthnot. A segunda era em relação às determinações de uma lei do Parlamento e a data na qual a legislação tinha entrado em vigor.

Kate e Robbins não haviam esperado para almoçar, e atacaram ansiosamente os pães com queijo e o café oferecidos pela sra. Pilbeam.

Dalgliesh disse: "Podemos adivinhar agora como foi que Margaret Munroe se lembrou do casamento. Ela estivera escrevendo no diário, tratando do passado, e duas imagens juntaram-se; Gregory na praia, retirando a luva esquerda e sentindo o pulso de Ronald Treeves, e a página das fotos de casamento no *Sole Bay Weekly Gazette*. A fusão da vida com a morte. No dia seguinte ela liga para a senhorita Fawcett, não do chalé, onde poderia ser interrompida, mas de um telefone público, em Lowestoft. Obtém a confirmação do que com certeza suspeitara: o nome da noiva. Foi só então que falou à pessoa mais interessada. Havia apenas duas pessoas a quem essas palavras poderiam se aplicar, George Gregory e Raphael Arbuthnot. E poucas horas depois de falar e ser tranqüilizada, Margaret Munroe estava morta".

Dobrando a cópia da certidão de casamento, ele disse: "Vamos falar com Gregory no chalé dele, não aqui. Eu gos-

409

taria que você viesse comigo, Kate. O carro dele está aqui, de modo que, se estiver fora, não terá ido muito longe".

Kate disse: "O casamento não dá a Gregory um motivo para o homicídio do arquidiácono. Deve ter acontecido há vinte e cinco anos. Raphael Arbuthnot não pode herdar. O testamento diz que ele tem de ser legítimo, de acordo com a lei inglesa".

"Mas é exatamente isso que o casamento faz, torna-o legítimo de acordo com a lei inglesa."

Gregory devia ter chegado há pouco. Abriu a porta vestindo um agasalho de corrida preto, de mangas compridas, e com uma toalha enrolada em volta do pescoço. Seu cabelo estava caído, úmido, e o tecido de algodão grudava no peito e nos braços dele.

Sem se afastar para deixá-los entrar, disse: "Eu ia entrar no chuveiro. É urgente?".

Estava mostrando que eram tão indesejáveis quanto vendedores inoportunos, e Dalgliesh pela primeira vez notou em seus olhos um antagonismo desafiador que ele não fazia nenhuma tentativa de ocultar.

Dalgliesh disse: "É urgente. Podemos entrar?".

Caminhando adiante deles pelo gabinete até a varanda de trás, Gregory disse: "O senhor tem, comandante Dalgliesh, o ar de um homem que sente que finalmente está fazendo algum progresso. Tem gente que poderia dizer que já não era sem tempo. Esperemos que não acabe tudo no Pântano da Decepção".

Indicou para eles o sofá e sentou-se à escrivaninha, girando a cadeira e estendendo as pernas. Começou então a esfregar vigorosamente a cabeça com a toalha. Do outro lado da sala, Dalgliesh conseguia sentir o cheiro de suor.

Sem retirar a certidão de casamento do bolso, disse: "O senhor se casou com Clara Arbuthnot no dia 27 de abril de 1988, na igreja de Saint Osyth, em Clampstoke-Lacey, Norfolk. Por que não nos disse? Achava, realmente, que as circunstâncias do seu casamento não fossem relevantes para a investigação de homicídio?".

Durante alguns segundos Gregory ficou imóvel e em silêncio, mas quando falou, sua voz estava calma e despreocupada. Dalgliesh imaginou se já estava se preparando, há dias, para esse encontro.

"Imagino que, ao referir-se à circunstância do casamento, o senhor tenha compreendido o significado da data. Eu não lhes contei porque não achei que fosse da sua conta. Essa foi a primeira razão. A segunda é que eu prometi à minha mulher que o casamento permaneceria secreto até que eu informasse ao nosso filho — e acontece que Raphael é meu filho. A terceira é que ainda não lhe contei, e achei que o momento certo para isso não havia chegado. No entanto, parece que vocês estão forçando a minha barra."

Kate disse: "Alguém em Santo Anselmo sabe?".

Gregory olhou para ela como se tivesse percebido sua presença pela primeira vez e ficasse desgostoso com o que via. "Ninguém. É óbvio que terão de saber, e é igualmente óbvio que irão me reprovar por ter mantido Raphael no escuro por tanto tempo. E a eles também, é claro. Como a natureza humana é o que é, provavelmente acharão que isso é mais difícil de perdoar. Não consigo me ver ocupando este chalé por muito mais tempo. Como só aceitei este emprego para conhecer meu filho, e como Santo Anselmo está fadado a fechar, isso agora não tem importância. Mas eu desejava concluir este episódio da minha vida de maneira mais agradável e quando julgasse ser a hora."

Kate perguntou: "Por que o segredo? Até mesmo o pessoal da casa de saúde ficou sem saber de nada. Por que se dar ao trabalho de se casar se não é para contar a ninguém?".

"Achei que tinha explicado isso. Raphael deveria ser informado, mas no momento que eu julgasse certo. Dificilmente podia me ver em meio a uma investigação de homicídio, com a polícia fuçando minha vida particular. O momento ainda não é o adequado, no entanto acho que vocês terão a satisfação de contar a ele agora."

"Não", disse Dalgliesh. "Isso é responsabilidade sua, não nossa."

Os dois homens se olharam, e então Gregory disse: "Suponho que tenham direito a alguma explicação, ou o mais próximo que possa chegar de uma. Vocês devem saber melhor do que ninguém que nossos motivos raramente são tão pouco complicados e nunca tão puros quanto parecem. Conhecemo-nos em Oxford, e eu era o chefe do departamento. Ela era uma jovem de dezoito anos assombrosamente atraente, e, quando deixou claro que queria ter um caso, não fui homem de resistir. Foi um desastre humilhante. Eu não tinha percebido que estava confusa a respeito de sua sexualidade e me usava deliberadamente como uma experiência. Ela não teve sorte na escolha. Sem dúvida eu poderia ter sido mais sensível e ter tido mais imaginação, mas nunca vi o ato sexual como um exercício de engenhosidade acrobática. Era jovem demais e talvez presunçoso demais para encarar o fracasso sexual filosoficamente, e foi um fracasso espetacular. Pode-se lidar com a maior parte das coisas, mas não com uma repugnância aberta. Temo que não tenha sido muito generoso. Ela não me contou que estava grávida até que fosse tarde demais para um aborto. Acho que tentou se convencer de que nada daquilo estava acontecendo. Não era uma mulher sensata. Raphael herdou a bela aparência mas não a inteligência da mãe. Não era o caso de nos casarmos; a idéia desse compromisso horrorizou-me a vida toda, e ela demonstrou de modo patente seu ódio por mim. Não me disse nada a respeito do nascimento, mas escreveu mais tarde para dizer que tivera um menino e que o deixara em Santo Anselmo. Depois disso, foi para o exterior, com uma companheira mulher, e nunca mais nos vimos.

"Não mantive contato com ela, mas deve ter tomado para si a tarefa de saber onde eu estava. No início de abril de 1988 escreveu-me para dizer que estava morrendo e pediu-me que a visitasse na casa de saúde Ashcombe House, nos arredores de Norwich. Foi então que me pediu para nos casarmos. A explicação que deu foi que isso era pelo bem de seu filho. Ela havia também, creio, encontrado Deus. Era uma tendência dos Arbuthnot, encontrar Deus, em geral na época mais inconveniente para a família deles."

Kate perguntou de novo: "Então, por que o segredo?".

"Ela insistiu nisso. Fiz os arranjos necessários e apenas fui até a casa de saúde para levá-la num passeio. A enfermeira que em geral cuidava dela sabia do segredo e foi a principal testemunha. Houve algum problema, lembro-me, a respeito da segunda testemunha, mas uma mulher que visitava a casa de saúde para uma entrevista concordou em ajudar. O padre era um companheiro de sofrimentos que Clara conhecera na casa de saúde e que ocasionalmente era internado para o que acho que chamam de tratamento temporário. Saint Osyth, em Clampstoke-Lacey, era sua igreja. Ele obteve para nós uma licença do arcebispo, de modo que não foram necessários os banhos. Cumprimos as formalidades prescritas, e depois levei Clara de volta à casa de saúde. Clara queria que eu guardasse a certidão de casamento, e eu ainda a tenho. Morreu três dias depois. A mulher que cuidou de Clara escreveu que morrera sem dores, e que o casamento lhe dera, por fim, a paz. Fiquei satisfeito de que tivesse feito alguma diferença na vida de um de nós dois; não teve nenhum efeito na minha. Ela me pediu para dar a notícia a Raphael quando eu julgasse ser a hora adequada."

Kate disse: "E o senhor esperou doze anos. Em algum momento teve a intenção de lhe contar?".

"Não necessariamente. Eu com certeza não tinha a intenção de encarregar-me de um filho adolescente ou de dar-lhe a carga de um pai. Não fiz nada por ele, não tomei parte de sua criação. Pareceu-me abjeto apresentar-me subitamente, como se meu objetivo fosse supervisioná-lo e ver se era um filho merecedor do reconhecimento."

Dalgliesh disse: "Não foi isso, de fato, o que o senhor fez?".

"Declaro-me culpado. Descobri uma certa curiosidade em mim, ou talvez fosse a demanda desses genes insistentes. A paternidade, afinal de contas, é a nossa única chance de uma imortalidade vicária. Fiz investigações secretas e anônimas e descobri que ele foi para o estrangeiro durante dois anos, após a universidade, depois voltou para cá e anunciou sua intenção de tornar-se padre. Como não aprendera teologia, teve de submeter-se a um curso de três anos. Seis anos atrás eu vim aqui como hóspede por uma semana. Mais tarde soube que havia uma vaga para professor de grego antigo em meio período e candidatei-me ao cargo."

Dalgliesh disse: "O senhor sabe que Santo Anselmo está quase com certeza para fechar. Depois da morte de Ronald Treeves e do assassinato do arquidiácono, é provável que esse fechamento se dê mais cedo ainda. O senhor percebe que tem um motivo para o assassinato de Crampton? Tanto o senhor como Raphael. Seu casamento se deu depois da entrada em vigor da Lei de Legitimidade de 1976, que tornou legítimo o seu filho. O artigo segundo da lei determina que, se os pais de uma pessoa ilegítima se casarem, e se o pai for domiciliado na Inglaterra ou em Gales, a pessoa torna-se legítima a partir da data do casamento. Eu examinei os termos exatos do testamento da senhorita Agnes Arbuthnot. Se o seminário fechar, tudo o que ele contém, doado originalmente por ela, deverá ser dividido entre os descendentes de seu pai, seja pela linhagem masculina ou feminina, desde que sejam membros praticantes da Igreja anglicana e sejam legítimos pela lei inglesa. Raphael Arbuthnot é o único herdeiro. O senhor vai me dizer que não sabia disso?".

Pela primeira vez Gregory mostrou sinais de estar perdendo sua cuidadosa máscara de distanciamento irônico. Sua voz foi peremptória. "O garoto não sabe. Posso ver que isso dá a vocês um motivo conveniente de fazer de mim o seu principal suspeito. Mas nem sua engenhosidade pode apresentar um motivo para Raphael."

É claro que havia outros motivos, além de ganho, mas Dalgliesh não insistiu.

Kate disse: "Só temos a sua palavra de que ele não sabe que é o herdeiro".

Gregory levantou-se ameaçadoramente para cima dela. "Então mande-o chamar e eu contarei a ele, aqui e agora."

Dalgliesh interveio: "Será que isso é prudente ou caridoso?".

"Não estou nem aí se é ou não! Não quero que Raphael seja acusado de homicídio. Mande chamá-lo, e eu mesmo lhe direi. Mas primeiro vou tomar um banho. Não tenho a intenção de apresentar-me como seu pai fedendo a suor."

Ele desapareceu no corpo da casa, e ouviram seus passos na escada.

Dalgliesh disse a Kate: "Procure o Bacana Clark e diga-lhe que precisamos de um saco plástico para arquivar evidências. Quero aquele agasalho de corrida. E peça a Raphael que venha aqui dentro de cinco minutos".

Kate disse: "Será que isso é realmente necessário, senhor?".

"Para o bem dele, sim. Gregory está inteiramente certo; a única maneira de nos convencer de que Raphael Arbuthnot não sabe que ele é seu pai é estarmos aqui quando do disser isso a ele."

Ela voltou poucos minutos depois, com o saco de evidências. Gregory ainda estava no chuveiro.

Kate disse: "Estive com Raphael. Ele virá em cinco minutos".

Esperaram em silêncio. Dalgliesh lançou um olhar em torno do aposento arrumado e para o escritório, entrevisto pela porta aberta; o computador na escrivaninha de frente para a parede, a fileira de arquivos cinzentos, as estantes com os volumes em couro meticulosamente arrumados. Nada aqui era supérfluo, nada para enfeite ou para ser mostrado. Era o santuário de um homem cujos interesses eram intelectuais e que gostava de vida confortável e sem tumultos. Dalgliesh pensou maldosamente que ela ia começar a ficar tumultuada.

Ouviram a porta abrir-se, Raphael veio do aposento exterior e entrou na varanda. Foi seguido, segundos depois, por Gregory, agora usando calças e uma camisa azul-marinho recém-passada, mas ainda com o cabelo em desalinho. Ele disse: "Talvez seja melhor nos sentarmos".

Assim fizeram. Raphael, intrigado, olhou de Gregory para Dalgliesh, mas não disse nada.

Gregory olhou para o filho. Disse-lhe: "Há uma coisa que tenho de contar-lhe. Não fui eu que escolhi este momento, mas a polícia interessou-se mais pela minha vida particular do que eu esperava, de modo que não há escolha. Casei-me com sua mãe no dia 27 de abril de 1988. Foi uma cerimônia que talvez você ache que tivesse sido mais apropriada há vinte e seis anos. Não há meios de dizer isso sem parecer melodramático. Sou seu pai, Raphael".

Raphael fixou os olhos em Gregory. Ele disse: "Não acredito. Não é verdade".

Foi a resposta batida, o habitual choque diante de notícias indesejáveis. Disse de novo, mais alto: "Não acredito", mas seu rosto revelava uma realidade diferente. A cor desapareceu de sua fronte, das faces e do pescoço, numa linha que se retraía com constância, tão visível que parecia que o fluxo normal de sangue estava revertendo. Ele se ergueu e ficou rígido, olhando de Dalgliesh para Kate, como se buscasse desesperadamente uma negativa. Até os músculos do rosto pareceram subitamente despencar, e as rugas incipientes se vincaram ainda mais. Durante um breve momento Dalgliesh viu, pela primeira vez, um traço de semelhança com o pai. Mal teve tempo de reconhecê-lo antes que desaparecesse.

Gregory disse: "Não seja tedioso, Raphael. Com certeza podemos representar esta cena sem lançar mão da senhora Henry Wood. Sempre detestei melodrama vitoriano. Você acha que isso é o tipo de coisa para se brincar? O comandante Dalgliesh tem uma cópia da certidão de casamento".

"Isso não significa que você seja meu pai."

"Sua mãe só fez sexo com um homem em toda a sua vida. E fui eu. Reconheci a minha responsabilidade numa carta para a sua mãe. Por algum motivo, ela exigiu essa pequena admissão de insanidade. Depois do nosso casamento, ela me deu a correspondência trocada por nós. Além disso, é claro, há o DNA. É pouco provável que os fatos possam ser contestados." Fez uma pausa, e depois disse: "Lamento que você considere a notícia tão repugnante".

A voz de Raphael foi tão gelada a ponto de ficar quase irreconhecível. "E o que aconteceu? A história habitual, suponho. Você fodeu com ela, engravidou-a, resolveu que não gostava da idéia de casamento ou de paternidade e pulou fora?"

"Não exatamente. Nenhum de nós dois queria um filho, e não havia possibilidade de casamento. Eu era o mais velho e suponho que o mais culpado. Sua mãe só tinha dezoito anos. Por acaso sua religião não está baseada num ato de perdão cósmico? Então, por que não perdoá-la? Você estava melhor com esses padres do que estaria com qualquer um de nós dois."

Houve um longo silêncio, e então Raphael disse: "Eu teria sido o herdeiro de Santo Anselmo".

Gregory olhou para Dalgliesh, que disse: "Você é o herdeiro, a não ser que haja alguma minúcia jurídica que tenha me escapado. Chequei com os procuradores. Agnes Arbuthnot escreveu em seu testamento que, se o seminário fechasse, todo seu legado iria para os herdeiros legítimos do pai dela, fosse da linhagem masculina ou feminina, desde que membros comungantes da Igreja anglicana. Ela não escreveu 'nascidos do leito conjugal', escreveu 'legítimos pela lei inglesa'. Seus pais casaram-se depois da entrada em vigor das disposições da Lei de Legitimidade de 1976. Isso o torna legítimo".

Raphael caminhou até a janela sul e ficou olhando

em silêncio para o promontório. E disse: "Imagino que vou me acostumar a isso. Acostumei-me a ter uma mãe que me despejou como uma trouxa de roupas usadas num bazar de caridade. Acostumei-me a não saber o nome do meu pai, ou até mesmo se estava vivo. Acostumei-me a ser criado num seminário, enquanto meus contemporâneos tinham um lar. Vou me acostumar a isso. No momento, tudo o que quero é não ter de vê-lo outra vez".

Dalgliesh pensou se Gregory detectara na voz do filho o tremor da emoção, rapidamente controlado.

Gregory disse: "Não há dúvidas de que isso pode ser providenciado, mas não agora. Imagino que o comandante Dalgliesh quer que eu fique aqui. Essa emocionante notícia faz com que eu tenha um motivo. Você também, é claro".

Raphael virou-se para ele. "Você o matou?"

"Não, e você?"

"Céus, isso é ridículo!" Virou-se para Dalgliesh. "Achei que sua tarefa era investigar homicídios, não enlamear a vida das pessoas."

"Temo que muitas vezes as duas coisas andem juntas."

Dalgliesh olhou para Kate e, juntos, caminharam em direção à porta.

Gregory disse: "É óbvio que alguém tem de contar a Sebastian Morell. Eu prefiro que deixem isso para mim ou Raphael". Virou-se para o filho. "Está bem assim, para você?"

Raphael disse: "Eu não vou contar nada. Conte-lhe quando quiser. Para mim é uma questão inteiramente indiferente. Há dez minutos eu não tinha pai. Continuo não tendo".

Dalgliesh perguntou a Gregory: "Quanto tempo o senhor pretende esperar? Não pode ser indefinidamente".

"Não será, embora, depois de doze anos, uma semana a mais ou a menos dificilmente pareçam ter importância. Preferiria não dizer nada até vocês completarem a investigação, supondo que seja concluída. Contudo, isso vai ser difícil. Vou contar-lhe ao final da semana. Acho que posso ter o direito de escolher a minha própria hora e o local."

Raphael já saíra do chalé e, através das grandes vidraças embaçadas pela maresia, podiam vê-lo caminhando pelo promontório, para o mar. Acompanhando-o com o olhar, Kate disse: "Será que ele está bem? Alguém não deveria ir atrás dele?".

Gregory disse: "Ele vai sobreviver. Ele não é Ronald Treeves. Apesar de toda a autopiedade, Raphael foi mimado a vida toda. Meu filho é fortalecido por um núcleo de saudável amor-próprio".

Quando Bacana Clark foi chamado para apreender o agasalho de corrida, Gregory não impôs nenhuma dificuldade para entregá-lo e observou, com um ar de diversão sardônica, enquanto o enfiavam num saco plástico e etiquetavam, antes de acompanhar Dalgliesh, Kate e Clark até a porta do chalé, como se estivesse se despedindo de visitas queridas.

Encaminharam-se para o São Mateus. Kate disse: "É um motivo. Suponho que Gregory deva ser nosso suspeito principal, mas não faz sentido, faz? Quero dizer, é óbvio que o lugar vai ser fechado. De todo modo, Raphael herdaria no final. Não há pressa alguma".

Dalgliesh disse: "Há sim. Pense bem, Kate".

Ele não deu explicações, e Kate sabia muito bem que não devia pedi-las.

Haviam alcançado o chalé São Mateus quando Piers apareceu à porta. Ele disse: "Já ia ligar para o senhor. Tivemos uma chamada do hospital. O inspetor Yarwood está bem o bastante para ser entrevistado. Sugeriram que deixássemos para amanhã de manhã, quando estiver mais descansado".

6

Todos os hospitais, pensou Dalgliesh, não importam a localização ou a arquitetura, são essencialmente iguais; o mesmo cheiro, a mesma pintura, os mesmo avisos orientando os visitantes para enfermarias e departamentos, os mesmos quadros inofensivos nas paredes, escolhidos para tranqüilizar, não para desafiar, as mesmas visitas, com suas flores e seus embrulhos, andando de maneira confiante em direção a leitos conhecidos, os mesmos funcionários, vestidos numa variedade de uniformes e semi-uniformes, deslocando-se intencionalmente em seu hábitat natural, as mesmas cansadas fisionomias resolutas. Quantos hospitais ele visitara desde os seus dias de policial detetive, vigiando prisioneiros ou testemunhas, tomando declarações à beira de leitos de morte, interrogando equipes médicas com coisas mais imediatas na cabeça do que as preocupações dele?

Ao aproximarem-se da enfermaria, Piers disse: "Tento manter distância destes lugares. Eles passam infecções que você não consegue curar e, se as suas próprias visitas não o exaurem à morte, as visitas dos outros pacientes o fazem. Você nunca consegue dormir o suficiente e a comida é intragável".

Olhando para ele, Dalgliesh suspeitou que as palavras atingiam uma repugnância mais profunda, chegando quase à fobia. Ele disse: "Os médicos são como a polícia. Você não pensa neles até precisar deles, e, aí, espera que façam milagres. Eu prefiro que você fique aqui fora enquanto converso com Yarwood, pelo menos no início. Se precisar de uma testemunha, peço para você entrar. Tenho de lidar com isso delicadamente".

Um médico residente, parecendo ridiculamente jovem e com o habitual estetoscópio pendurado ao pescoço, confirmou que o inspetor Yarwood já estava em condições de ser entrevistado e os levou a uma pequena enfermaria lateral. Do lado de fora, um policial uniformizado montava guarda. Ergueu-se energicamente à aproximação deles e ficou em posição de sentido.

Dalgliesh disse: "Subdelegado Lane, não é? Não creio que iremos precisar mais de você, depois que se souber que eu falei com o inspetor Yarwood. Imagino que vá ficar contente de ir embora".

"Sim, senhor. Estamos com pouco pessoal."

Quem não está?, pensou Dalgliesh.

A cama de Yarwood estava posicionada de modo a dar-lhe uma vista da janela e dos telhados regulares do subúrbio. Uma perna estava em tração, suspensa numa polia. Depois do encontro deles em Lowestoft, só haviam se encontrado uma única vez, e rapidamente, em Santo Anselmo. Dalgliesh, na ocasião, chocara-se com a aparência de aceitação abatida na fisionomia do homem. Agora ele dava a impressão de ter encolhido fisicamente e o abatimento parecia aprofundado em derrota. Dalgliesh pensou, hospitais assumem o controle mais do que o corpo; ninguém consegue exercer poder dessas estreitas camas funcionais. Yarwood estava diminuído no espírito e no tamanho e os olhos escurecidos que se voltaram para Dalgliesh tinham um ar de vergonha desorientada em ver-se derrubado a tal ponto por uma sorte maligna.

Era impossível evitar as primeiras perguntas banais, enquanto se apertavam as mãos.

"Como está se sentindo agora?"

Yarwood evitou uma resposta direta. "Se Pilbeam e o rapaz não tivessem me encontrado a tempo, eu já teria ido. Um final para o sentimento. Um final para a claustrofobia. Melhor para Sharon, melhor para as crianças, melhor para mim. Desculpe-me se pareço um fracote. Naquela vala, antes de ficar inconsciente, não havia dor nem preocupações, apenas paz. Não teria sido um modo ruim de partir. A verdade, senhor Dalgliesh, é que gostaria que tivessem me deixado lá."

"Não sei. Já tivemos mortes bastantes em Santo Anselmo." Ele não disse que houvera mais uma.

Yarwood fixou os olhos nos telhados. "Não ter mais de tentar enfrentar e não ter mais de sentir-me um maldito fracassado."

Procurando palavras de consolo que sabia que não iria encontrar, Dalgliesh falou: "Você deve dizer a si próprio que, por pior que seja o inferno em que está no momento, não vai durar para sempre. Nada dura".

"Mas pode piorar. É difícil acreditar, mas pode."

"Só se você deixar."

Houve uma pausa, e então Yarwood disse com um esforço evidente: "Entendi. Desculpe tê-lo desapontado. O que aconteceu, exatamente? Sei que Crampton foi assassinado, e nada mais. Vocês conseguiram até aqui manter os detalhes fora dos jornais nacionais, e a rádio local só deu os fatos. O que aconteceu? Suponho que tenham vindo atrás de mim após terem descoberto o corpo e perceberem a minha ausência. Era tudo de que precisavam, um assassino à solta e exatamente o homem com quem poderiam contar como ajuda profissional, fazendo tudo o que podia para ser enquadrado como suspeito. É estranho, mas não consigo me interessar muito, não consigo me importar. Eu, que costumava ser rotulado de policial ultrazeloso. A propósito, eu não o matei".

"Não achei que tivesse matado. Crampton foi encontrado morto na igreja, e os fatos até agora sugerem que ele foi atraído até lá. Se você quisesse um encontro sangrento, só precisava ir até o quarto ao lado."

"Mas isso é verdade para todo mundo no seminário."

"O assassino quis incriminar Santo Anselmo. O arquidiácono estava destinado a ser a principal mas não a única vítima. Não acho que você se sinta assim."

Houve uma pausa. Yarwood fechou os olhos e depois ajeitou a cabeça seguidamente no travesseiro. Disse: "Não, eu não me sinto assim. Adoro aquele lugar. E agora estraguei-o também".

"Não é tão fácil estragar Santo Anselmo. Como é que você conheceu os padres?"

"Foi há uns três anos. Na época eu era sargento, era novo na força de Suffolk. O padre Peregrine tinha dado marcha a ré numa caminhonete, na estrada de Lowestoft. Ninguém saiu ferido, mas eu tive de interrogá-lo. Ele é distraído demais para ser um motorista confiável, e consegui persuadi-lo a parar de guiar. Acho que os padres ficaram gratos. De qualquer modo, nunca pareceram se incomodar quando comecei a dar as caras. Não sei o que havia naquele lugar, mas me sentia diferente quando estava lá. Quando Sharon me deixou, comecei a ir à missa de domingo de manhã. Não sou religioso e não tinha a menor idéia do que estava acontecendo. Não parecia importar. Apenas gostava de estar lá. Os padres foram bondosos comigo. Não se intrometem, não pedem confidências, apenas aceitam. Eu tive de tudo, médicos, psiquiatras, conselheiros, tudo. Santo Anselmo era diferente. Não, eu não lhes faria mal. Há um policial do lado de fora do quarto, não é? Não sou burro. Um pouco maluco, mas não burro. É minha perna que está quebrada, não minha cabeça."

"Ele está aqui para sua proteção. Não havia jeito de saber o que você vira, que evidências você poderia nos dar. Alguém poderia desejá-lo fora do caminho."

"Um tanto forçado, não?"

"Preferi não arriscar. Você consegue se lembrar do que aconteceu no sábado à noite?"

"Sim, até perder a consciência na vala. A caminhada contra o vento está meio nebulosa — parece ter durado menos do que durou —, mas lembro-me do resto. Da maior parte, pelo menos."

"Vamos começar no início. A que horas você saiu do seu quarto?"

"Mais ou menos meia-noite e cinco. A tempestade me acordou. Eu estava cochilando, mas não dormindo profundamente. Acendi a luz e olhei o relógio. Você sabe como é, quando está passando uma noite ruim. Fica lá deitado, esperando que seja mais tarde do que pensa, achando que logo chegará a manhã. E então veio o pânico. Tentei combatê-lo. Fiquei lá, deitado, suando, rígido de terror. Eu tinha de sair, sair do quarto, sair de Gregório, para longe de Santo Anselmo. Teria acontecido o mesmo em qualquer outro lugar em que eu estivesse. Devo ter vestido o casaco por cima do pijama e calçado os sapatos sem esperar para vestir as meias. Não consigo me lembrar dessa parte. O vento não me preocupava muito. De alguma maneira, acho que ajudou. Eu teria caminhado até sob uma nevasca e com seis metros de neve. Meu Deus, preferia que fosse."

"Como você saiu?"

"Pelo portão de ferro entre a igreja e o Ambrósio. Eu tinha a chave — todos os visitantes recebem uma. Mas você sabe disso."

Dalgliesh disse: "Encontramos o portão trancado. Você se lembra de trancá-lo depois de passar?".

"Devo ter trancado, não? É o tipo de coisa que eu faria automaticamente."

"Você viu alguém perto da igreja?"

"Ninguém. O pátio estava vazio."

"Você não ouviu nada, não viu luz alguma? Viu a porta da igreja aberta, por exemplo?"

"Não ouvi nada além do vento e não acho que houvesse luz na igreja. Se havia, eu não vi. Acho que teria notado se a porta estivesse inteiramente aberta, mas não se estivesse apenas semicerrada. Eu vi uma pessoa, mas não foi perto da igreja. Foi antes, exatamente quando estava passando na porta da frente do Ambrósio. Era Eric Surtees, mas ele não estava nem perto da igreja. Estava no claustro norte, entrando na casa."

"Isso não lhe pareceu estranho?"

"Não, na verdade. Não sei descrever o que senti na hora. Respirando naquela ventania, a impressão de estar fora das paredes. Se tivesse pensado em Surtees, imagino que teria certeza de que ele fora chamado para lidar com alguma emergência doméstica. Afinal de contas, ele é o assistente geral."

"Depois da meia-noite, no meio de uma tempestade?"

Houve um silêncio entre eles. Era interessante, pensou Dalgliesh, como esse interrogatório, longe de preocupar Yarwood, parecia ter levantado o espírito dele e desviado sua mente, pelo menos temporariamente, do peso de seus próprios problemas.

Yarwood disse: "Ele é um assassino improvável, não é? O tipo do cara educado, modesto, útil. Não tem motivos para odiar Crampton, pelo que eu saiba. De qualquer modo, estava entrando na casa, não na igreja. O que estaria fazendo, se não era a trabalho?".

"Talvez pegando as chaves da igreja. Ele saberia onde encontrá-las."

"Um tanto imprudente, não seria? E por que a pressa? Ele não deveria pintar a sacristia na segunda-feira? Acho que ouvi Pilbeam dizer isso. E se quisesse uma chave, por que não pegá-la mais cedo? Podia transitar o quanto quisesse pela casa principal."

"Isso poderia ter sido mais arriscado. O noviço que preparou a igreja para o culto teria notado que um dos conjuntos de chaves estava faltando."

"Está bem, concedo-lhe isso, senhor. Mas o mesmo argumento se aplica a Surtees e a mim. Se quisesse brigar com Crampton, saberia onde encontrá-lo. Ele sabia que a porta para o Agostinho estaria aberta."

"Você tem certeza de que era Surtees? Certeza suficiente para jurar no tribunal, se necessário? Era depois da meia-noite, e você estava em estado bastante precário."

"Era Surtees. Eu já o vira muitas vezes. As luzes dos claustros são fracas, mas eu não poderia estar enganado.

425

Eu manteria isso no tribunal, no banco das testemunhas, se é o que você está querendo saber. Não que fosse adiantar muito. Posso ouvir o discurso final do advogado de defesa para o júri. Pouca visibilidade. Vulto visto apenas por um ou dois segundos. A testemunha, um homem profundamente perturbado, louco o suficiente para sair durante uma tremenda tempestade. E aí a evidência de que eu, ao contrário de Surtees, não gostava de Crampton."

Yarwood estava começando a ficar cansado. Seu repentino surto de interesse sobre a investigação do homicídio parecia tê-lo deixado exausto. Era hora de ir embora, e, com essa nova informação, Dalgliesh estava ansioso por ir. Mas primeiro tinha de ter certeza de que não havia mais nada a saber. Ele disse: "Precisaremos de uma declaração, mas sem grande urgência. A propósito, o que você acha que provocou o seu ataque de pânico? A discussão com Crampton depois do chá, no sábado?".

"Você ficou sabendo disso? Bom, é claro que sim. Eu não esperava vê-lo em Santo Anselmo e imagino que tenha sido também um choque para ele. E não fui eu quem começou o bate-boca. Foi ele. Ficou lá cuspindo as velhas acusações para mim. Tremia de raiva, como uma pessoa tendo algum tipo de ataque. Referia-se à morte da mulher. Eu era, na época, sargento detetive, e era o meu primeiro caso de homicídio."

"Homicídio?"

"Ele matou a mulher, senhor Dalgliesh. Eu tinha certeza na época, e tenho certeza agora. OK, fui ultrazeloso, melei a investigação toda. No final, ele se queixou de abuso de autoridade, e fui repreendido. Isso não ajudou na minha carreira. Duvido que tivesse chegado a inspetor se tivesse continuado na Metropolitana. Mas tenho tanta certeza agora quanto tinha na época de que ele matou a mulher e conseguiu escapar impune."

"Com que provas?"

"Havia uma garrafa de vinho ao lado da cama. Ela morreu de overdose de aspirina e álcool. A garrafa foi limpa de impressões. Não sei como a obrigou a tomar um frasco inteiro de tabletes, mas tenho uma certeza danada de que fez isso. E estava mentindo. Ele disse que não chegou até a cama. Fez muito mais do que isso."

Dalgliesh disse: "Ele podia estar mentindo a respeito da garrafa e de não ter chegado perto da cama. Mas isso não o torna um assassino. Poderia tê-la encontrado morta e entrado em pânico. As pessoas agem de modos estranhos, sob estresse".

Yarwood reiterou obstinadamente: "Ele a matou, senhor Dalgliesh. Eu vi em seu rosto e em seus olhos. Estava mentindo. Isso não quer dizer que aproveitei a oportunidade para vingá-la".

"Haveria alguém que pudesse fazer isso? Tinha parentes próximos, irmãos, um amante anterior?"

"Ninguém, senhor Dalgliesh. Só os pais, e eles não me pareceram ser especialmente solidários. Ela nunca teve justiça, nem eu. Não lamento a morte de Crampton, mas não o matei. E não acho que me incomode muito se o senhor nunca vier a descobrir quem o matou."

Dalgliesh disse: "Mas vamos descobrir. E você é um policial. Não pode realmente acreditar no que acabou de dizer. Vou manter contato. Não conte a ninguém o que acabou de me contar. Mas você sabe tudo a respeito de discrição".

"Será que sei? Acho que sim. Agora é difícil acreditar que um dia estarei de volta ao trabalho."

Ele virou o rosto num gesto de rejeição deliberada. Havia uma última pergunta que Dalgliesh precisava fazer. Ele disse: "Você discutiu a sua suspeita a respeito do arquidiácono com alguém em Santo Anselmo?".

"Não. Não era o tipo de conversa que gostariam de ouvir. De qualquer modo, tudo pertencia ao passado. Jamais imaginei ver o homem novamente. Agora saberão — quer dizer, se Raphael Arbuthnot se der ao trabalho de contar."

"Raphael?"

"Ele estava no claustro sul quando Crampton se altercou comigo. Raphael ouviu cada palavra."

7

Haviam ido ao hospital no Jaguar de Dalgliesh. Nem ele nem Piers abriram a boca enquanto afivelavam os cintos de segurança, e já tinham deixado para trás os subúrbios do leste da cidade antes que Dalgliesh relatasse brevemente o que soubera.

Piers escutou em silêncio, depois disse: "Não consigo ver Surtees como assassino, mas se o fez, não estava sozinho. Sua irmã teria tido uma mão nisso, de alguma forma. Não acredito que alguma coisa acontecesse no chalé São João na noite de sábado que ela não soubesse. Mas por que qualquer um deles desejaria a morte de Crampton? OK, eles provavelmente sabiam que estava com todo o empenho em fechar Santo Anselmo na primeira oportunidade. Isso não seria nada bom para Surtees — parecia estar muito bem instalado com seu chalé e seus porcos —, mas ele não impediria o fechamento matando Crampton. E se tivesse tido uma briga particular com o sujeito, por que se dar ao trabalho de montar todo um esquema para atraí-lo à igreja? Ele sabia onde Crampton estava dormindo; devia saber também que a porta não fica trancada".

Dalgliesh disse: "Do mesmo modo que todo mundo no seminário, inclusive as visitas. Quem matou Crampton queria ter certeza de que soubéssemos que era uma coisa de dentro. Isso ficou evidente desde o início. Não há nenhum motivo óbvio para Surtees ou para a meia-irmã dele. Se estivermos considerando o motivo, George Gregory tem de ser o principal suspeito".

Nada disso precisava ser reiterado, e Piers desejou ter

ficado de bico calado. Sabia que quando Adam estava num de seus humores silenciosos era melhor ficar quieto, sobretudo se não tivesse nenhuma contribuição original a dar.

De volta ao chalé São Mateus, Dalgliesh resolveu entrevistar os dois Surtees, junto com Kate. Cinco minutos mais tarde, acompanhados de Robbins, chegaram. Karen Surtees foi levada para a sala de espera, e a porta foi firmemente fechada.

Parecia que Eric Surtees estava revirando o chiqueiro quando Robbins chegou para chamá-lo, e ele trouxe para a sala de interrogatório um cheiro forte, mas não desagradável, de terra e animais. Só tivera o tempo de lavar as mãos e, ao sentar-se, as dispôs uma ao lado da outra, as articulações apertadas, no colo. Mantinha-as em tal imobilidade que pareciam em curioso conflito com o resto do corpo, lembrando a Dalgliesh dois animaizinhos enroscados, petrificados de medo. Ele não teria tido tempo de consultar a irmã, e seu olhar para a porta, ao entrar, traiu a necessidade da presença e do apoio dela. Agora sentava-se numa rigidez anormal; somente os olhos moviam-se de Dalgliesh para Kate, e de volta, e depois pousaram em Dalgliesh. Dalgliesh tinha experiência em reconhecer medo, e a interpretação não fora errônea. Sabia que muitas vezes era o inocente que ficava mais obviamente assustado; o culpado, uma vez inventada sua história engenhosa, ficava ansioso por contá-la, apresentá-la durante o interrogatório, com uma onda de arrogância e bravata que poderia varrer de sua frente qualquer manifestação embaraçosa de culpa ou de medo.

Ele não perdeu tempo com formalidades. Disse: "Quando meus policiais o interrogaram no domingo, o senhor disse que não saíra do chalé São João durante a noite de sábado. Agora vou lhe perguntar outra vez. O senhor foi até o seminário ou até a igreja depois das completas, no sábado?".

Surtees deu uma olhada rápida pela janela, como se ela oferecesse uma rota de fuga, antes de dispor-se a encontrar o olhar de Dalgliesh. A voz dele soou anormalmente alta.

"Não, claro que não. Por que iria?"

Dalgliesh disse: "Senhor Surtees, o senhor foi visto por uma testemunha, entrando em Santo Anselmo, vindo do claustro norte, logo depois da meia-noite. Não há dúvidas quanto à identificação".

"Não era eu. Deve ter sido outra pessoa. Ninguém poderia ter me visto, porque eu não estava lá. É mentira."

A negação confusa deve ter parecido pouco convincente até aos ouvidos de Surtees.

Dalgliesh disse com paciência: "Senhor Surtees, o senhor está pedindo para ser preso por homicídio?".

Surtees pareceu encolher visivelmente. Parecia pouco mais do que um menino. Houve uma longa pausa, depois disse: "Está bem, eu voltei ao seminário. Acordei e vi uma luz na igreja, de modo que fui investigar".

"A que horas o senhor viu a luz?"

"Por volta da meia-noite, como o senhor disse. Levantei para ir ao banheiro e foi quando a vi."

Kate falou pela primeira vez.

"Mas os chalés foram construídos no mesmo nível. Os quartos e os banheiros ficam nos fundos. No seu chalé, eles dão para o noroeste. Como o senhor poderia ter avistado a igreja?"

Surtees lambeu os lábios. Ele disse: "Eu tive sede. Desci para pegar um copo de água e vi a luz da sala de estar. Pelo menos pensei que vi. Era muito fraca. Achei melhor investigar".

Dalgliesh disse: "Não pensou em acordar sua irmã ou em ligar para o senhor Pilbeam ou para o padre Sebastian? Isso certamente teria sido o mais natural a ser feito".

"Eu não queria incomodá-los."

Kate disse: "Muito corajoso de sua parte, aventurar-se sozinho numa noite tempestuosa para confrontar um possível intruso. O que estava planejando fazer ao chegar à igreja?".

"Não sei. Eu não estava pensando com muita clareza."

Dalgliesh disse: "O senhor não está pensando com muita clareza agora, está? No entanto, continue. Disse que foi até a igreja. O que descobriu?".

"Eu não entrei. Não poderia, porque não tinha a chave. A luz continuava acesa. Entrei na casa e fui buscar uma das chaves no escritório da senhorita Ramsey, mas quando voltei ao claustro norte a luz na igreja havia sido apagada." Ele estava falando com maior confiança, e as mãos apertadas tinham visivelmente relaxado.

Foi Kate quem, depois de um rápido olhar a Dalgliesh, assumiu o interrogatório. "Então o que o senhor fez com elas?"

"Não fiz nada. Pensei que poderia ter me enganado a respeito da luz."

"Mas o senhor pareceu ter bastante certeza a esse respeito mais cedo; caso contrário, por que aventurar-se na tempestade? Primeiro, há uma luz acesa, e depois, misteriosamente, é apagada. Não passou pela sua cabeça entrar na igreja para investigar? Era esse o seu objetivo, não era, ao sair do chalé?"

Surtees resmungou: "Não pareceu necessário, já que não havia mais luz acesa. Eu já disse: achei que tinha me enganado". Acrescentou: "Tentei a porta da sacristia e estava trancada, de modo que fiquei sabendo que não havia ninguém na igreja".

"Depois que o corpo do arquidiácono foi encontrado, verificou-se que um dos três conjuntos de chaves estava faltando. Quantos conjuntos havia, quando o senhor pegou as chaves?"

"Não me lembro. Não notei. Estava apenas ansioso para sair do escritório. Sabia exatamente que as chaves da igreja estavam no quadro de chaves e apenas peguei a mais próxima."

"E o senhor não a pôs de volta?"

"Não. Eu não queria entrar na casa de novo."

Dalgliesh interpôs-se, baixo: "Neste caso, senhor Surtees, onde estão essas chaves agora?".

Kate ainda não vira um suspeito mais alquebrado pelo terror. O bravo espírito de esperança e confiança mostrado durante a primeira parte do interrogatório esgotara-se, e Surtees desabara para a frente na cadeira, com a cabeça inclinada e o corpo todo tremendo.

Dalgliesh disse: "Vou perguntar-lhe mais uma vez. O senhor entrou na igreja no sábado à noite?".

Surtees conseguiu sentar-se ereto até encontrar o olhar de Dalgliesh. Pareceu a Kate que o terror estava dando lugar ao alívio. Ia contar a verdade e estava contente por terminar a penosa experiência prolongada de mentir. Agora, ele e a polícia estariam no mesmo lado. Eles o aceitariam, o absolveriam, lhe diriam que compreendiam. Ela vira isso tantas vezes antes.

Surtees disse: "Está bem, eu entrei na igreja. Mas não matei ninguém, juro que não. Eu não conseguiria! Juro diante de Deus que nunca toquei nele. Estive lá por menos de um minuto".

Dalgliesh perguntou: "Fazendo o quê?".

"Fui buscar uma coisa para Karen, uma coisa de que ela precisava. Não tinha nada a ver com o arquidiácono. É particular, entre nós."

Kate disse: "Senhor Surtees, o senhor deve saber que só isso não basta. Nada é particular numa investigação de homicídio. Por que o senhor foi à igreja no sábado à noite?".

Surtees olhou para Dalgliesh, como que esperando que entendesse. "Karen precisava de outra hóstia consagrada. Tinha de ser consagrada. Ela me pediu para pegar uma para ela."

"Pediu que roubasse para ela?"

"Ela não via desse modo." Houve um silêncio, então Surtees disse: "Sim, acho que sim. Mas não foi culpa dela, foi minha. Eu não tinha de concordar. Eu não queria fazer isso, os padres sempre foram bons para mim, mas era importante para Karen, e no fim eu disse que iria. Ela tinha de obtê-la neste fim de semana, porque precisa dela na sexta-feira. Apenas não pensou que fosse importante.

Para ela era só uma hóstia. Não teria me pedido para roubar alguma coisa de valor".

Dalgliesh disse: "Mas era uma coisa de valor, não era?".

De novo fez-se silêncio.

Dalgliesh disse: "Conte-me o que aconteceu no sábado à noite. Pense bem e seja claro. Quero todos os detalhes".

Surtees agora estava mais calmo. Parecia estar se recuperando, e a cor voltara ao seu rosto. Ele disse: "Esperei até bem tarde. Tinha de ter certeza de que todos estivessem dormindo ou pelo menos em seus quartos. E a tempestade ajudava. Não achei que fossem dar uma caminhada. Era mais ou menos quinze para a meia-noite quando saí".

"Usando o quê?"

"Só minha calça marrom-escuro de veludo cotelê e uma jaqueta grossa de couro. Nada de roupas claras. Pensamos que seria mais seguro usar roupas escuras, mas eu não estava disfarçado."

"Estava de luvas?"

"Não. Nós... eu não achei que fosse necessário. Só tenho luvas grossas de jardinagem e um velho par, de lã. Teria de tirá-las para pegar a hóstia, lidar com as trancas, e não achei que tivesse importância não usar luvas. Ninguém teria sabido do roubo. Não sentiriam falta de uma hóstia, iriam pensar que haviam se enganado na contagem. Foi esse meu raciocínio. Eu só tenho duas chaves, uma para o portão de ferro e outra para a porta do claustro norte. Em geral não preciso delas durante o dia, uma vez que o portão e as portas dos dois claustros ficam abertas. Eu sabia que as chaves da igreja ficavam no escritório da senhorita Ramsey. Algumas vezes, em festividades como a Páscoa, eu dou a eles flores ou folhagens. O padre Sebastian pede que as deixe num balde de água na sacristia. Sempre há algum aluno que é bom na decoração da igreja. Algumas vezes o padre Sebastian me entrega as chaves ou diz para pegá-las no escritório, tranca cuidadosamente depois de eu sair e as devolve. Devemos assinar no livro quando pegamos as chaves da igreja, mas algumas vezes as pessoas não se dão a esse trabalho."

"Facilitam muito para a gente, não é? E, aí, não é difícil roubar pessoas que confiam em você."

Por um segundo, Dalgliesh percebeu simultaneamente a nota de desprezo na sua voz e a surpresa silenciosa de Kate. Ele disse a si mesmo que isso estava perto demais de um envolvimento pessoal.

Surtees disse, com mais confiança do que demonstrara antes: "Eu não ia machucar ninguém, não poderia machucar ninguém. E mesmo que conseguisse roubar a hóstia, ninguém no seminário sairia ferido. Não acredito que sequer viessem a saber disso. Era só uma hóstia. Não poderia custar mais que um penny".

Dalgliesh disse: "Então voltemos exatamente ao que aconteceu na noite de sábado. Deixemos as desculpas e justificativas de fora. Vamos nos ater aos fatos, todos os fatos".

"Bem, como eu disse: era mais ou menos quinze para a meia-noite quando saí. O seminário estava muito escuro e o vento uivava. Havia apenas uma luz, em um dos quartos de hóspedes, e as cortinas estavam fechadas. Usei minha chave para entrar no seminário pela porta dos fundos, passei pela copa e entrei na parte principal da casa. Eu tinha uma lanterna, de modo que não precisei acender nenhuma lâmpada, mas havia uma lâmpada acesa embaixo da estátua da Madona com o Menino no saguão principal. Minha história já estava pronta caso aparecesse alguém. Diria que vira uma luz vindo da igreja e viera pegar as chaves para investigar. Sabia que não ia parecer muito convincente, mas não estava mesmo esperando ter de usá-la. Peguei as chaves e saí de novo pelo mesmo caminho por onde entrara, trancando a porta atrás de mim. Apaguei as lâmpadas do claustro e fiquei perto da parede. Não tive problemas com a fechadura na porta da sacristia, está sempre lubrificada, e a chave rodou com muita facilidade. Empurrei a porta com muito cuidado, iluminando o caminho com a lanterna, e desliguei o sistema de alarme.

"Eu estava começando a sentir menos medo e fiquei mais otimista; tinha tudo corrido tão bem. Sabia onde as hóstias estavam, à direita do altar, numa espécie de vão na parede com uma lâmpada vermelha acesa por cima. Eles mantêm hóstias consagradas lá, para o caso de um dos padres ter de levá-la a alguém doente na comunidade, ou, algumas vezes, são levadas a um rito de comunhão numa das igrejas da paróquia onde não há padre. Eu estava com um envelope no bolso para pôr a hóstia dentro. Mas quando empurrei a porta e entrei na igreja vi que havia alguém lá. Ela não estava vazia."

Fez outra pausa. Dalgliesh resistiu à tentação de comentar ou fazer perguntas. Surtees estava com a cabeça abaixada, as mãos apertadas à sua frente. Parecia que lembrar-se passara, de repente, a ser um grande esforço.

Ele disse: "Havia uma luz na extremidade norte da igreja, a lâmpada por cima do *Juízo final*. Havia alguém de pé lá, um vulto com um manto marrom e com o capuz".

Foi Kate quem não conseguiu resistir à pergunta: "O senhor o reconheceu?".

"Não. Ele estava parcialmente escondido atrás da pilastra, e a luz era fraca demais. E o capuz escondia sua cabeça."

"Alto ou baixo?"

"Acho que médio, não especialmente alto. Não consigo lembrar, realmente. Então, num minuto, enquanto eu olhava, a grande porta sul se abriu e alguém entrou. Também não reconheci. Não cheguei a ver a pessoa, na verdade apenas a ouvi chamar 'Ei! Onde você está?', e aí fechei a porta. Sabia que meu plano havia gorado. Não havia mais nada a fazer além de trancar a porta depois de sair e voltar para o chalé."

Dalgliesh disse: "O senhor tem certeza absoluta de que não reconheceu nenhum dos vultos?".

"Absoluta. Não vi o rosto de nenhum deles. Eu não cheguei, na verdade, a ver o segundo homem em momento algum."

"Mas o senhor sabia que era um homem?"

"Bem, ouvi a voz."

Dalgliesh disse: "Quem o senhor acha que era?".

"A julgar pela voz, acho que pode ter sido o arquidiácono."

"Então ele deve ter falado bem alto?"

Surtees enrubesceu. Ele disse, infeliz: "Acho que deve ter sido bastante alto. Na hora, não parecia tanto. É claro que a igreja estava totalmente em silêncio, e a voz ecoou. Não posso ter certeza de que tenha sido o arquidiácono. É só a impressão que tive na hora".

Ficou evidente que ele não saberia dizer mais nada com segurança a respeito da identidade de algum dos dois vultos. Dalgliesh perguntou o que fizera depois de sair da igreja.

"Liguei de novo o alarme, tranquei a porta atrás de mim e atravessei o pátio saindo pela porta sul da igreja. Não acho que estivesse aberta, nem sequer semicerrada. Não consigo lembrar se vi luz, mas não estava mesmo prestando atenção. Só queria dar o fora. Lutei contra o vento no promontório e contei a Karen o que acontecera. Eu estava com esperanças de ter uma oportunidade de pôr as chaves de volta em alguma hora no domingo de manhã, mas quando fomos chamados para ir à biblioteca e nos contaram do homicídio, percebi que não seria possível."

"O que fez com elas?"

Surtees disse, miserável: "Eu as enterrei num canto do chiqueiro".

Dalgliesh disse: "Quando esta entrevista terminar, o sargento Robbins irá com o senhor, para recuperá-las".

Surtees fez um gesto para levantar-se, mas Dalgliesh disse: "Eu disse quando a entrevista terminar. Ainda não terminou".

A pista que acabavam de obter era a mais importante até então, e teve de resistir à tentação de segui-la imediatamente. Mas primeiro era necessário obter toda a confirmação que pudesse sobre a história de Surtees.

8

Convocada por Kate, Karen Surtees entrou na sala sem nenhum sinal aparente de nervosismo, sentou-se ao lado do meio-irmão sem esperar pelo convite de Dalgliesh, pendurou sua bolsa preta, de alça, nas costas da cadeira e virou-se imediatamente na direção de Surtees.

"Tudo bem, Eric? Você foi coagido?"

"Não, estou bem. Desculpe, Karen. Contei a eles." Ele disse, novamente: "Desculpe".

"Por quê? Fez o melhor que pôde. Não foi culpa sua se havia alguém na igreja. Você tentou. Ainda bem, para a polícia, que o tenha feito. Espero que estejam agradecidos."

Os olhos de Surtees brilharam à vista dela, e houve uma sensação quase palpável da energia fortalecedora passando por ele quando o tocou rapidamente com sua mão. As palavras foram de desculpas, mas não havia nada de subserviente no olhar que lhe dirigiu. Dalgliesh reconheceu o mais perigoso dos complicadores — amor.

Ela voltou sua atenção para ele, fixando-o com um olhar concentrado e desafiador. Seus olhos alargaram-se, e ele achou que estava escondendo um sorriso reservado.

Dalgliesh disse: "Seu irmão admitiu ter estado na igreja no sábado à noite".

"No início da madrugada de domingo. Já passava da meia-noite. Ele é meu meio-irmão — mesmo pai, mães diferentes."

Dalgliesh disse: "Isso a senhorita já contou antes aos meus policiais. Já ouvi a história dele. Gostaria de ouvir a sua".

"Vai ser muito parecida com a de Eric. Ele não é muito bom em mentir, como vocês provavelmente já descobriram. Isso às vezes pode ser inconveniente, mas tem suas vantagens. Bem, grande coisa. Ele não fez nada de errado, e a idéia de que pudesse machucar alguém, quanto mais matar, é ridícula. Não consegue nem matar os próprios porcos! Eu pedi que conseguisse para mim uma hóstia consagrada da igreja. Se vocês não estiverem muito a par dessas coisas, posso dizer que são pequenos discos brancos, feitos, imagino, de farinha e água, mais ou menos do tamanho de uma moeda de dois pennies. Mesmo que tivesse conseguido apanhar uma e sido pego, não vejo os magistrados entregando Eric ao Tribunal da Coroa para ser condenado. Valor — insignificante."

Dalgliesh disse: "Isso depende da sua escala de valores. Por que a senhorita queria a hóstia?".

"Não vejo o que isso tem a ver com sua investigação atual, mas não me importo de dizer. Sou jornalista freelance e estou escrevendo um artigo sobre missa negra. Foi um artigo encomendado, aliás, e já fiz a maior parte da pesquisa. As pessoas junto às quais consegui me infiltrar precisam de uma hóstia consagrada, e prometi arranjar uma. E não digam que poderia ter comprado uma caixa inteira de hóstias não consagradas por uma ou duas libras. Esse era o argumento de Eric. É uma pesquisa genuína e preciso do artigo genuíno. Vocês podem não respeitar meu trabalho, mas eu o encaro com tanta seriedade quanto encaram o seu. Prometi uma hóstia consagrada, e era isso que ia fazer. A pesquisa, de outro modo, seria uma perda de tempo."

"Então a senhora convenceu seu meio-irmão a obtê-la para a senhora?"

"Bem, o padre Sebastian não me daria uma se eu pedisse por favor, não é?"

"Seu irmão foi sozinho?"

"É claro. Não tinha sentido eu acompanhá-lo e aumentar o risco. Num instante ele conseguiria justificar sua presença no seminário. Eu não."

"Mas a senhorita o esperou?"

"Não era questão de esperar. Na verdade, nem chegamos a ir para a cama, pelo menos não para dormir."

"Então a senhorita ouviu o relato do que aconteceu assim que ele voltou, e não na manhã seguinte?"

"Ele me contou assim que chegou. Eu estava esperando e ele me contou."

"Senhorita Surtees, isso é muito importante. Por favor, pense e tente lembrar exatamente o que ouviu das palavras do seu irmão."

"Não acho que seja capaz de me lembrar exatamente das palavras, mas o sentido estava bastante claro. Ele me contou que não tivera problemas em conseguir as chaves. Abriu a porta da sacristia à luz da lanterna e depois a porta que levava à igreja. Foi então que viu a luz por cima daquela pintura a óleo à frente da porta principal, o *Juízo final*, não é? E um vulto de pé perto dela, usando um manto com capuz. Aí, a porta principal abriu-se e alguém mais entrou. Eu lhe perguntei se reconhecera algum dos dois vultos, e ele disse que não. O do manto estava com o capuz na cabeça e de costas para ele, e não teve mais do que um rápido relance do segundo homem. Achou que o segundo vulto perguntara 'Onde você está?', ou qualquer coisa assim. Sua impressão foi de que poderia ter sido o arquidiácono."

"E ele não sugeriu à senhorita quem poderia ter sido o outro vulto?"

"Não, mas nem precisaria, não é? Quero dizer, ele não achou que houvesse nada de sinistro a respeito de ver um vulto com manto na igreja. Isso nos atrapalhou e era estranho àquela hora da noite, mas ele naturalmente supôs ser um dos padres ou um dos alunos. Eu supus a mesma coisa. Deus sabe o que estavam fazendo lá depois da meia-noite. Eles poderiam estar fazendo a missa negra deles, na nossa opinião. É óbvio que se Eric soubesse que o arquidiácono ia ser assassinado teria prestado mais atenção. Pelo menos, acho que teria. O que você acha que teria feito, Eric, diante de um assassino com uma faca?"

Surtees olhou para Dalgliesh ao responder. "Correr, suponho. Eu teria dado um alarme, é claro. As suítes dos hóspedes não ficam trancadas, de modo que eu provavelmente teria corrido ao Jerônimo em busca de ajuda. Na hora eu só fiquei desapontado por ter conseguido apanhar a chave sem ter sido visto e porque estava começando a parecer tão fácil, mas eu tinha de voltar e dizer que fracassara."

No momento não havia mais nada a saber deles, e Dalgliesh disse que poderiam ir embora, avisando-os primeiro de que as informações prestadas deveriam permanecer em segredo absoluto. Estariam seriamente em risco de acusação de obstruir a polícia, se não de algo mais sério. O sargento Robbins iria com Surtees para recuperar as chaves, que seriam mantidas em posse da polícia. Ambos deram as garantias exigidas, Eric Surtees com tanta formalidade como se estivesse fazendo um juramento solene, sua irmã, de modo descortês.

Quando Surtees finalmente ficou em pé para ir embora, sua meia-irmã levantou-se também, mas Dalgliesh disse: "Eu gostaria que ficasse, por favor, senhorita Surtees. Tenho mais uma ou duas perguntas".

Ao fechar a porta atrás de seu meio-irmão, Dalgliesh disse: "Quando comecei a falar do assassinato com seu irmão, ele disse que a senhorita queria que pegasse outra hóstia. Então essa não foi a primeira vez. Já tinha sido feita uma tentativa anterior. O que aconteceu na primeira ocasião?".

Ela sentou-se muito quieta, mas sua voz estava recomposta quando respondeu. "Foi um ato falho de Eric. Essa foi a única vez."

"Acho que não. Eu poderia chamá-lo de volta e perguntar a ele, e realmente perguntarei. Mas seria mais simples se a senhorita explicasse para mim, agora, o que aconteceu na vez anterior."

Ela disse, na defensiva: "Não teve nada a ver com esse homicídio. Foi no semestre passado".

"Quem julga o que está ou não relacionado a esse homicídio sou eu. Quem roubou a hóstia para a senhorita da vez anterior?"

"Daquela vez não foi roubada, exatamente. Foi entregue a mim."

"Por Ronald Treeves?"

"Sim, foi, se quer saber. Algumas das hóstias são consagradas e levadas a igrejas da vizinhança em que temporariamente não há padres e em que ocorrerá a santa comunhão. As hóstias são consagradas e levadas à igreja por quem for ajudar na cerimônia. Era a tarefa de Ronald Treeves, naquela semana, e ele pegou uma hóstia para mim. Uma hóstia em meio a tantas. Era pouca coisa a pedir."

Kate subitamente interferiu. "A senhorita devia saber que para ele não era pouca coisa. Como pagou? Da maneira óbvia?"

A garota corou, mas de raiva, não de vergonha. Durante um momento Dalgliesh achou que ia explodir em hostilidade explícita; seria, pensou, justificada. Ele disse: baixo: "Desculpe se achou a pergunta ofensiva. Vou fazê-la em outros termos. Como conseguiu persuadi-lo?".

O ultraje momentâneo acabara. Ela o fitou através de olhos apertados, calculistas, depois relaxou visivelmente. Ele conseguiu identificar o segundo em que ela percebeu que a sinceridade seria mais prudente e talvez mais satisfatória.

Ela disse: "Está bem, eu o persuadi da maneira óbvia, e se pensam que vão fazer um julgamento moral, esqueçam. De qualquer modo, não é da sua conta". Lançou um olhar a Kate, francamente hostil. "Nem dela. E não sei que relevância isso possa ter para o homicídio do arquidiácono. Não pode haver nenhuma relação."

Dalgliesh disse: "A verdade é que não podemos ter certeza. Poderia haver. Se não houver, nada disso será usado. Não estou perguntando a respeito do roubo da hóstia por curiosidade lasciva pela sua vida particular".

Ela disse: "Olhe, até que eu gostava de Ronald. OK, mais porque sentia pena dele. Ele não era exatamente po-

441

pular por aqui. Papai rico demais, poderoso demais, negócio errado, também. Armamentos, não? De qualquer modo, Ronald não estava bem ajustado. Quando vim ficar com Eric, encontrávamo-nos às vezes e caminhávamos ao longo dos penhascos até a lagoa. Conversávamos. Ele me contou coisas que vocês não conseguiriam extrair dele em um milhão de anos, nem tampouco esses padres, com confissão ou sem confissão. E lhe fiz um favor. Ele já estava com vinte e três anos e ainda era virgem. Olhe, estava desesperado por sexo — morrendo de vontade".

Talvez, pensou Dalgliesh, tivesse morrido por isso. Ele ouviu a voz continuando: "Seduzi-lo não foi exatamente um sacrifício. Os homens fazem grande estardalhaço a respeito de seduzir virgens. Deus sabe por quê, achei exaustivo e pouco recompensador, mas o outro lado tem suas emoções. E se vocês querem saber como escondemos isso de Eric, não fomos para a cama no chalé, fazíamos amor nas samambaias dos penhascos. Ele teve muita sorte de eu estar aqui para iniciá-lo, em vez de ir com uma puta — o que tentara uma vez, mas ficara tão enojado que não conseguira superar". Fez uma pausa e, como Dalgliesh não dissesse nada, continuou, mais defensivamente. "Estava se formando para ser padre, não estava? Que utilidade teria para outras pessoas se não tivesse vivido? Ele costumava insistir na dignidade do celibato, e acho que o celibato é legal se for a sua. Mas, acreditem-me, não era a dele. Ele teve sorte em me achar."

Dalgliesh disse: "O que aconteceu com a hóstia?".

"Ai, Deus, aquilo foi falta de sorte! É difícil de acreditar. Eu a perdi. Guardei-a num envelope comum e enfiei-o na minha pasta, com outros papéis. Foi a última vez em que a vi. Provavelmente caiu no cesto quando tirei os papéis da pasta. De qualquer modo, não a encontrei."

"Então a senhorita queria que ele lhe arranjasse outra, e dessa vez ele foi menos cordato."

"O senhor pode considerar desse modo. Ele deve ter

repensado as coisas durante as férias. Parecia que eu arruinara a vida dele, em vez de ter contribuído para a sua educação sexual."

Dalgliesh disse: "E dentro de uma semana estava morto".

"Bem, não sou responsável por isso. Eu não queria que morresse."

"Então a senhorita acha que pode ter sido um assassinato?"

Dessa vez ela o fitou estarrecida, e ele viu tanto surpresa como terror nos olhos dela.

"Assassinato? É claro que não foi assassinato! Quem quereria matá-lo? Foi uma morte acidental. Começou a cutucar os penhascos e fez a areia cair por cima dele. Houve um inquérito. O senhor sabe o resultado."

"Quando se recusou a entregar-lhe outra hóstia consagrada, a senhorita tentou chantageá-lo?"

"É claro que não!"

"Ainda que apenas implicitamente, chegou a sugerir que ele estava em suas mãos, que a senhorita tinha informações que poderiam fazer com que fosse expulso do seminário, arruinando suas chances de ser ordenado?"

"Não!", disse ela com veemência. "Não, eu não fiz isso. De que adiantaria? Eu comprometeria Eric, para começar, e por outro lado aqueles padres iriam acreditar nele, não em mim. Eu não estava em posição de chantageá-lo."

"A senhorita acha que ele se deu conta disso?"

"Como posso saber o que achava? Ele estava meio enlouquecido, é tudo que sei. Olhe, vocês deveriam estar investigando o assassinato de Crampton. A morte de Ronald não tem nada a ver com esse caso. Como poderia ter?"

"Sugiro que deixe que eu resolva o que tem e o que não tem a ver com o caso. O que aconteceu quando Ronald Treeves esteve no chalé São João na noite anterior à sua morte?"

Ela ficou lá sentada, num silêncio taciturno. Dalgliesh disse: "A senhorita e seu irmão já retiveram informações vitais para esta investigação. Se tivessem nos dito no domingo de manhã o que ficamos sabendo agora, alguém já poderia estar preso. Se nem a senhorita nem seu irmão têm nada a ver com a morte do arquidiácono, sugiro que responda às minhas perguntas de modo honesto e sincero. O que aconteceu quando Ronald Treeves foi ao chalé São João naquela sexta-feira à noite?".

"Eu já estava lá. Viera de Londres para passar o fim de semana. Não sabia que iria aparecer. E ele não tinha absolutamente o direito de invadir o chalé do jeito que fez. OK, nos acostumamos a deixar as portas abertas, mas o chalé era a casa de Eric. Arremeteu escada acima e, se querem saber, encontrou nós dois na cama. Ele simplesmente ficou parado na porta, olhando. Parecia louco, inteiramente louco. Então começou a cuspir acusações ridículas. Não consigo lembrar bem o que ele disse. Suponho que poderia ter sido engraçado, mas na verdade foi assustador. Era como ser repreendida por um lunático. Ele não falou alto ou gritou, mal levantou a voz. Foi isso que o tornou mais aterrador. Eric e eu estávamos nus, o que nos deixava com uma certa desvantagem. Apenas nos sentamos na cama e olhamos para ele enquanto aquela voz aguda continuava e continuava. Meu Deus, como foi estranho. Sabe, chegou mesmo a pensar que eu ia me casar com ele. Eu, mulher de um vigário! Ele estava maluco. Parecia louco e estava louco."

Ela contou isso com uma incredulidade intrigada, como se confidenciando a uma amiga durante um drinque num bar.

Dalgliesh disse: "A senhorita o seduziu, e ele pensou que o amava. Deu-lhe uma hóstia consagrada porque a senhorita pediu e não poderia recusar-lhe nada. Ele sabia exatamente o que fizera. E então viu que nunca houvera amor, que fora usado. No dia seguinte, matou-se. Senhorita Surtees, de algum modo sente-se responsável por essa morte?".

Ela gritou veementemente: "Não, não me sinto! Nunca disse que o amava. Não foi minha culpa se ele achou que o amasse. E não acredito que tenha se matado. Foi um acidente. Foi isso que o júri achou e é nisso que eu acredito".

Dalgliesh disse, baixo: "Sabe, eu não acho isso. Acho que a senhorita sabe muito bem o que levou Ronald Treeves à morte".

"Mesmo que eu saiba, isso não me torna responsável. E o que ele estava pensando, irrompendo porta adentro e subindo as escadas como se fosse o dono do lugar? Agora, imagino que o senhor vá contar ao padre Sebastian e fazer com que Eric seja expulso do chalé."

Dalgliesh disse: "Não, não vou contar ao padre Sebastian. A senhorita e seu irmão se meteram em consideráveis apuros. Não sei como enfatizar com veemência suficiente que tudo o que a senhorita disse aqui deve permanecer em segredo. Tudo".

Ela disse, com estupidez: "Está bem. Não vamos falar, por que falaríamos? E não vejo por que devo me sentir culpada a respeito de Ronald ou do arquidiácono. Não o matamos. Mas imaginamos que estariam prontos a achar que sim, se tivessem uma oportunidade. Aqueles padres são sacrossantos, não são? Sugiro que comecem a pesquisar os motivos deles, em vez de ficarem implicando com a gente. E não acho que tenha tido importância não dizer a vocês que Eric havia ido à igreja. Achei que um dos alunos matou o arquidiácono e que ele confessaria, de qualquer modo. Não é disso que eles gostam, de confissões? Não vão me forçar a me sentir culpada. Eu tinha pena de Ronald. Eu não o forcei a me dar aquela hóstia. Eu pedi e no fim ele acedeu. E não fiz sexo com ele para obter a hóstia. OK, fez parte, mas não foi tudo. Fiz porque tinha pena dele, porque estava entediada e talvez por outras razões que vocês não entenderiam e reprovariam, se entendessem".

Não havia mais nada a dizer. Ela estava assustada mas não envergonhada. Nada que ele dissesse poderia fazê-la sentir-se responsável pela morte de Ronald Treeves. Ele

445

pensou no desespero que levara Treeves àquele fim pavoroso. Tivera de encarar a dura escolha entre permanecer em Santo Anselmo com a constante ameaça de traição e com a consciência torturante do que fizera ou confessar a padre Sebastian que com quase toda certeza teria de voltar para casa, para o pai, como um fracassado. Dalgliesh imaginou o que padre Sebastian teria dito ou feito. Padre Martin, pensou ele, teria demonstrado misericórdia. Ele não tinha tanta certeza disso quanto a padre Sebastian. Mas mesmo que tivesse demonstrado misericórdia, como poderia Treeves ter ficado, com o conhecimento humilhante de que estava lá sob julgamento?

Por fim, deixou-a partir. Sentiu uma forte pena e uma raiva que pareciam dirigidas contra algo mais profundo e menos identificável do que Karen Surtees e sua insensibilidade. Mas que direito tinha ele de sentir raiva? Ela poderia reivindicar seu próprio tipo de moralidade. Se você prometesse arranjar uma hóstia consagrada, não seria desonesto. Se você fosse um jornalista investigativo, levaria o trabalho a sério, consciencioso até na fraude. Suas idéias não batiam, e nunca iriam bater. Para ela era inconcebível que alguém pudesse se matar por um pequeno disco de farinha e água. Para ela o sexo fora pouco mais do que um alívio ao tédio, o poder satisfatório da iniciação, uma nova experiência, a troca de prazeres encarada de modo leve. Encarar isso com mais seriedade levaria, na melhor das hipóteses, a ciúmes, exigências, recriminações e confusão; na pior, a uma boca sufocada com areia. Não tinha ele, durante seus anos solitários, separado sua vida sexual do comprometimento, mesmo que tivesse sido mais meticuloso e prudente na escolha de parceiras e mais sensível aos sentimentos dos outros? Imaginou o que diria a Sir Alred; provavelmente apenas que um resultado de inquérito inconclusivo teria sido mais lógico do que um de morte acidental, mas que não havia o menor indício de ação criminosa. Só que houvera ação criminosa.

Ele guardaria o segredo de Ronald. O garoto não deixara nenhuma nota suicida. Não havia meios de saber se naqueles últimos segundos, e tarde demais, ele não teria mudado de idéia. Se morreu porque não suportava a idéia de que o pai soubesse da verdade, não competia a ele, Dalgliesh, revelá-la agora.

Deu-se conta do prolongado silêncio e de Kate sentada a seu lado, imaginando por que ele não dizia nada. Percebeu sua impaciência contida.

Ele disse: "Certo. Afinal, estamos chegando a algum lugar. Descobrimos a chave perdida. Isso quer dizer que Caim, afinal das contas, voltou ao seminário e devolveu a que usou. Agora vamos encontrar aquele manto marrom".

Kate disse, com a voz ecoando os pensamentos dele: "Se ele ainda existir para ser encontrado".

9

Dalgliesh chamou Piers e Robbins à sala de entrevistas e deixou-os a par do ocorrido. Disse: "Vocês examinaram todos os mantos, os marrons e os pretos?".

Foi Kate quem respondeu. "Sim, senhor. Agora que Treeves está morto, há dezenove alunos residentes e dezenove mantos. Quinze alunos estão ausentes, e todos, com exceção de um, que foi para casa comemorar o aniversário e as bodas de prata da mãe, levaram os mantos. Isso significa que deveria haver cinco no vestiário quando examinamos, e havia. Todos foram examinados com bastante cuidado, do mesmo modo que os mantos dos padres."

"Todos os mantos têm etiqueta de identificação? Eu não olhei, da primeira vez em que os examinei."

Foi Piers quem respondeu. "Todos. Parece que são as únicas vestimentas com etiquetas. Suponho que seja porque são idênticos, com exceção do tamanho. Não há um manto no seminário sem etiqueta."

No momento eles ainda não tinham como saber se o assassino chegara a usar o manto durante o ataque. Era possível até mesmo que houvesse uma terceira pessoa à espera na igreja quando o arquidiácono chegou, alguém que Surtees não vira. Porém, agora que sabiam que um manto fora usado, e quase com toda certeza pelo assassino, os cinco mantos, embora aparentemente limpos, teriam de ser cientificamente examinados pelo laboratório, para a identificação de traços minúsculos de sangue, cabelos ou fibras. Mas e o vigésimo manto? Seria possível que tivesse sido esquecido quando as roupas de Ronald Treeves foram empacotadas para serem devolvidas à família depois de sua morte?

Dalgliesh voltou a lembrar-se da entrevista com Sir Alred na Nova Scotland Yard. O motorista de Sir Alred fora mandado com outro motorista para buscar o Porsche e levara com ele o pacote de roupas de volta para Londres. Será que o manto estava no meio delas? Tentou forçar a memória. Houvera menção, com certeza, a um terno, sapatos e certamente uma batina, mas teria ele mencionado um manto marrom?

Disse a Kate: "Ligue para Sir Alred, para mim. Ele me deu um cartão com o endereço e o telefone de sua casa antes de sair da Yard. Você o encontrará na pasta. Imagino ser improvável que esteja lá a esta hora, mas alguém estará. Diga que temos de lhe falar pessoalmente e que é urgente".

Ele esperava alguma dificuldade. Sir Alred não era homem de estar prontamente acessível por telefone, e havia sempre a possibilidade de não estar no país. Mas tiveram sorte. O homem que respondeu ao telefone, na casa dele, embora relutante em convencer-se da urgência, deu o número do escritório de Sir Alred em Mayfair. Lá foram atendidos pela inflexível voz habitual da classe alta. Sir Alred estava numa reunião. Dalgliesh disse que era necessário chamá-lo. Será que o comandante poderia esperar? Era pouco provável que a espera demorasse mais de três quartos de hora. Dalgliesh disse que não podia esperar nem três quartos de minuto. A voz disse: "Um momento, por favor".

Em menos de um minuto Sir Alred estava ao telefone. A forte voz autoritária soou despreocupada, mas com uma nota de impaciência controlada. "Comandante Dalgliesh? Eu esperava notícias suas, mas dificilmente no meio de uma conferência. Se o senhor tiver alguma coisa nova, eu preferiria ouvir mais tarde. Imagino que esse evento em Santo Anselmo esteja relacionado com a morte do meu filho?"

Dalgliesh disse: "Não há indícios sugerindo isso, no momento. Entrarei em contato com o senhor a respeito do veredicto do inquérito assim que tiver encerrado minhas investigações. Enquanto isso, o homicídio tem a precedência. Eu queria perguntar-lhe a respeito das roupas de seu filho. Lembro-me de o senhor dizer que foram devolvidas. O senhor estava presente quando o embrulho foi aberto?".

"Não no momento em que foi aberto, mas logo depois. Não é uma coisa que normalmente atraia meu interesse, mas minha governanta, que lidou com isso, quis consultar-me. Eu disse a ela para levar as roupas para Oxfam, mas o terno era do tamanho de seu filho, e ela perguntou se eu ficaria satisfeito se o desse para ele. Estava também preocupada com a batina. Não achava que fosse ter nenhum uso em Oxfam e pensou se deveria mandá-la de volta. Eu lhe disse que, como haviam se livrado dela, dificilmente estariam interessados em tê-la de volta, e que podia fazer o que quisesse com ela. Acho que a pôs na lata de lixo. É tudo?"

"E o manto, um manto marrom?"

"Não havia manto."

"O senhor tem certeza disso, Sir Alred?"

"Não, é claro que não. Não abri o embrulho. Mas se houvesse um manto provavelmente a senhora Mellors o teria mencionado, perguntado o que eu desejaria fazer com ele. Até onde me lembro, ela trouxe o pacote inteiro para mim. As roupas ainda estavam no papel pardo, com o barbante parcialmente em volta. Não vejo motivos para ela ter retirado o manto. Imagino que isso seja relevante para as suas investigações?"

"Muito relevante, Sir Alred. Obrigado por sua ajuda. Será que encontro a senhora Mellors em sua casa?"

A voz tornou-se impaciente. "Não tenho idéia. Não controlo os movimentos dos meus empregados. Ela mora lá, de modo que imagino que possa ser contatada. Bom dia, comandante."

Eles tiveram sorte também com o novo telefonema para a casa de Holland Park. A mesma voz masculina atendeu ao telefone, mas disse que passaria a chamada para o apartamento da governanta.

A sra. Mellors, uma vez assegurada de que Dalgliesh falara com Sir Alred e estava ligando com a aprovação dele, deu-lhe crédito e apenas disse que sim, tinha sido ela quem abrira o pacote das roupas do sr. Ronald quando foram devolvidas de Santo Anselmo e tinha feito uma lista do conteúdo. Não havia manto marrom algum. Sir Alred tinha gentilmente dado permissão para que levasse o terno. O resto dos itens fora levado por um empregado para o bazar de caridade de Oxfam, em Notting Hill Gate. Ela havia jogado fora a batina. Achara uma pena desperdiçar o pano, mas não imaginava que alguém quisesse usá-la.

E acrescentou, um tanto surpreendentemente para uma mulher cuja voz confiante e cujas respostas inteligentes tinham parecido racionais: "A batina foi encontrada ao lado do corpo, não foi? Eu não sei se gostaria de usá-la. Há algo sinistro nisso, achei. Pensei em cortar os botões — poderiam ser úteis —, mas não quis tocá-la. Para falar a verdade, gostei de vê-la na lata de lixo".

Depois de agradecer-lhe e de desligar o telefone, Dalgliesh disse: "Então o que aconteceu com o manto e onde ele está agora? O primeiro passo é falar com a pessoa que embrulhou as roupas. O padre Martin disse-me que isso foi feito pelo padre John Betterton".

10

Emma dava sua segunda palestra em frente à grande lareira de pedra na biblioteca. Como na primeira, ela tinha pouca esperança de distrair o pensamento do pequeno grupo de alunos das atividades mais macabramente sóbrias que estavam sendo executadas a seu redor. O comandante Dalgliesh ainda não dera permissão para a reabertura e para os ofícios de reconsagração que padre Sebastian planejara. Os peritos ainda estavam de serviço, chegando todas as manhãs em uma sinistra caminhonete que alguém deve ter trazido de Londres para uso deles, e que ficava estacionada ao lado da entrada da frente, desafiando as objeções de padre Peregrine. O comandante Dalgliesh e seus dois detetives prosseguiam em suas misteriosas investigações e as luzes ficavam acesas até tarde no chalé São Mateus.

Os alunos foram proibidos por padre Sebastian de discutir o homicídio; nas palavras dele, de "ser coniventes com o mal e agravar a angústia com mexericos mal-informados e especulativos". Dificilmente poderia esperar que sua proibição fosse obedecida, e Emma não tinha certeza de que tivesse ajudado. Com certeza a especulação era discreta e espasmódica, e não geral ou prolongada, mas o fato de ter sido proibida apenas acrescentava culpa ao peso da ansiedade e da tensão. A discussão aberta, achava ela, teria sido melhor. Como disse Raphael: "Ter a polícia em casa é como ser invadido por camundongos; mesmo quando você não os vê ou ouve, sabe que estão ali".

A morte da srta. Betterton não acrescentara grande coisa ao peso da angústia. Não passava de um segundo golpe, mais brando, nos nervos já anestesiados pelo horror. A comunidade, depois de aceitar que a morte era acidental, tentara distanciá-la do horror do assassinato do arquidiácono. A srta. Betterton raramente era vista pelos noviços, e apenas Raphael sentira sua morte de maneira genuína. Mas até ele parecia ter adquirido um certo equilíbrio desde a véspera, um equilíbrio precário entre o recolhimento para o seu mundo particular e os rompantes de duro azedume. Desde o momento daquela conversa no promontório Emma não estivera a sós com ele. Ainda bem. Isso não era fácil.

Havia a sala de palestras nos fundos da casa, no segundo andar, mas Emma preferira usar a biblioteca. Dissera a si mesma que era mais conveniente ter os livros de que pudesse precisar como referência à mão, mas sabia que havia uma explicação menos racional para essa escolha. A sala de palestras era muito claustrofóbica, se não em tamanho pelo menos em ambiente. Não importava quão assustadora fosse a presença da polícia, era mais suportável ficar no centro da casa do que fechada no segundo andar, isolada das atividades que pareciam ser menos traumáticas de ouvir do que de imaginar.

Na última noite ela dormira, e dormira bem. Haviam sido instaladas fechaduras de segurança nas suítes dos hóspedes e as chaves lhes haviam sido entregues. Estava agradecida por dormir no Jerônimo, e não ao lado da igreja, dominada por aquela janela obscuramente ameaçadora, mas apenas Henry Bloxham mencionara a mudança. Ela o escutara falando com Stephen. "Imagino que Dalgliesh tenha querido mudar de suíte para ficar ao lado da igreja. O que ele está esperando? Que o assassino volte à cena do crime? Você acha que ele fica a noite inteira acordado vigiando da janela?" Ninguém fez nenhum comentário com ela a esse respeito.

Às vezes, durante suas visitas a Santo Anselmo, um ou outro padre, se não estivesse ocupado, vinha assistir à palestra, não sem antes pedir licença. Eles nunca falavam, nem nunca ela sentiu que estava sendo avaliada. Hoje, aos quatro noviços se juntara o padre John Betterton. Como sempre, padre Peregrine permanecia em silêncio na escrivaninha, no extremo oposto da biblioteca, aparentemente imperturbado pela presença deles. Haviam acendido um pequeno fogo na lareira, mais para confortar do que para aumentar a temperatura, e estavam sentados a seu redor, em cadeiras baixas, com exceção de Peter Buckhurst; ele escolhera uma cadeira de espaldar alto, onde se sentara ereto e silencioso, com as mãos pálidas pousadas sobre o texto, como se estivesse lendo em braille.

Neste semestre Emma planejara que eles deveriam ler e discutir a poesia de George Herbert. Hoje, rejeitando a facilidade do conhecimento em favor de um poema mais exigente, ela escolhera "The Quidditie", a qüididade. Henry acabara de ler algo da última estrofe.

> *Não é função alguma, arte ou notícia,*
> *Nem a Bolsa, nem a Casa atarefada;*
> *Mas é aquilo que, enquanto uso,*
> *Estou contigo, e* A maior parte inclui o todo.

Houve um silêncio, e em seguida Stephen Morby perguntou: "O que quer dizer 'qüididade'?".

Emma disse: "O que uma coisa é; sua essência".

"E as palavras finais, 'I am with thee, and *Most take all*'? Parece que houve um erro de impressão, mas é óbvio que não houve. Quero dizer, esperaríamos a palavra '*must*' e não '*most*'."

Raphael disse: "A nota na minha edição diz que se refere a um jogo de cartas. O vencedor fica com tudo. Assim, suponho que Herbert diz que quando está escrevendo poesia, segura a mão de Deus, a mão vencedora".

Emma disse: "Herbert gosta de brincar com jogos de palavras. Lembram-se de 'The Church Porch', o portal da igreja? Esse poderia ser um jogo de cartas em que você abre mão de umas para conseguir outras melhores. Não devemos esquecer que Herbert está falando da poesia dele. Quando está escrevendo, ele tem tudo, porque é um-com-Deus. Seus leitores na época teriam sabido a que jogo de cartas estava se referindo".

Henry disse: "Quisera eu saber. Acho que deveríamos fazer alguma pesquisa e descobrir como era jogado. Não devia ser difícil".

Raphael protestou. "Mas isso não leva a lugar algum. Eu quero que o poema me leve ao altar e ao silêncio, não a uma obra de referência ou a um maço de cartas."

"Concordo. Isso é típico de Herbert, não é? O mundano, até mesmo o frívolo, santificado. Mas mesmo assim eu gostaria de saber."

Os olhos de Emma estavam no livro dela, e só se deu conta de que alguém entrara na biblioteca quando os quatro alunos, simultaneamente, se levantaram. O comandante Dalgliesh estava de pé à porta. Se ele ficou sem jeito por ter interrompido uma palestra, não o demonstrou, e as desculpas, apresentadas a Emma, pareciam mais convencionais do que sinceras.

"Desculpe, não sabia que estava usando a biblioteca. Gostaria de trocar uma palavra com padre John, e disseram-me que o encontraria aqui."

Padre John, um pouco aturdido, começou a levantarse de sua cadeira baixa de couro. Emma sentiu que estava ficando vermelha, mas como não havia meio de esconder o rubor indiscreto, obrigou-se a encontrar os olhos escuros e sérios de Dalgliesh. Não se levantou e pareceu-lhe que os quatro noviços haviam se aproximado da cadeira dela, como um bando de guarda-costas trajados em batinas, confrontando em silêncio um intruso.

A voz de Raphael foi irônica e muito alta. "As palavras de Mercúrio são ásperas depois das canções de Apolo. O detetive-poeta, exatamente a pessoa de que precisamos. Estamos atracados com um problema com George Herbert. Por que não se reunir a nós, comandante, e contribuir com sua perícia?"

Dalgliesh olhou para ele por alguns segundos, em silêncio, depois disse: "Tenho certeza de que a senhorita Lavenham tem toda a perícia necessária. Vamos, padre?".

A porta se fechou atrás deles, e os quatro noviços sentaram-se. Para Emma, o episódio teve uma importância além das palavras faladas ou dos olhares trocados. Ela pensou, o comandante não gosta de Raphael. Sentiu que era um homem que nunca deixava seus sentimentos pessoais se intrometerem em sua vida profissional. Mas teve uma certeza silenciosa de que não interpretara mal uma pequena faísca de hostilidade. O mais estranho porém foi seu próprio breve momento de prazer com essa idéia.

11

Padre John atravessou o saguão apertando o passo ao lado dele, e saíram pela porta da frente, rodeando a parte sul da casa até o chalé, o padre ajustando suas pernas curtas às passadas de Dalgliesh como uma criança obediente, com as mãos cruzadas dentro do manto preto. Ele parecia estar mais desconcertado do que preocupado. Dalgliesh pensou em como reagiria ao interrogatório. Na sua experiência, qualquer pessoa cujos encontros anteriores com a polícia tivessem resultado em prisão nunca, depois disso, ficava à vontade com ela. Temia que o julgamento e a prisão de padre Betterton, que certamente deviam ter sido para ele uma experiência consternadora e traumática, pudessem ter feito com que não conseguisse agüentar. Kate descreveu como reagira com repulsa estoicamente controlada à tomada das impressões digitais, mas nesse caso poucos suspeitos em potencial aceitavam tal roubo oficial de identidade. Fora isso, padre John parecera menos obviamente afetado tanto pelo homicídio como pela morte da irmã do que o resto da comunidade, mantendo sempre o mesmo olhar de aceitação intrigada de uma vida que tinha de ser mais suportada do que desfrutada.

Na sala de entrevistas, sentou-se na beirada da cadeira, sem nenhum sinal de estar à espera de uma provação. Dalgliesh perguntou: "O senhor foi o responsável, padre John, pelo empacotamento das roupas de Ronald Treeves para devolvê-las ao pai dele?".

Agora a leve impressão de desconcerto foi substituída por um inequívoco rubor de culpa. "Ai, meu Deus, acho que fiz uma bobagem. Vocês querem falar do manto, imagino."

"O senhor mandou-o de volta, padre?"

"Não. Temo que não. É meio difícil de explicar." Ele estava ainda mais desconcertado do que assustado, quando olhou para Kate. "Seria mais fácil se o senhor pudesse ter seu outro policial aqui, o inspetor Tarrant. Sabe, é um pouco embaraçoso."

Esse não era um pedido com o qual normalmente Dalgliesh teria concordado, mas as circunstâncias não eram normais. Ele disse: "Como policial, a inspetora Miskin está acostumada a confidências embaraçosas. Mas se o senhor se sentir mais confortável...".

"Ah, sim, de verdade. Sim, por favor, eu ficaria. Eu sei que é bobagem, mas para mim seria mais fácil."

A uma inclinação de cabeça de Dalgliesh, Kate saiu. Piers estava ocupado no andar de cima, sentado ao computador.

Ela disse: "O padre Betterton tem a dizer alguma coisa imprópria para os meus castos ouvidos femininos. Adam quer você. Parece que o manto de Treeves nunca foi mandado de volta para o pai. Se for verdade, por que cargasd'água não nos disseram antes? O que há de errado com estas pessoas?".

Piers disse: "Nada. É só que eles não pensam como policiais".

"Eles não pensam como qualquer pessoa que eu conheça. Prefiro mil vezes um bom vilão à moda antiga."

Piers deu sua cadeira a ela e desceu para a sala de entrevistas.

Dalgliesh disse: "Então, exatamente o que aconteceu, padre?".

"Imagino que padre Sebastian tenha lhe dito que me pediu que empacotasse as roupas. Ele achou — bem, nós achamos — que não seria justo pedir a algum funcionário para fazê-lo. As roupas de uma pessoa morta são tão pessoais para eles, não são? É sempre um negócio aflitivo. Então fui ao quarto de Ronald e as juntei. Ele não tinha muita coisa. Os alunos não são encorajados a trazer muitos pertences ou roupas com eles, só o que precisam. Juntei as coisas, mas quando dobrei o manto, notei que..." Ele hesitou, depois disse: "Bem, notei que estava manchado na parte de dentro".

"Manchado como, padre?"

"Bem, era óbvio que ele andara deitando no manto para fazer amor."

Piers disse: "Era uma mancha de sêmen?".

"Sim. Sim, era. Na verdade, bem grande. Senti que não gostaria de enviar o manto de volta ao pai dele daquele jeito. Ronald não teria gostado que eu o fizesse, e eu sabia — bem, todos sabíamos — que Sir Alred não queria que ele viesse para Santo Anselmo, não queria que fosse padre. Se tivesse visto o manto, poderia ter causado problemas para o seminário."

"O senhor quer dizer um escândalo sexual?"

"É, algo desse tipo. E teria sido tão humilhante para o pobre Ronald! Era a última coisa que ele teria querido que acontecesse. Não estava muito claro, para mim, mas simplesmente não parecia certo enviar o manto no estado em que estava."

"Por que o senhor não tentou limpá-lo?"

"Bem, pensei nisso, mas não teria sido assim tão fácil. Eu tinha medo de minha irmã ver-me carregando-o por aí e perguntar o que eu estava fazendo. E não sou muito bom em lavar coisas. Também não queria que me vissem fazendo isso. O apartamento é pequeno e temos — tínhamos — muito pouca privacidade um com relação ao outro. Eu simplesmente afastei o problema da cabeça. Agora sei que foi bobagem, mas tinha de aprontar o embrulho para o motorista de Sir Alred e achei que podia cuidar disso uma outra hora. E havia mais um problema — eu realmente não queria que alguém por aqui soubesse, não queria que contassem a padre Sebastian. Vejam bem, eu sabia quem era. Eu conhecia a mulher com quem ele andava fazendo amor."

Piers disse: "Então era uma mulher?".

"Ah, sim, era uma mulher. Eu sei que posso contar-lhes isso em confiança."

Dalgliesh disse: "Se não tem relação com o homicídio do arquidiácono, não há razões para que qualquer pessoa, além de nós, deva sabê-lo. Mas acho que posso ajudá-lo. Era Karen Surtees?".

O rosto de padre John mostrou seu alívio. "Sim, era. Sim, receio que seja verdade. Era Karen. Bem, eu gosto muito de observar pássaros e os vi pelos meus binóculos. Estavam nas samambaias, juntos. É claro que não contei para ninguém. É o tipo de coisa sobre a qual padre Sebastian acharia muito difícil passar por cima. E também havia Eric Surtees. Ele é um bom sujeito, e está feliz aqui conosco e com seus porcos. Eu não queria falar nada que pudesse criar perturbações. E não parecia algo tão terrível, para mim. Se eles se amavam, se estavam felizes juntos... Obviamente eu não sabia como andavam as coisas entre eles. Na verdade, não sei nada a esse respeito. Entretanto, quando se pensa na crueldade, no orgulho e no egoísmo que tantas vezes condenamos, bem, não podia achar que o que Ronald fez era tão terrível. Ele não era realmente feliz aqui, sabem? Não se encaixava, de algum modo, e tampouco acho que fosse feliz em casa. Então talvez precisasse encontrar alguém que demonstrasse solidariedade e bondade com ele. A vida das outras pessoas é algo tão misterioso, não é? Não devemos julgar. Devemos aos mortos nossa piedade e compreensão tanto quanto aos vivos. Rezei a esse respeito e resolvi não dizer nada. Só que fiquei com o problema do manto."

Dalgliesh disse: "Padre, precisamos encontrá-lo rapidamente. O que o senhor fez com ele?".

"Enrolei-o o mais apertado que pude e empurrei-o para o fundo do meu guarda-roupa. Sei que parece idiota, mas na hora me pareceu acertado. Não havia mesmo muita pressa. Porém, os dias se passaram e foi ficando mais difícil. Então, naquele sábado, eu percebi que deveria tomar alguma decisão. Esperei até que minha irmã fosse dar uma volta. Peguei um de meus lenços, pus debaixo da torneira de água quente, esfreguei bem com sabão e consegui limpar o manto razoavelmente bem. Sequei-o com uma toalha e suspendi-o na frente da lareira. Achei que o melhor a fazer seria retirar a etiqueta com o nome, para que as pessoas não se lembrassem da morte de Ronald. Depois disso, desci e pendurei-o num dos cabides do vestiário. Desse modo, se algum dos noviços esquecesse o manto, poderia usá-lo. Resolvi que depois de fazer isso contaria ao padre Sebastian que o manto não fora enviado com as outras roupas, sem dar explicações: eu diria que o pendurei no vestiário. Sabia que suporia que fui descuidado e que o esqueci. Realmente me pareceu o melhor caminho."

Dalgliesh aprendera com a experiência que apressar uma testemunha era um convite ao desastre. De algum modo, controlou a impaciência. E disse: "Onde está o manto agora, padre?".

"Não está no cabide em que o pendurei, o cabide à extrema direita? Eu o pendurei lá logo antes das completas, no sábado. Não está mais lá? É claro, eu não poderia checar — não que tivesse pensado nisso —, pois vocês trancaram a porta do vestiário."

"Quando, exatamente, o senhor o pendurou lá?"

"Como já disse: logo antes das completas. Eu fui um dos primeiros a ir para a igreja. Havia muito poucos de nós, com tantos alunos fora e seus mantos pendurados numa fileira. É claro que não os contei. Apenas pendurei o de Ronald onde lhes disse: no último cabide."

"Padre, alguma vez o senhor usou o manto enquanto estava em sua posse?"

Os olhos intrigados de padre Betterton olharam dentro dos dele. "Oh, não, eu não faria isso. Temos nossos próprios mantos pretos. Eu não teria necessidade de usar o de Ronald."

"Os alunos normalmente usam apenas seus próprios mantos, ou eles são, digamos, de uso comum?"

"Ah, cada um usa o seu. Eu poderia dizer que às vezes se enganam, mas isso não aconteceria naquela noite. Nenhum dos noviços usa o manto nas completas, a não ser no inverno mais rigoroso. É apenas uma breve caminhada até a igreja ao longo do claustro norte. E Ronald jamais emprestaria seu manto a outra pessoa. Ele era muito meticuloso com relação aos seus pertences."

Dalgliesh perguntou: "Padre, por que não me contou tudo isso antes?".

Os olhos intrigados de padre John olharam os dele. "Você não perguntou."

"Mas não passou pela sua cabeça, quando examinamos todos os mantos e as roupas em busca de sangue, que precisaríamos saber se estava faltando alguma?"

Padre John disse simplesmente: "Não. E não estava faltando, estava? Estava num cabide no vestiário com todos os outros". Dalgliesh esperou. A leve confusão de padre John aprofundara-se em aflição. Olhou de Dalgliesh para Piers e não viu ajuda em suas fisionomias. Ele disse: "Não pensei a respeito de todos os detalhes das investigações de vocês, o que estavam fazendo, o que tudo significava. Eu não queria, e não parecia ser da minha conta. Tudo o que fiz foi tentar responder honestamente às perguntas que me fizeram".

Essa era, Dalgliesh teve de admitir, uma vindicação completa. Por que padre John teria pensado que o manto era importante? Alguém que conhecesse melhor os procedimentos da polícia, mais curioso ou mais interessado, teria dado a informação voluntariamente, mesmo que não esperasse ser especialmente útil. Padre John não era nada disso e, mesmo que lhe tivesse ocorrido falar, a proteção do segredo patético de Ronald Treeves provavelmente pareceria mais importante.

Ele disse, contrito: "Desculpe. Eu dificultei as coisas para o senhor? É importante?".

E o quê, pensou Dalgliesh, poderia ele honestamente responder a isso? Ele disse: "O que é importante é a hora exata em que o senhor pendurou o manto no último cabide. O senhor tem certeza de que foi logo antes das completas?".

"Ah, sim, com toda certeza. Deve ter sido às nove e quinze. Em geral sou dos primeiros a chegar à igreja para as completas — eu estava para mencionar a questão a padre Sebastian depois do culto, mas ele saiu depressa, e não tive a oportunidade. E na manhã seguinte, quando todos soubemos do homicídio, pareceu uma coisa de muito pouca importância para importuná-lo."

Dalgliesh disse: "Obrigado por sua grande ajuda, padre. O que o senhor nos disse é importante. É ainda mais importante que o senhor mantenha isso em segredo. Eu agradeceria se não mencionasse esta conversa a ninguém".

"Nem mesmo a padre Sebastian?"

"A ninguém, por favor. Depois de terminada a investigação, o senhor estará livre para dizer o que quiser para padre Sebastian. No momento, não quero que ninguém aqui saiba que o manto de Ronald Treeves está em algum lugar do seminário."

"Mas não está em algum lugar, não é?" Os olhos francos olharam para ele. "Não continua no cabide?"

Dalgliesh disse: "No momento não está no cabide, padre, mas espero encontrá-lo".

Com delicadeza ele encaminhou padre Betterton à porta. O padre pareceu repentinamente tornar-se um velho confuso e preocupado. Mas, à porta, reuniu forças e voltou-se para dizer algumas últimas palavras.

"Naturalmente não direi nada a ninguém a respeito desta conversa. Vocês me pediram e não direi. Posso, por favor, pedir também a vocês que não digam nada a respeito das relações de Ronald Treeves com Karen?"

Dalgliesh disse: "Se foi relevante para a morte do arquidiácono Crampton, terá de vir à luz. Homicídio é assim, padre. Há muito pouco que nós possamos manter em segredo quando um ser humano foi assassinado. Mas só será revelado se for necessário".

Dalgliesh insistiu com padre John outra vez sobre a importância de não falar com ninguém a respeito do manto e deixou-o sair. Havia, pensou ele, uma vantagem em lidar com os padres e noviços de Santo Anselmo: você podia ter uma certeza razoável de que uma promessa, uma vez feita, seria mantida.

12

Menos de cinco minutos mais tarde a equipe toda, inclusive os peritos, estava atrás das portas fechadas do chalé São Mateus. Dalgliesh relatou os novos acontecimentos. Disse: "Certo. Vamos começar a busca. Primeiro temos de ter certeza a respeito dos três conjuntos de chaves. Depois do homicídio um deles estava faltando. Durante a noite Surtees apanhou um conjunto e não o devolveu. Esse conjunto foi recuperado no chiqueiro. Isso quer dizer que Caim deve ter pego o segundo e posto de volta depois do assassinato. Supondo que Caim era o vulto vestido com o manto, ele pode estar escondido em qualquer lugar, dentro ou fora do seminário. Um manto não é uma coisa muito fácil de esconder, mas Caim tem o promontório e a praia inteiros disponíveis e também bastante tempo, entre meia-noite e cinco e meia. Pode até mesmo ter sido queimado. Há muitas valas cruzando o promontório nas quais o fogo não seria notado, mesmo se houvesse alguém do lado de fora. Tudo de que precisaria seria parafina e um fósforo".

Piers disse: "Eu sei o que faria com ele, senhor. Eu o teria dado aos porcos. Aqueles animais comem qualquer coisa, especialmente se estiver manchado de sangue, e, nesse caso, seria uma sorte encontrarmos algum resíduo, talvez com exceção da correntinha de latão que fica atrás da gola".

Dalgliesh disse: "Então procure-a. Seria melhor você e Robbins começarem no chalé São João. Padre Sebastian nos deu autorização para irmos aonde quisermos, de modo que não há necessidade de um mandado. Se alguém dos chalés criar problemas, talvez precisemos de um. É importante que ninguém saiba o que estamos procurando. Onde estão os noviços, no momento, alguém sabe?".

Kate disse: "Acho que estão na sala de aulas do segundo andar. O padre Sebastian estava dando uma palestra sobre teologia".

"Isso vai mantê-los ocupados e fora do caminho. Senhor Clark, o senhor e sua equipe poderiam cuidar do promontório e do litoral. Duvido que Caim tivesse ido no meio daquele temporal jogar o manto no mar, mas há muitos esconderijos no promontório. Kate e eu cuidaremos da casa."

O grupo dispersou-se, os peritos na direção do mar, e Piers e Robbins rumo ao chalé São João. Dalgliesh e Kate atravessaram o portão de ferro para o pátio oeste. O claustro norte já estava livre de folhas, mas nada de interesse fora encontrado pela busca meticulosa dos peritos, com exceção de um pequeno graveto, com as folhas ainda frescas, no chão da suíte de Raphael.

Dalgliesh destrancou a porta do vestiário. Tinha cheiro de ar parado. Os cinco mantos jaziam nos cabides, numa triste decrepitude, como se estivessem lá havia décadas. Dalgliesh vestiu as luvas de busca e virou para trás o capuz de cada manto. As etiquetas com os nomes estavam no lugar: Morby, Arbuthnot, Buckhurst, Bloxham, McCauley. Passaram à lavanderia. Havia duas janelas altas com uma mesa de fórmica entre elas e, embaixo da mesa, quatro cestas de plástico para roupas. À esquerda havia uma pia funda de porcelana, com um escorredor de madeira de cada lado, e um secador. As quatro grandes máquinas de lavar estavam fixas à parede da direita. Todas as portinholas estavam fechadas.

Kate parou à porta, enquanto Dalgliesh abria a primeira das três portinholas. Ao inclinar-se para a quarta, ela o viu enrijecer-se e foi até ele. Por trás do vidro grosso, embaçado mas identificável, estavam as pregas de uma roupa de lã marrom. Eles haviam encontrado o manto.

Em cima da máquina havia um cartão branco. Kate o pegou e o entregou a Dalgliesh, em silêncio. A escrita era preta, com letras meticulosamente formadas. *"Este veículo não deveria estar estacionado no pátio da frente. Favor removê-lo para os fundos do prédio. P. G."*

Dalgliesh disse: "Padre Peregrine, e parece que ele desligou a máquina. Não há mais do que uns dez centímetros de água aqui".

Kate perguntou: "Está ensangüentada?". E inclinando-se, olhou melhor.

"É difícil ver, mas o laboratório não vai precisar de muita coisa para conseguir uma evidência. Chame Piers e os peritos, por favor, Kate. Cancele a busca. Quero esta porta retirada, a água escorrida e o manto enviado para o laboratório. Quero uma amostra de cabelo de todo mundo em Santo Anselmo. Deus abençoe o padre Peregrine. Se uma máquina deste tamanho tivesse completado o ciclo, duvido que obtivéssemos algo útil, fosse sangue, fibras ou cabelo. Piers e eu vamos dar uma palavra com ele."

Kate disse: "Caim certamente estava correndo um risco extraordinário. Foi loucura voltar, e ainda mais loucura ligar a máquina. Foi pura sorte não termos encontrado o manto antes".

"Ele não se importaria se o achássemos. Ele podia até estar querendo que o encontrássemos. O que importa é que não pudéssemos relacioná-lo com ele."

"Mas ele devia saber que havia um risco de o padre Peregrine acordar e desligar a máquina."

"Não, ele não sabia, Kate. Era um dos que nunca usavam estas máquinas. Lembra-se do diário da senhora Munroe? Quem lava as roupas de George Gregory é a senhora Pilbeam."

Padre Peregrine estava sentado à sua escrivaninha, na extremidade oeste da biblioteca, quase invisível por trás de uma pilha de volumes. Não havia mais ninguém presente.

Dalgliesh disse: "Padre, o senhor desligou uma das máquinas de lavar na noite do homicídio?".

Padre Peregrine ergueu a cabeça e pareceu levar alguns segundos para reconhecer seus visitantes. Ele disse: "Desculpe. Comandante Dalgliesh, é claro. O senhor está falando de quê?".

"Sábado à noite. Na noite em que o arquidiácono foi morto. Estou perguntando se o senhor foi à lavanderia e desligou uma das máquinas."

"Fui?"

Dalgliesh entregou o cartão. "O senhor escreveu isso, suponho. São as suas iniciais. É a sua letra."

"Sim, certamente é a minha letra. Puxa, parece ser o cartão errado."

"O que dizia o certo, padre?"

"Dizia que os noviços não deveriam usar as máquinas de lavar após as completas. Eu vou para a cama cedo e tenho sono leve. As máquinas são velhas e, quando começam, o barulho é extremamente incômodo. O defeito, pelo que sei, está mais no sistema de água do que nas máquinas propriamente ditas, mas a causa não importa. Os noviços devem guardar silêncio depois das completas. Não é uma hora apropriada para lavarem suas roupas."

"E o senhor ouviu a máquina, padre? O senhor pôs a nota em cima dela?"

"Devo ter posto. Mas imagino que estivesse meio dormindo na hora, e escapou-me da lembrança."

Piers disse: "Como poderia ter escapado da sua lembrança, padre? O senhor não estava com tanto sono assim, pois escreveu a nota, encontrou um cartão e uma caneta".

"Ah, mas eu expliquei, inspetor. É a nota errada. Eu já tenho um bom número de notas escritas. Estão no meu quarto, se quiserem ver."

Seguiram-no pela porta que levava ao seu quarto, quase uma cela. Havia, em cima de uma estante atulhada, uma caixa de cartões contendo meia dúzia deles. Dalgliesh deu uma olhada. *Esta mesa é apenas para o meu uso. Os noviços não devem deixar seus livros aqui.* "*Façam a gentileza de recolocar os livros nas prateleiras em sua ordem exata.*" "*Estas máquinas não devem ser usadas após as completas. No futuro, qualquer máquina que estiver operando depois das dez horas será desligada.*" "*Este quadro é destinado apenas a avisos oficiais, não para a troca de informações entre os noviços.*" Todos traziam as iniciais P. G.

Padre Peregrine disse: "Acho que estava com muito sono. Peguei o cartão errado".

Dalgliesh disse: "O senhor ouviu a máquina começar a funcionar em alguma hora da noite e foi desligar por causa do barulho. O senhor não se deu conta da importância desse fato quando a inspetora Miskin o interrogou?".

"A moça me perguntou se eu ouvira alguém entrar ou sair do prédio, ou se eu mesmo tinha saído. Lembro-me exatamente das palavras. Disse-me para ser muito preciso nas respostas a suas perguntas. Eu fui. Eu disse não. Ninguém me falou de máquinas de lavar."

Dalgliesh disse: "As portinholas de todas as máquinas estão fechadas. É hábito, certamente, deixá-las abertas quando não estão em uso. O senhor as fechou, padre?".

Padre Peregrine disse, complacentemente: "Não me lembro, mas devo tê-las fechado. Seria natural. Capricho, vocês sabem. Eu não gosto de vê-las abertas. Não há bons motivos para isso".

Os pensamentos de padre Peregrine pareciam estar em sua mesa e no trabalho a fazer. Ao voltar à biblioteca, ele seguiu na frente, com os demais atrás dele. Instalou-se novamente à sua mesa, como se a entrevista houvesse terminado.

Dalgliesh disse com toda a autoridade que conseguiu empenhar: "Padre, o senhor tem um mínimo de interesse em nos ajudar a apanhar esse assassino?".

Padre Peregrine não ficou nem um pouco intimidado pelo metro e noventa de Dalgliesh curvando-se sobre ele; pareceu pensar na pergunta mais como uma proposição do que como uma acusação. Ele disse: "Assassinos devem ser apanhados, certamente, mas não acho que realmente seja capaz de ajudá-lo, comandante. Não tenho experiência em investigação policial. Eu acho que o senhor deveria falar com padre Sebastian ou com padre John. Ambos lêem um bocado de histórias de detetives, e isso pode dar a eles uma boa visão do assunto. O padre Sebastian uma vez emprestou-me um volume. Acho que o autor era o senhor Hammond Innes. Temo que fosse perspicaz demais para mim".

Piers, sem fala, levantou os olhos para o céu e virou as costas a essa debacle. Padre Peregrine baixou os olhos para o livro, mas aí deu sinais de animação e levantou de novo o olhar.

"Só uma idéia. Esse assassino, depois de cometer o homicídio, com certeza teria a intenção de dar o fora. Imagino que tivesse um carro pronto para a fuga junto do portão oeste. A expressão me é familiar. Não posso acreditar, comandante, que ele pensasse ser aquela uma hora conveniente para lavar sua roupa pessoal. A máquina de lavar é um despiste."

Piers murmurou "um despiste", e se afastou um passo da mesa, como se não agüentasse mais.

Dalgliesh perguntou: "E o senhor não viu ou ouviu nada quando saiu do quarto?".

"Como já expliquei, comandante, não me lembro de ter saído do quarto. No entanto, as evidências dadas pelo meu aviso e pelo fato de que a máquina tenha sido desligada parecem irrefutáveis. Certamente, se alguém tivesse entrado no meu quarto para pegar o cartão, eu teria ouvido. Sinto muito não poder ser de maior ajuda."

Padre Peregrine mais uma vez dirigiu sua atenção para os livros, e Dalgliesh e Piers deixaram-no às voltas com seu trabalho.

Fora da biblioteca, Piers disse: "Não acredito. O homem é maluco. E ainda acham que tem competência para ensinar na pós-graduação!".

"E o faz brilhantemente, disseram-me. Eu posso acreditar nisso. Ele acorda, ouve um barulho que detesta, sai da cama meio dormindo, apanha o que acha ser o aviso de sempre e depois volta para a cama. A dificuldade é que nem por um momento acredita que alguém em Santo Anselmo possa ser o assassino. Na cabeça dele, nem admite a hipótese. É a mesma coisa com o padre John e o manto marrom. Nenhum dos dois está tentando nos atrapalhar; eles não estão sendo deliberadamente inúteis. Nenhum deles pensa como um policial, e nossas perguntas parecem irrelevantes. Recusam-se a aceitar até mesmo a possibilidade de que alguém em Santo Anselmo seja o responsável."

Piers disse: "Então eles estão a caminho de um maldito choque. E padre Sebastian? E padre Martin?".

"Eles viram o corpo, Piers. Eles sabem onde e como. A questão é: será que sabem quem?"

13

Na lavanderia, o manto encharcado fora cuidadosamente suspenso e posto num saco plástico aberto. A água, tão levemente rosada que a cor parecia mais imaginada do que real, foi transferida por um sifão para garrafas rotuladas. Dois dos peritos da equipe de Clark coletavam impressões digitais da máquina. Pareceu a Dalgliesh um exercício sem sentido; Gregory usara luvas na igreja, e era pouco provável que as tivesse tirado antes de voltar ao chalé. Mas a tarefa tinha de ser feita; a defesa iria procurar oportunidades para questionar a eficiência da investigação.

Dalgliesh disse: "Isso confirma Gregory como principal suspeito, mas isso ele já era desde a hora em que soubemos do casamento. Aliás, por onde ele anda? Alguém sabe?".

Kate disse: "Ele foi de carro a Norwich esta manhã. Disse à senhora Pilbeam que estaria de volta pelo meio da tarde. Ela faz a limpeza do chalé para ele e estava lá esta manhã".

"Nós o interrogaremos assim que voltar, e desta vez usaremos a Lei de Provas Policiais e Criminais. Quero que a entrevista seja gravada. Duas coisas são importantes. Ele não pode saber que o manto de Treeves ficou no seminário ou que a máquina de lavar foi desligada. Fale com padre John e com padre Peregrine de novo, está bem, Piers? Tenha tato. Tente assegurar-se de que padre Peregrine captou a mensagem."

Piers saiu. Kate disse: "Não poderíamos pedir a padre

Sebastian que anuncie que a porta para o claustro norte está aberta e que os alunos podem usar a lavanderia? Poderíamos ficar de olho para ver se Gregory vem atrás do manto. Ele vai querer saber se o encontramos".

"É engenhoso, Kate, mas não vai provar nada. Ele não vai cair nessa armadilha. Se resolver vir, trará alguma roupa suja com ele. E por que viria? Seu plano era que o manto fosse encontrado, mais uma prova para convencernos de que foi coisa de dentro. Ao que lhe diz respeito, não podemos provar que o usou na noite do homicídio. Normalmente, estaria a salvo. Foi falta de sorte Surtees ter ido à igreja no sábado à noite. Sem essa evidência, não teria havido provas de que o assassino usou um manto. Falta de sorte, também, a máquina ter sido desligada. Se o ciclo de lavagem tivesse se completado, provavelmente todas as evidência teriam sido destruídas."

Kate comentou: "Ainda assim, ele poderia dizer que Treeves lhe emprestara o manto algum tempo antes".

"Qual seria a probabilidade de isso acontecer? Treeves era um rapaz ciumento de suas posses. Por que emprestaria o manto a alguém? Mas você tem razão. Isso provavelmente fará parte da defesa dele."

Piers voltara. Ele disse: "Padre John estava na biblioteca com padre Peregrine. Acho que ambos entenderam o recado. Mas é melhor esperar Gregory e interceptá-lo assim que ele estiver de volta".

Kate perguntou: "E se ele quiser um advogado?".

Dalgliesh disse: "Então teremos de esperar até arranjar um".

Gregory, no entanto, não quis nenhum advogado. Uma hora mais tarde, ele sentou-se à mesa na sala de interrogatório, aparentando a maior calma.

Disse: "Acho que conheço meus direitos e até onde vocês podem ir sem ter de apelar para a despesa de um advogado. Não poderia pagar os que são realmente bons, e os que posso pagar não prestam. Meu procurador, embora perfeitamente competente quando se trata de redigir um testamento, poderia ser um incômodo irritante para nós todos. Eu não matei Crampton. Não só a violência me é repugnante como eu não tinha razões para desejar que morresse".

Dalgliesh decidira deixar as perguntas por conta de Kate e Piers. Ambos sentaram-se em frente a Gregory, e o próprio Dalgliesh deslocou-se para a janela que dava para o leste. Era, pensou, um cenário interessante para um interrogatório policial. O aposento mal mobiliado, com a mesa quadrada, as quatro cadeiras de espaldar reto e as duas poltronas, estava exatamente como o tinham visto da primeira vez. A única mudança era uma lâmpada mais forte na única luminária dependurada acima da mesa. Só na cozinha, com sua coleção de canecas e o leve cheiro de sanduíches e café, e na sala de estar, mais mobiliada, em frente, onde a sra. Pilbeam pusera até um vaso com flores, havia algum sinal de ocupação. Ele imaginou o que um observador casual teria pensado da presente cena, daquele espaço funcional despido, dos três homens e uma mulher tão obviamente atentos em seu assunto particular. Só poderia ser um interrogatório ou uma conspiração, e o bater rítmico do mar enfatizava a atmosfera sigilosa e ameaçadora.

Kate ligou o gravador e eles fizeram as preliminares. Gregory deu o nome e o endereço, e os três policiais declararam seus nomes e postos.

Foi Piers quem começou o interrogatório. Ele disse: "O arquidiácono Crampton foi assassinado mais ou menos à meia-noite do último sábado. Onde o senhor estava depois das dez horas, naquela noite?".

"Eu já lhes disse antes, da primeira vez em que perguntaram. Eu estava no meu chalé, escutando Wagner. Não saí do chalé até ser chamado pelo telefone para comparecer à reunião de Sebastian Morell na biblioteca."

"Temos provas de que alguém foi ao quarto de Raphael Arbuthnot naquela noite. Foi o senhor?"

"Como poderia ter sido? Eu acabo de dizer que não saí do meu chalé."

"No dia 27 de abril de 1988 o senhor casou-se com Clara Arbuthnot, e o senhor nos disse que Raphael é seu filho. O senhor sabia, à época do casamento, que isso o tornaria legítimo e herdeiro de Santo Anselmo?"

Houve uma ligeira pausa. Dalgliesh pensou, ele não sabe como descobrimos o casamento. Ele não tem certeza de quanto nós sabemos.

Então Gregory disse: "Eu não sabia, na época. Mais tarde — e não me lembro quando — veio ao meu conhecimento que a lei de 1976 legitimara o meu filho".

"Na época do casamento o senhor conhecia as disposições do testamento da senhorita Agnes Arbuthnot?"

Desta vez não houve hesitação. Dalgliesh estava confiante de que Gregory se daria ao trabalho de conhecer, provavelmente por alguma pesquisa em Londres. Mas ele não teria feito isso sob seu próprio nome e poderia estar razoavelmente seguro de que ao menos essa prova seria difícil de encontrar. Ele disse: "Não, eu não sabia".

"E sua mulher não lhe disse, antes ou depois do casamento?"

De novo a ligeira hesitação, o piscar de olhos. Aí ele resolveu arriscar. "Não, ela não contou. Estava mais preocupada em salvar a alma do que nos benefícios financeiros para o nosso filho. E se essas perguntas, um tanto ingênuas, têm a intenção de insistir em que eu tenha um motivo, posso chamar a atenção para o fato de que os quatro padres residentes também o têm."

Piers interrompeu. "Achei que nos tivesse dito que desconhecia os termos do testamento."

"Eu não estava pensando nas vantagens pecuniárias. Estava pensando no desagrado óbvio por parte de praticamente todos no seminário com relação ao arquidiácono. E se vocês estão alegando que matei o arquidiácono para garantir uma herança para o meu filho, posso apontar que havia planos para fechar o seminário. Todos sabíamos que o nosso tempo aqui era limitado."

Kate disse: "O fechamento era inevitável, talvez, mas não imediato. Padre Sebastian poderia negociar mais um ou dois anos. O bastante para seu filho completar a formação e ser ordenado. Era isso o que o senhor queria?".

"Eu teria preferido outra carreira para ele. Mas essa, eu sei, é uma das menores irritações da paternidade. Os filhos raramente fazem escolhas sensatas. Como não dei importância a Raphael durante vinte e cinco anos, dificilmente posso esperar ter alguma voz ativa a respeito de como conduz sua vida."

Piers disse: "Hoje soubemos que o assassino do arquidiácono, com quase toda certeza, usava um manto de noviço. Encontramos um manto marrom numa das máquinas de lavar na lavanderia de Santo Anselmo. O senhor o pôs lá?".

"Não, não fiz isso nem sei quem fez."

"Sabemos também que alguém, provavelmente um homem, telefonou para a senhora Crampton às nove e vinte e oito da noite do homicídio, fingindo estar chamando do escritório diocesano e pedindo o número do telefone celular do arquidiácono. O senhor fez essa ligação?"

Gregory reteve um ligeiro sorriso. "Essa é uma pergunta surpreendentemente simplista para o que considero ser uma das equipes mais prestigiadas da Scotland Yard. Não, não fiz essa ligação nem sei quem fez."

"Foi num momento em que os padres e os quatro noviços residentes deviam estar na igreja para as completas. Onde o senhor estava?"

"No meu chalé, corrigindo ensaios. E não fui o único homem a não ir às completas. Yarwood, Stannard, Surtees e Pilbeam resistiram à tentação de escutar a pregação do arquidiácono, do mesmo modo que as três mulheres. Têm certeza de que foi um homem quem fez a ligação?"

Kate disse: "O assassinato do arquidiácono não foi a única tragédia que pôs em risco o futuro de Santo Anselmo. A morte de Ronald Treeves não ajudou. Ele esteve com o senhor na noite de sexta-feira. E morreu no dia seguinte. O que aconteceu naquela sexta-feira?".

Gregory arregalou os olhos para ela. O espasmo de desgosto e desdém em sua fisionomia era tão claro e explícito como se ele tivesse cuspido. Kate corou. Ela continuou: "Ele havia sido rejeitado e traído. Veio ao senhor em busca de conforto e tranqüilização, e o senhor o mandou embora. Não foi isso que aconteceu?".

"Ele veio a mim para uma aula sobre o grego do Novo Testamento, que eu dei. Mais curta do que o normal, admito, mas porque ele quis. É óbvio que vocês sabem a respeito de seu roubo da hóstia consagrada. Aconselhei-o a se confessar com padre Sebastian. Era o único conselho possível, e vocês teriam feito a mesma coisa. Ele me perguntou se isso resultaria em expulsão, e eu disse: dada a visão peculiar de padre Sebastian sobre a realidade, eu achava que sim. Ele queria tranqüilização, entretanto isso eu não podia dar, honestamente. Melhor arriscar uma expulsão do que cair nas mãos de algum chantagista. Ele era filho de um homem rico; poderia ter de pagar àquela mulher durante anos."

"O senhor tem alguma razão para supor que Karen Surtees seja uma chantagista? O senhor a conhece bem?"

"Bem o suficiente para saber que é uma moça inescrupulosa e que gosta de poder. Seu segredo não estaria nunca em segurança com ela."

Kate disse: "Então ele saiu e matou-se".

"Infelizmente. Isso não poderia ser previsto nem evitado."

Piers disse: "E houve uma segunda morte. Temos provas de que a senhora Munroe descobriu que o senhor era pai de Raphael. Ela usou esse fato para confrontá-lo?".

Houve outra pausa. Gregory pôs as mãos na mesa e ficou olhando para eles. Era impossível ver seu rosto, mas Dalgliesh sabia que chegara a um momento de decisão. Mais uma vez se perguntava quanto a polícia sabia e com que grau de certeza. Teria Margaret Munroe falado com mais alguém? Teria deixado uma nota?

477

A pausa durou menos de seis segundos, contudo pareceu mais. Então ele disse: "Sim, ela veio me ver. Fizera algumas investigações — não disse quais — que confirmavam suas suspeitas. Duas coisas, aparentemente, preocupavam-na. A primeira era que eu estava enganando padre Sebastian e trabalhando aqui sob pretextos falsos; mais importante, é claro, era que eu devia contar a Raphael. Nada disso era da conta dela, mas achei prudente explicar por que eu não me casara com a mãe de Raphael quando estava grávida, e por que mudei de idéia. Eu disse que estava esperando para contar a meu filho quando tivesse motivos para acreditar que a notícia não seria muito desagradável para ele. Eu queria escolher o momento adequado. Ela poderia ter certeza de que eu contaria antes do final do quadrimestre. Com esse compromisso — que, aliás, ela não tinha nenhum direito de exigir —, ela disse que guardaria o segredo".

Dalgliesh disse: "E naquela noite ela morreu".

"De ataque cardíaco. Se o trauma da descoberta e o esforço de me confrontar acabaram sendo fatais, então lamento. Não posso ser acusado de responsabilidade por todas as mortes que acontecem em Santo Anselmo. Daqui a pouco vocês vão me acusar de ter empurrado Agatha Betterton pela escada da adega."

Kate disse: "E empurrou?".

Desta vez ele foi esperto em esconder seu desgosto. Disse: "Eu pensei que vocês estivessem investigando o assassinato do arquidiácono, e não me atribuindo o papel de um *serial killer*. Não deveríamos nos concentrar na única morte que foi sem dúvida assassinato?".

Foi então que Dalgliesh falou. Ele disse: "Vamos requisitar amostras de cabelo de todo mundo que estava no seminário na noite de sábado passado. Presumo que não faça objeções?".

"Não, se a indignidade for estendida a todos os demais suspeitos. Dificilmente trata-se de um procedimento que precise de anestesia geral."

Não fazia muito sentido prolongar o interrogatório. Eles passaram à rotina de terminar a entrevista, e Kate desligou o gravador.

Gregory disse: "Se quiserem o cabelo de vocês, é melhor virem buscá-lo agora. Estou disposto a trabalhar e não tenho a intenção de ser interrompido".

Ele saiu e mergulhou na escuridão.

Dalgliesh disse: "Quero que essas amostras sejam colhidas hoje. Depois volto para Londres. Gostaria de estar no laboratório quando o manto for examinado. Devemos obter um resultado em uns dois dias, se nos derem prioridade. Vocês dois e Robbins permanecerão aqui. Vou combinar com padre Sebastian para que se mudem para este chalé. Acho que ele poderia fornecer sacos de dormir ou colchões, se não houver camas sobrando. Quero Gregory vigiado vinte e quatro horas por dia".

Kate disse: "E se não obtivermos nada com o manto? Tudo o mais que temos é circunstancial. Sem provas forenses, não podemos montar um processo".

Ela estava apenas afirmando o óbvio, e nem Dalgliesh nem Piers responderam.

14

Enquanto sua irmã estava viva, padre John raramente aparecia às refeições, a não ser no jantar, quando se esperava que toda a comunidade estivesse presente para o que padre Sebastian obviamente considerava uma celebração unificadora da vida da comunidade. Contudo, um tanto inesperadamente, ele chegou para o chá, na terça-feira à tarde. Não houvera, com essa última morte, nenhuma convocação cerimonial do seminário inteiro; a notícia fora dada aos padres e aos noviços individualmente por padre Sebastian, com o mínimo estardalhaço. Os quatro noviços já haviam visitado padre John, para expressar suas condolências, e agora procuravam demonstrar solidariedade, voltando a encher sua xícara e trazendo-lhe sucessivamente, da mesa do refeitório, sanduíches, pãezinhos de minuto e bolo. Ele sentou-se próximo à porta, um tranqüilo homenzinho ainda mais diminuído, inabalavelmente educado e ocasionalmente sorridente. Depois do chá, Emma sugeriu que ela começasse a olhar o guarda-roupa da srta. Betterton, e foram juntos para o apartamento.

Ela pensara em como poderia empacotar as roupas e pedira à sra. Pilbeam dois sacos plásticos resistentes, um para itens que poderiam ser aceitos por Oxfam ou outro bazar de caridade e um para roupas a serem jogadas fora. Só que os dois sacos pretos que recebeu pareceram tão temerosamente inadequados para outra coisa que não fosse entulho que ela resolveu fazer uma separação preliminar no guarda-roupa e depois ensacar e retirar as peças numa hora em que padre John não estivesse no apartamento.

Ela saiu, deixando-o sentado na penumbra, perto das fracas luzes azuis de seu fogo a gás, e foi para o quarto da srta. Betterton. Uma lâmpada central, pendente, com um empoeirado abajur antiquado, dava uma luz inadequada, mas uma luminária de braço móvel na mesa ao lado da cama de solteiro, de latão, tinha uma lâmpada mais forte, e, dirigindo o facho para o quarto, ela conseguiu ver o suficiente para iniciar a tarefa. À direita da cama havia uma cadeira de espaldar alto e uma cômoda abaulada, de gavetas. A única outra mobília era um imenso guarda-roupas de mogno decorado com arabescos entalhados e que ocupava o espaço entre duas janelas pequenas. Emma abriu a porta e sentiu um cheiro de mofo mesclado ao cheiro de *tweed*, lavanda e naftalina.

A tarefa de separar e descartar mostrou ser menos formidável do que ela temia. A srta. Betterton, em sua vida solitária, arranjava-se com poucas roupas, e era difícil acreditar que tivesse comprado qualquer coisa nova durante os últimos dez anos. Emma retirou do guarda-roupa um pesado casaco de pele de rato-almiscarado com remendos visíveis, dois costumes de *tweed* que, pelas ombreiras exageradas e pelos ajustes nos casacos, pareciam ter sido usados pela última vez nos anos 30, uma coleção manchada de cardigãs e saias compridas de *tweed* e vestidos de noite de veludo e cetim, de excelente qualidade, mas corte arcaico, que dificilmente se poderia acreditar que uma mulher moderna viesse a usar, a não ser como fantasia. A cômoda de gavetas continha camisas e roupas de baixo, calcinhas lavadas mas manchadas nos fundilhos, camisetas de mangas compridas e bolas de meias grossas. Havia pouca coisa que um bazar de caridade aceitasse.

Ela sentiu uma súbita aversão e uma piedade defensiva pela srta. Betterton, devido ao inspetor Tarrant e seu colega terem remexido aqueles patéticos restos. O que esperavam encontrar — uma carta, um diário, uma confissão? As congregações medievais, expostas domingo após domingo às imagens aterradoras do *Juízo final*, oravam para serem poupadas da morte repentina, temendo que pudessem chegar diante do criador inconfessos. Hoje em dia, os homens, em seu último momento, mais provavelmente temem a escrivaninha desarrumada, as intenções não realizadas, as cartas incriminadoras.

Havia uma surpresa no fundo da gaveta de baixo. Cuidadosamente colocada entre folhas de papel pardo estava uma túnica de oficial da Força Aérea Real, com asas bordadas por cima do bolso esquerdo, duas tiras nas mangas e a fita de alguma condecoração por bravura. Junto com ela havia um quepe amassado, bastante usado. Empurrando o casaco de pele de rato-almiscarado, pôs os dois juntos em cima da cama e contemplou-os por um momento, num silêncio desconcertado.

Encontrou as jóias na gaveta de cima à esquerda da cômoda, numa pequena caixa de couro. Não havia muita coisa, e os broches de camafeu, pesados anéis de ouro e longos colares de pérolas pareciam herança de família. Era difícil calcular seu valor, embora algumas das pedras parecessem boas, e pensou qual seria a melhor maneira de lidar com o pedido de padre John de vender as jóias. Talvez o melhor fosse levar todas as peças a Cambridge e obter uma avaliação por um dos joalheiros da cidade. Nesse meio tempo, ela teria a responsabilidade de mantê-las em segurança.

Havia um fundo falso na caixa e, levantando-o, encontrou um pequeno envelope amarelecido pela idade. Ela o abriu e deixou cair na palma da mão um único anel. Era de ouro e, embora as pedras fossem pequenas, estavam montadas de modo muito bonito, um rubi central num grupo de diamantes. Num impulso, deslizou-o por seu terceiro dedo da mão esquerda e reconheceu-o pelo que ele era: um anel de noivado. Se fora dado à srta. Betterton pelo aviador, ele devia ter morrido; de outra maneira, como estaria de posse de sua farda? Emma teve uma imagem vívida de um avião individual, Spitfire ou Hurricane, sem controle, caindo em espiral e arrastando sua longa língua de fogo, antes de mergulhar no canal da Mancha. Ou teria sido ele um piloto de bombardeiro, abatido sobre algum alvo inimigo e juntando-se, na morte, àqueles que suas bombas haviam matado? Teriam ele e Agatha Betterton sido amantes, antes que ele morresse?

Por que será, pensou ela, tão difícil acreditar que os velhos já foram moços, com a força e a beleza animal da juventude, que já houvessem amado, sido amados, tivessem rido, cheios do irrefletido otimismo da juventude? Ela imaginou a srta. Betterton pelas poucas ocasiões em que a tinha visto, caminhando pela trilha do penhasco, o barrete de lã na cabeça, o queixo para a frente, como se combatendo um inimigo mais amargamente intratável do que o vento; passando por Emma na escada com uma breve inclinação de cabeça de reconhecimento ou um movimento rápido, súbito, de seus olhos perturbadoramente inquisitivos. Raphael gostava dela, dispusera-se a passar tempo com ela. Mas teria sido uma afeição genuína ou o dever da bondade? E se esse fosse mesmo um anel de noivado, por que ela teria parado de usá-lo? Talvez isso não fosse tão difícil de compreender. Representava algo que terminara e tinha de ser dobrado e guardado, como ela dobrara e guardara a farda de seu amante. Ela não teria desejado trazer à memória todas as manhãs um símbolo que durara além do doador e iria durar além da vida dela, para levar a dor e a perda ao conhecimento público a cada gesto de sua mão. É uma fácil platitude dizer que os mortos vivem na memória dos vivos, mas que tipo de substituto para a voz amada e os fortes braços envolventes é a memória? E não é essa a matéria de toda a poesia do mundo, as transitoriedades da vida, do amor e da beleza, a consciência de que a carruagem alada do tempo tem lâminas em suas rodas?

Houve uma batida discreta na porta, e ela se abriu. Emma virou-se e viu a inspetora Miskin. Durante um momento permaneceram fitando uma à outra, e o olhar retribuído a Emma não era amigável.

A inspetora disse: "Padre John disse-me que a encontraria aqui. O comandante Dalgliesh pediu-me que informasse todo mundo. Ele voltou para Londres, e vou ficar, no momento, com o inspetor Tarrant e o sargento Robbins. Agora que fechaduras de segurança foram instaladas nas suítes dos hóspedes, é importante que todos se tranquem durante a noite. Estarei no seminário após as completas e acompanharei a senhora até sua suíte".

Então o comandante Dalgliesh fora embora sem se despedir. Mas por que ele deveria dizer até logo? Teria coisas mais importantes na cabeça do que uma cortesia informal. Ele daria suas despedidas formais a padre Sebastian. Que mais seria necessário?

O tom da inspetora Miskin fora perfeitamente educado, e Emma sabia que não estava sendo justa em recriminá-la. Ela disse: "Eu não preciso ser acompanhada até minha suíte. Isso significa que você acha que estamos em perigo?".

Houve uma pausa, depois a inspetora Miskin disse: "Não estamos dizendo isso. Apenas que ainda há um assassino neste promontório e, até fazermos uma prisão, é melhor que todo mundo tome precauções".

"E vocês esperam fazer uma prisão?"

Outra vez houve uma pausa, depois a inspetora Miskin disse: "Sim, esperamos. Afinal de contas, é para isso que estamos aqui, não é, para fazer uma prisão? Lamento não poder dizer mais nada no momento. Eu a vejo mais tarde, então".

Ela saiu, fechando a porta. De pé, sozinha, ao lado da cama, olhando para o velho quepe e para a túnica, dobrados, e com o anel ainda no dedo, Emma sentiu lágrimas brotando-lhe dos olhos, mas não sabia se estava chorando pela srta. Betterton, por seu falecido amante ou um pouco por si mesma. Depois, enfiou o anel de volta no envelope e continuou sua tarefa.

15

Na manhã seguinte, Dalgliesh dirigiu-se, antes do raiar do dia, ao laboratório Lambeth. Chovera constantemente a noite inteira e, embora a chuva tivesse parado, a mudança das luzes vermelha, amarela e verde dos sinais lançava suas imagens trêmulas e berrantes nas ruas ainda molhadas, e o ar trazia um cheiro fresco do rio, produzido pela maré alta. Londres parecia dormir apenas entre duas e quatro da manhã, e, mesmo assim, com um sono intermitente. Agora, lentamente, a capital acordava, e os trabalhadores, em pequenos grupos preocupados, emergiam para apoderar-se de sua cidade.

Material proveniente de cenas de crime em Suffolk normalmente era enviado ao laboratório de ciências forenses, em Huntingdon, mas ele estava sobrecarregado. Lambeth tinha condições de oferecer prioridade total, que foi o que Dalgliesh exigira. Ele era bem conhecido no laboratório e foi saudado calorosamente pelo pessoal. A dra. Anna Prescott, chefe dos biólogos forenses, que estava esperando, analisara provas para a Coroa em diversos casos em que ele trabalhara, e Dalgliesh sabia quanto o sucesso dependera de sua reputação como cientista, da confiança e lucidez com que expunha as descobertas para o tribunal e de sua segurança calma ao sentar no banco das testemunhas. Mas, como todos os cientistas forenses, ela não era um agente de polícia. Se Gregory chegasse a ser levado a julgamento, ela estaria lá como perita independente, com o compromisso de testemunhar apenas os fatos.

O manto fora seco na cabine de secagem do laboratório e estava estendido em uma das largas mesas de pesquisa, sob a luz forte de lâmpadas fluorescentes. O agasalho de corrida de Gregory fora levado a uma outra seção do laboratório, para evitar a contaminação cruzada. Qualquer fibra transferida do agasalho de corrida seria recuperada da superfície do manto com fita adesiva e depois examinada por microscopia, para comparação. Se esse exame preliminar pelo microscópio sugerisse haver alguma correspondência, seriam feitas novas séries de testes comparativos, inclusive a análise instrumental da composição química da própria fibra. Mas tudo isso, que levaria um tempo considerável, ficaria para o futuro. O sangue já fora para análise, e Dalgliesh aguardava o relatório com ansiedade; ele não tinha dúvidas de que viera do arquidiácono Crampton. O que a dra. Prescott e ele estavam procurando agora eram cabelos. Juntos, de jalecos e máscaras, inclinaram-se sobre o manto.

Dalgliesh refletiu que os aguçados olhos humanos eram um instrumento de busca notavelmente eficientes. Não levou mais que alguns segundos para encontrarem o que estavam procurando. Enrolados na corrente de latão na gola do manto havia dois cabelos grisalhos. A dra. Prescott desenrolou-os com muito cuidado e os colocou numa pequena placa de vidro. Examinou-os imediatamente num microscópio de fraca potência e disse com satisfação: "Os dois têm raízes. Isso quer dizer que há uma boa chance de conseguirmos um perfil do DNA".

16

Dois dias mais tarde, às sete e meia da manhã, ligaram com a mensagem do laboratório para Dalgliesh, em seu apartamento junto ao Tâmisa. As duas raízes de cabelo haviam revelado seu DNA, e era o de Gregory. Era a notícia por que Dalgliesh esperara, mas, mesmo assim, recebeu-a com uma pequena onda de alívio. A comparação microscópica das fibras no manto e na superfície do agasalho de corrida havia estabelecido a correspondência, porém os resultados dos testes finais ainda estavam sendo aguardados. Enquanto desligava o telefone, Dalgliesh fez uma pausa para pensar um pouco. Esperar ou agir agora? Ele não queria deixar passar mais tempo antes de prender alguém. O DNA mostrara que Gregory usara o manto de Ronald Treeves, e a correspondência entre as fibras poderia apenas confirmar essa principal descoberta indiscutível. Ele poderia, é claro, ligar para Kate ou Piers em Santo Anselmo; ambos eram perfeitamente competentes para fazer a prisão. Mas ele precisava estar lá, pessoalmente, e sabia por quê. O ato de prender Gregory, de dizer as palavras de praxe, de alguma maneira amenizaria o fracasso de seu último caso, em que ele soubera a identidade do assassino, ouvira a confissão rapidamente extraída, mas não tivera provas suficientes para justificar a prisão. Não estar presente agora deixaria alguma coisa incompleta, embora ele não soubesse exatamente o quê.

Como era esperado, os dois dias foram mais atribulados do que o habitual. Ele voltara a um monte de trabalho acumulado, a problemas que eram de sua responsabilidade e a outros cujo peso estava tanto na cabeça dele como na de outros policiais mais experimentados. A força precisava seriamente de pessoal. Havia uma necessidade urgente de recrutar homens e mulheres inteligentes, instruídos e altamente motivados, em todas as camadas da sociedade, numa época em que outras carreiras ofereciam salários mais altos, maior prestígio e menos estresse. Era necessário diminuir a carga da burocracia e da papelada, aumentar a eficácia da força de detetives e atacar a corrupção, numa época em que suborno não era mais uma nota de dez libras enfiada num bolso de trás, e sim a participação nos lucros imensos do tráfico de drogas. Agora, contudo, pelo menos durante um tempo curto, ele voltaria a Santo Anselmo. Não se tratava mais de um lugar intocado de bondade e paz, porém havia um trabalho a ser terminado e pessoas que desejava ver. Perguntou-se se Emma Lavenham ainda estaria no seminário.

Pôs de lado os pensamentos da agenda repleta, do peso dos arquivos que exigiam atenção, da reunião planejada para a tarde, e deixou um recado para o comissário-assistente e seu secretário. Depois ligou para Kate. Estava tudo calmo em Santo Anselmo — anormalmente calmo, pensou Kate. As pessoas estavam cuidando de suas tarefas diárias, e com um tipo de concentração controlada, como se aquele cadáver ensangüentado ainda estivesse embaixo do *Juízo final*, na igreja. Para ela, parecia que a casa toda estava à espera de uma conclusão parcialmente desejada e parcialmente temida. Gregory não aparecera. Ele havia, requisitado por Dalgliesh, entregado seu passaporte após o último interrogatório, e não temiam que escapasse. Mas a fuga nunca fora uma opção; não fazia parte dos planos de Gregory ser arrastado de volta ignominiosamente de algum refúgio estrangeiro inóspito.

Era um dia frio e Dalgliesh sentiu pela primeira vez no ar de Londres o travo metálico do inverno. Um vento cortante mas intermitente varria a City e, quando ele chegou à A12, estava soprando em rajadas fortes mas contínuas. O tráfego estava anormalmente bom, com exceção dos caminhões a caminho dos portos no litoral leste, e dirigiu suave e rapidamente, as mãos pousadas no volante, os olhos fixos à frente. O que tinha ele além de dois fios de cabelo como frágil instrumento da justiça? Eles teriam de bastar.

Seus pensamentos passaram da prisão ao julgamento, e viu-se ensaiando o processo para a defesa. O DNA não poderia ser contestado; Gregory usara o manto de Ronald Treeves. Mas os advogados de defesa provavelmente argumentariam que Gregory, ao dar aquela última aula de grego a Treeves, tomara emprestado o manto, talvez queixando-se de frio, e, na hora, estava usando sua roupa preta de corrida. Nada menos provável, mas será que um júri acreditaria? Gregory tinha um motivo forte, mas os outros também, inclusive Raphael. O graveto encontrado no chão da sala de estar de Raphael poderia ter sido soprado sem ser notado, quando ele saiu da suíte para ir ver Peter Buckhurst; era provável que o promotor fosse suficientemente sábio para não dar muita atenção a ele. A ligação telefônica para a sra. Crampton, feita do telefone público no seminário, era perigosa para a defesa, entretanto poderia ter sido feita por mais oito pessoas, e possivelmente por Raphael. Então, havia uma suspeita a ser levantada contra a srta. Betterton. Tivera o motivo e a oportunidade, mas teria ela força para agüentar aquele pesado castiçal? Agora, ninguém saberia: Agatha Betterton estava morta. Gregory não fora acusado pelo assassinato dela, nem de ter assassinado Margaret Munroe. Em nenhum dos dois casos havia provas suficientes para justificar nem sequer a prisão.

Fez o trajeto em menos de três horas e meia. Agora, estava no final da estrada de acesso, e viu à frente uma extensão de mar turbulento, salpicado de branco até o horizonte. Parou o carro e ligou para Kate. Gregory saíra de seu chalé havia cerca de meia hora e estava caminhando pela praia.

Dalgliesh disse: "Espere-me no final da estrada à beira-mar e traga algemas. Pode ser que não precisemos delas, mas não vou arriscar".

Dentro de alguns minutos ele a viu caminhando ao seu encontro. Não disseram nada um ao outro quando ela entrou no carro e ele deu marcha a ré e voltou para os degraus que levavam à praia. Agora conseguiam ver Gregory, um vulto solitário vestindo um capote de *tweed* que ia até as canelas, com a gola levantada contra o vento, de pé, ao lado de um dos quebra-mares apodrecidos e olhando para o mar. No momento em que caminhavam pelos seixos, uma rajada repentina de vento abateu-se sobre as jaquetas deles, fazendo com que fosse difícil permanecer em pé, mas o uivo do vento mal era ouvido acima do trovejar do mar. Onda após onda, ele quebrava numa explosão de borrifos, fervendo em torno dos quebra-mares e fazendo bolas de espuma dançarem e rolarem como bolhas de sabão iridescentes nas beiradas altas dos seixos.

Caminharam lado a lado na direção do vulto imóvel; Gregory virou-se e observou-os chegar. Então, quando estavam a uns vinte metros de distância, ele subiu resolutamente na beirada do quebra-mar e caminhou até a ponta, até um poste na extremidade. Tinha menos de setenta centímetros quadrados e estava a menos de trinta centímetros acima da maré montante.

Dalgliesh disse a Kate: "Se ele mergulhar, ligue para Santo Anselmo. Diga-lhes que precisamos de um barco e de uma ambulância".

Então, com igual deliberação, ele subiu no quebra-mar e caminhou na direção de Gregory. Quando chegou à distância de dois metros, parou, e os dois homens encararam-se. Gregory gritou com voz forte, mas suas palavras mal chegaram a Dalgliesh por cima do tumulto do mar.

"O senhor veio me prender; bem, aqui estou. Mas terá de chegar mais perto. Não tem de pronunciar um ridículo blablablá de aviso? Acho que pela lei tenho o direito de ouvi-lo."

Dalgliesh não gritou uma resposta. Durante dois minutos ficaram em silêncio, olhando um para o outro, e pareceu a Dalgliesh que esse pequeno intervalo de tempo superara meia vida de autoconhecimento transitório. O que sentia era algo de novo, uma raiva mais forte do que qualquer outra de que pudesse se lembrar. A raiva que sentiu enquanto estava de pé ao lado do corpo do arquidiácono não era nada comparada àquela avassaladora emoção. Não gostou nem desconfiou dela, simplesmente aceitou sua força. Sabia por que estivera relutante em enfrentar Gregory do outro lado daquela pequena mesa na sala de interrogatório. Ficando um pouco afastado, ele se distanciara de algo mais que a mera presença física de seu adversário. Agora não podia distanciar-se mais.

Para Dalgliesh, seu trabalho nunca fora uma cruzada. Conhecia detetives para os quais a visão da vítima, em sua patética aniquilação definitiva, imprimia em suas mentes uma imagem tão poderosa que só podia ser exorcizada no momento da prisão. Alguns, ele sabia, chegavam até a fazer suas barganhas particulares com o destino; eles não beberiam, não iriam ao pub nem tirariam férias até que o assassino fosse preso. Ele compartilhara da piedade e da indignação deles, mas nunca de seu envolvimento pessoal e hostilidade. Para ele, o ato de investigar era um compromisso profissional e intelectual com a descoberta da verdade. Não o que estava sentindo agora. Não era apenas porque Gregory profanara um lugar em que havia sido feliz; perguntou-se com amargura que graça santificadora tinha sido conferida a Santo Anselmo simplesmente pela felicidade de Adam Dalgliesh. Não era apenas porque venerava padre Martin e não conseguia esquecer sua fisionomia desfigurada ao erguer os olhos do corpo de Crampton; ou aquele outro momento, o suave roçar do cabelo escuro contra sua face, e Emma tremendo em seus braços, tão rapidamente que era difícil acreditar que o abraço tivesse mesmo acontecido. Essa emoção esmagadora tinha uma causa adicional, mais primitiva, mais ignóbil. Gregory planejara o homicídio e executara-o quando ele, Dalgliesh, estava dormindo a poucos metros. E agora planejava completar sua vitória. Ele poderia nadar mar afora, contente no elemento que amava, para uma morte misericordiosa por frio e exaustão. Mas ele planejara mais do que isso. Dalgliesh conseguia ler a mente de Gregory tão claramente quanto ele sabia que Gregory conseguia ler a sua. Ele planejara levar o adversário consigo. Se Gregory caísse na água, Dalgliesh também cairia. Não tinha escolha. Não poderia viver com a lembrança de ter ficado parado, olhando, enquanto um homem nadava para a morte. E estaria arriscando a vida não por compaixão e humanidade, mas por obstinação e orgulho.

Ele avaliou a relação de forças. Em condições físicas provavelmente se equivaliam, mas Gregory devia ser um nadador mais forte. Nenhum dos dois poderia durar muito no mar gelado, mas se o socorro chegasse rapidamente — como chegaria —, eles poderiam sobreviver. Pensou se voltava atrás e dava instruções para Kate ligar imediatamente para Santo Anselmo e lançar o barco salva-vidas, mas resolveu que não; se Gregory ouvisse carros correndo pela trilha do penhasco, não hesitaria mais. Havia ainda uma chance, embora tênue, de que mudasse de idéia. No entanto, Dalgliesh sabia que Gregory tinha uma vantagem quase arrasadora: só um deles estava feliz em morrer.

E ainda estavam lá. Então, quase que informalmente, como se estivessem num dia de verão e o mar fosse uma brilhante extensão de azul e prata sob o brilho do sol, Gregory deixou cair o capote dos ombros e mergulhou.

Para Kate, os dois minutos de confronto pareceram intermináveis. Ela ficara imóvel como se cada músculo estivesse paralisado, os olhos fixos nos dois vultos parados. Involuntária mas cuidadosamente, caminhou um pouco para a frente. A maré varrera-lhe os pés, mas ela não sentira sua mordida gelada. Viu-se murmurando e xingando entre mandíbulas retesadas: "Volte, volte. Deixe ele pra lá", incitando-o com uma intensidade que com certeza deveria atingir as costas inflexíveis de Dalgliesh. Agora que acontecera, ela podia agir. Teclou o número do seminário e ouviu o som da chamada. Não houve resposta, e viu-se dizendo obscenidades que jamais teria proferido normalmente. As chamadas continuaram. E então ouviu o tom comedido de padre Sebastian. Ela tentou manter a voz firme.

"É Kate Miskin, da praia, padre. Dalgliesh e Gregory estão dentro d'água. Precisamos de um barco e de uma ambulância. Rápido."

Padre Sebastian não fez perguntas. Ele disse: "Fique onde está para marcar o local. Eu já vou".

Houve uma espera ainda maior, mas que ela mediu. Passaram-se três minutos e um quarto antes de ouvir o som de carros. Olhando por cima da crista das ondas, ela não conseguia mais vislumbrar as duas cabeças. Correu até o final do quebra-mar e ficou de pé onde Gregory estivera, sem notar as ondas lambendo o poste e as vergastadas do vento. Teve uma súbita visão deles — a cabeça grisalha e a escura, afastadas apenas por poucos metros — antes que a curva rápida de uma onda e uma explosão de borrifos os escondessem da vista.

Era importante mantê-los à vista, se pudesse, mas de vez em quando dava uma olhada na direção dos degraus. Ouviu mais de um carro, porém só o Land Rover estava visível, estacionado na beirada do penhasco. Parecia que o seminário inteiro chegara. Estavam trabalhando rápida e metodicamente. As portas do galpão foram abertas e uma prancha de lançamento, feita de ripas de madeira, rolada por cima da inclinação arenosa da praia. O barco inflável rígido foi empurrado por ela e depois suspenso por três homens de cada lado. Eles correram com o barco para a beira do mar. Kate viu que Pilbeam e Henry Bloxham deveriam fazer o resgate e ficou um tanto surpresa de que fosse Henry, e não Stephen Morby, que parecia mais forte. Mas talvez Henry tivesse mais experiência como marinheiro. Parecia impossível que conseguissem lançar a embarcação contra aquela esmagadora massa de água, contudo em segundos ouviu o rugir do motor de popa, e estavam indo mar adentro, depois voltando na direção dela, numa curva ampla. De novo ela vislumbrou rapidamente as cabeças e apontou na direção delas.

Não se viam nem os nadadores nem o barco, a não ser momentaneamente, quando subiam por uma onda. Não havia mais nada que pudesse fazer, e ela voltou para reunir-se ao grupo que corria ao longo da praia. Raphael carregava uma corda enrolada, padre Peregrine tinha um salva-vidas, e Piers e Robbins haviam içado aos ombros duas macas de lona, enroladas. A sra. Pilbeam e Emma estavam lá, a sra. Pilbeam com uma caixa de primeiros socorros, e Emma com toalhas e uma pilha de cobertores de cores vivas. Chegaram, juntaram-se num pequeno grupo e olharam para o mar.

O barco estava voltando. O som do motor estava mais forte e de repente ele apareceu, elevando-se alto numa onda antes de mergulhar no vazio.

Raphael disse: "Conseguiram. Há quatro pessoas no barco".

Vinham razoavelmente depressa, mas parecia impossível que o barco conseguisse sobreviver em mar tão forte. Então aconteceu o pior. Eles pararam de ouvir o motor e viram Pilbeam desesperadamente dobrado sobre ele. O barco estava à deriva, jogado de um lado para o outro como um brinquedo de criança. Subitamente, a vinte metros da praia, ele subiu, ficou alguns segundos parado, de pé, e depois virou.

Raphael amarrara a extremidade de uma corda a um dos quebra-mares verticais e agora, fixando a outra ponta em volta da cintura, entrou no mar. Stephen Morby, Piers e Robbins foram atrás. Padre Peregrine retirara a batina e se lançara sob as ondas que avançavam como se aquele mar revolto fosse seu elemento. Henry e Pilbeam, ajudados por Robbins, estavam conseguindo lutar para chegar à praia. Padre Peregrine e Raphael agarraram Dalgliesh, Stephen e Piers sustentaram Gregory. Em segundos foram jogados no banco de seixos, e padre Sebastian e padre Martin apressaram-se a ajudar a arrastá-los para a praia. Foram seguidos por Pilbeam e Henry, que caíram arfando enquanto as ondas quebravam por cima deles.

Apenas Dalgliesh estava inconsciente, e, correndo para onde ele estava, Kate viu que batera a cabeça contra o quebra-mar, e que havia sangue misturado com água do mar escorrendo por sua camisa rasgada. Havia uma marca em sua garganta, vermelha como o sangue que saía, onde as mãos de Gregory o haviam agarrado. Ela puxou a camisa e apertou-a contra a ferida; ouviu então a voz da sra. Pilbeam. "Deixe-o comigo, senhorita. Eu tenho compressas, aqui."

Mas foi Morby quem assumiu o controle. Ele disse: "Primeiro vamos tirar a água de dentro dele", e, virando Dalgliesh de bruços, começou o processo de ressurreição. Um pouco afastado, Gregory, vestido apenas com um short, estava sentado, com a cabeça entre as mãos, ofegando, vigiado por Robbins.

Kate disse a Piers: "Ponha alguns cobertores em volta dele e dê-lhe alguma bebida quente. Assim que estiver aquecido o suficiente e apto a entender o que você está fazendo, acuse-o. E algeme-o. Não vamos arriscar. Ah, e você pode aproveitar e acrescentar tentativa de homicídio à acusação principal".

Ela voltou-se de novo para Dalgliesh. De repente ele vomitou, cuspiu água e sangue e murmurou alguma coisa indistinta. Foi então que Kate, pela primeira vez, se deu conta de Emma Lavenham ajoelhando-se, o rosto branco, ao lado da cabeça dele. Ela não disse nada, mas ao perceber o olhar de Kate, levantou-se e afastou-se um pouco, como se entendesse que não tinha nada a fazer ali.

Não conseguiam ouvir nenhuma ambulância chegando e não tinham idéia de quanto tempo ela demoraria. Piers e Morby suspenderam Dalgliesh para uma das macas e deram início à difícil caminhada em direção aos carros, com padre Martin ao lado de Dalgliesh. O grupo que estivera na água ficou lá de pé, tremendo, envolvido em cobertores, passando um frasco de mão em mão, e depois se dirigiu para os degraus. De repente as nuvens se abriram e um tênue raio de sol iluminou a praia. Observando os jovens corpos masculinos esfregando o cabelo molhado com a toalha e correndo para restaurar a circulação, Kate quase pôde acreditar que era uma reunião de verão para banho de mar e que a qualquer momento começariam a correr uns atrás dos outros pela areia.

Chegaram ao topo do penhasco, e a maca estava sendo posta na parte de trás do Land Rover. Kate tinha consciência de que Emma estava ao seu lado.

Emma disse: "Ele ficará bom?".

"Ah, ele vai sobreviver. Ele é duro. Ferimentos na cabeça sangram muito, mas não parece profundo. Terá alta e estará de volta a Londres em poucos dias. Como todos nós."

Emma disse: "Vou voltar para Cambridge hoje à noite. Despeça-se dele por mim, e deseje-lhe boa sorte".

Sem esperar por uma resposta, ela virou-se e reuniu-se ao pequeno grupo de noviços. Gregory, algemado e envolvido em cobertores, era empurrado para dentro do Alfa Romeo por Robbins. Piers aproximou-se de Kate, e ambos olharam para Emma.

Kate disse: "Ela voltará para Cambridge esta noite. Bem, por que não? É o lugar dela".

Piers disse: "E qual é o seu lugar?".

Ele, na verdade, não precisava de uma resposta, mas ela disse: "Com você, e Robbins, e Adam. Onde mais você achava? Afinal de contas, este é o meu trabalho".

Livro quatro
UM FIM E UM PRINCÍPIO

Dalgliesh voltou a Santo Anselmo pela última vez num dia perfeito, em meados de abril, em que o céu, o mar e a terra, voltando à vida, conspiravam numa suave concordância de beleza acomodada. Dirigia com o teto do carro abaixado, e o sopro do vento contra a face trazia com ele a essência — aromática, nostálgica — dos abris de sua meninice e juventude. Ele saíra com alguns receios, mas haviam sido deixados para trás com o último subúrbio do leste, e agora seu clima interior combinava com a calma do dia.

A carta viera de padre Martin, um caloroso convite para uma visita, agora que Santo Anselmo tinha sido oficialmente fechado. Ele escrevera: "Será bom ter a oportunidade de dizer até logo para os nossos amigos, antes de partirmos, e temos esperanças de que Emma também esteja conosco para esse fim de semana de abril". Ele queria que Dalgliesh soubesse que ela estaria lá; será que também a avisara? E se tivesse feito, será que ela decidiria não ir?

Por fim, lá estava o desvio familiar, fácil de perder não fosse o freixo coberto de hera. Os jardins da frente dos chalés gêmeos estavam repletos de narcisos, o brilho deles em contraste com o amarelo suave das prímulas agrupadas nas margens de grama. As sebes em cada lado da alameda mostravam seus primeiros brotos verdes, e quando, ao erguer a cabeça, avistou o mar, ele estendia-se em faixas tranqüilas de azul tremeluzindo num horizonte púrpura. Muito acima de sua cabeça, impossível de ver e pouco audível, um caça lançava sua fita esfarrapada de branco por um céu sem nuvens. A tempestade na noite do assassinato do arquidiácono destroçara as últimas vigas do navio naufragado, e agora nem mesmo a barbatana preta de madeira permanecera, e as areias esparramavam-se incólumes entre o banco de seixos e o mar. Numa manhã como aquela, Dalgliesh não conseguia nem mesmo lamentar aquela evidência do poder obliterante do tempo.

Antes de virar para o norte ao longo da estrada do litoral, encostou na beirada do penhasco e desligou a ignição. Havia uma carta que precisava ler outra vez. Ele a recebera uma semana antes de Gregory ser condenado à prisão perpétua pelo assassinato do arquidiácono Crampton. A escrita era firme, precisa e vertical. Não havia endereço; somente no envelope via-se o nome de Dalgliesh.

Peço desculpas por escrever neste papel que, você vai compreender, não é de minha escolha. Devem ter-lhe contado como, a esta altura, resolvi mudar minha alegação para culpado. Eu poderia declarar que meus motivos eram poupar aqueles tontos patéticos, padre Martin e padre John, do encargo de aparecer como testemunhas de acusação, ou minha relutância em ver meu filho ou Emma Lavenham expostos à engenhosidade um tanto brutal do advogado de defesa. Mas você me conhece. Minha razão, é claro, é garantir que Raphael não sofra a vida toda o estigma da suspeita. Eu passei a dar-me conta de que há uma chance muito real de que possa ser absolvido. O brilho do meu advogado é quase proporcional ao tamanho de seus honorários, e ele antes deixou muito clara sua confiança de que eu poderia me safar dessa, embora tenha tido o cuidado de não usar exatamente essas palavras. Afinal, sou tão classe média, tão respeitável.

Sempre planejei ser absolvido caso o processo chegasse aos tribunais, e não tinha dúvidas de que o se-

500

ria. Mas então, eu planejara o assassinato de Crampton para uma noite em que Raphael não estivesse no seminário. Como você sabe, tive a precaução de ir ao quarto dele para ver se ele saíra mesmo. Se eu o tivesse encontrado lá, teria prosseguido com o assassinato? A resposta é não. Não naquela noite, e talvez nunca. Era pouco provável que todas as condições necessárias ao sucesso viessem a acontecer de novo de modo tão fortuito. Acho interessante o fato de Crampton ter morrido por causa de um simples ato de bondade de Raphael para com um amigo doente. Eu já notei antes como muitas vezes o mal vem do bem. Como filho de um vigário, você é mais competente do que eu para responder a essa charada teológica.

As pessoas que, como nós, vivem numa civilização que está morrendo têm três escolhas. Podemos tentar desviar o declínio do jeito que uma criança constrói um castelo de areia na beira de uma maré que avança. Podemos não dar importância à morte da beleza, do estudo, da arte, da integridade intelectual, encontrando alívio nos nossos próprios consolos. E foi isso que, durante alguns anos, tentei fazer. Em terceiro lugar, podemos nos juntar aos bárbaros e pegar a nossa parte nos espólios. Essa é a escolha popular e, ao fim, foi a minha. O deus do meu filho foi escolhido para ele. Ele ficou em poder daqueles padres desde que nasceu. Eu queria dar-lhe a escolha de uma divindade mais contemporânea — o dinheiro. Agora ele tem dinheiro e descobrirá que é incapaz de conseguir doá-lo, não todo ele. Será sempre um homem rico; o tempo vai mostrar se será sempre padre.

Imagino não haver nada que possa lhe contar a respeito do homicídio que você já não saiba. Minha nota anônima para Sir Alred foi arquitetada para criar problemas para Santo Anselmo e Sebastian Morell. Dificilmente eu esperava que fosse trazer ao seminário o mais distinto dos detetives da Scotland Yard, mas a *sua presença, longe de deter-me, acrescentou desafio à oportunidade. Meu plano para atrair o arquidiácono à igreja funcionou perfeitamente; ele mal podia esperar para ver a abominação que eu descrevera para ele. A lata de tinta preta e o pincel esperavam convenientemente por mim no santuário, e confesso que gostei de fazer o vandalismo no Juízo final. É uma pena que Crampton tivesse tão pouco tempo para contemplar minha arte.*

Você deve estar pensando a respeito daquelas duas mortes das quais não fui acusado. A primeira, sufocar Margaret Munroe, foi uma necessidade. Exigiu pouco planejamento, e sua morte foi fácil, quase natural. Era uma mulher infeliz, que provavelmente tinha pouco tempo de vida, mas naquela hora poderia atrapalhar muito. Não fazia diferença, para ela, se sua vida fosse encurtada em um dia, um mês ou um ano. Não fazia diferença para mim. Eu fizera planos para que a paternidade de Raphael só se tornasse conhecida depois do fechamento de Santo Anselmo e o furor do homicídio estivesse apaziguado. É óbvio que você identificou logo a essência do meu plano. Eu queria matar Crampton e, ao mesmo tempo, lançar a suspeita sobre o seminário, sem fornecer evidências conclusivas contra mim mesmo. Eu queria que o seminário fechasse logo, de preferência antes que meu filho fosse ordenado, e queria que sua herança permanecesse intacta. E, devo confessar, também tive prazer diante da perspectiva de a carreira de Sebastian Morell terminar em suspeita, fracasso e ignomínia. Ele garantira que a minha terminaria desse modo.

Você talvez esteja pensando a respeito da desafortunada morte de Agatha Betterton, outra mulher infeliz. Mas isso foi apenas aproveitar a vantagem de uma oportunidade inesperada. Você está enganado se pensou que ela estava no topo da escada quando fiz a ligação telefônica para a sra. Crampton. Ela não me viu, na hora. No entanto, viu-me na noite do homicídio, quando eu devolvia as chaves. Eu poderia, suponho, tê-la matado naquela hora, porém resolvi esperar. Ela, afinal de contas, era considerada maluca. Mesmo se me acusasse de estar na casa depois da meia-noite, duvido que sua palavra se sustentasse contra a minha. De todo modo, ela veio, na noite de domingo, dizer-me que meu segredo estava em perfeita segurança. Nunca foi uma mulher coerente, mas quis que eu compreendesse que ninguém que tivesse matado o arquidiácono Crampton teria nada a temer dela. Não era um risco que eu pudesse correr. Você percebe que não conseguiria provar nenhuma dessas mortes? Não bastava o motivo. Se esta confissão for usada contra mim, eu a repudiarei.

Já aprendi uma coisa surpreendente a respeito do assassinato, a respeito da violência em geral. Provavelmente você já sabe, Dalgliesh; afinal de contas, é especialista nesses assuntos. Pessoalmente, achei interessante. O primeiro golpe foi deliberado, não sem um certo melindre e alguma repugnância, mas uma questão de chamar o mal. Meu processo mental foi inequívoco: eu preciso deste homem morto; este é o processo mais eficaz de matá-lo. Eu tinha a intenção de dar apenas um golpe, dois no máximo, mas é após o primeiro que a adrenalina aumenta. Você é dominado pela ânsia, pela violência. Continuei golpeando sem desejo consciente. Mesmo que você tivesse aparecido naquele momento, duvido que pudesse fazer-me parar. Não é quando contemplamos a violência que o instinto assume o poder, é apenas depois de aplicarmos o primeiro golpe.

Não vi meu filho desde que fui preso. Ele não quer me encontrar, e, sem dúvida, não perde nada. Vivi toda a minha vida sem o afeto humano e seria estranho entregar-me a ele agora.

E aí terminava a carta. Dobrando-a, Dalgliesh imaginou como Gregory agüentaria a prisão, que poderia muito bem durar uns dez anos. Desde que tivesse os livros dele, provavelmente sobreviveria. Mas será que estaria neste momento olhando para fora, através das janelas gradeadas, desejando que, ele também, pudesse cheirar o perfume deste dia de primavera?

Deu partida no carro e dirigiu direto para o seminário. A porta da frente estava completamente aberta para a luz do sol, e ele ingressou no vestíbulo deserto. A lâmpada ainda estava acesa aos pés da estátua da Virgem e ainda pairava no ar o tênue cheiro eclesiástico, composto de incenso, lustra-móveis e livros velhos. Mas pareceu-lhe que a casa já fora parcialmente esvaziada e que agora esperava, com calma resignação, pelo inevitável fim.

Não havia sons de passos, mas de repente ele percebeu uma presença, e, olhando para cima, viu padre Sebastian de pé no topo da escada. Ele disse: "Bom dia, Adam. Por favor, suba". Era a primeira vez, pensou Dalgliesh, em que o diretor o chamava pelo primeiro nome.

Ao segui-lo até seu gabinete, Dalgliesh viu que algumas mudanças haviam ocorrido. O quadro de Burne-Jones não estava mais pendurado por cima da lareira e o aparador desaparecera. Houvera uma mudança sutil, também, em padre Sebastian. A batina fora posta de lado, e agora ele usava um terno com colarinho clerical. Parecia mais velho; o homicídio cobrara o seu tributo. Mas a fisionomia bela e austera não perdera nada de sua autoridade e confiança, e alguma coisa fora acrescentada: a controlada euforia do sucesso. A cátedra universitária que ele ganhara tinha muito prestígio e era exatamente aquela que devia ter almejado. Dalgliesh deu-lhe os parabéns.

Morell disse: "Obrigado. Dizem que é um erro voltar atrás, mas espero que para mim e para a universidade ocorra o oposto".

Sentaram-se e conversaram durante alguns minutos, uma concessão necessária à polidez. Não fazia parte da natureza de Morell sentir-se pouco à vontade, mas Dalgliesh percebeu que ainda estava incomodado com o pensamento desagradável de que o homem que agora se sentava à sua frente já o havia olhado como o possível suspeito de um homicídio, e ele duvidava de que Morell pudesse algum dia esquecer ou perdoar a indignidade de ter suas impressões digitais tiradas. Agora, como se se sentisse na obrigação, atualizou Dalgliesh com as mudanças no seminário.

"Todos os alunos encontraram lugares em outros seminários teológicos. Os quatro noviços que você encontrou quando o arquidiácono foi assassinado foram aceitos em Cuddesdon ou na Casa de Santo Estevão, em Oxford.

Dalgliesh disse: "Então Raphael segue com a ordenação?".

"É claro. Você achou que não seguiria?" Ele fez uma pausa, e depois acrescentou: "Raphael tem sido generoso, mas, mesmo assim, sempre será um homem rico".

Ele continuou falando brevemente a respeito dos padres, mas com mais abertura do que Dalgliesh esperava. Padre Peregrine aceitara um posto de arquivista numa biblioteca em Roma, uma cidade para a qual sempre estivera ansioso por voltar. Tinham oferecido a padre John o trabalho de capelão num convento perto de Scarborough. Uma vez que, como pedófilo condenado, exigiam que informasse qualquer mudança de endereço, achou-se que o convento seria um refúgio tão seguro quanto Santo Anselmo o fora. Dalgliesh, suprimindo um sorriso, concordou intimamente que não se poderia encontrar um posto mais adequado. Padre Martin estava comprando uma casa em Norwich, e os Pilbeam iriam tomar conta dele lá, herdando a casa, depois de sua morte. Embora Raphael tivesse confirmado seu direito à herança, a situação jurídica estava complicada, e havia muito a ser decidido, inclusive se a igreja seria incorporada ao priorado local ou desconsagrada. Raphael estava ansioso para que o van der Weyden fosse usado como retábulo, e estavam procurando um local apropriado. O quadro, no momento, estava em segurança, trancado no cofre de um banco, assim como a prataria. Raphael decidira também dar aos Pilbeam e a Eric Surtees os chalés deles. O prédio principal fora vendido como um centro residencial de meditação e medicina alternativa. O tom de voz de padre Sebastian transmitia certa aversão, mas Dalgliesh adivinhou que ele achava que poderia ter sido pior. Enquanto isso, os quatro padres e os funcionários permaneciam lá temporariamente, a pedido dos curadores, até que o prédio fosse entregue.

Quando a entrevista parecia prestes a terminar, Dalgliesh entregou a carta de Gregory a padre Sebastian. Ele disse: "Acho que o senhor tem o direito de ler isto".

Padre Sebastian leu em silêncio. No final, dobrando-a e devolvendo-a a Dalgliesh, disse: "Obrigado. É extraordinário que um homem que adorava a linguagem e a literatura de uma das maiores civilizações do mundo ficasse reduzido a esta indulgência de mau gosto para consigo mesmo. Já me disseram que os assassinos são invariavelmente arrogantes, mas essa é uma arrogância no nível do Satã de Milton. 'Mal, sê o meu Bem.' Fico pensando se ele já leu o *Paraíso perdido.* O arquidiácono Crampton tinha razão numa crítica a meu respeito. Eu deveria ter sido mais cuidadoso ao escolher as pessoas que convidei para trabalhar aqui. Imagino que vá ficar até amanhã".

"Sim, padre."

"Isso será agradável para todos nós. Espero que fique confortável."

Padre Sebastian não acompanhou Dalgliesh até seu antigo apartamento no Jerônimo, mas chamou a sra. Pilbeam e entregou-lhe a chave. A sra. Pilbeam estava anormalmente falante, examinando cuidadosamente, no Jerônimo, se Dalgliesh tinha tudo de que precisava. Ela pareceu quase relutante em ir embora.

"Padre Sebastian deve ter lhe contado a respeito das mudanças. Não posso dizer que Reg e eu gostamos muito da idéia de medicina alternativa. No entanto, as pessoas que andaram por aqui pareceram bastante inofensivas. Queriam que ficássemos em nossos postos atuais, Eric Surtees também. Acho que ele está bastante satisfeito, mas Reg e eu somos velhos demais para mudar. Estamos com os padres há muitos anos, e não nos agrada termos de nos acostumar com estranhos. O senhor Raphael diz que temos toda a liberdade de vender o chalé, de modo que acho que vamos fazer isso e separar um pouco de dinheiro para a nossa velhice. Padre Martin provavelmente contou-lhe que estamos pensando em nos mudar com ele para Norwich. Encontrou uma casa muito boa, com um escritório só para ele, e bastante lugar para nós três. Bem, o senhor não pode imaginar o padre Martin tomando conta de si mesmo, pode, com mais de oitenta anos? E vai ser bom para ele ver um pouco da vida — e para nós também. Tem tudo o que quer agora, senhor Dalgliesh? Padre Martin vai ficar contente em vê-lo. O senhor o encontrará na praia. O senhor Raphael está de volta para o fim de semana, e a senhorita Lavenham também está aqui."

Dalgliesh levou o Jaguar para os fundos do seminário e iniciou a caminhada para a laguna. À distância, viu que os porcos do chalé São João agora estavam soltos no promontório. Pareciam, além disso, ter aumentado em número. Até os porcos, aparentemente, pareciam saber que as coisas estavam diferentes. Enquanto ele observava, Eric Surtees saiu do chalé com um balde na mão.

Caminhou pela trilha do penhasco até a laguna. Do topo dos degraus, finalmente pôde ver a praia inteira. Os três vultos pareciam ter se distanciado quase que propositadamente. Ao norte, conseguia ver Emma sentada no alto dos pedregulhos, a cabeça inclinada sobre um livro. Em um dos quebra-mares próximos, Raphael estava sentado, com as pernas balançando na água e olhando para o mar. Perto dele, numa extensão de areia, padre Martin parecia construir uma fogueira.

Ao escutar os sapatos de Dalgliesh pisando nos seixos, ergueu-se com dificuldade e deu o seu sorriso transformador. "Adam. Que bom que você veio. Já viu padre Sebastian?"

"Sim, e congratulei-me com ele pela cátedra."

Padre Martin disse: "É a que sempre quis, e eu sabia que ficaria vaga no outono. Mas é claro que ele não teria pensado em aceitar a oferta se Santo Anselmo permanecesse aberto".

Agachou-se outra vez para a tarefa. Dalgliesh viu que cavara um buraco raso na areia e estava construindo uma pequena parede de pedras ao redor. Ao lado havia uma sacola de lona e uma caixa de fósforos. Dalgliesh sentou-se, apoiando-se para trás com os braços e enfiando os pés na areia.

Sem parar o trabalho, padre Martin perguntou: "Você é feliz, Adam?".

"Tenho saúde, um emprego de que gosto, comida suficiente, conforto, luxos ocasionais, se sentir necessidade deles, minha poesia. Dado o estado de pobreza de três quartos do mundo, o senhor não diria que infelicidade seria uma condescendência perversa?"

"Eu poderia até dizer que é um pecado, de qualquer modo, algo a ser combatido. Se não conseguimos louvar a Deus como Ele merece, podemos pelo menos agradecer-Lhe. Mas serão essas coisas suficientes?"

"Isso vai ser um sermão, padre?"

"Nem mesmo uma homilia. Eu gostaria de vê-lo se casar, Adam, ou pelo menos compartilhar sua vida com alguém. Sei que sua mulher morreu de parto. Isso deve ser uma sombra contínua. Contudo, não podemos pôr de lado o amor, nem deveríamos querer isso. Desculpe-me, se estou sendo insensível e impertinente, mas o sofrimento pode ser uma indulgência."

"Ah, padre, não é o sofrimento o que me mantém solteiro. Nada tão simples, natural e admirável. É egoísmo. Amor à minha privacidade, relutância em ser ferido ou ser de novo responsável pela felicidade de alguém. E não diga que a dor poderá fazer bem à minha poesia. Eu sei disso. Vejo bastante disso no meu trabalho." Fez uma pausa, e então disse: "O senhor é um mau casamenteiro. Ela não me aceitaria, o senhor sabe. Velho demais, introvertido demais, descompromissado demais, talvez com as mãos demasiadamente manchadas de sangue".

Padre Martin escolheu uma pedra redonda, lisa, e colocou-a com precisão. Ele parecia tão alegremente ocupado quanto uma criança.

Dalgliesh acrescentou: "E provavelmente há alguém em Cambridge".

"Ah, com uma mulher dessas provavelmente há. Em Cambridge ou outro lugar qualquer. Isso significa que terá de ter trabalho e se arriscar ao fracasso. Pelo menos isso seria uma mudança para você. Bem, boa sorte, Adam."

As palavras pareciam uma despedida. Dalgliesh levantou-se e olhou na direção de Emma. Viu que ela também se levantara e caminhava para o mar. Estavam separados por apenas uns cinqüenta metros. Ele pensou, vou esperar; se ela vier em minha direção, isso significará alguma coisa, nem que seja para dizer até logo. Então a idéia pareceu-lhe covarde e pouco galante. Tinha de fazer o primeiro gesto. Foi até a beira do mar. A pequena folha de papel com os seis versos de uma poesia ainda estava em sua carteira. Retirou-a e rasgou-a em pedacinhos, deixando-os cair na onda seguinte que avançava, observando-os enquanto desapareciam lentamente na linha rasteira de espuma. Voltou-se de novo na direção de Emma, porém, quando começou a se mover, viu que ela também se voltara e já estava andando em sua direção, na faixa de areia entre o banco de pedregulhos e a maré vazante. Ela chegou perto, sem dizer nada, e ficaram ombro a ombro, fitando o mar.

Ao falar, suas palavras surpreenderam-no. "Quem é Sadie?"

"Por que está perguntando?"

"Quando tiraram você do mar, parecia achar que ela o estava esperando."

Meu Deus, pensou ele, eu devia estar um lixo, arrastado seminu pelos seixos, sangrando, coberto de areia, cuspindo água e sangue, espirrando e vomitando. Ele disse: "Sadie era maravilhosa. Ela ensinou-me que, embora a poesia seja uma paixão, não precisa ser só isso, na vida. Sadie era muito sábia, para quinze anos e meio".

Ele imaginou ouvir uma leve risada de satisfação, mas esta foi levada numa brisa repentina. Era ridículo sentir aquela incerteza na sua idade. Ele estava dividido entre o ressentimento da indignidade adolescente e um prazer perverso de ser capaz de uma emoção tão violenta. Agora as palavras teriam de ser ditas. Mesmo enquanto mergulhavam surdamente na brisa, julgou-as em toda a sua banalidade, em toda a sua inadequação.

Ele disse: "Eu gostaria imensamente de vê-la outra vez, se a idéia não lhe desagradar. Pensava... esperava... que pudéssemos nos conhecer melhor".

Disse a si mesmo, devo parecer um dentista marcando a próxima consulta. Então se virou para olhá-la e o que o rosto dela demonstrava deu-lhe ganas de gritar com força.

Ela disse, séria: "O trem entre Londres e Cambridge é muito bom, atualmente. Em ambas as direções".

E estendeu sua mão.

*

Padre Martin terminara de preparar sua lareira. Retirou da sacola de lona uma folha de jornal e enfiou-a no buraco. Depois pôs o papiro de santo Anselmo por cima e, agachando-se, acendeu um fósforo. O papel pegou fogo imediatamente, e pareceu que as chamas lamberam o papiro como se fosse uma presa. O calor, por alguns momentos, foi intenso, e ele deu um passo para trás. Viu que Raphael viera para o seu lado e olhava em silêncio. Raphael lhe perguntou: "O que o senhor está queimando, padre?".

"Uns escritos que já tentaram alguém a pecar e poderiam tentar outros. É hora de desaparecerem."

Houve um silêncio, e Raphael disse: "Eu não darei um mau sacerdote, padre".

Padre Martin, o menos expansivo dos homens, pousou brevemente a mão em seu ombro e disse: "Não, meu filho. Acho que vai dar um padre muito bom".

Depois observaram em silêncio enquanto o fogo morria, e o último tênue fio de fumaça ia para o mar, carregado pelo vento.

1ª EDIÇÃO [2002] 3 reimpressões

ESTA OBRA FOI COMPOSTA PELO GRUPO DE CRIAÇÃO EM GARAMOND,
TEVE SEUS FILMES GERADOS PELO BUREAU 34 E FOI IMPRESSA
PELA GEOGRÁFICA EM OFF-SET SOBRE PAPEL PRINT-MAX
DA VOTORANTIM PARA A EDITORA SCHWARCZ EM JUNHO DE 2002